清詩話全编

康熙期六

張寅彭 編纂　楊　焄 點校

国家出版基金项目
NATIONAL PUBLICATION FOUNDATION

上海古籍出版社

第七册目次

詩本事

詩本事提要

《詩本事》一卷補一卷，據康熙三十四年新安張氏霞舉堂刊王晫、張潮《檀几叢書》本點校。撰者程羽文，字蓋臣，號葵園，安徽新安人。張潮（一六五〇—？）字山來，號心齋，安徽新安人。有《心齋詩鈔》等。《檀几叢書》專收小品文字，此篇不足五百字，誠爲小矣，然亦成品。搜羅以「詩」字當頭之二字詞組三十則，或揭其出處，或釋其詞義，亦不無湊合者。小序謂承孟啓《本事詩》，實非其體例也。張潮見獵技癢，遂又補列三十則。其末十餘則，乃明末清初人所輯之詩選本，惟題適爲二字，遂亦闌入。

詩本事

程羽文蓋臣

昔孟啓作《本事詩》，雖未深羅括，已名著騷壇。今家工吟咏，人侈推敲，因事有詩，則亦因詩有事。搜其瑣屑，附以箋注。展卷之餘，庶或有裨風雅也。

詩史杜工部。

詩聖朱子曰：「李太白，聖于詩者。」

詩豪劉禹錫。○宋子京詩云：「劉郎不敢題糕字，空負詩中一世豪。」

詩癖梁簡文帝《自序》：「七歲有詩癖。」

詩狂詩云：「酒渴思吞海，詩狂欲上天。」

詩祖吕居仁作《江西宗派圖》，推豫章黄山谷爲詩祖。

詩兄湯休謂吴邁曰：「吾詩可爲汝詩之父。」謝光禄曰：「不然，湯詩可爲庶兄。」

詩虎羅鄴，時人目爲「詩虎」。

詩律杜子美：「晚節漸于詩律細。」又詩：「李侯詩律闘清嚴。」

詩城權德輿曰：「劉長卿自謂『五言長城』。」

詩眼唐人五言工在一字，謂之「句眼」。

詩骨詩：「長鬣張郎三十一，天遣裁詩花作骨。」

詩魔白樂天詩云：「惟有詩魔降不得，每逢風月一閒吟。」

詩思孟浩然詩思在灞橋風雪中，驢子背上。

詩脾貫休詩：「乾坤有清氣，散入詩人脾。」

詩筒白樂天、元微之唱和，以筒著詩往來。

詩囊李賀。

詩窖高仁裕著詩萬首，號「詩窖」。

詩窟李陟曰：「冥搜得詩窟。」

詩壇蘇東坡與歐公子詩曰：「君家文律冠西京，旋築詩壇按酒兵。」

詩斑東坡詩云：「尚嫌削髮有詩斑。」

詩盟蘇東坡詩：「千里詩盟忽重尋。」

詩瓢唐山人事。

詩籌東坡詩云：「詩律輸君一百籌。」

詩帳東坡詩云：「未怕供詩帳。」自註云：「以詩得罪有司，移杭，取境内所留詩數百首，謂之詩帳。」

詩料古詩：「野色供詩料。」

詩債林和靖云：「遞去權應急，封回債已還。」

詩瘦唐崔顥病起，人戲之曰：「子非病，因苦吟而瘦也。」又李白云：「爲問緣何太瘦生，只爲從來作詩苦。」

詩窮歐陽公云：「詩能窮人。」

詩妖《六帖》：「術士李遐周題玄都觀。」

張山來曰：「近日詩人滿天下，此等典故不可不知。然尚有不盡于此者，隨補數條于後。」

《詩傳》子貢作。

《詩序》子夏作。

《詩説》申培著。

詩宗陶詩寫其胸中之妙，隱隱爲詩人之宗。

詩腸戴顒柑酒聽黄鸝，云是「詩腸鼓吹」。

詩興杜詩云：「東閣官梅動詩興。」

詩情東坡《荔枝》詩云：「詩情真合與君嘗。」

詩派吕居仁作《江西詩派》。

詩奴東坡《贈詩僧道通》云：「從今島可是詩奴。」

詩話宋元人多有詩話。

詩膽劉叉詩云：「詩膽大于天。」

詩格蘇東坡詩云：「二公詩格老彌新。」

詩信東坡詩云：「巧將詩信渡江湖。」

詩天八月初一，妓從士人會飲，臨風舉酒，屬諸公曰：「如此雲物高爽，可稱詩天。」即日其妓聲名頓起。見宋漫堂中丞《筠廊偶筆》。

詩蛆龔端毅以總憲守制家居時，人士投詩，日以什伯計，閽者往往應接不暇。一日有士人投詩，閽者置几上。士促之，閽者擲其詩，叱曰：「去，去，汝這詩蛆也來獻詩。」士大慚，拾詩掩面走。

詩牛鹽官有崔某者，業負販，能詩，頗多佳句。然其人蠢蠢焉如牛。人謂其爲牛則没其爲詩，如稱其詩則又不似其爲人，因戲稱爲詩牛。人皆曰善。並上條，俱見王丹麓《牆東雜鈔》。

詩社「詩社何妨載酒從」。

《詩紀》馮惟訥輯《詩紀》。

《詩選》李于鱗《唐詩選》。

《詩乘》梅禹金選《詩乘》。

《詩歸》鍾伯敬、譚友夏共選《詩歸》。

《詩觀》鄧孝威選。《詩成》宗定九選。《詩快》黄九烟選。《詩待》王仔園選。《詩品》鄧孝威選。《詩援》王景州選。《詩持》《詩正》朱古愚選。《詩最》倪永清選。

枕山樓課兒詩話

枕山樓課兒詩話提要

《枕山樓課兒詩話》一卷，據雍正三年重刊本點校。撰者陳元輔，字昌其，福建三山人。有《枕山樓詩文集》。按此書原係示兒作詩門徑者，故卑之無甚高論。諸序跋或出姻親、門生之手，不免推許過甚。由其門生琉球人程順則初刻於康熙三十五年，又傳入日本，有多種和刻本。文正元年（嘉慶二十三年）東京英華堂刻巾箱本，「課兒」易名「拾玉」，有奧田士亨、大窪行諸人序，其語則又爲敷衍書商矣。此本今藏日本東京内閣文庫，國内未見。

枕山樓課兒詩話序

甚矣，讀書之難也。窮六經，究諸史，綜百家，以及天官、地誌、醫卜、農圃之類，靡不精思而熟翫之，夫然後可以稱讀書。然人無兼才，治一經，專八股業，得時則駕，如漆園吏所云魚化而鵬，摶扶搖而上九萬里者。噫！讀書而自視，亦若是則已矣。我姻臺昌其甫，弱冠即有文壇飛將之稱，凡經史百家言，悉兼綜博采，暇則出其餘，寄情於詩。讀其前刻，高渾典雅，不愧沈、宋一流人物。所稱讀書，不當如是歟？余忝姻好，每見其捫虱而談，皆足以鼓人雄豪，開人膽識，有供奉之才，而兼投筆之概，宜元戎喇公延之帷幄中，以軍功叙録；提軍張公徵聘入幕，以國士待之。是亦大丈夫以文章經濟爲當路所器重，得吐其胸中奇之一勺耳。憶余爲諸生時，試輒冠軍，今司訓十有二年而不調，將竟如此而老矣，以視昌其，且何如耶？一日者袖其所著詩話，問序於予，且顔曰「課兒」，是何謙謙自抑乎？慨自夫子删《詩》以降，風雅寖衰，至六朝靡曼尤甚。唯唐專以詩取士，如今之制義者然，故其時巨公輩出，名作如林，風格體裁，饒有《三百篇》遺意。今初學不善讀唐，皆由别徑，宜其不失之卑弱，則失之尖巧矣。聞之大匠不能改廢繩墨，善射者不能變其彀率。兹四十九則，諸法畢具，無微不闡，恍如唤夢鐘、當頭棒，使人猛省也，有功詩學亦大矣哉！如昌其者，始可稱之爲讀書也已。方今同文之化，所被者遠，東封國使來閩者，咸執經問業於昌其。是編成而即捐資授梓，爲昌其傳不朽。然則中山諸君子重道之殷懷，亦足千古矣。

福州府儒學司訓年姻家弟戴翼頓首拜撰

枕山樓詩話目録

先生專經《周易》，手不釋卷。兹詩話四十九則，亦即其用四十有九之意也。若《大衍》之數，以五十爲用，更何從有分二掛一、揲四歸奇之變乎？此可知詩學無盡，讀此則其用不窮矣。

男文雄敬識

枕山樓課兒詩話

詩粘平仄法

學詩要先知平仄，此二字不辨，匪獨聲音不協，抑且規式有乖。因另列一定之法於前，俾初學曉然知所步趨矣。

七言律平起仄受式

平(平)仄(仄)仄(平)平　仄(仄)平(平)仄(仄)平
仄(仄)平(平)平(仄)仄　平(平)仄(仄)仄(平)平
平(平)仄(仄)平(平)仄　仄(仄)平(平)仄(仄)平
仄(仄)平(平)平(仄)仄　平(平)仄(仄)仄(平)平

七言律仄起平受式

仄(仄)平(平)仄(仄)平　平(平)仄(仄)仄(平)平
平(平)仄(仄)平(平)仄　仄(仄)平(平)仄(仄)平
仄(仄)平(平)平(仄)仄　平(平)仄(仄)仄(平)平
平(平)仄(仄)平(平)仄　仄(仄)平(平)仄(仄)平

五言律平起仄受式

平(平)仄(仄)平　仄(仄)仄(平)平
仄(仄)平(平)仄　平(平)仄(仄)平
平(平)平(仄)仄　仄(仄)仄(平)平
仄(仄)平(平)仄　平(平)仄(仄)平

五言律仄起平受式

仄㊀仄㊉平　平㊉仄㊀平
平㊉平㊀仄　仄㊀仄㊉平
仄㊀平㊉仄　平㊉仄㊀平
平㊉平㊀仄　仄㊀仄㊉平

（注：㊉爲圈平，㊀爲圈仄）

至於絶句，謂之截律。有截去後四句者，有截去前四句者，有截去前後四句者，有截去中四句者。蓋中四句皆對偶，人少用之；唯前後四句，古今人多用此法。其平仄總照律詩之式，茲不復囋。

截去後四句體

昭陽曲　劉長卿

昨夜承恩宿未央，羅衣猶帶御爐香。芙蓉帳小銀屏暗，楊柳風多水殿涼。

截去前後四句體

漢苑行　張仲素

回雁高飛太液池，新花低發上林枝。年光動處皆堪賞，春色人間總未知。

截去前後四句體

塞上曲　王烈

紅顏歲歲老金微，沙磧年年卧鐵衣。白草城中春不入，黄花戍上雁長飛。

詩中第一字、三字、五字，或當用平而用仄，或當用仄而用平，俱可不論也。然此亦不得已而行變通之法，非謂不刊之式也。至於第二字、四字、六字，當用平者定用平，當用仄者定用仄，斷不可移易矣。

枕山樓課兒詩話

閩陳元輔昌其著

大要

作詩以體裁爲本，格調次之，布局、敷詞又次之。體裁貴端重，格調貴高渾，布局貴縝密，敷詞貴典雅。詩法雖多，其大要不外於此。

虛實

詩中宜用實字，不宜用虛字。實字聲調高雄，虛字聲調卑弱。或謂用虛字能使全句靈動。夫必用虛字而後靈動，則靈動亦有限也。必於實字中吞吐而出，如流水行雲，然後謂之真靈動。試觀之，山，凝然聳峙，而層巒叠嶂，遠望之皆躍躍欲動。用實字者，何以異是？

起句

詩莫難於起句，如登高而呼，能使萬山皆響，一篇爭勝在此。若起句格調柔弱，意味膚淺，後雖有佳處，不足觀矣。古人論文，謂開門見山，一針刺血，悉爲此處要訣。每見初學作詩，先寫兩聯，刻意求工，然後作起、作結，非局勢寬鬆，則首尾不相擊。吾不知何處得來此法。

結句

詩莫難於結句，有回龍顧祖、萬派朝宗之妙，一篇精采全聚於此。每見人作詩，至結便弱，匪獨行文鮮後勁之能，而斯人福澤亦概可見矣。

四法

一首律詩，只起、承、轉、合四字盡之而已。首兩句爲起，須握全題之勝。頷聯爲承，即承上意而發明之。有以三承一、四承二者，亦有以四承一、以三承二者，更有以三、四總承一、二者，法雖不一，總要承接緊密，勿使有破綻之病。次聯爲轉，蓋行文至水窮山盡之際，不得不另起峰巒，所謂欲操故縱之地。如輕航之下灘，如斷山之接筍，如神駿之下坂，如疾鷹之搏風，鬥勝争奇，全在此一轉筆，即八股中搭題過渡處也。但從來五、六爲輕，原爲結句度針，斷未有胸無七、八而妄寫五、六者。至末兩句，正所以結五、六。若深心大力人，兼能收束全篇，如常山之蛇，尤爲高手。吾得通其意於射焉，起句如扣弦，承句如開弓，轉句如持滿，結句則放箭，而中的矣。吾於帖括中亦得是意，誰謂作詩有妨舉業哉！

命題

詩難於命題。題字貴簡要，不宜長冗。熟看唐詩者知之。

布局

詩之布局如用兵然，何處埋伏，何處接應，何處當先，何處斷後，和盤打算已定，然後指麾無不如意。

敷詞

布局既定，敷詞次之。蓋連字成句者謂之詞。字有字法，句有句法。用字宜穩，不可以一字累一句；造句宜鍊，不可以一句害一章。字穩句鍊，詞斯美矣。

對偶

律詩最嚴對偶。有字換而意不换者，謂之合掌對；有以花對柳、霜對雪、龍對鳳者，謂之板腐對，皆不宜入詩。昔有人作詩云：「舍弟江南殁，家兄塞北亡。」其友愕然問之，曰：「無有是也，不過求對偶精工耳。」可爲世人作一針砭。更有以假對真者，如李群玉《黄陵廟》詩：「東風近墓吹芳芷，落日深山哭杜鵑。」王建《故梁國公主池亭》詩：「裝簷玳瑁隨風落，傍岸鵁鶄逐暖眠。」鄭谷《春夕旅懷》詩：「蝴蝶夢中家萬里，子規枝上月三更。」黄滔《寄懷南北故人》詩：「玉窗挑鳳佳人老，綺陌啼鶯碧樹枯。」趙嘏《寄歸》詩：「桃花塢接啼猿寺，野竹亭通畫鷁津。」以「杜鵑」對「芳芷」、「鵁鶄」對「玳瑁」、「子規」對「蝴蝶」、「啼鶯」對「挑鳳」、「畫鷁」對「啼猿」，皆一假一真，此不特無合掌、板腐之病，且摇曳生姿。初學作對，當以此類推之。至於聯中有兩句十四字一氣讀下者，謂之流水對，此法最佳，不可多得。

點眼

詩有一字之妙，能使全句皆靈，如彈碁之作眼，如畫龍之點睛。此一字用不活動，便成鈍筆。

句讀

七言詩合而言之，自當以七字爲句；析而言之，而七字之中又有以一字爲句、二字爲句、三字爲句、四字爲句、五字六字爲句者，不可混讀也。混讀之，則句中輕重斷續之處莫辨矣。

連續

詩有十四字作一連讀下成句者，如耿拾遺《上裴行軍中丞》詩結曰：「莫道古來多計策，功成惟有李將軍。」此十四字爲一句者也。

貫串

詩有二十一字相連讀下作一句者，如劉夢得《送周使君罷渝州歸郢中別墅》詩：「君思郢上吟歸去，故自渝南擲郡章。野戍岸邊留晝舸，緑蘿陰下到山莊。」乃自第二句「故自渝南」起，至「到山莊」止，一氣讀下，即發明「吟歸去」意也。諸如此類，不可悉數。宜細讀之，方知一連貫串之妙。

作法

長題作法，有以上四句完題，下四句發明者；有以上四句完題之上截，下四句完題之下截者。作法不同，總不失起、承、轉、合之旨。若以一起十四字完題，更爲高手。

氣骨

詩最重者氣骨。若胷前無纏綿不已之情，徒剪綵爲花，紅艷滿紙，雖金裝玉飾，霞蔚雲蒸，亦令觀者一時奪目，究竟丢却本來心性。詩人蹈此病，品斯下矣。

體格

詩之體格，以高渾爲上，而静穆者更難。讀《十九首》，知非六朝筆墨。

穩貼

余所謂一字之妙者，妙在於穩。猶憶吾友二耻先生嘗謂余曰：「詩中有下字不穩處，不妨作十日思，自有天然一字落吾筆底。如推門入臼，臼是現成物，唯推之使入耳。」此誠千古至言。唐賈浪仙詩：「鳥宿池邊樹，僧推月下門。」又欲改「推」爲「敲」，躊躇未定，在驢背上作推敲狀。遇韓退之，問其故，賈以實對。韓曰：「自是『敲』字好。」王貞白《御溝》詩：「此波涵帝澤，無處濯塵纓。」呈僧貫休。休曰：「甚好，只是剩一字。」貞白乃揚袂而去。休曰：「此公思敏。」書一字於掌。頃之，貞回，忻然曰：「已得一字，云『此中涵帝澤。』」休出掌中字示之。然則「推」與「敲」當以「敲」字爲穩，「波」與「中」當以「中」字爲穩，學詩者不可不於此一字上極力體認。

生發

《左傳》一句可括數十字，唐詩一字可生無數句。

氣魄

作詩貴以氣魄奪人。如崔司勳《黄鶴樓》詩，吾想其未落筆時，竟不知天地山川爲何物，又安有黄鶴樓在其眼中，不過一片落落心胷，孤行於天地山川之外，前無古，後無今，忽於黄鶴樓上觸動一念，遂舉筆題此八句。不管是律詩不是律詩，只就心頭眼底一直寫去，不假心思，不用雕琢，自成千古一首好詩，此純是以氣魄勝者也。他日李青蓮見此詩而嘆曰：「眼前有景道不得。」是説樓前許多風景，觀之不盡，惜司勳有詩在上，却使我都道不得耳。氣魄之奪人，一至於此。然此種筆墨純是化機流行，不涉色相。青蓮具有仙才，何苦必欲步趨而復作「鳳去臺空」之句耶？

哀怨

哀而不傷，怨而不怒，詩之體也。近見詩人哀而傷矣，怨而怒矣。熟讀唐詩，自無此種筆墨。

神髓

讀唐詩，當得其神髓，倣其體裁，優游漸漬之久而始有獲。若徒在字句上求肖，去唐遠矣。鍾伯敬批明詩曰：「妙，在無一字不似盛唐，即不妙，在無一字不似盛唐。」至哉言乎！不啻向讀唐徒於字句上求工人頭上猛然一棒。

博學

近見子弟纔讀得《四書》本經，便稱能詩。抑知欲作詩，非多讀書不可。必有經史以爲之體，《左》、《國》、班、馬、《莊》、《騷》以爲之用，然後敷詞，方有文質相宜之妙。不然，字寒句瘦，一望皆白葦黄茅，不幾令吟壇減色乎？余見有贊人詩者曰：「白描高手。」此語悮人不小。

詩典

有採唐人詩中字而用者，謂之詩典。但不宜摘其全句，更换一二字以爲己有。生吞活剥之譏，其能免乎？

增減

七言詩減二字可入五言中者，非真七言也；五言詩增二字可入七言中者，非真五言也。詩原有斤兩，自是增減不得。

通畫

畫家之理，可通於詩。如畫月者，若只畫團圞一塊高懸紙上，有何妙處？乃必爲之畫雲、畫樹、畫殿角、畫峰巔者，總之，無非畫月也。唐彦謙《蒲津河亭》詩：「宿雨清秋霽影澄，廣亭高榭向晨興。烟横博望乘槎水，日上文王避雨陵。」細讀之，「博望乘槎水」五字只寫「烟横」二字，「文王避雨陵」五字只寫「日上」二字，而「烟横」、「日上」四字又只寫「向晨興」三字，此即畫月必先畫雲、樹、殿角、峰巔之法。

用典

用典之法，須於平日多讀書上博聞强識，融會貫通，將古人陳蹟幾經陶鑄，千椎百鍊而出之。然後作詩，舉凡天地、山川、人物、花鳥，自無不齊集筆下，聽吾號令。既不見斧鑿痕，亦無渣滓氣。如吴綾蜀錦，照耀楮上。若滿腹寒儉，臨時開笥搜篋，雖尋出一二故典來，究如敗銅壞鐵，不見光芒，徒令觀者嘔噦焉耳。

錯落

李群玉《同鄭相公出歌姬小飲戲贈》詩開口即云：「裙拖六幅瀟湘水，鬢聳巫山一段雲。」絶不管相公在上，一味索口狂吟。及細讀之，始覺是乍見時心揺目蕩，一片神情，故爾出言無序。與《西廂記·借廂》起句「不做周方，埋怨汝這法聰和尚」同一神理，俱爲千古絶妙之筆。但是詩亦自有對偶，以「鬢」字對「裙」字，以「巫山」字對「瀟湘」字，以「一段」字對「六幅」字，以「雲」字對「水」字，妙在以錯落出之，纔見其性情顛倒處。此種筆墨，可爲知者道也。

尊杜

《國風》、《雅》、《頌》，自夫子删《詩》之後，僅存三百篇；初、盛、中、晚，自工部樹幟之日，允推第一人。

讀作

多讀不如多作，所以使筆機充暢也；多作不如多讀，所以使識膽弘肆也。讀而不作，謂之徒讀；

作而不讀，不如莫作。兼斯二者，可與言詩矣。

初學

詩人有化俗爲雅、化腐爲新之筆。然此爲最上人説法，初學識力未充，化之亦難，不如勿用。

色相

將軍翔文章之府，書生踐戎馬之場，悉以翻盡本色見奇。若公卿之詩有冠蓋氣，秀才之詩有頭巾氣，野衲之詩有豆腐氣，山人之詩有雲水氣，皆謂之不離色相。

禁用

「流淚」、「斷腸」等字，初學不宜輕用。唯出唐人點鐵成金之手，覺自有其妙，不見酸楚。杜工部流落曲江、夔府諸篇，真一字一淚，但悲壯耳。余謂少陵即向人涕泣而道，亦自風雅。

詩病

詩中諸病皆可救藥，惟俗俚與陳腐牢不可破。初學當洗滌肺腸，勿容此物汙穢。

剽竊

詩人不知嘔出心肝幾許，纔得一二好句，以垂不朽。有人竟摘其全句入自己詩中，是可忍也，孰不可忍也！

疊用

詩中疊用數目者，謂之算博士；雜用人名者，謂之點鬼薄；多用地名者，謂之廣輿記。

重字

唐詩往往有重字者，亦以此字萬萬不可移易，故寧重之，弗使用字不穩。今詩中字多有重者，人病之，則以唐爲藉口。初學切宜避之。

法唐

余羈貫作八股時即躭於詩，往往讀制義至子夜稍倦，輒步於庭，仰見殘月墜西，明河萬里，乃取近代諸詩而朗吟之，間至達旦不寐者。及拈題分韵，得一尖新艷麗句，每手舞足蹈。至讀唐詩，竟茫然不解爲何物。如是者數年，口誦心維，始咋舌而嘆其意味深遠，非近代之人所敢望其肩背。又讀之數年，覺别有天地，非尋常谿徑。於是如夢初醒，遂焚香拜服於地，願終身讀之不厭也。但從此作詩，雖無尖新艷麗句，而竟日不敢措一詞，深以爲怪。二耻曰：「不敢輕易落筆，原從刻苦中來，不足怪也。」始悔幼年不讀唐詩，蹉跎歲月，爲可惜云。蓋唐以詩取士，故諸家砥礪功深，迥異歷代。初唐之詩渾穆，晚唐之詩則以才情勝，唯盛唐文質彬彬，不腴不野，深得《三百篇》遺意。宋詩多頭巾氣、道學語，悉難入選。落此窠臼，則病入膏肓矣。故余謂初學不可不讀唐詩，亦取法乎上之意也。至得心應手後，不妨將歷朝諸詩參看，以增識膽，以拓心胸。若即取尖新艷麗者讀之，恐走錯路頭，便由别徑，終難以詩名世矣。

竊唐

往見一友極稱唐詩之妙，余以爲可與言詩者。一日造其門，適一人携詩就正，内有用「籬菊」二字。彼友曰：「『叢菊兩開他日淚』，杜句也，今用『籬菊』，恐非唐人衣鉢。」乃易「籬」字爲「叢」字，餘無所言。噫！得意唐詩者，其議論僅止此乎？爲之一哂。

讀唐

讀唐詩當曉起，正襟端坐而讀之。蓋平旦時清明之氣未散，若稍涉應酬，則肅然起敬，一念即爲紅塵隔斷，豈能與古人之精神兩相契合哉？

讀法

讀唐詩當登山讀之，以曠其高遠；當臨水讀之，以發其清冷；當對花讀之，以標其丰致；當飲酒讀之，以縱其疏狂；當按劍讀之，以展其雄豪；當撫琴讀之，以調其聲響。

並讀

讀唐詩當與漆園之《南華》並讀之，以寄其逍遥物外之心；當與靈均之《離騷》並讀之，以抒其忠君愛國之念；當與王仲宣之《登樓賦》並讀之，以起羈旅懷鄉之感；當與蘇長公之《赤壁賦》並讀之，以寓其蕭然高寄之思；當與歐陽公之《秋聲賦》並讀之，以寫其慘憺；當與白江州之《琵琶行》並讀之，以鳴其哀怨；當與柳柳州諸小品並讀之，以收其一丘一壑、半水半林之致。

懷古

凡題詠古跡，意雖帶感慨，而詞不宜過於淒楚。如李白《越中懷古》詩「越王勾踐破吴歸，義士還家盡錦衣。宮女如蒼滿春殿」，此三句何等雄壯，而有感處僅以「至今唯有鷓鴣飛」七字結之。如此手筆，自是天才。

借題

登臨遊覽之篇，必在我先具有一段不能自已之情，然後遇題發之，所謂奪杯澆磊、借璧彈淚者也。

若只就本地風光曲曲寫出，景色雖工，終非必傳之技。故身居廊廟者，當寓有致君澤民之念；跡寄江湖者，當寓有懷鄉戀國之情。否則一幅好畫耳，而我之本來面目却在何處？

咏物

咏物詩亦要隱寓正意。鍾竟陵先生曰：「咏物若無寓意，雖摹寫逼真，雖工亦拙。」

送别

天涯賦采蕭之什，陽關動折柳之悲，須於所懷所送之人身上寫照，方爲情摯之篇。若祇作蒹葭白露、郵亭驛路等套語，則吾生只好作一首懷人送别詩，到處皆用得，又何貴作詩耶？讀唐人則有把柄。

詩心

夫詩，心聲也。其人和平者，詩必温厚；其人沉潛者，詩必静穆；其人風騷者，詩必俊逸；其人哀怨者，詩必悽楚；其人嫉憤者，詩必激烈。讀其詩，可以知其人矣。

忌諱

君相未始不憐才，但人之遭際自有定數耳。孟襄陽詩名一代，祇爲「不才明主棄」一句詩，甘爲床下之夫，悮却終身大事。作詩貴温厚和平，况可輕議君相乎？人當以此爲戒。

服善

崔顥作《黄鶴樓》詩，李白閣筆；劉禹錫作《金陵懷古》詩，白居易曰：「劉子已探驪得珠。其餘鱗甲何用耶！」遂不復咏。古人服善，往往如此。近見詩家，不管珠玉在前，輒思貂續，視青蓮、樂天，相去遠矣。

神化

讀風華詩易，讀静穆詩難；讀景色詩易，讀性情詩難。蓋詩當火候到時，不獨叫囂之氣都銷，即風雲月露、溪山花鳥之色亦淘洗一空。初讀之，見爲平淡無奇；再讀之，始知有制之兵，步伐不亂；

熟讀之，益見其針線綿密，筆墨閒曠，輕車熟路中饒有雲歛烟消、波平浪静之致，純以一片天性，釀成千古文章。詩學至此，爲出神入化之境，吾殆莫測其變化矣。

余言詩至分宵，乃欲睡去，雄兒請曰：「詩學止此乎？」余曰：「未也。神而明之，止此可矣。若不解變通，雖十年，談之何益？」雄兒唯唯而退，余亦就寢。越日記之，計四十九則，題曰《課兒詩話》，聊以教吾子也。若云傳世，余則何敢。

跋

《詩話》四十九則，廼吾師昌其先生課兒之所由著也。憶己巳冬，余奉使抵閩，凡歷三寒暑，時從先生遊。授經之暇，因得請先生詩讀之，高渾典雅，有工部、供奉風，已壽梨棗而紙貴洛陽矣。及拜別携歸，與二三同志於山窗水閣、雲穤月牖中朗吟數四，始知先生詩心刻苦，非得唐人衣鉢，曷克臻此？間有深文奥旨，又以兩地懸絶，雖欲剖析之而無從。歲丙子，余齎奏入都，暫次瓊河，得復躬承函丈。舉曩日疑義，先生一一提命，不遺餘藴。并出《課兒詩話》與讀，不獨範我於規矩之中，抑且引人於神化之境，誠詩家之指南車、分水犀也。雖先生之庭訓，奚不可作後學之津梁乎？爰與僚友楊丹岩併遊學諸子毛允和、鄭克文、陳楚水、蔡天水捐資授梓。亦以先生枕中之秘，不輕以示人者，今且遠播中山，不啻暗室張燈，棒頭一喝，俾談詩子弟咸得奉爲準繩。異日登壇樹幟，風雅接踵而起，則皆先生造就之功也，豈僅予一人邀有厚幸已哉！

門生程順則寵文敬識

寄園寄所寄・撚鬚寄

寄園寄所寄・撚鬚寄提要

《寄園寄所寄・撚鬚寄》一卷，據清刊《寄園寄所寄》本點校。輯撰者趙吉士（一六二八—一七〇六），字恒夫，一字天羽，江南休寧人，寄籍浙江錢塘。順治八年舉人，康熙七年授山西交城知縣，内遷户部主事，補國子監學正。有《萬青閣集》。此卷原爲趙氏《寄園寄所寄》之卷四，《寄園寄所寄》全書十二卷，一卷一「寄」，有凡例若干則，署「丙子夏五」，即成於康熙三十五年也。首釋書名云：「予自少至壯，凡見聞新異，輒筆之於册，積之既久，分類成帙，用作坐側之玩。因京園以寄其所寄，故以寄名園。嗣因竹垞太史採十餘條入《日下舊聞》，知不能久藏笥篋，遂爾付梓。」又釋「撚鬚寄」云：「近來進退兩忘，時與良朋篝燈抵掌，非詩無以過日。其林卧遥集，偶然次韵，遂疊至千五百律。吟雖甚苦，心竊樂之，或亦具有夙癖耶。」乃云寄於詩耳。此卷輯前人之語，「詩原」輯論，「詩話」輯事，分别甚善。又頗附己語，入己事，如「詩原」疊字一則附己之疊字詩，有四疊字兩句。「詩話」、「乩詩」附己事尤多，一一揭示年份，誌其順治、康熙間之行藏甚詳。如「峴山碑碣」一則，歷數己詩之刻於石者，雖云不好名，可乎？此卷有日本青木嵩山堂明治二十五年刊《螢雪軒叢書》本，由近藤元粹始爲輯出單行，題「寄園詩話」。

寄園寄所寄·撚鬚寄

漸岸趙吉士恒夫輯

寄園主人曰：天地非塊然者也，雷激風號，水喧谷響，凡物皆然；况人有靈氣，具口與舌，豈能默默哉！《卿雲》「復旦」，始于中古，而後踵事增華，日趨月盛，勢自使之然也。溯其原根，亦可以概詩之大凡矣。唐人以後，詩話頗多，而近今缺如。輯而補之，自不可少。乩詩雖涉怪誕，當其揮灑錯落，頗有出人意表者，并録其尤。可信不可信，一聽之人，余無容心焉。

詩　原

山林廊廟，莫不有抒發性情之具。詩也者，天地自然之音也。風雨雷電、日月星辰，孰非天地之詩哉！顧吾獨不解夫世之師心自詡者，遂謂短笛無腔，不妨信口，是何可不溯夫根源？

五言詩始於李陵、蘇武「河梁」之吟。而五律之祖，又推沈約《八詠詩》云：「登臺望秋月，會圃臨春風。秋至愍衰草，寒來悲落桐。夕行聞夜鶴，晨征聽曉鴻。解佩去朝市，被褐守山東。」《詩話叢談》

七言詩肇於《柏梁》，盛於建安。然《三百篇》中七字句甚多，楚狂《接輿歌》、甯戚《扣牛歌》、項籍

《垓下歌》、漢高《大風歌》，皆七字濫觴。楊升菴《千里面談》引梁簡文帝《春情》一首、陳後主《聽箏》一首、温子昇《擣衣》一首、隋王勣《北山》一首，爲七律濫觴。然八句中皆雜五言二句，每首只五十二字耳。附詩：《春情》：「蝶黄花紫燕相追，楊低柳合路塵飛。已見垂鈎掛緑樹，誠知淇水霑羅衣。兩童夾車問不已，五馬城南猶未歸。鶯啼春欲駛，無爲空掩扉。」《聽箏》：「文窗瑇瑁影嬋娟，香帷翡翠出神仙。促柱點脣鶯欲語，調弦繁爪雁相連。秦聲本自楊家解，吴歈那知謝傅憐。只愁芳夜促，蘭膏無奈煎。」《擣衣》：「長安城中秋夜長，佳人錦石擣流黄。香杵紋砧知遠近，傳聲遞響何淒涼。七夕長河爛，中秋明月光。蠮螉塞邊絶候雁，鴛鴦樓上望天狼。」《北山》：「舊知山裏絶氛埃，登高日莫心悠哉。子平一去何時返？仲叔長遊遂不來。幽蘭獨夜清琴曲，桂樹淩雲濁酒杯。槁項同枯木，丹心等死灰。」《幽草軒集》

任昉云：「六言詩始於谷永。」然《文選注》引董仲舒《琴歌》二句亦六言，不始於谷永明矣。樂府《滿歌行》尾一解：「命如鑿石見火，居世竟能幾時？」亦六言也。《升菴外集》

六朝沈君攸有《桂檝汎中河》詩，雄渾工緻，是七言排律仍先於七言律也。若初唐，則有蔡孚《打毬篇》，云：「德陽宫北苑東陬，雲作高臺月作樓。金鎚玉鑾千金地，寶杖琱紋七寶毬。竇融一家三尚主，梁冀頻封萬户侯。容色從來荷恩顧，意氣平生事俠遊。共道用兵如斷蔗，俱能走馬入長楸。紅鬣錦鬉風騄驥，黄駱青絲電紫騮。奔星亂下花場裏，初月飛來畫杖頭。自有長鳴須決勝，能馳迅足滿先籌。曹王漫説彈棊妙，劇孟休矜六博投。薄莫漢官愉樂罷，還歸堯室曉垂旒。」仝上

絶句者，一句一絶，起於「春水滿四澤，夏雲多奇峰。秋月揚明輝，冬嶺秀孤松」也。或以爲淵明詩，非也。杜詩「兩個黄鸝鳴翠柳」實祖之。王維詩：「柳條拂地不忍折，松柏稍雲從更長。藤花欲暗藏猱子，柏葉初齊養麝香。」宋六一翁亦有一首云：「夜凉吹笛千山月，路暗迷人百種花。棊散不知人換世，酒闌無奈客思家。」皆此體也。樂府有「打起黄鶯兒」一首，意連句圓，未嘗間斷。當參此意，便有神聖工巧。仝上

黄帝《彈歌》「斷竹，斥木。飛土，逐肉」，二言之始也；《詩・頌》「振振鷺，鷺於飛。鼓咽咽，醉言歸」，三言之始也；「鬱陶乎予心，顔厚有忸怩」，五言之始也；《詩・雅》「我不敢效我友自逸」、李長吉「酒不到劉伶墳上土」，八言之始也；杜詩「男兒生不成名身已老」，九言也；李太白「黄帝鑄鼎於荆山鍊丹砂，丹砂成騎龍飛上太清家」，十言也；東坡詩「山中故人應有招我歸來篇」，十一言也。仝上

元天目山釋明本中峰有九言《梅花》詩云：「昨夜東風吹折中林稍，渡口小艇滾入沙灘坳。野樹古梅獨卧寒星角，疏影横斜暗上書窗敲。半枯半活幾箇擫蓓蕾，欲開未開數點含香苞。縱使畫工奇妙也縮手，我愛清香故把新詩嘲。」後楊慎作云：「玄冬小春十月微陽回，緑萼梅蕊蚤傍南枝開。折贈未寄陸凱隴頭去，相思忽到盧仝窗下來。歌殘《水調》沉珠明月浦，舞破山香碎玉凌風臺。錯認高樓三弄叫雲笛，無奈二十四番花信催。」盧贇元《贍蘪花》詩云：「天將花王國艷殿春色，贍蘪洗粧素頬相追陪。絶勝濃英綴枝不韵李，堪友横斜照水攙先梅。瑶池董雙成浴香肌露，竹林嵇叔夜醉玉山頽。風流何事不入錦囊句？清和天氣直挽青陽回。」九字律也。《珊瑚網》

作九言詩貴在渾成勁健，亦備一體。余曾有咏竹句題於齊雲山嶽半云：「祇覺清於孤山處士梅，胡然澹若彭澤先生柳。」

古有三句之詩，意足詞贍，盤屈於二十一字中，最爲難工。岑之敬《當壚曲》云：「明月二八照花新，當壚十五晚留賓，回眸百萬横自陳。」唐傳奇無名氏《春詞》云：「楊柳裊裊隨風急，西樓美人春夢中，繡簾斜捲千條入。」宋謝皋羽《寄鄧牧心》云：「杜鵑花開桑葉齊，戴勝千生藥苗肥，九錢山人歸未歸？」洪武中詹天驩《寄山中友人》云：「桂樹蒼蒼月如霧，山中故人讀書處，白露濕衣不可去。」又古《步虚詞》云：「三十六天高太清，元君夫人蹋雲語，吟風颯颯吹玉笙。」雲南提學彭綱《詠刺桐花》云：「樹頭樹底花楚楚，風吹緑葉翠翩翩，露出幾枝紅鸚鵡。」《升庵外集》

《漁隱叢話》曰：「《雪浪齋日記》云：『退之聯句，古無此法，自退之斬新開闢。』予觀謝宣城有聯句七篇，陶靖節有聯句一篇，杜工部有聯句一篇，則諸公已先爲之，退之亦是沿襲。」今攷之漁隱所言，亦未爲得。聯句實起於漢《柏梁臺》，非始於靖節諸人也。又何遜、李白、顔真卿皆有是作，亦不特宣城、工部而已。《東齋記事》

歐陽文忠守穎日，因小雪，會飲聚星堂，賦詩，約不得用「玉」、「月」、「梨」、「梅」、「練」、「絮」、「白」、「舞」、「鵝」、「鶴」等字。歐公一篇云：「脱遺前言笑塵雜，搜索高家窺冥漠。」自後四十餘年，莫有繼者。元祐六年，東坡在潁，因禱雪於張龍公獲應，遂復舉前體，其末云：「汝南先賢有故事，醉翁詩話

誰能說？當時號令君聽取，白戰不許持寸鐵。」《漫叟詩話》

藥名詩，世云起自陳亞，非也。東漢已有離合體，至唐始著「藥名」之號。如張籍《答鄱陽客》「江臯歲暮相逢地，黄葉霜前半夏枝。子夜吟詩向松桂，心中萬事喜君知」是也。《金玉詩話》

集句自國初有之，未盛也。至石曼卿，人物開敏，以文爲戲，然後大著。嘗見手書《下第偶成》：「一生不得文章力，欲上青雲未有因。聖主不勞千里召，姮娥何惜一枝春。鳳凰詔下雖沾命，豹虎叢中也立身。啼得血流無用處，着朱騎馬定何人？」又云：「年去年來來去忙，爲他人作嫁衣裳。仰天大笑出門去，獨對東風舞一場。」至元豐間，王文公益工於此。人言此起自公，非也。杜少陵云：「作詩用事，要如釋語：水中着鹽，飲水乃知鹽味。」此説詩家秘密藏也。如「五更鼓角聲悲壯，三峽星河影動摇」，人徒見凌轢造化之工，不知乃用事也。禰衡撾《漁陽摻》悲壯。《漢武故事》：「星辰影動摇，方朔爲民勞之應。」則善用故事者，如繫風捕影，豈有迹耶？此理殆不容聲，予乃顯言之，已落第二義矣。仝上

梁武帝《江南弄》云：「衆花雜色滿上林，舒芳耀彩垂輕陰，連手躍蹀舞春心。舞春心，臨歲腴。中人望，獨踟蹰。」此辭絶妙，填詞起於唐人，而六朝已濫觴矣。其餘若「美人聯錦」、「江南稚女」諸篇，皆是《樂府》具載，不盡録也。升菴《辭品》

古詩皆詠之，然後以聲依之。詠以成曲，謂之協律。詩外有和聲，所謂曲也。唐人乃以詞填入曲中，不復用和聲。此格雖云自王涯始，然貞元、元和之間爲之者已多，有在涯前者。又小曲有「咸陽沾

酒寶釵空」之句，云李白作，《花間集》乃云張泌所爲，莫知孰是。楊繪《本事曲子》云：「近世謂小詞起於温飛卿，然王建有《宮中三臺》、《宮中調笑》，樂天有《謝秋娘》，一云《望江南》。」又曰：「近傳一闋，云李白製，即今《菩薩蠻》，其詞非白不能及此。」信其自白始也。劉斧《青瑣集》：「隋《海山記》中有《望江南》調。」即煬帝世已有其事矣。《筆談》

《家語》：「舜作《南風》之詩。」此則御製之始。《稗史》

王昌齡《灞池》詩：「開門望長川，薄莫見漁者。借問白頭翁，垂綸幾年也？」二韻俱助語，殊有致。孟襄陽詩：「所居最幽絶，所住皆静者。依止此山門，誰能效丘也？」小瀟灑可喜。《焦氏筆乘》

「漢宮一百四十五，多下珠簾閉瑣窗。何處營巢夏將半，茅簷煙樹語雙雙」。此杜牧《燕子》詩也。「一百四十五」，見《文選注》。大抵牧之詩好用數目堆積，如「南朝四百八十寺」、「二十四橋明月夜」、「故鄉七十五長亭」是也。《含煙閣詩話》

聯句自唐有之，若與坐客聯句，則互送爲煩。據段成式《廬陵官下記》：「截取斑竹以遞送聯句，謂之『句枝』。或角押惡韻，或煎椀茶爲八韻詩，皆謂之『集聯』。若志於不朽則太苦客，揀穩韻無所得輒已，謂之『苦聯』。句句共押平聲好韻不僻者，書於竹筒，謂之『韵牒』。」仝上

《稗史》云：「詩有一句叠三字者，如吴融《秋樹》詩云『一聲南雁已先紅，摵摵凄凄葉葉同』是也；有一句連三字者，如劉駕云『樹樹樹稍啼曉鶯，夜夜夜深聞子規』是也；有兩句連三字者，如白樂天云『新詩三十軸，軸軸金玉聲』是也；有雙聯叠字者，如古詩云『青青河畔草，鬱鬱園中柳。盈盈樓上女，

皎皎當窗牖。娥娥紅粉粧，纖纖出素手』是也；有七聯叠字者，昌黎《南征》詩云『延延離又屬，夬夬叛還遘。喁喁魚闖萍，落落月徑宿。誾誾樹墻垣，巘巘架庫廐。參參削劍戟，焕焕銜瑩琇。敷敷花坡蕚，闟闟屋摧霤。悠悠舒而安，兀兀狂明狃。超超出猶奔，蠢蠢駭不懋』是也。」然宋人《咏西溪》云：「灣灣灣處復灣灣。」更叠更切，愈出愈奇矣。《萬青閣偶談》

予《春遊賦懷》詩有「看山山上山經看，留客客中客易留」，亦殊不厭其叠也。

閩僧懷濬有詩二絶云：「家在閩山東復東，其中歲歲有花紅。而今再到花紅處，花在舊時紅處紅。」「家在閩山西復西，其中歲歲有鶯啼。而今再到鶯啼處，鶯在舊時啼處啼。」人多誦之。《客中閒集》

王荆公詩有「老景春可惜，無花可留得。莫嫌柳渾青，終恨李太白」之句，以古人姓名藏句中，蓋以文爲戲。或者謂前無此體，自公始見之。嘗讀權德輿集，其一篇云：「藩宣秉戎寄，衡石崇位勢。年紀信不留，弛張良自愧。樵蘇則爲愜，瓜李斯可畏。不顧榮官尊，每陳農畝利。居家類巖巘，負郭射斂積。忌滿寵生嫌，養蒙恬勝智。疏鐘皓月曉，晚景丹霞異。澗谷永不諼，山梁冀無累。頗符生肇學，得展禽尚志。從此直不疑，支離疏世事。」則德輿已嘗爲此體。《稗史》

《稗史》論古樂府：古人師手匠心，而又情真景切，其詞自佳；今人就題擬作，如畫者寫真，雖形色相肖，而生人之神氣安可得哉？杜少陵不擬題而自作，如前、後《出塞》、《新婚别》、《無家别》、《新安吏》、《玉華宫》，參之樂府，何啻伯仲。蓋平日造詣，有淵然自得之趣，故臨文神情自别。明李西崖咏

古諸作，近日尤展成《明史》一百首，俱是異觀。《嘯虹筆記》

《古今樂録》云：「傖歌以一句爲一解，中國以一章爲一解。王僧虔啓曰：『古曰章，今曰解。』解有多少，當是先詩而後聲。詩叙事，聲成文，必使志盡於詩，音盡於曲。是以作詩有豐約，制解有多少。」又：「諸曲調皆有辭、有聲，而大曲又有艷、有趨、有亂。辭者，其歌詩也；聲者，若『羊吾夷』、『伊那何』之類也；艷在曲之前，趨與亂在曲之後，亦猶吴聲、西曲前有和、後有送也。」升庵謂艷在曲之前，與吴聲之和，若今之引子；趨與亂在曲之後，與吴聲之送，若今之尾聲；「羊吾夷」、「伊那何」皆辭之餘音嫋嫋，有聲無字，雖借字作譜而無義，若今之「哩囉嗹唵吽」也。知此，可以讀古樂府矣。《升庵外集》

陳后山詩：「吴吟未至慢，楚語不假些。」任淵注云：「慢謂南朝慢體，如徐、庾之作。」余謂此解是也，但未原其始。《樂記》云：「宫商角徵羽，五者皆亂，迭相陵，謂之慢。」又曰：「鄭、衛之音，亂世之音也，比於慢矣。」宋詞有《聲聲慢》、《石州慢》、《惜餘春慢》、《木蘭花慢》、《拜星月慢》、《瀟湘逢故人慢》，皆雜比成調，古謂之「嘖曲」。「嘖」與「賾」同，雜亂也。琴曲有名「散」，元曲有名「犯」，又曲中「入破」，義亦如此。仝上

王彪之《竹賦》云：「上承霄而防露，下漏月而來風。庇清彈於幕下，影櫂歌於帷中。」蓋楚人男女相悦之曲，有《防露》，有《鷄鳴》，如今之《竹枝》。《東坡志林》亦云。然則《竹枝》之來，亦古矣。《詩・野有蔓草》，推之《防露》之意可知。《稗史》

《楊柳枝》，即古《折楊柳枝》義也。本歌亡隋之曲，故陳子昂有詩云：「萬里長江一帶開，岸邊楊柳幾千栽。錦帆未落干戈起，惆悵龍舟去不回。」後白居易有愛姬樊素善歌，小蠻善舞，故當時詩曰：「櫻桃樊素口，楊柳小蠻腰。」年既高邁，小蠻方豐艷，乃作《楊柳枝》詞以托意，曰：「一樹春風萬萬枝，嫩於金色軟於絲。永豐西角荒園裏，盡日無人屬阿誰？」及宣宗朝，國樂唱是詞。帝問誰製？永豐在何處？左右具以對。時永豐坊西南角園中有垂柳一枝，柔條極茂，因命使取二株植禁中。居易感上知名，且好尚風雅，又作一章云：「一樹飄殘委泥土，雙株榮耀植天庭。定知玄象今春後，柳宿光中添兩星。」故後盧貞、劉禹錫等和其題，自是爲白氏《楊柳枝》。今人渾爲一題，莫知其故。而《六朝樂府》收之，亦不辨也。又古有《折楊柳行》，可謂甚古，謝靈運嘗一作之，餘不多見也。復有《月節折楊柳》，雖是古詞，則似近於唐人意矣。仝上

古之樂府詩章，皆被之於樂。今樂府數句後則曰一解，又數句曰二解。如此言者，蓋即古人之一段義。終則於瑟上解一柱馬也。仝上

梁武帝宴華光殿聯句，曹景宗後至，詩韵已盡。沈約與以所餘「競」、「病」二字，景宗操筆而成，所謂「去時兒女悲，歸來笳鼓競。借問行路人，何如霍去病」是也。初讀此，了未曉賦韵韵盡爲何等格法。偶閱陳後主集，見其序《宣猷堂宴集五言》曰：「披鈎賦咏，逐韵多少，次第而用。」座有江總、陸瑜、孔範等三人。後主詔得「迮」、「格」、「白」、「易」、「夕」、「擲」、「斥」、「折」、「唶」字，其詩用韵，與所得韵次，前後正同，曾不攙亂一字。乃知其說是先詩韵爲鈎，坐客探鈎，各據所得，循序賦之，正後世次

韵格也。唐之次韵，起元微之、白樂天二公，自號「元和體」，古未有也。抑不知梁、陳間已嘗出此，但其所次之韵以探鈎所得，而非酬和先倡者，是小異耳。又楊衒之《洛陽伽藍記》載王肅入魏，舍江南故妻謝氏而娶魏元帝女。其故妻贈之詩曰：「本爲箔下蠶，今爲機上絲。得路遂騰去，頗憶纏綿時。」其繼室代答以謝，止次用「絲」、「時」二韵，則亦以倡和爲次矣。仝上

少陵《飲中八仙歌》分八篇，人人各異，本非重韵。《金玉詩話》

《風》、《雅》、《頌》既亡，一變而爲《離騷》，再變而爲西漢，三變而爲歌行雜體，四變而爲沈、宋律詩。五言起蘇、李，或云起枚乘。七言起於漢武《柏梁》。四言起於漢楚王傅韋孟。六言起於漢司農谷永。三言起於晉夏侯湛。九言起於高貴鄉公。

以時而論，則有建安體漢末年號。曹子建父子、鄴中七才子之詩。

黄初體魏年號。與建安相接，其體一也。

正始體魏年號。嵇、阮諸公之詩。

太康體晉年號。左思、潘岳、二張、二陸諸公之詩。

元嘉體宋年號。顔、鮑、謝諸公之詩。

永明體齊年號。齊諸公之詩。

齊梁體通兩朝而言之。

南北朝體通魏、周而言之，與齊梁體一也。

唐初體唐初猶襲陳、隋之體。
盛唐體景雲以後，開元、天寶諸公之詩。
大曆體大曆十才子之詩。
元和體元、白諸公。
晚唐體
本朝體通前後而言之。
元祐體蘇、黄、陳。
江西宗派體山谷爲之宗。
以人而論，則有蘇李體李陵、蘇武。
曹劉體子建、公幹。
陶體淵明。
謝體靈運。
徐庾體徐陵、庾信。
沈宋體佺期、之問。
陳拾遺體陳子昂。
王楊盧駱體王勃、楊炯、盧照鄰、駱賓王。

張曲江體始興文獻公九齡。

少陵體

太白體

高達夫體高常侍適。

孟浩然體

岑嘉州體岑參。

王右丞體王維。

韋蘇州體韋應物。

韓昌黎體

柳子厚體

韋柳體蘇州與儀曹合言之。

李長吉體

李商隱體即西崑體。

盧仝體

白樂天體

元白體微之、樂天，其體一也。

杜牧之體
張籍王建體謂樂府之體同也。
賈浪仙體
孟東野體
杜荀鶴體
東坡體
山谷體
后山體后山本學杜，其語似之者但數篇，他或似而不全，又其他則本其自體耳。
王荆公體公絶句最高。其得意處，高出蘇、黄、陳之上，而與唐人尚隔一關。
邵康節體
陳簡齋體陳去非與義也。亦江西之派而小異。
楊誠齋體其初學半山、后山，最後亦學絶句於唐人，已而盡棄諸家之體而別出機杼。蓋其自序如此。
又有所謂選體選詩時代不同，體製隨異。今人例爲五言古詩爲選體，非也。
柏梁體漢武帝與群臣共賦七言，每句用韵。後人謂此體爲柏梁體。
玉臺體《玉臺集》乃徐陵所序，漢魏六朝之詩皆有之。或者但謂纖艷者爲玉臺體，其實則不然。
西崑體即李商隱體，然兼温庭筠及本朝楊、劉諸公而名之也。

香奩體韓偓之詩，皆裙裾脂粉之語，有《香奩集》。

宫體梁簡文傷於輕靡，時號宫體。其他體製不一，大概不出此。

有近體即律詩也。

前人作詩，未始和韵。自唐白樂天與元微之爲二浙觀察，往來置郵筒倡和，始依韵而多至千言，少或百數十言，篇章甚富。其自耀云：「曹公謂劉玄德曰：『天下英雄，唯使君與操耳。』予於微之亦云。」豈詩人豪氣，例愛矜誇耶？安知後世士有異論。《珊瑚鈎詩話》

晉傅咸作《集經詩》，其《毛詩》一篇略曰：「聿修厥德，令終有俶。勉爾遁思，我言維服。盜言孔甘，其何能淑？讒人罔極，有靦面目。」此乃集句詩之始。《稗史》

《七哀詩》始於曹子建，其後王仲宣、張孟陽皆相繼爲之。人多不解「七哀」之義，或謂病而哀、痛而哀、感而哀、悲而哀、耳目聞見而哀、口嘆而哀、鼻酸而哀，雖一事而七者具也。《南濠詩話》

古詩有離合體，近人多不解。此體始於孔北海。余讀《類文》，得北海四言一篇云：「漁父屈節，水潛匿方。與時進止，出寺弛張。吕公饑釣，闔口渭旁。九域有聖，無土不王。好是正直，安固子臧。海外有截，隼逝鷹揚。六翮不奮，羽儀未彰。龍蛇之蟄，比他可忘。致琁隱耀，美玉韜光。無名無譽，放言深藏。按轡安行，誰謂路長？」此篇離合「魯國孔融文舉」六字。徐考之，詩二十四句，每章四句，離合一字。如首章云：「漁父屈節，水潛匿方。與時進止，出寺弛張。」第一句「漁」字，第二句「水」字，「漁」犯「水」字而去「水」，則存者爲「魚」字；第三句有「時」字，第四句有「寺」字，「時」犯「寺」字而去

「寺」，則存者爲「日」字；離「魚」與「日」而合之，則爲「魯」字。下四章仿此。殆古人好奇之過，欲以文字示其巧也。《石林詩話》

楊億、劉筠作詩，務積故實而語意輕淺。一時慕之，號「西崑體」。識者病之。《臨漢詩話》

古者字未有反切，故訓釋者但曰讀如某字而已。至魏孫炎始作反切，其實出於西域梵學也。自後聲韻日盛，宋周顒始作《四聲切韻》，行於時。梁沈約又撰《四聲譜》，以爲在昔詞人，累千歲而不悟，而獨得胸襟，窮其妙旨，自謂入神之作。繼是若夏侯該《四聲韻略》之類，紛然各自名家矣。至唐孫愐，始集爲《唐韻》，諸書遂爲之廢。本朝真宗時，陳彭年與晁迥、戚綸條貢舉事，取《字林》、《韻集》、《韻略》、《字統》及《三蒼》、《爾雅》爲《禮部韻》，凡科場儀範，悉著爲格。又景祐四年，詔國子監以翰林學士丁度之《禮部韻略》頒行。初，崇政殿説書賈昌朝言舊《韻略》多無訓解，又疑單聲與重疊字不諳義理，致舉人詩賦或誤用之，遂詔度等以唐諸家韻本刊定。其韻窄者凡三十處，許令附近通用。疑單聲及叠出字，皆於字下注解之。此蓋今所行《禮部韻》也。吴曾《漫録》嘗論景祐修《韻略》事，既不得其始，徒拘於張希文、鄭天休修書先後之辨爾。予因嘆近時小學幾至於廢絶，遂摭聲韻之本末，備論於此，庶覽者得以攷云。《東齋記事》

唐詩賡和有次韻先後無易，有依韻同在一韵，有用韵用彼韵，不必次，吏部和皇甫《陸渾山火》是也。今人多不曉。劉長卿《題於旅舍》云：「摇落暮天迴，丹楓雷葉稀。孤城向水閉，獨鳥背人飛。渡口月初上，隣家漁未歸。鄉心正欲絶，何處擣征衣？」張籍《宿江上館》云：「楚驛南渡口，夜深來客稀。月明

見湖上，江静覺鷗飛。旅宿今已遠，此行殊未歸。離家久無信，又聽搗砧衣。」兩詩偶似次韵，皆奇作也。《貢父詩話》

劉伯温《忠美人》三字詩曰：「雨欲來，風瀟瀟。披桂枝，拂陵苕。繁英隕，鮮葉飄。揚煙埃，靡招摇。激房帷，發綺綃。中髮膚，慘寂寥。思美人，隔青霄。水渺茫，山岧嶢。雲中鳥，何翛翛。欲寄書，天路遥。東逝川，不可邀。芳蘭花，日夜凋。掩瑶琴，閒玉簫。魂睘睘，心摇摇。望明月，歌且謡。聊逍遥，永今宵。」《客中閒集》

蕭參將出鎮雅黎，其妻流寓楚雄，聞本朝兵至，泣將七歲子托於家丁，手刃幼女，取壁間舊句「驛梅驚别意，堤柳暗離愁」十字，離合成詩：「馬革何人能裹屍？四維不振笑男兒。幸聞碩果存幽閣，驛使無由到雅黎。木偶同朝止素餐，人情説到死真難。母牽幼女齊含笑，梅骨稜稜傲雪寒。苟合如何決意休，文姬回漢總堪羞。馬嘶芳草香魂斷，驚醒人間節婦流。口中節義是誰無，力挽江河總是虚。刀鋸不移巾幗志，别無沾滯是吾徒。立也悲傷坐也傷，日沉誰與起殘陽？心憐夫壻兒還幼，意慘蠅污女伴娘。土兵刧去又官兵，日望征人不欲生。疋練有緣紅粉斷，堤邊一撮是佳城。木架原知冠蓋凋，夕陽古道冷蕭蕭。耳邊似聽貞魂泣，柳絮因風若爲招。日前送别囑陽關，立意當如張别山。音信須憑隴外寄，暗傳夫信已投繯。凶莫凶兮國喪亡，内庭無救各奔忙。佳人命薄成何用，離却塵囂骨也香。禾黍離離最可憐，火焚誰與救眉燃？心灰猶念舊夫子，愁殺妻孥聆杜鵑。」題畢，自縊死。時爲己亥之春。《續人鏡陽秋》

自杜工部《秋興》詩一時興會，恰成八律，後人漫不論章法，每奏八首，輒謂摹杜。豈知詩寫性情，興盡即止，獨不可減而爲四、爲六、爲七，增而爲九、爲十乎？要須加一分嫌長，減一分嫌短，乃爲妙耳。《嘯虹筆記》

自宋員外迪以瀟湘風景寫平遠山水八幅，一時觀者留題，目爲「瀟湘八景」。南渡詩人，若陳允平衡仲、張槃叔安、周密公謹、奚漢倬然，皆有《西湖十景詞》。而北平舊市載金《明昌遺事》，有燕京八景，元人或作爲古風，或演爲小曲。所謂「八景」者，「居庸疊翠」、「玉泉垂虹」、「太液秋風」、「瓊島春陰」、「薊門飛雨」、「西山積雪」、「盧溝曉日」、「金臺夕照」是已。至永樂間，館閣諸公相集倡和，更「薊門飛雨」爲「薊門烟樹」。或又增益二題爲十景，和者相屬。因而十室之邑、三里之城、五畝之園，以及琳宮梵宇，靡不有八景、十景詩，可憎甚矣！

鮑泉《和春日》詩：「新鶯始新歸，新蝶復新飛。新花滿新樹，新日麗新暉。新光新氣早，新望新盈抱。新水新緑浮，新禽新聽好。新景自新還，新葉復新扳。新枝新可結，新愁詎解顔。新詩獨氤氲，新知不可聞。新扇如新月，新蓋學新雲。新落連珠淚，新點石榴裙。」仝上

叠字詞頗有，叠字詩不多見。嘉靖間，倭子從紹興雨中往曹娥江，賦詩曰：「渺渺茫茫浪潑天，霏霏拂拂雨和煙。蒼蒼翠翠山遮寺，白白紅紅花滿川。整整齊齊沙上雁，來來往往渡頭船。行行坐坐看無盡，世世生生作話傳。天連泗水水連天，煙鎖孤村村鎖煙。樹繞藤蘿蘿繞樹，川通巫峽峽通川。

酒迷醉客客迷酒，船送行人人送船。此會應難難會此，傳今話古古今傳。」亦甚有味。《堯山堂外記》

藥名詩，如張籍《答鄱陽客》詩云「江皋歲暮相逢地，黄葉霜前半夏枝」之類是也。近世有禽言詩，甚有巧趣。然論禽言詩，當如藥名詩，用其名字，隱入詩句中，造語穩當，無異尋常詩，乃爲造微入妙。如藥名詩云：「四海無遠志，一溪甘遂心。」「遠志」、「甘遂」，二藥名也。禽言詩云：「喚起窗前曙，催歸日未西。」「喚起」、「催歸」，二禽名也。《客中閒集》

舒狀元春遊，用重疊意作詩曰：「春風春日兢春華，春水春山春景佳。新柳戀鶯鶯戀柳，好花迷蝶蝶迷花。尋芳子入遊芳伴，買酒人投賣酒家。去是路兮歸是路，馬頭相對日頭斜。」又用曲牌名作詩云：「惟愛宜春令去遊，風光猶勝小梁州。黄鶯兒唱今朝事，香柳娘牽舊日愁。三棒鼓催花下酒，一江風送渡頭舟。嗟予沉醉東風裏，笑剔銀燈上小樓。」仝上

甲戌秋日，毛子行九寄我疊字詩，因廣其體，一句三用疊字，極所至，由二、四、五疊，至疊十二字爲一句，有「夜夜夜深看夜月，山山山外訪山人」句。又以曲牌名入詩近俚，改用詞名、藥名，各成四律。即用《林卧遥集》韵。

唐伯虎《花月吟》：「花香月色兩相宜，惜月憐花卧轉遲。月落漫憑花送酒，花殘還有月催詩。隔花窺月無多影，帶月看花别樣姿。多少花前月下客，年年和月醉花枝。」《客中閒集》

余效子畏體，有《花月吟》四律云：「花輝玉蕚月凌樓，問月評花徹夜游。花霧朣朧殘月度，

月波蕩漾落花流。多情月姊花容瘦，解語花姑月佩留。愬月長歌花競秀，月臨花嶼雁行秋。」「花枝拂月裊香塵，月色花姿共一真。探月花驚棲宿鳥，看花月傍旅行人。月邀花步尋難遍，花簇月眉曲不伸。退谷誰爲花月主，花洲月渡夜投綸。」「秋老花殘菊月餘，月初纔別浣花居。曾繙月様花王譜，新檢花叢月老書。衰草殘花沙月白，曉風斜月野花疏。練光縈月花溪碎，呑月啣花蹬刺魚。」「開盡心花對月論，花身月魄兩温存。花朝月夜餐雲母，月窟花房繞竹孫。急擊花鈴催月御，高磨月鏡印花樽。撚花弄月憐尤惜，重疊花陰罩月墩。」

國初，東南人士重詩社，每一有力者爲主，聘詩人爲考官。隔歲封題於諸郡之能詩者，期以明春集卷私試，開榜次名，仍刻其優者，略如科舉之法。今世所傳，惟浦江吴氏月泉吟社，謝翺爲考官，「春日田園雜興」爲題，取羅公福爲首。其所刻詩以和平温厚爲主，無甚警拔，而卷中亦無能過之者，蓋一時所尚如此。《麓堂詩話》

羅明仲嘗謂三言亦可爲體，出「樹」、「處」二韻，迫西涯題扇。西涯即援筆云：「揚風帆，出江樹。家遥遥，在何處？」又因圍碁，出「端」、「觀」二韻，即曰：「勝與負，相爲端。我因君，得大觀。」仝上

樂府是官署之名，其官有令，有音監，有游徼。《漢書・張放傳》「使大奴駿等四十餘人，群黨盛兵弩，白晝入樂府，攻射官寺」，《後漢書・律曆志》「元帝時，郎中京房知五聲之音、六十律之數。上使太子太傅韋玄成、諫議大夫章維試問房於樂府」是也。後人乃以樂府所采之詩，即名之曰「樂府」，誤

矣，曰「古樂府」，尤誤。《後漢書·馬廖傳》言「哀帝去樂府」，註云：「哀帝即位，詔罷鄭、衛之音，減郊祭及武樂等人數。」是亦以樂府所肄之詩，即名之樂府也。《日知録》

温飛卿《題賀知章故居疊韵作》絶句云：「廢砌翳薜荔，枯湖無菰蒲。老媪寶藁草，愚儒輸逋租。」又《雨中與李先生期垂釣先後相失因作疊韵》絶句云：「隔石覓屐跡，西溪迷雞啼。小鳥擾曉沼，犁泥齊低畦。」《晚唐詩》

燈謎詩，前人間亦有之，然皆鄙俚不足諷咏。予友遂安毛會候令尹名際可，有燈謎詩十六首，每首各自爲題，每句隱一古人姓名，共在一部《孟子》内，爲燈謎開一生面。《嘯虹筆記》

《太平樂》：「虎旅歸來已罷兵，畢戰。關梁無禁任遥征。許行。九重天子稱仁聖，王良。異獸趨朝負輦行。象。」《春闈》：「春日問花花解語，桃應。兒家庭樹緑楊多。子柳。東隣相對憐嬌小，西子。争比椒房絶艷何？宫之奇。」《贈友》：「緑柳陰中點絳紅，楊朱。良材勝任棟方隆。杞梁。少年意氣皆堪托，子襄。一諾何妨縞紵通。然友。」《歸田樂》：「垂楊枝上漏春光，泄柳。《歸去來辭》獨擅場。晉文。從此塵勞皆頓歇，長息。素絲良馬爲誰忙？綿駒。」《凱歌》：「節届陽和萬彙蘇，景春。降藩歸化效前馳。王順。北門鎖鑰推良佐，司城貞子。絶域從今按版圖。貉稽。」《嘲一家棋低》：「滿院棋聲暑氣收，弈秋。乃翁局敗少機謀。公輸子。君家季父還猶豫，子叔疑。爲語兒童且自休。子莫。」《王會圖》：「美玉無瑕輯瑞同，白圭。岐豐佳氣慶雲中。周霄。從天産下鱗蟲長，龍子。兩道祥光一色紅。丹朱。」《少年行》：「廣厦華堂俠少遊，屋廬子。更偕同輩結綢繆。曹交。端居忽覺雄心起，莊暴。反哺慈禽一網收。烏獲。」《宮怨》：「夜永鷄鳴漏未收，景丑。官家沉醉百無憂。王驩。蛾眉一色誰相讓？顔般。南院光輝對院幽。北宮黝。」《湯餅會》：「將逢彌月祝無災，浩生不害。繡褓殷勤擁抱來。慎子。諸子兒孫皆長大，公孫衍。含飴最喜是初孩。曾元。」《感舊》：「絃管聲調豹袖鮮，樂正裘。當年遺蹟幾推遷。陳代。南樓清興原如此，庚公之斯。却喜塵勞已久捐。陳辛。」《春怨》：「欲就良緣美目窺，成覸。檀郎年少好丰姿。子都。爲伊消瘦腸迴轉，瘠環。細數更籌夜半知。時子。」《嘲村學究》：「身長九尺皓鬚眉，高叟。俯首長如持滿時。戴盈之。村塾全然無約束，師曠。任兒携幼浴清池。子濯孺子。」《村居》：「中男馳犢向前村，牧仲。須避南山百獸尊。陽虎。更與諸兒相共語，告子。年來齒落復生根。易牙。」《客況》：「岧嶤西嶽接西京，華周。天際冥鴻物外清。飛廉。莫道途遥頻顧僕，百里奚。衰年負荷托勞生。戴不勝。」《家慶》：「舊事追思陟鼎台，陳相。長男濟困散家財。孟施捨。更傳遲暮添丁好，晏子。疑是籛鏗改姓來。彭更。」

詩牌集字，詳于吳興王良樞一譜。其式用牙牌六百扇，廣六分，厚一分，以一面刻字，一面空口。其字聲平仄，以硃墨別之。椿牌一扇，長準詩牌二，刻曰詩伯。凡易牌，均爲四分。每一百扇，以一人爲詩伯，執椿牌内取一扇，以字畫數到某人，次第取用。以紙筆令詩伯掌之，聽各人自取韵，自製題。詩成，細評優劣。分牌式之外，又有分韵式、立題式、用字式、借字式、較勝式、品第式、賡奇式、翻新式、和韵式、收殘式、洗荒式、疊錦式、聯珠式、合璧式、焕彩式。其跋云：「予得是譜，藏之舊矣。小峰先生一見而奇之。先生性不飲，然多飲興，謂近世觴政繁俗，宜歸于雅，乃刻而傳焉。夫嘉賓式讌，導樂宣和，即不如唐人擅場，而適趣遠矣。」《詩牌譜》

詩話

放翁云：「六十年間萬首詩。」又云：「三日無詩便覺衰。」詩可須臾離耶？況五、七字耳。而生平胸次，直傳千古，人品心術，胥於是乎在。予《林卧遥集》疊千五百律，意不可盡，益知詩學無窮。移情風雅者當有同心。

詩非苦吟不工。孟浩然眉毛盡落；裴祐袖手，衣袖至穿；王維走入醋甕，皆苦吟之驗也。《存餘堂詩話》

韓詩多悲。韓詩三百六十首，哭泣者三百首。白詩多樂。白詩二千八百首，飲酒者九百首。詩本性情，多悲多樂，不免性情之偏。《説儲》

王孟端舍人作詩清麗。嘗有人久客京師，乃別取婦，孟端作詩寄之云：「新花枝勝舊花枝，從此無心念別離。可信秦淮今夜月，有人相對數歸期。」其人得詩感泣，不日歸。《南濠詩話》

宗、岳二公以忠節戰功，冠於南宋，戎馬倥傯，何暇筆硯。余嘗見宗忠簡石刻《華陰道》二絶云：

「烟遮晃白初疑雪，日映斕斑卻是花。馬渡急流行小崦，柳絲如織映人家。」又云：「菅茅作屋幾家居，雲碓風簾路不紆。坡側杏花溪畔柳，分明摩詰輞川圖。」岳武穆《湖南僧寺》詩有「潭水寒生月，松風夜帶秋」之句。唐之名家，不過如此。《升菴外集》

退之「下視禹九州，一塵集毫端」，長吉「遥望齊州九點烟，一泓海水盃中瀉」，與老杜所謂「盪胸層雲，决眥入飛鳥」者，是詩家何等眼界！《稗史》

米元章書法固精，詩律更妙。予愛其《望海樓》云：「雲間鐵瓮近青天，縹緲飛樓百尺連。三峽江聲流筆底，六朝帆影落樽前。幾番畫角催紅日，無事滄洲起白烟。忽憶賞心何處是？春風秋月兩茫然。」又《詠潮》云：「怒氣號聲逝海門，州人傳是子胥魂。天排雲陣千家吼，地擁銀山萬馬奔。勢與月輪齊朔望，信如壺漏報朝昏。吴亡越霸成何事，一唱漁歌過遠村。」又《垂虹亭》一絶云：「斷雲一葉洞庭帆，玉破鱸魚霜破柑。好作新詩繼桑苧，垂虹秋色滿東南。」《升菴外集》

詩人志向各自不同，如題漁父之作，有美其山水之樂者，有憫其風波之苦者。陸龜蒙云：「一艇輕划看晚濤，接䍦抛下漱春醪。相逢便倚蒹葭浦，更唱菱歌劈蟹螯。」鄭谷云：「白頭波上白頭翁，家逐船移滿浦風。一尺鱸魚新釣得，呼兒吹火荻花中。」江陰下户部華伯榮云：「天外閒雲物外情，功名真似一絲輕。浪花深處魚如舞，只爲心安不受驚。」祝希哲云：「荻花風緊水生鱗，山色浮空淡抹銀。總道江南好風景，從前都屬打魚人。」是皆羡其樂也。李西涯云：「漁家生事苦難勝，盡日江頭未滿罾。回首不知天已暮，晚風吹浪濕鬅鬙。」唐子畏云：「朱門公子饌鮮鱗，争訝金盤一尺銀。誰信深溪狼虎裏，滿身風雨是漁人。」文徵明云：「小舟生長五湖濱，雨笠風簑不去身。三尺銀鯿數斤鯉，長年辛苦只供人。」是皆憐其苦也。屬意雖不同，而寫景咏物，各極其妙。《烏衣佳話》

明太祖《題隱者》詩云：「固潔精魂欲上天，幽居深處水雲邊。烟封遠浦沙鷗盡，樹鎖前山草鹿眠。書假管城應復路，楮生墨客未回川。逢人更祝堅清志，那必雲衢足躡前。」其《早行》云：「忙着征衣快着鞭，回頭月掛柳梢邊。兩三點露不爲雨，七八箇星尚在天。茅店雞鳴人過語，竹籬犬吠客驚眠。等閑擁出扶桑日，社稷山河在眼前。」其《咏新月》云：「誰將玉爪指長空，萬里山河一樣同。映水有鈎魚怯釣，啣山無箭鳥疑弓。清光未放雲霄外，素影遥分宇宙中。輪滿待逢三五夜，九州四海照無窮。」其《咏接樹》云：「老幹將柯伐去燒，從新接起舊枝條。雖然未歷風霜苦，自是先沾雨露饒。四五鍬泥牢護足，二三皮篾緊纏腰。東君看顧歸家後，分付兒童莫去摇。」餘多見小説，不具載。《御製文集》

臨海趙太守，洪武間卒業太學。爲中貴題《蠶婦圖》云：「蠶未成絲葉已無，鬢雲撩亂粉痕枯。宫中羅綺輕如布，争得王孫見此圖。」太祖幸中貴宅，見之詰問，中貴以趙對。即召除肇慶知府，在郡有廉聲。及歸，嘆曰：「昔趙清獻持一硯，今吾倍之。」遂持二硯以歸。時號「趙雙硯」。《仰山脞録》

劉基初見明太祖，問能詩乎？基曰：「儒者末事，何謂不能。」時帝方食，指所用斑竹箸，使賦之。基應聲曰：「一對湘江玉並看，二妃曾灑淚痕斑。」帝顰蹙曰：「秀才氣味。」基曰：「未也。漢家四百年天下，盡在留侯一借間。」帝大悦，恨相見晚。《堯山堂外紀》

劉基《病足》詩：「旻天容我作支離，病瘧才除足就羸。跬步不妨猶似鱉，踔行那得更憐夔。抱珍

獻楚何堪再，斫樹收龐亦未遲。塞叟於今知匪禍，周雞從此免爲犧。」《客中閒集》

太祖嘗微行入酒坊，遇一監生，時坐客滿案，乃移土地神几，與生對席。問其里居，則四川重慶人也。帝因屬句曰：「千里爲重，重水重山重慶府。」生應曰：「一人成大，大邦大國大明君。」帝又舉婜几小木，命生賦詩。應曰：「寸木元從斧削成，每於低處立功名。他時若得臺端用，要向人間治不平。」帝喜，翌日召生，命爲按察使。今人家供土神於地始此。《堯山堂外紀》

明兵圍集慶路，與元兵大戰。元兵解去，乃堅守江左。見驛中有七歲兒居其中，上問之，對曰：「臣父當此役，已故，今臣代父耳。」上曰：「善對乎？」曰：「然。」上曰：「七歲兒童當馬驛。」即對曰：「萬年天子坐龍庭。」上喜，蠲其役。仝上

《新知録》云：「金兵南下，宋室播遷。金沙潘武目擊中原之荼毒，而爲四禽言詩以寓慨焉。辭意惋切，因録之：『交交桑扈，交交桑扈，桑滿墻陰三月暮。去年蠶時處深閨，今年蠶時涉遠路。路傍忽聞人採桑，恨不相與携傾筐。一身不蠶甘凍死，祇憶兒女無衣裳。』『不如歸去，不如歸去，家在浙江東畔住。離家一程遠一程，飲食不同言語異。今之眷聚皆寇讐，開口强笑心懷憂。家鄉欲歸歸未得，不如狐死猶首丘。』『泥滑滑，泥滑滑，脱了繡鞋脱羅襪。前營上馬忙起行，後隊搭駝疾催發。行來數里日已低，北望燕京在天末。朝來傳令更可怪，落後行遲都斫殺。』『鵓鴣鴣，鵓鴣鴣，帳房遍野仍前呼。阿姊含羞對阿妹，大嫂揮涕看小姑。一家不幸俱被虜，猶幸同處爲妻孥。願言相憐莫相妬，這箇不是親丈夫。』」新安黄黄生道京官之苦，亦作五禽言，云：「泥滑滑，我欲舉步，前顛後蹶。宦途此日泥没

脛，草鞋索斷足無襪。泥滑滑，前路漫漫何時達？」「提壺盧，客來置酒問中厨。槽坊昨日索酒債，僮僕空手難爲沽。提壺盧，主人無錢空嗟吁。」「不如歸去，淵明有辭，平子有賦。月俸但勾充馬料，京城冷宦實難措。不如歸去，三平兩滿隨分度。」「姑姑姑，中夜太息婦語夫。良人爲官妾不樂，面無粉黛衣無襦。姑姑姑，不如商婦多金珠。」「得過且過，外官原是京官作。州府司道缺如林，宦囊有口哀然大。得過且過，爾我耐心守窮餓。」《嘯虹筆記》

明高帝在軍中，喜閲經史，操筆成文。征僞漢瀟湘，賦詩云：「馬渡溪頭苜蓿香，片雲片雨渡瀟湘。東風吹醒英雄夢，不是咸陽是洛陽。」《説海》

洪武間，張彦倫咏愁詩：「來何容易去何遲，半在胸中半在眉。門掩落花春去後，牕含殘月酒醒時。濃如野外連天草，亂似空中惹地絲。除却五侯歌舞地，人間無處不相隨。」《堯山堂外紀》

毗陵李氏年十六，《咏破錢》云：「半輪殘月掩塵埃，依稀猶有開元字。想見清光未破時，買盡人間不平事。」《稗史》

高皇誅藍玉，籍其家，隻字往來皆連罪。孫蕡與玉題一畫，故殺之。臨刑口占云：「鼉鼓三聲近，西山日又斜。黄泉無客舍，今夜宿誰家？」高皇問監殺指揮，孫蕡死時何語，以此詩對。高皇怒曰：「有此好詩，何不早奏？」竟殺指揮。《列朝詩集》

虎丘劍池，云是闔閭埋玉處，一潭清冷，深不可測。宋戊子歲忽乾暵，中見石扉。遊人競下探之，見石扉上題二絶，云：「望月登樓海氣昏，劍池無底浸雲根。老僧只恐山携去，日暮先教鎖寺門。」又

「劍去池空一水寒，遊人到此憑欄干。年來世事消磨盡，只有青山依舊看。」《叢編》

明太祖初渡江時，潛行至太平府不惹庵，因宿焉。僧異之，苦詢其爵里姓氏，乃索筆題詩曰：「殺盡江南百萬兵，腰間寶劍血猶腥。山僧不識英雄漢，只管嘵嘵問姓名。」後登極，聞詩已無有，命械僧至京，將殺之。僧曰：「御製後，僅有臣亡師一偈在焉。」問偈云何，即誦云：「御筆題詩不敢留，留時深恐鬼神愁。故將法水輕輕洗，尚有龍光射斗牛。」上笑而釋之。《龍興記》

楊按察基，字孟載，少負詩名。會稽楊廉夫來吳下，於坐上屬賦《鐵笛歌》，即倣鐵體。廉夫驚喜，與俱東，謂從游者曰：「吾在東吳又得一鐵，優於老鐵矣。」與高啓、張羽、徐賁爲詩友，人稱國初吳中四傑。《列朝詩集》

吳人張習曰：「國初以高、楊、張、徐比唐之四傑。故老言不惟文才之似，而其終局亦不相遠。眉菴、盈川，令終如一；太史之斃，同乎賓王；北郭雖不溺海，僅全要領，而非首丘；按察投龍江，又與照鄰無異。」仝上

唐子儀名文鳳，以字行，歙人，山長仲實次子。生而穎悟過人，以文見重當世知名之士，得從諸故老遊。經史百氏，無不精究。善真、草、篆、隸書。辟教紫陽書院。以文學徵於朝，授知興國縣，擢趙王府紀善，以禮義導翼，數有諫諍。卒年八十六歲。子儀與祖元、父仲實俱以文學擅名，時號「小三蘇」。爲詩文豐縟閎深，有《梧岡集》。仝上

明初時，嘗欲征倭國，彼遣使嗐哩嘛哈奉表乞降。上問倭國風俗如何，嗐哩嘛哈以詩答曰：「國

比中原國，人如上古人。衣冠唐制度，禮樂漢君臣。銀甕蒭新酒，金刀鱠錦鱗。年年三二月，桃李一般春。」《遵聞録》

明初詩僧稱宗泐，同時有德祥者，亦工於詩。其《送僧東遊》云：「與雲秋别寺，同月夜行船。」《詠蟬》云：「玉貂名並出，黄雀患相連。」泐復不能道也。又《卜築》云：「草生橋斷處，花落燕來初。」《南濠詩話》

錢唐吴慥，洪武間官四川。其父敬夫思之，作詩云：「劍閣凌雲鳥道邊，路難聞説上青天。山川萬里身如寄，鴻雁三秋信不傳。落葉打牕風似雨，孤燈背壁夜如年。老懷一掬鍾情淚，幾度沾衣獨泫然。」敬夫卒，而慥始以丁憂還家。浮沉宦海者念此詩，能不竦然？《昨非菴集》

來復，字見心，豫章人。先以人材仕元至學士，因亂遂祝髮爲僧，改今名云。來復髯甚長，後爲僧而髯如故。尤工於詩，所與遊皆名士。初爲給事中，嘗賦《聽雨》：「掛冠羸得賦閑居，聽雨浮羅老故廬。夜滴梧桐燈盡後，曉臨荷芰酒醒初。打牕聲稱江濤急，入坐寒兼地籟虚。忽憶候朝天上去，更愁泥滑出無驢。」又一日，送李宗遠歸廣東詩云：「三山木落雁啼霜，虎踞關頭買小航。明日相思望南斗，水流不盡楚天長。」又云：「太平身退更何憂，歸老南山問故丘。一色梅花三萬樹，夜和明月醉羅浮。」又云：「聞説高侯氣膽狂，校詩多在白雲牕。秋來椰子甘如蜜，寄我須緘五百雙。」又云：「鸚鵡杯深泛紫霞，風涼渾訝謫仙家。錦袍留客催春燕，開遍東園荳蔻花。」胸次清灑出塵，溢爲詩章，類如此。時僧宗泐著稱，復與之齊名。太祖嘗誦其所爲詩文，稱賞久之。時蜀王雅志釋典，禮遇復甚隆。

王在中都，構西堂讀書，召儒臣日與講論，復亦在列。又建寶訓堂，以奉祖訓及前代帝王經典，命復作記。王又爲《澄心》、《觀書》、《崇本》、《敬賢》四箴以自警，復亦代草，以得達太祖。召問曰：「汝不欲仕我，而去出家爲僧，然留鬚亦有説乎？」對曰：「削髮除煩惱，留鬚表丈夫。」太祖笑而遣之。又一日召見，賜膳畢，復上詩稱謝。詩云：「淇園風雨曉吹香，手挽袈裟近御牀。闕下彩雲生雉尾，坐中金茀動龍光。金盤蘇合來殊域，玉盞醍醐出上方。稠疊濫承天上賜，自慚無德誦陶唐。」太祖覽詩大怒曰：「汝詩用『殊』字，是謂我爲『歹朱』耶？又言『無德誦陶唐』，謂朕無德，則雖以陶唐誦我而不能耶？何物奸僧，敢大膽如此！」欲殺之。復遂玉筯雙垂，圓寂於丹墀之下。或曰：見心之從釋者，亦從赤松子之意歟？有《蒲菴集》行世。《孤樹裒談》

明初一僧敲鉢賣詩，聲絶詩就。有以雞卵命之賦，僧應聲曰：「一塊無瑕玉，中含混沌形。忽然成五德，叫落滿天星。」《莫氏八林》

蘇景元，名大，休寧人。貫穿群經，通趙東山《春秋屬辭》之學，教授弟子。嘗輯《新安文粹》，撰國朝人歌詩爲《皇明正音》。成化中，年七十，自爲墓志而卒。《列朝詩集》

周子羽，名翼，號戇齋。有《題雁來紅》一絶云：「翔雁南來塞草秋，未霜紅葉已先愁。緑珠宴罷歸金谷，七尺珊瑚夜不收。」「雁來紅」，草名。《堯山堂外紀》

瞿宗吉《熨斗》詩：「有柄何曾挹酒漿，隨時用舍屬閨房。斡旋天上陽和氣，平帖人間錦繡香。翠袖捲紗移玉釧，金篝分火近牙床。衣成遠寄征夫去，印顆何時肘後黄？」《録雅編》

鳳仙花有紅、白、紫數種。宋時謂之金鳳花，其葉可以染指甲爲紅色。元人瞿宗吉詩：「金盆玉露擣仙葩，解使纖纖玉有瑕。一點愁凝鸚鵡啄，十分春上牡丹芽。嬌彈粉淚拋紅豆，戲掐花枝鏤絳霞。女伴相逢頻借問，幾回錯認守宮砂？」又《玉簪花》詩：「白露初凝氣候涼，花神獻寶助新粧。移來銀色三千界，壓盡金釵十二行。秋水爲神冰琢骨，龍涎作炷麝傳香。不須石上憂磨折，長在佳人鬢髻傍。」仝上

楊孟載《春草》詩最傳，其警聯曰：「六朝舊恨斜陽外，南浦新愁細雨中。」又《咏新柳》云：「濃如烟草淡如金，濯濯姿容裊裊陰。漸軟已無憔悴色，未長先有別離心。風來東面知春淺，月到稍頭覺夜深。惆悵隋宮千萬樹，淡烟疏雨正沉沉。」《咏春水》云：「溶溶漾漾欲平橋，知是巴山雪盡消。紅雨落花來滾滾，緑烟芳草去迢迢。沅湘已没鷗邊渡，溢浦新添鷺外潮。向晚漁郎走相報，大家齊上木蘭橈。」《麓堂詩話》

建文初，茅大方擢右副都御史，聞靖難兵起，以詩寄淮南守將梅殷曰：「幽燕消息近如何，聞道將軍志不磨。縱有大龍翻地軸，莫教鐵騎過天河。關中事業蕭丞相，塞外功勳馬伏波。老我不才無補報，臨風一嘆一悲歌。」聞者壯之。仝上

方正學《過子陵釣臺》長短句一章云：「正人須正己，治國先齊家。如何廢郭后，寵此陰麗華？糟糠之妻尚如此，貧賤之交可知矣。羊裘老子早見幾，故向桐江釣烟水。」《三異人書》

《梅窻小史》云：「有御史登臺弔古，欲留題，見輿夫沉吟，問之，曰：『小人有詩：好箇嚴子

陵，可惜漢光武。子陵有釣臺，光武無寸土。』御史驚奇，擲筆去。臺上題石甚多，中有一絶云：『嚴陵臺下大江横，千古英雄幾戰争。今日漢家無寸土，釣臺依舊屬先生。』詩非不佳，不若輿夫是英雄本色。」余往來武林，每過嚴瀨，必綰綷臺下，掇蘋野薦。三兒景行郵呈《登釣壇》詩，有「故人止剩先生在，客宿還從帝座觀」之句。予心有所觸，因次林卧韵，懷桐洲石瀨寄正先生以代奠。其一有聯曰：「纁帛盈輪空物色，鈎絲千尺獨臨流。」二有聯曰：「披裘傲睨無天子，撫腹温存有故人。」三有聯曰：「狂奴北舍方瞑目，癡漢西臺尚奉書。」四起結曰：「寇賈馮吴未足論，雲臺湮没釣臺存。」「高風止有先生獨，羞過嚴陵百仞墩。」頗爲作家見許，今勒之石。

交趾使《遊西湖》絶句：「一株楊柳幾枝花，醉飲西湖賣酒家。我國繁華不如此，春來遍地是桑麻。」《堯山堂外紀》

練公子寧嘗過安慶，謁余忠宣祠，有詩云：「將軍忠節冠荆揚，千載精神日月光。血戰孤城身已殞，名垂青史汗猶香。殘碑墮淚空秋草，折戟沉沙自夕陽。我亦有懷追國士，爲君感慨奠椒漿。」識者知其必以忠顯。《正氣記》

杜庠，字公序，號西湖醉老，以詩名永樂間。其《過赤壁》詩云：「水軍東下本雄圖，千里長江隘舳艫。諸葛心中空有漢，曹瞞眼裏已無吴。兵消炬影東風猛，夢斷簫聲夜月孤。過此不堪回首處，荒磯鷗鳥滿烟蕪。」一時人傳誦，稱曰「杜赤壁」。《文撮》

興化沙溪驛有詩題壁云：「沙溪祗是舊沙溪，今日重來路欲迷。獨有暮鴉知我意，白雲深處盡情啼。」《座右編》

一尼僧題一詩云：「到處尋春不見春，芒鞋踏破曉山雲。歸來笑撚梅花嗅，春在枝頭已十分。」絶似悟後人語。《雪濤詩評》

一全真題詩桃川壁間云：「磨快鋤頭挖苦參，不知山下白雲深。多年寂寞無烟火，細嚼梅花當點心。」讀之似不火食人語。仝上

蘇城淤川，張士誠嘗以彩漆金花舟，施錦帆，載美人泛此，列妓女於上，使唱《尋香採芳曲》。高太史啓詩云：「水繞荒城柳半枯，錦帆去後故宫蕪。窮奢畢竟輸漁父，長保秋風一幅蒲。」遂名其處曰「錦帆涇」，今府治西衣帶水是也。《壟起雜事》

解學士縉，生而穎絶，未能言，即知人教指。夢五色筆，筆有花如菡萏。五歲時，族祖抱置膝上，戲之曰：「小兒何所愛？」應聲作四絶句，其一曰：「小兒何所愛？夜夢筆生花。花根在何處？丹府是吾家。」《挽筠澗先生》：「逐鹿兵還郊鼎移，故家風節似君稀。山河百二還真主，泉石東南隱少微。黄菊花香高士醉，青門瓜熟故侯歸。九原若遇余豳國，猶話孤城未解圍。」《列朝詩集》

蜀中一耆儒贊《張果老倒騎驢圖》曰：「舉世多少人，誰似這老漢？不是倒騎驢，凡事回頭看。」《雪濤詩評》

明仁宗在東宫時，嘗觀二内侍象弈，因命曹子棨應制，詩云：「兩軍對敵立雙營，坐運神機决死

生。十里封疆馳鐵馬，一川波浪動金兵。虞姬歌舞悲垓下，漢將旌旗逼楚城。興盡計窮征戰罷，松陰花影滿殘枰。」帝和云：「二國爭强各用兵，擺成隊伍定輸贏。馬行曲路當先道，將守深宫戒遠征。乘險出車收敗卒，隔河飛砲下重城。等閒識得軍情事，一着功成見太平。」又「漢楚爭雄動戰征，不勞金鼓便興兵。馬行二步鴻溝渡，將守三宫細柳營。擺陣出車當要路，隔河飛砲破重城。幄幃士相多機變，一卒功成見太平。」《莫氏八林》

《後山詩話》云：「吕某公歸老於洛，常遊龍門還，閽者執筆歷請官稱，公題以詩云：『思山乘興看山回，烏帽綸巾入帝臺。門吏不須詢姓字，也曾三到鳳池來。』」明黄州郡守夜巡，獲一犯禁者，供狀云：「舟泊蘆花淺水涯，故人邀我飲金巵。因歌赤壁兩篇賦，不覺黄州半夜時。城上將軍原有禁，江南士子本無知。黄堂若問真消息，舊有聲名在鳳池。」禮而去之。識者謂爲「解春雨」。《嘯虹筆記》

林清，元人，高尚不仕，隱居寺中。府公來寺檢册，詰問，且曰：「能詩乎？」對曰：「頗能。」即以册號八音。命爲詩，應聲云：「金紫何曾一掛懷，石田茆屋自天開。絲竿釣月江頭住，竹杖挑雲嶺上來。匏實曉收栽藥圃，土花春長讀書臺。革除一點浮雲慮，木筆題詩酒數杯。」府公驚羨，遂與爲友。政暇輒携酒過飲，倡和移日。一日忽論海濱人物，因曰：「若林清者，雄才碩德，惜未見其人。」林不覺有感。府公曰：「君殆林清耶？」林曰：「若清者，公安得見之？此吾所以有感也。」相與盡醉而罷。明日林去，府公再往訪之，不見。多方物色，終不得見矣。《客中閒集》

楊光溥有《詠梅集句》百首，又有《香奩集句》云：「垂柳陰陰晝掩扉，流鶯百囀最高枝。春閨幾許關心事，夫壻多情亦未知。」「宿雨厭厭睡起遲，曉鶯啼斷緑楊枝。夢中無限風流事，盡在停針不語時。」「紅芳落盡井邊桃，病酒懨懨日正高。百尺朱樓閒倚遍，静看燕子壘新巢。」「細草春莎没繡鞋，閒尋女伴過西家。春風不管人憔悴，開遍薔薇一樹花。」「冰雪肌膚力不勝，酷憐風月爲多情。自慚不及鴛鴦侣，雙宿雙飛過一生。」「倚闌無語倍傷情，夜合花開香滿庭。羌管一聲何處笛，細風斜雨不堪聽。」「郎上孤舟妾上樓，感時傷别思悠悠。離心不異西江水，流到瓜洲古渡頭。」「曉角昏鐘爲底忙，怕黄昏後又昏黄。近來欲睡兼難睡，半是思郎半恨郎。」「盡日無人獨倚樓，愁來對鏡懶梳頭。深知身在情長在，嫁得蕭郎愛遠遊。」《堯山堂外紀》

《題焚書坑》絶句：「焚書祇是要人愚，人未愚時國已虚。惟有一人愚不得，又從黄石讀兵書。」不知何人所作，陸式齋常誦之。仝上

舒州下寨驛中詩：「北堂無老信來稀，十載秋風雁自飛。今日滿頭生白髮，千山鄉路爲誰歸？」《侯鯖録》

朱權，明高皇之十六子也。神姿朗秀，始能言，自稱大明奇士。好學博古，旁通釋老，尤精於史。洪武二十四年，册封之大寧。文皇踐祚，改封南昌。恃靖難功，頗驕恣，多怨望不遜。晚年深自韜晦，所居宫庭無丹彩之飾，搆精廬一區，蒔花藝竹，鼓琴著書。晚節益慕冲舉，自號臞仙。有《日蝕》詩云：「光浴咸池正皎然，忽如投暮落虞淵。青天俄有星千點，白晝争看月一弦。蜀鳥亂啼疑入夜，杞人狂走怨無天。舉頭不見長安日，世事分明在眼前。」詩真怨望不遜矣。《客中閒集》

周憲王朱有燉，明高皇之孫，周定王長子。勤學好古，留心翰墨，集古名蹟十卷，手自臨摹，勒石，名《東書堂集古法帖》，歷代重之。製《誠齋樂府傳奇》若干種，音律諧美，流傳内府，至今中原絃索多用之。李夢陽《汴中元宵》絶句云：「中山孺子倚新妝，趙女燕姬總擅場。齊唱憲王新樂府，金梁橋外月如霜。」王有《誠齋録》、《新録》諸集，傳於世。如《春日》云：「深巷日斜巢燕急，小樓風静落花閒。」《春夜》云：「彩檻露華垂柳濕，珠簾風静落花香。」《秋夜》云：「梧桐露滴鴛鴦瓦，楊柳風寒翡翠堂。」《牡丹亭書景》云：「鶯歸小院穿青柳，燕蹴飛花過粉墻。」《日暮》云：「林鳩喚友常知雨，海燕將雛不避人。」《雲林清趣》云：「采藥一僧雲外去，巢松雙鶴雨中還。」《送人》云：「南浦斷虹收雨去，西風新雁帶霜來。」《漫興》云：「南國音書歸雁盡，西園風雨落花愁。」《和王長史》云：「採得藥苗還行徑，着殘棋子坐花陰。」《紅心驛》云：「枕上夢回鶯語滑，窻前風定柳陰凉。」《横堤晚望》云：「神如秋水十分净，心似中原萬里平。」皆風華和婉，盛世之音也。又作《柳枝歌》三首，序云：「白居易《楊柳枝》云：『永豐西角荒園裏，盡日無人屬阿誰？』宣宗朝，樂工唱此詞，遂令中使取二株植於苑中。予於洪武年間至長安，尋訪永豐坊，乃在陜西城内，東西兩街尚有垂楊，柔枝拂地，愛而賦之。」歌云：「蘇小門前萬縷垂，白家園内兩三枝。聽歌看舞人何在？惟有東風展翠眉。」「二月風和散麴塵，枝枝垂地每傷神。爲君繫得春心住，忍折長條送遠人。」「宛轉千條罥晚風，拖烟帶雨渭城東。征衫點得輕輕絮，寄入《陽關》曲調中。」仝上

楊文定公嘗云：「范文正、高季迪皆出姑蘇，兩人氣象甚不同。」蓋於其所賦卓筆峰見之。范云：

「笠澤研池小，穹窿架石峩。仰憑天作紙，寫出太平歌。」高云：「雲來初似墨，雁過還成字。千載只書空，山靈恨何事？」仝上

夏忠靖公少年極穎敏。或指屋上獸頭使賦之，公即口占曰：「非龍非虎亦非羆，頭角皆因造化爲。不向草茅誇氣象，却於廊廟著威儀。昂昂飽歷冰霜苦，默默長承雨露滋。寄與飛飛諸燕雀，好來相近莫相疑。」論者以爲居顯位而不免昵小人，此其驗云。《堯山堂外紀》

蘇平《咏豆腐》云：「傳得淮南術最佳，皮膚褪盡見精華。一輪磨上流瓊液，百沸湯中滾雪花。瓦缶浸來蟾有影，金刀剖破玉無瑕。箇中滋味誰知得，多在僧家與道家。」仝上

凌雲翰，字彦翀，見人家昆季析居者，作《沁園春》詞以嘲之，云：「樹上凌霄，堂前紫荆，秋來尚芳。奈牝鷄晨語，鶺鴒憔悴，妖狐晝嘯，鴻雁分行。仁智非周，喜憂非舜，一旦天倫忍遂忘，如何好？望松楸感泣，桑梓悲傷。　古今禍起專房，總一國猶然況一鄉。家有婦人，豈無長舌？世無男子，誰有剛腸？樹大枝分，瓜熟蒂落，此語應非是義方。聊書此，要懲心鑑戒，不在文章。」仝上

高季迪年十八，未娶婦。翁周仲建有疾，季迪往唁之。周出《蘆雁圖》命題，季迪走筆賦曰：「西風吹折荻花枝，好鳥飛來羽翮垂。沙闊水寒魚不見，滿身風露立多時。」仲建笑曰：「是子求室也。」即擇吉以女妻焉。仝上

天順朝，嘗以銀豆、金錢等物撒地，令宫人及宦侍争拾爲閧笑。編修楊守陳賦《銀豆謡》曰：「尚方承詔出九重，冶銀爲豆驅良工。顆顆匀圓奪天巧，朱函進入蓬萊宫。御手親將十餘把，琅玕亂灑金

堦下。萬顆珠璣走玉盤，一天雨雹敲鴛瓦。中官跪拾多盈袖，金鐺半墮羅裳紭。贏得天顔一笑懽，拜賜歸來坐清晝。聞知昨日六宮中，翠娥紅袖承春風。黄金作豆競拾得，羊車不至愁烟中。别有銀壺薄如葉，并刀剪碎盈丹匣。也隨金豆漉金階，滿地春風飛蝴蝶。君不見民飡木皮和草根，夢想豆食如八珍。官倉有米無銀糴，操瓢盡作溝中塵。明主由來愛一嚬，安邦只在恤窮民。願將銀豆三千斛，活取枯骸百萬人。」《陋軒外集》

正統間，處州葉宗留謀逆。杭點民兵，有生員之父亦在點中。其子往訴於府，府主不爲理。拂衣而出，自言「水上打一棒」，蓋俗云空無用也。府主聞其言，疑以惡語相嘲，即唤轉詢焉。生員直告其故，遂曰：「汝能賦此，當免其役。」因口占曰：「七尺琅玕杖碧流，一聲驚破楚天秋。千條素練開還合，萬顆明珠散復收。鷗鷺盡飛江蓼岸，鴛鴦齊起白蘋洲。想應此處無魚釣，起網收綸别下鈎。」守遂除之。《稗史》

定襄伯郭登鎮大同，有古良將風。己巳之變，力守邊疆，大小十數戰，設飛天網、攪地龍等法，發其機，頃刻數里皆陷破，一發五百步。顧又嫺文學，所著《左傳解》可與杜武庫争衡。嘗記其二詩，《哀征人》云：「天迷離，水嗚咽，戰馬無聲寶刀折。冤鬼慘酸啼夜月，青燐熒熒明又滅，照見征夫戰時血。」《客中春晚》云：「遠塞書難寄，空庭花自開。舊巢雙燕子，今歲不曾來。」登以勇將而風流儒雅若此。《焦氏筆乘》

《金陵詞》是臺城妓作：「宫中細草香紅濕，宫内纖腰碧窻泣。唯有虹梁春燕雛，猶傍珠簾玉鈎

立。」仝上

道士席應真，讀書學道法，兼通兵機。道衍師之，盡得其術。然深自晦藏，人無知者。已而至京口，賦《覽古》詩曰：「譙櫓年來戰血乾，烟花猶自半凋殘。五州山近朝雲亂，萬歲樓空夜月寒。江水無潮通鐵甕，野田有路到金壇。蕭梁事業今何在，北固青青眼倦看。」其黨宗泐見搖膝高吟，美之曰：「此豈釋子語？」曰：「斯道斯道，汝薄南朝矣。」《堯山堂外紀》

林廷玉《挑燈杖》詩云：「檠椀常存竹木莖，餘功時或賴扶傾。却憐形體纖還短，能使光芒暗復明。天上長庚原有焰，人間太乙又騰精。心燈聞説無明滅，何用區區得擅名。」仝上

成化初，張方洲忤權要，出爲汀州知府。無何，引疾歸田。雅好山水，歲率一再至杭州，至輒携親朋出遊西湖，訪孤山，弔岳墳，登天竺，綵舟蠟屐，隨意所之。興至呼筆，大篇短章，頃刻立就。《題蘇堤春曉》云：「楊柳滿長堤，花明路不迷。畫船人未起，側枕聽鶯啼。」《平湖秋月》云：「風静片雲消，寒波浸涼月。疑有夜吟人，推蓬落楓葉。」《花港觀魚》云：「圉圉復洋洋，荇青露藻香。前湖張水戲，誰解步濠梁？」《柳浪聞鶯》云：「藜杖憩蘇灣，風温翠漲間。鶯聞雙語鳥，如在畫船間。」《三潭印月》云：「片月生滄海，三潭處處明。夜船歌舞處，人在鏡中行。」《南屏曉鐘》云：「幽夢忽驚覺，嚴城方向晨。看花春起早，已有曉妝人。」《兩峰出雲》云：「南峰雲乍晴，北峰雲欲雨。中有化霖人，高眠兩峰裏。」《雷峰夕照》云：「爽朗忽蒼茫，山高易夕陽。百年歌舞地，消得幾昏黄？」《曲院風荷》云：「涼氣度方洲，香來水正流。時聞採蓮曲，不見採蓮舟。」《孤山梅雪》云：「春意逼溪橋，寒香閉蓬户。山人

不出門，驛使在途旅。」仝上

成化甲午，倭人入貢，見欄前蜀葵花，不識。人問之，題詩云：「花如木槿花相似，葉比芙蓉葉一般。五尺欄杆遮不盡，尚留一半與人看。」《西墅襍記》

張給事寧，字靜之。成化中奉使朝鮮。陪臣朴元亨爲館伴，從游太平館。靜之賦百韵，朴隨手和之，殊不相下。靜之得「溪流殘白春前雪，柳折新黄夜半風」之句，朴乃閣筆曰：「不能屬和矣。」《列朝詩集》

陳士英夾紙剪梅花一枝，照之宛然可見，題詩多不稱意。歸安陳大祐題曰：「露下銀河月上遲，梨花雪裏夢醒時。水晶簾在瓊樓上，惆悵河山會玉肌。」時號絶唱。仝上

弘治間，人稱「何李」，謂信陽何大復景明、慶陽李空同夢陽。何十三舉於鄉，十七成進士，慷慨負義，終提學副使，年僅三十有九。李數以危言構禍，剛毅不撓，未免有尚氣傲物之誚，官亦提學副使。詩學杜子美，壽五十八，亦與子美同。雖下吏四次，而晚景富侈，享用逾於子美。與大復論詩不合，竟絶交，亦其尚氣之過。《稣譚》

弘治間，海寧塔下陳玉善畫山水。其年五十，忽欲讀書，坐閉一室，晝夜不息者五年，遂成詩人。嘗題賈似道《湖山圖》云：「山上樓臺湖上船，平章醉後懶朝天。羽書莫報樊城急，新得蛾眉正少年。」意甚佳。《堯山堂外紀》

潯州張尚書瀠爲翰林學士時，與同寅限韵聯句，得「單」字，公成句有「衝雨邪飛燕子單」，時服其

當。馬端肅以「燕子單學士」稱之。《柳潭詩話》

此與作《紅梅》詩限「牛」字曰「牧童睡起朦朧眼，錯認桃花誤放牛」相仝。

李西涯當國時，其門生滿朝。西涯又喜延納奬拔，故門生或朝罷，或散衙後，即群集其家，講藝談文，通日徹夜，率歲中以爲常。一日有一門生歸省，兼告養病還家。西涯集同門諸人餞之，即席賦詩爲贈。汪石潭俊詩先成，中一聯云：「千年芝草供靈藥，五色流泉洗道機。」諸人傳翫，以爲絶佳。呈稿西涯，西涯抹後一句，令石潭重改，衆皆愕然。石潭思之，亦終不復能綴。衆以請於西涯曰：「吾輩以爲抑之此詩絶好，不知何故以爲未善？」西涯曰：「歸省與養病是二事，今兩句單説養病，不及歸省，便是偏枯，且又近於合盤。」衆請西涯續之，西涯即援筆曰：「五色宫袍當舞衣。」衆始嘆服。《玉堂叢語》

李兆先嘗見西涯祀陵詩「野行愁夜虎，林卧起秋蠅」之句，問曰：「是爲秋蠅所苦，不能卧而起耶？」西涯曰：「然。」曰：「然則『愁』字恐對不過。」西涯曰：「『妨』字外亦無可易者。」曰：「請用『迴』字如何？蓋謂爲夜虎所遏而迴也。」西涯曰：「善。」遂用之。仝上

李西涯次張亨父韵，題《醉楊妃菊》云：「誰采繁花席上題，偶將名姓託唐妃。日烘花萼醺時面，雨換華清浴後衣。隔坐似邀秦國語，揮毫不放謫仙歸。欲從顔色窺生相，已落詩家第二機。」《堯山堂外紀》

黄巖王山人佐，字仁甫，自號古直老人。旅遊京師，客公卿間，三十年不置釜甑，無僮僕。李西涯

贈詩曰：「長安信脚自來往，醉醒不信東君誰。」實録也。古直《題嚴陵》曰：「天地此生惟故友，江湖何處不漁翁。」《游西山》曰：「舊時僧去竹房冷，今日客來山路生。」《述懷》曰：「窮將入骨詩還拙，事不縈心夢亦清。」《列朝詩集》

周詩字以言，嘗之京師，以詩文遊公卿間。少試方藥，皆神驗。欲以尚醫官之，拂袖而去。游武林，敝衣匿僧寺中。提學孔天胤自翰林出，雅負知詩，閱岳鄂王廟題壁詩，曰：「何事汚吾壁也！」命隸人箒墨掃之。至以言詩，乃大驚，立命駕往謁，與定交。其詩云：「將軍埋骨處，過客式英風。北伐生前烈，南枝死後忠。山河戎馬異，涕淚古今同。悽斷封丘草，蒼蒼落照中。」仝上

楊文理，紈綺子也。善吟，侈靡以至於貧。與杜公序善，杜以進士出爲攸令，楊欲往謁，闕道里費，趦趄久之。楚有商於吴者，難楊曰：「爲我作行舟八詠，即載以往。」題曰「蓬」、「檣」、「篙」、「櫓」、「猫」、「纜」、「舵」、「跳」，楊援筆一揮而就。商讀之，躍然起敬，載之往，且厚贈焉。其《詠蓬》曰：「雨濕湘帆翠欲流，飄飄偏稱木蘭舟。纔從紅蓼灘頭掛，又向白蘋洲畔收。數葉飽風淮浦晚，一繩拖雨洞庭秋。蓬萊聞説三千里，藉爾何當作勝游。」《櫓》曰：「誰倩公輸巧斲成，翩翩渾訝逐風鷹。分開水面秋烟冷，斫破波心夜月明。船尾駕來三尺短，棹頭摇去五銖輕。不堪聲作《伊州》調，客裏聞來倍慘情。」餘不能全記。《檣》有曰：「宵歸海面疑撐月，晚泊山隈欲礙雲。雖愛高標平地起，最憐孤影隔溪分。」《篙》曰：「誰剪瀟湘玉一枝，棹郎常向手中持。撐開楊柳橋邊市，移過桃花洞口祠。」《猫》曰：「一鐶似月分中墜，四齒如錐向上擎。」《纜》曰：「秋風任擲孤篷外，夜月長維古渡邊。」《舵》曰：「不入

紅塵芳草路，慣依疏雨落花津。」《跳》曰：「踏破曉霜還有跡，溜殘春雨不生苔。」如此等句，何可多得，惜不見其全集。《莫氏八林》

明朝欲征安南國，作一萍詩當檄文，曰：「穿田渡水冒秧針，到底原來種不深。空有根苗空有葉，收生枝節敢生心。但知聚處焉知散，祇識浮時不識沉。大抵中天風勢惡，掃歸湖海竟難尋。」安南得檄，即次韵一律云：「錦鱗密密莫容針，帶葉連根不計深。常與白雲争水面，豈容明月墜波心。千條雨線穿難破，萬頃風濤滚不沉。多少魚龍藏水底，漁郎無計把鈎尋。」明遂罷兵。仝上

劉欽謨在史館時，日請良醞酒一斗，然飲少，多有藏者。湯東谷從劉索之，詩曰：「兼旬無酒飲，詩腹半焦枯。聞有黄封在，何勞市上沽。」劉悉其所藏與之。《堯山堂外紀》

汪應軫由諫垣出僉江右，巡歷郡縣。名山勝跡，多有題詠。登餘干東山書院，題云：「趙相空懷汗馬勞，紫陽曾此弔英豪。乾坤何地忘淵聖，日月中天讀楚騷。江水帶雲來晚棹，山風吹雨濕春袍。前途疑是楊花泊，錯認鄱湖雪浪高。」考之趙汝愚罷相，請晦翁訓其子崇憲，因註《楚辭》。人皆服其用事切實云。《餘干志》

汝愚讀書邑西之藏山，理宗賜「梅巖」二字，鐫之石，今猶存。邑「鳳雲堂」爲朱子手跡。嘉靖間，改東山書院。汝愚，宋宗室，孝宗乾道丙戌狀元，後封沂國公。父善應，封慶國公。祖不求，贈中國公。理宗時，汝愚又贈福王。

有投刺稱「詩伯」者，主人訝之。偶見地上沙，而試以詩。其人應聲賦曰：「平平黃出塞，漠漠白鋪汀。鳥去風平篆，潮迴日射星。」主人遂嘆服。《樗鄉集》

邊尚書貢癖於求書，搜訪金石古文甚富。一夕燬於火，仰天大哭曰：「嗟乎！甚於喪我也。」病遂篤，卒年五十七。有《華泉詩集》八卷流傳。弘治時，朝士有所謂「七子」者，北都李夢陽、信陽何景明、武功康海、鄠杜王九思、吳郡徐禎卿、儀封王廷相、濟南邊貢也。吳人袁袠曰：「李、何、徐、邊，世稱四傑。邊稍不逮，祇堪鼓吹三家耳。」《列朝詩集》

寧庶人既就擒，拘宿公館，以銅盂與盥洗，仍責取銀者，其習於奢侈如此。嘗作一律，貽巡撫王守仁，一曰：「可憐輕棄牡丹臺，細掩重門晝不開。楊柳宫中和淚舞，芙蓉雨上帶愁回。痛思狗監真非輔，始信狡童自不才。金馬玉堂歸去路，等閒惟有庶人來。」二曰：「懶與乾坤擔此憂，我今隨步過瀛州。清風明月人三箇，荒草斜陽土一丘。夢去夢來俱是夢，愁多愁少總成愁。許多心事憑誰訴，滿目黃花别樣秋。」「狗監」指劉養正、李士實，「狡童」蓋自謂也。《堯山堂外紀》

初，宸濠之謀爲不軌也，嘗作《秋懷》詩，有曰：「莫向西風問彭蠡，盤渦怒欲起蛟龍。」婁妃探知其意，嘗泣諫之，不聽。因作《早行》詩見意，曰：「雞聲忽叫五更月，馬足先追十里風。欲買三杯壯行色，酒家猶在夢魂中。」後宸濠兵收成擒，群小皆鼠竄，獨婁妃投水死。仝上

武宗幸薊之湯泉，宫女王氏隨行。題詩賜之云：「滄海隆冬也異常，小池何自煖如湯？溶溶一脉流今古，不爲人間洗冷腸。」仝上

鄭少谷初不識王浚川，作《漫興》十首，中有云：「海内談詩王子衡，春風坐遍魯諸生。」後鄭卒，王始知，爲位而哭，走使千里致奠，爲經紀其喪，仍刻其遺文。《説統》

正德間，有日本國使者經西湖，題詩云：「昔年曾見此湖圖，不信人間有此湖。今日打從湖上過，畫工還欠着工夫。」《堯山堂外紀》

文待詔徵明，初名璧，以字行，更字徵仲，長洲人。以諸生歲貢入京，用尚書李克嗣薦，授翰林院待詔。三載謝病歸，年九十而卒。日本貢使踵門求見，具冠服南面受拜，而却其贄，曰：「此國體也。」其《乞猫》詩甚趣：「珍重從君乞小貍，女郎先已辦氍毹。自緣夜榻思高枕，端要山齋護舊書。遣聘自將鹽裹箬，策勳莫道食無魚。花陰滿地春堪戲，正是蠶眠二月餘。」《列朝詩集》

衡山有《病起遣懷》二律，詞婉而峻，蓋不就寧藩之徵所作也。詩曰：「潦倒儒官二十年，業緣仍在利名間。敢言冀北無良馬，深愧淮南賦小山。病起秋風吹白髮，雨中黄葉暗松關。不嫌窮巷頻回轍，消受爐香一味閒。」「經時卧病斷經過，自撥閒愁對酒歌。意外紛紜知命在，古來賢達患名多。千金逸驥空求骨，萬里冥鴻肯受羅。心事悠悠那復識，白頭辛苦服儒科。」寧藩敗，凡應辟者崎嶇萬狀，公獨宴然。《玉堂叢語》

文徵明《詠蛙》詩云：「青燈照壁睡微茫，閣閣群蛙正繞堂。細雨黄昏員鼓吹，誰家青草舊池塘？年來水旱真難下，我已公私付兩忘。寄謝繁聲休强聒，吴城明日是端陽。」《初日録》

胡賓客儼，南昌人。有《續十二辰》詩：「鼴鼠飲河河不乾，牛女長年相見難。赤手南山縛猛虎，月中取兔天漫漫。驪龍有珠常不睡，畫蛇添足適爲累。老馬何曾有角生，羝羊觸藩徒忿懥。莫笑楚人冠沐猴，祝鷄空自老林丘。舞陽屠狗沛中市，平津牧豕海東頭。」《列朝詩集》

彭華長於絶句，《詠陶淵明》云：「解印歸來雪鬢飄，呼童滴露寫前朝。丁寧莫取江頭水，恐是金陵一夜潮。」《題王明妃》云：「抱得琵琶不忍彈，胡沙獵獵雪漫漫。曉來馬上寒如許，信是將軍出塞難。」《説統》

越僧某索畫於石田翁，嘗寄一絶云：「寄將一幅剡溪藤，江面青山畫幾層。筆到斷崖泉落處，石邊添箇看雲僧。」石田欣然，畫其詩意答之。余請僧詩畫矣，何以圖爲？《夷白齋詩話》

《集唐黄鶴樓》詩：「昔人已乘白雲去，江海茫茫何處尋？芳草連天迷遠望，薄雲籠日弄輕陰。春魚雁無消息，萬里江山自古今。百尺朱樓閒倚遍，洞庭猶憶在前林。」又「此地空餘黄鶴樓，成仙人去幾千秋。雲飛雨散知何處？葉落猿啼傍客舟。天水混融浮太極，野烟踪跡似東周。此時悵望人多少，仙鶴空成萬古愁。」又「黄鶴一去不復返，白雲長在水潺潺。如何一諷神仙事，却望千門草色間。城下烟波春拍岸，湖中西日倒啣山。征帆去棹殘春裏，飛鳥空慚倦未還。」又「白雲千載空悠悠，物换星移幾度秋。縱酒欲謀良夜醉，放歌曾作昔年遊。長安北望三千里，天府南來第一州。前後登臨思無盡，思歸時亦賦登樓。」又「晴川歷歷漢陽樹，却惹空山舊曉烟。樓上北風斜捲席，洞庭秋色遠連天。公車未結王生襪，壯志仍輪祖逖鞭。黄鶴樓中吹玉笛，水寒烟淡落花前。」又「芳草凄凄鸚鵡洲，謝公此地昔曾遊。鳥啼花發人何在？仙去臺空跡尚留。知愛魯連歸海上，共嗟王粲滯荆州。高樓惆悵憑欄久，惟見長江天際流。」又「日暮鄉關何處是，杜陵遠客不勝悲。終期直道扶元化，敢負吾君作楚詞。北極朝廷終不改，楚天雲雨盡堪疑。酒酣往事多興念，黄鶴樓前吹笛時。」又「烟波江上使人愁，幾度高吟寄水流。花界三千春渺渺，銀河一帶水悠悠。仙人有待騎黄鶴，身外無機任白頭。遥望洞庭山水色，春風一夜滯歸舟。」《客中閒集》

都南濠小時學詩於沈石田。石田問近有何得意作，南濠以《節婦》詩首聯爲對，曰：「白髮貞心在，青燈淚眼枯。」石田曰：「詩則佳矣，然有一字未穩。」南濠茫然，避席請教。石田曰：「爾不讀《禮經》乎？經云：『寡婦不夜哭。』何不以『燈』字改『春』字？」南濠不覺嘆服。《堯山堂外紀》

朱少宰蘭嵎與衛桐陽司馬交厚。司馬官留都，少宰迎之，喜曰：「余與公性情相近，宦轍亦安得相遠，在南中候車騎久矣。」因以《風箏》詩呈司馬，曰：「自負雲霄早致身，安排線索靠他人。摩天手段乘風展，掉尾精神逐日新。暫聳觀瞻喧里巷，終嗟破碎委埃塵。捧來曳去成何用，驟雨淋頭斷送春。」司馬亦和一首，曰：「糊腔駕篾兢高危，笑笑人間鬬小兒。無樣蜉蝣驕燕雀，幾番荆棘入棠梨。飽看飀去情如紙，强與争將命抵絲。莫得風光都使盡，春風亦有下場時。」二詩皆可警世。《觚談》

劉邦彦有《上元五夜觀燈》詩，《十三夜》云：「近喜元宵雪更晴，千門翠竹結高棚。珠簾半捲將圓月，玉指初調未合笙。新放華燈連九陌，舊傳金鑰啓重城。少年結伴嬉遊去，遮莫鷄聲下五更。」《十四夜》云：「燈光漸比夜來饒，人海魚龍混暮潮。月照梅花青瑣闥，烟籠楊柳赤闌橋。鈿車過去抛珠果，寶騎重來聽玉簫。共約更深歸及早，大家明日看通宵。」《十五夜》云：「一派春聲送管絃，九衢燈燭上薰天。風回鰲背星毬亂，雲散魚鱗碧月圓。逐隊馬翻塵似海，踏歌人盼夜如年。歸遲不屬金吾禁，争覓遺簪與墜鈿。」《十六夜》云：「次第看燈俗舊傳，寶筝重按十三絃。人心未必今宵絶，兔魄還如昨夜圓。尚覺繁華誇樂土，何須廣樂聽鈞天。追歡獨羨兒童健，静對梅花憶往年。」《十七夜》云：「繡簾窣地護輕寒，明月來遲鳳蠟殘。風掃烟花春爛熳，雲沉星斗夜闌珊。醉敲馬鐙還家去，誰抱龍香隔院彈？試看燭燒如白日，鰲山無影海漫漫。」仝上

李太白集七言律止二三首，孟浩然集止二首，孟東野集無一首，皆足以名天下傳後世，詩奚必以律爲哉？《麓堂詩話》

徐階應制，賦「嘉靖」二字曰：「士本原來大丈夫，口稱萬歲與山呼。一横直過乾坤大，兩竪斜飛社稷扶。加官加禄加爵位，立綱立紀立皇圖。主人自有千秋福，月正當天照五湖。」上大悦。《堯山堂外紀》

卞户部未第時，一日過常熟，聞錢允暉曄詩名，往謁之。二公未嘗會晤，卞及門，與閽者曰：「可語汝主：詩人特相訪。」錢訝何人自負如此，適讌客，有妓，錢令僕者出語之曰：「若賦贈妓詩一絶，方接見。仍以『艎』、『降』、『湘』爲韵。」卞不構思，一揮而就。詩曰：「琵琶斜抱出艅艎，貌與荷花兩不降。今夜彩雲何處宿？空留明月照瀟湘。」允暉見詩，嘆服不已，倒屣迎入，遂定交焉。《堯山堂外紀》

張以寧《題爛柯山圖》詩云：「人説仙家日月遲，仙家日月轉堪悲。誰將百歲人間事，只换山中一局棋。」仝上

吴人黄省曾氏刻劉叉詩，其跋語云：「假太原少傅秘閣本，校正一十二字，始得就梓。」其用心亦

勤矣。余家舊藏本古、律類分三卷，有《自問》一首云：「自問彭城子，何人接汝顛？酒腸寬似海，詩膽大於天。斷劍徒勞匣，枯琴無復絃。相逢不多合，賴是向林泉。」今黄本所遺也。仝上

雲間唐汝詢，字仲言。五歲而瞽，父兄抱膝上，授以《三百篇》及唐詩，無不成誦，旁通經史，能爲諸體詩。箋注唐詩，援據該博。《子虚》、《上林》諸賦，杜、白諸長篇，鏘金戛玉，琅琅不遺一字。校杜詩，時有新義。如解「溝壑疏放」之句云：「出於向秀賦『嵇志遠而疏，吕心放而曠』。」亦前人所未及也。《列朝詩集》

臨安旅邸壁間一絶云：「太乙峰前是我家，滿牀書籍足生涯。春城戀酒不歸去，老却碧桃無限花。」建州崇安分水驛壁一絶云：「江南三月已聞蟬，麥熟梅黄繭作綿。料得故園烟雨裏，輕寒猶作養花天。」丹陽玉乳泉壁間一絶云：「騎馬出門三月莫，楊花無奈雪漫天。客情最苦夜難度，宿處先尋無杜鵑。」三詩皆可喜，然皆不著名姓。《客中閒集》

咏料絲燈罕佳者。薛郎中蕙，字君采，有排律云：「淮南玉爲盌，西京金作枝。未若兹燈麗，擅巧昆明池。霏微狀蟬翼，連娟侔網絲。烟空不礙視，霧弱未勝持。碧水點葱鬱，彩石染萎蕤。霞疊有無色，雲攢深淺姿。焚蘭發香氣，對燭映紅滋。明月詎須侈，夜光方可嗤。」《列朝詩集》

曹南宫學佺《詠墨紗燈》詩云：「質裂横疑水，光生薄似苔。憑將彩筆畫，認作剪刀裁。鳥向空中度，花從鏡裏開。細看若無力，不畏曉風催。」仝上

王守仁嘗登廬山，一至天池，累月不出。有句云：「昨夜月明峰頂宿，雷聲隱隱在山麓。醒來却

問山下人，風雨三更捲茆屋。」親書四幅留寺。後奉命討宸濠，勒功於開先之石壁。《廬山通志》

莊昶喜爲詩，《詠包節婦》云：「二十夫君棄妾身，諸郎癡小舅姑貧。已甘薄命同衰葉，不掃蛾眉別嫁人。化石未成猶有淚，舞鸞雖在不驚塵。瑣窗獨對東風樹，歲歲花開他自春。」羅一峰見之曰：「可泣鬼神矣。」昶不以爲然，惟「乾坤」、「鳶魚」、「老眼」、「脚頭」之類，自謂爲佳云。《堯山堂外紀》

陸靜逸嘗對景試張滄洲云：「楊柳花飛，平地上滚將春去。」滄洲應聲答云：「梧桐葉落，半空中撇下秋來。」仝上

祝京兆允明，五歲作徑尺字，九歲能詩，好酒色、六博，善度新聲。少年習歌曲，間傅粉墨登場，梨園子弟相顧弗如也。海内索其文及書，贄幣踵門，輒辭弗見。伺其狎游，使女伎掩之，皆捆載以去。爲家未嘗問有無，俸錢及四方餉遺，召所善客噱飲歌呼，費盡乃已。或分與持去，不留一錢。每出則追呼索逋者相隨於道路，更用爲忭笑資。其殁也，幾無以斂云。《列朝詩集》

瓊州定安縣南有五指山，即黎母山，瓊崖之望也。丘文莊公少時詠詩曰：「五峰如指翠相連，撑起炎州半壁天。夜盥銀河摘星斗，朝探碧落弄雲烟。雨餘玉筍空中見，月出明珠掌上懸。豈是巨靈伸一臂，遥從海外數中原。」識者知其異日必貴。《堯山堂外紀》

縫衣詩鮮佳者。近惟謝幼睿一首，字字精工。詩曰：「懶向粧臺理曉粧，爲郎獨自製衣裳。金針入處心俱痛，素線牽時恨共長。霜户敢辭纖手冷，芸窻思貼弱肌香。縫成不恠無鴻雁，贏得宵來覆妾牀。」《玄散詩話》

放翁詩跋，予在友人郭貢士用端家，見所藏放翁墨蹟，大書四詩，字勁麗可愛，詩亦格高。放翁詩集不載此，故録之。後有明初高僧洽南州一跋頗佳，亦不可不爲傳之也。《寓蓬萊館》絶句二首：「桐葉吹殘蕉葉黄，驛窻微雨送凄凉。長安許史無平素，莫恨栖栖立路傍。」「古驛蕭條獨倚闌，角聲吹晚雨催寒。殘年會合知無日，猶説新豐强自寛。」《夜還驛舍》二首：「樓上鼕鼕初發更，斷雲收雨旋成晴。市橋新漲摇燈影，驛路殘泥壯屐聲。闤闠變遷非曩日，情懷牢落感餘生。高秋病起猶能醉，剩買官酤樂太平。」「白頭漸覺黑絲多，造物將如此老何？三萬里天供醉眼，二千年事入悲歌。劍關曾蹴連雲棧，海道新窺浴日波。未頌中興吾未死，插江崖石竟須磨。」跋曰：「吾祖放翁老人，以詩文鳴於宋。雖不以書學顯，觀其手澤，跌蕩蒼古，無一筆不合古人遺法，而况詞章字畫，發乎忠肝義膽者哉！此軸詩四首，廼由劍南歸越之作。耿介之懷，益愈可見。長洲静中山首座裝潢成軸卷，要余跋其尾。嗚呼！吾爲公遠孫，不能光昭先德，逃形空虚，尚敢贅言於其間哉！尚觀南渡名公鉅儒，多爲權幸所忌抑。雖若考亭之賢，當時稱爲第一等人，卒不見用，時事亦可知矣。然權倖敗績，夸毗苟進之士，同爲澌盡，而公之片言隻字散落人間，歷千百禩而知秘惜之。以彼視此，不亦大有徑庭也歟！中山其襲藏之。時洪武辛未二月望日，天竺靈山講寺住山沙門會稽溥洽識。」《應菴隨録》

《雪濤詩評》云：「初月、新月詩甚多，余獨愛一閨秀絶句，尾語云：『天邊怕看如鈎月，釣起新愁與舊愁。』下字最巧。」

有一僕新婚，甚昵。其主命之隨往武林，僕在舟日夜思妻，吟云：「相思恰似船頭水，兩槳平分劈不開。」主惻然，令之歸。

劉章子克明，江右人。妻湖南馬氏，有《蒲鞋》詩云：「吴江浪浸白蒲春，越女初挑一様新。纔自繡窻離玉指，便隨羅襪上香塵。石榴裙下從容久，玳瑁筵前整頓頻。今日高樓鴛瓦上，不知抛擲是何人？」《客中閒集》

沈愚爲人風流藴藉，有《續香奩》四卷，蓋倣韓致堯之作。《繡鞋》一首曰：「幾日深閨繡得成，著來便覺可人情。一灣暖玉凌波小，兩瓣秋蓮落地輕。南陌踏青春有跡，西廂立月夜無聲。看花又濕蒼苔露，曬向窻前趁晚晴。」《堯山堂外紀》

王元美十五時，受《易》山陰駱行簡先生。一日有鬻刀者，先生分韻，元美得「漠」字，輒成句云：「少年醉舞洛陽街，將軍血戰黄沙漠。」先生奇之，曰：「此子異日必以文鳴世。」仝上

崑山王逢年，字舜華。往謁袁文榮公於政府，文榮以故人子厚遇之，令草應制文字，有所更竄。退而上書：「閣下以時文取科，以青詞拜相，惡知天下有古文哉？」不辭而去，文榮遣騎追之不得。嘗作《五敵》詩，謂：「慢世敵嵇康，綴文敵馬遷。賦詩敵阮籍，述騷敵屈宋，書法敵二王。」著書一編，曰《天禄閣外史》。妄男子輯東漢文，誤入之，益自喜，以爲當吾世，得追配古人也。《列朝詩集》

一驛丞題壁云：「碌碌庸庸馬蹄間，朝來直到睡時閒。誰知夢裏猶辛苦，千里家山一夜還。」今之薄宦遠途者，亦可悲矣。《稣譚》

天台宋氏，家本富，後貧，鬻廬於隣。價成，作詩曰：「自嘆年來刺骨貧，吾廬今已屬西隣。殷勤

説與東園柳，他日相逢是路人。」富者見詩憫然，即以券還之，亦不索其直。（《昨非録》）

馮海粟《題楊妃病齒圖》云：「華清宮，一齒痛。馬嵬坡，一身痛。漁陽鼙鼓動地來，天下痛。」（《笑史》）

袁介《踏災行》：「有一老農如病起，破衲襤毿瘦如鬼。曉來扶向官道傍，哀告行人乞錢米。予時捧檄離江城，邂逅一見憐其貧。倒囊贈與五升米，試問何故爲窮民？老翁答言聽我語，我是東鄉李福五。我家無本爲經商，只種官田三十畝。延祐七年三月初，賣衣買得犁與鋤。朝耕暮耘受辛苦，要還私債納官租。誰知六月至七月，雨水絶無潮又竭。欲求一點半點水，却似農夫眼中血。滔滔黄浦如渭渠，農家争水如争珠。數溝用接接不到，稻田一旦成沙塗。官司八月受災狀，我恐徵糧吃官棒。相隨隣里去告災，十石官糧望全放。當年隔莊分吉凶，高田盡荒低田豐。縣官不見高田旱，將謂亦與低田同。文字下鄉如火速，四鄉百姓都首伏。只因嗔我不肯首，却把我田批作熟。太平九月開旱倉，嗟嗟貧乏無可償。男名阿孫女阿惜，逼我嫁賣賠官糧。阿孫賣與運糧户，即日不知在何處。可憐阿惜猶未笄，賣向湖州山裏去。我老今年七十奇，饑無口食寒無衣。東求西乞度殘喘，無因早向黄泉歸。旋言旋拭腮邊淚，我忽驚慚汗沾背。老翁老翁忽復言，我是今年檢田吏。」（《日知録》）

古岡黎先生，名真，號林坡。嘗以非罪謫戍遼左，同里馬某與焉。既先生蒙恩放回，而馬獨不與。其兄一日盛席以邀先生，侑觴之妓皆絶色也。先生不往，遺之以詩曰：「錦瑟銀箏白玉巵，賞音元自有鍾期。可憐孤雁長城外，叫斷南雲總不知。」其兄得詩，爲之墮淚而罷宴。（《遵聞録》）

鄭宜述，名作，歙人。讀書方山上，自號方山子。已棄去爲商，往來宋、梁間。時時從俠少年輕弓駿馬，射獵大梁藪中。獲雉兔則敲石火，炙腥肥，悲歌痛飲，垂鞭而去。爲詩敏絶，一揮數十篇。李空同流寓汴中，招致門下，論詩較射，過從無虚日。其它雖王公大人，不置眼底。周王聞其名，召見，長揖不拜，王禮而遣之。嘉靖初，年四十餘，病痰，别空同南歸，没於豐沛舟中。方山初見空同，空同規其詩率易，乃沉思苦吟，不復放筆。塗抹詩數千百篇，空同選得二百餘，序而傳之。然方山詩如「寒燈坐愈親，寒葉動秋聲」之類，空同集中正未易有此佳句也。《列朝詩集》

歙程主事烈，字惟光，博學苦吟，若「朔風如有鍔，寒日欲無光」、「山形關塞北，日影樹林西」、「孤舟不同載，行露有深悲」，皆奇句可詠。仝上

一下第舉子題《昭君圖》云：「一自蛾眉别漢宮，琵琶聲斷戍樓空。金錢買取龍泉劍，寄與君王斬畫工。」蓋以畫工喻典試者。《雪濤詩評》

近日雷峰下有虞僧孺，亦無妻室，殆是孤山後身。所著《溪山落花》詩，雖不知於和靖如何，然一夜得百五十首，可謂迅捷之極。至於食淡參禪，則不如孤山之率真也。《解脱集》

白雲先生陳昂，不知何許人。莆田城破，奔豫章，織草屨爲日，不給，繼之以卜。汎彭蠡，憩匡廬山。已入楚，由江陵入蜀，附僧舟，傭爨以往，至亦輒傭於僧，遂徧歷三峽、劍門之勝，登蛾眉焉。所傭僧輒死，反自蜀，寓江陵、松滋、公安、巴陵諸處。至金陵，姚太守稍客之，給居食。久之，姚太守亦死，無所依，賣卜秦淮。或自牓片紙於扉，爲人傭作詩文。巷中人有小小慶弔，持百錢斗米與之，隨所求以應，無則又賣卜，或雜以織屨。而林古度與其兄楙者，閩人，寓居金陵，一日過其門，見所牓片紙於

扉，突入其室，問知爲莆田人，頗述其平生。一扉之内，席牀缶竈，敗紙退筆，錯處其中。檢其詩，誦之。是時古度雖年少，頗曉其大意，稱之。每稱其一詩，輒反面向壁，流涕嗚咽，至於失聲。其後每過門，輒袖餅餌食之，輒喜。復出其詩，泣如前。居數年，竟窮以死。其子倉皇出覓棺衣，舁之中野。古度兄弟急走索其集，無所得。《列朝詩集》

沈石田初未知名，嘗與諸詩人集一貴官宅。其人出《禿嫗牧牛圖》，索諸公詩，並不愜意。石田題云：「貴妃血濺馬嵬坡，出塞昭君怨恨多。争似阿婆牛背穩，笛中吹出太平歌。」諸公媿服，由是以詩豪名海内。而其詠物尤妙，如《詠錢》云：「有堪使鬼原非繆，無即呼兄亦不來。」《門神》云：「檢爾功名惟故紙，傍人門户有長情。」《詠簾》云：「外面令人倍惆悵，裏邊容眼自分明。」《混堂》云：「未能潔己嗟先亂，亦復隨波惜衆同。」《堯山堂外紀》

朙夢堂貌寢有學，一日於五雲門外覓舟，遇詞客。坐久，諸客分韵賦詩。夢堂預坐，乃起告曰：「諸公間有落韵，毋吝見施。」一客云：「小郎也能詩耶？」遂以「蕉」字與之。頃間夢堂告曰：「我詩就矣。」促誦之，云：「平明飲罷促高標，撑出五雲門外橋。離越王城一百里，到曹娥渡十分潮。白飄暗雪楊花落，緑弄晚風蒲葉摇。南北沉沉天作雨，卧聽篷韵學芭蕉。」於是衆客悚服，因嘆曰：「不可謂秦無人也。」仝上

破瓢道人吴孺子，字少君，蘭谿人。棄産購古法書名畫，游江湖間。遇一木一石有奇致，坐對累日不肯去。遊雁蕩，絶糧，取啖蘆菔，四十日不返。踰天台石梁，採萬歲藤，屢犯虎豹，製爲曲機，可憑

而寐，以數縑市一大瓢，摩挲鑢錫，暗室發光。過荆溪，盗發其篋，怒而碎之。抱而泣者累日，王元美作《破瓢道人歌》。所至僦居僧寺，自炊一銅竈飯，不足則哺糜。日買兩錢菜，又剩幹葉爲虀羹。語人曰：「免我低眉向人，覺飽逾粱肉耳。」好潔，不畏寒，遇泉水清泠，雖盛冬，便解衣赴濯。樹蘭百本，花時閉室以護香氣。有索看者，窻中捉鼻，作兒女聲拒之。篋中藏一劍，自言得煉劍秘法，戒人勿令觸近，干犯光怪。酒半，撫鐵如意，欲盡碎天下負心人首。或聞人詢誶，若爲不聞而去之。自言曾得「落葉識心酸」一語，三年不得上句。客泰州寒甚，得「寒風知絮敗」，足成之。《列朝詩集》

《荷珠》詩：「朝來毛女出邯鄲，手撒珍珠葉葉寒。金谷三車風裏碎，江妃一斛雨中圓。露丹凉滴青銅爵，鮫淚香凝古玉盤。持贈蘇公須仔細，休將逼水誤相看。」《客中閒集》

陳仲醇嘗過一山隣，老而嗜花，紅紫暎户，弄孫負日，使人不復知有城居車馬之鬧。因贈以詩云：「有個小門松下開，堂前名藥繞畦栽。老翁抱孫不抱甕，恰欲灌花山雨來。」《巖棲幽事》

《稗史彙編》云：「西湖之盛，始於唐。至宋南渡建都，則遊人士女，畫船笙歌，日費千金，侈靡極矣。時人自爲銷金鍋。元人上饒熊進德所作《竹枝詞》一首云：『銷金鍋邊瑪瑙坡，争似儂家春最多。蝴蝶滿園飛不去，好花紅到剪春羅。』」竇叔山天然閣上諸作，惟蘇吴杜公一聯深愜予意。其詞云：「分明似鏡憑誰鑄，多少黄金向此銷。」湖心亭舊有一聯云：「四季笙歌，尚有窮民悲夜月；六橋花柳，全無隙地種桑麻。」更關國計民生，又藴藉可玩。六橋柳及坡公所種老梅，皆爲牧豎斬伐。識者謂西湖無柳，如美人無眉。無名子改舊作題云：「山外青山樓外樓，西湖歌舞一時休。馬通薰得遊人臭，

直把杭州作滿洲。」《懷秋集》

癸亥，家少宰玉峰撫浙，内外西湖遍植花柳。甲子南巡，當事更加培植，倍盛於昔矣。

劉師皋雅負知人，一日見米儈兒于革，奇其才，授箋俾賦，以箋之蘆雁爲題。革曰：「七八葉蘆秋水裏，兩三箇雁夕陽邊。筆頭到處渾無礙，掃破寒潭萬頃烟。」劉遂以其子妻之。師皋死，革已典郡，徒跣奔訃，報其受知于未遇也。《客中閒集》

峴山碑碣，預慮滄桑。余每笑古人好名。乃余壬辰在衢州弔趙姬詩，門孫鹿祐宰西安，鑱之石。戊戌金山詩，明經范良勒碣。己巳金焦二十律，丹徒令受業朱城鐫壁間。癸丑曲阜謁林廟詩，兖守家蕙芽立碑孔林。庚申遊泰山八首，及門萊蕪令李欽式勒碑山頂。平山堂次先東山韵，太史許承家作跋，砌石壁間。嚴陵釣臺詩，弟贊鐫碣子陵祠。當余興至成詩，偶勞寸管，如雪中鴻爪。不意數十年後，皆災金石，殊屬意外。

吴江葉氏瓊章，月府侍書女也。卒後從泐師授記，師曰：「既願皈依，必須審戒，我當一一審汝。」「不知仙子身三惡業，曾犯殺否？」對云：「曾呼小玉除花虱，嘗遣輕紈壞蝶衣。」「曾犯盗否？」對云：「不知新緑誰家樹，怪底清簫何處聲。」「曾犯淫否？」對云：「晚鏡偷窺眉曲曲，春裙新繡鳥雙雙。」「口四惡業，曾妄言否？」對云：「自謂生前歡喜地，詭云今世辨才天。」「曾綺語否？」對云：「團香製就夫人字，鏤雪裁成幼婦詩。」「曾兩舌否？」對云：「對月意添愁喜句，拈詩評出短長謡。」「曾惡口否？」對云：「生怕簾開譏燕子，爲憐花謝罵東風。」「意三惡業，曾犯貪否？」對云：「經營繚帙成千軸，辛苦鶯花滿一庭。」「曾犯嗔否？」對云：「怪他道蘊敲枯硯，薄彼崔徽撲玉釵。」「曾犯痴否？」對云：「勉棄珠環收漢玉，戲捐粉盒葬花魂。」泐師遂授記。《弘雅堂外集》

邵飛飛，福州府人，色藝俱絶。康熙中，耿精忠反，有旗下羅御史者，隨王師入閩。羅見而説之，賄媒氏，佯爲欲娶繼室。其父母得千金，許之。既嫁，隨羅北歸。其大婦妬悍，以飛飛配一奴。飛飛作《薄命詞》三十首，流傳京師。有謀欲娶之者，飛飛旋死。《蘆中集》

附詩曰：「韋韝仍是紫臺宫，馬上琵琶曲未終。嫁得傖夫雙足健，報人佳婿好乘龍。」「烟樹關山幾萬重，殘粧零落爲誰容？如何的的親生女，只愛金錢不愛儂。」「疏風冷雨對銀釭，心自酸辛淚自雙。高壘愁城堅似鐵，酒兵十萬總難降。」「荻簾日影上遲遲，亂綰烏雲不畫眉。羨殺隔隣誰氏女，金錢閑擲買胭脂。」「鶼鶼比翼兩相依，文彩蹁躚世所稀。不料風濤生洛浦，鎩翎又逐野雞飛。」「自傷薄命更誰如，蘭蕙當年竟被鋤。回首五年成底事，風流好似夢華胥。」「無端遴婿慕金珠，堪慟雙親一樣愚。寄語故園諸姊妹，荆釵裙布好歡娱。」「白雲飄緲望中迷，獨倚南窻掩面啼。萬里飄零親念否，碧梧不是鳳凰棲。」「積雨污泥已没階，行行濕透小弓鞋。遥思多少侯門女，指點青鬟對對排。」「騾車陣陣響如雷，門外風吹百尺灰。可惜春葱纖似玉，自生爐火簇煙煤。」「土屋茅簷撲面塵，可憐觸目也傷神。看他赫赫司晨牝，端坐華軒常帶嗔。」「炙天斗室穢難聞，蒜蒜葱葱盡日薰。記得故園風景好，白羅紗襯石榴裙。」「獅子容他吼獨尊，却將奴去嫁司閽。

兒郎薄倖真堪恨，不記添香枕畔温。」「憶昔雙雙倚畫欄，名花曾對並頭看。何期棄置如秋葉，忍把琵琶别調彈。」「哱言猖語誇多般，翻道奴儂鴃舌蠻。悵望夕陽芳樹外，嬌聲嘹嚦語家山。」「挑燈含淚疊雲箋，萬里函封報可憐。爲問生身親父母，賣兒還剩幾多錢？」「淡淡春山楚楚腰，菱花自對亦魂消。如何願食鶬鶊婦，相見誰憐竟不饒。」「奈爾鳴鳩居鵲巢，啄將紅蕊出枝梢。堪嗟薄命愁如織，却與詩人作解嘲。」「自悔當初望太高，今成明月水中撈。風箏本是無情物，莫怪絲絲綫不牢。」「鮫綃染血感雙蛾，搔手呼天怎奈何。俗子不知人意懶，燈前只管唱《燕歌》。」「想後思前恨轉加，悮人多是浣溪紗。既然負却當年意，何必尋春到若耶。」「良宵無奈酒人狂，雨怨雲愁總斷腸。一枕難成鄉國夢，凄其殘月照空梁。」「丰韵全消病已生，人人猶道妾傾城。郎心何似春江水，一任桃花逐浪萍。」「蜀魄啼殘不忍聽，斷腸最是雨淋鈴。紅顔千古同悽惻，我又如斯慟小青。」「家圈雞棲暑氣蒸，嗡嗡滿屋鬧蒼蠅。有人水閣珠簾裏，猶説今朝熱不勝。」「十里湖西憶舊遊，而今無復泛蘭舟。孤山曾弔真娘墓，此日相思泣素秋。」「不須重賦《白頭吟》，入骨憂煎死易尋。贏得芳魂歸去好，一丘黄土百年心。」「柳色依依逐漢南，樹猶如此我何堪。輸他隣婦無思慮，碗大葵花滿鬢簪。」「北地玄溟風太嚴，滿天飛絮壓茅簷。炕頭不是金爐火，馬糞如香細細添。」「褌褪郎襠短短衫，金箍頭髻更巉巖。教奴依樣更粧束，滿漢平分道不凡。」

詩貴確切，如路德延《詠孩兒》詩，最爲不可移動，絶唱也。詩曰：「情態任天然，桃紅兩頰鮮。乍行人共看，初語客多憐。臂膊肥如瓠，肌膚軟勝綿。長頭纔覆額，分角漸垂肩。散誕無塵慮，逍遥古地仙。排衙朱榻上，喝道畫堂前。合調歌《楊柳》，齊聲踏《採蓮》。走堤衝細雨，奔巷趁輕烟。嫩竹乘爲馬，新蒲掉作鞭。鸎雛金鏇繫，猧子彩絲牽。擁鶴歸晴島，驅鵞入煖泉。楊花争弄雪，榆葉共收錢。錫鏡當胸掛，銀珠對耳懸。頭依蒼鶻裹，袖學拓枝揎。酒殢丹砂暖，茶催小玉煎。頻邀壽花插，時乞繡鍼穿。寶匣挐紅豆，粧奩拾翠鈿。短袍披案褥，劣帽戴靴氈。展畫趨三聖，開屏笑七賢。貯懷青杏小，垂額緑荷圓。驚滴沾羅淚，嬌流污錦涎。倦書饒婭姹，憎藥巧遷延。弄帳鸞綃暎，藏衾鳳結纏。指敲迎使鼓，筯撥賽神絃。簾拂魚鈎動，箏垂雁柱偏。碁圖添路畫，笛管吹聲鐫。惱客初酣睡，驚僧半入禪。尋株窮屋瓦，探雀遍樓椽。抛果齊開口，藏鈎亂出拳。夜分圍榾柮，朝聚戲鞦韆。折竹裝泥鷰，添絲放紙鳶。互跨輪水磑，相效打風旋。旗小裁紅絹，書幽截碧牋。遠鋪張鴿網，低控射蠅絃。吉語時時道，謡歌處處傳。匿窗肩乍曲，遮路臂相連。鬬草當春徑，争毬出晚田。柳傍慵獨坐，花底困横眠。等鵲潛籬畔，聽蛩伏砌邊。傍枝拈舞蝶，隈樹捉鳴蟬。平島跨蹯上，層崖逞捷緣。嫩苔車跡小，深雪履痕全。競指雲生岫，齊呼月上天。蟻窠尋徑斸，蜂穴遶堦填。樵唱迴深嶺，笙歌下遠川。壘材爲屋木，和土作盤埏。險砌高臺石，危挑峻塔磚。忽升隣舍樹，旋上後池船。項橐稱師日，甘羅作相年。明時方在德，勸爾減狂顛。」又張師錫次路德延韵作《老兒詩》，亦妙。詩曰：「髩髮盡皤然，眉分白雪鮮。週遮延客話，傴僂抱孫憐。無病常供粥，非寒亦衣綿。假温推擁背，借力仗搘肩。貌比三峰客，年過四皓仙。唤方離枕上，扶始到門前。每愛烹山茗，常嫌餓石蓮。耳聾如塞纊，眼暗似籠烟。宴坐羸憑几，乘騎困彈鞭。頭摇如旋轉，脣動若抽牽。骨冷愁離火，牙疼怯漱泉。形骸將就木，囊橐尚貪錢。膠睫乾眵綴，粘髭冷涕懸。披裘腰嬾繫，濯手袖慵揎。擡舉衣頻换，扶持藥屢煎。坐多茵易破，行少履難穿。喜婢裁裙布，嗔妻買粉鈿。房教深下幕，床遣厚鋪氈。琴聽憐三樂，圖張笑七賢。看嫌經字小，敲喜磬聲圓。食罷羹流袂，杯餘酒帶涎。樂來須遣罷，醫到久相延。裹帽縱橫掠，梳頭取次纏。長吁思往事，多感聽哀絃。氣注腰還重，風牽口便偏。墓松先遺種，誌石預教鐫。客到惟求藥，僧來忽問禪。養茶懸竈壁，曬艾曝檐椽。怒僕空睜眼，嗔兒漫握拳。心驚嫌蹴踘，足軟怕鞦韆。局縮同寒狖，推蹷似飽鳶。觀瞻多目眩，牽動即頭旋。女嫁求紅燭，男婚乞彩箋。已聞捐几杖，寧更佩韋絃。賓客身非與，兒孫事已傳。養和屏作伴，如意拂相連。久棄登山屐，惟存負郭田。呻吟朝不樂，展轉夜無眠。呼稚來床畔，看書就枕邊。冷疑懷貯水，虚訝耳聞蟬。束帛非無分，安車信有緣。伏生甘坐末，絳老讓行先。拘急將風夜，昏沉欲雨天。雞皮塵旋漬，齯齒食頻填。每憶居郎署，常思釣渭川。喜逢迎佛會，羞赴賞花筵。徑狹容移檻，堦危索减磚。好生焚鳥網，惡殺打漁船。既感桑榆日，常嗟蒲柳年。長思當弱冠，悔不賸狂顛。」《詩選》

乩詩

扶鸞頗類鬼怪，何以不列之滅燭？顧余少壯以來所目擊乩仙，咸工於吟咏，爲騷壇所不及，而烟霞隱者尤異，特列之詩話後。

洪武辛酉，林鴻子羽爲將樂縣訓導，與客遊玉華洞。酒酣，藉草而卧，夢入瑶華洞天。洞主之三女，小字芸香，延入天葩軒。案有詩集，題曰《霞光》。女郎曰：「嚴君階列地仙，職司文衡。凡文人才子之詩，皆録集中，以備上帝御覽。妾見君詩數十首，至『一鳥鏡天浄，萬花潭雨香』，與『檄雨古壇暝，禮星寒殿開』之句，尤嚴君所稱賞也。」因揮翰賦詩，留連而覺。翌日，避客獨游，夢徑宛然，石壁阻絶，潭深莫測。鴻書一詩投之，如炊黍許，見蠟箋浮，詩云：「天葩小院蔽銀屏，鵲散天河逗客星。欲識别來幽意苦，晚峰長想黛眉青。」覽畢，視所得箋，乃一黄葉，字亦隨滅矣。《列朝詩集》

紫姑仙《咏美人手》詩云：「笑折櫻桃力不禁，時攀楊柳弄春陰。管絃曲裏傳聲慢，星月樓前斂拜深。繡幕偷迴雙舞袖，緑牕閑整小眉心。秋來幾度挑羅襪，只爲相思放却鍼。」詩甚清婉。《鴻書》

教諭劉固，字永貞，陝真寧人。其弟國，娶景都御史清之姐，因與國依景。壬午六月，燕兵迫金川門，國勸固出城。固曰：「母老甥幼，况固曾受朝廷厚恩，惟有待死而已。」乃潛寄甥於土氏。及城陷，固兀坐，又恐驚老母，已而清以挾劍被族，罪連姻婭，固與弟國、母袁、妻張，同日受戮於聚寶門外。固一子名超，年十五，慷慨有力，見父母將刑，惻然憤怒，髮上指，繩縛俱斷。遂躍起，奪刑人刀，連砍十餘人。事聞，詔凌遲。固年三十六。按《幽忠仙蹟》云：「近有降於乩者曰：『我劉永貞也。』題詩曰：『一門都受戮，獨有外甥存。傷僅離娘乳，言之聲亦吞。』又詩曰：『且酌樽前酒，黄花向坐開。不須談往事，致使野猿哀。』人問先生今何仙，曰：『財入童初宫。』踰年，又有降於乩者，詩云：『短劍光飛雪，還疑練帶鋪。龍吟豐邑獄，鬼笑蜀王都。燕客窮圖見，秦官擁陛呼。白虹徒貫日，回看繼人無。靖難亡臣劉固書。』又詩曰：『鳥行白沙上，鳥去跡不滅。鳥往不復來，鳥巢枝已折。凉火不生烟，枯蒲葉堪結。衣鶉那紉蘭，椒漿沁心熱。明月照寒霜，離離清且冷。樹上棲鳥啼，幽人未能寢。空山來磬聲，幽韵流雲結。獨行森林中，復聽猿悲徹。』書法遒宕。侍郎徐良彦、大學士錢士升記之。」《正氣紀》

嘗有一乩題《雞冠花》云：「雞冠本是胭脂染。」其人曰：「要白者。」即承云：「洗却胭脂似雪粧。只爲五更貪報曉，至今猶帶一頭霜。」《堯山堂外紀》

伯虎嘗見降仙，令對云：「雪消獅子瘦。」乩即書云：「月滿兔兒肥。」又令對云：「七里山塘，行到半塘三里半。」乩即書云：「五谿蠻洞，經過中洞五谿中。」嘉興有三塔寺，有人作對云：「西浙浙西，三塔寺前三座塔。」時降乩者批云：「吾遊遍天下，乃能對。」對云：「北京京北，五臺山下五層臺。」《唐伯虎紀事》

甲午，余偶與桐城方爾止聯舟。月夜各坐舟首，爾止咏《離騷》，終其篇不訛一字。殁已多年，忽見於乩，題詩云：「從來詩酒是寃家，腸斷西風又日斜。初到黄泉無所見，閻王依舊戴烏紗。」

辛丑夏，余客胡醝院道南署中。時杭州顧瞿甫善扶鸞，夜飲畢，予問乩仙：「明日主人何事？」乩仙云：「胡老胡老又胡老。」惟長嘆而已，不解其故。次早，道南退署相見，嘆聲不絶。問之，曰：「一敝同宗來遊，客死，我殯後，固應歸其櫬。乃胡太乙自南而北，胡太翁送山陰相國柩自北而南，即午齊至河下，叫我如何支撑？所以嘆也。」予曰：「不必嘆，乩仙昨夜所批如此。」滿堂閧然。

烟霞隱者詩小引

順治庚子，予寓都城峨眉古寺。西陵顧子瞿甫，每行必以乩鸞隨。偶焚其符，有青老人降焉，懸筆畫沙云：「梁上君子，來窺公室。」予急返書齋，偷兒踰墻走，棄所竊於路，未失一物。當時同程子奕先、徐子敬菴與老人倡和，有詩成帙，今三十餘年矣。康熙癸酉秋，候補寄園舊邸，烏程夏西山、鐵嶺王宛先、休寧汪紫滄三子從焉。暇日偶與子壻戴子嘉猷，偶火前符，乩輒動，自署「烟霞隱者」。積日夜所著詩文富甚。問青老人何在，竟不知所向矣。予懇作《寄園十二月詩》，并贈予　序。隱者囑胡子鹿亭代書於壁，字字鮮新，絶無烟火氣。固知靈性長存，不共朝市磨滅也。詢姓氏，言而復止者再三。胡子虔求，復書「茗柯」二字，與西山鄉情頗篤，知爲苕溪凌忠愍公也。公甲申殉難，服緋正笏，觸柱流血，焚其生平著述，繫帛絶吭而死。予生也晚，未識公面，邂逅瓣香杯茗間。前賢典型不遠，安可無詩記之？因述以六律，另刻《萬青閣集》中。先生盤桓累月，吟咏無虛日。余命汪子紫滄撮其尤者於左。

降壇詩

木落草枯風蕭蕭，天將欲雪幽香遥。可知山裏梅花發，只恐嚴寒凍未消。

六言詩

夜寒風急如何？烏啼霜冷疏柯。雪若欲來逼歲，梅花何處山阿？

銀燭欲殘夜半，鐘聲數里人家。月到疏林鳥静，石牀冷透霜花。

香消多恨綿綿，偶到名園悄然。聽得竹爐聲細，松枝透出茶烟。

落霜滿屋蕭條，睡鳥驚風墮橋。小犬嘵嘵不已，莫非山鬼逍遥？

塞外觀獵作

將軍出獵陰山下，毳帳旌旗蔽曠野。萬馬奔騰如錦雲，觱篥一聲競掩群。上窮飛鳥下窮獸，百發百中在左右。貫睛及項無遁逃，虎叫猿啼聲號啕。天風捲沙如飛雪，將軍殺渴還飲血。壯士放草野燒紅，火燒生肉嚥喉嚨。落日啣山天無色，且請將軍少休息。唱凱如同戰勝回，馬駝絡繹肉山堆。皓月一升千里白，琵琶絃索無停歇。歸來再拜賀萬年，預貯丹青圖凌烟。

香奩詩　五十首之十

百花釀酒醉春風，蜂蝶誰家鬬落紅？隔院鞦韆人影亂，鶯聲燕語在墻東。

百和香温銀蠟殘，合歡帳裏聽風酸。呼奴喂飽饑鸚鵡，莫使深宵唤未餐。

芭蕉深緑映紗牕，折學名書美女腔。寫到鴛鴦頻住筆，倩郎合寫湊成雙。
十二樓中玉笛横，朝臨新鏡兩傾城。兒郎怪道逢奴笑，秋水芙蓉一樣清。
茉莉花開似素馨，空堦紈扇撲流螢。夜長撤下冰綃帳，擬當牽牛織女星。
杏花釵畔趁春濃，静院深沉柳萬重。欲打秋千忽又住，恐郎嗔道鬢鬅鬆。
爲看金魚臨小池，萍開凑巧見奴姿。微風忽起春波皺，誰教郎來若樣遲。
上元十五競繁華，打謎從來數慣家。故把紅絲綰串字，會心正是在猜差。
堦下亭亭吐素葩，臨風摇曳競争誇。兒郎故意來相問，可是人間夜合花？
畫樓燕子任飛來，剪落梨花滿緑苔。好夢驟驚成未半，補全應否待郎回？

拜問姓名作

生平餘恨在秋山，號泣清風碧落間。惆悵信公身後事，一腔熱血點花斑。

甲戌帝京元旦

旬浹春方至，摇光昏指東。此朝誰得百，久歷漸成翁。青帝參寥廓，蒼龍馭溟濛。析津星奕奕，若木景曨曨。氣賁蒸勾甲，陽回閃蝳蝀。晴光散宿霧，霽靄解陰風。曆换梅偏逸，時更竹亦忠。雪消山意復，寒退物生蒙。蓂葉初榮砌，椒芬乍洩筒。六花衣獻瑞，五色賦稱工。鶴老新添歲，松貞久耐窮。士牛將賽社，紙燕盡朝宮。百務從寬限，千愁未到衷。按方圖旺相，對軸念宗功。開口嵌詞吉，逢人祝貨充。枕邊剩赤橘，楣上插青葱。守歲氈圍坐，催粧火映櫳。潄衣燒炭熨，艷服着香烘。防哭遺兒果，修容戒婢鬆。炎爐猶爍爍，鬧鼓正鼕鼕。放炮依官様，郊天玩帝夢。泥金書戩穀，裂彩貼興隆。竈下安炊婦，堂前樂掃僮。香凝神降界，馬化佛騰空。邀福推暈酒，守慳愛臭銅。違心聽剥啄，着力小喉嚨。禱祝文相似，寒喧套略同。錦聯攢丐語，妙畫突馗瞳。雞卜祈年稔，雲占識歲豐。搖籤人語亂，念咒嫗聲洪。禮縟能藏傻，囂多不嚇聾。獰神換襘袺，靈廟獻艨艟。旛掛鈴霄碎，燭燒紗畫籠。僧魚敲木櫝，道笏仰蒼穹。闤闠陳雙象，康衢雜五駿。庭燎齊頌壽，晝漏亂鳴璁。墀陛添鷹犬，班行重虎熊。社壇散種穀，飼宰豢犧犝。烟禁尤嚴祭，馨聞僅及朦。內朝捐翟茀，恩宴藉毛絨。摟脖猶騎馬，彎腰只學弓。女莊行轎裏，人向治場中。鬼臉紛無隊，歪腔沛滿叢。伏魔塗判醜，捕鼠放猫矇。拔拔憑誰轉，穰穰欲上翀。廠門吹喇叭，燈市競玲瓏。婦醉嫌驢佬，奴豪仗主雄。比丘尊賜赭，優寵貴乘駥。妓館偏閒夕，盧場不避公。達官依斗坐，賤士買門通。碌碌紛儕輩，彬彬任僕童。扣鐶傳姓氏，投刺記衙衕。爆紙如梅屑，錢標似筴叢。平交增款曲，親串故謙冲。過午騶輿靜，將晡顴頰紅。衢歌欣閭左，恩詔起疲癃。十部翻伶局，千般鬭火攻。花房開爛熳，水阜結嵸巃。白塔金鞭集，粧臺蠟屐龐。驤騰疑逐電，車轉若飛蓬。佳客琴箏合，名園景象融。殘年多草草，此會莫匆匆。分韵思金谷，行杯耻石崇。衣冠偉楚楚，篇什雅渢渢。七子俱能賦，群賢總不倥。馳才休畫足，奏技豈雕蟲。吉宴來張仲，黃壚得阿戎。清音入徵角，高韵廢絲桐。插管喋春酒，支鐺煮雪菘。松筠鏗蔌蔌，簾幕响飂颸。草動過殘凍，雲飛隔斷虹。竿翹駐曆曪，輪轉擬靊霳。桂老山猶立，菊乾徑可礲。錦屏圍臘雪，石磴掃秋楓。得喜將招燕，迎庥但望鴻。水仙嬌出屋，緑蕚煖欹幪。好客投朱轄，留賓縶玉驄。小園或仿庾，大樹獨依馮。曆帶去年節，詩刪昨夜忡。下元今又甲，天氣欲成雺。我亦忘其故，陶然樂未終。

康熙甲戌元旦集寄園者，海寧張昆詒、寧波胡鹿亭、金壇于樗鄉、鐵嶺王宛先、代州馮敬南、烏程夏西山、休寧汪紫滄，與余聯吟元旦詩。詩成，質之隱者。隱者批曰：「諸公詩佳甚，陳人亦有里句。」請教何如，乩動如飛，依原韵倏成此作，諸子嘆服。

《寒林落葉》詩用「霜葉紅于二月花」爲韵，各賦七律，共吐奇葩，以求擅勝。吾亦得憑乩一觀，作園林韵事。

西風如剪過南塘，斷盡寒蛩泣月光。枯樹欲成庾信賦，栖烏無計避嚴霜。
一片西風雲萬疊，霜花凍結無行屧。夜深睡犬忽驚風，蔌蔌堦前翻墜葉。
疏星明月掛林空，萬柳堂前不禁風。若個秋懷猶未盡，御溝零落剩殘紅。
輪菌曲幹晚山枯，烏啄蟲書日未晡。牧笛一聲齊拍手，隔林風起唱喁于。
籬落蕭蕭驚夜睡，曉林一望增憔悴。丹楓如蝶悞遊人，風景猶如二月二。
劃然驚起平林鶻，老樹心空風透窟，脱盡霜柯影寂寥，夜來誰掃寒潭月？
紛紛歷亂任欹斜，黄葉山頭何處家？一夜西風吹不盡，安排疏影綴霜花。

降壇詩

近到瑶宫訪玉真，偶聞天樂迥凡塵。碧桃花發三千樹，莫道人間有是春。

超臺

超然蘇子久名臺，登此蕭蕭草木哀。徘徊不敢舒長嘯，只恐山中鸞鳳來。

蓼莊

國門西去絶塵氛，庭樹池魚嚮日曛。地僻可稱高隱處，草堂誰箇續京文？

獨倚樓

傑閣巍然冠小園，庾子山賦也。松風終日到籬藩。焚香正可讀《周易》，只與羲皇共討論。

叢桂小山

淮南賓客竟何如，此地山阿桂影疏。門掛黄金易一字，主人床上幾多書。

豇青閣望西山

爲看西山作畫樓，憑欄真箇是風流。青青不斷如人意，莫把珠簾上玉鈎。

寄園十二月詩 并序

寄園者，黄門趙公退食之園也。地非偏僻，境隔塵囂。有臺有亭，有橋有池，有山有林，有竹有石。裴晉公之緑野，李文饒之平泉，不是過也。四時之興不窮，九州之客常集。看花玩月，飲酒賦詩，琴尊不輟，嘯咏繼之。知皇都宫闕之外，别有清凉閒曠之地。祇覺蓬萊、方丈去人不遠，而一時從遊者亦胥忘其爲何處也。夫居山林之下者，不問功名之事；而處朝廷之上者，又少煙霞之趣。於是或仕或隱，各不相侔，而兼之者爲難。惟公以特達之姿，超時獨立。退無長往之譏，進無沉溺之戀。故束髮立朝，名動當世，而沉抑梧垣，悠遊數載。門無棨戟，車少八騶，不幾令鄧禹笑人哉！人方共爲公惜，而公淡如也。乃於園中蒔花叠石，編竹籬，引清泉，補前人所未備，日與賓客詞人吟咏其中，正孔北海所謂「座上客常滿，尊中酒不空」者也。余山水雲遊，未嘗親登公之堂，覿公之面。兹以扶乩之戲，偶爾周旋，因辱公命，不敢以不文辭，爰次第之，聊以塞責而已。

東風昨夜歸來了，樹上交交啼好鳥。試把梅花移向窗，清香滿座知春曉。正月。

中和節過冰方泮，草透平皋迷曲岸。燕子飛來梁棟間，喃喃喚道春將半。二月。
遲遲春暖時方暮，夜静梨花逢小雨。曲水流觴好賦詩，問人可是蘭亭數。三月。
牡丹花謝逢新夏，時雨成泉堦面瀉。緑樹婆娑陰滿庭，湘簾高捲人瀟灑。四月。
五月榴花紅似火，菖蒲如箠錦葵吐。主人愛咏陶潛詩，跂足南窗日未午。五月。
濃陰覆地疑秋早，吞影金魚依荇藻。高咏坡公《水調》詞，人間何必非瑶島。六月。
梧桐葉下凉飀至，蟋蟀空堦勞寤寐。曉起臨池漱水清，長空忽落一行字。七月。
槐花黄落秋猶未，零露瀼瀼摧庭卉。墻外搗衣誰送聲，令人長嘯增豪氣。八月。
落木蕭蕭繞石屋，呼童起掃聲簌簌。乍風乍雨到重陽，只苦東籬猶未菊。九月。
霜濃泉石寒應怯，早已陰山幾次獵。未見江南二月花，園林飽看紅楓葉。十月。
霏霏寒雪亭皋晚，古樹枯林入畫苑。包竹裹花底樣忙，水仙也要同人暖。十一月。
朔風獵獵年將盡，深酌醇醪常酩酊。翃青閣上看西山，萬里遥天杳冥冥。十二月。

已往之氣，假生者之靈以發舒，苟非生者之靈，則感通路絶，何所發舒乎？而諸子以非意之所及者來相瀆問，吾不復道也。今日寫字甚妙，借光多矣。

憶梅花詩聯句

夢想羅浮花盛開，乩。清芬繚繞撲人懷。鹿亭。滿山蝴蝶添紅紫，乩。疏蕊繁英任參差。恒夫。林下高風人不見，乩。天涯寄得南枝倩。章雲。孤山處士尚高眠，恒夫。酒債還須千疋絹。紫滄。冷顏倚石見仙姿，乩。鐵笛一聲弄月明。西山。國色絶無脂粉態，恒夫。婆娑清影澹無聲。宛先。蔣家三徑餘二友，乩。呼鶴携琴得未有。鹿亭。含煙洗露見孤真，乩。香中逸韵開别趣。恒夫。林英已粲首重搔，乩。静影瘦横夢想勞。恒夫。半清淺處絶塵俗，章雲。最愁雪虐與風饕。紫滄。疏星亂點横空黛，乩。隔籬彷彿瓊花碎。西山。嫵媚曾傳宋廣平，乩。鐵石剛腸年年在。恒夫。一片寒雲壓塞垣，乩。催花風信幾回翻。鹿亭。瓊田萬頃浮光泫，宛先。蔌蔌霜花踏破痕。恒夫。携向南窗待春暖，乩。深護香魂簾不捲。章雲。霜前雪後峭寒枝，乩。移上闌干共繾綣。紫滄。玉蕊檀心不可求，乩。遠憶煙菲簇一丘。西山。梅花不發雪花發，乩。雪礙梅花何處搜？宛先。

夜寒風緊，酒散人閒。諸子不棄陳人，群相酬倡。無以寄遣，乃以「憶梅花」爲題，相次聯句，得成九韵。但思路不一，血脉不貫，未甚快心，然亦見一時相與之樂。時同事者，胡子鹿亭、于子章雲、汪子紫滄、夏子西山、王子宛先及寄園主人也。癸酉長至前十有七日，煙霞隱者跋。

降壇詩

蕭蕭霜落不聞聲，斷盡棲鳥樹上驚。賓客散來參觜掛，無人知道此時情。

座客有問當年殉難事賦此以答

龍髯攀墮鼎湖弓，碧落猶聞長樂鐘。臣罪當誅慚入地，比來不復覲歡容。

和趙給諫贈詩原韵六首 有序

杜鵑夜怨，知爲望帝之魂；燕子春歸，乃是靈皇之魄。出《天禄外傳》。心有所感，言以舒情。况乎僕本恨人，久有寒蛩之泣；遭時多難，能無窮鳥之思哉！舊事不可告人，我懷豈能忘本？爲人爲鬼，静聽鸎黄；或古或今，憑誰媲白？乃者寄園主人索我陳言，贈之佳什。曲終不見，空有峰青；夢醒求之，惟餘月白。然西風葉捲，誰非清嘯之聲？北郭鐘鳴，聊作遊仙之會。隱几則燈灺欲謝，入幕則香縷將殘。新句時成，舊狂復發。承君不棄，願從世外之交；爲日無多，幸有知人之論。投桃不可無報，製錦姑且學裁。依聲而和，刻燭以成。問我何人，已化遼東之鶴；豈云復作，終成榆上之鳩。

比來正苦憶從前，暫爾清宵一晌緣。月掛枯林隨雁至，風吹霜葉候鐘旋。白虹未散人何在，碧血長埋意惘然。猶記舊遊零落甚，莫將山鬼唤成仙。

清風明月夜窗前，不信生平有夙緣。老淚竟如花露滴，傷心猶比指紋旋。魂飛白草驚沙老，血化丹楓照雪然。殊愧長源當日事，姗姗枉自號神仙。

枯林霜冷小臺前，點點鐘聲悟昔緣。白苧欲成歌石爛，絳桃已謝羽人旋。井中心史憑誰出，閣上青藜仗火然。幸有茗香恣往復，閑情試一賦遊仙。

蘭膏欲盡小燈前，一刻清談一刻緣。茶沸竹爐如瀑瀉，煙生磁鼎似風旋。千年未老廣成子，絶代高才孟浩然。無意往來飄忽甚，遼陽丁令已昇仙。

我豈無因一至前，問君可是有情緣。身如蠟鳳隨膏製，心結爐煙似縷旋。翠柏霜凌猶未改，梅花寒噤尚飄然。生平遺恨滄桑外，枉作人間邋遢仙。

無端身世在君前，偶假靈鸞一結緣。海水未枯何日至，馬頭不角幾時旋？上林神樹從新萎，長樂疏鐘記昔然。醉酒敢同天帝夢，逍遥强作地行仙。

論學三説·詩説

論學三説・詩説提要

《論學三説・詩説》一卷，據道光十三年太倉東陵氏刊《婁東雜著》竹集本點校。撰者黄與堅（一六二〇—一七〇一），字庭表，號忍庵，江南太倉人。順治十六年進士，康熙十八年舉博學鴻詞科，授翰林院編修，擢贊善。與修《明史》及《一統志》。有《忍庵集》。按三説者，另二説爲理説、文説。此卷作於晚年，雖僅十則，然有論有述，既精且詳。其中如與吴梅村講論七古長篇，期許王漁洋壯年精進，所選《三昧集》留心詩教等，皆能切中清初詩學之要處。此書另有道光間刊《學海類編》本、《棣香齋叢書》本、光緒初《國朝名人著述叢編》本等，實皆一本。

論學三説

太倉黄與堅忍菴述

余髫齔學爲詩，中歲學古文，晚耽理學，詩少殺，古文乃益進。大約余所學，先詩後文，已，又格詩文之要，而歸於理，次第有然。今迫頹齡，懼其奄促，因舉三説，條分縷次，以告於世。觀之者其或以余言爲信而加察焉，不無少驗於修途，亦以知余一生好學之精專，蓋幼而壯，壯而老，如是其無間也。

詩説

余初學詩，家伯叔命以多讀多作。三唐詩以杜爲稱首，而子美云：「讀書破萬卷。」又云：「性癖耽佳句。」工夫亦祇讀、作二者而已。其以精心强力，包舉一切，發而爲詩，歌行皆雄健渾脱，有鯨呿鰲擲之奇。要其得力在鎔鑄，故雖千百言，一無罅漏處。歐陽永叔以爲「子美一字，諸君不能到」，王介甫以子美下字處評之云：「吟詩要一字兩字工夫，初學須從此理會。」大率杜詩各體俱下鑪錘，於五律尤甚。

五律以七字縮五字，字短意長，非鎔鑄何以得此？然鍊字不如其鍊意。鍊字雖工而味易盡，鍊意則咀諷再三，旨趣逾出。古人所以嘔心枯髯者在此。以是推之，可以知學詩亦無速化之術矣。

鍾、譚説詩甚爲偏僻，獨以刮磨五律，最去學者膚庸俚淺之病。梅村講究略同，故其五律特精。程孟陽嘗云：「唐人《含元集》爲五律樣子。」虞山極宗孟陽，五律卻無一首與《含元》相似，亦一欠事。

梅村云：「詩要説得出，説不出。」家伯叔云：「詩要推得動，推不動。」此四語真詩家三昧，即古《三百篇》温柔敦厚之微旨。王右丞得其精髓，儲、岑諸子尚有未至。此種詩大抵以心思逼一時情景，鎔并而出，使其妙俱現目前，而寄託深遠，又非想像可到。宋人欲以詞調聲口仿佛求之，去而萬里。要之，宋詩亦是沿襲中唐，未嘗與唐人一派斷滅。今人不知原委，徒於宋詩趨走如騖，亦貪其徑術之易便，究於堂奥無與耳。王阮亭先生選唐人十種，存唐的派。復纂《三昧》一書，直抉真宗，以提醒世人眼目，其留心詩教者深矣。

古詩，詩之根本也。肆於古而後精於律，詩家根本之論也。余幼時律多古少，陳素菴先生舉以相規，余從其説。魏貞菴先生甚爲嘆賞，以古學余所夙好也。五言長律，亦取之腹笥，以爲易事。獨七言古，數與梅村講論，嘗以古人長篇斷章取義，於操縱開闔處得其遺法，顧以境界淺近，欲精神注射，尚有未能。始知李、杜文章總在嵚崎歷落中透露光鋩，原非等閑得以從事。

詩體不同，昔人以爲各有爐竈，是已。七言律差與五言不同。余初學時頗愛錢、劉、温、韋諸子，以爲取徑中唐，易於上手；已復取宋蘇、陸諸子詩，雜然好之，絶不起唐、宋、元、明異同之見。蓋詩中原無畛域，學者但就其資所近、學所便力爲之，自當超詣及古。人人性分各有詩，正不必於故紙覓蹊徑。

乙丑，余自衡州抵郴州，郴州在下流，距瀟湘五百餘里。秦少游詞「郴江幸自遶郴山，爲誰流下瀟湘去」，勢極相反。又嘗過洞庭，李太白《洞庭西望》一絶「日落長沙秋色遠」，長沙在洞庭東南五百餘里，甚相違背。江文通《登香爐峰》詩「日落長沙渚，層陰萬里生」，長沙在廬山南二千餘里，語亦未合。李詩本之古人，興會所至，往往率易如是。

子美詩用古殊切核，然如所云「弟子貧原憲，諸生老伏虔」，以云濟南伏生，則名勝非虔；以云後漢服虔，則姓服非伏。何誤用至此？今人輒尚子瞻詩。蘇詩好用古，但差處尤多，如「模金校尉」爲「摸金中郎」、「扁鵲」爲「倉公」、《賈梁道》句「司馬懿」爲「司馬師」之類，《藝苑雌黄》甚詆之。洪容齋以爲無害，似亦護短，非篤論耳。詩人以古爲塗澤，用處繁，不無少假借。余謂借字可，借事則不可。借字《史》、《漢》多有之；若借事，有事實在，安可以虚借？如蘇詩「石建方欣洗腧厠」，以「厠腧」倒用之；「水底笙歌蛙兩部」，以稚圭「鼓吹」字爲「笙歌」，雖借字，於義不可，訓亦不可。近來梅村詩多借用，牧齋以爲陽移陰換，又以爲換步移形，不無寓意。然實借字，於義無妨。余嘗語梅村曰：「先生之詩，妙在搜奇採勝，儘古今所有，奔湊腕下，所謂錯綜萬象，賦家之心也。」若《茗文集》中以「五城兵馬」爲「司城」，以「鳩」爲「鶻鵃」之類，是事物名借用，尤不可。學者於此處須分别。

應酬詩，詩中塊壘也，最爲詩家累。余乙未貢入太學，得詩五百餘首，十删其七。申鳧盟見余所存詩，嘆曰：「余讀江南詩，大抵外腴中枯，囿於一時風尚者也。子真矯然獨造者乎！」余笑而不應。己未官禁近，數年間得詩一千餘首，無當意者。嘆曰：「余詩豈遂不可爲乎？」三月雨後，偶次御河，徘徊吟眺，得一首，稍自慰已。朱竹垞見之，嗟賞不置，曰：「其録之便面，俾長咀諷乎？」詩人明眼率如此。

阮亭《蜀道集》，才情、力量足以兀奡一世。已，奉使粤東，道遇余。余問其近作，曰：「今似不逮往，如何？」余曰：「詩以精神勝，人謂東坡海外文字爲最奇，余視之，稍次黄州、惠州時，以氣少衰也。今先生方壯年，何慮此！」已，寄《嶺南》諸集，果如余語，益以嘆阮亭之精進，其强力如此。余二十年來專心古文，詩學少廢。嘗由浙之閩，由中州之秦、之晉，由湖南之黔、之東西粤，經行萬餘里，所見奇山水甚衆，而無奇句以副之。今屏跡滄江，侵尋衰老，恐自此塊然視息，不能復事苦吟，憑今撫往，慨嘆以之。

（吴忱、楊君點校）

廣論學三說·廣詩說

廣論學三説・廣詩説提要

《廣論學三説・廣詩説》一卷，據《婁東雜著》竹集本點校。撰者黄與堅生平見《論學三説・詩説》提要。按小序雖云非補遺性質，實仍屬補編。其論宗唐，於詩體則重五、七律，故亦不廢宋。特不許七子之學漢魏，又以金元爲「宋詩熏習之深」者，短短九則，竟能議論風發如此。

廣論學三說

黄與堅忍菴著

或問於予曰：「先生論學以三説，其尚有遺藴歟？」曰：「盡之矣。」或又曰：「《語》云：『博學而詳説之，以反説約也。』請得而詳説之，可乎？」曰：「可。」謹以平日所閲歷及所講論者著於篇。

廣詩説

《詩三百》以寫懽愉悲慼之情，兼寓諷詠勸戒之義，用意渾厚。原不著題，篇名特後人標目耳。今人論詩極重題目，謂當先題後詩，殊非古法。余《擬古》六十首，倣《十九首》不立一題，即此意。至以樂府舊名强作傅會，此皆王、李氣習，尤所不爲。

王弇州詩，其規橅漢魏，諸體畢備，可稱富有。顧旨趣索然，以時與李于鱗欲以漢魏詞華掩抑三唐，才雖大，而工夫皆外用，不曾内用也。詩學真種子實在三唐，由一代漸摩，纔得至此，非漢魏可及。若但以攢簇曼辭，自附於江淹《擬古》之列，别裁僞體，欲以凌轢前人，亦不智之甚矣。

東坡詩不肯作淺露語，故藴藉處頗多。如「年來白髮驚秋速，長恐青山與世新」等句，意味蒼深，極得唐人血脈。山谷詩才氣傑奡，度越諸子，此種語尚不能到。迨陸務觀、楊誠齋、范石湖等，俱以精工擅場，而流風播扇，宋局遂成。至於金元時，裕之、伯生輩雖以規摹晚唐，亦皆宋派。楊鐵崖謂一代詩體爲宋詩所束，特作「嬉春體」以變之，宋詩熏習之深如此。

詩之要處在全篇，不争句中之隻字，即一篇有二三複字亦無損，故唐宋諸名家多略於此。嘗讀陸士衡詩，其因重字而改成累句者甚夥。若謝康樂詩「弦高犒晉師，魯連卻秦軍」，「弦高」句以避複「秦」，改爲「犒晉師」，尤不合。不知晉宋人可以重複字如此。

詩家氣運之高下，每於五、七律見之，故五、七律，詩之眉目也。如最上者，使佳處盡在眼前，卻無人説到。此種詩以藴含勝，唐人有之，宋元人所無也。次則意味悠長，必咀嚼始得。此種詩以精邃勝，唐人率有之，宋元人所僅而有也。總是唐詩氣運深，宋元詩氣運淺。由宋迄元，雖宗晚唐，究與三唐的派遼闊。且宋人詩變而爲詞，元人又詞變而爲曲，餘波蕩潏，無所不至。至於明時，雖沿流已盡，一無可變，而詩之氣運已不可回矣。言念古昔，能無逝波之嘆乎？

詩，心聲也，必有言内之意，始有言外之音。故詩必求之言内、言外而始得，此《三百》遺韻也。唐詩耐咀諷，以言内之意尚多含蓄；宋詩亦有言外之音，而一反覆則無餘，以意盡發露也。唐、宋之分别在此。梅聖俞有云：「詩必狀難寫之景如在目前，含不盡之意見於言外，然後爲至。」此即唐人宗旨，故其爲詩清矯深刻，雖未能若所云，而一時永叔輩皆自以爲不及，知此故耳。

或問：次韻之難易，較本韻若何？曰：本韻須創獲，難矣；次韻有依傍，則似難而實易。次韻始於元微之，其寓書令狐楚云：「以樂天投贈，戲排舊韵，翻出新詞。」時亦自以爲游戲耳。皮、陸以後，翕習成風，人盡衮衮從事於此。然亦必如微之翻奇出新而後可，否但以陳言而鬬巧，亦覺其贅矣。

同館曹鳳岡謂余曰：「李、杜五、七古皆依沈韵，今於古體當遵沈韵何疑？」余曰：「君以爲今韵果休文所定乎？夫休文《四聲譜》亡久矣，今所存者，南宋時劉淵《韵略》也。當時所增删，並以唐詩韵脚一一援據而去取之，故與李、杜韵略同，非韵在先而李、杜從之也。後人以《韵略》冒沈韵，行世至今，如盲人相率而爲盲。我等欲用古，仍以四聲參酌行之，其可乎？」

詩不以多貴。宋人詩多者莫若陸務觀，然如《劍南集》，楊誠齋以比杜少陵，弇陋者尚十五六，後之人能不以多爲戒乎？余先著集甚夥，可得五十卷，已删削存其半。曾序而論之曰：「春秋以降，代有友朋贈答之篇，顧雖溢美，不至已甚。今不然，詩家日靡濫，凡所往來於世者繁且促。促則猝遽而多弇淺，失之膚；繁則剽竊而多支飾，失之僞。之二者，非詩家大患乎！」余生平於此患殊未免，故酬應之詩十存二三。他若登臨、讌賞，或於卒然之頃，抒寫景光，吐露款曲，猝遽有之，剽竊則未有，故游覽之詩十存八九。今并前所存復稍去之，因以前説識於此。

（吴忱、楊焄點校）

風人詩話

風人詩話提要

《風人詩話》一卷，據民國二十九年刊王大隆、趙詒琛《庚辰叢編》本點校。撰者劉廷鑾，號梅根，康熙元年貢生。考授州同知，未仕卒。按此書撰人，楊復吉《昭代叢書》原題作「劉鑾」。後《庚辰叢編》本傳增湘跋考辨云：「《風人詩話》一卷，凡二十則，所載明季遺事，亦他書所未詳，尤宜附此以傳。惟劉鑾事迹，據楊復吉考之，知其占籍貴池，字曰輿夫，而其他則寂然無聞。余檢貴池縣誌，乃知明徵君劉城之長子名廷鑾者，即其人也。『廷』字爲兄弟分派所用，故此書署款只著其名，而鑾字又變體書之，以至迷離莫辨耳。」此篇附於《五石瓠》後，以録明、清鼎革之際死節者之遺詩爲主，亦及晚明直臣之詩，表彰忠烈，故以「風人」爲名。

風人詩話

貴池劉廷鑾

吳公絶命辭

都諫吳公甘來《絶命詩》曰：「到底誰貽四海憂，疾雷悄悄罷城頭。君臣慘烈乾坤夜，狐鼠干戈風雨秋。極目山河空灑淚，傷心仁義一身周。洵知世局難爭討，願取忠肝萬古留。」

金公遺句

金公聲義兵敗績，與江天一被執，械詣金陵。金題詩石壁四韵，有曰：「相隨患難惟金石，厲鬼驅奴訴帝鄉。」天一次其韵曰：「矢共文山全令節，自應長笑到家鄉。」則江之爲金而死，從容就義，略可見矣。金談兵極久而多疏，余嘗爲之賦《新安吏》。

麻先生絶命詞

甲申乙酉，士大夫倉卒死義，作絶命詞者固多，而悲歌壯激，音響俱絶，無若麻公三衡爲最。詩曰：「沙漠連吴越，天心不可留。怒存千丈髮，笑擲百年頭。若水心猶烈，平原志未酬。清風吹宛句，斷送五湖秋。」「宛」、「句」，宣州二水名。

申公詠古

中公佳胤令浚儀時有《浚儀八詩》，令杞縣時有《雍丘八詩》，劉公理順嘗序之以傳。《浚儀·金花女營》詩曰：「千村星散北河危，不謂元戎是俠姬。野樹風來驚壁壘，陣雲日下黯熊羆。緑林半解群雄甲，繡閣高懸大將旗。落莫春烟兵氣在，而今巾幗愧鬚眉。」蓋比錦繖夫人事。《雍丘·空桑》詩曰：「聖里孤村傍水尋，陰陰桑柘鬱蕭森。三家浪説耕莘事，千載誰知負鼎心。烟墅蒼茫吹夜杵，雨聲滴瀝斷秋砧。星軺西去蓯蘢色，乘興遥聽《擊壤》吟。」蓋咏伊尹事，悲壯蕭疏，有唐人遺調。

孫臨赤城初度詩

孫臨詩驚才絶艷，不爲襞積，皖桐諸家不及也。《赤城初度》蓋用兵以後作，曰：「三十年來平□志，蕭然一劍走風塵。徙家智亦同於魯，復楚心原不讓申。甲上血痕俱是淚，牀頭燈火變爲燐。南陽幸有明天子，努力無歌生不辰。」「絶巘孤煙繞赤城，冷風吹雨濕行旌。馬援非是游無策，鄧禹多應笑不情。山苧可裁高士服，海波難濯楚臣纓。論兵切莫衝冠怒，家破惟留髮數莖。」「馬援」之「援」宜作仄音，此或趁筆之誤，詩實悲壯。

顧杲樂府

顧杲《隴頭流水歌》頗有致，曰：「隴頭流水，神傷所如。離山一寸，東西未知。惟源蓄我，惟雨繼之。云何今日，託命黄泥。塵揚前路，終與同飛。」《結襪子》曰：「莫歌《結襪子》，以命許人非國士。縱是感恩深，未是朝聞難夕死。我有八尺軀，卓然自終始。用合帝天心，平消息怨理。聶政與荆軻，其人亦小矣。」似是儒者語。後與里中友同圖起義旅，而其友賣之，遂就縛。縛時必令捽其友至，先見其殺之而後延頸，被支解死。其於恩怨何如也。

陸鯤庭節概

陸培風流年少，以忠孝自矢，然客氣不除，嘗上書諷責黄石齋。後從容死弘光之變，最人所難。孫武公有《贈陸鯤庭》詩，蓋癸未作也。詩曰：「湖外西風拂鬢塵，蘭橈帶月向雲津。時同又遇今天子，書上應爲古大臣。青翟有歌飛未到，黄衣入夢不辭頻。君家夜雨牀頭劍，定教他年殺佞人。」亦可想見其概。近聞戴移孝曰：「昔乙酉六月鯤庭死，有四言絶命詩甚激烈。」時戴在湖州，故詳其事。尚未見其詩也。

閻古古詩

隋宫迷樓詩，作者往往博麗，得王楊盧駱體。近見閻古古《迷樓》詩云：「層巒斷復接，荒荒千餘里。驚無一鳥鳴，冷日封闊水。草豐可没肩，大半霜前萎。不復辨路形，但見牛羊趾。灰中鬼火發，澗底夕風起。蛇蜕挂荆棘，瓦石雜紅紫。隔嶺有僧來，明滅如秋螘。寺頽户不關，鐘鼓皆廢徙。遠望暮煙合，曲江今已矣。當年竭物力，安知竟至此。千巧萬巧生，千金萬金死。造物何苦愚才人，乃使公子爲天子。」開口冷落，自是弔古悲風，然魏文帝、唐太宗未嘗非公子也。張澤《海内詩表》亦選是篇。

去國賦宋裘元量詩

龍泉郭公維經孤介强立，爲應天府丞時深得民譽，過於史大司馬。弘光時爲奸邪所忌去國，嘗吟裘千頃詩曰：「粉壁書堂尚未乾，馬蹄催我上長安。兒童只道爲官好，老大方知行路難。千里關山千里夢，一番風雨一番寒。何如獨坐茅簷下，翠竹蒼煙仔細看。」戴敬夫追和之，其一曰：「舊史披吟淚不乾，豈知今日亦偏安。君方神武縣冠去，我在長干掉臂難。鼎足三公同國戲，□塵五月過江寒。飽經死辱無窮事，衹有蒼天夢外看。」其二曰：「書生濡筆墨初乾，紗帽迷人盡苟安。慷慨裂麻雖是拙，消摇脱屣亦何難。饒他燁燁商山好，不及蕭蕭易水寒。御史南歸烽火近，衹留北斗對君看。」或曰：此宋人詩。鑾謂「上長安」應作「去長安」也。方其歸舟泊安慶，遇叛兵，僅以身免。隆武中，聞其督兵贛州，城破自經死云。郭少諸生，嚴毅有守，吾邑王公建和識之於布衣而直其訟。後官南臺，以直聲著聞。

許玉仲遺詩

蘇州府學諸生許琰字玉仲，聞先帝國變，痛哭，遂七日不食。僅一子十歲，責令同死，以儒衣冠自經於明倫堂。遺詩曰：「正想捐軀報聖君，豈期靈日墜妖氛。忠魂誓向天門哭，立起神兵掃賊群。」又云：「半生磨厲竟成空，國破君亡值眼中。一個書生難殺賊，願爲厲鬼效孤忠。」

危疆

弘光時，凡寇盜侵蝕之郡，目曰「危疆」，率以處貢科之有司，孤清之正士，使官其地，殊爲可嗤。

永曆閣臣瞿式耜被囚，詩有曰：「已拚薄命付危疆，生死關頭豈待商。二祖江山人盡擲，四年精血我偏傷。羞將顔面尋吾主，剩取忠魂落異鄉。不有江陵真鐵漢，腐儒誰爲剖心腸？」「危疆」二字足備史餘。「江陵鐵漢」，謂張公，名同敞，號別山，與臨桂伯同死者。別山和韵亦有「四載危疆一個臣」之句。

張江陵有後

張文忠公居正功在社稷，天下久有公評。其曾孫張同敞，永曆中官兵部侍郎，兼翰林院學士。被執之後，和韵七首，自賦五首，律細聲悲，足傳詩史，殆不愧其家聲矣。其五曰：「凛然大義自平生，囊底無錢魄亦清。二烈雙忠原有數，九朝七世豈忘情。亡家骨肉皆冤鬼，多難師生共笑聲。想見刀頭空一切，長宵盼不到天明。」自注云：「先曾祖居正謚文忠，先祖敬修謚孝烈，先叔祖克修謚忠烈。」

左蘿石詩

左公懋第北使不屈，幽於燕邸。嘗作詩曰：「鼎髯攀無及，親闈痛莫依。豈堪哀子淚，時落使臣衣。陸樹夢猶見，家山魂亦稀。節旄終未脱，應與鶴同歸。」詩傳於南，無不膾炙擊節。「髯」作仄聲，戴敬夫恒有此讀。

伎王月

桐人孫武公狎王月，其婦家方氏患之，風黔人蔡如蘅納爲妾。蔡旋任安廬道，死獻賊之難，妻妾殉焉。獻賊知王月名，必欲生致之，月遂死。孫武公有祭文，癡矣！合肥何胤謩《秋吟》第十三首注曰：「城陷，蔡香君兵使被執不屈，數日死城外，夫人隨井死。姬人王月，平康名倡也，同被執死。」余友許石疏作傳以紀之，詩云：「慘淒瘦日鬼煩冤，陰雨啾啾代石言。魯國有拳能透爪，湘娥捐佩不歸魂。八公草木呼終朴，一代胭脂死報恩。今古是非惟野史，誰人有力正乾坤？」月籍金陵珠市，以色動人。家善釀，曰「夭酒」，武公之所厭飫也。

湘女十絶句

「家鄉一别已春更，此日含羞到漢城。忽下將軍搜括令，教人尚敢惜餘生？」「征帆又説過雙姑，掩淚聲聲聽夜烏。葬入江魚波底没，不留青冢在單于。」「骨肉輕離弟與兄，孤身千里夢常驚。歸魂願□家園路，報國雙親已不生。」「遮身還是舊羅衣，夢到瀟湘何日歸？遠涉風濤誰作伴，深深遥祝兩靈妃。」「厭聽□兒啼笑歌，幾回腸斷嶺猿多。青鸞有意隨王母，空使人間設網羅。」「生小伶仃畫閣時，詩書曾把母兄師。濤聲夜夜悲何極，猶記挑燈□《楚辭》。」「當時閨閣惜如珍，何事流離逐水濱。寄與雙親休眷戀，入江猶是女兒身。」「生來誰惜未簪笄，身没狂瀾嘆不齊。河伯有靈憐薄命，東流直繞洞庭西。」「照影江干不盡悲，永辭鸞鏡斂雙眉。朱門空教諧秦晉，死後相逢未可知。」「圖史他年强解親，殺身從古羨成仁。簪纓雖愧奇男子，猶勝於今共事人。」喪亂之後，士女捐軀者不可勝計，此女名氏不傳，但知爲湘江人耳。燕客王仰止云：「其沉江也，逆流至湖南，爲水濱人所致，顏色如生，左臂纏素帕，書此十絶。閩中林古度跋之，林枋刻之。」

黄閣部幕府

黄石齋先生之敗績也，幕府有趙佐廷、毛玄斌、賴垓、蔡夢説四人，同日陷没，後亦同日就刑。黄詩多慰藉之。其題中止有趙淵卿、毛玄水、賴敬儒、蔡時培之目，故著其名。

畫工能詩一名

弘治間，海寧塔下陳玉善畫山水。其年五十，忽欲讀書，坐一室，晝夜不息者五年，遂成詩人。嘗題《賈似道湖山圖》云：「山上樓臺湖上船，平章醉後懶朝天。羽書莫報樊川急，新得蛾眉正少年。」

衣工能詩一人

李東白，京山人，爲衣工，能詩。同里李宗定稱其《黄鶴樓》詩，太史李本寧猶及此人也，惜未得其全集傳之。東白固織屨陳昂之前輩乎？其《登黄鶴樓》詩云：「西望家山一改容，白雲飛盡楚江空。興饒老子胡牀上，秋在仙人鐵笛中。鄂渚霜花沿岸白，漢陽楓樹隔江紅。倚欄拍手招黄鶴，千古登臨感慨同。」後游林陵，歸舟至雲夢澤中蒿臺寺前，自吟云：「好水好山來路遠，秋風秋雨到家遲。」拍手一笑，躍入水中没。

婦人上言兵事

臨川鄒光含，名臣譚襄毅公綸之曾孫婦也。崇禎末詣京師言兵，格於通政司，未即上。陳大士序其詩曰：「余初不識光含子，得其書於章大力。大力以爲是李易安之流，此得其半耳。何物女子，英英有挾匕首、鐵檛制悍馬之勢？蓋文武之道幾焉。余於此獨自有感也！世之季也，陰陽易位。文人不能詩而女子能詩，諫臣不上書而女子上書，此陰變爲陽之效也。辟之雞然，光含子距與鳴皆變矣，而其冠尚牝。異日者，其變既成，冠距鳴將，將置鬚眉而雄者於何地！昔人云：男妾太多，將累陰力。

今光含子有一譚生爲夫，而離去之。純陰用事，犖然獨行，既無所累，其自然之分，勢必陰盛而疑於陽。如是，非但一世之雌，固一世之雄也。用其能戰之德，而爲國殺賊，彼邵家十三歲女孩與山東繡旗女將，寧堪爲其偏裨耶？」此序全以致諷，初載之《燕草》中，今載《已吾集》中。

大造推收册飛詭諸弊

彭福，字綏之，號嬾農，樂平人，泰州守，以直道落職家居。縣當大造，其子囑司書者飛稅他户，嬾農知之，招司書飲，戲贈之曰：「洛陽城中桃李花，飛來飛去落誰家？」司書答曰：「舊時王謝堂前燕，飛入尋常百姓家。」嬾農曰：「既不飛上天、飛入地，不過飛入百姓家耳，安忍爲此？」乃爲詩謝之曰：「洪水推沙塞兩涯，推來推去只交加。誰知二世宫中鹿，走過劉家又李家。」飛稅竟止。成、弘間事，世風漸降，大造推收、飛詭諸弊難言之矣，此詩特喻感慨之略耳。樂平司書，固亦韵士。

（吴忱、楊君點校）

窮愁漫語

窮愁漫語提要

《窮愁漫語》一卷，據上海圖書館藏鈔本點校。撰者錢孫保，字孝修，一字興祖，江蘇常熟人。按此本與《青鳥經》等七種雜著合訂，寫手甚精，以行書抄於懷古堂緑格紙上，每半頁十一行，行二十一至二十三字不等，計七頁半。無序跋，似作於康熙中。撰者爲錢謙益後人，故頗維護牧齋。又曾從馮班學詩，所記馮氏之語多得自親炙，較一般轉述者不同。

窮愁漫語

常熟錢孫保孝修

古人比、興多用物，至漢猶然。後人比、興多用事，至唐而盛。誰謂今日，兩俱不解！《詩》有六義，《風》、《雅》、《頌》，其經也；賦、比、興，其緯也。經則截然不亂，緯則錯綜變化，以成文章。不辨《風》、《雅》、《頌》，而强分賦、比、興，「誰生厲階，至今爲梗」。

近代詩集，每列古風，余怪之久矣。偶檢惡本《李太白集》目録，始知其誤蓋原於此。古風者，猶言擬古、古意也。古者，《十九首》也。作者直追古人面目心思而刻肖之，則曰擬意者，特存其寄托耳。太白激揚性情，冀以感悟當世，竊比於古之風人，故曰「風」。乃其集中之一題，而非古律歌行之外，别有古風一體也。編李集者，既以「古風」二字别居卷首，而於五十八首之上，更加「歌詩」二字。後人以耳爲目，又以口爲耳，口口相傳，盡以詩句之長短當之，而不知太白古風，則儼然《十九首》也。今人詩體已多不古，此尤其誤之誤者。

兩句爲聯，四句爲絶。是何妄人謂絶律詩之半爲絶句？自宋以來，習而不察。欲正其謬，兩言而決耳：律詩起於唐初，而六朝已有絶句，彼從何處絶來？

或問使事之法，定遠舉「烟横博望乘槎水，日上文王避雨陵」，「出關東下，二殽刺天，長河繞地，西京形勝，宛然在目。烟横日上，此情此景，又復如何？而文王、博望二事，無意自合。唐人使事，此聯最奇。或請益，余從旁贊之曰：君言太高，令人捉摸不着。不如「數枝艷拂文君酒，半里紅欹宋玉牆」，花在壚前，則用文君；花在牆頭，則用宋玉，此法稍爲近人。然文王、博望，尚闕本事；文君、宋玉，何與桃花？卻移向別株不得，又教他何處捉摸耶？

唐人應試文多不工，偶讀《餘霞散成綺賦》，押官韵「餘」字，「照萬象於晴初，散寥天於日餘」，或指曰趁韵。因檢何遜《落日贈范岫》「輕烟淡柳色，重霞掩日餘」以示之。或曰：若此，便使人不成一字。余笑曰：苟不讀書，那一字寫得？

或謂詩用意過當，反於情事不切。此言妙砭宋人膏肓。如「項籍已飛三月火，子嬰猶醉六宫春」之類，子嬰能誅趙高，非醉人，且真人翔於灞上，頃刻間事，安得六宫春而醉之？只要快口，不顧他人死活，如何使得？

雙聲疊韵，非對不發，如卑枝接葉，宋人言之詳矣。義山「郎君下筆驚鸚武，侍女吹笙弄鳳凰」，「驚鸚」、「弄鳳」，聲韵俱在轉折間。

或問屬對，應之曰：「辛夷、古柏，適見古雅；侯齒、斫頭，堪資一笑。」「新」對「古」，「姨」對「伯」，義似。漢王侯齒日忠，如蜀將斫頭時。

《漢書》「龍準」，鼻也。一音拙，權也。《寫御真》云：「初分隆準山河秀，再點重瞳日月明。」應從「拙」音。

「何謂格詩，五音相叶者是；何謂律詩，四聲相對者是。」此鈍吟先生臨終時語也。一生讀詩，不知格、律，興言及此，汗浹如何？

余讀杜，至《承聞河北節度入朝口號》，或有率爾於旁者曰：「子舉不信《千家》之説，亦有説乎？」答曰：文理不通故也。即如此詩，「李相將軍擁薊門」，蓋曰李相率諸軍以擁薊門也，而注云：「李相謂光弼，將軍謂諸節度也。」試思「李相」、「將軍」，並舉而言，不連不類，老杜有是文理乎？且下云「白頭惟有赤心存」。李相之頭或白，而諸將皆白頭乎？第三「竟能盡説諸侯入」，若曰「將軍」即是節度，則所説之「諸侯」又是何人？第四云「知有從來天子尊」。蓋河北諸師皆思明餘黨，驕蹇不臣久矣，承聞入朝，歡喜可知。若上以赤心美之，焉有赤心忠孝而今始得知天子者乎？至於李相之爲光弼，其是與否，不必與論也。大凡讀者可信不可信，只以文理爲主，若文理不通，雖論今之時文且不可，而況於誦詩讀書乎？

《才調集》十卷，前八卷每卷以一人爲首，餘類從焉。余雖不能盡舉，然以意揣之，頗得旨趣。或以首卷爲問，白詩百韵，《代書》便足，何故並載《東南》？應曰：子信解人，可與言《才調》矣。《代書》平敘，《東南》倒敍，此並載意也。平敍者，不失頓挫之奇；倒敍者，倍見連絡之妙。長律體格，盡此兩言。大約韋氏之志，斷自沈、宋，先後分合，各有標舉。格不關一代正變，不書；義不合《三百篇》比興，不書。惜無有爲之發凡起例者耳。

《玉臺新詠》十卷，舊行坊本，謬誤殊甚。寒山趙靈均始得宋刻，手書鏤板，未免楚咻，改易數處，印行不及百本。迄今三十年，無有過而問者。余嘗譬之：《三百》，五穀也，漢魏鑿之，齊梁熟之，唐人食之，饔飧之節，水陸之佐備矣。六朝傳書，率由會萃，惟有《玉臺》，體例具存，篇章完好，可悟風人之旨。定遠既亡，無能舉其名目者矣。

杜樊川「十年一覺揚州夢，赢得青樓薄倖名」，載之小説，莫有解者。樊川從事揚州，屬望奇章不小。而牛、李牴牾，有志不就。十年如夢，所得者，青樓薄倖而已。七字之中，聲嘶泪咽。千載而下，論世無人，則亦已矣，至使里巷小人，買笑下場，便引杜牧自比，不亦冤乎？

定遠詠「雪滿山中高士卧，月明林下美人來」，問曰：子若見高，何禮以待？曰：師之。「前村深雪裏，昨夜一枝開」又何如？曰：爲之奴。「一夜欲開盡，百花猶未知」，亦如是否？漫應曰：然。余笑曰：正恐那家聽事，容不得許多奴才。

客詠獻吉《朱仙鎮廟》詩，余曰：此誠傑構也，五、六用意深切。余少時常以沈休文《王昭君》詩比之。客曰：若然，虞山何以譏之深也？余曰：只是大段道理有説不去處，既如此詩首句，「宋墓岳宫」，抑揚其詞，豈堪道向武穆耶？余未畢其詞，末一少年謔曰：「假如秦檜有廟，以此弔之，倒大穩切。」因滿座大哈而散。

余於鍾、譚，只舉一端，如「芙容出水時，偶爾便分離」，蓋言分别在荷花開時也。譚解乃謂芙容與水作别。此尚足與交口耶？

余嘗與友人云：論詩當論其人。「卷簾惟白水，隱几亦青山」，假使出於樂天之口，則閒適也；老杜爲之，則爲怨望。又嘗云：讀詩先讀其題。如華清宫詩，牧之直云「繡嶺明珠殿」，飛卿則曰「憶昔開元日」。蓋牧之題《上華清宮》，温乃《過華清宮》也。二十餘年，反覆斯旨，知言不謬。

嘿庵《北征集》有《過毛公授詩處》詩，其譏切新安，至云「中宵心口夢相語」，誠爲過當；「鄭淫亂政本在聲」，則不可不論也。孔子曰「鄭聲淫」，惡鄭聲之亂雅樂也。鄭聲者，亡國之音，靡靡之樂，聽之忘倦者是，未嘗指言鄭詩、《鄭風》也。雅樂，正樂也，如後世之法曲，亦未嘗指言二《雅》之詩也。朱子舉不信《小序》與《毛氏傳》，而割取「淫」之一字以爲斷，乃盡舉而概之曰：「此淫奔之詩。」至仲子之爲祭仲，狡童之爲鄭忽，亦指之爲淫者，而鑿鑿言之，無少顧忌。然則《麥秀》之狡童亦淫者，《離騷》之美人亦所與淫者，《十九首》之「蘼蕪」、「故夫」，亦前篇婦人所作矣。鈍吟亦云：聲非文詞之謂，譬如今之南曲，未嘗不曰「禮義謹化原，《關雎》始《風》教」，試令奏之，滿座狂惑，此所以爲可惡也。或又謔言：野田草露，爲淫奔之地；風雨晦冥，爲淫奔之時。道學先生，風致應爾。此雖近於狎侮名教，而儒者胸中有物，大抵如此矣。且孔子之於鄭聲，惡之已甚，而又自以所惡者著之於經，有是理乎？六經垂教，日月麗天，江河行地。至於朱子，乃以男女慕悦之詞，附而益之，則是所不信者不獨卜商、毛萇，并不信孔子矣。《詩》之爲物，志以情生，言由志生，而後文詞備焉，而後聲音從焉。君子讀之，以生其禮義；小人讀之，以發其愧耻。孟子曰：「以意逆志，是爲得之。」如徒辨邪正於文字之間，則寤寐之求、虺隤之感，亦不過男女之情。《三白篇》中可以申宋人之論者，「瑟僩赫咺」、「物則秉彝」數行而已。曾是以爲可乎？

有舉宋人詩話以譏余者，曰：子曲爲唐人護法，如杜牧「東風不與周郎便，銅雀春深鎖二喬」，不言社稷丘墟、家亡國破，而拳拳兩婦人，子奚説以解？答曰：爲此言者，可謂絶無心肝。橋公二女，一妻伯符，一妻公謹，二妻都去，何國何家？敗亡之慘，莫甚於此。請自忖度，謾叱勿怪。

昔年初夏，坐友人園林，指示友人云：今日始知陶詩「孟夏草木長」「長」字之妙。問云：此何如「孟冬寒氣至」？余爲之擊節，趨筆書之。苟不知此，而徒争峭於一字之間，則未有不入於「花騎蝶過牆」者，勿使鍾譚地下笑人。

或問：如子所言，使事之法，唐以後誰得之？應曰：庶幾《西崑》唱和詩。或曰：試下一層？沈吟良久，曰：「投戈尚可齊熊耳，解甲何堪棄虎牢。」

或問：如何用意？答曰：用事不可單，單則無味。用意不可雜，雜則爾我都晦。

世言致人魂魄者，必曰李少君。按《漢書》，少君以方見上，久之病死。後李夫人卒，以方夜致夫人，天子自帷中望見焉，拜爲文成將軍，乃齊人少翁，非李少君也。唐人已誤用矣。

平話不知始於何時，遂使《三國演義》滋入士大夫之口。「白馬烏牛」，詞壇盛事；「生瑜生亮」，褒語明徵。又其甚者，亭侯加漢，翼德字飛，興言及此，豈惟噴飯，實可痛心。亭侯，爵也。漢壽，地也。「益」之爲「翼」，因名致誤。

古人無不解書，至明而不然。蓋《洪武正韵》出，而傳世法帖，舉無可用。士子中式，又用易書。因循既久，遂使三家學究詆毁鍾、王，偶一中規，輒云破體，吾不知所破者何體也。《正韵》之作，有故而然，曾欲廢格，聖懷可想。容别疏明，兹未遑及。

村學教書，必先識字，而後句讀。詩者，思也。聲，音也。余不解翻切，是不識字也。不識字，則五音不辨，遂平上去入，亦以意爲之，而論詩不休，真靦顔耳。然今之翻切，率用西方等子，而其金科玉律，則《中原音韻》也。雖有能者，余亦不敢從矣。

近日談詩者，無不以虞山詩爲口實，而不知虞山之詩，虞山固不能讀也。虞山從來讀書好古，以串穿經史爲主。宗伯同時，有嗣宗馮先生、仲恭顧先生。公獨以科名冠世，而兩公皆老生徒。馮公僅傳注疏之書，今亦無有讀者。至於顧公，邑人争以諧謔之詞附會之。雖云所作先生傳，載甘露竹籤，猶是志耳。人之不可無科名，兩公尚然也。蓋公少年時，詩文不脱王、李窠臼，登朝之後，嘘震川於煨燼中而大好之，手追心慕，盡得其學而學焉。《初學》之詩文，遂孤行天下。能讀公之詩者，止一定遠。而定遠之詩，原於《離騷》，出入於温、李，又未免美人其君子。由是虞山之詩學，終墜雲霧中而莫之救矣。不讀書人遂乘間抵隙而詬病之。吾請過虞山者，閉户數年而後執筆。

或言宗伯作文未免檢書，何也？余曰：作文又安得不檢書？吾輩可不檢者，約略蒙求數篇而已。讀古人書，會其意或失其詞，得其詞或訛其字，得其字或變其聲，日月州部，偶一錯誤，一言以爲不知，可不慎歟！况口耳相傳，習焉不察，仍襲書之，不加檢校，有終身僞謬而不自知者。即如「吕嬴」、「牛馬」，三家村老皆曰晉元帝小吏牛金之子，而不知生元帝者小吏姓牛，牛金非小吏也。牛金在宣帝時，已殺卻矣。

（吴忱、楊焄點校）

杜詩説略

杜詩説略提要

《杜詩説略》不分卷，據康熙間刊本點校。撰者盧震（一六二六—一七〇二），字亨一，原籍湖北竟陵。後入旗籍，隸漢軍鑲白旗。順治九年以諸生特試，授弘文院編修。康熙八年任湖南巡撫。有《説安堂集》。盧氏此書題曰「説杜」，實是借杜説詩，二十四則中至有不及杜者（如《掃除》），實乃一部詩學也。其説每自《詩經》始，而歸結於杜，旨在一究詩之本原。首二則《正派》、《變法》，説「正變」較同時葉燮之《原詩》爲優，蓋盧説「變」不遺「正」，所謂「正不變則正法窮，變不正則變法亂」，相形之下，葉説「通變」則不免稍詭矣。大抵《元氣》、《胎骨》、《體裁》、《品格》等則所説爲「體」，《淵源》等其餘各則爲「用」，至末則《神化》備列老杜五七古與七律佳篇，而化體、用爲一。其議論雖不必皆爲首發，然下筆精確，兩面立説，絶無偏廢，進而創爲己論，大有過人處。《品格》、《淺深》、《虚實》、《平奇》等則，凡善於措詞；《詩眼》更有「一句二、三眼」、「全句是眼」、「數句爲一篇之眼」之説，與各家説詩眼者不同。此書體例介於作論與詩評之間，與同時葉燮之《原詩》相近，然一湮一顯；其二十四則之數，亦與稍前出現之《二十四詩品》（舊題司空圖作）及稍後之袁枚《續詩品》同，而作論用駢散語，自較用韵語爲宜也。此書後收入《説安堂集》，分作二卷，以前九則爲一卷，後十五則爲又一卷，内容同。

序

自古一代名臣，卓卓然可垂法後世者，其尊主庇民之意、奉公憂國之思，往往托諸篇什，所謂「言之不足則長言之，長言之不足則詠歌嗟嘆以明之」也。又或比事屬辭，賦詩見志，不必在我之所作，而孤情相照，千古同心，亦往往低徊反覆，以求其指趣之所在，是亦忠臣孝子之所托也。少陵詩籠罩百家，包涵萬象，學者稱爲「詩史」。凡出處去就，動息勞佚，悲歡憂樂，忠憤感激，好賢惡惡，一一於詩發之。元稹稱其「上薄風雅，下該沈、宋，言奪蘇、李，氣吞曹、劉，掩顏、謝之孤高，雜徐、庾之流麗，盡得古今之體勢，而兼人人之所獨專」，其推許少陵甚至，學者咸以爲允。然而杜詩正未易讀也。昔人謂不行萬里途，不讀萬卷書，不可以讀杜。今學者所聞所見不出《兔園》跬步之間，而乃尋撦割剥，動曰「杜詩之解在是」，幾何而不爲識者所吐棄乎？中丞盧亨一先生，以弘鉅之才，兼淵博之學。英靈間氣，篤生偉人。少受知世祖章皇帝，侍從清切，啓沃功多。今上龍飛，更屢荷特簡。會歲當己酉，湖南巡撫報之。上重難其人，特命公秉鉞而往。先是，湖南凋敝已極，公下車，興利除害，若慈父母之哺幼子。寬徭役，集流亡，緩催科，拯水旱，恤鰥寡，抑豪强，課農桑，興學校，其孜孜夙夜，不遑寧處，尤在正身率屬，激濁揚清。凡有設施建豎，三令五申，期必恪遵而後已，今所刻《撫偏檄草》是也。大事則裁牘上聞，皇上聖德如天，所請率多俞允。蓋當出撫之日，面奉恩綸，公遂知無不言，言無不盡，今所刻《撫偏疏草》是也。此其尊主庇民之意、奉公憂國之思，表裏瑩然，終始一節。豐功駿業，長焜耀於湘江楚水之間。其遇固非子美所可幾及，然而激昂磊落之氣、光明鯁直之言、忠愛惻怛之意，所謂「一飯不忘君」者，則與少陵一而已矣。且少陵所讀之書，公無不讀；而湘、陵、辰、沅之地，公所建節，皆少陵蹤跡所時到者。於是著《杜詩説略》一卷，文成數萬，於杜詩源流本末，歷落貫串，而其神情脈絡、肌骨腠理，無不心融意解，言下了然，一一正其指歸，舉其眉目。提綱挈領，而細及於片言隻字之工；畫界分疆，而總得其磅礴渾淪之妙。世之説杜詩者，未有若是其盡美盡善者也！公原籍景陵，與予有桑梓之好。往日承明著作，又獲從公後，以相周旋。令子新安使君，方以清操循政，遇知聖主，黄山白嶽間，不日有甘棠郇雨之頌。是父是子，肯堂肯構。其所以表章公業者，方且輝煌竹帛，彪炳丹青，豈斤斤此一編而已乎！雖然，是亦公意之所托也。公既示天下以讀詩之法，而又使天下微悟其所以作詩之本，則發端忠孝，根柢性情，其有功世道人心大矣，學者其自得之。賜同進士出身、通奉大夫、經筵講官、禮部左侍郎兼翰林院學士加一級、前吏部右侍郎、内閣學士、日講起居注官、舊治年家眷侍生王封濚頓首拜譔。

杜詩説略目次

景陵盧震亨一著

共貳拾肆則

杜詩説略

景陵盧震亨一著

正派

虞夏之文，不可見矣。吾所宗者，周文也。周文者，孔子之所宗，墳典所存，與天地悠久者也。周文之中，備三皇五帝，以《易》爲始，幾於無文，而極之錯綜變化，以成其用。《詩三百》，乃與之同列爲經，曰風、曰雅、曰頌，曰正變、曰終始。情之所至，而風成焉；事之所紀，而雅奏焉；天道王治之所終，而頌垂焉。蓋其理通於《易》，表裏於《書》，輔相乎《春秋》、《禮記》，而其音則協乎樂。夫一《詩》而六經之理備，詩之觀止矣。自天以氣分陰陽而清濁定，清濁定而五音叶。赤子墮地，眼光未開，哇而爲聲；鷇鳥之出卵，嚶嚶者先鳴焉，天之氣爲之也。鳥鳴蟲語、風吹木號，莊周之所爲竅，吹萬不齊，皆與天合韵，出而有其性情，爲天籟、人籟者，不自知也。乃天地之元聲，非借物以爲助也。軒轅因象作樂，伶倫取竹定律，律吕成而使人聲以叶之，此詩之所由始也。羲、軒無字，而傳其可傳者。惟《書》曰：「元首明哉，股肱良哉，庶事康哉。」已有賡歌。時擊壤老人有歌，舜之南風有歌，皆《風》體也。至命禹曰：「四海困窮，天禄永終。」禹曰：「九功惟敘，九敘惟歌。」《雅》、《頌》體也。豈非四言韵脚乎？由是而商盤有銘，周之几牖弓劍有銘，金人有銘，言理而變，或韵而否，或三而五，樂府、古風之祖也。

夷、齊采薇，尼父《猗蘭》，怨而不怒，哀而不傷，殷周之文至矣。此《三百篇》以前之詩，雜見於經書者。時秦火未刦，字雜篆籀，前字者多不傳，吾之所見，其傳焉者也。汲冢《穆王》等傳，文人好事者爲之，不出於經，吾不知其真僞。《三百篇》自爲一經，由《風》而《雅》而《頌》者，自外而之内，自人而之天，全部章法也。二《南》爲《風》之始，至《鄭》、《衛》而變；《鹿鳴》爲《小雅》之始，至《小宛》而變；《文王》爲《大雅》之始，至《板》、《蕩》而變；《清廟》爲三《頌》之始，至《魯》、《商》而變。自褒以及刺，自治以及亂，一篇之詩法也。一言蔽之，曰：「思無邪。」蓋合《三百篇》而以正歸之，惟其正，則旨在臧嘉，忠厚和平，所謂「發乎情，止乎禮義」也。温而不濫，廉而不劌，其字葩而味淡，其言淺而旨深，故興觀群怨，修身齊家，平均天下，此詩之正體也。逮自周末，《詩》亡而《春秋》作。《春秋》可以繼《詩》，則詩之爲史，非徒以韵語清詞，浮夸自炫矣。故繼之以楚《騷》，屈原之怨而慕也。至秦而詩亡，「大風」、「虞兮」之歌，王霸之氣雜焉。漢武《秋風》、《天馬》、《柏梁》、《芝房》，爲詞近文士矣。由是爲樂府，爲《古詩十九首》，爲蘇五言、建安、黄初諸作，存正體而分閏位矣。自晉降至六朝，而詩又亡。梁之《文選》，金粉排砌，間有合者，劉琨、阮籍、潘、陸、左、郭、鮑、謝諸詩，惟淵明稱首，其餘或字艶氣傷，句佳法壞，求其全章，百不得一。陶、謝傑出，存元音於繁調矣。自唐有初、盛，詩乃大備。王、楊、盧、駱，存一代格法，六朝習氣，猶有存者。天道一統，聲亦復元，遂成一代傑作。中、晚雖靡，正格猶存，則李、杜諸人之所留風雅者，抵二百餘年，而立其宗矣。至五代而詩又亡。至宋而歐、蘇諸君子自稱作者，才高氣促，流爲韵言。蘇、黄成章，濂、洛訓詁，各達其意，非詩格也。至元而詩又亡。抵於明，劉、高、王、宋及於三楊，體格少損，中理微枯，聲色多敷，神氣未振。嘉、隆之間，七子争鳴，可謂起清廟之朱絃，奏《韶濩》之黄鐘者矣。然而得雄厚者失幽渺之情，駕宏偉者開浮大之逕。「百年」、「萬里」，重出疊見，此何、李之相求者，可爲定案。是得杜之氣格，而少其變化；勦唐之皮毛，而失其魂魄。或通篇一律，連用相襲，寘之雷同，無不可惜。無怪乎開明末之疵摘，而以旁門來相攻也。竟陵、公安，攘戈入室，欲闢一家，力掃窠臼。本欲以才人之慧解，崇上古之弘文，求復太史，反成小品。以枯爲清，以纖爲艷。蓬頭野服，遂指爲西子之妝；漁唱樵歌，何以定南郊之樂？故山人女子，相尚爲詩，風之不競，似有氣運焉。故知詩有正派者，如山有五嶽，雖有名山，無以過之；如水有四瀆，雖有洪淵，無以踰之；如人有五官四肢，雖色過娥、嫱，力絶賁、育，不能爲四目兩口三頭六臂也。蓋其派正，則大成可集。故漫興閑味，有《風》之體；贈答規戒，有《雅》之體；郊廟陵寢，有《頌》之體。即景味物，寓乎天人，可通於《易》；獻納箴規，可通於《書》；莊敬恭儉，可通於《禮》；傷時紀事，通於《春秋》；興、比、賦，總通《風》、《雅》、《頌》。雖唐人各備之，惟杜少陵能集其成。今有欲獨創而不師古者，豈非破公輸之方員，變師曠之律吕乎？譬如道有異端，佛有旁門，丹有外道，將有南轅北轍，行乎茫蕩之域，而無所歸也。尼父曰：「述而不作。」實以前人之外，無可作也。從心者存乎我，不踰者存乎矩。牛背笛聲，亦有腔版；童謡杵歌，不背聲律。今海内士人既講此道，而不窮其源，家樹一幟，無所歸一，是亦不學之過。故勦襲前人之言，而爲註疏，非我也。

變法

昔者穰苴以兵法訓女子曰：「汝看我手之正背。」正者，正法也；背者，變法也。八卦爲正也，而變爲六十四，又變爲三百八十四，此卦之變，而不離乎正也；清濁者正也，變爲五音六律，又變爲十二、二十四，此音之變，而不離乎正也；玄黄者正也，變而爲五色，又變而爲青紅白赤，此色之變，而不離乎正也；兵法之奇偶正也，變而爲五隊，爲龍蛇魚鳥、九宫八陣者，陣之變，而不離乎正也。蓋正不變則正法窮，變不正則變法亂。非正無以立變之極，非變無以盡正之用。推而文章詩賦，或先正而變，或先變而正，起伏開闔，行止頓挫，如行百萬軍中，步伍方嚴，忽而鼓角一鳴，縱横離合，散者整之，整者散之，極其進退攻戰之法，忽然而止，不聞人馬之行聲。此豈非千古文章之極軌，百變而不失其正者乎？古文之變，莫備於《離騷》、《九歌》；杜詩之變，莫備於《秋興》八律、《北征》、《秦中》諸詩；古詩之變，莫備於陶潛、陳子昂諸詩。凡作大篇，未有不變而能佳者。譬如河出崑崙，必歷龍門積石，九曲萬里，而始達於海。尼父之説詩曰：「唐棣之華，偏其反而。」「偏反」者，花之反面也。故畫家寫梅，正面少而側面多；美人善舞者，不露正妝。所謂藏而藴之，整而亂之，惟於五、七古歌行少陵諸篇細讀之自見。今天下言詩，或爲詭誕奇創，畫鬼寫生，既以變而失其正；或爲趨繩刻墨，恐逸乎格，如轅駒而不敢驟，又以正而不盡乎變。蓋不變則筆無光鋩，如土木神像，雖具生面而無氣，故下筆即舊；

不正則文無根據，如泛駕破轅之牛馬，雖有其氣，而無步驟，故成章不知所裁。此二者，相合而不離之道也。故曰：變法即在正派之内。

淵源

今之自號詩人者，多好爲山林游賞、風雲月露之句，或炫艷隋、梁，或争奇温、李。海内作者，達於閨房，亦家家詞海矣。才性所際，豈無佳句？求其爲郊祀之大章、宫廟之典樂，則百無一焉。何也？詩之一道，言情易而説性難，言景易而窮理難。吾見由《國風》而入者矣，未見其由大、小《雅》而入者也；吾見其由《雅》而入者矣，未見其由《頌》而入者也。善學詩，當由《雅》、《頌》入，得其深；不當由《國風》入，得其淺也。良以高雅之文人、風騷之詞客，不知合五經而闡大道，類以爲遊戲翰墨，抒寫風景已耳。故不讀三代之文，則不能取渾噩之氣；不獵五經之肆，則不能合天人之旨；不觀《史記》、《漢書》，則紀事不典；不觀黄、老、莊周，則命意不遠。觀孫、吴以簡而嚴，觀《山海經》以閎而肆，觀子書以窮其變，觀稗官野史以集其奇，天文、輿志、地名、官制、佛經、道藏、《素問》、《本草》以博洽其識，廣收其材。於是乎渾渾焉，浩浩焉，噩噩焉，行乎所行，止乎所止。游六藝之圃，入百家之林，奇珍異寶，牛溲馬渤，隨吾所取也。點瓦礫可以爲金珠，收輪囷可以列鐘鼎。隨手拈來，頭頭是道。杜詩曰：「意愜關飛動，篇終接混茫。」今之才人，求其「飛動」或有之，而「渾茫」難矣！大海迴風而爲百里之瀾，蜃氣樓臺，日月所出，其所積者深，故所流者遠也。少年初學不知杜詩之有本，或嫌其平淡，取其聲色；愛其弘肆，略其精嚴。殆至行年五十，閱歷百變，上窮百代，稽古生姿。故曰：「讀書破萬卷，下筆如有神。」胸無大書，目無名山水，若才情窮古人之變化，亦猶千金之賈與三都之市争寶也。昔人曰：「李杜文章在，光芒萬丈長。」知詩爲一代文章，非徒以五、七言炫韵脚也。「觀水有術，必觀其瀾」，亦云得其本矣。

元氣

氣者，天地之槖籥也。天地得之，高卑奠焉；人物得之，性情出焉；山川得之，流峙分焉；草木蟲魚得之，茁壯飛潛以行生焉。得其氣則生，失其氣則死。文章一道，亦猶是也。人具五行之全氣，其一駁雜而氣以傷；詩文具人之全氣，一雕鑿而氣亦傷。夫山海之能爲雲氣者，吾不知其何所出也，其氣足也。草木之夭喬，魚鳥之鳴躍，香光之所蕃郁，精氣之所包結，其氣全也。如以拳石爲山，能出雲乎？以盆水爲波，能作瀾乎？以剪綵爲花，能出香乎？以土木像爲人，能生動乎？故詩文一道，氣之所麗而行，不可以襲取。爲方爲員，爲巧爲拙，爲文爲質，爲收爲放，一一聽乎自然，而托其氣以出。故常山之蛇，首尾皆動，失其氣則枯。獅之伏兔，雖小物而以全氣取之。《陰符》曰：「禽之制也在氣。」故其行則一瀉千里，江河泛漲，雖浮槎亂草，皆可附之，以資吾鼓盪焉。止則藏其氣於不見，蘊隆鬱固。如大鵬六月之息，神龜百年之伏，潛乎九地而達乎九天，然後其氣貫金石而泣鬼神。然而有養氣之法焉：道義以養其質，詩書以養其文，山水朋友以養其慧，風雨晦明以養其靈。然後作爲詩文，萬理畢出。如畫竹者不待葉葉而爲之，淋漓蟠屈，可以恣吾意之所至而不窮。如鍾、王書法，芝、顛草隸，公孫舞劍，羿射僚丸，意至而神行。是亦詩文之大旨已。杜之勝諸家者，其氣不可及耳。故曰：先養氣。

胎骨

每見作詩者順筆而爲之，成章而止，襯以典故，繪以情景，前後均妥，而觀止焉。平等觀久亦腐朽，無怪不能争古人於百世下。凡一題到手，當先抹去詩人活套，一以性情行之。及乎性情既達，中無奇句驚人，拍案叫絶者，亦何貴乎言詩也？少陵曰：「語不驚人死不休。」又曰：「老去漸於詩律細。」故未煉句，先煉胎；未敷肉，先立骨。胎有凡胎，有仙胎。胎非麟鳳，而求其羽毛者，假也。骨有靈骨，有鈍骨。骨非金玉，而衣以冠裳者，傴也。郊、島之詩多骨而少肉，稜稜清瘦，如寒梅修竹，猶可典型一代。至於六朝，肉多而骨少，如肥象癡牛、土龍泥鳳，何外腴而中枯也。故善讀詩，當讀古人之胎骨，而略其皮毛。善爲詩者，垂首静思，删却浮塵，自結胎，自煉骨，如仙人之開頂，羽客之養丹。所謂探驪龍頷下珠也，珠得則全篇皆佳，不至我有人有之常玩矣。「作詩必此詩，定知非詩人。」杜陵咏小物多用此法。如元宋人咏梅，庸骨凡胎，「霜禽窺眼」、「粉蝶斷魂」，亦何卑也。

體裁

應制有應制之體，贈答有贈答之體，或頌或規，不在鋪敘景物。王維詩，「爲乘陽氣行時令，不是宸遊玩物華」、「還聞股肱郡，元首咏康哉」，歸美朝廷也；「明朝題漢柱，三署有光輝」、「獨有鳳凰池上客，《陽春》一曲和皆難」，贊侍臣也；「由來此貨稱難得，多恐君王不忍看」，刺貴方物也；「聖代即今多雨露，暫時分手莫躊躕」、「自當逢雨露，行矣慎風波」，送遷客也；「此鄉多寶玉，慎勿厭清貧」，勉廉吏也；「當令外國懼，不敢覓和親」、「方期來獻凱，歌舞共春暉」，勉從軍也。唐人作者，不能枚舉。至老杜長篇排律，尤重體裁。如《田父泥飲》不在田父，而在美嚴中丞，曰：「説尹終在口。」《謁玄元皇帝廟》不在盛贊廟貌之麗，而在神仙之不可信，曰：「谷神如不死，養拙更何鄉？」得太史公《封禪》言外之意。《去蜀》曰：「安危大臣在，不必淚長流。」《麗人行》曰：「慎莫近前丞相嗔。」刺國忠之亂，如「河水瀰瀰」，譏在言外。《前出塞》云：「殺人亦有限，立國亦有疆。苟能制侵凌，豈在多殺傷。」《後出塞》：「落日照大旗，馬鳴風蕭蕭。」體當如是。《哀王孫》云：「豺狼在邑虎在野，王孫善保千金軀。」咏《佳人》：「天寒翠袖薄，日暮倚脩竹。」《送郭中丞》：「安邊仍扈從，莫作後功名。」《北征》詩結尾歸重王室：「煌煌太宗業，樹立甚宏達。」《收京》末句：「萬方頻送喜，無乃聖躬勞。」《送高適》：「請公問主將，焉用窮荒爲。」安不忘危，其體又如是。《望西岳》：「稍待西風凉冷後，高尋白帝問真源。」《登岱》：「岱宗夫如何，齊魯青未了。」《詠劍閣》：「珠玉走中原，岷峨氣悽愴。并吞與割據，極力不極讓。」《和裴迪見早梅相憶》：「恨不折來傷歲暮，若爲看去亂鄉愁。」他人爲之，當有「暗香」、「疏影」等句矣。岱嶽詩，其體尊；劍閣詩，其體壯而有關係；和裴詩，其體渾而非咏梅也。有題在此而體在彼者。或送者此客而反誇其主人之識賢，如昌黎《送石處士赴河陽軍》是也。《柳子厚羅池碑》不言子厚德政，但言其子厚靈應可以祀處。子厚得罪朝廷，爲之避諱，不可直言，亦體也。作詩之體，有明有隱，惟少陵兼之，唐諸人未有也。李于鱗《唐詩選》箋註甚備，言之詳矣。有體而裁寓焉。所謂裁者，彼詳而我簡，彼濃而我樸。如剪衣者，方員幅掖，各有其度。其法本於《左》、《國》、《春秋》、《史》、《漢》列傳，而用之於詩。

品格

梅之品孤，桂之品貴，菊之品幽，牡丹之品艷，海棠之品媚，竹之品疏，松、檜之品貞，蘭之品遠，水仙之品潔，繁花靡質不與焉；鶴以品古，鳳以品威，鵬以品變，白鷳以品逸，雉以品文，鷹以品雄，雁以品別，鸚鵡以品慧，鷗以品閒，騶虞以品仁，鹿以品伏，虎豹以品蔚，馬以品駿，小鳥凡獸不與焉；龍以品神，蛟螭以品化，鯤、鯨以品武，龜以品靜，蜃以品幻，庸鱗文介不與焉；鼎、彝以品厚，玉以品和，珠以品潤，圖書以品富，墨以品奥，硯以品介，筆以品穎，劍以品華，鐘、磬以品辨，窑器以品質，小珍常玩不與焉。詩文一道，未觀其材，先觀其品。品之庸者，雖取資富而用意工，鑒賞者不顧也。品之貴者，外若疏落，芳香内藴，不炫時采，古質穆然，此匠人波斯之所以卧而不去也。三代之文，品隨世遷，渾渾不如噩噩，文明不如朴茂。至其不屑一切，而實自成一家。殆至自成一家，而又無不可納之一切，則品斯大矣。品有大小，有偏全，皆其識力、學力所至，而實有天授之材。小之不能爲大，偏之不能爲全，亦猶方員之不相易也。人之欲成其品，在於初發念之始，而賢愚定；詩之欲成其品，亦在初搆思之始，而高下定。元結、孟浩然、儲光羲，如梅映孤山，桂生秋嶺，寒香異艷，古幹蒼姿，品清而介矣。下此者或枯或纖。晚唐諸子，雖有佳朵而無全枝。王維、韋應物、高適、岑參，如竹苞松茂，菊馥蘭芳，品清而和矣。下此者非平則支。王昌齡、崔顥、錢起、劉長卿，鳳騫鶴舞，豹變麟翔。及夫開國之楊、盧，大手筆之燕、許，皆能亭亭翼翼，自成壇坫，品亦宏碩博大矣。下此而非綺則靡。元稹、白居易、柳宗元、韓愈、王建、許渾，得其一偏，品斯中矣。賈島、杜牧、温、李之流，各爲雜闕，間出小香，品又下矣。以世而下，未易數也。如太白、子美，集奇葩於太液，收異質於若木，龍蟠虎卧，玉潤珠圓，可以古，可以今，如石家之珊瑚火浣，武庫之天寶物華。集其大成，無一不備；出其緒餘，可以富國。稱爲詩品之聖，信不誣矣。竊謂立品之道，固各隨其才，而不越乎「真」之一字。千古詩文之新舊，皆以不真而壞。狂狷之過於中行者，以其真耳。真則精神出而光華附之，故自不可磨滅。不然，碔砆混玉，傀儡象形，具體而不靈。此真僞之别也，而品亦隨之矣。

章法

而又有所謂章法者。尼父曰：「斐然成章。」子輿氏曰：「不成章、不達章者，片段也。」姑以織錦譬之。文者，五色絲相雜也；章者，機軸尺寸全匹之錦也。有其文而不成章，是碎錦矣；有其章而復有文，完一機之工，而錦乃成。古人詩文，未有無章而徒文者。詩以韵傳，以句成，故人多知文而不知章。蓋古風有古風之章，五、七律有五、七律之章，絶句有絶句之章，銘、贊、詞、曲皆有章法。所以未布文，先布章。以我組織，量全篇之機軸而分斷落也。於何發端，於何襯貼，於何轉折，於何闔合，於何鬬筍，於何收結，有正章焉，有亂章焉，法不同而章一也。推而言之，不止一篇有章，即用句、用字皆有章。或一題而數詩，如《前出塞》是也，章法須避雷同。正法、變法，於此見之；變化蒼茫，於此見之。儒者當學大家，以章法爲主，雖有小疵，體格猶存。昔人云：「前疏者後必密，前直者後必曲。」既奏以文，復亂以武；轉而合之，頓而挫之；抑揚高下，有整有散；以摇曳爲過脈，以隱顯爲起伏，此謂之大家。唐人名手，不乏其百韵長篇，惟李、杜最多。李、杜之章法各不同。至於行止謹嚴，李不如杜；頓放奔逸，杜不如李。李如李廣之軍，不用刁斗而勝；杜如程不識之軍，部伍肅然而亦勝。吾學杜不學李者，李以天全，杜以法全也。昌黎以文法作詩，間雜賦體，如《南山》是也。不知古詩之章法有不可用之律者，詞賦章法有不可用之詩者。譬如散金碎玉、亂草浮槎，入之長篇皆可容，入律而麤矣。猶夫織大錦者，不能用生絲亂線也。詩家之法精嚴，譬如竹林七賢，用一屠沽子不得，恐以片瑕而點璞玉。良工苦心，妙在無痕。凡大手筆，先看章法。

聲律

舜之命夔曰：「詩言志，歌永言，聲依永，律和聲。八音克諧，無相奪倫。」聲音之道盡矣！吾不知咸英之音何音也，至齊景猶有徵招、角招之遺，蓋《韶》在齊而文不傳也。《樂記》曰：「情動於中，故形於聲。聲成文，謂之音。」要知古今之聲歌，總不外五音、六律者，是古詩即古樂章也。《雅》、《頌》之詩，奏歌清廟，皆合八音而叶之，時皆四言。及漢魏五言，而律未嚴。及唐五、七言爲律詩，則全乎聲律矣。是律者，聲歌之所出入，以之協神人而通情性，由清濁而生高下，由高下而生抑揚。長言之爲咏歌，節取之爲詞曲，不能備論。吾姑就律詩言之。忌平頭、上尾、蜂腰、鶴膝、拗句等病，人皆知之。所以戒而不用者，以其不合聲律也。當其未成句，不必先求聲，恐亂吾思也。及句成字協，而聲亦以定，皆有自然而合之理。如風生草動，無不有聲。然而聲有堅脆，字有生穩。當其聲堅而韵響，如金石之有斤兩；當聲混韵啞，如不應之鐘，雖扣之而中理絶矣。然欲叶其律，先煉其聲；未叶其聲，先煉其字。一曰落脚，五、七言押韵是也，要穩忌生；二曰轉軸，要圓要亮，五、七言中間二字是也，是忌軟腰不能挺起，或生硬牽扯。試看李、杜集中，凡押韵、轉韵，有一難字、生字否？譬如建百尺之樓，天巧人工，無所不精，而四梁八柱，却要平實，乃不致有傾折之患。吾謂七言律五字押韵，即今安杜之石礎耳，故曰先平穩而後求奇。五、七言歌行聲律各別，要其長短節奏，則有行止頓挫之律。讀子美「王郎拔劍斫地」一歌，當其節奏之妙，今人亦知奔放縱橫，然而或單行雙行，一變二變之異，則多不老。太白長句多不可法，或四韵一變，或二韵一變，或平到底，或仄到底，或平仄參錯，於此皆有定律，何可不細味也。蓋有聲律而後可以咏歌，或爲泛濫渟蓄，沉鬱頓挫，聲律之叶不叶，吾自知之。施於樂亦無不叶矣。何也？聲律者，三尺童子皆有之，故白樂天詩成而誦於老嫗，欲其諧俗也。吾不得古人之樂書觀之，姑與言律理於詩，請引杜而廣之。「旌旗日煖龍蛇動，宮殿風微燕雀高」，應制等詩，黄鐘律也，其氣爲春，宮音也，有革木之義焉；「草木變衰行劍外，干戈阻絶老江邊」，憂憤詩，夷則律也，其氣爲秋，商音也，有絲竹之義焉；「野哭千家聞戰伐，彝歌幾處起漁樵」、「往事常憂亂兵入，今來止恐鄰人非」，大吕南吕律也，其氣爲春冬、夏秋之交，角徵音也，有匏土之義焉；咏蟋蟀、孤雁、歸燕、鸚鵡等詩，姑洗蕤賓律也，其氣爲物爲象，羽音也，有金石之義焉。作詩者不必作是想，意之所之而成音，音成而律叶，所謂氣作聲，聲成律也。

詩眼

人具天地之靈氣，生爲五官百骸，而一切乞靈於眼；昆蟲魚鳥，胎卵蠢動，形體之大小別，而一切托命於眼。眼者，形神之所交，而清明之極至也。故曰：「傳神寫照，全在阿堵中。」巧笑美盼，素絢極矣，詩人美焉。文章之眼，莫備於《左》、《史》；詩之眼，莫備於杜。今詩不逮古，古用眼活，今用眼死也；古詩之眼虛，今詩之眼實也；古之眼有關合，今之眼無關合也。請律於其概。

五言有一句二眼三眼者

「星臨萬户動，月傍九霄多」，「動」字、「多」字是眼，關合在「臨」字、「傍」字；「雨荒深院菊，霜倒半池蓮」，「荒」字、「倒」字是眼，妙在「深」字、「半」字；「月明垂葉露，雲逐渡溪風」，「垂」字、「渡」字是眼，妙在「明」字、「逐」字；「落日邀雙鳥，晴天捲片雲」，「邀」字、「捲」字是眼，妙在「落」字、「晴」字；「水浄樓陰直，山昏塞日斜」，「直」字、「斜」字是眼，妙在「浄」字、「昏」字；「遠水兼天浄，孤城隱霧深」，「浄」字、「深」字是眼，妙在「兼」字、「隱」字；「蜀星陰見少，江雨夜聞多」，「多」字、「少」字是眼，關合在「陰」字、「夜」字；「桑麻深雨露，燕雀半生成」，「深」字、「半」字是眼；「地平江動蜀，天闊樹浮秦」，「平」字、「動」字、「闊」字、「浮」字是眼；「花濃春寺静，竹細野池幽」，「濃」字、「静」字、「細」字、「幽」字是眼；「日出寒山外，江流宿霧中」，「出」字、「流」字、「中」字、「外」字是眼；「青惜峰巒過，黄知橘柚來」，「過」字、「來」字是眼；「雲氣生虚壁，江聲走白沙」，「生」字、「走」字是眼；「江虹明遠飲，峽雨落餘飛」，「飲」字、「飛」字是眼；「山虚風落石，樓静月侵門」，「落」字、「侵」字是眼；「天意存傾覆，神功接混茫」、「碧知湖外草，紅見海東雲」、「吴楚東南坼，乾坤日夜浮」、「鼓角悲荒塞，星河落曉山」、「棗熟從人打，葵荒欲自鋤」、「大江秋易盛，空峽夜聞多」、「魚龍迴夜水，星月動秋山」、「力稀輕樹歇，老困撥書眠」、「寒水光難定，秋山響易哀」、「地折江帆隱，天清木葉聞」，以上全句是眼。

七言有一句二眼三眼者

「石側倒聽楓葉下，櫓搖背指菊花開」，「側」字、「倒」字、「下」字、「搖」字、「指」字、「開」字俱是眼；「疏燈自照孤帆宿，新月猶懸雙杵鳴」、「返照入江翻石壁，孤雲擁樹失山村」、「聽猿實下三聲淚，奉使虛隨八月槎」、「錦江春色來天地，玉壘浮雲變古今」、「江天漠漠鳥雙去，風雨時時龍一吟」、「高江急峽雷霆鬭，古木蒼藤日月昏」、「豈有文章驚海内，漫勞車馬駐江干」、「春水船如天上坐，老年花似霧中看」、「孤城返照紅將斂，近市浮烟翠且重」、「五更鼓角聲悲壯，三峽星河影動搖」、「幸不折來傷歲暮，若爲寄去亂鄉愁」、「老去詩篇渾漫興，春來花鳥莫深愁」、「黃牛峽靜灘聲轉，白馬江寒樹影稀」、「海内風塵諸弟隔，天涯涕淚一身遥」、「百年地僻柴門迴，五月江深草閣寒」、「澗道餘寒歷冰雪，石門斜日到林丘」、「落花遊絲白日静，鳴鳩乳燕青春深」、「舊來好事今能否，老去新詩誰與傳」、「安得仙人九節杖，拄到玉女洗頭盆」、「晚節漸於詩律細，誰家數去酒盃寬」、「有時自發鐘磬響，落日更見漁樵人」、「藍水遠從千澗落，玉山高並兩峰寒」，以上不能偏載，而眼法變矣。五、七古有眼在篇中不露者，以數句爲一篇之眼，不可不知。《新婚别》、《垂老别》諸大篇，用眼尤多。凡在題内外之間打動一篇氣色，皆眼也。有推敲終日不就，而忽然得之者。眼貴奇而忌生，貴虛而忌弱。打起一句精神，剔出全篇聲韻,始謂之眼,即填詞之家所謂「務頭」是也。故曰:换句艱於就章,换字難於琢句,煉眼也。

詩情

文生於情,情至而文生。有情至而文不能至者矣,未有情不至而文至者也。《三百篇》首以《關雎》言情,《風》爲《雅》、《頌》之始。君臣、朋友、夫婦之間,憂讒畏譏,發憤之所作者,皆情也。江蘺悲楚,咏洞庭之微波;離黍懷周,賦宗國之變秀。《柏舟》之怨其夫,《凱風》之念其母。《谷風》之棄婦,興言荼薺;《旄丘》之大夫,借咏狐裘。逮至榛苓寄興于西方,終窶頌言於北門。嘆狐烏之滿國,雨雪同人;頌騋牝之塞淵,桑田税駕。此皆情之顯而正言者也。筓珈偕老而刺内亂,新臺河水而刺下淫。賦爰爰之兔,士不樂生;咏緜緜之藟,民散其所。譏園桃而賦碩鼠,情之隱而寓言者也。降而山川景物、花鳥流連、登高望遠、贈别興懷,莫不有情,以舒其鬱陶悲愉之志。天地之間,一情而已。故情真而後趣起,趣至而後致生也。「生死向前去,不勞吏怒嗔」、「夜闌更秉燭,相對如夢寐」、「問事競挽鬚,誰能即嗔喝」、「殘盃與冷炙,到處潛酸辛」、「孰知是死别,且復傷其寒」、「近行止一身,遠去終轉迷」,諸如此類,情之真也;「昔與高李輩,晚登單父臺」、「寒蕪際碣石,萬里風雲來」、「巴陵洞庭日本東,赤岸水與銀河通,中有雲氣隨飛龍。舟人漁子入浦溆,山木盡亞洪濤風」,凡此類,皆趣也;「萬籟真笙竽,秋色正瀟洒」、「静求元精理,浩蕩難倚賴」、「速宜相就飲一斗,恰有三百青銅錢」、「聞君話我爲官在，頭白昏昏只醉眠」、「曾將白髮倚庭樹，故園池臺今是非」、「落盡高天日，幽人未遣回」、「老罷休無賴，歸來省醉眠」、「童僕來城市，缾中得酒還」，凡此類，皆致也。故唐子西評杜云：「古之作者，初無意於造語，所謂因事以造辭。如《北征》直紀行役耳，忽云『或紅如丹砂，或黑如點漆。雨露之所濡，甘苦同結實』，此類是也。凡文章，如人作家書，方是妙境。」此可與言情也矣。

詩　典

詩用典故，如畫工之用五色，易牙之於五味，不能廢也。有尚質者，有尚文者，質文皆用典襯貼，不在點鬼簿、算博士堆砌填塞，所謂借面弔喪，典不請客，有何趣味？用典之法，莫妙於杜，以其能借客咏主，洗舊爲新。變化古人，妙在翻案，有正用者、反用者、顯用者、暗用者。正用不如反用者巧，顯用不如暗用者佳，以其入而無痕，虚而能轉，所以鑪錘點化耳。今人作詩，每一題到手，就想向胸中點鬼打算，反將詩情、詩理一切塞住。於應酬縉紳、祝頌大老，尤易流入此病。一部《韵府》等書，便爲捷逕。如五、七言律中二聯定是述古，或官制，或地名，略爲襯貼情景，前後起結敷衍，而七言篇終矣。夫以八句五十六字之内，先供點綴，所存者幾何，而我之真詩安在乎？無怪其神理之不出，而爲故實所掩也。嘉、隆君子，北地、濟南尤多犯此，故其連篇合集，幾於縉紳便覽，如上官大啓四六之有韵者。此雅士所以掩卷，先有厭觀之意，再讀數篇，虚架雷同，滿篇贊誦而已。譬如梨園上臺，便唱加官進禄等曲，殊令人厭。及至鍾、譚破之，又一切抹去聲色，爲野服上堂，乞兒罵相。求質而反喪文，因噎而至廢食。何史、野之相過也！詩至少陵，其用古能轉《法華》，不爲《法華》轉也。故云：僻事要實用，熟事要虛用。又妙在用事而不覺其犯，借用而不嫌其平。切忌太明白，太囫圇。用典故必用虛字作眼，而筆力乃活。近世詩人不用《三百篇》中奇字，反用野史、小説、唐以後紀事，捨河海而取盆盎，何其昧於取舍乎！姑取少陵用事言之：「戲假霜威促山簡，須成一醉習池回」，促王侍御攜酒也；「蘇武先還漢，黄公豈事秦」、「楚元設醴日，梁苑上書辰」，解太白不臣永王璘也；「謝安不倦登臨興，阮籍焉知禮法疏」，答嚴中丞也；「路經灩澦雙蓬鬢，天入滄浪一釣舟」，用荆南地理也；「太角纏兵氣，鉤陳出帝畿」、「得無中夜舞，誰憶《大風歌》」，用《天文志》與劉琨、漢高事也；「早知乘四載，疏鑿控三巴」，用禹實事也；「鬬鷄初賜錦，舞馬既登牀」，用唐《天寶實録》也；「霸氣西南歇，雄圖曆數屯」、「錦江原過楚，劍閣復通秦」，《三國・蜀志》也；「亂離多醉尉，愁殺李將軍」、「醉歸應犯夜，不怕李金吾」，反也；「欲掛留徐劍，猶回憶戴船」、「徐庶高交友，劉牢出外甥」，正用也；「野曠吕蒙營，江深劉備城」、「哀傷同庾信，述作異陳琳」，顯用也；「遠愧梁江總，還家尚黑頭」、「龍武新軍深駐輦，芙蓉别殿漫焚香」，暗用也；「獨留省署開文苑，兼效滄浪學釣翁」、「雲壑布衣鮐背死，勞生害馬翠眉須」，翻案也。如排律長篇，非典故則輕佻直率，而無古色。詩人本領全在用古之變，不似今人，未曾舉筆，先求撿書。如富賈兒買書畫，强作陳設，止可向三山街買假骨董。故用典者須要賞鑑高、鑪錘妙，不然則有點金成鐵、剪彩妝花之病。

詩史

《詩》亡而後《春秋》作。詩以紀事也，咏時也。故杜曰「詩史」，不但編年於當代，且以紀我年譜行狀焉。少壯衰老，窮達榮辱，升沉之感，將於此譜其年；自家而國，江湖廟廊，逆旅閑居之境，將於此譜其遇；遊涉登眺，宴集贈送，別離死喪，毁譽悲勸之緣，將於此譜其人與地。境去而情留，年非而迹在，人與地已逝，而其言歷歷存者，此詩之傳吾形於不死者也。惟其史也，故用意造辭，不得不嚴。稽古居今，以寄託乎風雅，此詩中之題與詩中之人與事不可不審也。老杜《北征》首紀曰「皇帝二載秋，閏八月初吉」。《春秋》紀「春王正月」筆法也；「元日到人日，無有不陰時」，紀歲時災異也；《諸將六首》，紀武功之不振也；《秋興八首》，紀長安宫闕之殘也；《秦州雜詩》曰：「屬國歸何晚，樓蘭斬未還」、「東征健兒盡，羌笛暮吹哀」、「故老思飛將，何時憶築壇」，紀時亂也；《咏玄元皇帝廟》、《行次昭陵》二首、先生廟、諸葛祠、宋玉、屈原、司馬相如琴臺，紀懷古傷時也；《灩澦》、《發秦州》、《赤甲》、《白鹽》、《同谷七歌》，紀行役；傷骨肉也；《垂老》、《無家》、《新婚別》諸篇，紀民亡也；《石壕》、《新安》、《羌村》、《花門》，紀兵亂也；上房相公、嚴鄭公、哥舒翰諸篇，紀從政文武大臣也；贈李白、高適、岑參、賈至、王維、鄭虔、蘇渙、嚴武等詩，紀同志也；泛江、岳陽、洞庭、夔州、劍門，紀歷涉之地也；野老、田父、贊上人土室、惠子白驢、斛斯文、劍器、畫馬諸人，紀方外交遊也；浣花草堂、移居東屯，紀流寓樂地也；咏鸚鵡、花鴨、猿、鹿、草蛩、螢火，紀物寓言也；《哀江頭》、《憶昔》，紀往事也。詩須有爲而作，以代正史之遺，乃可以并風雅而誌世代。至於應酬諛美，頌人遷官，代人祝壽，如此等篇，百年内固所不乏，擇其有關者存之可耳。惟其自視者重，則其自存者寡。連篇纍牘，無益於國家者，何爲哉！

詩病

詩之有病，猶玉之不能無瑕，連機之錦不無雜緒。唐人以詩取科目，竭一代之功令，三百年之精力，所傳者不幾人，所存者不幾首，他可知矣。李、杜光芒萬丈，固未定論。其興至神來，千古莫底其際涯。至於弩末筆枯，神慵氣促，或迫於應酬俗客，或困於心境不屬，强而爲章，間有流失。非敢以瑕疵論古人，自寬繩檢，亦以詩病概論之，知病在幾微，不可不自指摘耳。學者性各有偏，才或不齊。學狂狷、中行，尚有古廉今蕩之感。故曰：學焉而得其性之所近，其各有偏者皆病也。取法乎中，僅得乎下者有矣。况夫咀六藝之餘芳，趨諸家之遺軌，能無捫籥膠柱之失乎？故詩有七戒：一曰差錯不關合，多起爐竈而少貫串，謂之氣病；一曰太直不婉轉，意在取氣而少波瀾，謂之神病；一曰妄誕不切實，語多膚借而少真理，謂之骨病；一曰綺靡不典重，襲取《選》體，多用偶對，謂之詞病；一曰蹈襲前人，不知變化，外腴中枯，全無生面，謂之態病；一曰神氣平庸，熟爛不新，雖合聲格，謂之俗病；一曰求尖取異，志不猶人，墮入怪纖，反成鬼道，謂之穿鑿病。脚根不定，一入旁門，未有無此七病者。即杜詩中，病亦不乏矣。後學宗法先賢，須辨其瑜瑕而從事，乃可不惑。如「籬邊老却陶潛菊，江上徒逢袁紹盃」、「青青竹笋迎船出，白日江魚入饌來」、「只同燕石能星隕，自得隋珠覺夜明」，用典不化，遂開後人生吞活剥之病；「富貴定從勤苦得，男兒須讀五車書」、「十五男兒志，三千弟子行」，開宋元迂腐道學之病；「池水觀爲政，廚烟覺遠庖」、「顧我老非題柱客，知君才是濟用功」、「炙背可以獻天子，美芹由來知野人」、「叔父朱門貴，郎君玉樹高」，開老俗熟爛之病；「二儀清濁還高下，三伏炎蒸定有無」、詠月「必驗升沉體，始知進退情」，開宋人性理之病。以少陵之學之才，尚不免涉於浮爛，況他人乎？諸如學《選》詩而病在排壘，學盛唐病在板整，學郊、島病於枯寒，學長吉病於鬼魅，學温、李病於靡細，學元、白病於庸熟。極論之，學古者不能自爲損益，有一瑜者即有一瑕，膠舟刻劍，失却主人。故學《騷》不善病哀傷，學《選》詩不善病柔弱，學太白不善病狂誕；學杜不善，沉雄者病於麤硬，渾大者病於寬泛。杜曰：「文章千古事，得失寸心知。」既集古人之大成，須開自己之心胸。不依傍他人籬下，須將自己神理暗合前賢法律，既破浮習，又開生面，庶幾把臂入作者之林。故誦「澄江」而思謝朓，詠「梁月」而夢青蓮，良有以也。

淺　深

天下之絶技奇工、黼黻繪畫、雕鏤冶鑄，莫不假之形質色象以成其能，獨詩文一道，窮於無所有之鄉，而百變出焉。手目之所不及，足迹之所不至，形神之所不接，聲容之所不見不聞，幽焉窈焉，鑿孔而出，且能鏤其貌，傳其神，攻其堅，窮其奥，慘淡經營，血枯鬚斷，鬼神出告，主宰効靈，懷古則黄虞同堂，遐覽則海岳入室。夫豈一言一字之工，能盡其情歟？一聲一調，能盡其變歟？敷詞繪色，摹影肖形之能造其極歟？所以爲無聲之聲，無色之色，澄慮冥搜，萬象供役。非不學者可幾，亦非徒學者之可幾；非無才者可幾，亦非恃才者之可幾。無他，得其深而棄其淺也。今之言詩者，不見其深而止焉。望巨邑之淵而不知有滄海，登徂徠之巔而不知有泰岳，以爲如是亦足矣，而不知我方仰及肩之牆，宫室百官，未窺一二也。古人之詩，其言簡而味旨，咀之數十遍，如新得句；今人之詩，長篇纍幅，味之已索然矣，則淺深之不相及也。一咏瀑布也，則有「萬古長如白練飛，一條界破青天色」；一咏松也，則有「影摇千尺龍蛇動，聲撼半天風雨寒」。在作者未甚背戾也，一入洪爐巨匠之手，别有鑪錘，則洗去皮毛，獨抽神理，遇奇思於平淡，發藻采於高渾。而後知吾之第一層義，即切玉者所謂泥沙攻而必去者也。苟得其深者，如釣魚出於重淵，繳鳥墜於九仞，前此所得，遂爲邪郭。以古人之深而合我之深，不如以我之深而用古人之淺。是我以彼之深爲我之淺，而我之淺已深矣；以我之淺出彼之深，又爲我之淺矣；至彼深而我淺之，乃所爲深造之以道，欲其自得之也。故曰：資之深則取之左右逢其源。技至此而淺者可深，深者亦可淺。然而淺深之説，又各有宜焉。有似淺而深者，有似深而淺者。老杜曰「吾宗老孫子」、「平明跨驢出」、「惠子白驢瘦」、「可嘆高生老」、「燈花何太喜」等句，似淺非淺也，朴略古老，畫家禿筆也。以宋元人倣之，非俚則平。「泥留虎鬭迹，月掛客愁村」、「乾坤霾漲海，雨露洗春蕪」、「勳庸思樹立，語默可端倪」，畫家横搜中細筆也。以明七子倣之，又堆且腐。要之，淺深存乎理氣，不可以字句取。如淺者，白意固淺，即以聲色敷飾而愈淺；如少陵微言固深，即平淡出之而更深。此道之難言如禪理丹頭，在人自悟。亦有學淺而成熟，學深而成晦。不得其深，止成其淺耳。竿頭一步，鑿井及泉，是所望於及階者。

虚實

天地寄於虚，萬物寄於天地之虚，人之形骸耳目寄於心氣之虚，推之鳥獸蟲魚、華實動静，無一不遊於虚。虚不能空行，故以實副之。形生神發，而爲生死枯菀之根。天地、江河、日月、星宿，惟虚而能運，故不朽。萬物皆以實而害其虚，故遷化朽腐，槁滅隨之。然死生相禪，造物又化其實以生虚。然則虚者，生生化化之原。故一切竊靈於虚，而著爲文章焉。詩文一道，盗人心氣以出。以我之虚印古人之虚，又以古人之虚發我之虚。故李、杜已化爲異物，而常見其面貌笑語者，則彼之虚而常留於吾面貌笑語者也。若夫其實者，吾不知其何之矣。仙者，仙此也；佛者，佛此也；聖者，聖此也。詩文小道，與大化流行。知者得其虚，不知者得其實也。總之，以虚用實，必不可以實礙虚。凡詩文有虚字、有實字，實字不難而虚字難。一篇中以虚處運軸，不虚則直；一句中以虚處點眼，不虚則死。老杜之妙於用虚者，虚而能實，使人不知其虚而忘其實。王、孟則使人見其虚者也。明之七子，實多虚多，使人恨其不虚。鍾、譚則知虚而不知實，使人悲其虚。少陵善用虚字，《百家註》中言之已備，如「修竹不受暑」、「輕燕受風斜」、「映階碧草自春色」、「村村自花柳」、「寒城菊自花」，「受」字、「自」字是也。虚字要硬要響，五律之筋、七律之腰，得之則挺。不然，軟靡有折腰之病。不勝備述，看後《詩眼》一則。姑舉一二全篇言之。杜《擣衣》云「亦知戍不返，秋至拭清砧」，「亦知」二字是虚法；「已近苦寒日，況經長别心」，「已近」、「況經」是虚法；「寧辭擣衣倦，一寄塞垣深」，「寧辭」、「一寄」是虚法；「用盡閨中力，君聽空外音」，二句全用虚，而「用盡」與「君聽」四字是法也。鍾、譚註《詩歸》甚有新意，但偏於空虚，非清虚也，故失耳。

生熟

「文至妙來無過熟。」又曰：「熟能生巧。」輪人之鑿而鼻不堊，由基之射而百步不失。熟則通於神，幾於聖。小伎且然，況詩文乎？尼父云：「從心不踰矩。」子輿氏云：「聖譬則力，智譬則巧，熟之謂也。」初學詩者，易生而難熟，不但平仄黏靠費其敲打，情景架面苦於布置；或押韵不熟，以生字、難字凑者有之；或煉句不熟，以拗字作奇字，以嫩字作老字者有之。此不熟之易知者也。至十餘年，少熟矣。或以平庸漫衍，照影布架，率爾成篇，襯貼成律。及細味之，言隨意盡，色具中枯。此熟而不熟之難知者也。夫生者如入竈之米，未烹之割，其味不出，故必用水火鹽梅以調之。熟者非隔宿飣飲，唾餘朽腐之食，奈何以他人現成茶飯，而充我五侯雕胡之羹乎？當知生、熟者，論其步驟、格律、思理、風調之生、熟，非字句凑泊難易之生熟也。每見近稱作者，蹊徑既熟，氣味反平。此又能熟而不能生之病，安所習而不變，遂無生趣，無生趣而詩槁矣。竊謂初學少陵之詩，當求其熟；久讀少陵之詩，當求其生。杜陵之生處即其熟處。所以至今光芒萬丈者，能生耳。由生求熟易，由熟求生難，此日新之道也。約略言之，杜詩之熟者不必述，如其創而能生者有之矣。暮年窮老而思愈奇創，夔州、劍門諸篇，較之少年，老辣特甚。公没年五十九，計年譜唐開元十四年，公出遊選場，初學詩，有曰：「往昔十四五，出遊翰墨場。斯文崔魏徒，以我似班楊。」全部止存《遊龍門奉先寺》、《贈李白》、《望岱》、《陪李北海宴歷下》，蓋公數年所存止此三五篇，其餘或自删而不存，以其生而不熟可知矣。至大曆二年，公年五十有五，又四年而没，時在蜀，詩愈多而愈奇，年老而才放者，熟而能生之謂也。蓋初學者苦於生，久學者苦於熟，兩兼之則盡善矣。

平　奇

詩有奇於《三百篇》者乎？學人爲理儒埋没，不能探奇而出，遂以爲聖賢義理之言，《三百篇》之趣、之情、之風致奄然而盡，幾何不以尼父爲宋儒訓詁也。吾嘗放言之，當質之曠覽者，且舉《關雎》一篇，《王風》之首，夫子所以言好色，爲情字之祖也。何以言好好色？曰：是誠意也。意不誠何以「寤寐」、「展轉」？何以「琴瑟」、「鐘鼓」？不得則哀，得之則樂。且有采葛、卷耳、登山、望夫、樛木、小星、螽羽、麟趾之美，化及國家，淫女蕩夫，採芣贈藥，情之極至者也。情至而滿其情，則天下平，故曰：好色者，情之祖也。《鄭》、《衛》淫風，以邪形正。使人知好色不正，蕩亡如此。其文之風流諧謔，聖人講理明倫，未嘗腐板也。《國風》一篇，大半言思情，至其言物言事，草木鳥獸，無一字不奇。千古詩人無處下手，皆能詳細瑣碎，繪其形情於詞句之外。姑舉一二言之。如《豳風》一篇，淵明、子厚，田家之祖也；「貿絲」一篇，《新婚別》、《無家別》、「秋風紈扇」之祖也；《兔爰》、《葛藟》，流離失所之祖也；「考槃」、「衡泌」、「十畝閑閑」，隱逸山林之祖也；《駟驖》、《小戎》，田獵、從軍、前後《出塞》之祖也；《天保》、《湛露》，侍宴應制之祖也。至於雕鏤之妙，言馬則「騧驪是驂」、「駕我騏馵」，雖韓幹畫馬無以過；言本騎弓矢則曰「遊環脅驅」、「文茵暢轂」、「虎韔鏤膺，交韔二弓」，小李將軍畫人物無以過；「蒹葭蒼蒼，白露爲霜」，倪雲林淡遠山水無以過。凡此者不可枚舉。總之，以奇而歸於平，平中之奇，乃所謂真奇也。即使温、李之巧，金粉之艷，瞠乎後矣。惟少陵千古第一精細人，於此而得真祖，一一作粉本，不奇不休。今之知正派者，言温厚和平是矣。當知古之温厚非庸泛也，和平非淺濫也。就其造意構想而言之，非一味打油，八寸頭巾，人人可借也。蓋不奇則不新，不新而真氣不出；不平則不厚，不厚而真奇亦不出。平、奇二字，表裏内外相配之事，非二層也。今評詩者曰：某詩平，某詩奇。并其平而失之。彼不能奇，且烏得平？試於杜詩平中看出奇來，乃與之言杜詩。杜詩之平、奇，有藏有露，有頓有漸，故曰：爲文要使氣象峥嶸，五色燦爛，漸老漸熟，乃造平淡。此可謂善言平奇者。

雅俗

詩有必不可用之俗字，有必不可學之俗徑，有必不可使之俗料。即名家間有之，雖無玷全瑜，必去此而後大雅。如咏月必用「銀蟾」、「玉兔」、「嫦娥」、「玄霜」等字，咏雪必用「瓊瑶」、「玉樹」、「龍戰」、「鶴翔」等字，咏梅必用「暗香」、「疏影」、「粉蝶」、「霜禽」等字，咏遊山必用「白雲」、「紅樹」、「流水」、「孤村」等字，咏懷漫興必用「憂貧」、「悲世」、「詩酒」、「江湖」等字，賀壽必用「蟠桃」、「採芝」、「海籌」、「大椿」等字。我方掃除不浄，彼且一遇此題，先想其料，腹中俗蟲，汩汩出頭矣。「天地雙蓬鬢，乾坤一草亭」、「錦江春色來天地，玉壘浮雲變古今」、「萬里悲秋常作客，百年多病獨登臺」，皆杜陵佳句也，一經七子，而成優孟之衣冠；再經學七子者，而成典鋪内之被褥。寬頭大腦，人人寫去，自謂盛唐，豈不爲杜陵罪人乎？又杜陵俗格有開宋元派者，如「南京久客耕南畝，北望傷神坐北窻」，皆不可法。今世漸知學鍾、譚之非，不知學崆峒、滄溟之非。學七子久而變爲空響，猶之乎鍾、譚不能響者也。今天下學人溺而不化，有一雅即有一俗，吾甚危之。蓋人有亦有，人無亦無，謂之通俗，出俗而後謂之詩。詩不出俗，不作詩可也。老杜善用俗而不俗者，如「平明跨驢出，未知適誰門」是也；淵明善用俗，使人羨其俗，「饑來驅我去，不知竟何之」是也。如「棗熟從人打，葵花只自鋤」、「鵞鴨須常數，柴門莫浪開」，正從俗中收入雅趣。

大家

詩有大家、小家，亦猶禪之有大乘、小乘也。大小不於其後，自其初學詩而分之；又不僅於其初，自其終而大之不能爲小，小之不能爲大，兩不相下而成之。然成其大者，代不數人；成其小者，代亦不數人；大不成大，小不成小，則比比焉盡是。大之誚小者曰：「夫文灝灝耳，噩噩耳，乃雜而組之，譎而肆之，雕棘剪繪，吾不知其何所止也。」小之誚大者曰：「寬而不倩，吾寧隘；朴而無味，吾寧巧。彼寥廓古落，走空桑耳，吾不知其何所止也。」兩者恃其長而不相下，則當與之平其説，使造其極而各相成。今海内亦駸駸乎尚大家矣，大家亦有真僞焉，不於字句中襲取也。吾欲其爲江海而不爲行潦，爲泰山而不爲丘垤，人人得而知之。夫江海者，魚龍所出，日月所没，潮汐百變，蜃市蛟宫，與百川吞吐而不窮。今之學海者，欲其積水枯澤而摹之，可乎？泰山者，東帝所宅，玉女之宫，七十二代封禪之文，九州、五岳遷化之區，秦松、漢柏、安期、羨門出没之地，金簡、石函、丹書、王笈、魯麟、吴馬變化之迹，乃可鎮東封而高天下，欲以拳石假山而築之，可乎？吾恐學海而化爲狂瀾，曾不若川流也；學泰山而化爲培塿，曾不及盆石也。大家五古莫如陶，七古莫如太白，五、七律莫如少陵。言之不盡也，何以擬之？每見小家，三日新婦，頭面衣飾雖有許多做作，脂粉羞澀，不合人心；若大家，淡掃蛾眉，意真態淑，安詳典貴，即笄珈珠珮，而無矜佻之容。又如白屋少年，初登一第，矜貴之色掛於眉額，腔步一新，惟恐人不畏而敬之；至於位極卿相，遍歷清要，仕路厭熟，淡若韋布，反無邊幅。每見大老立朝居鄉，如田舍翁，再無官腔宦套者，或徒步市上而人不識。東坡曰：「吾近爲野人所推罵也。」又如窮村小巷貨郎俗賈，止有十金，逢人而有驕色；入三都，見異錦、珍貝、珊瑚、火齊，廢然返矣。何者？大小之識量相懸，故其不能脱然方隅之外耳。大家手筆，先章法，後體裁，每於起結處寧朴勿巧，寧老勿尖，變化不失其正，一切聲色，删之無痕。總之，眼目大則器量亦大，學力小則步趨亦小。故必細熟大書數部，於胸中先開千百年之眼；又必廣交一代名公巨老可師法者，廣開數十年之疑，以我之膽識行之。魯勾踐之劍術、段善本之琵琶，不盡棄其小長，無以進乎大也。詩文在是，而人品、道力亦在是。又爲之轉語曰：學小家不成，如市頭賣線花，猶止兒啼；學大家不成，如木鐸老人講鄉約，無人可聽，不亦危乎？真不真之間也。

掃除

《金剛》曰：「無人相、我相、壽者相。一無所住，而生其心。」盡乎八萬四千矣。凡在相即有住，有所住而其心不生。學問一道，無所恃而不可，有所恃而尤不可。總之，有所進，即以所進者爲退，而退乃進矣；有所益，即以所益者爲損，而損乃益矣。故文日求益，道日求損，此克復之幾也。詩文亦然。才窺一孔，而曰天盡在是；才飲一勺，而曰海盡在是；閲半今人，而曰今人不及我；未盡古人，而曰我不讓古人。夫夫曰：非其浮焉無得，則愎焉自滿，不可與言者也。夜郎王不知有漢，河東之白豕，人且笑之矣。今天下才人、學人，不少其學，終不醇者，不善掃除之過也。吾觀雲附太空，絢五色而成文；當其出山，沛爲雷雨，倏忽氤氳，一瞬萬里；及長風一掃，而膚寸立盡，不留一象，猶然太空無際耳。此掃除之妙喻也。無論詩文小道，凡我所得，時時求捨，即於捨處得未曾有。進而論之，况爲人一身，何非長物，愛戀不除，遂成障礙。佛言解脱，聖曰空空，故歷言功力，終以掃除，而筌蹄可盡。

遊涉

太史公浮相涉海，足迹半天下，故其爲文佚宕奇譎，不可測其端倪。少陵自同谷入蜀，夔府諸詩，刻削壁立，鐵柱肅斑，雪花石影，逼人凜慄，淡遠中古艷之極，真神物也。昌黎潮州、子厚愚溪、東坡嶺南，每見古人遷謫流離之餘，凡所著作，皆能超出生平，筆氣堅深，文心竊爲之一變。不知皮毛於何洗刷，光華於何敷宣，真有不可解之故。昔人云：「讀十年書，不如行萬里路。」蓋人情苦則不浮，窮則日新，遊涉一過，益人骨力神智，非帖括中可比。名人逢佳山水，領趣會心，與其學力相爲淺深，其所見處正不能强。若夫庸人販豎，日涉江海，徒貿貿無聞，胸中無起發者耳。積學苦思，閉户既久，耳目不開，識力未廣，當濬迹名山，躡屩方外。蓋以詩書所及皆陳言，耳目所及皆新境。彼古人所及者，吾得而及之；古人所未及者，吾且及其未及也。不觀江海之洶湧，不知蜃螭日月之變；不觀峰巒之雄秀，不知雲物風雨之奇。登高眺遠，則清暉娛人；懷古探幽，則傷時感愴。冰雪空山，孤往而聰明淨生；風霜驛路，曉行而慧思頓發。或爲長吉之奚囊，或以浩然之驢背，或登庾亮之南樓，或上輞川之小艇，此皆遊興所乘。風人別致，雖饒雅韵，而骨氣未必堅，思路未必苦。必有少陵之「七哀」、梁鴻之《五噫》、韓昌黎之「雲橫秦嶺」、蘇子卿之「雪滿朔方」，萬死投荒，巢依黑鬼，一身遠竄，命寄鱷魚，當此之時，有死之心，無生之氣，故其爲文反能雲飛海立，蛟麟悲泣，賡黃陵帝子之歌，下白髮將軍之淚。無響不堅，無幽不老，天地所以効其靈，風雨不能奪其魄也。蓋詩之一道，關人器量。彼庸夫失志，生死以奪其情，得喪以變其守，言哀氣促，何暇及夫詩文？故古之不朽者，大都騷怨之詞，非逸樂之章也。昔師襄學瑟，成連刺舟，海濤夜起，草木鳴號，曰：「移我情矣。」彼夫不能移者，又烏得而移之？

參悟

佛家有戒、定、慧，禪家有漸、頓、圓，坐破空山蒲團，説盡《華嚴》全藏，如不參悟，謂之死漢。參悟者，非參不悟，必能參而後能悟也。未講悟，先講參。衲子家丢下拄杖，枯坐一室，跏趺鼻觀，取無始靈光，收在虛無，洗滌根塵，了無依傍，如練猿猱，如守枯木，然後不立文字，不涉法相，忽然開豁，拈得一燈，便成舍利，此謂禪定；博學多識，諮義洽聞，遍搜諸藏，訪善知識，以其聲聞，自成緣覺，機鋒辨才，歷諸棒喝，冷水點臂，烈火尋衣，此謂參禪；去文殊解，皈普賢行，遍歷苦趣，磨練幻想，桑下三日，林間一鉢，峨眉杖底，彌勒市頭，踏破鐵鞋，横擔草履，此謂參方。參有内外，悟無始終。凡有執著，即謂之迷，悟於何有？凡有滿足，即謂之障，參於何有？故詩文一道，通乎禪理。著盡百祖袈裟，不見本來面目，所爲「拋却自家無盡藏，沿門持鉢効貧兒」也。今且先問近世詩人作詩何爲？將欲求名，自有制義，竭三年功，争一日捷，既曰應世，能不徇人？今作詩者將欲傳世，此身在世，毁多譽少，况復百年，無論不傳，傳之何益？知者存之，不知者詈之。杜陵至今塗者不少，原以無益而博虚名，反使有心失其真面。揆之得失，孰少孰多？捨其真我，依傍門户，何求何畏，而不自見也。嗟乎！居今不曠，限乎藩籬，稽古無權，又何用披髮長吟，留兩間之元氣，開萬古之心胸哉？如不掃除，云何得悟？如復依傍，云何能參？故參以成所學，悟以空所學，功非躐至也。蓋能漸而後能頓，能頓而後能圓，猶之知止而後静慮得也；由戒生定，由定生慧，猶之適道而至於權，善信而至於聖，化神也。人自靈光中生，原有一幅全精神在胎骨帶來，不但與古人血脈貫串，即聖佛仙真，無不從我浩然之氣直透頂門可見。况詩文小道，由才情學問中打入，須從性命隱微中打出。不與古人期，默與古人合。真如水乳相投，磁鐵互引，實有不可解之妙。此中得意，難以明言。如獨坐一室，而自笑自悲；長夜索燈，而忽起忽卧。鳥啼花落，水響雲行。舞劍器而草書進，聽鐸鳴而黄鐘叶。無所聞而有聞，無所見而有見。或夜静搜奇，鬼神出聽，空山籟静，藻思雲來，少遲則逝，頃刻復生，此悟之機候也。當斯時，便欲焚曹、劉之朽骨，掃李、杜之殘灰，不知漢魏，何論宋、元，况七子之筌蹄，一代之爝灰哉！於是援筆漫興，引盃自喜，以爲下酒之物。原無博名之心，然後千百古人俱來腕底，不呼而集，聽其驅駕。可以傳，亦可不傳。

即或付樵青之拍掌，借啄木而賞心，蟲臂鼠肝，存其面目於無何有之鄉，自爲遊戲耳。奈何作者悟不及此，借爲世資，名心市趣，脚根不定，眉毛隨人。《詩歸》未嘗不高，而鍾、譚今退位；崆峒未嘗不老，而北地果盡境乎？風氣無常，愛憎日變，取捨未定，形神化矣，於何能傳？嗚呼，哀哉！故釋氏曰：「真行道者，常觀常破。」法尚應捨，何况非法？

神　化

神化者，吾不知其神化也。神而明之，在乎其人。大而化之，不可知之謂也。不得已仍舉杜之神化可知者，其不知者，待人自知之，吾不能知之也。他不具論，自《發秦州》、《赤谷》、《寒峽》、《鐵堂》、《法鏡》、《青陽峽》、《萬丈潭》、《木皮嶺》、《水會渡》、《飛仙閣》、《龍門》、《石櫃》、《劍門》及《新婚》、《垂老》、《無家》、前後《出塞》等詩，五古之神化者也；《高都護驄馬行》、《白絲行》、《渼陂行》、《哀江頭》、《驄馬行》、《送孔巢父歸江東》、《韋偃畫馬歌》、《雙松歌》、《贈王郎斫地歌》、《打魚歌》、《贈曹將軍霸丹青引》、《畫馬圖引》、《劍器行》、《捶竹枝行》，七古之神化者也；《登高陽樓》、《禹廟》、《江亭》、《懷李白》、《春望》、《野望》、《胡馬》、《擣衣》、詠小物《促織》等詩、《除架》、《廢畦》、《孤雁》，五律之神化者也；《望西岳》、《曲江》、《玉臺觀》、《南鄰》、《賓至》、《登樓》、《野望》、《秋興》八律、《和裴迪折梅相憶》、《奉酬嚴公寄題野亭》，七律之神化者也。其他篇神化，不盡於此，而就其可知者知之，他之神化亦盡於此矣。太白歌行之神化，有過於杜陵者，雖五、七律中常有古意，七絶尤爲絶世，天馬行空，滅没無迹，非杜陵可涯際者，天分爲之也。至杜陵造句之化，如「金鐘大鏞在東序，冰壺玉衡懸清秋」，何等偉麗；「落花遊絲白日静，鳴鳩乳燕青春深」，何等渾雅；「丹青不知老將至，富貴於我如浮雲」，又何等現成自然。至於長篇，一打魚也，而曰：「衆魚常才盡却棄，赤鯉騰出如有神。潛龍無聲老蛟怒，迴風颯颯吹沙塵。」又曰：「鳳凰麒麟安在哉。」却想入。出有入無之謂神，自有而無之謂化。知此者思過半矣，故終之以神化。

漁洋詩話（一卷本）

漁洋詩話（一卷本）提要

《漁洋詩話》一卷，據康熙中王晫、張潮輯《檀几叢書》本點校。原撰者王士禛（一六三四—一七一一），字子真，一字貽上，號阮亭，又號漁洋山人。山東新城人。順治十二年進士，官至刑部尚書，乾隆時追謚文簡。有《帶經堂集》。《清史稿》卷二六六有傳。按此是漁洋編《五七言古詩選》之凡例，原未獨立成篇。《古詩選》有漁洋門人蔣景祁康熙三十六年序，即編成於是年。王晫、張潮單取凡例，改題詩話，頗爲不倫，曾遭漁洋本人非議。漁洋於古詩兩體之意見，皆承明人來，大抵論五古取李于鱗「唐無五言古詩」說而稍變之，論七古於何大復《明月篇序》「初唐四子調在少陵之上」說似有微辭，實竊慕之，惟所選未盡能貫徹何説耳。

漁洋詩話

新城王士禛阮亭著

五　言

昔荀綽撰《五言詩美文》，其書不傳。而昭明之《選》，所録五言詩，自漢迄齊梁甚具，學詩者宗焉。然其中頗雜四言，又公讌、應教諸篇，率多蕪雜。予撰漢魏六朝五言詩，視蕭《選》微有異同，至其菁英，鮮闕略矣。

樂府別是聲調，體裁與古詩迥別。然漢人《盧江小吏》、《羽林郎》、《陌上桑》之類，叙事措語之妙，愛不能割。班姬《怨歌行》、卓氏《白頭吟》，被之樂府，何非詩耶？至曹氏父子兄弟，往往以樂府題叙漢末事，謂之古詩亦可，故並多採摭。若六朝《子夜》、《讀曲》等歌，悉不載。

齊梁以後短句，已是唐律、唐絶。楊用修《五言律祖》既有專書，兹頗取其警策。絶句亦然。

《十九首》之妙，如無縫天衣。後之作者，顧求之鍼縷襞積之間，非愚則妄。此後作者代興，鍾記室之評蹟矣。愚嘗論之：當塗之世，思王爲宗，應、劉以下，群附和之，惟阮公別爲一派。司馬氏之初，茂先、休奕、二陸、三張之屬，概乏風骨。太冲挺拔，崛起臨菑；越石清剛，景純豪儁，不減於左。三公鼎足，此典午之盛也。過江而後，篤生淵明，卓絶後先，不可以時代論矣。

宋代詞人，康樂爲冠。諸謝奕奕，迭相映蔚。明遠篇體驚奇，在延年之上。謝之與鮑，分路揚鑣。仲偉之《品》於明遠多微詞，愚所未解矣。

齊有玄暉，獨步一代。元長輔之。自兹之外，未見其人。梁代右文，作者尤衆。繩以風雅，略其名位，則江淹、何遜足爲兩雄，沈約、范雲、吴均、柳惲差堪羽翼。固知此道真賞，論定不誣，非可以東陽、零陵身參佐命，遂能劫持一代文柄也。

陳朝寥寥，孝穆稱首。總持流品，視徐未宜並論。然華實兼美，殆欲過之。子堅蕪累，愧其名矣。北朝魏、齊之間，顔介最爲高唱，高敖曹短章不減斛律金，二君可敵南朝沈慶之、曹景宗矣。邢、魏之流，未强人意；劉昶、蕭慤，踰淮不化，亦未易才。後周寥寥，厪得子淵、子山。二人之才，一時瑜亮，而鍾儀之悲，開府爲至矣。

隋混一南北，煬帝之才，實高群下，《長城》、《白馬》二篇，殊不類陳隋間人。楊處道沉雄華贍，風骨甚遒，已闢唐人陳、杜、沈、宋之軌，非餘子所及也。

唐五言古詩凡數變，約而舉之：奪魏、晉之風骨，變梁、陳之俳優，陳伯玉之功最大，曲江公繼之，太白又繼之，《感寓》、《古風》諸篇，可追嗣宗《詠懷》、景陽《雜詩》；貞元、元和間，韋蘇州古淡，柳柳州峻潔，二公於唐音之中超然復古，非可以風會論者。今輒取五家之作，附於漢、魏、六代作者之後。李詩篇目浩繁，厪取《古風》，未遑悉録。然四唐古詩源流，可略覩焉。

右略論五言升降之變。如此卷之繁簡次第，雖視當時作者輩行篇什多寡，然風氣轉移，頗示疆眕。如阮籍别於鄴下諸子，左思别於壯武諸家，叔源列於諸謝，何遜、江淹冠於沈、范，諸如此類，且存微旨，覽者遇於意言之外可焉。

七言

愚撰五言詩竟，復鈔古逸、漢、魏迄唐、宋、金、元諸家長句，爲七言詩若干卷。謝太傅問王子猷：「云何七言詩？」對曰：「昂昂若千里之駒，泛泛如水中之鳧。」此命名所自也。七言始於《擊壤歌》，《雅》《頌》之「維昔之富不如時」、「予其懲而毖後患」、「學有緝熙於光明」，至《臨河歌》、《南山歌》以下，其辭匪一，皆七言之權輿也。鈔古歌一卷。若《皇娥》、《白帝》二歌，屬王嘉僞撰，則附録卷末。

《大風》、《垓下》，肇始漢音。至武帝《秋風》、《柏梁》，其體大具。曹子桓《燕歌行》、陳孔璋《飲馬長城窟行》，皆唐作者之所本也。六朝惟鮑明遠最爲遒宕，七言法備矣。鈔漢魏六朝詩一卷。梁、陳、隋長篇頗多，而氣不足以舉其辭，沿及唐初，益流繁縟，愚均無取焉。

明何大復《明月篇序》謂：「初唐四子之作，往往可歌，其調反在少陵之上。」韙矣。然遂以此概七言之正變，則非也。二十年來，學詩者但取王、楊、盧、駱數篇轉相仿傚，膚詞剩語，一唱百和，是豈何氏之旨哉？今略取李嶠以下氣格頗高者，得四篇，以見六朝入唐源流之概云。鈔初唐詩一卷。

開元、大曆諸作者，七言始盛，王右丞、李東川暨高、岑四家，篇什尤多。李太白馳騁筆力，自成一家。大抵嘉州之奇峭，供奉之豪放，更爲創獲。今鈔盛唐五家之作爲一卷。王龍標、崔司勳，間取一二附之。

詩至杜工部，集古今之大成，百代而下無異詞。七言大篇尤爲前所未有，後所不逮。蓋萬古元氣之奧，至杜而始發之。今别於盛唐諸家，鈔杜詩一卷。

杜七言，千古標準。自錢、劉、元、白以來，無能步趨者。貞元、元和間能學杜者，惟韓文公一人。鈔韓詩一卷。李義山《韓碑》一篇，追配昌黎，附之卷末。

宋承唐季衰陋之後，至歐陽文忠公始拔流俗。七言長句，高處欲追昌黎，自王介甫輩皆不及也。《廬山高》一篇，公所自負，然殊非其至者。鈔歐陽詩一卷。

歐陽公見蘇文忠公，自謂：「老夫當放此人出一頭地。」蓋非獨古文也，唯詩亦然。文忠公七言長句之妙，自子美、退之後，一人而已。鈔蘇詩一卷。文定視文忠，邾、莒矣。今略十餘篇附之，以備眉山一家之詩。

蘇文忠公淩踔千古，獨心折山谷之詩，數效其體，前輩之虚懷如是。後世腐儒乃謂山谷與東坡爭名，何其陋耶！山谷雖脱胎於杜，顧其天姿之高，筆力之雄，自闢門庭。宋人作《江西宗派圖》，極尊之，以配食子美，要亦非山谷意也。鈔黄詩一卷。

元祐文章之盛，推蘇門六君子。黄嘗自負其詩在晁、張之上。顧無砦七言佳處，頗得文忠之逸。

叔用《具茨集》寥寥無多，一鱗片甲，殆高出無咎之上。議者以爲惟陸務觀能髣髴之，非過論也。鈔二晁詩一卷。

南渡氣格，下東都遠甚，惟陸務觀爲大宗。七言逐杜、韓、蘇、黄諸大家，正坐沉鬱頓挫少耳。然竟非餘人所及。鈔陸詩一卷。

南渡以後，程學盛於南，蘇學盛於北。金、元之間，元裕之其職志也，七言妙處，或追東坡而軼放翁。鈔元詩一卷。《中州集》載劉迎無黨長句數篇，風格獨高，今附録〔一〕。

【校勘記】

〔一〕「今」，原脱，據《古詩選》補。

元詩稱虞、楊、范、揭。道園自負如漢庭老吏。愚數觀《學古録》，其詩誠非三家所及，恨篇什寡耳。鈔虞詩一卷。劉静修刻畫山水〔一〕，間有可采，略取數篇附之。

【校勘記】

〔一〕「山水」原作「遺山」，據《古詩選》改。

元詩靡弱，自虞伯生而外，惟吴立夫長句瑰瑋有奇氣，雖疏宕或遜前人，視楊廉夫之學飛卿、長吉，區以别矣。《淵穎集》，宋文憲公所編。今略其合作，鈔吴詩一卷。

有明一代，作者衆多。七言長句，在明初則高季迪、劉子高爲最，後則李賓之。至何、李學杜，厭諸家之坦迤，獨於沉鬱頓挫處用意，雖一變前人，號稱復古，而同源異派，實皆以杜氏爲崑崙墟。近日錢受之七言學韓、蘇，其筆力、學問足以赴之。愚於明詩别有論次，此鈔不及云。

愚鈔諸家七言長句，大旨以杜爲宗。唐、宋以來，善學杜者則取之，非謂古今七言之變遂盡於此。觀唐人元、白、張、王諸公悉不録，正以鈔不求備故也。舉一隅以三隅反，其在後之君子。

詩問

詩問提要

《詩問》四卷續三卷，據浙江圖書館藏康熙刊本點校。原述者王士禛生平見《漁洋詩話（一卷本）》提要。張篤慶（一六四二—一七二〇）字曆友，號厚齋，山東淄川人。康熙二十五年拔貢。有《崑崙山房集》。張實居（一六三三—一七一五）字賓公，號蕭亭，山東鄒平人。王士禛内兄。有《蕭亭詩選》。按法式善《八旗詩話》謂郎廷槐官新城知縣，適逢漁洋解組，時相過從，輯爲「詩問十九則」。漁洋解組歸里，時在康熙四十三年末，至五十年卒。《漁洋詩話》又記張篤慶「丙戌（康熙四十五年）客新城，與余唱和」，亦正在此時。郎廷槐久宰桓臺，康熙四十七年重刊《十種唐詩選》後記云：「廷槐不敏，得尹桓臺，獲侍左右，親聆先生之教。耳提面命，棒喝鐸唤，十載於兹。」此即郎問成書之時間段也。劉大勤問中亦問及張實居，當與郎廷槐問作於同時。兩種有「師友詩傳録」、「師友詩傳續録」之别稱，亦可見出連帶關係。漁洋此二種詩答問，後世傳刻之本甚夥，尤以郎廷槐之問另有二張之答，遂演至一問三答同置一卷、一卷十九問與二卷三十一問等多種版本。然至乾隆三十五年漁洋曾從孫王祖肅刊二卷本，卷上仍爲漁洋一家答，無二張答，且無續問。祖肅跋云：「《詩問》一書自郎梅溪原刻攜歸北平，六十年來大江南北竟若無傳，余心惄然。」齊魯書社一九八五年《詩問四種》本周維德《後記》，引乾隆四十二年春暉草堂刊本洪熙跋，云洪熙父洪楠雲「彙而録之，問答如在一堂」，此或即一問三答同卷之始也。今流行本多一問而三答並列，頗失其舊。漁洋詩見實有異於二張，如李于鱗「唐無五古」説，漁洋極表贊成，二張則明言反對，即爲一例。大抵漁洋詩學有特見，二張則平穩無奇，前人如史承謙《青梅軒詩話》於三家並列，顧早已表達不滿矣。續三卷十二問尤爲罕見，如張宗柟輯《帶經堂詩話》「外紀門·問答類」，小序謂據《詩問》四卷成篇，然是郎問十九則加劉大勤六十二問，即遺此十二問。《學海類編》、《談藝珠叢》、《詩法萃編》諸叢書所收，皆僅一卷，而亦無此十二問。惟雪北山樵（張承綸）《花薰閣詩述》本有之，丁福保據以收入《清詩話》。然此本十二問雖全，三家之答則僅剩漁洋一家，蕭亭亦僅二答。今據康熙本勘核，知「阮亭答」自第三則下之十則，俱應爲「曆友答」；第二則之阮亭答闌入曆友答，而蕭亭答二則，前一則應爲阮亭答；阮亭答惟首則及次則前半爲真，其竄亂如此。故此本實非漁洋答，而以張篤慶一家之答爲主，雪北山樵固已疑其「口頰微别」矣。劉大勤問則多涉詩法，漁洋答語多爲重申其平生之見，語甚淺顯。漁洋答語又頗否定張氏之見，亦可與郎氏之問合觀。此本六十二問，較《花薰閣詩述》本多四則，較《清詩話》本亦多二則，故最早且最全，實爲諸本之最善者。

原編者郎廷槐，字梅溪，盛京廣寧人。歷任地方官。雍正三年坐年羹堯黨革職。有《江湖夜雨集》。

劉大勤字仔臣，號業庵，山東長山人。康熙四十七年舉人。有《吹劍草》。

夫子詩教，具有成書。海内人士，固已家絃而户誦矣。但數千里外讀成書，殊以不得親炙光輝爲悵惘。今廷槐既讀成書，又獲時時趨侍，其爲欣幸，何可言喻，足以驕視海内矣！秋來露繁，木葉漸脱，官舍蕭然，惟親書史。中有所疑，不敢數數叩瀆，謹録一册，求夫子燕閒之餘，俯賜批答，俾廷槐得以三復書紳，永志不忘。想太虚廓落之懷，必不鄙夷而拒之也。門人郎廷槐百拜上。

詩問卷一

郎廷槐梅谿問　漁洋老人答

問：作詩，學力與性情，必兼具而後愉快。愚意以爲，學力深始能見性情，若不多讀書、多貫穿而遽言性情，則開後學油腔滑調、信口成章之惡習矣。近時風氣頽波，惟夫子一言以爲砥柱。

答：司空表聖云：「不著一字，盡得風流。」此性情之説也。揚子雲云：「讀千賦則能賦。」此學問之説也。二者相輔而行，不可偏廢。若無性情而侈言學問，則昔人有譏「點鬼簿」、「獺祭魚」者矣。學力深始能見性情，此一語是造微破的之論。

問：《古詩十九首》乃五古之原，按其音節、風神，似與楚《騷》同時，而論者指爲枚乘等作。枚之文甚著，其詩不多見。且秦、漢風調自殊，何所據而指爲枚作耶？又蘇、李「河梁」亦有《十九首》風味，豈漢人之詩，其妙皆如此耶？求明示其旨。

答：《風》、《雅》後有《楚詞》，《楚詞》後有《十九首》。風會變遷，非緣人力，然其源流則一而已矣。《古詩》中「迢迢牽牛星」、「庭中有奇樹」、「西北有高樓」、「青青河畔草」等五六篇，《玉臺新詠》以爲枚乘作；「冉冉孤生竹」一篇，《文心雕龍》以爲傅毅之辭。二書出於六朝，其説必有據依，要之爲西京無疑。「河梁」之作與《十九首》同一風味，皆所謂「驚心動魄，一字千金」者也。嬴秦之世但有碑銘，無關風雅。

問：樂府之體與古歌謠髣髴，必具有懸解，另有風神，無蹊徑之可尋，方入其室。若但尋章摘句，摹擬形似，終落第二義。如《穆天子傳》之《白雲謠》、《湘中記》之「帆隨湘轉」、古樂府之「獨漉獨漉，水清泥濁」之類，神妙天然，全無刻畫，始可以稱樂府。魏、晉擬作已非其長，至唐益遠矣。夏蟲語冰，殊覺妄誕，乞指示之。

答：「樂府」之名始於漢初，如高帝之《三侯》、唐山夫人之《房中》是也。《郊祀》類《頌》，《鐃歌》、《鼓吹》類《雅》，《琴曲》、《雜詩》類《國風》。故樂府者，繼《三百篇》而起者也。唐人惟韓之《琴操》最爲高古，李之《遠别離》、《蜀道難》、《烏夜啼》，杜之《新婚》《無家》諸别、《石壕》《新安》諸吏、《哀江頭》、《兵車行》諸篇，皆樂府之變也。降而元、白、張、王，變極矣。元次山、皮襲美補古樂章，志則高矣，顧其離合未可知也。唐人絶句如「渭城朝雨」、「黄河遠上」諸作，多被樂府，正得《風》之一體耳。元楊廉夫、明李賓之各成一家，又變之變也。李滄溟詩名冠代，祗以樂府摹擬割裂，遂生後人詆毁。則樂府寧爲其變，而不可以字句比擬也，明矣。來教「必具懸解，另有風神，無蹊徑之可尋，乃入其室」，數語盡之。

問：蕭《選》一書，唐人奉爲鴻寶。杜詩云：「熟精《文選》理。」請問其「理」安在？

答：唐人尚《文選》學。李善注《文選》最善，其學本於曹憲，此其昉也。杜詩云云，亦是爾時風氣。至韓退之出，則風氣大變矣。蘇子瞻極斥昭明，至以爲「小兒强作解事」，亦風氣遞嬗使然。然《文選》學終不可廢，而五言詩尤爲正始，猶方圓之規矩也。「理」字似不必深求其解。

問：李滄溟先生嘗稱「唐人無古詩」，蓋言唐人之五古與漢、魏、六朝自别也。唐人七言古詩誠掩前絶後，奇妙難蹤；若五古，似不能相頡頏。滄溟之言，果爲定論歟？

答：滄溟先生論五言，謂：「唐無五言古詩，而有其古詩。」此定論也。錢牧翁宗伯但截取上一句，以爲滄溟罪案，滄溟不受也。要之，唐五言古固多妙緒，較諸《十九首》、陳思、陶、謝，自然區别；七言古，若李太白、杜子美、韓退之三家，横絶萬古，後之追風躡景，惟蘇長公一人耳。

問：七言律詩而外，如古詩、歌、行、詞、曲、引、篇、章、吟、詠、嘆、謡、風、騷、哀、怨、擬、弄諸體，其體格、音律、字句何以分别，始不混雜？

答：姜白石《詩説》云：「載始末曰引，體如行書曰行，放情曰歌，悲如蛩螿曰吟，通乎俚俗曰謡，委曲盡情曰曲。」大略如此，可以意會耳。

問：樂府五、七言與五、七言古何以分别？學樂府宜宗何人？

答：古樂府，五言如「孔雀東南飛」、「皚如山上雪」之屬，七言如《大風》、《垓下》、《飲馬長城窟》、《河中之水歌》之屬，自與五、七言古音情迥别。於此悟入，思過半矣。

問：七律，三唐、宋、元體格，何以别優劣？

答：唐人七言律，以李東川、王右丞爲正宗，杜工部爲大家，劉文房爲接武。高廷禮之論，確不可易。宋初學西崑，於唐却近；歐、蘇、豫章始變西崑，去唐却遠。元如趙松雪，雅意復古，而有俗氣。餘可類推。

問：五古句法宜宗何人？從何人入手簡易？

答：《古詩十九首》如天衣無縫，不可學已。陶淵明純任真率，自寫胸臆，亦不易學。六朝則二謝、鮑照、何遜，唐人則張曲江、韋蘇州數家，庶可宗法。

問：《竹枝》、《柳枝》自與絶句不同，而《竹枝》、《柳枝》亦有分别否？請問其詳。

答：《竹枝》泛詠風土，《柳枝》專詠楊柳，此其異也。南宋葉水心又創爲《橘枝詞》，而和者尚少。

問：七古長短句波瀾卷舒，何以得合法？

答：七言長短句，唐人惟李太白多有之。滄溟謂其「英雄欺人」，是也。或有句雜騷體者。總不必學，乃爲大雅。

問：七古平韵、仄韵，句法同否？

答：七言古平仄相間换韵者，多用對仗，間似律句無妨。若平韵到底者，斷不可雜以律句。大抵通篇平韵貴飛揚，通篇仄韵貴矯健。皆貴頓挫，切忌平衍。

問：七古换韵法？

答：此法起於陳、隋，初唐四傑輩沿之，盛唐王右丞、高常侍、李東川尚然，李、杜始大變其格。大約首尾腰腹須銖兩匀稱，勿頭重脚輕、脚重頭輕，乃善。

問：五古亦可换韵否？如可换韵，其法何如？

答：五言古亦可换韵，如古《西洲曲》之類。唐李太白頗有之。

問：字中五音，何以分別？古人作詩原爲歌誦，其宫、商、角、徵、羽乃其旨要，如有不叶，終未合法，宜於何書探討？

答：詩但論平仄清濁，詩餘亦然。惟元人曲則辨五音，故有中州韵、中原韵之别。

問：律古五、七言中，最不宜用字句若何？

答：凡粗字、纖字、俗字皆不可用，詞曲字面尤忌。即如杜子美詩「紅綻雨肥梅」一句中便有三字纖俗，不可以其大家而概法之。

問：七言五句古、六句古，其法若何？

答：七言五句，起于杜子美之「曲江蕭條秋氣高」也。昔人謂貴詞明意盡。愚謂貴矯健，有短兵相接之勢乃佳。

問：五言六句古作法？五言亦有五句古否？

答：五言短古詩，昔人謂貴詞簡味長，不可明白説盡。楊仲弘曰：「五言短古只是《選》詩首尾四句，所以含蓄無限。」

問：秦、漢風味與三唐何如？

答：秦詩具於《詩》之《秦風》。漢人蘇武、李陵、枚乘、傅毅之作，去《國風》未遠。六代惟陶彭澤，三唐惟韋蘇州，二公可以企及。

詩問卷二

千山郎廷槐梅谿問
般陽張篤慶歷友答

問：作詩，學力與性情，必兼具而後愉快。愚意以爲，學力深始能見性情，若不多讀書、多貫穿而遽言性情，則開後學油腔滑調、信口成章之惡習矣。近時風氣頹波，惟先生一言以爲砥柱。

答：嚴羽滄浪有云：「詩有別才，非關學也；詩有別趣，非關理也。」此得於先天者，才性也。「讀書破萬卷，下筆如有神」、「貫穿百萬衆，出入由咫尺」，此得於後天者，學力也。非才無以廣學，非學無以運才，兩者均不可廢。有才而無學，是絶代佳人唱蓮花落也；有學而無才，是長安乞兒著宮錦袍也。近世風尚，每苦前人之拘與隘，而轉途於長慶、劍南，甚且改轍於宋、元，是以愈趨而愈下也。有心者急欲挽之以開、寶，要不必藉口於宗歷下，轉令攻之者樹幟紛紛耳。

問：《古詩十九首》乃五古之原，按其音節、風神，似與楚《騷》同時，而論者指爲枚乘等作。枚之文甚著，其詩不多見。且秦、漢風調自殊，何所據而指爲枚作耶？又蘇、李「河梁」亦有《十九首》風味，豈漢人之詩，其妙皆如此耶？求明示其旨。

答：昔人謂《十九首》爲《風》餘，又曰詩母，若自列國之詩涵詠而出者。如太羹醇酒，非復泛齊醍齊可埒，其在楚《騷》之後無疑，況乎《騷》亦出于《風》也。而五言則漢世乃大顯。《十九首》中，如「青青河畔草」、「西北有高樓」、「涉江采芙蓉」、「庭中有奇樹」、「迢迢牽牛星」、「東城高且長」、「明月何皎皎」七章，《玉臺》皆以爲枚乘作；「冉冉孤生竹」，《文心雕龍》以爲傅毅；「驅車上東門」，《樂府》作《驅車上東門行》；《文選》以《十九首》爲二十首，蓋分「燕趙多佳人」以下自爲一章也。然相其體格，大抵是西漢人口氣。因篇中有「驅車上東門」、「游戲宛與洛」，故論者或以爲似東漢人口角，斷其非枚乘者。殊不知西京人亦何必不游戲宛、洛耶？此真「見與兒童鄰」矣。至如蘇、李「河梁」《録别》，其風味亦去《十九首》誠不遠，亦非東京以下所能涉筆者。

問：樂府之體與古歌謡髣髴，必具有懸解，另有風神，無蹊徑之可尋，方入其室。若但尋章摘句，摹擬形似，終落第二義。如《穆天子傳》之《白雲謡》、《湘中記》之「帆隨湘轉」、古樂府之「獨漉獨漉，水清泥濁」之類，神妙天然，全無刻畫，始可以稱樂府。魏、晉擬作已非其長，至唐益遠矣。夏蟲語冰，殊覺妄誕，乞指示之。

答：樂府自樂府，歌謡自歌謡，不相蒙也。樂府不特另具風神，而亦具有體格。古今之擬樂府者，皆東家施捧心伎倆也。《雅》、《頌》爲樂府之原。西漢以來，如《安世房中歌》、《郊祀》十九章、《鐃歌》十八曲，不惟音節不傳，而字句亦多魯魚失真。然其辭之古穆精奇，迴乎神筆，豈操觚家效顰所可施？無論近代，即魏、晉而降，如繆襲《鼓歌曲》、陳思王《鼙舞歌》、晉之《白紵》、《拂翔》等歌，亦豈髣髴其萬一乎？至唐世法部，如《伊》、《凉》、《甘州》之屬，多采名輩絶句，其中音節，今亦不傳。然而歌謡者，古逸也；樂府者，正樂也。不祇神妙天然，而叶應律吕，非可以騁辭縱臆爲之者。觀漢之大樂，其初皆掌之協律都尉李延年，非苟然也。固知古詩可擬，而樂府必不可擬。此錢虞山所以譏歷下爲「古官錦」也。

問：蕭《選》一書，唐人奉爲鴻寶。杜詩云：「熟精《文選》理。」請問其「理」安在？

答：文之有選，自蕭維摩始也。彼其括綜百家，馳騁千載，彌綸天地，纏絡萬品，撮道藝之英華，搜群言之隱賾，義以彙舉，事以群分。所謂「略其蕪穢，擥其精英」，「事出於沉思，義歸於翰藻」，觀其自序，思過半矣。少陵所云熟精其「理」者，亦約略之言。蓋唐人猶有六朝餘習，故以《文選》爲論衡枕秘，舉世咸尚此編，非必如宋人所云「理」也。

問：李滄溟先生嘗稱「唐人無古詩」，蓋言唐人之五古與漢、魏、六朝自別也。唐人七言古詩誠掩前絶後，奇妙難蹤；若五古，似不能相頡頏。滄溟之言，果爲定論歟？

答：世無印板詩格，前與後原不必其盡相襲也。歷下之詩，五古全倣《選》體，不肯規摹唐人；七古則專學初唐，不涉工部，所以有「唐無五言古詩」之説也。究竟唐人五言古皆各成一家，正以不依傍古人爲妙，亦何嘗無五言古詩也。初唐七古轉韵流麗，動合《風》、《雅》，固正體也。工部以下，一氣奔放，弘肆絶塵，乃變體也。至如昌谷、温、李、盧仝、馬異，則純乎鬼魅世界矣。若以絶句言，則中、晚正不減盛唐，又非可一概論。

問：七言律詩而外，如古詩、歌、行、詞、曲、引、篇、章、吟、詠、嘆、謡、風、騷、哀、怨、擬、弄諸體，其體格、音律、字句何以分別，始不混雜？

答：《珊瑚鈎詩話》云：「猗裁遷抑，以揚永言，謂之歌。步驟馳騁，斐然成章，謂之行。兼此二者，謂之歌行，如古詩中《長歌行》、《短歌行》、《燕歌行》是也。感觸事物，托于文章，謂之辭。辭即詞也。聲音雜比，高下短長，謂之曲。品秩先後，而推之，而原之，謂之引，如《箜篌引》、《霹靂引》之類是也。煌然而成篇，謂之篇。章也者，順理之名，斷章之謂也。吁嗟嘅想，悲憂愁思，謂之吟。長吟密詠，以寄其志，謂之詠。憂深思遠，一唱三嘆，變而不滯，謂之嘆。古相和歌有《吟嘆曲》，蓋兼斯二者之能也，見徐伯臣《樂府原》。非鼓非鐘，徒歌謂之謡，始于康衢而流于俚俗者也。刺美風華，緩而不迫，如風之動物，謂之風。幽憂憤悱，寓之比興，謂之騷，始于靈均而暢于宋玉、唐、景諸人者也。《七哀》、《八哀》之類，本于《哀時命》，流于《哀江南》、《哀江頭》者也。幽思激切，謂之怨。擬《録別》之類，謂之擬。琴曲曰弄。凡此者，亦不盡七言也。五言長短歌本無定則，非如元人詞曲方按音律宫譜也。」

問：樂府五、七言與五、七言古何以分別？學樂府宜宗何人？

答：西漢樂府隸于太常，爲後代樂府之宗，皆其用之于天地群祀與宗廟者。其字句之長短雖存，而節奏之聲音莫辯。若徒撏撦其皮膚，徒爲擬議，以成其腐臭耳，何變化之有？後人但讀之，而得其神理，翫其古光幽色可也，不必法其篇章字句。蓋樂府主紀功，古詩主言情，亦微有別。且樂府間雜以三言、四言以至九言，不專五、七言也。若五、七言古詩，其神韵、聲光自足以飫儉腹而被詞華。故學詩而不熟于漢、魏、六朝者，皆傖父也。何必其有定宗乎！

問：七律，三唐、宋、元體格，何以別優劣？

答：七言近體，斷乎以盛唐十四家爲正宗，再羽翼之以錢、劉足矣。西崑，吾無取焉。宋、元而下，姑舍是。

問：五古句法宜宗何人？從何人入手簡易？

答：五言之至者，其唯《十九首》乎！其次則兩漢諸家及鮑明遠、陶彭澤，駸駸乎古人矣。子建健哉而傷于麗，然抑五言聖境矣。韋蘇州其後勁也，陳子昂遁入道書矣。

問：《竹枝》、《柳枝》自與絶句不同，而《竹枝》、《柳枝》亦有分别，請問其詳。

答：《竹枝》本出巴、渝。唐貞元中，劉夢得在沅、湘，以其地俚歌鄙陋，乃作新詞九章，教里中兒歌之。其詞稍以文語緣諸俚俗，若太加文藻，則非本色矣。世所傳「白帝城頭」以下九章是也。嗣後擅其長者，有楊廉夫焉。後人一切譜風土者，皆沿其體。若《柳枝詞》，始于白香山《楊柳枝》一曲，蓋本六朝之《折楊柳》歌辭也。其聲情之儇利輕雋，與《竹枝》大同小異，與七絶微分，亦歌謠之一體也。《竹枝》、《柳枝詞》，詳見《詞統》。

問：七言長短句波瀾卷舒，何以得合法？

答：按：長短句本無定法，惟以浩落感慨之致卷舒其間，行乎不得不行，止乎不得不止。因自然之波瀾以爲波瀾，《易》所云「風行水上，渙」，乃天下之大文也。要在熟讀古人詩，吟詠而自得之耳。昔人云：「法在心頭，泥古則失。」是已。然而起伏頓挫，亦有自然之節奏在。

問：七古平韻、仄韻句法同否？

答：七古平韵，上句第五字宜用仄字，以抑之也；下句第五字宜用平字，以揚之也。仄韵，上句第五字宜用平字，以揚之也；下句第五字宜用仄字，以抑之也。七言古大約以第五字爲關捩，猶五言古大約以第三字爲關捩。彼俗所云「一三五不論」，不唯不可以言近體，而亦不可以言古體也。安可謂古詩不拘平仄，而任意用字乎？故愚謂古詩尤不可一字輕下也。

問：七古换韵法？

答：初唐或用八句一换韵，或用四句一换韵，然四句换韵其正也。此自從《三百篇》來，亦非始于唐人。若一韵到底，則盛唐以後騞多矣。四句换韵更以四平、四仄相間爲正，平韵换平，仄韵换仄，必不叶也。

問：五古亦可换韵否？如可换韵，其法何如？

答：五古换韵，《十九首》中已有。然四句一换韵者，當以《西洲曲》爲宗。此曲係梁祖蕭衍所作，而《詩歸》誤入晉無名氏，不知何據也。

問：字中五音，何以分别？古人作詩原爲歌誦，其宫、商、角、徵、羽乃其旨要，如有不叶，終未合法，宜於何書探討？

答：古人作詩，動叶律吕，今人但求工於字句可耳。若必欲動叶律吕，而其詞不工，亦無用處。不知五音之精微，不過於等攝門法通廣局狹處辨之，此是識字學問，與詩歌古文詞無甚關切。若作詞曲，分四聲爲三音，則非精於九宫十三調不能。若但作詩與詩餘，即陰平、陽平亦可不計，況五音乎？蓋五音之學，原於五行，通於五味，發於五臟，叶於脣舌齒喉腭之間，其門法多端，又有濁聲法以盡四聲之變，非數言可盡。愚實未暇問津。夫亦謂雕蟲小技，抑壯夫所不爲矣。

問：律古五、七言中，最不宜用字句若何？

答：詩，雅道也，擇其言尤雅者爲之可耳。而一切涉纖、涉巧、涉淺、涉俚、涉佻、涉詭、涉淫、涉靡者，戒之如避酖毒可也。然則如之何？曰「麗以則」，屏温八叉，放韓致堯，其庶幾乎？

問：七言五句古、六句古，其法若何？

答：古體之限句，非古也。然七言五句者，漢昭帝《淋池歌》是也；六句者，古《皇娥歌》是也。要只以簡古爲主，此外無法矣。然《皇娥歌》或以爲後代擬作，亦在然疑之間耳。

問：五言六句古作法？五言亦有五句古否？

答：五言六句古，齊、梁間多用之。唐人劉文房《龍門八詠》亦善此體，然幾於半律矣。特以其參用仄韵，故亦仍爲古體。大約中聯用對句，前後作起結，平韵、仄韵皆可用也。五言古五句體，唯劉宋《前溪歌》爲然。其詞曰：「黄葛結蒙籠，生在洛溪邊。花落逐水去，何當順流還，還亦不復鮮。」此詩頗爲創格，妙有餘韵。或以爲車騎將軍沈充所作舞曲也。

問：秦、漢風味與三唐何如？

答：秦詩所傳者不多，皆古逸歌謡耳。漢人詩風味醇茂，高渾中具見淡泊，豈唐人所能徑造！然唐人詩有過於六朝者，有不及六朝者，風格一正，絶去淫哇，此所以過也。若中、晚而下，氣體漸薄漸削，則又不及六朝之濃且厚矣。六朝尚不及，何况兩漢？

詩問卷三

千山郎廷槐梅谿問
梁鄒張實居蕭亭答

問：作詩，學力與性情，必兼具而後愉快。愚意以爲，學力深始能見性情，若不多讀書、多貫穿而遽言性情，則開後學油腔滑調、信口成章之惡習矣。近時風氣頹波，惟先生一言以爲砥柱。

答：有問王荆公者，杜詩何以妙絶古今？公曰：「老杜固嘗言之矣，『讀書破萬卷，下筆如有神。』」黄山谷謂：「不讀書萬卷，不可看杜詩。」看尚不可，况作詩乎？韓文公《進學解》云：「上規姚姒，渾渾無涯。周《誥》湯《盤》，詰屈聱牙。《春秋》謹嚴，《左氏》浮誇。《易》奇而法，《詩》正而葩。下逮《莊》、《騷》，太史所録，子雲、相如，同工異曲。」熟此，其庶幾乎？夫曰：「詩有別才，非關學也；詩有別趣，非關理也。」爲讀書者言之，非爲不讀書者言之也。

問：《古詩十九首》乃五古之原，按其音節、風神，似與楚《騷》同時，而論者指爲枚乘等擬作。枚之文甚著，其詩不多見。且秦、漢風調自殊，何所據而指爲枚作耶？又蘇、李「河梁」亦有《十九首》風味，豈漢人之詩，其妙皆如此耶？求明示其旨。

答：《騷》之變爲五言也，風調自別。《十九首》，或謂楚《騷》同時，或謂枚乘等作。想考無確據，故不書作者姓名。觀「青青陵上柏」一章内，「兩宫遥相望，雙闕百餘尺」，「兩宫」，南宫、北宫也。蔡質《漢官典職》曰：「南宫、北宫，相去七里。」又「明月皎夜光」一章内，「玉衡指孟冬」，如「促織鳴東壁」、

「白露霑野草」、「秋蟬鳴樹間」、「玄鳥逝安適」等語，所序皆秋事，乃漢令也。《漢書》曰：「高祖十月至壩上，故以十月爲歲首。」漢之孟冬，今之七月也。似爲漢人之作無疑。至于蘇、李「河梁」詩，可與《十九首》相頡頏。東坡先生謂爲僞作，亦必有見。然氣味高古，縱不出蘇、李，定漢之高手所擬。江文通善於擬古者，似不能及也。不須深辯。總之，漢祚鴻朗，文章作新，《安世》楚聲，渾純厚雅；漢武樂府，壯麗宏奇；《垓下》歌於流離，《白頭》吟於閨閫，其他可以類推矣。

問：樂府之體與古歌謡髣髴，必具有懸解，另有風神，無蹊徑之可尋，方入其室。若但尋章摘句，摹擬形似，終落第二義。如《穆天子傳》之《白雲謡》、《湘中記》之「帆隨湘轉」、古樂府之「獨漉獨漉，水清泥濁」之類，神妙天然，全無刻畫，始可以稱樂府。魏、晉擬作已非其長，至唐益遠矣。夏蟲語冰，殊覺妄誕，乞指示之。

答：古之名篇，如出水芙蓉，天然艷麗，不假雕飾，皆偶然得之，猶書家所謂「偶然欲書」者也。當其觸物興懷，情來神會，機括躍如，如兔起鶻落，稍縱則逝矣。有先一刻、後一刻不能之妙，况他人乎？故《十九首》擬者千百家，終不能追踪者，由於著力也。一著力便失自然，此詩之不可强做也。《易》曰：「書不盡言，言不盡意。」若能因言求意，亦庶乎其有得歟？

問：蕭《選》一書，唐人奉爲鴻寶。杜詩云：「熟精《文選》理。」請問其「理」安在？

答：夫《文選》一書，數逾千祀，時更七朝。楚國詞人，御蘭芬於絶代；漢朝才子，綜鞶帨於遥年。虚玄流正始之音，氣質馳建安之體。長離北度，騰雅詠於圭陰；化馬東騖，煽風流於江左。誠中葉之詞林，前修之筆海也。然而聲音之道，莫不有理，闡理敷詞，成於意興。嚴滄浪云：「南朝人尚詞而病于理，宋人尚理而病於意興，唐人尚意興而理在其中。」善讀者三復乃詞，周知秘旨。目無全文，心無留義。體各不同，理實一致。採其精華，皆成本領。故楊載曰：「取材於《選》，效法於唐。」馬伯庸曰：「枕籍《騷》、《選》，死生李、杜。」又昔人曰：「《文選》爛，秀才半。」皆少陵「熟精《文選》理」之義也。

問：李滄溟先生嘗稱「唐人無古詩」，蓋言唐人之五古與漢、魏、六朝自别也。唐人七言古詩誠掩前絶後，奇妙難蹤；若五古，似不能相頡頏。滄溟之言，果爲定論歟？

答：五言之興，源於漢，注於魏，汪洋乎兩晉，混濁乎梁、陳，風斯下矣。唐興而文運丕振，虞、魏諸公，已離舊習；王、楊四子，因加美麗；陳子昂古風雅正，李巨山文章宿老；沈、宋之新聲，蘇、張之手筆，此初唐之傑也。開元、天寶間，則有李翰林之飄逸，杜工部之沉鬱，孟襄陽之清雅，王右丞之精緻，儲光羲之真率，王昌齡之聲俊，高適、岑參之悲壯，李頎、常建之超凡。大曆、貞元，則有韋蘇州之雅澹，劉隨州之閒曠，錢、郎之清贍，皇甫之沖秀。下及元和，雖晚唐之變，猶有柳愚溪之超然復古，韓昌黎之博大其詞。是皆名家擅場，馳騁當世，詩人冠冕，海内文宗，安得謂「唐無古詩」？至於七言，前代雖有，唐人獨盛。他人勿論，如李太白之《蜀道難》、《遠别離》、《長相思》、《烏栖曲》、《鳴臯歌》、《梁園吟》、《天姥吟》、《廬山謡》等篇，杜子美《哀江頭》、《哀王孫》、《古柏行》、《劍器行》、《渼陂行》、《兵車行》、《洗兵馬行》、《短歌行》、《同谷歌》等篇，皆前無古而後無今，安得謂「唐無古詩」乎？試取漢、魏、六朝絜量比較，氣象終是不同。謂之唐人之古詩則可。滄溟先生其知言哉？

問：七言律詩而外，如古詩、歌、詞、行、曲、引、篇、章、吟、詠、嘆、謡、風、騷、哀、怨、擬、弄諸體，其體格、音律、字句何以分别，始不混雜？

答：《白石詩説》云：「守法度曰詩，載始末曰引，體如行書曰行，放情曰歌，兼之曰歌行，悲如蛩螿曰吟，通乎俚俗曰謡，委曲盡情曰曲。」《談藝録》云：「詩家名號，區别種種。原其大義，固自同歸。夫情既異其形，故辭當因其勢。譬如寫物繪色，倩盼各以其狀；隨規逐矩，圓方故獲其舊。則此乃因情立格，持字圍環之大略也。若夫神工哲匠，顛倒經樞。思若連絲，應之杼軸；文如鑄冶，逐手而遷。縱衡參互，恒度自若。此心之伏機，不可强也。」嗚呼！盡之矣！

問：樂府五、七言與五、七言古何以分别？學樂府宜宗何人？

答：樂府之異於詩者，往往敘事。詩貴温裕純雅，樂府貴遒深勁絶，又其不同也。《烏生八九子》、《東門行》等篇，如淮南小山之賦，氣韻峻絶。下可爲孟德道之，王、劉文學輩當内手矣。如曹公之《短歌行》、子建之《來日大難》，皆獨步千古。句法如《鐃歌》之「臨高臺以軒」、「江有香草目以蘭，黄鵠高飛離哉翻」等句，皆工美可宗。降而六朝，工拙之間，相去無幾，頓自殊絶。至唐人多與詩無别，惟張籍、王建猶能近古，而氣象雖别，亦可宗也。

問：七律，三唐、宋、元體格，何以分優劣？

答：七言律詩，五言八句之變也。唐初始專此體。沈、宋精巧相尚，然六朝餘氣猶存。至盛唐聲調始遠，品格始高。如賈至、王維、岑參《早朝》倡和諸作，各臻其妙。李頎、高適，皆足爲萬世法程。

杜甫渾雄富麗，克集大成。天寶以還，錢、劉並鳴。中唐作者尤多，韋應物、皇甫伯仲以及大曆才子接跡而起，敷詞益工，而氣或不逮。元和以後，律體屢變，其造意幽深，律切精密，有出常情之外。雖不足鳴大雅之林，亦可爲一倡三嘆。至宋律，則又晚唐之濫觴矣。雖梅、歐、蘇、黄卓然名家，較之唐人，氣象終别。至於元人，品格愈下。雖有虞、楊、揭、范，亦不能力挽頹波。蓋風氣使然，不可强也。況詩家此體最難，求其神合氣完，代不數人，人不數首。雖不敢妄分優劣，而優劣自見矣。

問：五古句法宜宗何人？從何人入手簡易？

答：漢、魏古詩如無縫天衣，未易摹擬。六朝綺靡，實鮮佳篇。故昔人謂當取材於《選》，取法於唐。宋文公謂學詩當從韋、柳入門。愚謂不盡然。盛唐詩或高，或古，或深，或遠，或長，或雄渾，或飄逸，或悲壯，或凄婉，皆可師法，當就筆性所近學之，方易於見長。嚴滄浪云：「入門須正，立志須高。行有未至，可加工力；路頭一差，愈緊愈遠，由入門之不正也。」

問：《竹枝》、《柳枝》自與絶句不同，而《竹枝》、《柳枝》亦有分别，請問其詳。

答：《竹枝》、《柳枝》，其語度與絶句無異，但於句末隨加「竹枝」、「柳枝」等語，因即其語以名其詞，音節無分别也。

問：七言長短句波瀾卷舒，何以得合法？

答：七言長篇宜富麗，宜峭絶，而言不悉；波瀾要弘闊，陡起陡止，一層不了，又起一層；卷舒要如意警拔，而無鋪敘之跡；又要徘徊回顧，不失題面，此其大略也。如《柏梁》詩，人各言一事，全不相屬，讀之而氣實貫串。此自然之妙，得此可以爲法。若短篇，詞短而氣欲長，聲急而意欲有餘，斯爲得之。長篇如王摩詰《老將行》，短篇如王子安《滕王閣》，最有法度。

問：七言平韻、仄韻句法同否？

答：詩須篇中鍊句，句中鍊字，此所謂句法也。以氣韻清高深渺者絶，以格力雅健雄豪者勝。故寧律不諧，而不得使句弱；寧用字不工，而不可使語俗。七言第五字要響。所謂「響」者，致力處也。愚竊以爲字字當活，活則字字皆響，又何分平、仄哉？

問：七古换韵法？

答：或八句一韵，或四句一韵，或兩句一韵，必多寡匀停，平仄遞用，方爲得體。亦有平仍换平，仄仍换仄者，古人實不盡拘。亦有通篇一韵，末二句獨换一韵者，雖是古法，宋人尤多。

問：五古亦可换韵否？如可换韵，其法何如？

答：《十九首》「行行重行行」、「冉冉孤生竹」、「生年不滿百」皆换韵。魏文帝《雜詩》「棄置勿復陳，客子常畏人」、曹子建「去去莫復道，沈憂令人老」，皆末二句换韵，不勝屈指。一韵氣雖矯健，换韵意方委曲。有轉句即换者，有承句方换者，水到渠成，無定法也。要之，用過韵不宜重用，嫌韵不宜聯用也。

問：字中五音何以分别？古人作詩原爲歌誦，其宫、商、角、徵、羽乃其旨要，如有不叶，終未合法，宜於何書探討？

答：五音分於清濁，清濁出於喉、齒、牙、舌、脣。如公、顛、貢、穀，喉音，屬宮之宮；中、腫、衆、祝，齒音，屬宮之商；悤、總、謥、蔟，牙音，屬宮之角；東、董、凍、篤，舌音，屬宮之徵；蒙、蠓、夢、木，脣音，屬宮之羽，此其一隅也。清濁分而五音自判矣。今人作詩但論平仄，而抑揚清濁多所不講，似亦非是。試述一例：「歸來飽飯黄昏後，不脱蓑衣卧月明。」「飽飯」二字皆仄，轉作「飯飽」；「黄昏」二字皆平，轉作「昏黄」，則不諧矣。雖然，《三百篇》而後未必盡被管絃，但求寫意興而已。故寧使音律不叶，不使詞意不工。此杜律之所以多拗體也。不特詩爲然，傳奇之曲，乃必用之謳歌者。湯若士先生《四夢》多不合譜，有改其《牡丹亭》以叶音律者。先生題詩曰：「醉漢瓊筵風味殊，通仙鐵笛海雲孤。縱饒割就時人景，終媿王維舊雪圖。」此亦可作一證。

問：律古五、七言中，最不宜用字句若何？

答：王敬美先生曰：「律詩句有不可入古者，古詩字有必不可爲律者。」又曰：「作古詩先須辯體，無論兩漢難至，苦心摸倣，時隔一塵；即爲建安，不可墮落六朝一語；爲三謝，縱極俳麗，不可襟入唐音。小詩欲作王、韋，長篇欲作老杜，便應全用其體。不可羊質虎皮，虎頭蛇尾。詞曲家非當家本色，雖麗語博學無用。」惟詩亦然。况鄙俗之言、不典之語乎？

問：七言五句古、六句古，其法若何？

答：七言五句，或第四句既合之後，復拖一句掉轉，使餘韵悠然；或二、三句雙承，第四句方轉，以取第五句之勢。六句似當如律法，前後起結，三、四兩句如律中兩聯。總之，宜孤峭中有悠揚之致。

問：五言六句古作法？五言亦有五句古否？

答：五言長篇宜富而贍，短篇宜清婉而意有餘。五句樂府間有，似無定體，興會所至，無不可也。

問：秦、漢風味與三唐何如？

答：高廷禮曰：「詩自《三百篇》以降，漢、魏質過於文，六朝華浮於實。得二者之中，備風人之體，惟唐爲然。」李本寧曰：「譬之水，《三百篇》，崑崙也；漢、魏、六朝，龍門、積石也；唐則溟渤尾閭矣。將安所益乎？」由二公之言觀之，時代不同，風氣自變。苟法嚴而辭諧，意貫而語秀，皆爲絕倡，未可先後論也。

詩問卷四

長山劉大勤問
漁洋老人答

問：蕭亭先生嘗以平中清濁、仄中抑揚見示，究未能領會。

答：清濁如「通」「同」、「清」「情」四字，「通」、「清」爲清，「同」、「情」爲濁。仄中如入聲，有近平、近上、近去等字，須相間用之，乃有抑揚抗墜之妙，古人所謂一片宫商也。

問：五言古、七言古章法不同如何？

答：章法未有不同者。但五言著議論不得，用才氣馳騁不得；七言則須波瀾壯闊，頓挫激昂，大開大闔耳。

問：嘗見批袁宣四先生詩，謂古詩一韵到底者，第五字須平。此定例耶？抑不盡然耶？

答：一韵到底，第五字須平聲者，恐句弱似律句耳。大抵七古句法、字法皆須撑得住，拓得開。熟看杜、韓、蘇三家，自得之。

問：古詩以音節爲頓挫，此語屢聞命矣，終未得其解。

答：此須神會。以粗迹求之，如一連二句皆用韵，則文勢排宕，即此可以類推。熟子美、子瞻二家，自了然矣。專爲七言而發。

問：《唐賢三昧集序》「羚羊掛角」云云，即音流絃外之旨否？間有議論痛快，或以序事體爲詩者，與此相妨否？

答：嚴儀卿所謂「如鏡中花，如水中月，如水中鹽味，如羚羊掛角，無跡可求」，皆以禪喻詩，内典所云「不即不離，不粘不脱」，曹洞宗所云「參活句」是也。熟看拙選《唐賢三昧集》，自知之矣。至於議論敘事，自别是一體。故僕嘗云五、七言詩有二體：田園丘壑，當學陶、韋；鋪敘感慨，當學杜子美《北征》等篇也。

問：律詩論起承轉合之法否？

答：勿論古文、今文、古今體詩，皆離此四字不可。

問：律詩中二聯必應分情與景耶？抑可不拘耶？

答：不論者非，拘泥者亦非。大概二聯中須有次第，有開闔。

問：律中起句易涉於平，宜用何法？

答：古人謂玄暉「工於發端」，如《宣城集》中「大江流日夜，客心悲未央」，是何等氣魄！唐人起句尤多警策，如王摩詰「風勁角弓鳴，將軍獵渭城」之類，未易枚舉。杜子美尤多。

問：謝茂秦論絶句之法，首句當如爆竹，斬然而斷。古人之作亦有不盡然者，何也？

答：《四溟詩説》多學究氣，愚所不喜。此段亦不謂然。

問：七言絶、五言絶作法不同如何？

答：五言絶近於樂府，七言絶近於歌行。五言難於七言，五言最難於渾成故也。要皆有一唱三嘆之意乃佳。

問：沈休文所列八病，必應忌否？

答：蜂腰、鶴膝、雙聲、疊韵之類，一時記不能全，須檢書乃可條答。

問：蕭亭先生論詩，修辭爲要。辭佳而意自在其中，未達其旨。

答：以意爲主，以辭輔之。不可先辭後意。

問：樂府何以别於古詩？

答：如《白頭吟》、《日出東南隅》、《孔雀東南飛》等篇是樂府，非古詩；如《十九首》、蘇、李《録别》是古詩，非樂府，可以例推。

問：唐人樂府何以别於漢、魏？

答：漢、魏樂府高古渾奥，不可擬議。唐人樂府不一：初唐人擬《梅花落》、《關山月》等古題，大概五律耳；盛唐如杜子美之《新婚》、《無家》諸别，《潼關》、《石壕》諸吏，李太白之《遠别離》、《蜀道難》，則樂府之變也；中唐如韓退之《琴操》，直溯兩周；白居易、元稹、張籍、王建創爲新樂府，亦復自成一體。若元楊維楨、明李東陽各爲新樂府，古意寖遠，然皆不相蹈襲。至於唐人王昌齡、王之涣，下逮張祜諸絶句，《楊柳枝》、《水調》、《伊州》、《石州》等詞，皆可歌也。

問：王、孟詩假天籟爲宫商，寄至味於平淡，格調諧暢，意興自然，真有無迹可尋之妙。二家亦有互異處否？

答：譬之釋氏，王是佛語，孟是菩薩語。孟詩有寒儉之態，不及王詩天然而工，唯五古不可優劣。

問：蕭亭先生曰：「所云以音節爲頓挫者，此爲第三、第五等句而言耳。蓋字有抑有揚，如平聲爲揚，入聲爲抑；去聲爲揚，上聲爲抑。凡單句住脚字，必錯綜用之，方有音節。如以入聲爲韵，第三句或用平聲，第五句或用上聲，第七句或用去聲。大約用平聲者多，然亦不可泥，須相其音節變换用之。但不可於入聲韵單句中，再用入聲字住脚耳。」此説足盡音節頓挫之旨否？

答：此説是也。然其義不盡於此，此亦其一端耳。且此語專爲七言古詩而發。當取唐杜、岑、韓三家，宋歐、蘇、黄、陸四家七古諸大篇，日吟諷之，自得其解。

問：又曰：「每句之間，亦必平仄均匀，讀之始響亮。」古詩既異於律，其用平仄之法，於無定式之中亦有定式否？

答：毋論古、律、正體、拗體，皆有天然音節，所謂「天籟」也。唐、宋、元、明諸大家，無一字不諧。明何、李、邊、徐、王、李輩亦然，袁中郎之流便不了了矣。

問：《唐賢三昧集》所以不登李、杜，原序中亦有説，究未了然。

答：王介甫昔選《唐百家詩》，不入杜、李、韓三家，以篇目繁多，集又單行故耳。

問：宋詩不如唐者，或以氣厚薄分耶？

答：唐詩主情，故多蘊藉；宋詩主氣，故多徑露。此其所以不及，非關厚薄。

問：宋詩多言理，唐人不然，豈不言理而理自在其中歟？

答：昔人論詩曰：「不涉理路，不落言詮。」宋人唯程、邵、朱諸子爲詩好説理，在詩家謂之旁門。朱較勝。

問：昔人論七言長古作法，曰分段，曰過段，曰突兀，曰用字貫，曰讚嘆，曰再起，曰歸題，曰送尾。此不易之式否？

答：此等語皆教初學之法，要令知章法耳。神龍行空，雲霧滅没，鱗鬣隱現，豈令人測其首尾哉！

問：有以「尖」、「岔」二字評鍾、譚、王、李者，何如？

答：王、李自是大方家，鍾、譚餘分閏位，何足比擬。然錢牧齋宗伯有言：「王、李以矜氣作之，鍾、譚以昏氣出之。」亦是定論。

問：詩中用典故，死事何以活用？

答：昔董侍御玉虬文驥外遷隴右道，龔端毅公鼎孳，禮部尚書及予輩賦詩送之。董亦有詩留别，起句云：「逐臣西北去，河水東南流。」初以爲常語，徐乃悟其用魏主「此水東流，而朕西上」之語，嘆其用事之妙。此所謂活用也。

問：鍾嶸《詩品》云：「吟詠性情，何貴用事？」白樂天則謂：「文字須雕藻兩三字文采，不得全直致，恐傷鄙朴。」二説孰是？

答：仲偉所舉古詩，如「高臺多悲風」、「明月照積雪」、「清晨登隴首」，皆書即目，羌無故實，而妙絶千古。若樂天云云亦是，而其自爲詩却多鄙朴。特其風味佳，故雖云「元輕白俗」，而終傳於後耳。

問：有謂詩不假修飾苦思者，陳去非不以爲然，引「蟾蜍影裏清吟苦，舴艋舟中白髮生」等句爲證。二説宜何從？

答：苦思自不可少。然人各有能、有不能，要各隨其性之所近，不可强同。如所謂「書枚用枚皋，典册用相如」，又「潘緯十年吟古鏡，何涓一夕賦瀟湘」，牧齋云「揮毫對客曹能始，簾閣焚香尹子求」，皆未可以此分優劣也。

問：范德機謂：「律詩第一聯爲起，第二聯爲承，第三聯爲轉，第四聯爲合。」又曰：「『起承轉合』四字，施之絶句則可，施之律詩則未盡然。」似乎自相矛盾。

答：起承轉合，章法皆是如此，不必拘定第幾聯、第幾句也。律、絶分别，亦未前聞。

問：作律詩忌用唐以後事，其信然歟？

答：自何、李、李、王以來，不肯用唐以後事，似不必拘泥。然六朝以前事用之，即多古雅。唐、宋以下，便不盡爾。此理亦不可解。總之，唐、宋以後事，須擇其尤雅者用之。如劉後村七律，專好用本朝事，直是惡道。

問：孟襄陽詩，昔人稱其「格韵雙絶」，敢問「格」與「韵」之别？

答：「格」謂品格，「韵」謂風神。

問：少陵詩以經中全句爲詩，如《病橘》云：「雖多亦奚爲？」《遣悶》云：「致遠思恐泥。」又如「丹青不知老將至，富貴於我如浮雲」之句，在少陵無可無不可。或且嘆爲妙絶，苦効不休，恐易流於腐，何如？

答：以《莊》、《易》等語入詩，始謝康樂。昔東坡先生寫杜詩，至「致遠思恐泥」句，停筆語人曰：「此不足學。」故前輩謂詩用史語易，用經語難。若「丹青」二句，筆勢排宕，亦自不覺耳。

問：羅隱詩：「雲中雞犬劉安過，月下笙歌煬帝歸。」人謂之「見鬼詩」，然歟？

答：二句最劣，此雖謔語，亦定論也。

問：詩有平仄字一句純用而音節自諧者，如「桃花梨花參差開」、「有客有客字子美」，此遵何法？

答：五平、五仄體自昔有之，頗近游戲。

問：右丞《鹿柴》、《木蘭柴》諸絶自極淡遠，不知移向他題，亦可用否？

答：摩詰詩如參曹洞禪，不犯正位，須參活句。然鈍根人學渠不得。

問：荆公謂：「漢人語仍以漢人語對，用異代則不類。」此定式否？

答：在大家無所不可，非定式，亦非確論也。如以《左氏》、《國語》、《檀弓》、《國策》語對漢人語，何不可之有？推之魏、晉已下皆然。古人又謂經語對經語，史語對史語，差有理。

問：詩中用古人及數目，病其過多。若偶一用之，亦謂之「點鬼簿」、「算博士」耶？

答：唐詩如「故鄉七十五長亭」、「紅闌四百九十橋」，皆妙，雖「算博士」何妨？但勿呆相耳。所云「點鬼簿」，亦忌堆垛。高手驅使，自不覺也。

問：太白《送羽林陶將軍》詩，蕭亭先生謂古有六句律體，疑此即是。而諸選皆入七言古中，何也？

答：六句律體，於古有之。升菴先生撰《六朝律祖》，記曾載之，今記憶不真矣。

問：六朝《清平調》本是樂府，而諸選皆入七言絶句，何也？

答：如右丞「渭城朝雨」，亦絶句也。當時名士之詩，多取作樂府歌之。中、晚間如《伊州》、《石州》、《凉州》、《楊柳枝》、《蓋羅縫》、《穆護砂》等，亦皆絶句耳。

問：《短歌行》、《長歌行》似非以句之多寡論？

答：又有《滿歌行》、《艷歌何嘗行》之屬。當時命名之旨，即吴兢《解題》亦不能盡通曉。更有《長歌續短歌》之名，皆非以詞之繁簡也。三曹樂府多以起句首二字命題，如「惟漢十四世，所任誠不良」，即名《惟漢行》是也。

問：七言古用仄韵、用平韵，其法度不同何如？

答：七言古凡一韵到底者，其法度悉同。惟仄韵詩，單句末一字可平仄間用；平韵詩，單句末一字忌用平聲。若换韵者，則當别論。

問：古詩换韵之法應何如？

答：五言换韵，如「折梅下西洲」一篇，可以爲法。李太白最長於此。七古則初唐王、楊、盧、駱是一體，杜子美又是一體。若仿初唐體，則用排偶律句不妨也。

問：古詩忌頭重脚輕之病，其詳何如？

答：此似爲換韵者立說。或四句一換，或六句一換，須首尾腰腹勻稱，無他秘也。

問：五言忌着議論。然則題目有應用議論者，只可以七言古行之，便不宜用五言體耶？

答：亦自看題目何如。但五言以藴藉爲主，若七言則發揚蹈厲，無所不可。

問：或論絶句之法，謂絶者，截也，須一句一斷，特藕斷絲連耳。然唐人絶句如「打起黄鶯兒」、「松下問童子」諸作，皆順流而下，前說似不盡然。

答：所謂「截句」，謂或截律詩前四句，如後二句對偶者是也；或截律詩後四句，如起二句對偶者是也。非一句一截之謂。然此等迂拘之説，總無足取。今人或竟以絶句爲截句，尤鄙俗可笑。

問：排律之法何如？

答：唐人省試皆用排律，本只六韵而止，至杜始爲長律。中唐元、白又蔓延至百韵，非古也。其法則「首尾開闔，波瀾頓挫」八字，約略盡之。

問：五言排律、七言排律作法何如？

答：七言排律，即唐人作者亦少。近人惟見彭少宰羨門曾賦至百韵。

問：排律有多至幾十韵者，與短篇作法同否？

答：章法一也，特短篇波瀾少耳。

問：《竹枝詞》何以别於絶句？

答：《竹枝》詠風土，瑣細詼諧皆可入。大抵以風趣爲主，與絶句迥别。

問：《竹枝》與《柳枝》相類否？

答：《柳枝》專詠柳，《竹枝》泛詠風土。《竹枝詞》古人間有專詠竹者，乃引《柳枝》之例。然不過偶一見耳，非原旨也。

問：五言短古似與五言絶相類，但中多二句。然則中二句或如律中頷聯、頸聯，應實寫耶？

答：此不必拘。

問：有一字至七字，或一字至九字詩，此舊格耶？抑俗體耶？

答：格則於昔有之，終近游戲，不必措意。他如地名、人名、藥名、五音、建除等體，總無關於風雅，一笑置之可矣。

問：樂府是就其題直賦其事耶？抑借以發己意耶？

答：古樂府立題必因一事，如《琴操》亦然。後人擬作者衆，則多借發己意。

問：今人作樂府，有用其題而絶不與題相照顧者，何也？

答：古如《董逃行》與漢末事實更無關涉；《雁門太守行》乃頌洛陽令王稚子耳。不始今人。

問：《天馬引》、《天馬行》之辨？

答：《天馬引》是琴曲。

問：又云鍊句不如鍊字，鍊字不如鍊意。意何以鍊？

答：鍊意或謂安頓章法，慘淡經營處耳。

問：昔人論詩之格曰：「所以條達神氣，吹嘘興趣，非音非響，能誦而得之。猶清氣徘徊於幽林，遇之可愛；微徑紆迴於遥翠，求之逾深。」是何物也？

答：數語是論詩之趣耳，無關於格。格以高下論。如坡公《詠梅》「竹外一枝斜更好」，高於和靖之「暗香」、「疏影」；林又高於季迪之「雪滿山中」、「月明林下」。至晚唐之「似桃無緑葉，辨杏有青枝」，則下劣極矣。

問：昔人謂：「韵不必有出處，字不必拘來歷。」其然？豈其然？

答：杜子美、蘇子瞻詩，無一字無來歷。善押强韵，莫如韓退之，却無一字無出處也。

問：虞侍制謂：「詩有十美，第二爲抛擲。」何爲「抛擲」？

答：亦不解。或謂撇脱耳。

問：范德機謂：「廣唐人李淑《詩苑》六格爲十三，如『一字血脉』、『二字貫穿』、『三字棟梁』等名目。」不幾穿鑿乎？

答：以上二條皆涉穿鑿，説詩不必爾。

問：蘇、李詩似可以配《十九首》。論者多以爲贋作，何也？

答：《録别》真出蘇、李與否，亦不可考，要不在《古詩十九首》之下，其爲西漢人作無疑。

問：高、岑似亦微不同，或高優於岑乎？

答：唐人齊名，如沈、宋，王、孟，錢、劉，元、白，皮、陸，皆約略相似；惟李、杜，高、岑迥别。高悲壯而厚，岑奇逸而峭。鍾伯敬謂高、岑詩如出一手，大謬矣！

問：王季友詩似晚唐語，而所以異於晚唐者，何居？

答：王季友詩不多，在盛唐自是别調，亦非諸大家、名家之比。又如《篋中集》中諸人，皆别調也。

問：元人詩亦近晚唐，而又似不及晚唐。然乎？否耶？

答：元詩如虞道園，便非晚唐所及。楊鐵厓時涉温、李，其小樂府亦過晚唐。他人與晚唐相出入耳。晚唐如温、李、皮、陸、杜牧、馬戴，亦未易及。

問：明人詩可比何代？弇州可比東坡否？

答：明詩勝金、元，才、識、學三者皆不逮宋。而弘、正四傑，在宋詩亦罕其匹；至嘉、隆七子，則有古今之分矣。弇州如何比得東坡？東坡千古一人而已，惟律詩不可學。

詩問續序

慨自王迹熄而詩亡，隨代變遷，愈卑愈下。雖氣候之遞降，抑亦天運使之然歟？上溯風雅，一變而爲《離騷》，再變而爲西漢五言古，三變而爲歌行雜體，四變而爲律詩。五言肇於蘇、李，七言始於柏梁，四言創於漢楚王傅韋孟，六言起於漢谷永，三言作於晉夏侯湛，九言變於魏高貴鄉公。後之論詩者，遂別其體以稱之。若建安體，魏陳思王父子及鄴中七子是也。黄初體，曹魏也。正始體，嵇、阮諸公也。太康體，晉左思、潘岳、二張、二陸也。元嘉體，劉宋之顔、鮑、謝也。永明體，蕭齊也。齊梁體，通二代而言也。南北朝體，合齊、梁、魏、周也。初唐體，唐之始也。盛唐體，景雲以後，天寶諸人也。大曆體，即大曆十才子也。元和體，元、白、劉諸人也。晚唐體，韓偓、八劉等也。元祐體，趙宋二蘇、黄、陳也。又有選家之體也，曰柏梁，曰玉臺，曰西昆，曰宫體，及古詩、近體、絶句、雜三、五、七言。又有三句之歌，兩句之歌，一句之歌。若歌行、楚詞、琴、操、謡、吟、詞、引、詠、曲、篇、唱、弄、嘆、愁、哀、怨、思、樂、别，長調、短調之不同。惟樂府始於《三侯》之章，繼於漢成帝定郊祀，采齊、楚、趙、魏之音，被於管弦，集夫衆體，稍得采風之遺旨。至全篇雙聲疊韵，全篇盡用平聲，全篇皆用仄字。律詩上下雙用韵。轆轤韵，雙出雙入，一進一退。而對有就句、借對之不同。古詩一韵兩用，一韵三用，三韵六、七用，重用二十許韵，旁取六七許韵，更有全不押韵者。若雜體中有風人、藁砧、五雜俎、兩頭纖纖、盤中、回文、反覆、離合、建除、字迷、人名、卦名、數名、藥名、州名之迥别於是。四聲立於周顒，八病嚴於沈約。詩體繁多若此，詩律森嚴若彼，入其門者寡矣。然而上媲四始，相去也遠；以古準今，不啻天淵。依毛附皮，拾糟竊粕，自謂得之。究之，升堂之彦，入室之髦，一眼覷破，若隔河醉漢，户外癡兒，蠅吟蚓唱者，不可同年而語矣。嗟乎！讀《豳風》「七月流火」，而陳周家王跡之始；詠《王風·黍離》、《大車》，而慨東遷紀綱之頹。孰謂詩道之微，無關於世運隆替、家國興亡之大哉。學詩者，尋繹而細思之可也。廣寧郎廷槐謹述。

卷一

郎廷槐梅溪問
漁洋老人答

問：詩自《三百篇》後，漢、魏遞降，拘限聲病，喜尚形似，以流易爲辭，其喪於雅正者久矣。今天下以夫子爲一代宗匠，幸示我以匡救之道。

答：《詩》、《騷》以下，風會遞遷，乃自然之理，必至之勢。齊、梁後拘限聲病，喜尚形似，鍾嶸嘗以譏謝玄暉、王元長矣。然二公豈失爲一代文宗耶？

問：間讀阮步兵、陶彭澤詩，似不欲與世相接者，然未能平其心，或爲事物是非相感托而逃者否？

答：阮、陶二公在典午皆高流。然嗣宗能辭婚司馬氏，而不能不爲公卿作勸進表，其品遠出淵明下矣。阮《詠懷》與陶詩各有至處，皆五言之宗也。

問：詩自李、杜以來，陵夷濫觴，作者務雕刻雪月，以趨佻巧；或侈衒奇詭，以新聞見。有拘實忘雄，有飾詞遺旨。潤色愈工，其實愈失。儷偶詞句，以枝對葉。在彼平日，亦知高談漢、魏；及自出筆，大率類此，其故何歟？

答：李、杜而後，大家、名家，指不勝屈。毋論貞元、元和，即晚唐温、李、皮、陸輩，各有至處，自成一家。宋人楊文公、錢思公、晏元獻、劉學士崇尚西昆，文潞公、趙清獻、胡文恭皆宗之。歐、蘇二文忠公出，而始變其法。黄文節公又創爲「江西派」。各有本末，道自並行。凡論古人詩，須求其本領所在，不可以流俗所趨，一概抹殺也。

問：古之作者，「翕輕清以爲性，結冷汰以爲質，呴鮮榮以爲詞」，偏得乎逸歌長句；若「穿天心，出月脇」，恒得意外驚人之語。果何道而造詣臻此？

答：此皇甫持正序顧逋翁詩語。大抵謂吴中山水鈎綿秀絶，故其鍾爲人文如此。此專論顧况詩耳。

問：聞之家四兄云：「志非言不行，言非詩不彰。」是三者果相須而爲用歟？

答：此即《尚書》「詩言志，歌永言」之意。

問：「《詩》迄於周，《離騷》迄於楚。是後詩之流爲二十四品：賦、頌、銘、贊、文、誄、箴、詩、行、詠、吟、題、怨、嘆、章、篇、操、引、謡、謳、歌、曲、詞、調」是也。三唐諸人，各臻其妙。敢問得六義之餘者誰乎？

答：《詩二十四品》，唐人司空表聖所著，謂古今作者率有高古、雄渾、冲淡、豪放、飄逸等二十四品也。賦、頌、銘、贊諸體，皆有韵之言，詳《文心雕龍》、《文體明辨》諸書，不遑悉論。

問：昔人云：「詩貴六義，諷諭、抑揚、淳蓄、淵雅，皆在其中。至直署所得，以格自奇。前人並不專工於此。」是耶非耶？

答：詩六義，先辯三經之體，而以三緯緯之，古今作者皆然。「直署所得，以格自奇」云云，不知其何所指也。

問：昔人云：「辯乎味，始可以言詩。」敢問詩之味，從何以辯耶？

答：司空表聖云：「味在酸鹹之外。」此真知味者也。

問：昔人云：「風雅不作，形似艷麗之文興，而雅頌、比興之義廢。艷麗百出，君子耻之。」然歟？否歟？

答：艷麗如畫家之設色，豈可偏廢？但不可狗末忘本耳！且《三百篇》中，艷麗者豈少乎？

問：昔人云：「片言可以明百意，坐馳可以役萬象，惟工於詩者能之；風雅體變而興同，古今調殊而理實，惟達於詩者能之。」敢問何謂工，何謂達？幸夫子明以教之。

答：上段似謂詩之用，下段似謂詩之體耳。

問：詩至六朝，幾不可問。唐初四子奮起而振興之。迨少陵先生出，集大成於開元、天寶之後，滌其餘漬，歸之雅頌正音之所。百代詩家，奉爲正朔。未識少陵膺斯重任，誠無愧乎？

答：六朝雖尚綺靡，然陶公而外，如謝康樂、顔延年、鮑明遠、謝宣城、王元長、任彦昇、江文通、柳文暢、何仲言、庾子山、徐孝穆輩，皆唐人所宗法也。太白云：「恨不攜謝朓驚人語，登落雁峰，搔首問青天耳。」杜云：「陶謝不枝梧，風騷共推激。」又云：「清新庾開府，俊逸鮑參軍。」又云：「李侯有佳句，往往似陰鏗。」其推崇之，可謂至矣。少陵集古今大成，自唐元微之、韓退之以來，千秋定論，不敢輕議。

問：近世作者，指詠時物，會讌絲竹，與歌兒舞女，生汙惑之聲於私室，舉世群然趨之。未識大雅君子，亦聽而誦之，以爲可否？

答：此秀鐵面所訶也。世亦有此一種大雅君子，自當別論。

卷二

郎廷槐梅溪問
張篤慶歷友答

問：詩自《三百篇》後，漢、魏遞降，拘限聲病，喜尚形似，以流易爲辭，其喪於雅正者久矣。幸示我以匡救之道。

答：《三百篇》夐乎尚哉！即以束廣微《補笙詩》，柳子厚作《淮雅議》者，猶或譏之，況下此者乎？慨自道喪文敝，雅音漸漓，正聲不作，先民日遠。後儒即抱振救之志，而無其才，抑無其學，廼漫言復古，談何容易。夫唐人之聲律，實衍梁、陳。而西漢之五言，特爲創格，即《三百篇》間出一二語，猶未純乎五言之體也。而漢、魏兩朝之詩，渾淪雅正，未遠風詩，無聲病之可摘，而不患聱齖；有比興之遺音，而非尚形似；得風人之質樸，而不涉流易。大雅一燈，舍是安歸乎？至於隱侯之四聲八病，以之範俗學可矣。漢、魏古詩，何嘗設此厲禁哉。

問：間讀阮步兵、陶彭澤詩，似不欲與世相接者，然未能平其心，或爲事物是非相感托而逃者否？

答：阮公殿魏詩之末而綽有漢音，非鄴下諸子所可步趨也。陶公附晉詩之終而實居宋代，非顏、謝諸子所可庶幾也。總之，步兵《詠懷》諸作，寄愁天上，埋憂地下，其胸次非復人世機柚；徵士《飲酒》、《田家》諸篇，前無古人，後無來者，真有「絳雲在霄，卷舒自如」之致。敖陶孫之評，可謂知言。

問：詩自李、杜以來，陵夷濫觴，作者務雕刻雪月，以趨佻巧；或侈衒奇詭，以新聞見。有拘實忘雄，有飾詞遺旨。潤色愈工，其實愈失。儷偶詞句，以枝對葉。在彼平日，亦知高談漢、魏；及自出手筆，大率類此，其故何歟？

答：詩之陵夷者，其流波之頽乎！詩之濫觴者，其濬發之原乎！不有始也，孰導其初？不有終也，孰持其後？天道由質而趨文，人道由約而趨盈，詩道由雅而趨靡。詩之變也，其世變爲之乎？宋人雕刻玉葉，郢人運斤成風，始非不善也，自拙工爲之，鮮不斲璞而傷指者矣。故陸機之《文賦》，劉勰之《雕龍》，言非不工也，而試取平原之詩賦，與彦和之文筆，平心讀之，能實其言者蓋寡。固知聯篇累牘，皆無益之風雲；積案盈箱，盡無情之月露。則是顔光禄之「鏤金錯彩」，誠不如謝客兒之「初日芙蓉」也。彼妃青媲白，既無當於陳詞；録忘遺真，只貽譏於作者。豈不信夫？

問：古之作者，「翕輕清以爲性，結冷汰以爲質，喣鮮榮以爲詞」，偏得乎逸歌長句；若「穿天心，出月脇」，恒得意外驚人之語。果何道而造詣臻此？

答：詩之爲道，無體不備，無美不臻。前賢於此競其長，後輩於此遵其轍。故夫「精騖八極，心游萬仞」者，「翕輕清以爲性」者也；「傾群言之瀝液，漱六藝之芳潤」者，「結冷汰以爲質」者也；「情曈曨而彌鮮，物昭晰而互進」者，「喣鮮榮以爲詞」者也。揚子雲云：「詩人之賦麗以則，詞人之賦麗以淫。」吾於言詩亦云：凡詩之麗而失其則者，皆不能以輕清爲體，而馳騖於鮮榮者耳。至於盧仝、馬異、李賀之流，説者謂其「穿天心，出月脇」，吾直以爲牛鬼蛇神耳。其病於雅道誠甚矣，何驚人之與有？

問：聞之家四兄云：「志非言不行，言非詩不彰。」是三者果相須而爲用歟？

答：《尚書》云：「詩言志，歌永言，聲依永，律和聲。」此千古言詩之妙諦真詮也。故知志非言不形，言非詩不彰，祖諸此矣。何謂志？「石藴玉而山以輝，水懷珠而川以媚」是也；何謂言？「其爲物也多姿，其爲體也屢遷，其會意也尚巧，其遣詞也貴妍」是也；何謂詩？「既緣情而綺靡，亦體物而瀏亮」，「播芳蕤之郁郁，發青條之森森」是也。昌黎云：「《詩》正而葩。」豈不然歟？

問：「《詩》迄於周，《離騷》迄於楚。是後詩之流爲二十四品：賦、頌、銘、贊、文、誄、箴、詩、行、詠、吟、題、怨、嘆、章、篇、操、引、謡、謳、歌、曲、詞、調」是也。三唐諸人，各臻其妙。敢問得六義之餘者誰乎？

答：唐、虞有「喜起」、「復旦」之歌，夏有「峋嶁」、「玉牒」等碑辭洎「五子之歌」，商有名《頌》五篇，則《詩》固不昉於周也。《離騷》之原，若《匪風》、《月出》之屬，已駸駸乎有騷人之致矣。特《九歌》、《九章》、《九辯》之作，乃大盛於屈、宋弟子，爲後世作賦家大宗，而《九歌》亦在詩賦之間，至《九章》乃純乎賦矣。後世詩體之雜流，亦不止二十四品，其中賦、頌、銘、贊、文、誄、箴，則皆文之流也；詩、行、吟、詠以下，乃皆詩之别派餘波耳。凡此雜體，漢、魏、六代，類多工妙，唐人終當遜之。若夫得六義之餘者，如禪家皮骨肉髓，各得其所得，不勝舉也。

問：昔人云：「詩貴六義，諷諭、抑揚、淳蓄、淵雅，皆在其中。至直署所得，以格自奇。前人並不專工於此。」是耶非耶？

答：詩有六義：一曰風，二曰賦，三曰雅，四曰頌，五曰比，六曰興。夫六義之序，以賦次風者，何也？玄晏先生所云：「賦也者，因物造端，敷弘而體理也。」引而伸之，故文必極美；觸類而長之，故辭必盡麗。是賦者，古詩之流也。雅、頌之則，於是乎托；比、興之音，於是乎儷。故諷諭抑揚之音以寓，涵蓄淵淳之義以存，是真風雅之正則也。流極其侈，綴文之士，不率典言，並務恢張其辭，博誕絶類。大者罩天地之表，細者入纖毫之内。祖構之士，雷同附和，罔知所終。至杜少陵大懲厥弊，以雄詞直寫時事，以創格而紓鴻文，而新體立焉。較之白太傅《諷諭詩》、《秦中吟》之屬，及王建、張籍新樂府，倍覺高渾典厚，蒼壯悲涼。此正一主於賦，而兼比興之旨者也。以貫六義，無遺憾矣。

問：昔人云：「辯乎味，始可以言詩。」敢問詩之味，從何以辯耶？

答：詩有正味焉。大羹玄酒，陶匏藺栗，《詩三百篇》是也。加籩折俎，九獻終筵，漢魏是也。庖丁鼓刀，易牙烹熬，燀薪揚芳，朵頤盡美，六朝諸人是也。再進而肴蒸鹽虎，前有横吹，後有侑幣，賓主道饜，大禮以成，初、盛唐人是也。更進則施舌瑶柱，龍鮓牛魚，熊掌豹胎，猩唇駝峰，雜然並進，膠牙螯吻，毒口螯腸，如中晚、玉川、昌谷、玉溪諸君是也。又進而正獻既徹，雜肴錯進，芭糝藜羹，薇蕨蓬蒿，矜鮮鬭異，則宋、元是也。又其終而社酒野筵，妄擬堂庖，粗胾大肉，自名禁臠，則明人是也。凡此皆非正味也。總之，欲知詩味，當觀世運，夫亦於此辯之而已矣。

問：昔人云：「風雅不作，形似艷麗之文興，而雅頌、比興之義廢。艷麗百出，君子耻之。」然歟否歟？

答：風雅之盛衰，存乎上人之振起。三代而上，其原在君相，故文、武、周、召興，而有正風、正雅，否則變矣。三代而下，其權在士大夫，操文枋而轉移一世。即以兩漢言之，其君亦往往能文。故士大夫之以詩傳世者，大率質過其文，猶有《風》、《雅》遺意，而不專以艷麗爲工。至西園諸子而風斯濫，迨於張華、傅玄以及潘、陸而風斯漓。雖正之以左、鮑、陶、謝，而不能振。終之以《玉臺》、徐、庾，而詞彌盛，而氣彌茶矣。若然者，豈非艷麗之爲害，而《雅》、《頌》之日亡也耶？蓋艷則精華洩而真氣消，麗則慆心生而正聲滅。有志於風雅之君子，所爲大憂也。救之以陶、韋，以漸幾於蘇、李，其庶幾歟？故欲反古者，必自五言始。

問：昔人云：「片言可以明百意，坐馳可以役萬象，惟工於詩者能之；風雅體變而興同，古今調殊而理實，惟達於詩者能之。」敢問何謂工，何謂達？幸先生明以教之。

答：詩未有不能達而能工者，故唯達者能工。達也者，「讀書破萬卷，下筆如有神」，則無不達矣；工也者，陸士衡有云「罄澄心以凝思，眇衆慮而爲言」，「叩寂寞以求音」，「或含毫而邈然」，則無不工矣。不然，昧於詩之正變，而徒掇拾古今諸家之片詞鎖語，描頭畫角，搔首弄姿，是「畫虎不成反類狗」者也。惡乎達？惡乎工？

問：詩至六朝，幾不可問。唐初四子奮起而振興之。迨少陵先生出，集大成於開元、天寶之後，滌其餘漬，歸之雅頌正音之所。百代詩家，奉爲正朔。未識少陵膺斯重任，誠無愧乎？

答：六朝各有六朝之體格。謂六朝全不及唐音，大非。王、楊、盧、駱衍陳、隋之餘波，而稍就雅正。由沈、宋以及開、寶諸家，則純乎雅正矣。有宋以來談詩家，乃祧盛唐諸人，而專宗少陵。然考之唐人之緒論，及唐人選唐詩，固未始有宗少陵之説。即在盛唐諸家與子美抗行者，子美亦多所屈服。在子美集中，雖往往以風雅自任，亦未嘗凌轢諸家，而獨肩巨任也。獨是工部之詩，純以忠孝愛國爲氣骨。故形之篇章，感時紀事，則人尊「詩史」之稱；冠古軼今，則人有「大成」之號；不有擬古浮辭，而風謡俱歸樂府；不作淫佚艷靡，而贈答悉本風人。故登吹臺於梁、宋，則「支離東北風塵」；棲江閣於夔州，則「漂泊西南天地」。故渾脱瀏漓，只知其自道，頓挫獨出，能此者幾人？諸體擅場，絶句不妨稍絀，吾亦不能妄談者。

問：近世作者，指詠時物，會讌絲竹，與歌兒舞女，生汙惑之聲於私室，舉世群然趨之。未識大雅君子，亦聽而誦之，以爲可否？

答：風化所起，《關雎》托始於《房中》；《樂録》所存，《清商》亦存乎《西曲》。小伎容參法部，雙鬟亦奏旗亭。周郎之顧，識者艷之；涼州之歌，君子所采。唯其無傷於雅道，或亦不見鄙於通人。

卷三

郎廷槐梅溪問
張實居蕭亭答

問：詩自《三百篇》後，漢、魏遞降，拘限聲病，喜尚形似，以流易爲辭，其喪於雅正者久矣。今天下以夫子爲一代宗匠，幸示我以匡救之道。

答：夫文質遞尚，理所自然；野史相譏，勢所必至。匡救者，但恐矯枉太甚，前病未除，後弊又作。似不可不慎也。

問：間讀阮步兵、陶彭澤詩，似不欲與世相接者，然未能平其心，或爲事物是非相感托而逃者否？

答：阮、陶二公，所際似同，而所處自異。雖均爲事物所感，而品格似有不可同日而語者。是以讀書者，貴論世也。

問：詩自李、杜以來，陵夷濫觴，作者務雕刻雪月，以趨佻巧；或侈衒奇詭，以新聞見。有拘實忘雄，有飾詞遺旨。潤色愈工，其實愈失。儷偶詞句，以枝對葉。在彼平日，亦知高談漢、魏；及自出筆，大率類此，其故何歟？

答：嘗謂嚴滄浪論詩能得詩三昧，而其製作，殊不相及。近世鍾、譚亦能言者，而寒河要歸諸集，又不相及。甚矣，全才之難也。

問：古之作者，「翕輕清以爲性，結冷汰以爲質，喣鮮榮以爲詞」，偏得乎逸歌長句；若「穿天心，出月脇」，恒得意外驚人之語。果何道而造詣臻此？

答：自太白一流人，似非可學而能也。

問：聞之家四兄云：「志非言不行，言非詩不彰。」是三者果相須而爲用歟？

答：亦虞廷典樂教胄之旨。

問：「《詩》迄於周，《離騷》迄於楚。是後詩之流爲二十四品：賦、頌、銘、贊、文、誄、箴、詩、行、詠、吟、題、怨、嘆、章、篇、操、引、謡、謳、歌、曲、詞、調」是也。三唐諸人，各臻其妙。敢問得六義之餘者誰乎？

答：王敬美曰：「作古詩先須辯體，無論兩漢難至，苦心模仿，時隔一塵；即爲建安，不可墮落六朝一語；爲三謝，縱極並麗，不可襟入唐音。小詩欲作王、韋，長篇欲作老杜，便應全用其體。第不可羊質虎皮，虎頭蛇尾。詞曲家非當家本色，雖麗語博學無用。」以予觀之，得六義之餘者，必竟歸李、杜二公。

問：昔人云：「詩貴六義，諷諭、抑揚、淳蓄、淵雅，皆在其中。至直署所得，以格自奇。前人並不專工於此。」是耶非耶？

答：李太白云：「清水出芙蓉，天然去雕飾。」平淡而至天然處，則善矣。而諷諭、抑揚、淳蓄、淵雅，何嘗不在其中也。

問：昔人云：「辯乎味，始可以言詩。」敢問詩之味，從何以辯耶？

答：唐司空圖教人學詩，須識味外味。坡公常舉以爲名言。若學陶、王、韋、柳等詩，則當於平淡中求真味。初看未見，愈久不忘。如陸鴻漸品嘗天下泉味，揚子中濡爲天下第一。水味則淡，非果淡，乃天下至味，又非飲食之味所可比也。但知飲食之味者已鮮，知泉味者又極鮮矣。

問：昔人云：「風雅不作，形似艷麗之文興，而雅頌比興之義廢。艷麗百出，君子耻之。」然歟否歟？

答：夫雅頌廢而艷麗興，此陳子昂所以有功於唐也。

問：昔人云：「片言可以明百意，坐馳可以役萬象，惟工於詩者能之；風雅體變而興同，古今調殊而理實，惟達於詩者能之。」敢問何謂工，何謂達？幸先生明以教之。

答：夫工於詩歌者，言約而旨遠；達於詩者，言淺而理實。只仿佛形容，便見妙處。李義山《小雨詩》云：「摵摵度瓜田，依依傍水軒。」不待説雨，自然是雨。此達於詩者也。如「雨後有人耕緑野，月明無犬吠花村」，便見意清句雅。又見今之教□□愛，又不見治術之跡，非工於詩者，不能也。

問：詩至六朝，幾不可問。唐初四子奮起而振興之。迨少陵先生出，集大成於開元、天寶之後，滌其餘漬，歸之雅頌正音之所。百代詩家，奉爲正朔。未識少陵膺斯重任，誠無愧乎？

答：少陵膺斯重任，愧於不愧，未敢深論。但自唐以來，求一出其右者，似不可得。

問：近世作者，指詠時物，會譺絲竹，與歌兒舞女，生汙惑之聲於私室，舉世群然趨之。未識大雅君子，亦聽而誦之，以爲可否？

答：苟得其旨，今之樂猶古之樂也。

然鐙記聞

然鐙記聞提要

《然鐙記聞》一卷，據光緒間刊徐士愷《觀自得齋叢書》本點校。原述者王士禛生平見《漁洋詩話》(一卷本)提要。此篇所記，標有「七月初四日」、「七月初六日」、「七月初八日」三日誌，未署何年。據翁方綱《石洲詩話》卷十跋云：「何端簡公康熙己丑庶吉士，漁洋先生康熙甲申冬歸里，此篇之録在乙酉、丙、戌、丁亥之間，漁洋晚歲里居，端簡公未出仕時也。」則應在康熙四十四、五、六年間。第一日談體格作法，謂七律當從王右丞、李東川、劉文房乃至陸游入，而黜歐蘇黄三家；又評吴梅村詩「盡態極妍，只是欠一古字」，此指梅村之七古耳，是皆可見其稍疏七言之立場。第二日談樂府。第三日談選《唐賢三昧集》之用心，旨在以王維爲盛唐正宗，其指斥王詩「九天閶闔」、「萬國衣冠」云云，實是陰指老杜之障眼法也。談話按日次記録，《清詩話》本初六作初三，顯誤；而雪北山樵《花薫閣詩述》本概行略去日期，亦與諸本不同。又《詩述》本較之《清詩話》本多「爲詩用語要典不可杜撰」一則及末則，故絶非《清詩話》所採之本，郭紹虞《清詩話前言》所説誤。然《詩述》本頗有雪樵改訂之跡，今皆不取。其末則爲各本所無，兹録於下：「爲詩須辨體格。如學漢魏體，萬不可入齊梁；學齊梁體，萬不可入漢魏；學漢魏齊梁者，萬不可入三唐是也。」記者何世璂(一六六六—一七二九)字澹庵，一字坦園，號鐵山，山東新城人。康熙四十八年進士，官至户部侍郎，署直隸總督。卒謚端簡。有《何端簡公集》。

然鐙記聞

漁洋夫子口授
新城何世璂述

七月初四日，師云：「學詩須有根柢。如《三百篇》、《楚詞》、漢、魏，細細熟玩，方可入古。」

「脱盡時人面孔，方可入古。」

「爲詩且無計工拙，先辨雅俗。品之雅者，譬如女子，靚妝明服固雅，粗服亂頭亦雅；其俗者，假使用盡妝點，滿面脂粉，總是俗物。」

「古詩要辨音節。音節須響，萬不可入律句，且不可説盡，像書札語。」

「韵有陰陽。陽起者陰接，陰起者陽接，不可純陰純陽，令字句不亮。」

「爲詩各有體格，不可混一。如説田園之樂，自是陶、韋、摩詰；説山水之勝，自是二謝；若道一種艱苦流離之狀，自然老杜。不可云我學某一家，則無論那一等題，只用此一家風味也。」

「爲詩須有章法、句法、字法。章法有數首之章法，有一首之章法。總是起結血脈要通；否則痿痺不仁，且近攢凑也。句法杜老最妙。字法要鍊，然不可如王覺斯之鍊字，反覺俗氣可厭。如『氣蒸雲夢澤，波撼岳陽城』，『蒸』字、『撼』字，何等響，何等確，何等警拔也！」

「爲詩先從風致入手，久之要造於平淡。」

「爲詩總要古。吴梅村先生詩盡態極妍，然只是欠一『古』字。」

「論世詩要藴藉，又要旁引曲喻，使人有諷咏不盡之意。不可將舊事排説。」

「爲詩須博極群書。如《十三經》、《廿一史》，次及唐、宋小説，皆不可不看。所謂取材於《選》，取法於唐者，未盡善也。」

「律句只要辨一三五。俗云『一三五不論』，怪誕之極，決其終身必無通理。」

「爲詩結處總要健舉。如王維『回看射雕處，千里暮雲平』，何等氣概！」

「詩要洗刷得浄。拖泥帶水，便令人厭觀。」

「爲詩用語要典，不可杜撰。」

「詩要清挺。纖巧濃麗，總無取焉。」

「爲詩須要多讀書，以養其氣；多歷名山大川，以擴其眼界；宜多親名師益友，以充其識見。」堪問曰：「是則然矣。但寒士僻處窮巷，無書可讀，而又無緣游歷名山大川，常憾不得好友之切磋奈何？」曰：「只是當境處莫要放過。時時著意，事事留心，則自然有進步處。」説畢嘆曰：「吾縣風雅衰極，澹菴汝當努力！」

「爲詩要窮源溯流。先辨諸家之派，如何者爲曹、劉，何者爲沈、宋，何者爲陶、謝，何者爲王、孟，何者爲高、岑，何者爲李、杜，何者爲錢、劉，何者爲元、白，何者爲昌黎，何者爲大曆十才子，何者爲賈、孟，何者爲温、李，何者爲唐，何者爲北宋，何者爲南宋？析入毫芒，學焉而得其性之所近。不然，胡引亂竄，必入魔道。」一日，論及方山謝公詩，曰：「方山清漪可愛，但少嫩些。」

「七律宜讀王右丞、李東川。尤宜熟玩劉文房諸作。宋人則陸務觀。若歐、蘇、黄三大家，衹當讀其古詩、歌行、絶句；至於七律，必不可學。學前諸家七律，久而有所得，然後取杜詩讀之，譬如百川學海而至於海也。此是究竟歸宿處。」

七月初六日薄晚，乘涼院中。瑾執古樂府中「江南可採蓮」一首進質曰：「如此詩，寄託何在？」師曰：「此不可解，然但見其古；或者當時尚有闕文，亦未可知。」因言：「古樂府原有句有音。在當日句必大書，音必細注。後人相沿之久，並其細注之音而誤認爲句，附會穿鑿。至於摹擬剽竊，毫無意義，而自命爲樂府，使人見之欲嘔。如南中某公作樂府，有『妃呼豨，豨知之』之語。夫『妃呼豨』三字，皆音也。今乃認『妃』作女，認『豨』作豕，一似豕真有知，豈非笑談？唐人樂府，惟有太白《蜀道難》、《烏夜啼》，子美《無家别》、《垂老别》以及元、白、張、王諸作，不襲前人樂府之貌，而能得其神者，乃真樂府也。後人擬古諸篇，總是贋物。」瑾曰：「李、杜諸作，固無假竊。然未見其中有如古之所謂無字之音。不識被之管絃，其音將何如？」師曰：「恐亦未必可被之管絃。」瑾曰：「古樂府之音，即如今之工、上、四、尺乎？」師曰：「然。」

又曰：「如伯牙《水仙操》，一序絶妙，然其詩則殊不可解。料是其中有缺訛處。必欲一言求之，則鑿矣。又如『逢逢白雲，一東一西，一南一北』，此亦『魚戲蓮葉東，魚戲蓮葉西，魚戲蓮葉南，魚戲蓮葉北』之類。料是其中有缺處。然在今日，但見其古。如杜子美《杜鵑行》首四句，便是從此詩脱化得來。」

又曰：「學詩先要辨門徑，不可墮入魔道。」

七月初八日，登州李鑑湖來謁。問曰：「某頗有志於詩，而未知所學。學盛唐乎？學中唐乎？」師曰：「此無論初、盛、中、晚也。初、盛有初、盛之真精神、真面目，中、晚有中、晚之真精神、真面目。學者從其性之所近，伐毛洗髓，務得其神，而不襲其貌，則無論初、盛、中、晚，皆可名家。不然，學中、晚而止得其尖新，學初、盛而止得其膚廓，則又無論初、盛、中、晚，均之無當也。」瑾進曰：「然則《三昧》之選，前不及初，而後不及中、晚，是則何説？是非欲人但學盛唐，而不及中、晚之意乎？」師曰：「不然，吾蓋疾夫世之依附盛唐者，但知學爲『九天閶闔』、『萬國衣冠』之語，而自命高華，自矜爲壯麗，按之其中，毫無生氣，故有《三昧集》之選。要在剔出盛唐真面目與世人看，以見盛唐之詩，原非空殼子，大帽子話；其中蘊藉風流，包含萬物，自足以兼前後諸公之長。彼世之但知學爲『九天閶闔』、『萬國衣冠』等語，果盛唐之真面目、真精神乎？抑亦優孟、叔敖也。苟知此意，思過半矣。」

右何端簡公所述先文簡公論詩語，名曰《然鐙記聞》。兆森從何氏鈔得，將録本，與願學者共之。亦如公所云：「詩如龍然，此其一爪一鱗而已。」家有《律詩定體》一紙，殆爲子姪開示者。雖淺近，然不識者正復不少。故附於後。兆森謹識。

漁洋詩話

漁洋詩話提要

《漁洋詩話》三卷，據乾隆二十三年竹西書屋重刊本點校。撰者王士禛生平見《漁洋詩話(一卷本)》提要。此書據自序，乃漁洋康熙四十四年乙酉歸田後，應吴陳琰撰寫本朝詩話之約，先成六十則；四十七年戊子又增一百六十餘則，遂成此晚年懷舊之作。惟今傳本不止此數，後當又有所增寫也。漁洋前已有諸種筆記，如《池北偶談》、《居易録》、《皇華紀聞》、《隴蜀餘聞》、《香祖筆記》、《夫于亭雜録》等，其中頗有詩話之記，然終非詩話。其晚年以詩壇盟主身份，專撰一部正宗詩話，乃循歐陽修晚年撰《六一詩話》以來之老例也。所謂「古今來詩佳而名不著者多矣，非得有心人及操當代文柄者表而出之，與草木同腐者何限」云云，意識何其自覺。自序又辨其「五七言詩選凡例」與詩話之别，尤見精微。《四庫全書總目提要》指其間雜説部之體，實不足責也。所記雖偏於流連山水、點染風景之作，然以數十年主持壇坫，獎掖後進之心力，所傳順治、康熙詩壇之風貌，不可謂不正宗。其中以本人爲主，徑云「余」者，不下一百三十餘則，自是詩話之當行寫法。然風流自賞，亦不無標榜之嫌，《四庫提要》責之「露才揚己」，亦非爲無由。全書則終不掩其人之誠也。此書版本甚夥，各本亦頗有出入，而以竹西書屋刻本内容最全，此本原無俞兆晟序，今據雍正三年刊本補。

漁洋詩話序

詩話即古之説詩也。孟子以意逆志，標舉説詩大指。迨漢匡鼎説詩，善解人頤。厥後有《詩品》、《詩式》、《詩評》，若詩話，至宋而始盛。特宋人説詩多主訓詁，惟滄浪嚴氏獨取「妙悟」爲詩家最上乘，此即司空表聖「不著一字，盡得風流」之遺意也。而論者猶以流入禪學病之，亦固矣。夫其爲詩矣，方今詩人得古人三昧者，余既首稱新城王氏漁洋先生，其命意本諸滄浪，而持論則更雋永超詣，有言外之味、虛響之音焉。先是，余譔本朝詩話，欲采先生緒論。先生忻然命筆，一夕得六十餘條，付郵筒見寄，既又補其未備，溢而爲二百餘條，可謂盡得士人説詩大指矣。夫詩學非小道也，必其中有自得之妙悟，而後可以作詩；必深見夫古人之指趣，一一與我之妙悟相印合，而後可以説詩。如工師授匠人，如老農道田家事，大抵非覽之博、作之多，而又積以歲月之久，不能言之親切乃爾。否則人云亦云，勦襲雷同之語，何足瀆人聽聞哉？先生研覃詩學六十年，自其少日爲虞山錢宗伯所擊賞，嗣是主壇坫，擁皋比，海内翕然宗師之。其以是編啓人妙悟，殆度世之金鍼，而發滄浪未發之秘者與？豈直善解人頤而已！抑聞先生有《五代詩話》，編次將竟，有功於斯道甚大。先生儻盡出其藏，一變學詩者之固陋，庶可免高叟之譏乎？吾友成子周卜酷愛先生《詩話》，將付開雕，未幾早世。其弟爾長能成乃兄之遺志，先生尤嘉許之。余與互相校讎以行世，惜乎周卜之不及見也。

而今而後，有善悟者始可與説詩，且可與作詩也已！康熙四十八年冬十月，錢塘後學吴陳琰謹書。

吾師漁洋先生以詩道倡海内，鏗戛《韶濩》，振興元雅，軨材樸學，未易涉其流而溯其源。然吾師樂與後進論詩，凡詞苑傳誦詩話甚夥，此一編最近出，皆燕言紀舊之録也。卷中攷論述作，悉皆根柢《風》、《騷》，牢籠百氏，洞窺古人闔奥，金鍼微點，借爲世學指南。間有别裁僞體，駁正傳譌，雖使前賢復起，頫首心折者也。於近今詞藝，虚公品隲，珠含玉韞，一經洒發，或擊賞全篇，或斷章摘句，直抉作者精要。或有搴蘭除艾，翻似意外奇獲者，然後知名手出人，心眼迥别也。平生遊歷幾徧天下，鴻篇偉製固已雄埒山川；即至野店山郵，荒陵斷塹，短什飄蕭，斜行黯淡，暇時標舉一二，真覺歌哭循生，驚魂悦魄者矣。然小子諷繹全編，尤感于友朋兄弟之誼，久而彌摯也。吾師昴季三珠，並負詩文重望，日偕烏衣群從，切劘倡酬。中遘棣蕚雙凋，風流歇絶，鴒原追痛，一編之中，三致意焉，詎止春草吟池、秋風夜驛之感已乎！詩朋執友，皆極天下之選。迄兹諸老徂謝，而吾師靈光巋存，酒闌鐙灺，感慨舊遊，頻復援述緒言，申譯遺句，則山丘華屋之思，殆無以過也。蚤歲爲風雅總持，陶冶深至，奬拔材穎，有善必甄，片璧碎金，胥歸巾笥。尤極注意於寒素，敲銅刻燭，連袂接衽，率多布衣窮畯。顯幽振滯，津津齒吻間。夫郊、島不遇昌黎，則蹇驢席帽，埋没羈貧久矣。兹刻所載四方孤僻銷沈之彦，實賴以傳不朽，詎非詞門勝事哉！琳不敏，弗克演迤師傳，竊於褰帷奉席，飫聞風論。今以斯編授梓，且曰：「子爲我少述其旨概。」退惟譾陋，得挂名于卷帙之末，有深幸焉。是用勉綴詹言，而窺見吾師忠厚悱惻之至意，所以師表人倫、嘉惠後進者，約略寓於斯編，讀者亦可油然而興起也夫！康熙庚寅九月，北平門人黄叔琳謹識。

序

《漁洋詩話》三卷，板藏蔣氏；辛丑歲暮，余同《夫于亭雜録》并載以歸。有客問余曰：「新城先生詩話盡此乎？」余曰：「否！否！此先生懷舊之深情也。夫先生之詩，大含細入，無所不包。宇内從遊者，咸有觀海望衢之嘆。而迴風紫瀾，不遺行潦。數十年間，銜華佩實之彦，或紆金鏘玉，或巖棲谷飲，其零紈片羽，有合於古人，無不手自抄撮。於是舊雨晨星，驚風朝露，感今追昔，發潛闡幽，是編所爲作也。先生晚居長安，位益尊，詩益老，每勤勤懇懇，以教後學。時於酒酣燭灺，興至神王，輒從容言曰：『吾老矣，還念平生，論詩凡屢變；而交游中，亦如日之隨影，忽不知其轉移也。少年初筮仕時，惟務博綜該洽，以求兼長。文章江左，烟月揚州，人海花場，比肩接迹。入吾室者，俱操唐音。韵勝於才，推爲祭酒。然而空存昔夢，何堪涉想。中歲越三唐而事兩宋，良由物情厭故，筆意喜生，耳目爲之頓新，心思於焉避熟。明知長慶以後，已有濫觴；而淳熙以前，俱奉爲正的。當其燕市逢人，征途揖客，争相提倡，遠近翕然宗之。既而清利流爲空疏，新靈寖以佶屈，顧瞻世道，惄焉心憂。於是以太音希聲，藥淫哇錮習，《唐賢三昧》之選，所謂乃造平淡時也，然而境亦從兹老矣。朋舊凋零，吟情如覩，吾敢須臾忘哉？』噫！知此言，可以讀先生之詩，即可以讀先生《詩話》矣。」雍正乙巳八月，海鹽俞兆晟書於澄江使院。

余生平所爲詩話，雜見於《池北偶談》、《居易録》、《皇華紀聞》、《隴蜀餘聞》、《香祖筆記》、《夫于亭雜録》諸書者不下數百條，而《五代詩話》又别爲一書。今南中所刻《昭代叢書》，有《漁洋詩話》一卷，乃摘取五言詩、七言詩凡例，非詩話也。康熙乙酉，余既遂歸田，武林吴寶厓陳琰書來，云欲撰本朝詩話，徵余所著。無暇刺取諸書，乃以余平生與兄弟友朋論詩，及一時談諧之語可記憶者雜書之，得六十條。南郵行急，脱藁即以付之，不復竄改。戊子秋冬間，又增一百六十餘條。大兒啓涑好收余詩文尺牘草藁，遂付裝潢。余年來目昏不能書，此藁藏之家塾，留以示子孫可耳，不足示他人也。漁洋老人阮亭甫書。

漁洋詩話卷上

濟南王貽上

余兄弟少讀書東堂，嘗雪夜置酒。酒半，約共和王、裴《輞川集》。東亭士祜得句云：「日落空山中，但聞發樵響。」兄弟皆爲閣筆。○東亭與宋荔裳、嚴武伯熊、葉元禮舒崇諸名士游吴興道場山，共賦五言詩。兄詩先成，群公嘆絶，以爲「微雲澹河漢」之比。○計甫草曰：「三王並負盛名，西樵、阮亭蚤達，故聲譽易起；乃東亭之才，詎肯作籧腰哉？」東亭舉庚戌進士，早歿。余刻其詩二卷，曰《古盍集》。

兄考功士禄作《憶萊子雜詩》二十篇，有「潮勢汨三韓」之句。或疑「汨」字所出。汪編修琬曰：「杜詩『吴楚東南坼』，『坼』字、『汨』字正以獨造爲奇。」

叔子士祜幼穎悟。一日廣坐中，客有舉焦竑字弱侯爲問者。皆曰：「當亦魏相字弱翁之義。」叔子方十二歲，從末座起曰：「非也，此出《考工記・輪人》『竑其輻廣，以爲之弱』也。」一座驚異。

余少時在廣陵，每公事暇，輒召賓客汎舟紅橋，與袁荆州于令諸詞人賦詩，有「緑楊城郭是揚州」之句，江、淮間取作畫圖。又與林茂之、張祖望、杜于皇、孫豹人、程穆倩修禊於此，自賦《冶春》詩二十首。陳其年題其後云：「官舫銀鐙賦《冶春》，瑯邪風調更誰倫？玉山筵上頹唐甚，意氣公然籠罩人。」宗定九元鼎詩云：「休從白傅歌楊柳，莫向劉郎演《竹枝》。五日東風十日雨，江樓齊唱《冶春》詞。」劉公啟曰：「耀明珠，蔭桂旗，麗矣。或率而兒拜，或矯而當熊，或揚袂隨風，如欲仙去，遺世獨立，横絶一時，不必如老鐵《花游》諸曲，遁作别調，始見姿媚也。」

余往如皋，馬上成《論詩絶句》四十首。從子净名啓浣作注，人謂不減向秀之注《莊》。後不三十夭卒。西樵仲子。

余在甓社湖舟中作《歲暮懷人絶句》六十首，丙夜而畢。紙盡，以公牒牘尾續之，淋漓皆徧。

余少在濟南明湖水面亭賦《秋柳》四章，一時和者甚衆。後三年官揚州，則江南北和者，前此已數十家，閨秀亦多和作。南城陳伯璣允衡曰：「元倡如初寫《黄庭》，恰到好處，諸名士和作皆不能及。」

余在廣陵，偶見成都費密字此度詩，極擊節。賦詩云：「成都跛道士，萬里下峨岷。虎口身曾拔，蠶叢句有神。大江流漢水，孤艇接殘春。二句即密詩。十字須千古，胡爲失此人？」密遂來定交，如平生懽。

余在廣陵，有蜀士投詩一卷。余閱竟，曰：「中惟樂府三篇最佳。」後二十年，以詹事祭告南海，至廣州，見羅浮布衣陳恭尹元孝，則三詩皆陳舊作，蜀士竊取入行卷者也。余笑謂陳曰：「『一鶴聲飛上天』，賴吾能辨之。」

余以户部侍郎祭告西嶽，游慈恩寺，見塔上有二絶句《題秦莊襄王墓》：「園廟衣冠此内藏，埜花歲歲上陵香。邯鄲鼓瑟應如舊，贏得佳兒畢六王。」問知爲郃陽康乃心太乙所作，亟稱之。翼日詩名徧長安，而康不知也。康以此得重名，學使陸儼庭德元拔之，充貢賦，是科以第五人冠其經。

金壇潘高孟升，五言學韋、柳。余愛其清真古澹，謂可與王言遠庭、邢孟貞昉頡頏。陳其年與余書云：「有潘高者，貧而工詩。久别無可言者，止此一物奉獻。」潘有《寒食》一絶云：「黄鴉穀穀雨疏疏，燕麥風輕上鮆魚。記得去年寒食節，全家上冢泊船初。」

余最許石湖邢昉五言詩，以爲韋、柳門庭中人，恨未及友其人。官祭酒時，鄉人李某往令高淳，余特屬訪其子孫。李至訪之，則老妻稚孫，煢煢孤寡，饘粥不給。李脱贈三百金，爲置腴田百畝，其家竟不知意出於余也。施愚山聞之，造余再拜曰：「某交孟貞三十年，不能卹其後人之窮。公與孟貞未定交，而能卹其身後，令不凍餓以死，某愧公多矣。」至爲流涕。

福清林古度茂之，萬曆中詩人，與曹南宫學佺、鍾學憲惺友善。亂後居金陵乳山，每過余，親爲撰杖結襪。康熙甲辰，林攜其萬曆甲辰以後六十年詩詣余，求爲揀擇。僅存其甲子以前詩百餘篇。施愚山見之曰：「吾交林翁久，不知其詩清新俊逸，源本六朝、初唐乃如此。」

南通州邵潛潛夫亦萬曆詩人，錢宗伯牧齋亟稱之。性孤僻，凡數易妻，晚竟無子。僑居如皋，年八十矣。苦徭役。余適以按部至縣，詰旦首謁邵。邵所居委巷，乃屏輿從，徒步而入。邵曰：「適有酒一斗，能飲乎？」余欣然爲引滿，流連移晷始别。縣令聞之，立除其役。

徐夜字東癡，叔祖季木考功象春外孫，與余兄弟爲外從兄弟。詩學陶、韋，巉刻處似孟東野，余目之爲磵松露鶴。西樵少有贈詩云：「美人自牧能貽我，名士如蠅總附君。」余時尚羈丱，亦有句云：「湘東品第留金管，江左風流續《玉臺》。」

余與邵潛夫、陳其年諸名士，以康熙乙巳修禊冒辟疆水繪園，分體賦詩。余戲謂其年曰：「得紫雲捧硯乃可。」紫雲者，冒歌兒最姝麗者，爲其年所眷。許之。余坐湘中閣，立成七言古詩十章。後一日，杜茶邨自廣陵至，亦有補作。或問之曰：「阮亭詩何如？」杜曰：「『酒酣落筆摇五岳，詩成笑傲凌滄洲。』」「君詩何如？」曰：「『但覺高歌有鬼神，誰知餓死填溝壑。』」

蒲阪吴雯天章，初至京師，未知名。余亟賞其詩，謂爲仙才。一日待漏朝房，誦其句於葉文敏訒菴方藹云「泉繞漢祠外，雪明秦樹根」、「濃雲滏西嶺，春泥霑條桑」，又「門前九曲崑崙水，千點桃花尺半魚」。葉大驚異，下直即命駕往訪之，吴詩名大噪都下。所居永樂鎮，即唐永樂縣，有玉谿，李義山家於此。

余以順治庚子爲江南同考官，得太倉崔華不雕，工詩畫。常有句云「一寺千松内，飛泉屋上行」、「欹檣坐清晝，薄冷出蘋間」，又「谿水碧于前渡日，桃花紅似去年時」、「丹楓江冷人初去，黄葉聲多酒不辭」，此例甚多。余目爲「崔黄葉」。又崑山王朱玉元式，同出門下，後官國子博士。常有句云：「秋雨茂陵人獨卧，西風汾水雁還來。」余時爲祭酒，題其後云：「茂陵秋雨瀟瀟夜，愛爾哦詩四壁秋。多少長安苦吟客，瘦羊博士擅風流。」

劉公㦷體仁吏部善鼓琴，常於慈仁寺精舍彈《御風操》，余贈詩云：「與君更作他年約，黄鵠山頭訪戴行。」京口黄鵠山，戴顒所居也。後五年，果相遇黄鵠山下。又沈又恪繹堂荃以箋索書，余爲書放翁詩云：「三疊淒凉《渭城曲》，數枝閒澹閬中花。」未幾典蜀試，至閬中驛亭，恍然悟前詩，信數有前定哉！

余常夢中得詩云：「谿流翡翠映煙空，谿上飛橋落彩虹。愛玩花叢憶元相，一枝渾卧碧流中。」既覺，不知所謂。及使蜀，乃悟是元微之「亞枝紅」詩，即使東川作也。昭陽顧符稹工畫，余尤愛其《棧道圖》，爲賦長歌。凡扇頭、絹幅、屏幛間，皆令作《棧道圖》。後壬子、丙子兩使蜀，此其讖也。又常有夢中作云：「凉雲止復行，水花開更落。煙柳夕陽時，蟬聲動高閣。」

諸城劉翼明，字子羽，居琅邪臺下，老而工詩。余常愛其句云：「桃花柳絮春開甕，細雨斜風客到門。」

南海程周量可則有詩云：「朝行青山頭，暮歇青山曲。青山不見人，猿聲聽相續。」本是古詩，余直删作絶句，以爲有不盡之意，程深服之。又常言：「柳子厚『漁翁夜傍西巖宿』一首，如作絶句，以『欸乃一聲山水緑』結之，便成高作，下二句真蛇足耳；而盲者顧稱之，何耶？」

余客金陵，居秦淮邀笛步上，與主人丁翁談秦淮盛時舊事，作絶句二十首，人競傳寫。虞山錢宗伯亦常居此，有《題石厓秋柳小景》詩云：「刻露巉巖石骨愁，兩株風柳曳殘秋。分明一段荒寒景，今日鍾山古石頭。」余繼和云：「宫柳煙含六代愁，絲絲畏見冶城秋。無情畫裏逢摇落，一夜西風滿石頭。」袁蘀菴于令見之，笑曰：「忍俊不禁矣。」

虞山錢宗伯贈余古詩云：「騏驥奮蹴踏，萬馬喑不驕。勿以獨角麟，儷彼萬牛毛。」又爲作集序，有「與君代興」之語。時余年甫踰弱冠耳，其爲所賞異如此。余後有絶句云：「少年薄技悔雕蟲，拂拭當年荷鉏公。紅豆莊前人去久，花開花落幾春風。」

余少與彭少宰羨門孫遹友善。後同官卿貳，一日，諸公集朝房，余問：「彭兄鄉中蓴菜，風味何似？」彭答云：「不知。」余笑曰：「應緣無蓴鱸之思，是以不知其味。」彭與諸公皆大笑。

余官刑部尚書，一日閱爰書，有名螃蠏者，侍郎徐公青來潮因言今歲津門蟹多而價廉。余笑謂曰：「公因紙上郭索，遽思朵頤耶？」

蜀隆昌縣地名石谿橋，有堊書一絶云：「桃花依舊放山青，隱几焚香對畫屏。記得當年春雨後，燕泥時污石谿亭。」不著名氏。

余於古人論詩，最喜鍾嶸《詩品》、嚴羽《詩話》、徐禎卿《談藝録》，而不喜皇甫汸《解頤新語》、謝榛《詩說》。又云：弇州《藝苑巵言》品隲極當，獨嫌其黨同類，稍乖公允耳。

天啓中，朝鮮使臣金尚憲字叔度，由登州入貢。鄒平張忠定公華東延登館之於家，刻其詩一卷，頗多佳句。如「三秋海岸初賓雁，五夜天文一客星」、「澹雲微雨小姑祠，菊秀蘭衰八月時」，又《過東方曼倩故里》云：「夜開宣室儼珠旒，執戟郎官走緑韝。首鼠轅駒俱琭琭，漢廷綱紀一俳優。」《蚤春》云：「水際城邊野馬飛，漸聞宮漏晝間稀。東風日夜蘼蕪緑，塞北江南總憶歸。」「王灘流水繞江涯，江上松林是我家。昨夜夢尋烏石路，山前山後早梅花。」余《論詩絶句》云：「澹雲微雨云云。記得朝鮮使臣語，果然東國解聲詩。」康熙己未，遣侍衛狼瞫、太學生孫致彌往朝鮮采詩，大抵律、絶居什之九，古詩、歌行略見梗概而已。孫後登戊辰進士，官翰林。

余以順治乙未舉禮部，戊戌始赴廷對。一日期集禮部，新郎君皆在。全椒吴玉隨國對大呼入曰：「此中何者爲濟南王郎乎？」衆愕然。余方跂脚榻上，笑曰：「君自辨之。」吴直前捉余臂曰：「此即是也。」衆爲一笑。後吴爲第一甲三人及第，假過真州，贈余詩云：「如此青天如此月，兩人須問大江秋。」詩詳《鑾江倡和集》。

南昌重建滕王閣落成，名流競爲賦詩，推彭少宰羨門擅場。中聯云：「依然極浦生秋水，終古寒潮送夕陽。」余常喜諷詠之，謂劉文房、郎君胄無以過也。彭又題湖口句云：「湖光盡日依樓堞，山色終朝滿縣城。」亦是寫照。

《竹枝》古稱劉夢得、楊廉夫，近彭羨門尤工此體。如《廣州竹枝》云：「木緜花上鷓鴣啼，木緜花下牽郎衣。欲行未行不忍別，落紅没盡郎馬蹄。」「半年水宿半山居，冬采香根夏采珠。珠好須從蚌中覓，香燒還仗博山鑪。」山陰徐緘伯調《越中竹枝》云：「勾踐城南春水生，水中鬭鴨自呼名。伯勞飛遲燕飛疾，郎進城時儂出城。」皆本色語也。汪鈍翁又擬葉水心作《洞庭橘枝詞》。

莢陵，漢武帝葬李夫人處，距茂陵數武。余過之，有詩云：「長門買賦草萋萋，冤魄雲陽杜宇啼。惟有佳人解傾國，莢陵長傍茂陵西。」楊妃墓在馬嵬西北原上，余爲立小碣，題詩云：「巴山夜雨却歸秦，金粟堆邊草不春。一種傾城好顏色，茂陵終傍李夫人。」

花林疃在雲門山南，益都山水佳處也。山泉翁詩云：「山藏柳市無車馬，水隔桃源有子孫。」馮宗伯北海、鍾司空龍淵皆屬和。翁，嘉靖間進士，名澄甫，官御史，壽光人，文和公玥之孫。

東阿于慎思，號龐眉生，文定公愼行之兄。詩才情過文定，尤工古賦。年始弱冠，夭卒。有《龐眉生集》若干卷。

十七叔祖考功季木象春，原名象巽天才排奡，目空一世。使秦，游曲江，有詩云：「韋曲杜陵文物盡，眼中多少可兒墳。」《題項王廟壁》云：「三章既沛秦川雨，入關更肆阿房炬，漢王真龍項王虎。玉玦三提王不語，鼎上桮羹棄翁姆，項王真龍漢王鼠。垓下美人泣楚歌，定陶美人泣楚舞，真龍亦鼠虎亦鼠。」古今判劉、項，無此雄快。八叔祖郡城伯石象艮亦有詩名。五言如「蕭條兩岸柳，怊悵五更鷄」、「魚藏蘆底穴，雪壓竹間廬」、「青熒茅舍火，縹緲竹林煙」、「孤城一飛矢，六國有心人」、「龍源花外水，鹿角雨中山」，皆中唐之選也。十八叔祖大寧令用晦象明，原名象履詩亦有足傳，如「日日輕雷送雨聲，小窗歷亂竹枝橫。水痕時落還時漲，枕上看山秋欲生。」「細雨新晴百草菲，含桃初染杏初肥。奚童競撲柳花落，嬌鳥時銜榆莢飛。水淨欲浮蝌蚪字，苔深争迸籜龍衣。闌珊春色歸何遽，簾外輕寒臘屐稀。」又有句云：「老松帶露滴巾角，亂石欹風迎馬前。」余嘗輯爲《琅邪三公集》。

先世父侍御府君諱與胤，字百斯。崇禎中，以劾總兵官鄧玘，忤時相罷歸。甲申聞國難，闔門自經。《明史》載《忠義傳》。有《隴首集》一卷。南城陳伯璣録其詩，與雁門孫白谷、簫曲黄海岸、鈐岡袁臨侯合刻之，爲《四忠詩》。錢宗伯贊之曰：「遺音危苦，孤桐玉律。吟龍戛石，梵猿嗷月。浩歌悲嘯，雷風交加。蟲豸不螫，象華其牙」云云。

杜于皇詠坡公云：「堂堂復堂堂，子瞻出峨眉。盉讀《范滂傳》，晚和淵明詩。」龔端毅每誦之，以爲二十字説盡東坡一生。余因憶宋人一詩云：「東坡謫嶺南，時宰欲殺之。飽喫惠州飯，細和淵明詩。」二作殆不易軒輊。

郟縣仝軌字車同，博雅工詩。常以長句寄余。余賞之而嗟其貧老不遇，爲之延譽於徐中丞、張侍御，遂聘主大梁書院。未幾，徐遷去，張卒官，而仝以乙酉中河南解元。

中牟南湖有蒲盧亭，張孝廉林宗民表時飲酒於此。余過之，嫌其命名非雅，易以「墊巾」，以存林宗故蹟。題詩云：「南郭孤亭野水濱，菰蒲獵獵水鱗鱗。林宗未遠風流在，不愧亭名是墊巾。」

鄭州夕陽樓，李義山有詩。余過之，題詩云：「野塘菡萏正新秋，紅藕香中過鄭州。僕射陂頭疏雨歇，夕陽山映夕陽樓。」

滁州西澗有野渡菴，取韋詩命名。余題詩云：「西澗蕭蕭數騎過，韋公詩句奈愁何。黄鸝喚客且須住，野渡菴前風雨多。」又題清流關云：「瀟瀟寒雨渡清流，苦竹雲陰特地愁。回首南唐風景盡，青山無數繞滁州。」

蜀合江縣有西凉王神祠，神是凉王吕光。光，苻秦時討李焉之亂至此，因爲立祠。放翁詩：「我雖不識神，知是山水人。不敢持笏來，裋褐整幅巾。」蓋未詳其本末。余過謁祠，賦長句正之：「長安氐王頭有角，東掃鄴宫西定蜀。」云云。詩載《蜀道集》。

余謂陸魯望「無情有恨何人見？月白風清欲墮時」二語恰是詠白蓮詩，移用不得；而俗人議之，以爲詠白牡丹、白芍藥亦可，此真盲人道黑白。在廣陵，有《題露筋祠》絶句云：「翠羽明璫尚儼然，湖雲祠樹碧于煙。行人繫纜月初墮，門外野風開白蓮。」正擬其意。一後輩好雌黄，亦駁之云：「安知此女非嫫母，而輒云『翠羽明璫』耶？」余聞之，一笑而已。

趙韞退按察官湖西，有詩百餘篇。余取其《南康登樓》一絶句，云：「返照臨高閣，寒煙澹澹分。城空何所有？一半是匡君。」

余論當代詩人，目曰「南施北宋」，「施」謂愚山，「宋」謂荔裳。二君集皆經余删定。又嘗取愚山五言近體詩，爲《主客圖》一卷。今施集尚存其家，未能版行；宋集經蜀亂，失其本矣。

余論古今雪詩，惟羊孚一贊，及陶淵明「傾耳無希聲，在目皓已潔」，及祖詠「終南陰嶺秀」一篇，右丞「灑空深巷静，積素廣庭閒」、韋左司「門對寒流雪滿山」句最佳。若柳子厚「千山飛鳥絶」，已不免俗；降而鄭谷之「亂飄僧舍」、「密灑歌樓」，益俗下欲嘔；韓退之「銀盃」、「縞帶」，亦成笑柄。世人誅於盛名，不敢議耳。

梅詩無過坡公「竹外一枝斜更好」七字，及「雪後園林才半樹，水邊籬落忽横枝」。高季迪「雪滿山中高士卧，月明林下美人來」，亦是俗格；若晚唐「認桃無緑葉，辨杏有青枝」，直足噴飯。

又論杜《八哀詩》最冗雜不成章，亦多啽囈語。而古今稱之，不可解也。

汪鈍翁問余：「王、孟齊名，何以孟不及王？」答曰：「孟詩味之，未能免俗耳。」汪深嘆其言，謂從無人道及此。

今日善學《西崑》者，無如常熟吴殳脩齡；學《才調》者，無如江都宗元鼎定九、建昌楊思本因之、太原趙瑾懿侯。趙《下橋》絶句云：「東陽回首又天涯，天步艱難國步賒。一自下橋橋斷後，王孫惆悵不歸家。」《虎丘》云：「緑陰濃護好樓臺，獨櫂扁舟月下來。翹首楚天堪墮淚，湛盧何處不重迴。」楊《踏花明日值雨》云：「折得花來不贈人，膽瓶相對一枝春。遥憐昨夜行歌處，落草霑泥倍愴神。」《怨詞》云：「春草日夜緑，春鳥飛且鳴。感郎千金意，猶自覺愁生。」

劉公㦷常有絶句云：「西湖小閣多晴月，好友同舟半是僧。寄語江南老桑苧，秋山紫蕨憶行縢。」自編其集，遺之。余舉似云：「如此作何以不録？」公㦷笑謝曰：「賴兄爲我作行秘書。」

淮陰張養重虞山，游淛東，過廣陵謁余。揖甫罷，余亟問曰：「夙愛足下『南樓楚雨三更遠，春水吳江一夜生』，平生如此好句復有幾？」張退謂邱洗馬季貞象隨曰：「夙昔快意之句，不意阮亭一見便能道出。」

西樵甲辰之獄，吏議羅織鍛鍊，半載始白。扁舟南下，余迎於秦郵，相見，持之而泣。西樵都不及患難時事，直取一巨編擲余前，曰：「弟視吾詩，境地差進不？」人嘆其曠達。

汪鈍翁《跋西樵阮亭手帖》云：「予友新城二王，相善也，故藏其尺牘爲多。得輒裝潢之，時一展玩，如聆其抵掌笑語。中有一帖小異，當是叔子筆耳。」謂東亭也。初，鈍翁在京師，求友於余。余爲言劉公㦷、梁曰緝、程周量。鈍翁遂皆與定交云。

河陽薛大武奮生與余輩爲同年生，豪邁任俠。一日酒酣，大言曰：「君輩文士耳，異日終當依我幕下。」余熟視薛曰：「恨吾子非嚴鄭公。」一座大笑。鈍翁賦詩云：「少日詞場偶擅名，未曾縛袴學長征。他年若得登三事，但取蕭郎作騎兵。」

余最喜武林毛馳黄先舒《詠西施》絶句云：「别有深恩酬不得，向君歌舞背君啼。」此意未經前人道過。

王士純，字孤絳。贈光禄寺少卿十二叔祖完初公象復之孫。白皙，美風姿。書法李北海。弱冠殉崇禎壬午之難。有《新月》詩云：「乍見一簾水，回頭月抱肩。黄如浮醉酒，瘦比壓琴絃。」

余辛丑客秦淮，作《雜詩》二十首，多言舊院時事。内一篇云：「十里清淮水蔚藍，板橋斜日柳毵毵。棲鴉流水空蕭瑟，不見題詩紀阿男。」阿男名映淮，詩人伯紫映鍾之妹也。幼有詩云：「棲鴉流水點秋光。」後適莒州杜氏，以節聞。伯紫與余書云：「公詩即史，乃以青鐙白髮之嫠婦，與莫愁、桃葉同列，後人其謂之何？」余謝之。後入爲儀郎，乃力主覆疏，旌其閭，笑曰：「聊以懺悔少年綺語之過。」

康熙癸卯歲將除，孫無言默欲渡江往海鹽訪彭十羨門。人問：「有何急事？」答曰：「將索其《延露詞》，與阮亭《衍波》、程邨鄒祗謨《麗農詞》合刻之。」陳其年維崧贈以詩曰：「秦七黄九自佳耳，此事何與卿飢寒？」孫，新安人，居廣陵。

歷下詩派始盛於弘、正四傑之邊尚書華泉，再盛於嘉、隆七子之李觀察滄溟。二公後皆式微。施愚山督學時，爲滄溟立墓碑，夢其衣冠來謝。余刻《華泉集》及其仲子習遺詩，又訪其後裔，則墓祠久廢，七世孫某已爲人家佃種矣。乃公言於當道，予以奉祀生。「兒童不識字，耕稼魏公莊」，古今同慨也！

鄒平滸山濼獺水匯處，煙波浩淼中有墨王亭，是從叔祖洞庭象咸別業。周侍郎櫟園過之，賦詩見懷云：「獨有墨王亭畔水，空明與客憶王郎。」「墨王」見陸友仁《研北雜志》。

六合李侍郎敬，字退菴。順治末，與余及長洲汪苕文琬、南海程周量可則論詩京邸，其說甚精。余極愛其五言，如「酒醒亭午後，人憶秣陵西」，又「瓜步新添水，清明遠送行」，此例數十句，皆不減古人。辛丑歸田，舟過廣陵，猶與余論詩移晷。未幾病卒。病中自訂平生詩文若干卷刻之，戒其子庋閣二十年後乃可印行。今三十餘年矣。余門人吴昺編修，其壻也，屬索諸其子至再，不可得，今無有知其姓字者矣。余嘗録二十餘篇於《感舊集》，將來或不盡湮没者，意在斯乎！

南海耆舊，屈大均翁山、梁佩蘭藥亭、陳恭尹元孝齊名，號「三君」。元孝尤清迥絶俗。其詩如「離憂在湘水，古色滿衡陽」、「帆隨南嶽轉，雁背碧湘飛」、「映花谿路閉，漱水石根虚」、「桄榔過雨垂空地，瑇瑁乘潮上古城」、「家山小別吟兼夢，水驛多情浪與風」之類，皆得唐人三昧。而平生游跡不出嶺南，故知之者較少於屈、梁。尤工書法。嘗以端石寄余，手自篆刻云：「獨漉所貽，漁洋寶之。」「獨漉」，元孝別號也。

弇州云：「嘗見皇甫少玄、百泉兄弟論詩，五言以『猿啼洞庭樹，人在木蘭舟』爲極則。」二句乃晚唐馬戴詩。

予所居小圃石帆亭南，有池曰春草。一日，集子弟群從賦詩。弟士驪幔亭有「天際星河倒入池」之句，予甚激賞之。

杜茶邨濬，初名詔先，黄岡人，僑居金陵。貧甚，屢客廣陵。甲辰人日大雪，時方鎖印無事，余造訪之，清言竟日。乙巳七夕，余北上京師，諸人祖於禪智寺，即席賦五言。茶村有句云：「記逢人日雪，造我吟窮愁。」謂此也。

先大父方伯贈尚書，公年八十餘，親教諸孫，頗及聲律之學。從叔祖洞庭先生善草書，尤喜飲酒。一日置酒邀之，醉後顛墨淋漓。公顧諸孫命對云：「醉愛羲之蹟。」余時年十一歲，輒應聲曰：「閒吟白也詩。」公及洞庭先生皆大喜，賜畫扇二。

西山盧師巖有無名氏題詩云：「山僧汲空潭，驚起二龍子。十里雲濛濛，三日雨不止。」

陸圻，字麗京，號講山，武林耆宿，爲西泠十子之冠。晚年遠遊不歸，或云在嶺南爲僧，釋名今龍；或云隱武當爲道士，終莫得而詳也。洪昇昉《思答人》絶句云：「君問西泠陸講山，飄然一盋竟忘還。乘雲或化孤飛鶴，來往天台雁宕間。」

近日釋子詩，以滇南讀徹蒼雪爲第一。如「一夜花開湖上路，半春家住雪中山」，如「亂流落葉聲兼下，聽徹寒扉不上關」，皆警句。其弟子某亦有句云：「鳥啼殘雪樹，人語夕陽山。」

盤山釋智朴有詩名，余在京師日曾定其集。嘗有句云：「木蛇鱗甲異，俊鶻羽毛青。」亦未經人道語。與洪昇聯句云：「蒼松亂插連雲石，石上苔痕虎行跡。朴。拄杖來從飛鳥邊，下視蒼茫遠煙碧。昇。」昇客武康，有句云：「林月前後入，谿花春夏開。」余亦嘗删定其集云。

雲南有地名板橋，升菴題句云：「還如謝朓宣城路，南浦新林向板橋。」曹能始學佺《板橋》詩云：

「兩岸人家映柳條，玄暉遺跡草蕭蕭。曾爲一夜青山客，未得無情過板橋。」汴梁西三十里有板橋，是白樂天題詩處。

閩清林初文章孝廉，古度之父也。嘗有送人詩云：「不待東風不待潮，渡江十里九停橈。不知今夜秦淮水，送到揚州第幾橋？」以示梅禹金鼎祚，禹金激賞之。宣城有老儒邱華林，嘗以詩質禹金，但爲分句讀而已。見之大恚曰：「林詩二十八字，正得二十八圈；吾詩字數不啻倍之，乃不得一圈耶？」聞者笑之。

同年祁珊舟文友，東莞人。爲廬江令。有詩云：「一夜東風吹雨過，滿江新水長魚蝦。」余深喜之，戲呼爲「祁魚蝦」。祁作色而怒，余笑謝曰：「兄勿怒，此自有例。」祁問：「何例？」余曰：「兄不聞『梅河豚』耶？」祁乃失笑而罷。

《三朝北盟會編》載徽宗北狩至定武，金人高會擊毬，請帝賦詩，曰：「錦裘駿馬曉棚分，一點星馳百騎奔。奪得頭籌須正過，休令綽撥入斜門。」《揮麈餘話》載道君《禋祀禮成再賜太師暹字韻》詩云：「歸問雪中誰詠絮？冥搜花底自巡簷。」佳句也。

鄒平長白山醴泉寺，即范文正公畫粥處。四山環合，一谿帶縈。谿上有范公祠，祠中多前代石刻，有嘉靖十三年崧少山人張鯤八絕句最佳，節録於左：「危閣煙霞出，峰簷麋鹿來。春泉落西磵，聲繞讀書臺。」「風晝谿楊色，煙春巖蕙香。人言背絶壑，纔是上書堂。」「山護埋金窟，泉通畫粥厨。傳鐙衣盋在，曾伴老龍圖。」「靈刹群峰合，名祠半日游。難逢浮海術，易集下山愁。」鯤，河南鈞州人，詩名不甚著，而詩之工如此。

姜白石《詩説》云：「僻事實用，熟事虚用。」「學有餘而約以用之，善用事者也；意有餘而約以盡之，善措辭者也。」「句中無餘字，篇中無長語，非善之善者也；句中有餘味，篇終有餘意，善之善者也。」「始於意格，成於句字。」「詩有四種高妙：一曰理高妙，二曰意高妙，三曰想高妙，四曰自然高妙。」「一篇全在結句，如截奔馬，辭意俱盡；如臨水送將歸，辭盡意不盡。若夫意盡辭不盡，剡谿歸櫂是也；辭意俱不盡，温伯雪子是也。」「一家之言，自有一家風味。如樂之二十四調，各有韵聲，乃是歸宿處。橅仿者語雖似之，韵則亡矣。」右論詩未到嚴滄浪，頗亦足參微言。温伯雪子目擊而道存，見《莊子・田子方》篇。

《莊子》：「宋元君將畫圖，衆史皆至，受揖而立，舐筆和墨。有一史後至，儃儃然不趨，受揖不立。之舍，使視之，則解衣盤礴贏。君曰：『可矣，此真畫者也。』」詩文須悟此旨。

越處女與勾踐論劍術，曰：「妾非受於人也，而忽自有之。」司馬相如答盛覽曰：「賦家之心，得之於内，不可得而傳。」雲門禪師曰：「汝等不記己語，反記吾語，異日稗販我耶？」數語皆詩家三昧。

長洲尤悔菴侗工樂府，蚤歲作《讀離騷》諸傳奇，流聞禁中，遂達世祖御覽，嘆爲才子。後龍馭升遐，尤自北平罷歸。余寄詩曰：「南苑西風御水流，殿前無復按《梁州》。飄零法曲人間徧，誰付當年菊部頭？」尤爲泣下。

宋景文《筆記》：「《詩》『蕭蕭馬鳴，悠悠旆旌』，顔之推愛之；『昔我往矣，楊柳依依。今我來思，雨雪霏霏』，謝玄愛之；『訏謨定命，遠猶辰告』，安石以爲佳語。」

又云：「左太冲詩『振衣千仞岡，濯足萬里流』，使人飄飄有世表意，不減嵇叔夜『目送飛鴻』之語。」

又云：「莊生曰：『送君者皆自厓而返，君自此遠矣。』讀至此，令人蕭寥有遺世之意。」

余因思《詩三百篇》真如化工之肖物，如《燕燕》之傷別；「籊籊竹竿」之思歸；「蒹葭蒼蒼」之懷人；《小戎》之典制；《碩人》次章寫美人之姚冶；《七月》次章寫春陽之明麗，而終以「女心傷悲，殆及公子同歸」；《東山》之三章「我來自東，零雨其濛。鸛鳴于垤，婦嘆于室」，四章之「其新孔嘉，其舊如之何」，寫閨閣之致，遠歸之情，遂爲六朝唐人之祖；《無羊》之「或降于阿，或飲于池，或寢或訛。爾牧來思，何蓑何笠，或負其餱，麾之以肱，畢來既升」，字字寫生，恐史道碩、戴嵩畫手，未能如此極妍盡態也。

謝公問王子猷云：「何七言詩？」答曰：「昂昂若千里之駒，汎汎若水中之鳧。」二語已盡歌行之妙。是時七言作者未盛，子猷又不以詩名，而其言如此。

汪鈍翁與余順治末稱詩都下，忝齊名之目。鈍翁有詩云：「俠少場中同結駟，郎官隊裏各題詩。恥居王後吾何敢，願作雲龍上下隨。」

江行看晚霞，最是妙境。余嘗阻風小孤三日，看晚霞極妍盡態，頓忘留滯之苦。雖舟人告米盡，不恤也。賦三絶句云:「彭澤縣前風倒吹,三朝休怨隋帆遲。餘霞散綺澂江練,滿眼青山小謝詩。」「白浪空江斷去人,連朝風色起青蘋。小孤山外紅霞影,定子當筵别是春。」「瀟瀟寒雨暗潯陽,日日江潮過馬當。東望滄溟天萬里,乘風欲渡赤城梁。」

建安徐叟又横,年八十,介其友鄭山公侍郎以詩求余序;滁州嚴叟治頊,字素臣,年八十五,介余門人吴翰林昺以其《稗言集》求余點定,皆云待此蓋棺。計其年,今皆餘九十矣。書之,以無負其數千里諉諈之意。

朱載震字悔人,楚潛江人。詩特工五言,嘗爲余作齋前花木六詠,最佳。昔王筠爲沈約賦郊居十詠,約曰:「此詩指物呈形,無假題署。」今之視昔,殆爲過之。官石泉令,卒於蜀,甚可惜也。

蕭子顯云:「登高極目,臨水送歸。蚤雁初鶯,花開葉落。有來斯應,每不能已。須其自來,不以力搆。」王士源序孟浩然詩云:「每有製作,佇興而就。」余生平服膺此言,故未嘗爲人强作,亦不耐爲和韵詩也。

施愚山《游嵩山》詩云:「翠屏横少室,明月正中峰。」十字令人擥結不盡。

臨朐馮文毅溥《題漢文帝幸代圖》云:「漢帝當年歌《大風》,歡留父老樂融融。誰知將相調和後,更有君王讌賞同。每飯未嘗忘鉅鹿,故居猶自念新豐。旌旗十萬雲中駕,休擬登臺出塞雄。」

馮氏自閭山先生裕起家進士,以詩名海岱間。有四子:惟健、惟重、惟敏、惟訥,皆有詩名。惟敏兼工詞曲。惟訥纂《古詩紀》、《風雅廣逸》諸書,有功藝苑。惟重之孫,則文敏公琦也,萬曆中以經術推重館閣。文毅則惟訥之玄孫云。

謝康樂石門詩凡二：其一則《登石門最高頂》，所謂「晨策尋絶壁，夕息在山棲」者，永嘉之石門也；其一《石門新營所住四面高山迴谿石瀨》，所謂「躋險築幽居，披雲卧石門」者，匡廬之石門也。桑喬《廬山紀事》最稱簡核，然取前一首，誤矣。

香鑪峰在東林寺東南，下即白樂天草堂故址。峰不甚高，而江文通《從冠軍建平王登香鑪峰》詩云：「日落長沙渚，層陰萬里生。」長沙去廬山二千餘里，香鑪何緣見之？孟浩然《下贑石》詩：「暝帆何處泊？遥指落星灣。」落星在南康府，去贑亦千餘里，順流乘風，即非一日可達。古人詩祇取興會超妙，不似後人章句，但作記里鼓也。

張吏部公選九徵先生題余《過江集》云：「筆墨之外，自具性情；登覽之餘，别深寄託。」

余有寄懷錢唐吴寶厓陳琰二絶句云：「競説仙人萼緑華，紫金跳脱降羊家。苧蘿溪上春無主，一代紅顔獨浣紗。」「紫陌紛紛看牡丹，車如流水從去聲金鞍。那知冰雪西谿路，猶有梅花耐歲寒。」寶厓因屬禹尚基之鼎寫《西谿梅雪圖》。

吾郡楊太宰夢山先生巍，五言冲古淡泊，在高子業季孟間。如「遠道令人愁，況近單于壘」、「秋風入雁門，羽書日三至」、「微微霽景流，天壤色俱素」、「鄉心生塞草，世事入秋風」、「風雨樓煩國，關山李牧祠」、「閒將流水引，夢與古人居」、「雨響殘秋地，城分不夜天」、「石古苔生徧，泉香麝過餘」，皆逼古作。

鄧州彭禹峰方伯而述，雄豪磊落，陳同父一流人也。詩多軍中之作，如「戰壘荒城蒙段外，華風邊月漢唐年」、「白露蠻江凋木葉，黄沙羯鼓下營州」、「千盤路吐檳榔隝，一線天開瑇瑁池」，此例數十句，皆有磨盾横槊之風。

漁洋詩話卷上

漁洋詩話卷中

濟南王貽上

《三原王端毅公遺事》載公巡撫三吴時，題一寺壁云：「彩鷁西飛日未斜，江邨兩岸有人家。吉祥寺裏梅千樹，不到春來不著花。」亦宋文貞《梅花賦》之比。

祖詠試《終南望餘雪》詩云：「終南陰嶺秀，積雪浮雲端。林表明霽色，城中增暮寒。」四句即納卷。或詰之，詠曰：「意盡。」閻濟美試《天津橋望洛城殘雪》詩，只作得廿字云：「新霽洛城端，千家積雪寒。未收清禁色，偏向上陽殘。」主司覽之，稱賞再三，遂唱過。二事絶相類，題韵皆同。

僧澄瀚，字鄧子，濟寧人。工詩，有絶句云：「昨宵初罷上元鐙，又欲看山向秣陵。騎馬乘船都不會，飄然誰識六朝僧？」爲時所稱。

天啓初，潁川張遠度買田潁南之中邨，地多桃花林。一日，攜榼獨游，見耕而歌者徘徊疃間。聽之，皆杜詩也。遂呼與語。耕者自言王姓，名清臣。舊有田，畏徭役，盡委諸其族，今爲人傭耕。少曾讀書。客有遺一册於其舍者，卷無首尾，讀而愛之，故嘗歌，亦不知杜甫爲何人也。異日，遠度過其廬，見舊曆背煤字漫滅，乃燒細枝爲筆所書，皆所作詩。後經亂，不知所在。張獨記其一篇云：「人生如汎梗，飄飄殊無根。飲啄得幾許？營營晨與昏。對此春日好，荷鉏出南原。近觀草色敷，静聽鳥語繁。諸有弄化本，雜沓呈真元。曉然似供我，寧不倒清樽？有身貴適意，窮達安足論！」此亦杜五郎之流歟？

《丹鉛録》極稱唐劉綺莊「桂楫木蘭舟，楓江竹箭流」一篇，其詩果不減太白。升菴博雅，亦未詳綺莊何許人也。按《吴中人物志》：「劉綺莊，崑山尉。研窮古今，博考傳記，作類書一百卷，號《崑山編》。」其平生著作最夥，而所傳止此一詩，可惜也。

陳户部子文奕禧詩云：「斜日一川汧水北，秋山萬點益門西。」未入蜀，不知其寫景之妙。

上谷旅店壁，或題二句云：「一劍有餘魏武帝，百身難贖楚懷王。」書甚奇勁，而不知所謂。

宋牧仲犖中丞嘗於淮北旅舍見二絶句云：「横笛何人夜倚樓？小庭月色近中秋。凉風吹墮雙梧影，滿地碧雲如水流。」「渺渺孤城白水環，舳艫人語夕陽間。林梢一抹青如畫，知是淮流轉處山。」中丞題其後云：「新詩寫向黄泥壁，未許人間識姓名。」二詩大似北宋名家。

東粤詩，自屈、程、梁、陳之外，又有王邦畿説作、王鳴雷震生、陳子升喬生、伍瑞隆鐵山數人，皆有可傳。説作句如「雲低滄海樹，潮上夕陽城」、「曙色寒山外，秋風古渡前」，殊近錢、劉；又有絶句云：「昨冬歸去今春信，言是端陽入楚山。吟取荆州舊時事，洞庭秋盡客應還。」喬生《昔昔鹽》云：「鴛鴦樓外烏欲棲，瑇瑁梁間燕吐泥。月暈圓隨漢東蚌，天河傾向汝南雞。萬方儀態華鐙出，一笑横陳翠帳低。愁見曉鴻征塞北，不知天將定遼西。」《南中塞下曲》云：「膠寒竹箭猶揚越，笛散《梅花》已漢關。小月陣前雲出海，骨都營外火連山。江邊玉帳樓船渡，馬上金錢御府頒。百尺高樓兩銅柱，漢家何日拓南蠻？」頗似楊用修格調。

董易農侍御文驥《題井陘淮陰侯祠》云：「春雨王孫草，靈風古木叢。」始興江口有三楓亭，梁范雲遺跡也。余以甲子使粤過之，題詩云：「二月一日春態閒，桃花欲落鳥緜蠻。回頭不識中原路，人在三楓五渡間。」又廣州六榕寺，猶是坡公題牓。從伯文玉與玫工豔體詩，所著有《籠鶩館集》。《無題》云「二十五年將就木，一千里路不通書」、「犖白兔東西顧，恰恰黃鸝四五聲」、「通德每宵談秘事，清娛隨處品名山」，皆工。

蔣修撰虎臣超順治丁亥及第，不樂仕進，自言前身峨眉老僧也，後竟歿於蜀。嘗題金陵舊院云：「錦繡歌殘翠黛塵，樓臺已盡曲池湮。荒園一種瓢兒菜，獨占秦淮舊日春。」

真定神女樓，昔趙武靈王夢神女於此，令群下賦詠之。此乃真夢，非如宋玉微辭，而古今罕知者。余庚子、丙子屢過之，賦詩云：「神女樓空雁塞孤，照眉池涸半寒蕪。邯鄲賓客皆能賦，誰似朝雲楚大夫？」

或問：「詩工於發端，如何？」應之曰：「如謝宣城『大江流日夜，客心悲未央』，杜工部『帶甲滿天地，胡爲君遠行』，王右丞『風勁角弓鳴，將軍獵渭城』、『萬壑樹參天，千山響杜鵑』，高常侍『將軍族貴兵且强，漢家已是渾邪王』，老杜『將軍魏武之子孫，於今爲庶爲清門』是也。」

曲周劉半舫尚書榮嗣詩雅有清裁，盧侍御德水世漼亟稱之。《題蘭亭卷》云：「山淺圍青甸，泉芳更曲流。永和之上巳，逸少以千秋。」余夙昔喜誦之，不以虛字損其佳也。

律句有神韻天然，不可湊泊者。如高季迪「白下有山皆繞郭，清明無客不思家」、曹能始「春光白下無多日，夜月黄河第幾灣」、李太虚「節過白露猶餘熱，秋到黄州始解凉」、桯孟陽「瓜步江空微有樹，秣陵天遠不宜秋」是也。余昔登燕子磯，有句云：「吴楚青蒼分極浦，江山平遠入新秋。」或亦庶幾爾。

安磐字松谿，蜀嘉定州人。正德時爲給事中，以諫南巡廷杖。余登凌雲，石壁刻詩最多，惟松谿四絶句甚工。記其二云：「青衣江上水溶溶，隔岸遥聞戒夜鐘。暫借竹牀聽梵放，月華初到第三峰。」「林竹斑斑日上遲，鳥啼花暝莫春時。青衣不是蒼梧野，却有峨眉望九疑。」蓋峨眉三峰正直凌雲九峰之西，中隔三江。至其地，知其詩之工也。余《嘉州竹枝》云：「分取三江作明鏡，鏡中各自照峨眉。」

南城陳伯璣允衡清羸如不勝衣，雙瞳碧色。最工五言，如「寒日明孤城，斜風下飛鳥」、「籃輿望歸鳥，日莫空城曲」、「疏鐘荒寺在，澹月空牀得」，此類數十句，皆王、韋門庭中語也。伯璣食貧，旅寓白門，而好表章故人遺書。所選婁堅子柔、徐世溥巨源古文，尤爲不苟。後歸南昌，歿於東湖。

徐波元嘆晚居天池落木庵。虞山宗伯錢公寄詩云：「皇天老眼慰蹉跎，七十年華小劫過。天寶貞元詞客盡，江東留得一徐波。」自云：「喜登陟而筋力遽衰，未廢吟詩而發言莫賞。」又作《落木庵記》云：「崇禎癸酉，與竟陵譚友夏在其弟服膺署中。曉起盥漱，見余白髮盈梳，曰：『子從此别，計必往山，請擇嘉名，以名其居。』服膺出幅紙，請作擘窠大字，友夏爲書『落木庵』。」今三字揭諸庵門，松栝數株，撑風蔽日，玄冬霜月，蕭蕭而下；雙童縛帚，掃除不給，齋厨爨煙，皆從此出，事之前定如此。亂後寄楚僧寒碧云：「楚鬼微吟《上峽謡》，中元法食可相招？憑師爲譬興亡恨，雨打秋墳骨亦銷。」此詩爲鍾、譚作也。

近日下僚中往往多文士。婁縣丞施鴻，字則威，邵武人。著《史測》十卷。江都主簿馬之驦，字旻徠，雄縣人。撰《詩防》。後補壽張簿，又撰《張秋志》。泰州同知趙三麒，字乾符，韓城人。有詩云：「虞帝昔南巡，不見南巡跡。但餘此墓旁，一片瀟湘石。」余在廣陵，常詫客曰：「吾儕官屈、宋矣。」

先兄西樵常云：「合肥龔尚書『流水青山送六朝』，才子語；陽羨陳其年『浪擁前朝去』，英雄語。」

宋牧仲太宰巡撫江南日，夢余屬賦洞庭雁，云：「岸闊水無際，月明春雁翔。裴回念儔侶，清影落瀟湘。」余報書曰：「此又一『鮑孤雁』也。」

今廣元縣，唐利州也。武后生於此。嘉陵江岸皇澤寺有石像，乃是一比丘尼。余過之，戲題詩云：「鏡殿春深往事空，嘉陵禍水恨難窮。曾聞奪壻瑤光寺，持較金輪恐未工。」蓋用《洛陽伽藍記》「瑶光寺尼工奪壻」之語以謔之。昔聞過乾陵作譏刺謔浪語，輒有風雷之異。乃是日嘉陵風平浪靜。老狐何靈於乾州，而不靈於利州耶？

或題江陵相故宅壁云：「恩怨盡時方論定，封疆危日見才難。」

《茶譜》載胡釘鉸居白蘋洲，鄰有古冢，茶飲必酹之。忽夢一丈夫曰：「我柳文暢，感子茗惠，教子爲詩。」自是遂工吟詠。余嘗戲謂柳文暢詩派乃傳釘鉸耶？然釘鉸詩載洪文敏《萬首絶句》者，實不劣也。或謂居鄭圃，夢列子教之。見《雲溪友議》。

吾郡海豐楊太宰夢山巍先生，存家稿八卷，余删定爲三卷，刻於京師。謂其五言簡古得陶體，五言近體聲希味澹，固是間代清律。明作者自高蘇門之外，未見其比。

粵王臺枕廣州北城，有呼鸞道故蹟。女墻間皆木緜，花時紅照天外，亦奇觀也。余甲子祭告入粵，屢游之，賦詩云：「歌舞岡前輦路微，昌華故苑想依俙。劉郎去作降王長，斜日紅緜作絮飛。」

東阿魚山是陳思王聞梵處，冢墓在焉，即《瓠子歌》之吾山也。又有神女智瓊祠。余題絶句云：「雲車入洛幾時還？松桂淒凉滿舊山。歌罷《迎神》《送神》曲，山青無際水潺湲。」王摩詰有《魚山神女祠歌》。

二喬宅在潛山縣，近三祖山。故山谷詩云：「松竹二喬宅，雪雲三祖山。」今遺阯爲彰法寺。余甲子過之，有詩云：「脩眉細細寫春山，疏竹泠泠響珮環。霸氣江東久銷歇，空留初地在人間。」

王介甫《唐百家詩》，宋牧仲尚書從常熟毛扆得古本刻之。余閲一過，寄牧仲書云：「《百家選》古物自可寶惜，然去取大謬，謂爲佳選，則未敢聞命。其書載王建詩多至兩卷，不啻數百篇；而王、楊、沈、宋、陳子昂、張燕公、張曲江、王右丞、韋蘇州、劉賓客諸大家，不録一首。若謂宋次道家無此數十家文集，何以謂之藏書家？若有之而一字不入選，尚得爲有目人耶？」後閲嚴滄浪《詩話》，已先余言之。安石一生相業，所謂好惡拂人之性，此選亦然。

黄州葉井叔封，順治己亥進士，仕爲延平府推官，改登封令，遷兵馬司指揮。初以詩介其宗人訒菴方藹質余，余曰：「君之詩未也，惟嵩山詩足傳耳。」爲序其《嵩陽集》，刻之。後以博學宏詞薦，不見收。自楚屢寄新詩，求余删定。其《郢中懷古》二十首，殆無一字不佳。銓授工部主事，未上而卒。

新安吴兆非熊、程嘉燧孟陽皆以布衣稱詩，有名萬曆、啓、禎間。吴五言學謝朓、何遜。程七言律最多名句，七言絶句尤佳。門人汪扶晨徵遠、汪于鼎洪度請余選定爲《新安二布衣詩》。二君之後，當以石湖邢昉爲第一。門人孫郎中謙請余定其全詩，因循未果，而江南已有刻本。然未經刊定，余至今以爲憾。

五代時，吴越文物不及南唐、西蜀之盛，而武肅王寄妃書云：「陌上花開，可緩緩歸矣。」二語艷稱千古。東坡又演爲《陌上花》云：「陌上花開胡蝶飛，江山猶是昔人非。遺民幾度垂垂老，游女還歌緩緩歸。」「生前富貴草頭露，身後風流陌上花。已作遲遲君去魯，猶歌緩緩妾歸家。」晁無咎亦和八首，有云：「娘子歌傳樂府悲，當年陌上看芳菲。曼聲更緩何妨緩，莫似東風火急歸。」「荆王夢罷已春歸，陌上花隨莫雨飛。却喚江船人不識，杜秋紅淚滿羅衣。」二公詩皆絶唱，入樂府即《小秦王》調也。

東坡濟南詩云：「濟南春好雪初晴，行到龍山馬足輕。使君莫忘霅谿女，時作《陽關》腸斷聲。」亦《小秦王》調也。注蘇者誤以爲孟嘉落帽之龍山，不思彼在姑孰，與濟南何涉？注家之可笑如此。

沂水高平仲中丞名衡，崇禎辛未進士，官河南巡撫，歸殉壬午之難。初登第，觀政京師，製衣一稱寄内，自畫花卉其上，凡二十六種，作三十二叢。花之左右前後，各題絶句，詩凡八首。張杞園貞待詔作《畫衣記》。詩略載於此：「對月偏成憶，臨風更有思。鄉心無可寄，聊寫最嬌枝。」「花枝嬌且妍，置之在懷袖。好記花枝新，憐取衣裳舊。」「輕襦畫折枝，悠然感我思。畫時腸已斷，著時心自知。」「霧縠偏宜暑，冰綃迥出塵。著時憐百朵，應憶畫眉人。」「客邸長安一事無，畫長人静影形孤。閒將一段鵞谿絹，寫作名花百種圖。」

郃陽王幼華又旦才最高，初爲詩趨古澹，後變而之雄放。自潛江令入爲給事中，乃歛才就法。七言古、五言今體多可傳，游太華、羅浮詩尤爲警策。五言如「月明飛夜鵲，江静抱嘉魚」、「風煙盤赤壁，波浪下黄牛」，此句亦古人所少。

坡詩「蔞蒿滿地蘆芽短，正是河豚欲上時」，非但風韵之妙，蓋河豚食蒿蘆則肥，亦如梅聖俞之「春洲生荻芽，春岸飛楊花」，無一字汎設也。

吴岳東十里縣頭鎮，古吴山縣也。有元縣令丁帶十詩，極似姚合《武功雜詠》，而人無知者。余丙子奉命祭告過之，録其半以傳，云：「瀟灑吴山縣，岡巒繞四圍。官卑新令尹，邑古舊陯糜。趣有陶彭澤，才非陸浚儀。折腰身體重，嘆適兩相宜。」○「瀟灑吴山縣，居民近百家。孤城連阜起，小市枕谿斜。土潤宜栽竹，泉甘好試茶。公餘無一事，何處息紛華？」○「瀟灑吴山縣，巖居共幾層？風清聞遠笛，月黑見孤鐙。酒釀南谿水，琴邀北閣僧。城隅倚檻穩，衙退晚來凭。」○「瀟灑吴山縣，庭虚夏亦凉。奇雲藏峻嶽，木葉暗稠桑。種稻連荆箔，分泉過石堂。不知關塞近，風物滿西鄉。」○「瀟灑吴山縣，雲峰信有餘。地偏長畏虎，水急不生魚。夢去游鄉國，愁來厭簿書。拂衣空有願，何日賦歸與？」

余撰《浯谿考》，頗搜奇秘。如李清照二長句，得之陳士業《寒夜録》，此從來所未習見者。近又從《石門文字禪》得洪覺範二長句，亦前所未睹。若唐蔡京五言，近在耳目之前而反遺之，殊自笑其疏也。

余最愛范德機「雨止脩竹間，流螢夜深至」兩句，少時曾擬作一聯云：「螢火出深碧，池荷聞暗香。」按元吴師道《禮部集》云：「聞諸危太僕，秋夜與先生微步山中，得此句喜甚，且曰：『句太幽，殆類鬼語，須以他語映帶之。』乃足成此篇。」觀衆仲此跋，知至寶當前，識者無不能辨之也。

余少客秦淮，作《秦淮雜詩》二十餘首，陳其年詩「兩行小史豔神仙，爭寫君侯腸斷句」，謂此也。又在真州作絶句云：「好是日斜風定後，半江紅樹賣鱸魚。」又「濛濛夕照開棠邑，葉葉風帆下建康」，又「摘星樓閣浮雲裏，一傍危欄望楚江」，又「緑楊城郭是揚州」，江淮間多寫爲圖畫。後入蜀，行夾江道中，望峨眉三峰在煙雨空濛中，賦詩云：「沈黎東上古犍爲，紅樹蒼藤竹亞枝。騎馬青衣江上路，一天風雨望峨眉。」及入粤，大雪行潛山唐婆嶺，即事賦詩云：「皖公山色望迢遥，皖水清泠不上潮。青笠紅衫風雪裏，一林楓柏馬蕭蕭。」常欲命畫師爲寫二圖，未果，每以爲憾。

東坡《送李孝博之嶺表》詩石刻在蜀岡禪智寺，斷仆已久，而字畫幸無刓缺。余訪之，出諸榛莽間，緘以鐵。會重脩禪智，三峰碩揆禪師來爲住持，屬陷石方丈壁間，所謂「新苗未没鶴，老葉初翳蟬」者也。余次韵，亦刻一石。汪鈍翁詩：「鶴影蟬聲野徑長，髯翁遺墨冷斜陽。游人盡説迷樓好，誰訪殘碑到蜀岡？」

内兄張蕭亭實居，鄒平少保忠定公孫也。家有涓園，擅丘壑之趣，今蕪矣。常有詩云：「桃花乍放柳初生，葉底春禽送好聲。人在西園山翠裏，斜風細雨度清明。」余刻其詩四卷。

巫峽中神女廟在箜篌山麓，茅茨三間，而神像幽閒，婉孌可觀。其西即高唐觀也。余壬子過之，賦詩云：「箜篌山下路，遺廟問朝雲。冠古才難竝，流波日易曛。玉顔空寂寞，山翠日氤氳。西望章華晚，含情尚爲君。」

余在廣陵五年，多布衣交。甲辰内遷，乙巳七夕，諸詩老送别禪智寺，孫豹人枝蔚有句云：「欲問忘情老，何名共命禽？難言無所住，齊有淚盈襟。」

門人陸次公輅，常熟人。自恩縣令遷判撫州，重建玉茗堂於故阯。半載挂冠，堂適落成，大會府僚及士大夫，出吴兒演《牡丹亭》劇二日，解纜去。自賦四詩紀事，江以南和者甚衆。余在京師寄詩云：「落花如夢草如茵，弔古臨川正莫春。玉茗又開風景地，丹青長憶綺羅人。瞿唐迴櫂三生石，迦葉聞箏累刼身。酒罷江亭帆已遠，歌聲猶繞畫梁塵。」

高念東少宰珩《都門清明送客》云：「故園小圃又東風，杏子櫻桃次第紅。明日春明門外路，清明消遣馬蹄中。」

李東白，京山人。工詩，隱於衣工。李本寧尚書兄弟皆與之游。《登黄鶴樓》云：「鄂渚荻花沿岸白，漢陽楓樹隔江紅。」後舟過雲夢，哦詩船頭，一笑赴水死。

蕭詩，字中素，華亭人。隱於木工。博學善詩，其警句云：「遼海吞邊月，長城鎖亂山。」「山寺落梅傷别易，天涯芳草寄愁難。」從學者甚衆，而執藝事如故。

金陵黄九煙周星客嘉善。有負擔者過市，口吟哦不絕。揖入問之，答曰：「崔姓，名金友。適偶得句耳。」徐出其詩一卷，五言云：「水闊天垂遠，花深月到遲。」七言云：「因風去住憐黄蝶，與世浮沈笑白鷗。」「吟思白社傾家釀，坐對青山讀異書。」黄遂與之定交如平生云。

宜興任葵尊弘嘉爲御史，疏定朝服等級，三品已上乃得衣貂及舍利猻。一日冬夜入朝，寒甚，梅桐厓總憲鋗時爲大理少卿，以四品不得衣貂。余戲爲口號贈之云：「京堂銓翰兩衙門，齊脱貂裘舍利猻。昨夜五更寒透骨，滿朝誰不怨葵尊？」趙玉峰少宰見之，笑曰：「公詩大佳，正難其落韻之穩耳。」鈕玉樵琇《觚賸》載之，而不知爲余作也。

白樂天自寫其集三本：一置東都聖善寺，一置廬山東林寺，一置蘇州南禪院。自言：「願以今生世俗文字之因，轉爲來世讚佛乘轉法輪之緣。」余昔亦嘗以《漁洋集》一本付楚雲師，藏之南嶽；一本付拙菴師，藏之盤山。昨門人劉翰林太乙青藜言，欲以八分手書余正、續集，藏之嵩山少林寺。亦香山居士後一段佳話。

世人謂宋初學西崑體，有楊文公、錢思公、劉子儀，而不知其後更有文忠烈、趙清獻抃、胡文恭宿三家，其工麗妍妙，不減前人。今所傳《西崑倡和集》，則丁謂諸人也。潞公以功名、清獻以清直著聞，而詩格殊不類，亦一奇也。

《金陵瑣事》云：「神樓乃劉南坦尚書製爲修煉者。用竹篾編成，懸於屋梁，僅可弓卧。其上下收放之機皆自握之，不煩他人，如陶靖節籃輿之類。文徵仲爲寫《神樓圖》，諸詞人多詠之，皆不得其旨。」余按：虞山《列朝詩傳》：「劉清惠好樓居，而力不能搆，文徵仲作《神樓圖》以遺之。」楊升菴《後神樓曲序》亦云然。皆所謂不得其旨者也。

古今來詩佳而名不著者多矣，非得有心人及操當代文柄者表而出之，與煙草同腐者何限！宋歐陽文忠謫夷陵，許州法曹謝伯初景山以詩送之云：「長官衫色江波緑，學士才華蜀錦張。下國難留金馬客，新詩傳與竹枝孃。」明岳文肅正外謫，欽天監博士馬軾送以詩云：「五嶺瘴高煙蔽日，兩孤雲溼雨鳴秋。」又云：「祭罷鱷魚歸去晚，刺桐花外月如鉤。」使當時專門名家操觚腐豪，未必能道也。

先兄西樵和余《秋柳》句云：「折來玉手曾三月，種向金城更幾年？」徐東癡夜和云：「爲計使人西去日，不堪流涕北征年。」仲兄禮吉士禧《弔潞府故宫》云：「不知何處忘憂館，宫柳依依似漢年。」三押「年」字，皆工。

李退菴侍郎有《讀水經注憶洞庭》一篇，極佳。余和之云：「楚望經時入渺冥，岳陽樓上數峰青。曾臨南極浮湘水，坐對西風憶洞庭。斑竹想從春後長，落梅猶向笛中聽。新詩吟罷愁多少，腸斷當年帝子靈。」一時和者甚衆，叔兄叔子士祜詩云：「相思何處折芳馨？望斷黄陵舊日亭。秋水依俙聞落葉，楚天髣髴見揚靈。洲邊子午三春緑，樓外君山一帶青。太息雲中君在否？不堪重問道元經。」

高念東侍郎祭告南嶽詩多佳，略其五言絶句數首於此：「行人到武昌，已作半塗喜。那識武昌南，煙水五千里。」「兩岸層層嶂，孤城面面山。横襟憑一葉，睥睨洞庭間。」「未入衡州郭，先見衡州城。城門垂薜荔，大抵似巴陵。」「緑浄不可唾，此語足千古。天水澹相涵，中有數聲艣。」「花放不知名，稻秀猶能長。芳草隱清流，但聽清流響。」「幾月舟行久，今朝倦眼開。萬峰飛舞處，一片大江來。」「南嶽雲中盡，東流海上忙。他年圖畫裏，著我在瀟湘。」

劉勰《文心彫龍》論晉、宋間詩云：「莊老告退，山水方滋。」余取其語，以序宋牧仲太宰詩。牧仲遂鐫小印曰：「山水方滋。」

冶源在臨朐縣西南，水竹勝絶，世爲馮氏别業。酈《注》所謂「水色澂明，而清泠特異。桂笴尋阪，輕舟委浪。是焉棲寄，實可憑襟。」今有憑襟亭。司馬文正記劉概孟節隱野原，蓋不考證之誤。

襲勗字克懋，章丘人。少貧，爲人牧豕，三十始補諸生。時縣人李太常開先、袁西樓崇冕方尚金、元詞曲，勗獨與歷下李于鱗、殷正甫輩以詩古文相倡和。終開平衛教授。華鼇字空塵，亦章丘人。祖珩，御史。鼇工詩善畫，有句云：「秋老留紅葉，風輕轉白蘋」、「愛此疏林月，兼之一磬清」、「雨霽聞啼鳥，風停數落花。」與李滄溟、楊夢山相倡和，姓名亦見楊升菴集。

安丘馬長春三如，順治丙戌舉人。與從弟進士澄源思齊名。三如有句云：「山田高于屋，牛在屋上耕。」可謂善寫難狀之景，造語不減馬第伯《封禪儀記》。源思《詠白丁香》云：「坐覺人顔澹，開憐春日長。」亦工。

長山劉孔和節之，相國青岳先生鴻訓子。爲詩豪邁雄放，有東坡、放翁之風。明末率義旅南渡，劉澤清忌而殺之。有《日損堂集》，一代奇才也。《題趙松雪宫女啜茗圖》云：「秋宫肅肅古衣裳，静女無愁黛亦蒼。不點疏螢和月色，絹頭已作百年凉。」「匡山遺恨捲黄沙，彩筆王孫弗憶家。忍向卷中摹舊事，直須羞煞《後庭花》。」《聽小史燕子彈琴》云：「高梧修竹曉沈沈，侍子垂簾拂素琴。聽盡明光三十段，碧池凉雨一時深。」

王遵坦字太平，益都人，太僕少卿帶如濼子。博雅嗜古。詩學楊用脩，源本樂府。與劉公子節之倡和，齊名。有《頤學齋集》。《題項王本紀》云：「英雄竟以成敗論，嗟哉帝王豈有真。亞父不用乃考終，淮陰逃死未央宫。是知仁與不仁異，楚亡漢王亦細事。垓下何必更悲歌，虞兮吕兮較若何！」《詠古玉鏡子》云：「世間銅臭久塵埋，圓璧千年出洛街。曉步想隨雙鳳珮，晚妝應照九鸞釵。微茫斑駁雲生面，錯落光明月入懷。最好瓊樓伴仙子，素娥斜捧上瑶階。」南渡依劉澤清，澤清既殺劉節之，王遂北走歸國。隨肅王定蜀，署四川巡撫，卒於閬中。

王若之字湘客，益都人。父基，明户部尚書。若之以父任，歷官河南參議。性嗜古，南渡避地姑孰，圖書鼎彝之屬尚兼兩。後死金陵。若之風神清映，如晉、宋間人。工詩及尺牘。《金陵見月》云：「玉宇流孤月，清光照雁聲。似從千里外，寄與故鄉明。」《山中》云：「驢背肩似山，笠下眼如海。時見漁樵人，行歌互相待。」《江行》云：「圖書蓑笠載輕舲，雨雨風風去不停。疑是煙波垂釣者，居然呼汲有樵青。」

龔端毅鼎孳《送人出塞》云：「軍中轉粟青天上，使者論功大夏西。」

趙韞退觀察進美《詠楓葉》云：「郭外西風繞岸斜，長林秋静有啼鴉。微寒已入娟娟樹，遠色初分澹澹霞。千里題書臨白雁，重陽疏雨映黄花。洞庭木葉傷心日，寂寞懷人在水涯。」《梨花》云：「莫煙無語更依依，清影含春望欲稀。疏近瑣窗留月照，寒垂網户見鶯飛。共停閣外青絲騎，細舞鐙前白紵衣。莫向後庭歌《玉樹》，故宫風雨已全非。」

徐東癡夜《春詞》云：「一層楊柳一層風，五里桃花十里紅。但使出游皆傍水，逢人多半在城東。」

「青入緗鈎深復深，非關社日亦停鍼。明朝撲蝶南園會，預辦釵頭鬬草金。」「當壚小婦太憎生，記折梨花在古城。日出未難非馬足，暫休不肯是鶯聲。」「戲馬臺連司馬橋，城門開處馬蕭蕭。君臣游覽飛花盡，惟見秋千入碧霄。」「一代才華怨落花，西清園内賦新茶。年年指點風流業，猶自垂楊綰暮鴉。」

吴天章雯《題雲林秋山圖》云：「經營慘澹意如何？渺渺秋山遠遠波。豈但穠華謝桃李，空林黄葉亦無多。」

顏脩來光敏，曲阜人。康熙丁未進士，官考功郎中。書法擅一時，於詩亦有功。《清流關》云：「身騎龍背上青霄，路轉峰迴出麗譙。雨氣全吞幽壑樹，風聲直送大江潮。」《渡江》云：「天際揚帆一鳥輕，四邊銀屋海門聲。巨鼇已散扶桑島，却怪神山兩岸行。」《長干》云：「南郭浮屠高出霞，下窺黄屋如金沙。四十門中響空籟，吾將獨步青蓮花。」

韓畕字石耕，北平人。偏遊吴、越名勝，客死平湖。有句云：「春愁當二月，酒渴起三更。」

胡介字彦遠，錢塘人。布衣食貧，而妻與女皆能詩。順治中游京師。《送人南歸》云：「帆檣楚國群烏晚，橘柚吴天一雁晴。」介與淮陰邱曙戒象升、季貞象隨兄弟善。

王右丞畫《孟襄陽吟詩圖》，至今流傳，以爲佳話。宣和御府所藏又有厲歸真畫《常建冒雪入京圖》。蓋當時文人高士，爲世所豔慕如此。

陳伯璣常語余：「『姑蘇城外寒山寺，夜半鐘聲到客船』，妙矣，然亦詩與地肖故爾。若云『南城門外報恩寺』，豈不可笑耶？」余曰：「固然。即如『滿天梅雨是蘇州』、『流將春夢過杭州』、『白日澹幽州』、『風聲壯岳州』、『黄雲畫角見并州』、『澹煙喬木隔縣州』，皆詩、地相肖，使云『白日澹蘇州』、『流將春夢過幽州』，不堪絶倒耶？」

馬彧贈韓定辭詩：「别後巏嵍山上望，羨君時復見王喬。」按《顔氏家訓》云：「柏人城東北有孤山，闞駰《九州志》謂即大麓，世俗呼爲宣務山。余嘗爲趙州佐，同太原王邵讀柏人城西門内碑，碑是漢桓帝時爲令徐整所立。銘云：『上有巏嵍山，王喬所仙。』『巏』字遂無所出。『嵍』字依諸字書，即『旄丘』之『旄』也。入鄴，爲魏收道之，收大嘉嘆。其作《趙州莊嚴寺碑》云：『巏務之精。』謂此也。」按此，則馬詩當作「莫毫」反。定辭即忠獻曾祖行，東坡書此詩，乃云不知何許人，亦失於考據矣。

淄川唐濟武翰林夢賚，順治己丑進士，官檢討，以建言罷歸。與高念東侍郎倡和，其詩源出蘇、陸。《社燕》云：「敬瑜詩賦同林鳥，合德椒房共命禽。細柳池塘音上下，釀花大氣舞晴陰。」亦袁海叟《白燕》之比。《再至金陵》云：「鬖鬖風柳緑絲偏，略似倡條髮覆肩。却出秦淮相問訊，于今不見已三年。」「蓮葉田田蓮子稀，風翻一片蕩漁磯。秖如解制僧初散，都著西天壞色衣。」《答念東》云：「青蘿洞口舊閒吟，百道鳴泉百尺陰。便説河豚堪一飽，不應苦筍爲抽簪。」

洪昇昉思問詩法於施愚山，先述余夙昔言詩大指。愚山曰：「子師言詩，如華嚴樓閣，彈指即現；又如仙人五城十二樓，縹緲俱在天際。余即不然，譬作室者，瓴甓木石，一一須就平地築起。」洪曰：「此禪宗頓、漸二義也。」

粤東有貝多樹，余嘗於劉將軍署見之。從者誤折一枝，余惋惜，攜歸使院，植諸階墀。值雨一昔而活，菁葱可愛。余題詩壁間云：「貝葉無根插短籬，一宵春雨發華滋。他年誰續《羊城誌》，記取漁洋手種時。」今二十餘年，計已成圍矣。

余家舊藏倪雲林畫二軸，其一題云：「瀟瀟風雨麥秋寒，把筆臨摹强自寬。賴有俞君相慰藉，松肪筍脯勸加餐。」其一云：「高士江陰許士雍，澱山湖裏泊煙篷。秋來蓴菜鱸魚好，亦欲東乘萬里風。」

「穀城山好青如黛，滕縣花開白似銀。」嘉定李長蘅流芳詩也。余最喜之。甲子使東粵，往返兩過滕縣，不見一花，賦詩云：「薛北滕南幾問津，遠山如畫黛眉新。惟餘底事堪怊悵，不見花開白似銀。」長蘅畫學雲林，亦是逸品。門人陸生廷燦扶照近補刻《嘉定四君子集》，余爲之序。大抵程孟陽之詩、婁子柔之文、長蘅之畫，足稱三絶。

薛行隝少宗伯所蘊，孟縣人。明崇禎戊辰進士。順治初，有詩名於京師。常有句云：「千盤少室三花小，九曲河流一帶黄。」人多稱之。

余在廣陵衙齋，有鶴十二，每微雨，輒矯翮引吭，如得意者。汪苕文琬、葉子吉方藹過揚州，各籠其二歸吴中。汪有《贈鶴記》，葉有長歌，具載本集。鶴産通州吕四塲者，觜脛皆緑，傳是仙種也。

青谿故有張麗華小祠，《金陵圖經》不載。余少時客秦淮，賦雜詩二十餘首，而獨遺此。因補賦二絶句云：「璧月依然瓊樹枯，玉容猶似憶黄奴。過江青蓋無消息，寂莫青谿伴小姑。」「臨春結綺已消沉，遺廟荒凉碧蘚侵。惟有青谿嗚咽水，千年猶自怨韓擒。唐修《隋史》，書「韓擒虎」曰「韓擒」，避廟諱也。」

劍州西郭有小祠祀鄧艾。余以丙子再入蜀，過之。語州守，改祀姜維。賦詩示之云：「申屠曾毁曹瞞廟，常侍高適還焚董卓祠。劍閣至今思伯約，蜀巫翻賽棘陽兒。」

陳説巖廷敬相國少與余論詩，獨宗少陵。略記其一云：「晉國强天下，秦關限域中。兵車千乘合，血氣萬方同。紫塞連天險，黄河劃地雄。虎狼休縱逸，父老願從戎。」

李丹壑編脩孚青，故友合肥文定公天馥子。蚤慧，能以詩世其家，然有别才。如《洛陽懷古》云：「秋來張掾多歸思，事去王郎少宦情。」殊有言外意。

宣城諸梅號多才，瞿山清輯《梅氏詩略》，余序之。今惟耦長庚在。耦長工詩畫，《琴谿》云：「田家桑落酒，風物藥柤魚。」《落梅》云：「背城花隖得春遲，凍雀銜殘尚未知。聞説緑珠堪絶世，我來偏見墜樓時。」

杜茶邨濬《送人入蜀》云：「古意淮南葉，他鄉劍外州。」不減古作。

龍石樓燮中允作《瓊花夢》傳奇成，招余輩觀之。余酒闌賦八絶句，有「自掐檀痕親顧曲，江東誰似阿龍超」之句，獨門人蔣静山仁錫和云：「玉崑侖碎爲檀超。」余讀而嘆曰：「蔣五此押擅場矣！」

鄧孝威漢儀《過大庾嶺》云：「人馬盤空細，煙嵐返照濃。」極是畫意。

德州田霢字子益，户侍綸霞弟也。有句云：「柔藍浮野岸，澹墨上春鱗。」

門人殷彦來譽慶集句贈余云：「一時賢士，皆從其遊；天下文章，莫大乎是。」

合肥李相國容齋天馥服闋入都，其壬戌諸門生已多通顯。置酒新第，翰林侍講學士史胄司夔即席賦詩曰：「郎君館閣稱前輩，弟子門墻半列卿。」時比於唐人「鸞掖」、「鯉庭」之句。

門人湯西厓右曾光禄《題辰龍關》云：「束馬懸厓險，關門鬱不開。居然橫戟地，曾此挂弓回。浩蕩妖星落，蒼茫角吹哀。兵家争間道，爲語勒銘才。」

漁洋詩話卷中

漁洋詩話卷下

濟南王貽上

宗人苹，字秋史，歷城人。康熙丙戌進士。詩有別才，有句云：「亂泉聲裏才通屐，黄葉林間自著書。」又「黄葉下時牛背晚，青山缺處酒人行。」寄余云：「得名自公始，失路復誰憐？」時人亦呼爲「王黄葉」。

漢陽宗人戩，字孟穀。少游嶽麓，題詩云：「不借直踏寒煙裏，麝香獨游亭午時。」其《池陽山行》長句，過歐公《廬山高》遠甚。客中州，與吴雯倡和，《風穴》、《白茅寺》諸篇，工力悉敵。楚才自胡君信承諾、顧赤方景星而外，僅見此人。

粤東詩派皆宗區海目大相，而開其先路者，鄺露湛若也。露，南海人。著《嶠雅》，有騷人之遺音。《人日登越王臺》云：「登臺試人日，此日謂宜人。日照高臺色，臺非故苑春。青山白雲路，緑水流花津。醉欲呼鸞去，遥遥芳杜鄰。」《別人》云：「露斜山陗陗，鐘斷水悠悠。草緑班騅怨，花飛紅粉愁。如何雲夢月，不共漢江流。又送王孫去，淮南桂樹秋。」廣州破，抱所寶古琴而死。余爲賦《抱琴歌》云：「嶧陽之桐何牂牂，緯以五絃發清商，一彈再鼓儀鳳皇。鳳皇不來兮我心悲，抱琴而死兮當告誰？吁嗟琴兮當知之！」

朮翼宗，字石髮，章丘人。稱詩，老於布衣。余題其詩卷云：「耻食嗟來鬢已斑，吟髭撚盡一身閒。惜君生後滄溟叟，不在華巃襲㱡間。」

馮廷櫆，字大木，德州人。康熙壬戌進士，館選不得與，以中書舍人終。近日才士之厄，未有如大木之甚者。其《晴川集》，余序而行之。《荆卿故里》云：「一卷輿圖計已疏，單車徑入虎狼都。縱然意氣傾燕市，豈有功名到酒徒？空向夫人求匕首，誰令豎子把頭顱。南來曾過邯鄲道，試問人知劍術無？」又「寂寞黄花時節雨，淹留烏帽丈人祠。」「半篙谿水楓圍屋，一片山雲雪到門。」此例甚多，古選歌行尤有可傳。

張篤慶，字歷友，淄川相國憲松至發先生曾孫。文章淹博華贍，千言可立就。詩尤以歌行擅場，如《邢太保賜劍行》、《趙千里海天落照圖歌》等篇，不失空同、大復家法；郢中諸律詩，正德、嘉靖宫詞，率多傑作。丙戌客新城，與余倡和，不下數十首。《和青谿張麗華小祠》云：「淒涼三閣鳳臺空，誰向長城問舊公？千古青谿谿上月，人間無復景陽宫。」「不及夷光汎五湖，千尋月殿已糢糊。惟餘無恙秦淮水，猶照臨春玉樹枯。」《劍州鄧艾廟》云：「奇兵未扼一丸泥，緜竹懸軍萬仞梯。奄忽當塗更平聲典午，翻嫌多事鄧征西。」「自古奇功未可居，螳螂蟬雀竟何如？縱然制勝陰平道，衛瓘誰知擁檻車？」一滴水可知大海味也。

鍾嶸《詩品》，余少時深喜之，今始知其踳謬不少。嶸以三品銓叙作者，自譬諸「九品論人，七略裁士」，乃以劉楨與陳思並稱，以爲「文章之聖」。夫楨之視植，豈但斥鷃之與鯤鵬耶？又置曹孟德下品，而楨與王粲反居上品。他如上品之陸機、潘岳，宜在中品；中品之劉琨、郭璞、陶潛、鮑照、謝朓、江淹，下品之魏武，宜在上品；下品之徐幹、謝莊、王融、帛道猷、湯惠休宜在中品。而位置顛錯，黑白淆譌，千秋定論，謂之何哉？建安諸子，偉長實勝公幹，而嶸譏其「以莛扣鐘」，乖反彌甚。至以陶潛出于應璩，郭璞出于潘岳，鮑照出于二張，尤陋矣，又不足深辯也。

康熙辛亥，宋荔裳琬、施愚山閏章皆集京師，與余兄弟倡和最久。明年壬子，荔裳補官蜀臬，余典蜀試，先後出都門。既而余以十月下峽，荔裳以明年春上峽，遂不相見。是歲荔裳入覲，歿於京師。後二十八年，庚辰，余官刑部尚書，荔裳之子思勃來京師，以《入蜀集》相示，亟録而存之。集中古選歌行，氣格深穩，余多補入《感舊集》。略其二三短章於此。《次黄州》云：「賦成赤壁人如夢，江到黄州夜有聲。」《憶故鄉海錯絶句・銀刀一名八帶魚》云：「銀花爛熳委筠筐，錦帶吴鈎總擅場。千載鱄諸留俠骨，至今匕箸尚飛霜。」《筆管蟶》云：「雕蟲小伎舊知名，食邑由來號管城。曾與江郎書《恨賦》，莫將刀筆博公卿。」《題督郵争界石》云：「蜀國至今悲杜宇，楚人終是戀鴻溝。」可謂精切著題。

張光啓，字元明，章丘人。少見知於麻城梅長公之焕、金華朱未孩大典兩公。年四十，棄諸生，隱白雲湖上。闢小圃，曰省園，蒔花種竹，絶跡城市，有元廉處士復之風。《山中曉起》云：「初日照西山，藜杖行共拄。山氣何濛濛，人物亦太古。」《池上》云：「倚杖池邊立，西風荷柄斜。眼明秋水外，又放一枝花。」《對菊》云：「種菊叢叢傍石根，凌晨坐卧近黄昏。沽來新釀經秋醉，開盡黄花未出門。」皆隱者之言也。

申鳧盟涵光稱詩廣平，開河朔詩派。其友雞澤殷岳伯岩、永年張蓋覆輿、曲周劉逢源津逮、邯鄲趙湛秋水，皆逸民也。諸子既歿，惟秋水無恙。余丙子再使秦、蜀，於褒城驛見其《登太行》詩一篇，信是奇作，惜不記憶其全矣：「太行高萬仞，絶磴霾雲閒。雪壓雁門塞，冰齊熊耳山。」冕盟之弟觀仲涵煜孝廉，余爲誌其墓。

松江有白燕菴，袁海叟故居也。康熙丙戌，門人周策銘彝翰林寫其遺集相寄，編首有空同、大復二序。余感而題之云：「鼎足高楊爾不慚，百年遺跡改名藍。烏衣王謝俱零落，七字風流白燕菴。」

汪鈍翁琬《吴江絶句》云：「江上西風滿棘枝，夕陽遥映去帆遲。不須便作思歸計，且爲鱸魚住少時。」徐昌穀詩：「淼淼太湖秋水闊，扁舟摇動碧琉璃。松陵不隔東南望，楓落寒塘露酒旗。」二詩風味，何其相似！

劉昚虚，字挺卿，其詩超遠幽敻，在王、孟、王昌齡、常建、祖詠伯仲之間。考其人，蓋深於經術，不但詞華也。李華《三賢論》曰：「劉名儒史官之家，兄弟以學著，稱述《易》、《詩》、《書》、《春秋》、《禮樂》爲五説，條貫源流，備古今之變。尚書劉公每有勝理，必詣與談，終日忘返。殷直清有識，尚恨言理少對，未與劉面，常想見其人。高適達夫落落有奇節，皆重劉者也。」按《唐書·儒學》、《文苑》皆不爲昚虚立傳，而《全唐詩話》、《唐詩紀事》亦略之，故詳於此。

程先貞，字正夫，德州人，侍郎紹之孫也。有《海右陳人集》，才情不及盧德水世㴶，而深穩過之。如《豐侯歌》、《葛巴剌椀歌》、《火蓮行》諸篇，皆有逸氣。

程氏負郭有東樓。錢宗伯牧齋，崇禎中爲復社事被逮，居停於此者數月，有「欲別東樓去」四詩在集中。謝方山重輝《過鐵佛寺》詩：「老屋秋風吹辟邪，蕭條負郭幾人家。裴回細詠虞山句，不見吹簫過落花。」

莆田宋玨，字比玉。善八分，而小詩亦工。嘗記其一絶云：「來時梅瘦未成花，别後垂楊金作芽。他日相思如見畫，板橋西望是吾家。」

山陰陳洪綬以畫得名，亦能詩。有《憶舊絶句》云：「豐溪梅雨山樓醉，竺塢茶香佛火眠。清福不知今日憶，神宗皇帝太平年。」

周侍郎櫟園亮工《示友》云：「海水群飛百丈高，同君城上擁弓刀。戰瘢莫向鐙前看，恐惹霜華上鬢毛。」《輓楊秀才》云：「唾地新詞破錦囊，高樓君自拜滄浪。文人命薄將軍死，誰賦城南舊戰場？」

宣城唐祖命允甲，故明中書舍人也。亂定後有詩云：「殘花野蕨圍荒砦，破帽疲驢避長官。」頗似徐文長「疲驢狹路愁官長，破帽殘衫拜孝陵」。

徐繼恩，字世臣，武林名士。亂後爲浮屠，名止嵒，字嵡堂。爲詩清麗，不落凡近一字。略其絶句數首：「御教場中月直時，下山全不道歸遲。三松影落半湖水，一路沿鐘到淨慈。」「晉人名理宗莊老，剡縣風流説謝支。雖爲神州鍾紫氣，惜君未見馬駒兒。」「人家竹樹渺茫間，浦漵林巒不記灣。安得帆隨湘勢轉，爲君九面寫衡山。」「幾日春遊遍若耶，入城滿面是煙霞。正愁仙福難消受，又喫人間御貢茶。」「扁舟絶壁酹西風，千古英雄在眼中。欲得周郎重回顧，銅弦鐵板唱江東。」坡公所謂「無蔬筍氣」者也。

周篔，字青士，秀水人。居梅里，隱於市廛。偶游嘉善，假一園居停。一夕嘯詠甚適，遂至達旦。鄰有郡丞行署，時來按部，聞周詠詩聲，亦達旦不成寐，恚甚。詰旦，遣隸勾捉，將加戮辱。有士大夫援之，乃得免。或述此事，余笑曰：「使袁虎不遇謝鎮西，幾不免虎口。」一座大笑。

唐濟武檢討在武林，夜宿天竺。聞鄰房二僧詬誶聲，中夜不息。友人將諭解之，唐曰：「無庸，此不過文殊、普賢厮打耳。」

門人張桐峰琴，淵静沈默。作歌行，踔厲風發，而不失規矩。揚州人無知其工詩者。余取其詩入《感舊集》。琴舉康熙癸丑進士，未仕，卒。

安丘二曹：禮部貞吉，字升六；中丞申吉，字錫餘，兄弟齊名。禮部在京師，和余《文姬歸漢圖》等長歌，極有筆力。中丞淪没異域，未見其止，祭告湖南，有句云：「雪花飛過洞庭去，愁對斑斑湘竹林。」

余澹心懷，莆田人。居建康。常賦《金陵懷古》詩，不減劉賓客。《謝公墩》云：「高卧東山四十年，一堂絲竹敗苻堅。至今墩下瀟瀟雨，猶唱當時奈何許。」《孫楚酒樓》云：「江南城西酒樓紅，無數楊柳迎春風。孫楚去後李白醉，千年不見紫髯公。」《雨花臺》云：「雨花臺上草青青，落日猶銜木末亭。一綫長江三里寺，千年鶴唳九秋螢。」《勞勞亭》云：「蔓草離離朝送客，驪駒愁唱新亭陌。夜深苦竹啼鷓鴣，空牀獨宿頭皆白。」順治辛丑，屬嚴子餐沆寄余廣陵，余答詩云：「千載秦淮水，東流繞舊京。江南戎馬後，愁絶庾蘭成。」「鍾阜蔣侯祠，青谿江令宅。傳得石城詩，腸斷蕪城客。」

古今武人詩，如沈慶之、曹景宗輩，猶有文士之風。獨北齊高敖曹詩：「龍鍾千口牛，蟬連百壺酒。朝朝圍山獵，夜夜迎新婦。」此等語斷非文士所能道。若斛律金「風吹草低見牛羊」，則樂府絶唱矣。

吕潛，字半隱，故明兵部尚書大器之子。亂離後，流寓江左。有詩云：「横江閣外數帆檣，立盡西風鬢欲霜。只有鄉心不東去，蚤隨煙月上瞿唐。」

尤悔菴侗在史館，作《明史樂府》，雖擬李西涯，而往往駕出其上。又嘗作《外國竹枝》百首。劉公㦷欲往蘇門，留詩别余與鈍翁、石臞輩云：「燕市酒徒稀。」後旬日，余賦《登高》詩云：「十年長事少袁絲。」公㦷見之，笑曰：「何相報之速耶！」

昔在揚州，劉公㦷寄書曰：「聞有鐵帆者，住木蘭院，豈『天寒衣衲重』鐵帆耶？」然「新寒衣衲重」乃釋一靈詩句，非鐵帆也。一靈後加冠巾，即翁山。

會稽曾益注李長吉詩，世知之矣。晚又得其所注温岐八叉集，乃吴郡顧氏刻本。宋天社任淵注宋景文、黄山谷、陳後山三集，可謂獨爲其難，於益亦然。益字謙。

傅山字青主，亦字公之佗，太原高士。其子眉，字壽髦。能爲古賦。常賣藥四方，其子輓車。晚憩逆旅，輒課讀《史》、《漢》、《莊》、《騷》諸書，詰旦成誦乃行。祁縣戴楓仲廷栻撰《晉四家詩》，山父子居其二。

林確齋者，亡其名，江右人。居冠石，率子孫種茶，躬親畚鍤負擔，夜則課讀《毛詩》、《離騷》。過冠石者，見三四少年，頭著一幅布，赤脚揮鋤，琅然歌出金石，竊嘆以爲古圖畫中人。

方盦山文，桐城人。居金陵。少多才華，晚學白樂天，好作俚淺之語，爲世口實。以己壬子生，命畫師作《四壬子圖》。中爲陶淵明，次杜子美，次白樂天，皆高坐，而己傴僂於前，呈其詩卷。余爲題罷，語座客曰：「陶坦率，白令老嫗可解，皆不足慮；所慮杜陵老子，文峻網密，恐盦山不免喫藤條耳。」一座絶倒。

吴之洞庭山有丐者，汪鈍翁記其數詩，有云：「不信乾坤大，飄然世莫群。口吞三峽水，脚踏萬方雲。」「有形皆是假，無象孰爲真？悟到無生地，梅花滿四鄰。」

宋元憲、景文兄弟少賦《落花》詩，得大名，刻畫可謂極工。然沈石田「青樓粉暗女子嫁，朱門鳥啼賓客稀」更不刻畫，而有言外之意；唐人「高閣客竟去，小園花亂飛」，則尤妙也。徐元嘆一首云：「花意寒欲去，登樓送所思。將分春雨恨，似與遠人期。野水斷郵路，孤煙生竹籬。吾徒從此逝，忍見豔陽時。」妙亦不減唐人。

己未博學宏詞之舉，田綸霞雯以工部郎中與焉。已而被落，題《温飛卿集》後云：「一代才名《乾𦠆子》，八吟叉手亦徒然。不教詞賦陪彫輦，空讀《南華》第二篇。」然不十年，官至巡撫江南，僉都御史。

林茂之詩：「客來自何處？爲言南山頭。昨夜片時雨，新添春澗流。」《入白門》云：「白門迢遞夕陽間，千里閩天一日還。依舊客情無別事，逢人都問武夷山。」《芳草》云：「春風吹百卉，草色遍相侵。

到處没馬足，有時驚客心。遠連空漢上，寒漾碧波潯。獨有明妃冢，青青恨至今。」又《孔雀菴》云：「依然一茅宇，宛在千竹林。」《秦淮新漲》云：「春雪消谿岸，江潮上水門。」《雪夜簡胡彭舉》云：「今歲山城雪，偏於昨夜深。同爲閉户客，故自絶相尋。」《同喻宣仲鷲峰寺聽秋鶯》云：「物候遷移愴客魂，啼鶯何意戀山邨。不因落葉林間滿，猶道啼春在寺門。」《潯陽别曹汝載》云：「扁舟客思共閒餘，分手那堪即到初。明月中秋九江水，愁人無暇作鄉書。」又「雲樹見楚色，詩篇聞越吟」、「黄鳥暫啼去，清風時下來」，右皆與曹能始、吴非熊兆倡和時作，刻意六朝，未染楚派者也。

屈翁山客代州詩：「三年爲客渡滹沲，聽盡悲笳出塞歌。白髮不愁明鏡滿，秋霜只怨雁門多。」蘊藉宛轉，不減李益。

朱竹垞彝尊著書最富，如《日下舊聞》、《經籍存亡考》，皆百餘卷；又撰《詩綜》、《詞綜》若干卷。其自著詩歌、雜文曰《竹垞文類》者，余爲序之。尤愛其少時永嘉諸詩，如《南亭》云：「薄雲雨初霽，返照南亭夕。如逢秋水生，我亦西歸客。」《西射堂》云：「已見官梅落，還聞谷鳥啼。愁人芳草色，緑遍射堂西。」《孤嶼》云：「孤嶼題詩處，中川激亂流。相看風色暮，未可纜輕舟。」《吴橋港》云：「聞説吴橋港，荷花百里開。當年王内史，五月櫂船迴。」《瞿谿》云：「鳥驚山月落，樹静谿風緩。法鼓響空林，已有山僧飯。」《飲吴郎宅》云：「吴郎愛客解千齡，勸飲青絲挈玉缾。落日兒童齊拍手，過江三日幾曾醒。」《祁六座上逢沈五》云：「東陽年少沈休文，五載相思兩地分。今日謝家群從在，青綾帳外更逢君。」

孫豹人枝蔚，三原人。居廣陵。卓犖負奇氣。一日游焦山，中流遇風，賦詩云：「風起中流浪打船，秦人失色海雲邊。也知賦命元窮薄，尚欲西歸太華眠。」

劉宋沈忠武慶之應詔賦詩云：「朽老筋力盡，徒步還南岡。」按《客座贅語》：「周處讀書臺下，舊爲光澤寺，乃梁武帝舊居。其地又名南岡，六朝士大夫多居之。武帝評書云：『南岡士夫徒尚風軌，不免寒乞。』正指此。」乃知沈所居在南岡，字非泛設。以此悟注詩之難。

新安汪徵遠，字扶晨。工於詩，古選尤閒澹，有王、韋之風。若《黄山》詩：「不見菴中僧，微雨潭上來。」不愧古人。其從弟洪度，字于鼎。余嘗定其全集。歌行如《建文鐘》、《湖孰菜》等篇，皆見史筆，非苟作者。

漢武帝《秋風辭》，足跡騷人，李嶠《汾陰行》能使明皇感動流涕，真絶唱也。家兄西樵吏部、從弟幼華又旦都諫皆有作。西樵云：「千秋睢上見遺祠，武帝雄風自一時。法駕逶迤齋殿啓，靈壇颯沓羽旂披。禮成侍從陪游盛，情極君王感物悲。陳跡秖今誰髣髴？白雲南雁望參差。」幼華云：「東風紫燕入叢祠，河上人家記漢儀。古碣半淪天上水，蒼松全折雨中枝。依俙三燭流光夜，想像千官立仗時。最喜啼鶯猶未歇，看花一路到汾睢。」亦無慚才子之目。幼華詩本三首，皆佳，不具録。

余丙子再使蜀，於緜州見群鹿，賦詩云：「繞郭涪江碧玉流，一川豐草鹿呦呦。遠遊忽憶楊岐語，争似渠儂得自由。」蓋用楊岐方會禪師語也。余兒啓涑和之，用唐吕温《由鹿賦》，由此鹿以致彼鹿，故曰「由鹿」。余深賞其確切，能押險韵。又按宋景文云：「率烏者，繫生烏以來之，曰『圝吕』。」蓋得其意，而不知《説文》有此「圝」字也。

徐延壽，字存永，閩人。徐𤊹興公之子也。家鼇峰。藏書與曹能始、謝在杭埒，亂後，并田園盡失之。將移家湖南，道廣陵，與余定交。有《過燕子磯作》云：「馮夷吹浪齧山根，雲樹千重暗白門。故壘尚聞雙燕語，空江曾見六龍奔。楊花莫雪行人路，杜宇春風古帝魂。扣枻中流頻唤酒，客情難遣是黄昏。」

伍瑞隆，字鐵山，香山人。《竹枝詞》云：「蝴蝶花開蝴蝶飛，鷓鴣草長鷓鴣啼。庭前種得相思樹，落盡相思人未歸。」

戴本孝，字務旃，和州人。詩畫皆絶俗。常貽余畫册，自題詩云：「叢薄何蓊薉，喬木無餘陰。斧斤向天地，悲風摧我心。不知時榮者，何以答高深？」「草木亦争榮，攀援與依附。凌霄桑寄生，滋蔓尚可懼。惜哉不防微，良材化枯樹。」在京師，一夕聞人談二華之奇，晨起即襆被往游，其興會不羈如此。弟移孝，字無忝。

仲兄禮吉士禧，少時有《和唐祖詠望終南殘雪》詩三首，云：「微風打窗紙，凍雀鳴簷端。起看松竹色，蕭蕭增薄寒。」「將雪無雪色，色在浮雲端。烟芋對新雪，骨與梅花寒。」「遠山直西牖，高高出林端。朝來望新霽，四顧清光寒。」

七言歌行，杜子美似《史記》，李太白、蘇子瞻似《莊子》，黄魯直似《維摩詰經》。

七言歌行，至子美、子瞻二公，無以加矣；而子美同時又有李供奉、岑嘉州之創闢經奇，子瞻同時又有黃太史之奇特，正如太華之有少華，太室之有少室。

益都孫文定公廷銓《詠息夫人》云：「無言空有恨，兒女粲成行。」諧語令人頤解。杜牧之：「至竟息亡緣底事？可憐金谷墜樓人。」則正言以大義責之。王摩詰：「看花滿眼淚，不共楚王言。」更不著判斷一語，此盛唐所以爲高。

孫文定《詠史》云：「田叔歸來竇后傷，蕭條梁苑下微霜。一時賓客多枚馬，不遣雄文悟孝王。」

戴叔倫論詩云：「藍田日暖，良玉生煙。」司空表聖云：「不著一字，盡得風流。」「神出古異，澹不可收。」「采采流水，逢逢遠春。」「明漪見底，奇花初胎。」「晴雪滿林，隔谿漁舟。」劉蛻《文冢銘》云：「氣如蛟宮之水。」嚴羽云：「如鏡中之花，水中之月。」「如羚羊挂角，無跡可求。」姚寬《西谿叢語》載《古琴銘》云：「山高谿深，萬籟蕭蕭。古無人蹤，惟石嶕嶢。」東坡《羅漢贊》云：「空山無人，水流花開。」王少伯詩云：「空山多雨雪，獨立君始悟。」

今世俗所傳《吟窗雜録》最紕繆可笑，如第一卷《詩格》曰魏文帝撰，而有雙聲、疊韻、迴文之類。豈建安之代已先有沈約四聲及《璿璣圖詩》耶？

小說載李習之翺在潭州嫁柘枝妓事，以爲韋蘇州。舒元輿詩云：「誰是蔡邕琴酒客？魏公懷舊嫁文姬。」古今以爲佳話，而不知其污蔑賢者也。按：應物爲蘇州刺史，在貞元之初；其後又有韋夏卿，在貞元十年；韋覬在元和時，與習之之世差近，而翺與應物固渺不相及也。且韋、李二集具在，亦無一字相涉。則「蔡邕琴酒」之語，何竟武斷屬之左司耶？李觀元賓集中有《代人上韋蘇州》二書，每疑其暴戾恣横，不類左司所爲。觀與翱同元和中人，皆與左司無涉。此二事皆不可不辯也。乾元中又有韋黄裳、韋之晉，大中時又有韋某，誌失名。所稱「韋蘇州」，蓋不下六七人矣，人但知有左司耳。

金陵張可度，字闋筏。《廬山》詩云：「父居黄閣女崆峒，流水桃花石室中。多少男兒淪落盡，神仙卻讓李騰空。」「騰空」者，林甫之女，李太白有《送内之廬山訪女道士李騰空》詩。余往讀《林甫外傳》疑之，天上豈有不忠孝神仙耶？吾鄉劉節之孔和有詩云：「淮南畔諸侯，趙高賊宦官。神仙乃如此，何足容譏彈！」此名通之論也。

《詩話類編》一條最可笑者：「高適爲兩浙觀察使，過杭之清風嶺僧院，題詩云：『前峰月落一江水，僧在翠微開竹房。』及台州事竣，復過此，欲改『一江』爲『半江』。僧言：『前有一官人過此，言詩佳矣，但「一」字不如「半」字。』高驚問爲誰，僧曰：『駱賓王也。』」余案：駱與高二人，世代遠不相及，達夫亦未嘗爲兩浙觀察使。乃賓王既代宋之問吟「樓觀滄海日」矣，爾時已稱老僧，何時又鍊形住世，復還俗作官人，而爲達夫改此詩耶？真可令人噴飯。又案：此詩乃晚唐任翻之作。

「亭皋木葉下，隴首秋雲飛」、「太液滄波起，長楊高樹秋」，皆柳文暢作。六朝名句，灼然在人耳目。《詩話類編》乃以爲趙松雪詩，且云：「置之齊、梁，矯矯有氣。」當是松雪偶書二詩，遂誤以爲趙作耳。此何異瞽人道黑白耶？

康熙辛丑，方盦山文自虞山過廣陵，言牧齋先生近撰《吾炙集》，載阮亭詩數篇。此集竟未之見。同時陳伯璣允衡撰《國雅》，施愚山閏章撰《藏山集》，葉訒菴方藹撰《獨賞集》，陳其年維崧撰《篋衍集》，今惟《篋衍》一集行於世。

「楚人門巷瀟湘色」，竟陵胡君信承諾句；「野航人遠雁聲低」，侯官許有介友句。

程孟陽嘉燧鈔選《中州集》，虞山錢先生序之。康熙丁亥，門人汪于鼎洪度寄新安舊刻本，請余删補，將重鋟梓。余觀其去取，多不愜人意，報書已之。如劉迎無黨之歌行、李汾長源之七言律，爲《中州集》之冠，而去取猶未當，其他可知。

董樵，萊陽高士。康熙初，游婺郡。閨秀倪氏仁吉高其人，製方竹爲杖遺之。倪有絶句云：「怨入蒼梧斑竹枝，瀟湘渺渺水雲思。分明記得華清夜，疏雨銀釭獨坐時。」

趙士喆，字伯濬，掖縣人。明副都御史燿之子，太宰焕從子也。甲申避兵松椒山，遂不歸，與弟子董樵耦耕海上。著《石室談詩》、《建文年譜》、《遼宫詞》各若干卷。弟士亮、士冕等皆能詩。

邊習，字仲學，歷城户部尚書華泉先生仲子。有《睡足軒詩》一卷，紙札草惡，猶是當日真蹟。亡友徐東癡裝潢而藏之。余既刻《華泉集》，又删存仲子詩一卷，附刻於後。其佳句云：「野風欲落帽，林雨忽沾衣」、「薄暑不成雨，夕陽開晚晴」，宛有家法。

余選《華泉集》刻成，又選劉吏部希尹集，得若干篇。希尹名天民，歷城人。及與華泉相倡和，古選在華泉之上；五言近體，精深華妙遠不逮邊矣。

同年傅侍御彤臣扆，吾邑人。博雅能詩，作詞曲亦跌宕有致。常於滄洲道上賦《柳枝詞》二十首，略載於此：「絶代容華照眼明，幾年聲價重金城。誰言青鬢垂垂老，一到臨風百媚生。」「零露蕭晨半未乾，日高猶自怯輕寒。連錢驄馬驕嘶過，青眼樓頭帶笑看。」「殘照芙蓉溢頰紅，珊珊仙骨玉瓏璁。幾回眠起嬌無力，披拂偏宜少女風。」「垂金小篆不曾譌，葉葉紛披撇與波。截柳編蒲無用處，祇傳新樣似元和。」「靈和前殿見風姿，成薛耽情寫豔詞。九月受風秋色裏，冶游心醉麴塵絲。」「拂堤又復映征帆，折贈還宜女手摻。薄暮一番微雨過，江州司馬溼青衫。」

南海鄺露集有詩云：「峻嶺極金鄰，摩天見九真。」按《升菴集》云：「張籍蠻中詩：『銅柱南邊毒草春，行人幾日到金潾？』『金潾』，交趾地名，《水經注》所謂『金潾清渚』是也。」「潾」與「鄰」通，今刻本作「鱗」，非。

劉公勴畫不及其詩，常使金陵畫師吴宏字遠遠捉刀。余每索其畫，輒先之以小柬云：「勿煩真作。」公勴面訊其故，余笑應之曰：「兄畫如宣城兔毛褐，真不如假耳。」公勴大笑。

孫寶侗，字仲孺，益都相國沚亭仲子。有才氣，善詩文，然持論好與余左。余《蜀道》詩：「高秋華嶽三峰出，曉日潼關四扇開。」孫議之。或曰：「此本昌黎，非杜撰也。」孫憤然曰：「昌黎便如何？畢竟是兩扇。」又《題涪州石魚》云：「涪陵水落見雙魚，北望鄉園萬里餘。三十六鱗空自好，乘潮不寄一封書。」孫駁之曰：「既是『雙魚』，合道『七十二鱗』。」余聞之，笑曰：「此之謂『鼈厮踢』。」

蕭山毛奇齡大可不喜蘇詩，一日復於座中訾謷之。汪蛟門懋麟起曰：「『竹外桃花三兩枝，春江水暖鴨先知。云云。』如此詩，亦可道不佳耶？」毛艴然曰：「鵝也先知，怎只説鴨？」

江都門人汪懋麟，字季甪，亦字蛟門。詩才儁異，古文學王介甫。游吴，題寒山寺云：「吴中池館日吹簫，只有寒山寺寂寥。搖落江楓對漁火，行人歸去雨瀟瀟。」題顧符稹畫云：「昭陽顧生畫樓觀，絳闕瑶房生白雲。如螘宫人三百六，丰神都似李將軍。」

喻武功總制成龍，金州人。余官刑部尚書時，喻爲侍郎。余嘗定其《塞上集》。前、後《出塞》諸篇，酷擬少陵，如「秋風入代郡，萬籟聲蕭蕭」、「崑崙十日雨，星海宜汎漲」、「丈夫既捐軀，豈能依骨肉」、「立馬望黄河，天青塞雲紫」，又「風雪灑邊塵，天際莫雲紫」、「山銜落照明，戈鋋寒光裏」，語多警絶。又《聞笛》云：「夢裏悠揚横笛聲，高天露下共淒清。愁來江漢人何處？望裏關山月倍明。萬里孤雲隨絶漠，十年羸馬更長征。誰知一曲中宵怨，霜雪無端兩鬢生。」

門人林石來麟焻，莆田人。康熙庚戌進士，自禮部郎中督學貴州。其《玉巖詩集》，余爲序之。閩舊無牡丹，惟塔山獨有數本。石來題詩云：「催放鼠姑花信風，錦茵銀燭照鞓紅。何當澹月慈恩寺，傳偏新詞到六宫。」「品題國色總尋常，姚魏争誇壓衆芳。不見宣和翻舊譜，何人解賞女真黄？」

閩詩派自林子羽、高廷禮後，三百年間，前惟鄭繼之，後惟曹能始，能自見本色耳。丁雁水煒亦林派之錚錚者，其五言佳句頗多，如「青山秋後夢，黄葉雨中詩」、「鶯啼殘夢後，花發獨吟時」、「花柳看憔悴，江山待祓除」，皆可吟諷。丁，晉江人。歷官湖廣按察使。

董樵《江東懷古》詩云：「春風嗚咽鳴珂地，寒雨淒凉散臘辰。」又「春風公瑾墓，細雨吕蒙城。」樵有詩三四十卷，屬余論定，未及報而樵卒。

門人宗元鼎梅岑詩以風調爲主，酷學《才調集》。七言如「來逢鶯語詩從作去聲，去被人留酒重醺」、「雙柑香濺佳人手，半臂寒添酒客肩」，《煬帝冢》云：「帝業興亡世幾重，風流猶自説遺蹤。但求死看揚州月，不願生歸駕六龍。」《揚子江》云：「帆勢天涯去不迴，龍笳何惜渡江來。香車若到長干路，後主荒宮花又開。」《新亭》云：「東晉江山暮雨秋，新亭人士昔時游。徒聞王導神州語，周顗先收作楚囚。」《吴音曲》云：「璧月瓊花夜夜重，隋兵已斷曲阿衝。麗華膝上能多記，偏忘牀前告急封。」《留鄒訂士祇謨》云：「新開蘭蕙正芳菲，初到鰣魚入饌肥。最好流光是三月，如何拋卻渡江歸？」

甲辰歲，西樵戲爲《蟲豸詩》二十首，蓋有所感慨而作。余見之曰：「此卞彬《蚤蝨賦》之流也。」「腹與龜腸潔，聲兼清露遥。何緣塵垢裏，强著伴金貂？」《蟬》。「早讀漆園書，夢亦羨栩栩。魏收自輕薄，胡爲波及汝？」《蝶》。「共道輪君獨，牽絲巧若神。祇應同吉網，莫便詡經綸。」《蜘蛛》。「手推故神物，名流解望塵。將軍揖客少，莫訝叩頭頻。」《叩頭蟲》。「汝腹能幾許？褌中漫鬬雄。還思蝨父語，直有魯連風。」《蝨》。「爾軀既已輕，爾行復能跳。無如湯沐頻，有時亦相弔。」《蚤》。「委贅大蘭王，項領足意氣。縱解認前身，詎羨轉輪貴。」《牛領蟲》。「託體槃瓠族，豕蝨略相類。狗苟而蠅營，名實竟雙備。」《狗蠅》。雖游戲三昧，然非才人不能道也。

蕪湖江岸有蟂磯，上有昭烈孫夫人祠。余甲子使粤歸，過之，題二詩云：「白帝江聲尚入吴，靈祠片石倚江孤。魂歸若過劉郎浦，還憶明珠步障無？」「霸氣江東久寂寥，永安宫殿草蕭蕭。都將家國無窮恨，分付潯陽上下潮。」

西粤風俗淫佚，男女婚媾皆以歌辭相酬和。同年吴冉渠淇嘗撰《粤風續九》一卷，凡《民歌》、

《傜》、《獞》、《狼》、《蜑》、《布》、《刀》、《扇》，歌皆具。其詞雖侏儷，而頗有樂府清商《子夜》、《讀曲》之遺。《民歌》如「胡蝶思花不思草，兄思情妹不思家」、「兩岸人煙相對出，秪隔青龍水一條」、「已娘莫學鯉魚子，那河又過別條河」、「天旱龜黿結夜網，想晴只在暗中絲」、「龜黿結網三江口，水推不斷是真絲」、「科舉秀才取紅豆，相思及早辦前程」、「黃菊花開九月九，枝枝葉葉有孃名」。《傜歌》云：「黃蠭細小螫人痛，油麻細小爆仁香。鴨兒細細著水面，表因細小愛憐孃」《蜑歌》云：「錯畔行過蘇行巷，魚穿水透到花街。木犀花發香十里，胡蝶聞香水面來。」餘《獞》、《狼》諸歌，則非譯不能通曉矣。

明末七言律詩有兩派：一爲陳大樽，一爲程松圓。大樽遠宗李東川、王右丞，近學大復；松圓學劉文房、韓君平，又時時染指陸務觀，此其大略也。大樽警句如「左徒舊宅猶蘭圃，中散荒園尚竹林」、「九龍移帳春無草，萬馬窺邊夜有霜」、「九月星河人出塞，一城碪杵客登樓」、「禹陵風雨思王會，越國山川出霸才」、「石顯上賓居柳市，竇嬰別業在藍田」、「禁苑起山名萬歲，複宮新戲號千秋」、「四塞山河歸漢闕，二陵風雨送秦師」；松圓警句如「瓜步江空微有樹，秣陵天遠不宜秋」、「梅殘燭燼西窻雨，雪沍香濃小閣雲」、「古寺正如昏壁畫，層湖都作水田衣」、「夢裏楚江昏似墨，畫中湖雨白於絲」、「遠雁如塵飛水面，亂帆疑葉下吴頭」、「迴峰凍雨皆成雪，出霧危巒半是雲」、「多年華鬢絲相似，三月春愁水不如」、「磵飲斷虹明積翠，湖飛片雨亂斜陽」、「羽聲變後寒風急，虹影消來白日過」、「城上雪聲遊子屐，縣南風色酒人家」、「嶽寺夜眠春磵雨，浦樓寒醉雪山風」，皆不愧古作者。

長洲文與也點，衡山裔孫，畫有家法。嘗爲鄢陵梁曰緝熙作《江邨讀書圖》，汪苕文琬題詩云：「鄢陵野色平如掌，也有江南此景無？」余見之曰：「吴子乃爾輕薄！」茗文笑曰：「子勿多言，行且及子。」乃賦一絶云：「髣髴春江緑樹陰，幾回掩卷幾沈吟。江南與汝干何事？賦得愁心爾許深。」以余詩有「江花江鳥不相識，寫向丹青俱眼明」之句云。余又題茗文《讀書圖》云：「朱門鼎鼎厭粱肉，忍飢誦經無此人。娜如山中好水石，他年真作孟家鄰。」「娜如」即雅宜山也。

會稽姜梗鐵夫句云：「青山吟鮑謝，紅燭寫《莊》《騷》。」

劉考功公㦷體仁客鳳陽，一日同友人蘇銘茂斿過龍興寺訪老衲，流連竟日始别。蘇歸邸，夢公㦷來，笑吟詩云：「六十年來一夢醒，飄然四大御風輕。與君昨日龍興寺，猶是拖泥帶水行。」覺而異之，忽聞剥啄聲，則公㦷僕人至，云已坐脱矣。

門人陳子文奕禧自黔南歸，補南安太守。未幾病卒，蔣静山仁錫哭之云：「已亡飛鳥驚蛇蹟，又失嶔崎歷落人。」子文書法名當代，人尤豪雋。余方欲作哀輓，見静山詩，遂爲閣筆。

唐杜牧之《張好好詩》并序真蹟卷，用硬黄紙，高一尺一寸五分，長六尺四寸，末闕六字。與本集不同者二十許字。卷首楷書「唐杜牧《張好好詩》」，宣和御筆也。又御書葫蘆印、雙龍小璽、宣和連珠印，後有政和長印、政和連珠印、神品小印、内府圖書之印。董其昌跋云：「樊川此書，深得六朝人氣韵，余所見顔、柳以後，若温飛卿與牧之，亦名家也。」愚案《宣和書譜》：「唐詩人善書者：賀知章、李白、張籍、白居易、許渾、司空圖、吴融、韓偓、杜牧。」而不載温飛卿。然余從它處見李商隱書，亦絶妙。知唐人無不工書者，特爲詩所掩耳。此卷今藏宋太宰牧仲家。

余《襄陽懷古》詩云：「豈有酖人羊叔子，更無悔過竇連波。殘碑墮淚迴文錦，一種消沈可奈何。」首句陸抗語，次句山谷詩，皆成句也。

漁洋詩話卷下

律詩定體

律詩定體提要

《律詩定體》一卷，據乾隆二十二年灤源書院刊宋弼輯訂《詩説二種》本點校。撰者王士禛生平見《漁洋詩話》（一卷本）提要。漁洋有關聲調格律的幾種著作，皆由門生輩傳之於身後。此篇出處較可信者有兩本，一爲嘉慶間刊雪北山樵（張承綸）《花薰閣詩述》所收，一即此本。花薰閣本以丁福保《清詩話》收入而流傳甚廣，然宋弼曾從漁洋門人黄叔琳游，淵源近而年代早，當更可靠，内容亦較花薰閣本稍詳。所列律體八式，郭紹虞《清詩話前言》引《然鐙記聞》漁洋「律句只要辨一三五」一語，以爲此篇即是此句之具體説明，以破流俗之「一三五不論」，誠能括其大旨。又郭文據天壤閣本，謂「五言仄起不入韵」一首之尾注「注乃單拗雙拗之法」，「注」爲「此」之誤，今檢此本亦作「注」，知不誤，天壤閣本臆改耳。漁洋另有論古詩之平仄一篇，以翁方綱校訂而載入其《小石帆亭著録》，則此處不另載。

律詩定體

漁洋山人原本

律之名以別於古也，猶律令也。律令不可不嚴，故字之平仄有一定不可易者。五言論二四，七言論二四六。一句則平仄相間，一韻則彼此相對，二韻則相粘，此定體也。然其要乃在一三五字，故俗子言不論者最謬。應試祇宜正體，拗調不可攙入。此本經僕手訂，爲初學之津梁，亦達人之規矩，故列之於前。若拗體變調，則有飴山老人之譜在。蒙泉氏識。

五言仄起不入韻

粉署依丹禁，城虛爽氣多。如單句「依」字拗用仄，則雙句「爽」字必拗用平。好風天上至，如「上」字拗用平，則第三字必用仄救之。古人第三句拗用者多，若第四句則不可。涼雨曉來過。翠島浮香靄，瑤池瀉綠波。九重閒視草，時復幸鸞坡。注乃單拗、雙拗之法，兼言及之。

平作○，仄作●，必不可易者作○○ ●●，平可以換仄者作◎，仄可以換平者作⊙，凡可不論者勿論。二四定式止作○●。

五律，凡雙句二四應平仄者，第一字必用平，斷不可雜以仄聲，以平平止有二字相連，不可令單也。其二四應仄平者，第一字平仄皆可用，以仄仄仄三字相連，換以平韻無妨也。大約仄可换平，平斷不可換仄，第三字同此。若單句第一字，可勿論。

五言仄起入韻

夏過日初長，第三字用仄聲，餘與不入韻者同。連朝雨送涼。捲簾書帙静，開户燕泥香。賜果來東閣，分冰近玉牀。小臣叨侍從，屢得被恩光。

五言平起不入韻

桂枝家共折，雞樹代相傳。忝向鸞臺下，仍看雁影連。夜閑方步月，漏盡欲朝天。知去丹墀近，明王許薦賢。

凡第三字俱以平仄平仄聯下，與仄起不入韻者相同。

五言平起入韻

平起入韻者少，與仄起入韻同。

花枝暖欲舒，粉署夜方初。世職推傳盛，春刑是減餘。芸香能「芸」字平。若「能」字作仄，尚可用。「星臨萬户動」是也。護字，鉛槧喜呈書。此地從頭白，經年望雉車。

七言平起不入韵

振衣直此字可平，凡仄可使單。上江天閣，懷古仍此字關係。登海嶽樓。三楚風濤盃底合，九江雲物坐中收。石簰落照翻孤影，玉帶山此字關係。門訪舊遊。我醉吟詩最高二字本宜平仄，而「最高」二字係仄平，所謂單句第六字拗用平，則第五字必用仄以救之，與五言三四一例。頂，蛟龍驚起暮潮秋。兼及單拗之句。

凡七言第一字俱不論。第三字與五言第一字同例。凡雙句第三字應仄聲者可換平聲，應平者不可換仄聲。

七言平起入韵

輕陰小雨夜連晨，中使傳呼散紫宸。天氣薰蒸疑作暑，風光迴轉欲留春。班分輦道花迎佩，仗出宫牆柳映人。獨喜聯鑣歸去早，六街消盡馬蹄塵。

七言仄起入韵

待旦金此字必平，凡平不可令單。○此字關係。起句比三、五、七句。門漏未稀，雞鳴月落露霏霏。珠璣燦列星文動，劍佩森此字關係。巖綵仗飛。十二鳳樓開瑞色，三千蔦舄慶垂衣。太平有道凝旒日，萬國風此字關係。雲護紫微。

七言仄起不入韵

不見閉門陳正字，嶺雲江樹五年餘。秋風欲下華陽館，粤客纔通尺素書。蒲澗紅泉應不改，羅浮翠羽夢全疏。天南耆舊今頭白，珍重新詩獨起予。

漫堂説詩

漫堂説詩提要

《漫堂説詩》一卷，據康熙間刻《綿津山人詩集》本點校。撰者宋犖（一六三四—一七一三），字牧仲，號漫堂、西陂，河南商丘人。以任子受官，康熙中歷任江西巡撫、江蘇巡撫，官至吏部尚書。有《西陂類稿》。《清史稿》卷二七四有傳。宋犖詩與王士禛齊名。此篇説詩，據篇末自述，乃康熙三十七年戊寅應兒輩學詩之請而作。説甚簡略，大抵主從高棅《唐詩品彙》入，然亦不偏廢唐前、唐後，説甚平允而無所特見。惟論七古，謂與蘇子瞻「神契」，有「夙緣」，是其私嗜，而亦允當。遂以初唐體爲「陳言」，不取何大復之説，較漁洋之依違兩可明確，然於此體轉似未能入微。康熙帝曾嘉其居官「平静」，其自嘲學詩亦有「旗東亦東，旗西亦西」之譏，説詩亦其然乎。篇末云康熙庚申早作有詩話，距此時已隔十八年，或即此《説詩》之前稿歟。張潮收入《昭代叢書》（乙集），首尾各作一題辭與跋，今一并移入。

題辭

詩學至今日，可云極盛；非盛也，直多耳。人往往易視此道，遂不覺率爾爲之。不特能爲唐詩者不易得，即求能爲宋詩之佳者亦不多見。此無他，以無有大人先生如杜、韓一流人爲若輩一説之耳。即有説之者，若輩未由寓目，而其於古人詩中又不復能自得師，遂不知詩道中有此一段學問耳。今大中丞宋公，蓋所謂大人先生也。政事之暇，與諸公子説詩，編次成帙，特以一册郵潮，得無以潮爲可與言詩乎？憶先君子戒潮不得作詩，以謂作之不佳，徒致貽譏識者。故潮自甲子以來之詩，概不作問世想。今讀中丞此編，益知先君子之説爲不可易。余既幸奉教於君子，雖未敢謂可得其傳，然從此而學焉，亦可知其所由入，當與不得其門者有不同矣。抑又思之：温柔敦厚，詩教也，不淫不亂，惟《國風》、《小雅》有之。今中丞之撫吴，一以君子長者之道待其下，而其下亦以君子長者之道自待，漸化而爲温柔敦厚之風。則是中丞之説詩，不惟可作文字觀，並可作政事觀矣。歙縣張潮題。

漫堂説詩

商丘宋犖牧仲著

詩者，性情之所發。《三百篇》、《離騷》尚已；漢、魏高古，不可驟學；元嘉、永明以後，綺麗是尚，大雅寖衰；獨唐人諸體咸備，鏗鍧軒昂，爲風雅極致。顧篇什浩繁，别裁不易，高廷禮《品彙》，庶幾大觀。廷禮又拔其尤者爲《正聲》一編，近代庶常館課與文章正宗並誦習之，蓋詩家之正軌也。學者從此入門，趨向已定；更盡覽《品彙》之全編，考鏡三唐之正變；然後上則遡源於曹、陸、陶、謝、阮、鮑六七名家，又探索於李、杜大家，以植其根柢；下則汎濫於宋、元、明諸家，所謂取材富而用意新者，不妨瀏覽以廣其波瀾，發其才氣。久之，源流洞然，自有得於性之所近。不必模唐，不必模古，亦不必模宋、元、明，而吾之真詩觸境流出，釋氏所謂「信手拈來」，莊子所謂「螻蟻、稊稗、瓦甓無所不在」，此之謂悟後境。悟則隨吾興會所之，漢、魏亦可，唐亦可，宋亦可，不漢、魏、不唐、不宋亦可，無暇模古人，並無暇避古人，而詩候熟矣。不則胸無定見，隨波而靡。譬一盲導之於前，群盲隨之於後，曰左曰右，莫敢自必。烏虖！可哀也已。

明自嘉、隆以後，稱詩家皆諱言宋，至舉以相訾謷。故宋人詩集，庋閣不行。近二十年來，乃專尚宋詩。至余友吴孟舉《宋詩鈔》出，幾於家有其書矣。孟舉序云：「黜宋者曰腐，此未見宋詩也。今之尊唐者，目未及唐詩之全，守嘉、隆間固陋之本，陳陳相因，千喙一倡，乃所謂腐也。」又曰：「嘉、隆之謂唐，唐之臭腐也；宋人化之，斯神奇矣。」蓋意主救弊，立論不容不爾。顧邇來學宋者，遺其骨理而撏扯其皮毛，棄其精深而描摹其陋劣。是今人之謂宋，又宋之臭腐而已，誰爲障狂瀾於既倒耶？

李于鱗《唐詩選》，境隘而辭膚，大類已陳之芻狗；鍾、譚《詩歸》，尖新詭僻，又似鬼窟中作活計，皆無足取。蓋詩道本廣大，而彼故狹小之；詩道本靈通變化，而彼故拘泥而穿鑿之也。近日王阮亭《十種唐詩選》與《唐賢三昧集》，原本司空表聖、嚴滄浪緒論，所謂「言有盡而意無窮」，「妙在酸鹹之外」者。以此力挽尊宋祧唐之習，良於風雅有裨。至於杜之海涵地負，韓之鼇擲鯨呿，尚有所未逮。

古樂府音節久亡，不可摹擬。王世貞、李攀龍及雲間陳子龍、李雯諸子，數十年墮入雲霧，如禹碑石鼓，妄欲執筆效之，良可軒渠。少陵樂府以時事創新題，如《無家别》、《新婚别》、《留花門》諸作，便成千古絶調。後來張籍、王建樂府，樂天之《秦中吟》，皆有可採。楊鐵厓《詠史》，音節頗具頓挫；李西涯倣之便劣。要當作古詩讀，無煩規規學步也。亡友顧赤方景星擅長此體，余最好之。

五言古，漢、魏、晉、宋名篇甚夥，獨蘇、李、《十九首》另爲一派。阮亭云：「如無縫天衣；後之作者，求之鍼縷襞積之間，非愚則妄。」誠哉知言。阮嗣宗《詠懷》，陳子昂《感遇》，李太白《古風》，韋蘇州《擬古》，皆得《十九首》遺意。于鱗云：「唐無古詩而有其古詩。」彼厪以蘇、李、《十九首》爲古詩耳，然則子昂、太白諸公，非古詩乎？余意歷代五古，各有擅場，不第唐之王、孟、韋、柳，即宋之蘇軾、黄庭堅、梅堯臣、陸游，要是斐然，而必以少陵爲歸墟。昔人詩評：杜工部如周公制作，後世莫能擬議。蓋篤論也。至杜之《北征》、《詠懷》，韓之《南山》諸大篇，尤宜熟誦，以開拓其心胸。

七言古詩，上下千百年，定當推少陵爲第一。蓋天地元氣之奥，至少陵而盡發之，允爲集大成之聖。子美自許「沈鬱頓挫」、「掣鯨碧海」，退之稱其「光燄萬丈」，介甫稱其「疾徐縱横，無施不可」，孫僅亦稱其「馳驟怪駭，開闔雷電」。合諸家之論，施之七古，尤屬定評。後來學杜者，昌黎、子瞻、魯直、放翁、裕之元好問各自成家，而余於子瞻彌覺神契，豈所謂來自華嚴境中者，余亦有少夙緣耶？初唐之《長安古意》、《帝京篇》，已屬陳言，無須效矉。何大復序《明月篇》，謂初唐四子之作往往可歌，反在少陵之上。此未嘗概七言之正變而言之，不足爲典要也。

律詩盛於唐，而五言律爲尤盛。神龍以後，陳子昂、杜審言、沈、宋開其先，李、杜、高、岑、王、孟諸家繼起，卓然名家；子美變化尤高，在牝牡驪黄之外；降而錢、劉、韋應物、郎士元，清辭妙句，令人一唱三嘆；即晚唐刻畫景物之作，亦足怡閒情而發幽思。始信四十字爲唐人絶調，宋、元、明非無佳作，莫能出此範圍矣。

初唐王、楊、盧、駱倡爲排律，陳、杜、沈、宋繼之，大約侍從遊宴應制之篇居多，所稱「臺閣體」也。雖風容色澤，競相誇勝，未免數見不鮮。《品彙》以太白、摩詰揭爲正宗，錢起、劉長卿録爲接武，均之不愧當家。晚唐李義山刻意學杜，亦是精麗。若夫渾涵汪茫，千彙萬狀，惟少陵一人而已。《上韋左相》、《贈哥舒翰》、《謁先主廟》等篇，雄渾悲壯，譬諸泰岱滄溟，高深無際。《品彙》推爲大家，諒哉！後來元、白儘多長篇，去之霄壤。

世之稱詩者易言律，尤易言七言律。每見投贈行卷，七律居半，不知此體在諸體中最難工。《品彙》推尊盛唐，未嘗不當，至王、李七子而濫矣。鍾、譚起而闢之，然鍾、譚無詩也。自後雲間陳、李諸子闢鍾、譚，虞山錢牧齋又闢雲間，出奴入主，迄無定評。平心而論：初唐如花始苞，英華未鬯；盛唐王維、李頎、岑參諸公，聲調氣格，種種超越，允爲正宗；中、晚之錢、劉、李義山、劉滄亦悠揚婉麗，渢渢乎雅人之致；義山造意幽邃，感人尤深，學者皆宜尋味。獨少陵包三唐，該正變，爲廣大教化主。生平瓣香，實在此公，惜未能闚其閫閾。東坡云：「天下幾人學杜甫，誰得其皮與其骨？」然不敢以難而謝之。學杜有得，即學蘇、學陸，無乎不可。

五言絶句起自古樂府，至唐而盛。李白、崔國輔號爲擅場；王維、裴迪輞川倡和，開後來門逕不少；錢、劉、韋、柳，古淡清逸，多神來之句。所謂好詩必是拾得也，歷代佳什，往往而有。要之，詞簡而味長，正難率意措手。六言作者寥寥，摩詰、文房偶一爲之，不過詩人之餘技耳。

詩至唐人七言絶句，盡善盡美。自帝王、公卿、名流、方外以及婦人、女子，佳作纍纍。取而諷之，往往令人情移，迴環含咀，不能自已，此真《風》、《騷》之遺響也。洪容齋《萬首唐人絶句》編輯最廣，足資吟詠。大抵各體有初、盛、中、晚之别，而三唐七絶，並堪不朽。太白、龍標，絶倫逸群，龍標更有「詩天子」之號。楊升菴云：「龍標絶句無一篇不佳。」良然。少陵别是一體，殊不易學。宋、元以後頗有名篇，較之唐人，總隔一塵在。

唐以後詩派，歷宋、元、明至今，略可指數：宋初晏殊、錢惟演、楊億號「西崑體」；仁宗時，歐陽修、梅堯臣、蘇舜欽謂之「歐梅」，亦稱「蘇梅」，諸君多學杜、韓；王安石稍後，亦學杜、韓；神宗時，蘇軾、黄庭堅謂之「蘇黄」；又黄與晁補之、張耒、陳師道、秦觀、李薦稱蘇門六君子；庭堅別開江西詩派，爲江西初祖；南渡後，陸游學杜、蘇，號爲大宗；又有范成大、尤袤、陳與義、劉克莊諸人，大概杜、蘇之支分派別也；其後有江湖、四靈徐照、翁卷等，專攻晚唐五言，益卑卑不足道。金初以蔡松年、吴激爲首，世稱「蔡吴體」；後則趙秉文、党懷英爲巨擘，元好問集其成；其後諸家俱學大蘇。元初襲金源派，以好問爲大宗；其後則稱虞集、楊載、范梈、揭傒斯，元末楊維禎、李孝光、吴萊爲之冠；前如趙孟頫、郝經，後如薩都剌、倪瓚，皆有可觀。明初四家，稱高啓、楊基、張羽、徐賁，而高爲之冠；成、弘間李東陽雄張壇坫；迨李夢陽出，而詩學大振，何景明和之，邊貢、徐禎卿羽翼之，亦稱四傑，又與王廷相、康海、王九思稱七子；正、嘉間又有高叔嗣、薛蕙、皇甫氏兄弟稍變其體；嘉、隆間李攀龍出，王世貞和之，吴國倫、徐中行、宗臣、謝榛、梁有譽羽翼之，稱後七子；此後詩派總雜，一變於袁宏道、鍾惺、譚元春，再變於陳子龍。本朝初又變於錢謙益。其流別大概如此。

余年十二即奉先文康庭訓，從事聲律。旋入侍禁闥，側身屬車豹尾間，此道便棄。後歸故園，迨隨侯方域、賈開宗、徐作肅諸君，分題拈韵，篇什遂多。迨筮仕黄州，官衙岑寂，頗究心詩學。然初接王、李之餘波，後守三唐之成法，於古人精意毫末窺見。康熙壬子、癸丑間屢入長安，與海内名宿尊酒細論，又闌入宋人畛域。所謂旗東亦東，旗西亦西，猶之乎學王、李，學三唐也。庚申虔州返命，舟泊鄱湖，月夜望匡廬，與兒至作《詩話》，忽有所得。阮亭侍郎序余《西山》詩云：「黄州以前，守而未化；虔州以後，每變愈工。」余愧未敢當。足見此道自有實證。放翁《論詩長句》云：「我昔學詩未有得，殘餘天機未免從人乞。力孱氣餒心自知，妄取虚名有慚色。」末云：「詩家三昧忽見前，屈賈在眼元歷歷。雲錦用在我，剪裁妙處非刀尺。」殆先我而言之矣。年來平江使院與老友邵青門長蘅晨夕揚扢，方思就所已造，廣所未能，而老已冉冉至，念之三嘆。戊寅長夏，兒致筠心豔父兄倡和之樂，欲請學詩，因書此説付之，並記余學詩崖略於末。

跋

漫堂先生詩稿最富，余所得見者，一爲《綿津山人集》，一爲《滄浪亭詩》。而長公山言孝廉又復工詩。蓋其先相國文康公《白華堂詩》原本忠孝，故詩學之盛，萃於一門，無一語一字不足爲後生小子所矜式。今讀此編，家學淵源，洵不誣也。心齋張潮。

山薑詩話

山薑詩話提要

《山薑詩話》一卷，據上海師範大學藏稿本點校。撰者田雯（一六三五——一七〇四），字綸霞，一字子綸（一作紫綸），號山薑，又號蒙齋。山東德州人。康熙三年進士，由内閣中書歷官至户部侍郎。有《古歡堂集》。《清史稿》卷四八四有傳。此本鈔於無格紙上，每半頁十行，行十九字。田氏《古歡堂集·雜著》前四卷，依次爲論詩兩卷、詩話兩卷，與之對勘，此鈔本尚未分卷，大抵相當於卷二之全部，及卷四首則至「乙丑嘉平，舟發武昌」一則，連列而下，各則之序次大致亦同；其餘之六則（《雜著》本析爲七則）散見於卷一。又《雜著》卷三「三句一韵」則云：「余官楚中，得夷陵雷何思太史詩集讀之。有《聽雨》一篇，三句一韵，以爲創作，古無此格，載之《山薑詩話》中。」今雷何思《聽雨》一詩載於《雜著》卷四。故此《山薑詩話》，大抵仍存於今本《雜著》中。然文字則頗有增删改動，《雜著》後所增寫者，主要爲卷三、卷一大部及卷四「乙丑嘉平，舟發武昌」一則以下部分。删削文字亦多，仍以「乙丑嘉平，舟發武昌」一則爲例，鈔本其下原接有「余與諸子齒相若，既老且病，乃獨涉風波，衝瘴癘，顛頓支離於天末萬里之外，能無感慨」云云，知爲巡撫貴州時之追述。《雜著》中删去，反致時、地不明也。論詩各則，增删文字更多，尤可證出於前、後手。此本全篇避「玄」字，不避「弘」、「曆」字，或即爲《山薑詩話》原本也。

山薑詩話

論五言古詩

《十九首》之妙，詞義炳婉而成章，一片神行。後人專稱「所遇無故物，焉得不速老」二語，淺矣！蘇、李二子蓋天縱之能詩，遂爲五言之祖。所謂非「清廟之瑟，朱絃疏豁，一唱三和」，更無可爲喻也。他如班倢伃《怨歌行》、卓氏《白頭吟》、辛延年《羽林郎》、宋子侯《董嬌嬈》、諸葛《梁父吟》，以及《陌上桑》、《焦仲卿妻》、《鷄鳴》、《八變》、《艷歌》之類，音調不同，樂府而非古詩也。然比響聯詞，波屬雲委，實與古詩有合。

曹家父子，思王爲冠，有正有變，駸駸乎《大雅》之遺焉。老瞞樂府，如《苦寒行》諸作，膾炙人口。丕洋洋御軍三十餘年，手不釋書，登高必賦，被之管絃，無不入妙。又往往以漢末事敘入，别是一格。丕洋洋清綺，舊謂去植千里，亦非篤論。王、徐、應、劉輩望路爭驅，可謂盛矣。然同聲相應，如出一口，鋪張公讌，頓乏氣骨。且率多頌諛武帝勛業之詞，一望黄茅白葦。此昔人所云「蕭統簡緝，過冗而不精；劉勰敘論，闕略而未詳」也。直至黄初之末，嗣宗一出，清峻遥深，研微入奥。《詩品》謂「如剡溪雪夜，孤棹沿流，乘興而來，興盡而已」，似非好鍛者所可方駕矣。

晉世群才，大率以綺情藻思争長競勝，然采縟於正始，力弱於建安，或析文以爲妙，或流靡以自妍，視漢魏一變焉。茂先、休奕、二陸、三張諸君子，均稱作者，而氣體弱矣。獨太冲卓犖騰踔，標能擅美。「振衣千仞岡，濯足萬里流」，「非必絲與竹，山水有清音」，蓋臨菑自道其詩然也。景純儁上之才，越石清淑之氣，抗左稱雄，而安仁次之。謝尚、袁宏各家，篇章無幾。至於《子夜》、《四時》，繁文麗曲，又稱别調。

典午之末，陶公出焉。絶唱高蹤，清才逸響。悠悠千載，有斯人而有斯詩也。

宋代詩人，無出康樂之右者。自益壽導於前，而諸謝迭起，後先輝映，何其盛也。《南史》傳謂顔、謝齊名，其實顔不及謝。昔延年問鮑照己與靈運優劣，照曰：「謝五言如初日芙蓉，自然可愛；君詩若鋪錦列繡，雕繢滿眼。」蓋於延年有微詞，而論詩之善可睹矣。若夫明遠挺拔名貴，俊偉光華，直與客兒並驅，尤非錯彩鏤金者所能及。

玄暉含英咀華，一字百煉乃出。如秋山清曉，霏藍翕黛之中，時有爽氣。齊之作者，公與王元長兩人而已。劉後村謂「餘霞散成綺，澄江浄如練」皆吞吐日月、摘躡星辰之句。故李白登華山落雁峰，有云：「恨不攜謝朓驚人句，搔首問青天。」其服膺如此。

蕭郎右文，作者林立，當以何遜爲首，江淹輔之，沈約、范雲、吴均、柳惲、庾肩吾、劉綽又次之，下至陶弘景、周捨諸家，亦有片語足録。大約水部之作，不費雕飾，如庖丁解牛，風成於斵，然「幽蜨弄晚花，清池映疏竹」，「水底見行雲，天邊看遠樹」，是其詩之真境也。文通罷宣城郡後，夢景純索筆，景陽索錦，忽忽才盡。「文章雖小技，於道未爲尊」，豈亦有數然歟？

陳朝孝穆之作，如魚油龍屬，列堞明霞，輝燿丰茸，文采溢目。總持狎客，可以樹幟争雄。子堅則遜謝矣。然與何遜齊名，時號「陰何」。少陵贈太白云：「李侯有佳句，往往似陰鏗。」必有微旨。

北魏劉昶才氣頗高，惜篇什寡耳。常景經涉山水，悵然懷古，乃擬劉琨作《扶風歌》，音調頗高。余愛讀《四君讚》等篇。温子昇詩，武帝衍稱曰：「曹植、陸機復生於北土。」實非溢美。

北齊顔之推絶佳。蕭慤詩又在邢邵、魏收之上。

北周庾信氣韵深穩，史評其詩曰「綺艶」，杜甫稱曰「清新」，又曰「老成」。綺而有質，艶而有骨，清而不薄，新而不尖，所以爲「老成」也。王褒才思英拔，不弱於庾。隋煬帝初屬文，學庾子山體。及見柳䛒以後，文體遂變，氣格遒邁，一洗靡麗錮習。楊處道詩亦一時傑作。薛河東輩，餘子碌碌矣。

鼓吹曲辭，歌謡雜體，五色相宣，八音協暢，詩家所必採也。四言自曹氏父子、王仲宣、陸士衡後，唯陶公最高。《停雲》、《榮木》等篇，殆突過建安。劉後村之言當矣。蓋四言尤難，以《三百篇》在前故也。

五言古詩，魏、晉已來，風氣遞變，迨至初唐陳伯玉《感遇》諸什，出自阮籍《詠懷》，盡滌綺靡，力追正始，廓清之功居多焉。此外唯張曲江雅正冲淡，體合《風》、《騷》。其餘不脱梁、陳習氣。

謫仙五古直接阮、陳正始之派，而奇矯豪宕，殆又過之。《古風》等篇神理静密，意思閒遠，當與長歌分讀，各會其玅。

王維、孟浩然清淑散朗，窈窕悠閒，取神於陶、謝之間，而安頓在行墨之外，姿制相侔，神理各足。儲光羲似少遜之。元結別有風調。

中唐韋蘇州、柳柳州，一則雅澹幽静，一則高邁安閒。漢、魏、六朝諸人而後，能嗣響古詩正音者，韋、柳也，非僅貞元、元和間推獨步矣。

右五言古詩正派，未有不權輿於《十九首》與蘇、李者。建安之盛，思王爲宗。鄴下之末，阮籍爲最。至於典午之朝，左思、郭璞、劉琨三公稱鼎立焉。我淵明一出，空前絶後，學者誰敢輕加位置？由其詩高，其人異也。自是而後，宋有謝靈運、鮑照，齊有謝朓，梁有何遜、江淹，陳有徐陵、江總，以暨北魏劉昶，北齊顔之推，北周王褒、庾信，無不摩壘堂堂，雄壓當代。譬如列國然，諸公晉、楚也，他家邾、莒、曹、鄶也。又如畫然，淵明秋山平遠，煙樹寒林，野水斜陽，天光雲影，翛然於篇幅之外；若鮑、謝以下各家，則著色點染，取董、巨神理而兼熙、筌藻繪者矣。總而論之，大約高曾於蘇、李，根柢於漢、魏，神明於彭澤，規摹於鮑、謝、何、庾，所謂正派，其在兹乎？迨乎初唐之陳子昂，盛唐之李白、王維、孟浩然，中唐之柳宗元、韋應物，亦復如是。好學深思者遡源尋流，當自得之。

論七言古詩

昔人謂七言沿起，昉於《擊壤》。予於《擊壤》篇另作句讀，非七言之祖明矣。長句見於《離騷》、

「交交黄鳥止於桑」、「維昔之富不如時」，又見於《雅》、《頌》，至於《飯牛》、《臨河》、《易水》、《黄娥》、《白帝》、《子産誦》、《采葛婦》諸篇，聲長字縱，皆歌行之祖。昔人所謂「《滄浪》擅其奇，《柏梁》弘其質，《四愁》墜其雋，《燕歌》開其靡」是也。

漢、魏而下，六朝亦多長篇，惟鮑照爲最優。雖曰樂府，實具七言之長。

初唐格體，王、楊、盧、駱汗漫長篇。李商隱云：「沈宋裁詞矜變律，王楊落筆得良朋。當時自謂宗師妙，今日唯觀對屬能。」大旨可見。少陵曰：「楊王盧駱當時體，輕薄爲文哂未休。爾曹身與名俱滅，不廢江河萬古流。」或别有寓意。

太白以縱横之才俯視一切，《蜀道難》等篇長短句，奇而又奇，可謂極才人之致。然亦惟青蓮自爲之，他人不敢學，亦不能學也。滄溟謂太白「往往於强弩之末間雜長語，英雄欺人耳」，此言論詩極當，而以之詆太白，無乃太過耶？

子美爲詩學大成。于文定公慎行謂《兵車行》、《哀江頭》、《哀王孫》諸作乃樂府之變，沉鬱頓挫，七古之能事畢矣。《洗兵馬》一篇，句云：「三年笛裏關山月，萬國兵前草木風。」猶是初唐氣格。王、李、高、岑諸家雖各有境地，亦未擅場。開元、大曆之間，觀止矣。

善學少陵者，無如昌黎，歌行盤空硬語，妥帖恢奇，乃神似，非形似也。李商隱《韓碑》一首，媲杜凌韓，音聲節奏之妙，令人含咀無盡。每怪義山用事隱僻，而此詩又别闢一境，文人莫測如此。

香山諷諭詩乃樂府之變，《上陽白髮人》等篇，讀之心目豁朗，悠然有餘味。後李西崖樂府又變於白。

七言古詩，至唐末式微甚矣。歐陽文忠公崛起宋代，直接杜、韓之派而光大之，詩之幸也。眉山大蘇出歐公門牆，自言爲詩文如泉源萬斛，是其七言歌行實録。神明於子美，變化於退之，開拓萬古，推倒一世。

蘇門六君子，無不掉鞅詞場，凌躐流輩。而坡公於山谷則數效其體，前哲虚懷，往往如是，而一若傾折之至者。山谷詩從杜、韓脱化而出，創闢精奇，風標娟秀，陵前轢後，有一無兩。宋人尊爲宗派，與子美俎豆一堂，實非悠謬。愚謂不獨西江宜然。

南渡諸詩，亦似晚唐已後，格卑氣弱，非復東都之舊矣。陸務觀挺生其間，祓濯振拔，自成一家，真末易才。七言古詩探杜、韓之奥窔，入蘇、黄之壁壘，雖沉鬱頓挫不逮前人，亦一傑構也。

王文公恢奇古勁，真爲歐陽後勁，蘇、黄前茅。他如晁、張歌行，皆有縱横之氣。叔用《具茨集》，吉光片羽，精華畢具矣。

金、元之間，元好問七言竗處，不減東坡、放翁。又虞集、楊仲弘、范梈、揭傒斯四家，各擅其長。他如劉因、吴淵穎、薩都剌輩，亦有數家可採者。

總而論之，七言古詩肇於《離騷》、《毛詩》，而漢、魏已來，遂備其體。《大風》、《垓下》、《秋風》、《柏梁》、《四愁》、《燕歌》等篇，古音錯落，皆成奇觀。六朝諸人，概乏風骨。明遠而外，舉無可誦。唐人體凡數變。王、楊、盧、駱，别是一格。何大復極言其工，固不必深議。太白曠世逸才，自成一家。惟少陵、昌黎空前絶後，又義山《韓碑》一首而已。宋則歐、王、蘇、黄、陸諸君子，根柢於少陵、昌黎，而變化出之。元則裕之、道園輩頗有法則，其餘間有可採，而非歌行大觀矣。大約作七古與它體不同，以縱横豪宕之氣，逞天矯馳驟之才，選材雅奥，命意沉遠。其發端必奇，其收處無盡。音節瑯瑯，可歌可聽。如老將用兵，漫山瀰谷，結率然之陣，中擊不斷，而壁壘一新，旌旗改色，自然無敵，乃可以稱作者矣。今之學者，一韻到底，自矜新法，而古人摶換轉韵之妙，棄而不學，抑又謬矣！

論五言律詩

齊、梁儷句，即五言律祖，唐人工之者衆。楊用修、李于鱗已備言之。愚專取盛唐五家，似已盡五律之善。

老杜登峰造極，諸法俱備。其《寄高三十五書記》句云：「美名人不及，佳句法如何？」分明自道其得力處。

摩詰恬潔精微，如天女散花，幽香萬片，落人巾幘。每於胸念塵雜時取而讀之，便覺神怡氣静。

嘉州句琢字雕，刻意鍛鍊。欲求詩之工者，一日三復，何能自已。

青蓮作近體如作古風，一氣呵成，天然自在。無對待之迹，有流行之樂，境地高絶。

襄陽佳處，亦整亦暇，結構别有生趣，實兼輞川、太白之長。

五家而外，樂天極清淺可愛，往往以眼前事爲見到語，皆他人所未發。張司業、姚少監妙句天成，筆端韶秀。陸放翁意摹香山，取材甚廣，作態更妍。讀去歷歷落落，如數家珍，而苦心覃思，體純格正，洵爲合作。

論七言律詩

「七言律體，諸家所難。王維、李頎頗臻其妙。即子美篇什雖衆，隤焉自放矣」，滄溟斯語，愚所未解。七言誠難，而獨有取於盛唐二家，何也？杜詩如海，極大且深。滄溟之言，殊未有當。中唐二劉，其調響，其詞練，其氣體高華，其法度深穩。晚唐劉滄、許渾琢句之秀，拗字之工，允稱傑作。他如韓偓、温庭筠、李商隱，雖多香奩體，而風韵態格，典贍名貴。

白樂天、張文昌名言妙句，側見横出。每讀之不忍釋手。陸務觀七律不下千篇，其間取料寄興、比事屬詞，無不令人解頤。效其體，有作詩之樂，而無傷於大雅。接引後學，爲功不少。

論七言絶句

七言絶句起自古樂府，梁、隋已發其端，盛唐遂踞其勝。旗亭雪夜，畫壁争奇，非其自信者深乎？「工夫轉换之妙，全在第三句。若第三句用力，則末句易工」，滄溟之言韙矣。然實二十八字俱有關合，乃成一首。學者細味「黄河遠上」之篇，思過半矣。

張文昌標致悠閒，宛轉流暢，如天衣無縫，針縷莫尋。

白樂天山峙雲行，水流花開，無意求工，而自有按節合拍之妙。

李義山引古僻事，深入淺出，一唱三嘆，餘音嫋嫋。

蘇東坡包括盛唐諸家，而自成其高唱。奇才藻思，雲湧泉沸，行乎其所不得不行，止乎其所不得不止。

黄山谷新潔如蠒絲出盆，清颺如松風度曲。伯牙學琴於成連，引至海上，刺船而去，但聞海水汩没，山林杳冥，《水仙》一操，非復凡響。

陸放翁寄旨遥深，托辭絛鬯，驅使古人，流連景物，自抒寫其曠達之胸，却不肯騃説正面，往往以翻案見奇。絶句中櫽括藴藉，無所不有。

余問聰山：「老杜《望嶽》詩『夫如何』、『青未了』六字，畢竟作何解？」曰：「子美一生，唯中年諸詩静練有神，晚則頽放。此乃少時有意造奇，非其至者。」

七律即古人亦鮮合作，何況今者。吾友顔修來搜微抉奥，體法詳明。有一文士某，作三十餘首，矜喜自負，長安傳誦，争延重之。余以問修來，答曰：「七律是何物耶？斯人騎屋棟，望九疑、二華，隔萬里千里雲霧。」

乙丑自楚還，舟泊維揚茱萸灣口。大雪，蛟門造余，坐篷牕下論詩，曰：「蘇、陸詩中，聲韵宜細玩。『量移』『量』字、『料理』『料』字皆作平讀，『司馬相如』『如』字、『煌』、『憐』等字又作仄讀。唯『如』字最奇，東坡曾叶仄韵。『顧長康』『長』上聲，『左元放』『放』、『方』同，不可不知也。白詩云：『園亭定要乘閒置，筋力應須及健回。莫學因循白賓客，欲年六十始歸來。』『因循』二字最佳，『欲』字妙不容説。他人俗筆則用『行年』矣。」

客有謂蛟門者曰：「詩學宋人，何也？」答曰：「子幾曾見宋人詩？只見得『雲淡風輕』一首耳。」客慚而退。

放翁七言絶句之妙，却有數種，讀者不可不知。如《秋風亭》云：「人生窮達誰能料？蠟淚成堆又一時。」「巴東詩句澧州策，信手拈來盡可驚。」《籌筆驛》云：「一等人間管城子，不堪譙叟作降箋。」《屈平廟》云：「恨公無壽如金石，不見秦嬰繫頸時。」《歸舟重五》云：「屈平鄉國逢重五，不比尋常角黍盤。」《小舟遊近村》云：「死後是非那管得，滿村聽説蔡中郎。」《讀李泌傳》云：「人生若要常無事，兩顆梨須手自煨。」《讀袁公路傳》云：「蕪蔞豆粥從來事，何恨郵亭坐簀床。」《剡溪圖》云：「從今步步須回棹，不獨山陰興盡時。」《讀杜詩》云：「拾遺大欠修行力，小吏相輕便動心。」《項羽傳》云：「范增力盡無施處，路到烏江君自知。」《曹公傳》云：「赤壁歸來應嘆息，人間更有一周瑜。」《讀史》云：「可憐赫赫丹陽君，數顆檳榔尚繫懷。」此一種也；如「細腰宮畔過重陽」、「細雨騎驢入劍門」、「卧聽鑾童放轆轤」、「射雉歸來夜讀書」、「數聲柔櫓下巴陵」、「幅巾短褐小籃輿」、「又乘微雨去鋤瓜」、「庭樹鳴梟鬼弄燈」、「病觀《周易》悶梳頭」、「一雙黄蝶弄秋光」、「一牕晴日寫《黄庭》」、「紅蜻蜓點緑荷心」、「丁卯橋應勝午橋」、「一樹梅前一放翁」、「時有殘蟬一兩聲」，此又一種也；如《聽雨》云：「憶在錦城歌吹海，七年夜雨不曾知。」《蔬圃絶句》云：「可憐遇事常遲鈍，九月區區種晚菘。」「憑誰爲向曹瞞道，徹底無能合種蔬。」「一事尚非貧賤分，芼羹僭用大官葱。」《秋夜讀書》云：「也知賦得寒儒分，五十燈前見細書。」「三十三年真一夢，茅簷寒雨夜蕭蕭。」《梅花》句：「今日溪頭須小飲，冷官不禁看梅花。」《秋懷》云：「年來多病題詩嬾，付與鳴蛩替説愁。」《探梅》云：「平生不許凡桃李，看了梅花睡過春。」《晚眺》云：「樊川詩句營丘畫，盡在先生柱杖前。」《聞笛》云：「一曲忽聞高士笛，臨牕和以讀書聲。」《梨花》云：「征西幕府煎茶地，一幅邊鸞畫折枝。」《讀書》云：「燈前目力雖非昔，猶課蠅頭二萬言。」《聞百舌》云：「間眠不作華胥計，説與春烏自在啼。」《有懷》云：「何時得與平生友，作字觀書共一燈。」此又一種也；如《醉道士圖》云：「邇來祭酒皆巫祝，眼底嘆逢此輩人。」《嘆俗》云：「看渠皮底元無血，那識虞卿魯仲連。」《冬日暄甚》云：「爲君小試回春手，便似暄妍二月天。」《排悶》云：「白頭爛醉東吳市，自拔長刀割彘肩。」《戲贈園中花》云：「我欲小施調燮手，酌中寒燠半晴陰。」《夜過大姓》云：「醉飽要勝饑欲死，看渠也復面團團。」《社日小飲》云：「世事恰如風過耳，微聾自好不須醫。」《村行》云：「不須更求芎芷輩，吾詩讀罷自醒然。」《華佗傳》云：「華陀老黠徒驚俗，吾豈無書可活人。」此又一種也；如《題城南堂》云：「春寒催喚客嘗酒，夜静卧聽兒讀書。」《郊居》云：「已吹藟散真珠米，更點丁坑白雪茶。」《農桑》云：「山歌高下皆成調，野水縱横自入塘。」《春日雜興》云：「花開款款寧爲晚，日出遲遲却是情。」《夏日》云：「倚床奴子垂頭坐，摇手孫兒小步行。」《齋中雜題》云：「棐几硯溼鸜鴒眼，古奩香散鷓鴣班。」此又一種也。

盧德水《尊水園詩集》，余初不甚好之，及看之久，始知人不能及，虞山推重非謬，特刻本稍泛濫耳。曾鈔其五言《忻口》以往十餘篇，古健清爽，無油膩氣，風骨詞采在鮑、謝之間。五律《次井陘》、《宿趙州》、《久不得簡翁書》諸作，翩翩可愛。七律佳聯皆開生面，然未免有句無篇。曾以此語方山，亦以余爲知言也。至絶句，尤爲奇觀。《清夜讀韓子志感》云：「生來孤冷世情稀，曾向《陰符》問殺機。自怪此心終不歇，白頭燈下讀《韓非》。」《蘭答問》云：「静坐微聞蘭太息，肅然起立密詢渠。答云薄命偏當户，斂氣收香一任鋤。」《與毛經夫閒談》云：「九州之外又名州，萬里風生十二樓。索隱探奇須到此，黄河一綫貼天流。」《鹿泉有感》云：「餘耳初年刎頸親，凶終即屬舊張陳。莫言時輩交情短，薄倖原來是古人。」《漫興》云：「凉州一斗古蒲萄，恰配迎霜兩巨螯。暮景生涯惟此是，誰能辛苦讀《離騷》？」《夕旦偶吟》云：「雕章繪句費精神，累字從無半字真。《垓下》《大風》衝口出，始知劉項是詞人。」又「《白頭吟》稿迴環讀，山雪排空月出雲。簡斥錢刀重意氣，女中誰是卓文君？」《酒坐聞箏》

云：「五岳填胸未易平，一杯空水失峥嶸。白頭爛醉無餘想，且向樽前聽艷箏。」此等詩，入之香山、東坡、放翁集中，不可復辨。

用古人成語作己詩，前輩恒有之；若用諺語，得天然之趣者，則未多見。南宋高菊磵《清明對酒》一律云：「南北山頭多墓田，清明祭掃各紛然。紙灰飛作白蝴蝶，淚血染成紅杜鵑。日落狐狸眠冢上，夜歸兒女笑燈前。人生有酒須當醉，一滴何曾到九泉？」收處用來妙絕。

己未，余領冬曹節慎庫。七月地震，自横街移居粉房巷。先至其處，督奴子搬家具。悶坐久，作詩一篇〔一〕題壁上，有「東野家具少于車，墻脚殘立山薑花」之句。俄漁洋至，見而和之。次日遍傳都下，和者百人。己巳來黔，見一孝廉詩集内亦和一篇。詰其從來，云：「昔自江左傳誦者，不知原唱誰也。」因語其故，共嗟賞者久之。十年之前，萬里而外，竟有此唱和之詩。余之謫官夜郎，詎非定數然歟？

【校勘記】

〔一〕「悶坐久，作詩一篇」，原作「少于車墻脚」，不通，疑涉後文詩句誤。今據《古歡堂集·雜著》卷四改。

五言古詩，無三句一韵者。明雷何思翰林《聽雨》一首云：「朝雨明牕塵，晝雨織絲杼，暮雨澆花漏。簷聲如雨泉，槽聲如飛瀑，溝聲如決溜。竹樹江崩騰，臺池磬清越，蓬茅車輻輳。忽然振屋瓦，忽然鼓雷霆，忽然飭甲冑。蒙莊寫三籟，師曠什八風，鄒衍吹六候。病中廣陵濤，枕中華胥譜，庭中鈞天奏。醉聽可解醒，餓聽可樂饑，想聽可滌垢。辨非從意解，聞非從西來，聲非從耳透。」亦自奇闢。

余受學于愚山甚久。辛亥在都下，贈一詩云：「舍人詩思劇，委巷肯相過。官冷金門貴，心閒滄海多。暗蟲催夕杵，凉雨濯秋河。不厭東方朔，狂來劇地歌。」又《辛酉過金陵寄懷》云：「蕙草三見花，離情集暮節。雖無尺素書，道遠心如結。天際舉孤霞，林端皎積雪。伊人秉微尚，抱膝自怡悦。得士懷異寶，違時甘用拙。空餘鬱陶心，仰看托明月。」皆大雅有古氣。又《和移居》一篇，亦佳。

乙丑嘉平，舟發武昌，兩日順風，抵黄州。葉井叔來晤，遂與攜手登赤壁，命酒話舊者竟日。因各出近稿相示，井叔最富。余留贈一篇云：「故人解後手重携，勝地登臨共杖藜。雪霽大江看赤壁，梅開古寺訪寒溪。詞場好事皮偕陸，酒客生涯阮與嵇。别後新篇較多寡，讓君卷帙楚山齊。」是也。後丁卯，在蘇州，其子書來，井叔亡矣，與宋牧仲痛惋久之。復念數年已來，王幼華、林澹亭、顔修來、葉井叔、汪蛟門相繼化去，《峨眉》句云：「人間那有青精飯，天上偏多白玉樓。」是可悲也！余與諸子齒相若，既老且病，乃猶涉風波，衝瘴癘，顛頷支離於天末萬里之外，能無感慨？

詩中音釋字義，考訂最難，即古人亦有誤用者。有一二三用者，今人不必泥定，凡古人已用，即可用之。如「嫖姚」「嫖」字，杜子美、白樂天、李義山皆平用是也。北方無入音，平仄多錯；南方平仄分明，然往往明於雙字，而昧於單字。雖聲病之學不大悠謬，亦遼東白頭豕耳。至於古體，則益見其難矣。若夫取料須奇，命意要新。奇以典雅爲貴，新以穩帖爲工。元人陰復春《韵府序》云：「郿子藉稻，博古者猶莫詰于瑯琊；字不題糕，能詩者或未稽于餖飣。」蓋探討之難如此。若「龍斷」本如字，而或切爲丁貫；「夏屋」本食俎，而或用爲巨室；「舂牘」、「舂雅」、「椕禁」、「醲濫」、「脾折」、「楝梨」之類，皆載諸經，而初學講明或未到，至有讀「鸛銜三鱣」之「鱣」爲「鱣」，「蕭何主進」之「進」爲「贐」，「挏馬」則謂「桐馬」，「欸乃」則謂「襖靄」，襲舛承訛，鮮克辨正，不可殫述。又如奇字，亦前輩所常用，而不知者誚以爲怪。嗟夫！文固不必怪也，然班、馬等賦所以使人嵬眼瀕耳，正由時出奇字，有以䙾復之。方今文體尚古，吾黨之士獨不願熏班、馬香與？

昔人評詩云：「魏武帝如幽燕老將，氣韵沉雄；曹子建如三河少年，風流自賞；鮑明遠如饑鷹獨出，奇矯無前；謝康樂如東海揚帆，風日流麗；陶彭澤如絳雲在霄，舒卷自如。」又元虞集曰：「楊仲弘如百戰健兒，范德機如唐臨晉帖，揭曼碩如三日新婦。」自比「漢庭老吏」。曼碩謂：「德機如秋空行雲，晴雷卷雨，縱横變化，出入無朕；又如空山道者，辟穀學仙，瘦骨崚嶒，神氣自若；又如豪鷹掠野，獨鶴叫群，四顧無人，一碧萬里。」東坡評書法云：「永禪師體兼衆妙，精能之至，反造平淡，如觀陶彭澤詩，初若散緩不收，反覆不已，乃識其奇趣；顔魯公雄秀特出，一變古法，如杜子美詩，格力天縱，奄有漢、魏、晉、宋以來風流。後之作者，殆難復措手。」皆得比喻之妙。

青蓮善用古樂府，昔人曾言之。如《楊叛兒歌》云：「君歌《楊叛兒》，妾觀新豐酒。何許最關情？烏啼白門柳。烏啼隱楊花，君醉留妾家。博山爐中沉香火，雙烟一氣凌紫霞。」又「三朝見黄牛，三暮行太遲。三朝又三暮，不覺鬢成絲」，又「郎今欲渡緣何事？如此風波不可行」，又「春風復無情，吹我夢魂散」，皆自古樂府來。如李光弼將郭子儀軍，旂幟益精明；又如禪僧拈佛祖語，信口無非妙道。世謂鮑照《白紵辭》、陰鏗「柳色」「梨花」語，白亦用之。杜甫云：「俊逸鮑參軍。」又云：「李侯有佳句，往往似陰鏗。」皆甫譏白。恐亦後世臆度之詞也。

學詩者言漢、魏、晉、六朝、四唐、兩宋諸家，何不直學《三百篇》？如《衛風・碩人》、《秦風・小戎》，用意婉厚，妙不容説。今之作詩者，皆可神明變化而學之。它如《鹿鳴》、《頍弁》之宴好，《黍離》《有蓷》之哀傷，《氓》蚩、《晨風》之悔嘆，《蟋蟀》、《山樞》之感慨，《柏舟》、《終風》之憤懑，《杕杜》、《葛藟》之憫恤，《葛屨》、《祈父》之譏訕，《黄鳥》、《二子》之痛悼，《小弁》、《何人斯》之怨誹，《小宛》、《鷄鳴》之戒惕，《大東》、《何草不黄》之困迫，《巷伯》、《鶉奔》之惡惡，《木瓜》、《采葛》之情念，《雄雉》、《伯兮》之思懷，《北山》、《陟岵》之行役，《伐檀》、《七月》之勤敏，《常棣》、《蓼莪》之大義，皆可學也。昔人謂繁欽《定情》本之《鄭》、《衛》，「生平不滿百」出自《唐風》，王粲《從軍》得之二《雅》，張衡《同聲》亦合《關雎》，是也。余嘗謂《大雅》、三《頌》與典謨訓誥無異，可以莊誦；而詩人之致、風人之旨，則具於《國風》、《小雅》中，百遍吟詠，衆妙畢出。

古歡堂集雜著·論詩詩話

古歡堂集雜著·論詩詩話提要

《古歡堂集雜著·論詩》二卷《詩話》二卷，據康熙間刊《古歡堂集》本點校。撰者田雯生平見《山薑詩話》提要。《古歡堂集雜著》原爲八卷，此即前四卷，後四卷不關詩，故只收其半。書非成於一時，卷三「杜牧徐渭」一則偶署「乙亥暮春望日書」，即康熙三十四年，知其寫定在晚年也。卷目分題「論詩」、「詩話」，言各有當。論詩大抵循體格，而不分唐宋，不厚薄古今。如七古推杜、韓、蘇、黄，七律、七絶推義山、放翁，至謂同時人可互學而不必盡法前賢，尤爲通達。又於晚明以來如李滄溟、謝茂秦、錢牧齋等家，皆有駁議，論頗切實。其中駁申鳧盟説杜詩《江上值水如海勢聊短述》一則，以自身實歷解「花鳥莫深愁」，與趙次公注殊途同歸。時仇兆鰲《杜詩詳注》甫出，於此句即取趙注及錢牧齋注，二家正相反對，則駁申亦即駁錢矣。當其時，王漁洋聲氣正盛，書中竟不置一辭，蓋即《四庫全書總目提要》「不相辯難，亦不相結納」之謂也。然兩家亦有相合者，如五古不取老杜之類，即爲著例。

古歡堂集雜著卷一

濟南田雯綸霞

論詩

讀卜商《毛詩序》，知古今來文章之大，莫善於《詩》。鼓吹曲辭，歌謡雜體，五色相宣，八音協暢，詩家所必采也。四言自曹氏父子、王仲宣、陸士衡諸人後，唯陶公最高，《停雲》、《榮木》等篇，殆突過建安，劉後村之言當矣。

學詩者言漢、魏、六朝、四唐、兩宋諸家，何不直學《三百篇》？二《南》含蓄無盡，《豳風》景在目前，《衛風·碩人》，《秦風·小戎》，《東山》、《零雨》，用意婉厚，妙不容説，今之作詩者皆可神明變化而學之。它如《鹿鳴》、《頍弁》之宴好，《黍離》、《有蓷》之哀傷，《氓》蚩、《晨風》之悔嘆，《蟋蟀》、《山樞》之感慨，《柏舟》、《終風》之憤懣，《杕杜》、《葛藟》之憫恤，《葛屨》、《祈父》之譏訕，《黄鳥》、《二子》之痛悼，《小弁》、《何人斯》之怨誹，《小宛》、《鷄鳴》之戒惕，《大東》、《何草不黄》之困迫，《巷伯》、《鶉奔》之惡惡，《木瓜》、《采葛》之情念，《雄雉》、《伯兮》之思懷，《北山》、《陟岵》之行役，《伐檀》、《考槃》之素志，《常棣》、《蓼莪》之大義，皆可學也。昔人謂繁欽《定情》本之《鄭》、《衛》，「生年不滿百」出自《唐風》，王粲《從軍》得之二《雅》，張衡《同聲》亦合《關雎》，是也。

《大雅》、三頌，與典謨、訓誥無異。而詩人宛轉之致，風人温厚之辭，所謂「情動於中，嗟嘆之不足而詠歌之」者，則具於《國風》、《小雅》，潛玩長吟，衆妙畢出。

或謂《三百》不可學，以四言故也。「維以不永懷」、「誰謂雀無角」，非五言乎？「胡取禾三百廛兮」、「維昔之富不如時」，非七言乎？

《桑中》、《溱洧》，紫陽以爲淫風。即曰淫風，聖人亦不删而存之。夫鳳凰和鳴，中於律吕，是謂希世之音，則《葛覃》、《卷耳》非乎？其它圓轉清謡，令聞之者足以戒，雖欲不存，不可得也。

昔人論《三百篇》：《蜉蝣》、《鴇羽》，不如《騶虞》、《鵲巢》；《民勞》、《板》、《蕩》，不如《卷阿》、《旱麓》；《閟宫》之章、《清廟》之什，不可與《兔罝》之野人、《采蘩》之婦女同日而語。嗟乎！拘墟之見，未免爲匡稚圭所軒渠矣。

《選》體可學乎？學之者如優孟學叔敖衣冠，笑貌儼然似也，然不可謂真叔敖也。善學者須變一格，如昌黎、義山、東坡、山谷、劍南之學杜，則湘靈之於帝妃，洛神之於甄后，形體不具，神理無二矣。不然，《選》體何易學也。

青蓮善用古樂府，昔人曾言之。如「烏啼白門柳」、「三朝見黄牛」，又「春風復無情，吹我夢魂散」，皆自古樂府來。如李光弼將郭子儀軍，旌旗改色；又如禪僧拈佛祖語，信口無非妙諦。世謂鮑照《白紵辭》，陰鏗「柳色」、「梨花」語，白亦用之；杜甫云：「俊逸鮑參軍。」又云：「重與細論文。」又云：「李侯有佳句，往往似陰鏗。」皆甫譏白，亦臆度之辭也。

詩中音釋字義，考訂最難。元人有云：「郿子藉稻，博古者猶莫詰於瑯琊；字不題餻，能詩者或未稽乎餖餌。」若「龍斷」本如字，而或切爲丁貫；「夏屋」本食俎，而或用爲巨室。至於「麞璋」、「鼃蜞」、「金根」之類，莫能殫述。陶云「讀書不求甚解」，杜云「讀書難字過」，未可易言也。

奇字亦前人所常用，而於古體最宜，不知者誦以爲怪。嗟夫！詩文固不必怪也。然班、馬等賦所以使人鬼眼須耳者，政由時出奇字以襯復之。方今文章尚古，吾黨之士獨不欲訪子雲之亭，而熏班、馬之香歟？

昔人評詩云：「魏武帝如幽燕老將，氣韵沉雄。曹子建如三河少年，風流自賞。鮑明遠如饑鷹獨出，奇矯無前。謝康樂如東海揚帆，風日流麗。陶彭澤如絳雲在霄，舒卷自如。」又元虞集曰：「楊仲弘如百戰健兒，范德機如唐臨晉帖，揭曼碩如三日新婦。」自比「漢庭老吏」。曼碩謂：「德機如秋空行雲，晴雷卷雨，縱横變化，出入無朕；又如空山道者，辟穀學仙，瘦骨崚嶒，神氣自若；又如豪鷹掠野，獨鶴叫群，四顧無人，一碧萬里。」東坡評書法云：「永禪師體兼衆妙，精能之至，乃造平淡，如觀陶彭澤詩，初若散緩不收，反復不已，乃識其奇趣；顔魯公雄秀特出，一變古法，如杜子美格力天縱，奄有漢、魏、晉、宋以來風味，後之作者，殆難復措手。」皆得比喻之妙。

「興、觀、群、怨」，詩人之性情然耳；「多識鳥獸草木之名」，乃言學問。陸璣之《疏》，嵇含之《狀》，陶弘景、段成式、陸佃、羅願、邢昺諸人所撰著，皆從「多識」句來。今之學詩者，何讀《爾雅》未熟也！

滄溟云：「詩自唐已後，不必立樂府名色。」此論亦當。青蓮集中樂府纍纍如貫珠矣，少陵則不作。《哀江頭》、《哀王孫》、《前後出塞》、《石壕吏》、《垂老别》等篇，《東阿筆塵》云：「樂府之變，其實皆古詩也。」李西涯以論事作樂府，别闢新調。

自蘇、李以來，古之詩人各有匹耦。然李、杜並稱，其境大異。王、孟則同矣，皮、陸又同矣，韋、柳又同矣，劉、許又同矣。此外顔不及鮑，陰不及何，沈不及宋，元不及白，島不及郊。而匹耦之最奇者，盧仝、馬異也。

讀郊、島、皮、陸詩，如逢幽花異酒，别有賞心。

少陵《秋興八首》，青蓮《清平調》三章，膾炙千古矣。余三十年來讀之，愈知其未易到。

玉溪生詩中之聖，白樂天晚年極嗜之，云：「我死當爲爾子，足矣。」義山生子，遂以「白老」名之。古人之樂善如此。

古來論詩者，子美《戲爲六絶句》、義山《漫成五章》、東坡《次韵孔毅父五首》，又《讀孟郊詩二首》，遺山「漢謡魏什」云云三十首，又《濟南雜詩》十首，議論闡發，皆有妙理。

選詩有昭明《選》體、徐陵《新詠》、鍾嶸《詩品》、《唐人選唐詩》，迨夫半山老人《唐百家詩選》，曾端伯選宋詩，元裕之選《中洲集》，以及《詩統》、《正聲》、《品彙》、《唐音》，紛紛四出，不一其義。《列朝詩集》，其人係西涯門下，多懷袒護；乃於前後七子空同、歷下輩同貶之；又爲海陵生之惡言，以詆歷下，不遺餘力，亦惑甚矣。

今之談風雅者，率分唐、宋而二之。不知唐之杜、韓，海内俎豆之矣，宋梅、歐、王、蘇、黄、陸諸家，亦無不登少陵之堂，入昌黎之室。惟其生於宋也，南轅以後，競趨道學，遂以村宄語入四聲，去風人之旨實遠。况程、邵以下，誠齋一出，腐俗已甚。而學者一概呰窳牴牾之，其殆啜狂泉而病噑噻也耶？

古歡堂集雜著卷二

濟南田雯綸霞

論五言古詩

《十九首》之妙，詞義炳婉而成章。後人專稱「所遇無故物，焉得不速老」二語，淺矣！蘇、李二子爲五言之祖，所謂非「清廟之瑟，朱絃疏豁，一唱三和」，更無可爲喻也。他如班婕妤《怨歌行》、卓氏《白頭吟》、辛延年《羽林郎》、宋子侯《董嬌饒》、諸葛《梁父吟》，以及《陌上桑》、《焦仲卿妻》、《雞鳴》、《八變》、《豔歌》之類，音調不同，古詩之變矣。

曹家父子，思王爲冠，有正有變，駸駸乎《大雅》之遺焉。老瞞樂府如《苦寒行》諸作，膾炙人口。丕洋洋御軍三十餘年，手不釋書，登高必賦，被之管絃，無不入妙。然往往以漢末事叙入，別是一格。丕清綺，舊謂去植千里，亦非篤論。王、徐、應、劉輩望路爭驅，可云盛矣。然《公讌》諸篇，一望黃茅白葦，此昔人所云「蕭統簡緝過冗而不精，劉勰叙論闕略而未詳」也。直至黃初之末，嗣宗《詠懷》一出，清峻遥深，研微入奥。《詩品》謂「如剡溪雪夜，孤棹沿流，乘興而來，興盡而已」，非好鍛者所可方駕矣。

晉世群才，以綺情藻思争長競勝。然采縟於正始，力弱於建安，或析文以爲妙，或流靡以自妍，視漢、魏一變焉。茂先、休奕、二陸、三張均稱作者，而氣體弱矣。獨太沖卓犖騰踔，標能擅美。「振衣千仞岡，濯足萬里流」、「非必絲與竹，山水有清音」，蓋臨淄自道其詩然也。景純儁上之才，安仁清矯之致，抗左稱雄，而越石又過之。謝尚、袁宏各家，篇章無幾。至於《子夜》、《四時》，繁文麗曲，其別調也。

典午之末，陶公出焉。絶唱高蹤，清才逸響，亦從蘇、李、《十九首》來。特襟懷不同，故詩境異耳。

宋代詩人，無出康樂之右者。自益壽導於前，而諸謝迭起，後先輝映，何其盛也！《南史》傳謂顔、謝齊名，其實顔不及謝。昔延年問鮑照已與靈運優絀，照曰：「謝五言如初日芙蓉，自然可愛；君詩若鋪錦列繡，雕繢滿眼。」蓋於延年有微詞，而論詩之善可睹矣。若夫明遠，挺拔名貴，俊偉光華，直與客兒並驅，尤非錯彩鏤金者所及。

玄暉含英咀華，一字百煉乃出。如秋山清曉，霏藍翕黛之中，時有爽氣。齊之作者，公居其冠。劉後村謂「餘霞散成綺，澄江浄如練」，皆吞吐日月、摘躡星辰之句。故李白登華山落雁峰云：「恨不攜謝朓驚人詩，搔首問青天。」其服膺如此。

蕭郎右文，作者林立，當以何遜爲首，江淹輔之，沈約、范雲、吴均、柳惲、庾肩吾、劉孝綽次之，下至陶弘景、周捨諸家，亦有片語足録。大約水部之作不費雕飾，如庖丁解牛，風成於騞然。「幽蝶弄晚花，清池映疏竹」、「水底見行雲，天邊看遠樹」，是其詩之真境也。文通罷宣城郡後，夢景純索筆，景陽索錦，忽忽才盡。「文章雖小技，於道未爲尊」，豈亦有數然歟？

陳朝孝穆之作，如魚油龍罽，列堞明霞，輝燿丰茸，文采溢目。總持狎客，可以樹幟争雄。子堅則遜謝矣。

北魏劉昶才氣頗高，惜篇什寡耳。温子昇詩，武帝衍稱曰：「曹植、陸機復生於北土。」實非溢美。北齊顔之推絶佳。蕭慤詩又在邢邵、魏收之上。

北周庾信，史評其詩曰「綺豔」，杜甫稱曰「清新」，又曰「老成」。綺而有質，豔而有骨，清而不薄，新而不尖，所以爲「老成」也。王褒才思英拔，不弱於庾。

隋煬帝初屬文，學庾子山體，及見柳晉以後，文體遂變，氣格遒邁，一洗靡麗錮習。楊處道詩亦一時傑作。薛河東輩，餘子碌碌矣。

初唐陳伯玉《感遇》詩，出自阮籍《詠懷》，盡滌綺靡，力追正始。

謫仙五古直接阮、陳之派，而奇矯豪宕，殆又過之。

王維、孟浩然清淑散朗，窈窕悠閒，取神於陶、謝之間，而安頓在行墨之外，資制相侔，神理各足。儲光羲似少遜之。元結别有風調。

中唐韋蘇州、柳柳州，一則雅澹幽静，一則恬適安閒。漢、魏、六朝諸人而後，能嗣響古詩正音者，韋、柳也，非僅貞元、元和間推獨步矣。

右五言古詩正派，未有不權輿於《十九首》與蘇、李者。建安之盛，思王爲宗。鄴下之末，阮籍爲最。至於典午之朝，左思、郭璞、劉琨稱鼎立焉。淵明一出，空前絶後，學者誰敢輕加位置？由其詩高、其人異也。自是而後，宋有謝靈運、鮑照，齊有謝朓，梁有何遜、江淹，陳有徐陵、江總，以暨北魏劉昶，北齊顔之推，北周王褒、庾信，無不摩壘堂堂，雄壓當代。譬如列國然，諸公，晉、楚也；他家，邾、莒、曹、鄶也。又如畫然，淵明，秋山平遠，煙樹寒林，野水斜陽，天光雲影，翛然於篇幅之外；若鮑、謝以下各家，則著色點染，取董、巨神理而兼熙、筌藻繪者矣。總而論之，大約高曾於蘇、李，根柢於漢、魏，神明於彭澤，規摹於鮑、謝、何、庾，所謂正派，其在兹乎？迨乎初唐之陳子昂，盛唐之李白、王維、孟浩然，中唐之柳宗元、韋應物，亦復如是。好學深思者溯源尋流，當自得之。

論七言古詩

昔人謂七言沿起，昉於《擊壤》。予於《擊壤篇》另作句讀，非七言之祖明矣。《三百篇》已露其端，《離騷》實闢其境。至於《飯牛》、《臨河》、《易水》、《皇娥》、《白帝》、《子産誦》、《采葛婦》諸篇，聲長字縱，皆歌行之祖。昔人所謂《滄浪》擅其奇，《柏梁》弘其質，《四愁》墜其雋，《燕歌》開其靡也。

漢、魏而下，六朝亦多長篇，惟鮑照爲最優，雖曰樂府，實具七言之長。

初唐格體，王、楊、盧、駱汗漫長篇。李商隱云：「沈宋裁詞矜變律，王楊落筆得良朋。當時自謂宗師妙，今日唯觀對屬能。」大旨可見。少陵曰：「楊王盧駱當時體，輕薄爲文哂未休。爾曹身與名俱滅，不廢江河萬古流。」别有寓意。

太白以縱横之才，俯視一切，《蜀道難》等篇長短句，奇而又奇，可謂極才人之致。然亦惟青蓮自爲之，他人不敢學，亦不能學也。滄溟謂：「太白往往於彊弩之末間雜長語，英雄欺人耳。」此言論詩極當，而以之詆太白，無乃太過耶？

子美爲詩學大成，沉鬱頓挫，七古之能事畢矣。《洗兵馬》一篇，句云：「三年笛裏《關山月》，萬國兵前草木風。」猶是初唐氣格。王、李、高、岑諸家，各有境地。開元、大曆之間，觀止矣。善學少陵者，無如昌黎歌行，盤空硬語，妥帖恢奇，乃神似，非形似也。李商隱《韓碑》一首，媲杜凌韓，音聲節奏之妙，令人含咀無盡。每怪義山用事隱僻，而此詩又别闢一境，詩人莫測如此。香山諷諭詩乃樂府之變，《上陽白髮人》等篇，讀之心目豁朗，悠然有餘味。後李西涯樂府，又變於白。

七言古詩，至唐末式微甚矣。歐陽文忠公崛起宋代，直接杜、韓之派而光大之，詩之幸也。王臨川恢奇縱横，可爲歐陽後勁，蘇、黄前矛矣。

眉山大蘇出歐公門墻，自言爲詩文如泉源萬斛，是其七言歌行實録。神明於子美，變化於退之，開拓萬古，推倒一世。

蘇門六君子，無不掉鞅詞場，凌躐流輩。而坡公於山谷則數效其體，前哲虚懷，往往如是。山谷詩從杜、韓脱化而出，創新闢奇，風標娟秀，陵前轢後，有一無兩。宋人尊爲西江詩派，與子美俎豆一堂，實非悠謬。

南渡諸詩，亦似晚唐已後，格卑氣弱，非復東都之舊矣。陸務觀挺生其間，祓濯振拔，自成一家，真未易才。七言古詩登杜、韓之堂，入蘇、黄之室，雖工力不敵前人，亦一傑構。

金、元之間，元好問七言妙處，不減東坡、放翁。又虞集、楊仲弘、范梈、揭傒斯四家，各擅其長。他如劉因、吴淵穎、薩都剌輩，亦有數家可採者。

總而論之，七言古詩肇於《離騷》、《毛詩》，而漢、魏已來，遂備其體。《大風》、《垓下》、《秋風》、《柏梁》、《四愁》、《燕歌》等篇，古音錯落，皆成奇觀。唐人體凡數變，王、楊、盧、駱别是一格。何大復極言其工，固不必深議。太白曠世逸才，自成一家。少陵、昌黎，空前絶後。宋則歐、王、蘇、黄、陸諸君子，根柢於杜、韓，而變化出之。元則裕之、道園輩頗有法則，其餘間有可採，而非歌行大觀矣。大約作七古與它體不同，以縱横豪宕之氣，逞夭矯馳驟之才，選材豪勁，命意沉遠；其發端必奇，其收處無盡，音節琅琅，可歌可聽。如老將用兵，漫山瀰谷，結率然之陣，中擊不斷，而壁壘一新，旌旗改色，乃稱無敵。

論五言律詩

齊、梁儷句即五言律祖，楊用修、李于鱗已備言之。愚專取盛唐五家，似已概五律之善。老杜登峰造極，諸法俱備。其《寄高三十五書記》句云：「美名人不及，佳句法如何？」分明自道其得力處。

摩詰恬潔精微，如天女散花，幽香萬片，落人巾幘間。每於胸念塵雜時取而讀之，便覺神怡氣靜。

嘉州句琢字雕，刻意鍛鍊。

青蓮作近體如作古風，一氣呵成。無對待之迹，有流行之樂，境地高絶。

襄陽佳處，亦整亦暇，結構别有生趣。輞川、太白，殆能兼之。

五家而外，樂天極清淺可愛，往往以眼前事爲見到語，皆他人所未發。張司業、姚少監妙句天成，筆端韶秀。

放翁意摹香山，取材甚廣，作態更妍。讀去歷歷落落，如數家珍，而苦心覃思，體純格正。

論七言律詩

「七言律，諸家所難，王維、李頎頗臻其妙，子美篇什雖衆，隤焉自放矣」，滄溟斯語，愚所未解。七律誠難，而獨有取於二家，何也？杜之七律，百美畢備，滄溟過矣！

中唐劉夢得、王仲初，調響詞練，高華深穩。

義山七律逐首擅場，特須鄭箋耳。蓋義山諸體之工，唐人實無出其右者，不獨七律也，又不獨香奩也。温飛卿、韓致光輩，比事聯詞，波屬雲委，學之成一家言，勝於生硬乾酸者遠矣。

松陵一派，西山爽氣，碧水澄波。「白雲蓊欲歸，遠樹忽削半」，詩境似之。

白香山、張司業名言妙句，側見横出，淺淡精潔之至。

劉滄、許渾琢句之秀，拗字之工，亦稱傑作。楊新都、錢虞山皆痛斥之，何也？

陸務觀七律不下千篇，其間取料寄興，無不令人解頤。有作詩之樂，而無傷於大雅。

論七言絶句

七言絶句起自古樂府，盛唐遂踞其巔。太白、龍標，無以加矣，它如旗亭雪夜，畫壁鬬奇，非其自信者深乎？「工夫轉换之妙，全在第三句。若第三句用力，則末句易工」，滄溟之言韙矣。然實二十八字俱有關合，乃成一首。學者細玩「黄河遠上」之篇，思過半矣。

義山佳處不可思議，實爲唐人之冠。一唱三弄，餘音嫋嫋，絶句之神境也。飛卿什之一耳。

香山山峙雲行，水流花開，似以作絶句爲樂事者。

文昌標致悠閒，宛轉流暢，如天衣無縫，鍼鏤莫尋。

少陵作手崛强，絶句一種，似避太白而别尋蹊徑者，殆不易學。

樊川鬢絲禪榻，翩翩才致。冬郎、都官、表聖、昭諫皆有妙境。

松陵兩君子别具風骨，不屑雷同。

東坡包括唐人而自成其高唱，雲涌泉沸，藻思奇才。

山谷道人新潔如繭絲出盆，清颸如松風度曲，下筆迥别。

放翁七言絶句却有數種，讀者不可不知。如《秋風亭》云：「人生窮達誰能料？蠟淚成堆又一時。」「巴東詩句澶州策，信手拈來盡可驚。」《籌筆驛》云：「一等人間管城子，不堪譙叟作降箋。」《歸舟重五》云：「屈平鄉國逢重五，不比尋常角黍盤。」《小舟遊近村》云：「身後是非那管得，滿村聽説蔡中郎。」《讀李泌傳》云：「人生若要常無事，兩顆梨須手自煨。」《剡谿圖》云：「從今步步須回棹，不獨山陰興盡時。」《讀杜詩》云：「拾遺大欠修行力，小吏相輕便動心。」《項羽傳》云：「范增力盡無施處，路到烏江君自知。」《曹公傳》云：「赤壁歸來應嘆息，人間更有一周瑜。」《讀史》云：「可憐赫赫丹陽尹，數顆檳榔尚繫懷。」此一種也；如「細腰宮畔過重陽」、「細雨騎驢入劍門」、「卧聽蠻童放轆轤」、「射雉歸來夜讀書」、「數聲柔櫓下巴陵」、「幅巾短褐小籃輿」、「又乘微雨去鋤瓜」、「庭樹鳴梟鬼弄燈」、「病觀《周易》悶梳頭」、「一雙黄蝶弄秋光」、「一窗晴日寫《黄庭》」、「紅蜻蜓點緑荷心」、「丁卯橋應勝午橋」、「一樹梅前一放翁」、「時有殘蟬一兩聲」，此又一種也；如《聽雨》云：「憶在錦城歌吹海，七年夜雨不曾知。」《蔬圃絶句》云：「可憐遇事常遲鈍，九月區區種晚菘。」「憑誰爲向曹瞞道，徹底無能合種蔬。」「一事尚非貧賤分，芼羹僭用大官葱。」《秋夜讀書》云：「也知賦得寒儒分，五十燈前見細書。」「三十三年真一夢，茅簷寒雨夜蕭蕭。」《梅花》句：「今日溪頭須小飲，冷官不禁看梅花。」《秋懷》云：「年來多病題詩懶，付與鳴蛩替説愁。」《探梅》云：「平生不許凡桃李，看了梅花睡過春。」《晚眺》云：「樊川詩句詧丘畫，盡在先生拄杖前。」《聞笛》云：「一曲忽聞高士笛，臨窗和以讀書聲。」《梨花》云：「征西幕府煎茶地，一幅邊鸞畫折枝。」《讀書》云：「燈前目力雖非昔，猶課蠅頭二萬言。」《聞百舌》云：「閒眠不作華胥計，説與春烏自在啼。」《有懷》云：「何時得與平生友，作字觀書共一燈。」此又一種也。如《醉道士圖》云：「邇來祭酒皆巫祝，眼底艱逢此輩人。」《嘆俗》云：「看渠皮底元無血，那識虞卿魯仲連！」《冬日暄甚》云：「爲君小試回春手，便似暄妍二月天。」《排悶》云：「白頭爛醉東吴市，自拔長刀割彘肩。」《戲贈園中花》云：「我欲小施調燮手，酌中寒暖半晴陰。」《夜過大姓》云：「醉飽要勝饑欲死，看渠也復面團團。」《社日小飲》云：「世事恰如風過耳，微聾自好不須醫。」《村行》云：「不須更求芎芷輩，吾詩讀罷自醒然。」《華佗傳》云：「華佗老黠徒驚俗，吾豈無書可活人。」此又一種也；如《題城南堂》云：「春寒催喚客嘗酒，夜静卧聽兒讀書。」《郊居》云：「已炊藟散真珠米，更點丁坑白雪茶。」《農桑》云：「山歌高下皆成調，野水縱横自入塘。」《春日雜興》云：「花開款款寧爲晚，日出遲遲却是晴。」《夏日》云：「倚牀奴子垂頭坐，摇手孫兒小步行。」《齋中雜題》云：「棐几硯涵鸜鵒眼，古奩香斮鷓鴣斑。」此又一種也。

金、元人絶句，如元好問、薩都剌、馬臻、宋旡諸家，多有可觀。

古歡堂集雜著卷三

濟南田雯綸霞

詩話評茂秦十則

「作詩雖貴古淡，而富麗不可無。譬松篁之於桃李，布帛之於錦繡也。」余謂如畫然，秋山平遠，野水寒林，復加點染著色，斯爲妙耳。黄、倪而外有熙、筌，淵明之後有三謝，非「富麗」之謂也。徒云「富麗」，則「黄金」、「白雪」等語皆佳矣。

二

「凡作近體，誦之行雲流水，聽之金聲玉振，觀之明霞散綺，講之獨繭抽絲。此詩家四關，一關未透，便非佳句。」茂秦刻意爲其七子一派寫照，閲之不覺捧腹。然能如此，亦自登峰造極，虞山一概貶斥，非公也。千載而下，定評出焉，畢竟七子在鍾、譚之上。

三

「陶潛不仕宋，所著詩文但書甲子；韓偓不仕梁，所著詩文亦書甲子。偓節行似潛而詩綺靡，蓋所養不同耳。薛西原曰：『立節行易，養性情難。』」茂秦之論謬矣！詩各成一家，豈書甲子同而詩亦必相肖耶？此猶齊人之待客，使眇者御眇者，跛者御跛者，供婦人之一笑而已。

四

茂秦云：「唐山夫人《房中樂》十七章，格韵高嚴，規模簡古，駸駸乎商、周之《頌》。迨蘇、李五言一出，詩體變矣，無復爲漢初樂章以繼《風》、《雅》，惜哉！」余嘗觀今之詩家，多以樂府爲卷首，如《君馬黄》、《上之回》、《陌上桑》、大小《垂手》之類。句之長短，語之繁簡，師心自用，漫無一定之格，音節多所未諧，即《樂府解題》，亦在影響之間，蓋樂府失傳久矣。

五

「詩以漢、魏並言，魏不逮漢也。建安之作，率多平仄穩貼，此聲律之漸。而後流於六朝，千變萬化，至初、盛極矣。」余但知齊、梁儷句爲五言律祖，茂秦乃謂自魏、晉已然，非臆説也。

六

「揚雄作《反騷》、《廣騷》，班彪作《悼騷》，梁竦亦作《悼騷》，摯虞作《愍騷》，應奉作《感騷》。漢、魏以來，作者繽紛，無出屈、宋之外。」茂秦之言是也。以予觀之，宋不如屈，况其它乎？古云：「離騷，離憂也。」又有「騷離」，見於宋人《困學紀聞》，亦奇矣。又「枚乘始作《七發》，後有傅毅《七激》、張衡《七辨》、崔駰《七依》、馬融《七廣》、劉向《七略》、劉梁《七舉》、崔琦《七蠲》、桓麟《七説》、李尤《七疑》、劉廣世《七興》、曹子建《七啓》、徐幹《七喻》、王粲《七釋》、劉邵《七華》、陸機《七徵》、孔偉《七引》、湛方生《七歡》、張協《七命》、顔延之《七繹》、竟陵王《七要》、蕭子範《七誘》，大抵馳騁文詞，而欲齊驅枚生也。《七發》來自《鬼谷子·七箝》之篇。」余謂諸作遜枚生遠甚，猶之作《騷》不及屈原也。杜子美《七歌》來自《十八拍》。李空峒亦作《七歌》，未免生吞活剥之誚矣。

七

「韋蘇州曰：『窗裏人將老，門前樹已秋。』白樂天曰：『樹初黄葉日，人欲白頭時。』司空曙曰：『雨中黄葉樹，燈下白頭人。』三詩同一機杼，司空爲優，善狀目前之景，無限淒感，見於言表。」余所見與茂秦不同，司空意盡，不如樂天有餘。味「初」字、「欲」字，妙有含蓄，老淚暗流，情景難堪，更深一層。

八

茂秦云：「《山房隨筆·四禽言》，一曰：『鵓鴣鴣，鵓鴣鴣，帳房偏野相歡呼。阿姊含羞對阿妹，大嫂揮涕看小姑。一家不幸俱被擄，猶幸同處爲妻孥。願言相憐莫相妬，其人不是女故夫。』此作讀者尚不堪，況遭其時乎？」又「馬柳泉《賣子嘆》曰：『貧家有子貧亦嬌，骨肉恩重那能拋。饑寒生死不相保，割腸賣兒爲奴曹。此時一别何時見？遍撫兒身舐兒面。有命豐年來贖兒，無命九泉抱長怨。囑兒切莫苦思量，憂思成病誰汝將？抱頭頓足哭聲絶，悲風颯颯天茫茫。』此作一讀則改容，再讀則下淚，三讀則斷腸矣。」愚謂《鵜鴂》詞意雖慘，蓋罹亂離之變，世不恒有；若《賣子嘆》則情真語酸，富貴之家喜用鞭笞者，宜發深省。陶淵明所謂「此亦人子也」，蕭穎士不得以博奥矜長矣。

九

「《詩法》曰：『《事文類聚》不可用，蓋宋事多也。』後引蘇、黄之詩以爲式。教以養生之訣，繼以治病之物，可乎？」茂秦視蘇、黄詩爲何物耶？又：「唐人歌詩如度曲，可以協絲簧、諧音律。晚唐格卑，聲調猶在。及宋柳耆卿、周美成輩出，能爲一代新聲，詩與詞爲二物，是以宋詩不入絃歌也。」詞曲自六朝已然，不始於宋。唐詩可入歌譜者亦少。茂秦此論亦謬。又：「嚴滄浪曰：『學其上，僅得其中；學其中，斯爲下矣。』甚有不法前賢而法同時者，李洞、曹松學賈島，唐彦謙學温庭筠，盧延讓學薛能，陳履常學黄山谷。予筆之以爲學者戒。」夫詩以求工爲主，何以同時便不可學？如皮日休、陸龜蒙、賈島、孟郊、盧仝、馬異、劉滄、許渾諸人，皆有心相肖，天然匹偶，彼此同學之意。黄山谷，蘇門六君子之一也。嘗云：「子瞻詩句妙一世，乃云學庭堅體，蓋退之戲效孟郊、樊宗師之體，以文滑稽耳。」如山谷斯言，愛之斯學之，蘇且學黄也。

十

茂秦曰：「《麈史》云：王得仁謂七言始於《垓下歌》，《柏梁篇》祖之。劉存以『交交黄鳥止於桑』爲七言之始，合兩句爲一，誤矣。《大雅》曰：『維昔之富不如時。』《頌》曰：『學有緝熙於光明。』亦非也。蓋始於《擊壤歌》『帝力何有於我哉！』《雅》、《頌》之後，有《南山歌》、《子産歌》、《採葛婦歌》、《易水歌》，皆有七言而未成篇。及《大招》百句，《小招》七十句，七言已盛於《騷》，但以參差間之，而觀者弗詳焉。」余一日讀《擊壤篇》，細玩文氣語韵，另爲句讀：「日出而作句，日入而息句，鑿井而飲句，耕田而食句，帝力句，何有於我哉句！」末一句乃歌餘之曼聲也，不入韵。蓋彼時之民，安田里，樂耕桑，感激之意深，實目覩帝力之勤劬，以成雍熙之化。「何有於我」，謂君勞而民自逸，歸美於上之詞也。若云我民之日用飲食與帝力何涉，則後世悍俗，不可訓矣。「王者之民，皡皡如也」，亦謂氣象則然，非市恩小惠之比，豈有以堯、舜之民而不知感澤者乎？歌有曼聲，即今曲之尾聲也。如此讀，則《擊壤歌》非七言之祖矣。

碩人

風人之旨，往往含蓄不露，意在言外，讀《碩人》篇，大概可睹矣。首章言族類之貴，二章言容貌之美，三章言始來親厚之意，皆未説出；卒章似可以露矣，「河水洋洋」五句，只極狀嫁來時所歷之境，却以「庶姜」二語終之。婉摯多風，藴藉有味，非善讀詩者不知也。杜甫之詩無以復加，其去《三百篇》遠甚。如「千家今有百家存，哀哀寡婦誅求盡」、「獨使至尊憂社稷，諸君何以答昇平」，俱少含蓄，亦大失《三百篇》之遺意矣。

秦風

《小戎》四章，奇文古色，斑斕陸離。讀至「在其板屋，亂我心曲」二語，逸情絶調，悠然無盡。今之學詩者，無論古體、近體，凡收處皆當從此神會。

許渾

楊慎曰：「唐詩至許渾，淺陋極矣，而俗喜傳之。高棅編《唐詩品彙》，取至百餘首。甚矣，棅之無目也！棅不足言，而楊仲弘選《唐音》，自謂詳於盛唐而略於晚唐，不知渾乃晚唐之尤下者，而取之極多。仲弘之賞鑒，亦羊質而虎皮乎？陳後山云：『近世無高學，舉俗愛許渾。』又《凌歊臺》一篇，謂渾目不觀書，徒弄聲律，以僥倖一第如此。」予謂聲律之熟，無如渾者。七言拗句如「嶺猿群宿夜山静，沙鳥獨飛秋水來」、「孤舟移棹一江月，高閣捲簾千樹風」、「一聲溪鳥暗雲散，萬片野花流水香」、「劉伶臺下稻花晚，韓信廟前楓葉秋」、「兩巖花落夜風急，一徑葦荒秋雨多」，拗字聲律極自然可愛；又如「蘭葉露光秋月上，蘆花風起夜潮來」、「村徑遶山松葉暗，柴門臨水稻花香」、「花盛庾園攜酒客，草深顔巷讀書人」、「舟横野渡寒風急，門掩荒山夜雪深」、「寒雲曉散千峰雪，暖雨晴開一徑花」、「牛羊晚食鋪平地，雕鶚晴飛摩遠天」、「暖眠鸂鶒晴灘草，高挂獼猴暮澗松」、「對岸水花霜後淺，傍簷山果雨來低」，亦自挺拔，兼饒風致，似不可過詆丁卯也。

三句一韵

余官楚中，得夷陵雷何思太史詩集，讀之，有《聽雨》一篇，三句一韵，以爲創作，古無此格，載之《山薑詩話》中。及閲宋會稽高菊磵《緯略》，秦碑三句一韵，引證甚確。《梁書・范雲傳》曰：「竟陵王子良爲會稽太守，雲爲府主簿。王登秦望山，雲以山上有秦始皇刻石，三句一韵，人多作兩句讀之，並不得韵；又加大篆，人多不識。乃夜取《史記》讀之。暨登山，子良命賓客讀之，皆茫然。末問雲，雲曰：『嘗讀《史記》，見此刻石文。』讀之如流水。子良大悦。」按《老子》：「明道若昧，夷道若類，進道若退。上德若谷，大白若辱，廣德若不足。建德若偷，質直若渝，大方無隅。大器晚成，大音希聲，大象無形。」文皆用韵，三句一易。秦望山石刻文亦猶是乎？始知三句一韵詩，雷太史非無所本也。

晁盟説杜

少陵《江上值水如海勢》詩：「爲人性癖耽佳句，語不驚人死不休。老去詩篇渾漫興，春來花鳥莫深愁。新添水檻供垂釣，故著浮槎替入舟。焉得思如陶謝手，令渠述作與同遊？」申晁盟《説杜》甚譙讓之，謂「與題無涉，此老無故作矜誇語，抑又陋矣」。余初學時，亦以爲然。後官楚入黄州，泊舟港口，約葉井叔登赤嶼絶頂，縱目千里，命酒豪飲。俄而潮平月上，風露蒼涼，有白鸛數百隻，鳴於樹間。井叔顧余曰：「望水天之一色，呼周郎而欲出，子不可無詩。」余瞪目不答。井叔又曰：「子陶、謝手也，何遜謝焉？」余静默久之，因悟少陵此詩，蓋目觸江上光景，思成佳句，以吟詠其奔濤駭浪之勢，而不可得，廢然長嘆。曰「性癖」，曰「驚人」，言平生所篤嗜在詩也。曰「老去漫興」，與「晚節漸於詩律細」，似不相屬，謙辭也。曰「花鳥莫深愁」，言詩人刻毒，遇一花一鳥，摹寫無餘，能令花鳥愁也。今老無佳句，不必「深愁」矣。花鳥尚然，况值此江勢之大，閉口束手，能復有驚人篇章耶？故只可添水檻以垂釣，著浮槎以閒遊而已。若述作之手，非陶、謝不可，吾則何敢。悠悠千載，猶思慕陶、謝不置焉。少陵殆抑然自下者，全無矜誇語氣。言在題外，神合題中，而江如海勢之奇觀，隱躍紙上矣。何謂「無涉」？固哉，晁盟之説杜也！

原上草詩

劉孝綽妹詩「落花掃更合，叢蘭摘復生」，孟浩然「林花掃更落，徑草踏還生」，此聯豈出自劉歟？白樂天《詠原上草送客》詩：「野火燒不盡，春風吹又生。」一句之意，分爲兩句，風致亦自不減。古人作詩皆有所本，而脱化無窮，非蹈襲也。

杜牧　徐渭

牧《遣懷》詩云：「落魄江南載酒行，楚腰腸斷掌中輕。十年一覺揚州夢，占得青樓薄倖名。」又：「才子風流詠晚霞，倚樓吟住日初斜。驚殺東鄰繡牀女，錯將黄暈壓檀花。」此二詩乃牧在揚州爲牛僧孺書記時作也。牧負才不羈，日爲放浪狎邪之行。僧孺縱其出入，且遣人易服隨後潛護之，其愛才如此。數百年後，山陰徐渭得胡太保宗憲而事之，草露布，爲幕府上客，放浪狎邪，無復拘束，亦如牧之在揚州然。余於此嘆杜、徐二子之奇，尤嘆牛、胡兩公之愛才，前後一轍也。乙亥暮春望日書。

雪詩

甲戌歲除前三日大雪，一時文士飲酒賦詩，流傳都下。其分題則謝傅、袁安、王子猷、李愬、吕徽之，又錢思公洛中遺事也。次日，客過予言之，云如旗亭畫壁之類，雪事正多。予謂世傳《七賢過關圖》，乃唐開元日冬雪後，張説、張九齡、李白、李華、王維、鄭虔、孟浩然出藍田關遊龍門寺，鄭虔圖之。觀元虞集有《題孟浩然像》詩：「風雪空堂破帽温，七人圖裏一人存。」又前人詩云：「二李清狂狎二張，吟鞭遥指孟襄陽。鄭虔筆底春風滿，摩詰圖中詩興長。」豈非一證？又李商隱《送王校書分司》詩云：「多少分曹掌秘文，洛陽花雪夢隨君。定知何遜緣聯句，每到城東憶范雲。」再《漫成》一絶云：「不妨何范盡詩家，未解當年重物華。遠把龍山千里雪，將來擬並洛陽花。」二詩亦不知所指。按：何遜與范雲聯句詩云：「洛陽城東西，卻作經年别。昔去雪如花，今來花似雪。」大意可見，皆足爲詠雪之一助也。

詩文演法

余嘗謂白香山《琵琶行》一篇，從杜子美《公孫大娘舞劍器》詩得來。「臨潁美人在白帝，法曲妙舞神揚揚。與余問答既有以，感時撫事增惋傷」，杜以四語，白成數行，所謂演法也。鳧脛何短，鶴脛何長，續之不能，截之不可，各有天然之致。不惟詩也，文亦然。楊升庵曰：『郭象《莊子注》云：『工人無爲於刻木，而有爲於運矩；主上無爲於親事，而有爲於用臣。』柳子厚演之爲《梓人傳》一篇，凡數百言。毛萇《詩傳》云：『漣，風行水成文也。』蘇老泉演之爲《蘇文甫字説》一篇，亦數百言。皆得脱胎换骨之三昧。」知此則余之論白、杜之詩，了然無疑義矣。

竹枝

山谷自荆州上峽入黔，備嘗山川險阻，因作二疊，傳與巴人，令以《竹枝》歌之，云：「鬼門關外莫言遠，五十三驛是皇州。」又：「鬼門關外莫惆悵，四海一家皆弟兄。」自云可入《陽關小秦王》。余只覺其調俚，其言淺，不及劉夢得《竹枝詞》多矣。比之古樂府「巴東三峽巫峽長，猿鳴三聲淚沾裳」，奚啻千里！

閒情賦

淵明之賦《閒情》，柔姿麗語，大非高士本色。蘇子瞻曰：「淵明作《閒情賦》，所謂『《國風》好色而不淫』，正使不及《周南》，與屈、宋所陳何異？」然亦曲爲解嘲耳。孰謂挂冠高尚人便無冶思豔態也？

代作

余老患怔忡之病，不能作詩，一概酧應泛作，皆它人代爲之。如有不可人代，代必不如我意者，則仍己作也。昔韓昌黎曾代張籍書，蘇子瞻曾代張方平疏，代固未可少，然捉刀者亦甚難矣。

古歡堂集雜著卷四

濟南田雯綸霞

詩話

余問聰山：「老杜《望嶽》詩『夫如何』、『青未了』六字，畢竟作何解？」曰：「子美一生，唯中年諸詩静練有神，晚則頽放。此乃少時有意造奇，非其至者。」

七律即古人亦鮮合作，何况今者。吾友顔修來搜微抉奥，體法詳明。有一南士作三十餘首，矜喜自負，人亦傳誦之。余以問修來，答曰：「七律是何物耶？斯人騎屋棟望九疑、二華，隔萬里千重雲霧。」

乙丑自楚還，舟泊維揚茱萸灣口，大雪。蛟門造余，坐篷窗下論詩，曰蘇、陸詩中聲韵宜細玩，「量移」「量」字、「料理」「料」字，皆作平讀；司馬相如「如」字，「煌」、「燐」等字，又作仄讀；唯「如」字最奇，東坡曾叶仄韵；顧長康「長」上聲，左元放「放」、「方」同，不可不知也。白香山詩云：「園亭定要乘閒置，筋力應須及健回。莫學因循白賓客，欲年六十始歸來。」「因循」二字最佳，「欲」字妙不容説。他人俗筆，則用「行年」矣。

客有謂蛟門者曰：「詩學宋人，何也？」答曰：「子幾曾見宋人詩？只見得『雲淡風輕』一首耳。」

盧德水《尊水園詩集》，余初不甚好之，及看之久，始知人不能及，虞山推重非謬，特刻本稍泛濫耳。曾鈔其五言《忻口》以往十餘篇，古健清爽，無油膩氣，風骨詞采，在鮑、謝之間；五律《次井陘》、《宿趙州》、《久不得簡翁書》諸作，翩翩可愛；七律佳聯皆開生面，然未免有句無篇。曾以此語方山，亦以余爲知言也。至絶句尤爲奇觀，《清夜讀韓子志感》云：「生來孤冷世情稀，曾向《陰符》問殺機。自怪此心終不歇，白頭燈下讀《韓非》。」《蘭答問》云：「静坐微聞蘭太息，肅然起立密詢渠。答云薄命偏當户，斂氣收香一任鋤。」《與毛經夫閒談》云：「九州之外又名州，萬里風生十二樓。索隱探奇須到此，黄河一綫貼天流〔一〕。」《鹿泉有感》云：「餘耳初年刎頸親，凶終即屬舊張陳。莫言時輩交情短，薄倖原來是古人。」《漫興》云：「涼州一斗古蒲萄，恰配迎霜兩巨螯。暮景生涯惟此是，誰能辛苦讀《離騷》？」《夕旦偶吟》云：「雕章繪句費精神，脱手從無半字真。《垓下》《大風》衝口出，始知劉項是詞人。」又「《白頭吟》稿迴環讀，山雪排空月出雲。簡斥錢刀重意氣，女中誰是卓文君？」《酒坐聞箏》云：「五岳填胸未易平，一杯空水失峥嶸。白頭爛醉無餘想，且向樽前聽豔箏。」此等詩入之香山、東坡、放翁集中，不可復辨。

【校勘記】

〔一〕「綫」，原文誤作「錢」。

用古人成語作己詩，前輩恒有之；若用諺語得天然之趣者，則未多見。南宋高菊磵《清明對酒》

云：「南北山頭多墓田，清明祭掃各紛然。紙灰飛作白蝴蝶，淚血染成紅杜鵑。日落狐狸眠塚上，夜歸兒女笑燈前。人生有酒須當醉，一滴何曾到九泉？」收處用來妙絶。

己未，余領冬曹節慎庫，七月地震，自横街移居粉房巷。先至其處，督奴子搬家具，悶坐久，作詩一篇題壁上，有「東野家具少於車」、「墻脚殘立山薑花」之句。俄漁洋至，見而和之。次日徧傳都下，和者百人。己巳在黔，見一孝廉詩集内亦和一篇，詰其從來，云：「昔自江左傳誦者，不知原唱誰也。」因語其故，共嗟賞久之。十年之前，萬里而外，竟有此唱和之詩。余之調官夜郎，詎非定數然歟？

三句一韵詩，明雷何思翰林《聽雨》一篇云：「朝雨明窗塵，晝雨織絲杼，暮雨澆花漏。簷聲如雨泉，槽聲如飛瀑，溝聲如決溜。竹樹江崩騰，臺池磬清越，蓬茅車輻轃。忽然振屋瓦，忽然鼓雷霆，忽然飭甲胄。蒙莊寫三籟，師曠叶八風，鄒衍吹六候。病中廣陵濤，枕中華胥譜，庭中鈞天奏。醉聽可解醒，餓聽可樂飢，想聽可滌垢。辨非從意解，聞非從西來，聲非從耳透。」亦自奇闢。

余受學於愚山甚久，辛亥在都下，贈一詩云：「舍人詩思劇，委巷肯相過。官冷金門貴，心閒滄海多。暗蟲催夕杵，涼雨濯秋河。不厭東方朔，狂來據地歌。」又辛酉過金陵，寄懷云：「蕙草三見花，離情集暮節。雖無尺素書，道遠心如結。天際舉孤霞，林端皎積雪。伊人秉微尚，抱膝自怡悦。得士懷異寶，違時甘用拙。空餘鬱陶心，仰看托明月。」皆大雅有古氣。又和《移居》一篇亦佳。

乙丑嘉平，舟發武昌，兩日順風抵黄州。葉井叔來晤，遂與攜手登赤壁，命酒話舊者竟日。因各出近稿相示，井叔最富。余留贈一篇云：「故人解後手重攜，勝地登臨共杖藜。雪霽大江看赤壁，梅開古寺訪寒溪。詞場好事皮偕陸，酒客生涯阮與嵇。別後新篇較多寡，讓君卷帙楚山齊。」後丁卯在蘇州，其子書來，井叔亡矣，與宋牧仲痛惋久之。復念數年已來，王幼華、林澹亭、顏修來、葉井叔、汪蛟門相繼化去，《峨眉》句云：「人間那有青精飯，天上偏多白玉樓。」是可悲也。

故城馬東田公官都御史時，上以書畫賜諸臣，凡請者輒賜之。一同年謂公曰：「曷請焉？」公曰：「自顧平生，闕事正多，敢爾妄覬非分耶？」又云云，公曰：「侍臣最有相如渴，不賜金莖露一杯。」一時稱爲詩話。

文章之事，遇一語之長、一偏之論，亦屬有益，善讀書者必博收而兼采之。巴之鼓瑟，曠之奏琴，子晉之吹笙，漸離之擊筑，正平之撾鼓，桓伊之弄笛，秦青之曼聲，孫登之長嘯，合而奏之，非《雲門》、《韶濩》耶？

余初學詩，讀《古唐詩紀》，見《品彙》則厭其冗亂，不甚好之。後見《唐詩正聲》，以爲善矣，或曰不然。讀古人書如觀女色，妍媸好惡，亦繫於人耳。

序者，叙所以作之旨也。始於子夏之序《詩》。其後劉向以校書爲職，每一編成即有序，最雅馴矣。左思賦《三都》成，名不甚著，求序於皇甫謐。自是綴文之士，多托於序以傳。究之作者之工拙，非序操之，假一序而自忘其醜，何爲也？

冬夜夢同一友吟古人詩，醒輒記之。如「鶯蝶弄人燕子笑」、「謝家柳絮沈郎錢」、「老郎今日是何心」、「却訪支郎是老郎」、「蟲喧老耳薛能詩」、「座中不少江南客，莫向春風唱《鷓鴣》」，皆舊詩之佳句也。

陳師道云：「韓退之作記，記其事耳。今之記，乃論也。記必以記事爲正體，雜議論則爲變體，然亦有變而不失其正者。」余謂作傳亦然。

一同年有詠物詩頗佳，曾爲序之。及來黔，投余一絶云：「農圃謳吟也自狂，兩年閣筆避山薑。還餘小技無多子，細馬馱來十二章。」風格亦雅。

河山詩話

河山詩話提要

《河山詩話》一卷，據中國社會科學院文學研究所藏鈔本《莘野先生遺書》本點校。撰者康乃心（一六四三—一七〇七），字孟謀，又字太乙、河山，號莘野、飛浮山人。陝西郃陽人。康熙四十四年舉人。著述由後人彙爲《莘野先生遺書》，未刊行。康氏乃清初理學名家李顒弟子，亦有詩名。據《詩話》卷末題識，此本鈔録於康熙四十年辛巳六月六日，至重九又題，仍爲未定之稿，即以本人字號題作書名也。書中以録詩爲主，多得自關中一帶石刻，略存秦風之概。又録王漁洋奉使關中組詩，且不録，蓋其曾受漁洋延譽也。又好録漢、唐以來豪傑之詩，如首尾録諸葛武侯《梁父吟》及杜牧、薛能詠武侯詩之類。而於併時之錢謙益、屈大均等降臣，亦頗致恕辭，似未能持論。

河山詩話

梁父吟

武侯《出師》二表後別無詩文，唯有《梁甫吟》一篇，所謂「抱膝長嘯，好爲《梁父吟》」也。吟曰：「步出齊城門，遥望蕩陰里。里中有三墳，壘壘正相似。問是誰家墓？田疆古冶氏。力能排南山，文能絶地紀。一朝被讒言，二桃殺三士。誰能爲此謀？相國齊晏子。」刺平仲也。相國秉鈞，禮宜下賢容士，而嫉忌如此，胡以爲説？故以「讒言」目之，言不成其爲相國也，《春秋》之義也。

魏鄭公

魏鄭國文貞公出關《述懷》詩，磊砢雄鬱，千古如見。此外有《暮秋言懷》一篇，當是歸唐後所作：「首夏別京輔，杪秋滯三河。沉沉蓬萊閣，日夕鄉思多。霜剪涼地蕙，風捎幽渚荷。歲芳坐淪歇，感此式微歌。」

明道先生二詩

程伯淳先生詩，有鳳翔千仞之意，非天下之至無欲者，不能與于斯也。其《感秋》曰：「清溪流過碧山頭，空水澄鮮一色秋。隔斷紅塵三十里，白雲紅葉兩悠悠。」《題淮南寺壁》曰：「南去北來休便休，白蘋吹盡楚江秋。道人不是悲秋客，一任晚山相對愁。」

薛文清四知臺

薛文清公《過都邑四知臺》詩：「人間無處不知公，笑却黄金暮夜中。千載四知臺下路，至今猶自起清風。」

開元寺

邢州開元寺有唐鍾離權詩二首，其一：「得道高僧不易逢，幾時歸去顧相從。自言住處連滄海，别是蓬萊第一峰。」其二：「莫怪追歡笑語頻，尋思離亂可傷神。閒來屈指從頭數，得道清平有幾人？」謝疊山所謂「出塵絶俗」者也。

神仙李山人

山人李詩：「溪潭直上孤峰底，怪柏蒼蒼老不死。藜杖長拖嘯一聲，虎豹潛形齊縮耳。須臾有客話無生，旋煮新茶汲冰水。樵歌依約耳邊來，詩情都在烟嵐裏。」

鐵拐李降筆二律

李山人降神頻陽田氏詩：「良常暫别武夷遊，爲訪名山洞壑幽。行處自携千歲鶴，歸來獨控五花虬。經多傳注真成贅，道在希夷信莫求。泉石鄉中多勝概，可能來此事藏修？」其二：「緑荷衣上帶雲霞，始入玄洲外史家。西去近傳王母信，東來誰引木郎車？相逢只惜仙凡隔，歸去寧愁水路賒。儒道異同非確論，臨風應是一長嗟。」李太史子德傳之。

張三丰

張三丰居關中甚久，《謁中部軒轅陵》云：「披雲歷水謁橋陵，翠柏煙含玉露輕。衮冕霞飛天地老，文章星煥海山青。巍巍鳳闕迎仙島，渺渺龍車駐帝城。寂寞瓊臺遺漢武，一輪皓月古今明。」大書廟壁。數十年前方爲土人修葺所毁。惜無摹刻之者，遂令神跡永絶也。世傳其《遊揚州題瓊花觀》云：「瓊枝玉樹屬仙家，未識人間有此花。清致不沾凡雨露，高標猶帶古煙霞。歷年既久何曾老，舉世無雙莫浪誇。便欲載回天上去，擬從博望借靈槎。」亦自寓之意。

過長安故宗室門

和鼎字子新，蒲城文學。嘗讀書太華山，詩文奇岸，不可一世，著有《剣吼齋詩集》。曾于蒲寺門見書其《亂後過長安宗室門有感》云：「豺虎生逢劫至尊，天涯何處走王孫？縱留碧瓦堂仍在，燕子來時錯認門。」

適菴老人詩

隋公泉在澄城谷中，文皇避暑離宫也。石壁上題詠最多，多漫滅不可認識。旁一小楷題云：「往事無窮莫漫傷，野泉今日水猶香。最憐清澈明如鏡，幾度宫娃照晚妝。」後署「適菴老人」。老人不知何姓名，亦不知何代人也。邑人路世龍和之云：「萬朵旌旗一鏡之，行宫到處纜龍船。一去廣陵多少恨，空餘碧澗鎖寒煙。」河濱李岸翁叔則又有「寂寞遺宮千古月，清光應比舊時多」之句。舊苑荒臺，古今人何必不相及耶？

長安懷古

清苑高鎬長安碑洞鐫一詩云：「山河環帶帝王州，大劫煙銷無鳳樓。一代冠裳新楚楚，千年車馬故浮浮。鷄豚不祀誰知漢，伏臘相沿仍是周。三十六宮歌舞地，還餘少婦學風流。」

李因

葛無極如夫人李因詩：「十里煙林露未收，瀟瀟山雨報新秋。溪流不斷重陽影，送盡年年過客愁。」

于肅愍公

于公謙任河南，不持土產以賂當事。汴人至今誦其詩曰：「首帕蘑菰與線香，本資民用反爲殃。

清風兩袖朝天去，免得閭閻話短長。」

鐘山詩

淳熙時，周文璞題鐘山云：「往在秦淮問六朝，江頭只有女吹簫。昭陽太極無行路，歲歲鴉黄上柳條。」

李後主宫扇

江南李後主嘗于黄羅扇上書賜宫人慶奴云：「風情漸老見春羞，到處銷魂感舊遊。多謝長條似相識，强隨煙態拂人頭。」此扇宋時猶存，然真亡國之主也。道君帝亦爾爾。

馬文璧竹枝

元馬琬，字文璧，秦淮人。《竹枝詞》：「湖頭兒女二十多，春山兩點明秋波。自從湖上送郎去，至今不唱江南歌。」

鄴中歌

魏武一生雄傑，寔非袁、劉諸公所可擬議。上下千古，前有自叙令，後有鍾退菴一歌而已。歌云：「城則鄴城水漳水，定有異人從此起。雄謀韵事與文心，君臣兄弟而父子。英雄未有俗胸中，出没豈隨人眼底。功首罪魁非兩人，遺臭流芳本一身。文章有神霸有氣，豈能苟爾化爲塵。横流築臺據太行，氣與理勢相低昂。安有斯人不作逆，小不爲霸大不王。霸王降作兒女鳴，無可奈何中不平。向帳明知非有益，分香未可謂無情。嗚呼！古人作事無鉅細，寂寞豪華皆有意。書生輕議塚中人，塚中笑爾書生氣。」

静修梅花

元劉夢吉《觀梅》詩：「東風吹落戰塵沙，夢想西湖處士家。只恐江南春意減，此心原不爲梅花。」讀此則渡江賦之，非幸宋亡明矣。

静修詞

夢吉《念奴嬌・憶仲良》詞，悲壯悽惋，直是半山勁敵，柳、秦不能到也。詞云：「中原形勝，東南壯夢裏，譙城秋色。萬水千山收拾就，一片空梁落月。煙雨松楸，風塵淚眼，滴盡青青血。平生不信，人間更有離別。　舊約把臂燕南，乘槎天上，曾對河山説。前日後期今日近，悵望轉添愁絶。雙闕紅雲，一江白浪，應負肝腸鐵。舊遊新恨，一生都付長鋏。」又《鵲橋仙》云：「悠悠萬古，茫茫天宇，自笑平生豪舉。元龍儘意卧床高，渾占得、乾坤幾許。　公家租賦，私家鷄黍，學種東皋煙雨。有時抱膝看青山，却不是、吟《梁甫》。」則稼軒不過也。

晦翁詞

子朱子《水調歌頭》云：「江水浸雲影，鴻雁欲南飛。携壺結客，何處空翠渺烟霏？塵世難一笑，况有紫萸黄菊，堪插滿頭歸。風景今朝是，身世昔人非。　酬佳節，須酩酊，莫相違。人生如寄，何事辛苦怨斜暉？無盡今來古往，多少春花秋月，那更有危機？與問牛山客，何必淚沾衣？」

魯齋詞

許文正公《滿江紅》：「河上徘徊，未分袂、孤懷先怯。中年後、此般憔悴，怎禁離別。淚苦滴成襟畔濕，愁多擁就心頭結。倚東風、搔首漫無聊，情難説。　黄卷在，消白日。青鏡裏，增華髮。念歲寒交友，故山煙月。虚負人生歸去好，誰知美事難雙得。計從今、佳會幾何時，長相憶。」感嘆牢騷，乃亦如此。

張杲卿詞

張昇杲卿，韓城人，謚康節，宋太師。《離亭燕》詞一首：「一帶河山如畫，風物向秋瀟灑。水浸碧天何處斷？霽色冷光相射。蓼嶼荻花洲，映竹籬茅舍。　雲際客帆高掛，煙外酒旗低亞。多少六朝興廢事，盡入漁樵閒話。悵望倚層樓，寒日無言西下。」擬刻石一片，砌之少梁故里。

石頭城詞

杜伯高《石頭城·酬江月》云：「江山如此，是天開萬古，東南王氣。一自髯□横短策，坐使英雄鵲起。

玉樹聲銷，金蓮影散，多少傷心事。千年□鶴，并疑城廓非是。當日萬騆雲屯，潮生潮落處，石頭孤峙。人笑褚淵今齒冷，只有袁公不死。斜日荒煙，神州何在？欲墮新亭淚。元龍老矣，世間何恨餘子。」

烏衣園

宋張杜《柳稍青》：「燕里花□，鷺汀雲澹，客夢江皋。日日言歸，淮山笑我，塵鎖征袍。幾回把酒憑高，欄杆外、魂飛暮濤。只有南園，一番風雨，過了櫻桃。」

青　溪

吴琚《遊青溪》：「岸柳可藏鴉，路轉溪斜。忘機鷗鷺滿汀沙。咫尺鍾山迷望眼，一片雲遮。臨水整烏紗，鬢影蒼華。酒闌却念在天涯。幾日不來春便晚，開盡桃花。」

桃李春官詩

劉禹錫詩：「禮闈新榜動長安，九陌人人走馬看。一日聲名遍天下，滿城桃李屬春官。」「桃李」之名久矣。

李河濱

潼關白帝祠有岸翁先生題：「門啓三秦始，風存五峙餘。客來間似鶴，秋半静堪書。猶愍窮岩險，漸欣衆鳥居。我心還太古，潼水響空虚。」

墨竹

姚廣孝《題雲林墨竹》：「開元寺裏長同夜，笠澤湖邊每共過。誰説江南君去後，更無人聽《竹枝歌》？」

桃葉渡

施尚白愚山《桃葉渡》詩：「萬事東流去，争傳桃葉名。當時曾照影，終古尚含情。畫舫停歌扇，悲笳動冶城。祇留一片月，猶是六朝明。」又史謹詩：「重經古渡立斜曛，愁見桃花兩岸春。欲向東風唱桃葉，江邊怕有別離人。」

馬狀元匡菴

馬匡菴先生世俊，字章民，順治辛丑狀元。《傳臚日徒步歸寓》詩云：「聽得臚傳第一聲，玉階□意引諸生。同瞻蕊榜隨雲動，獨捧宫袍映日明。櫻薦寢園初罷宴，柳園禁御尚聞鶯。却憐十里無歸騎，自媿才疏欲避名。」

文太青

文翔鳳《望華山》：「自禮西皇遠渡關，年年塵土上愁顔。三峰採翠空天外，兩眼清波照世間。矯掌仙人擎月露，倒盆玉女櫛煙鬟。心花已作青蓮瓣，直向雲臺更問山。」

雲林高士

倪元鎮《題所南蘭》云：「秋風蘭蕙化爲茅，南國淒涼氣已消。只有所南心不改，淚泉和墨寫《離騷》。」又《二月十九夜風雨淒然，南渚旅寓篝燈，與端叔共坐，因念兵戈滿地，深動故山之思，賦一絶》云：「春雨春風滿眼花，夢中千里客還家。白鷗飛去江波緑，誰採西園穀雨茶？」又《吴中》一首云：「望□□草古長洲，不見當時麋鹿遊。滿目越來溪上水，流將春夢過杭州。」又有《折桂令》詞云：「草茫茫秦漢陵闕，世代興亡，却便似月影圓缺。山人家堆案圖書，當窻松桂，滿地薇蕨。侯門深何須刺謁，白雲間自可怡悦。到如今世事難説，天地間不見一箇英雄，一箇豪傑。」

吕仙石刻

《無上宫訪蔣暉》：「謙罷高歌海上山，月飄承露浴金丹。夜深鶴透秋雲碧，萬里西風一劍寒。」

岸　翁

叔則李先生題王重陽石刻《如夢令》詞一絶曰：「五祖七真事若何，大儒遯世道流多。黄冠紫綬誰優劣？一縷天風吹薜蘿。」在同州廣成觀見之。

韓堮題壁

陳留韓堮村壁上，蔣丹崖書詩一首。丹崖，浙人，名薰，爲秦令。著《留素堂集》。詩云：「停驂慰遠役，野店漫棲遲。沽酒銷風雨，烹雌炊扊扅。遊秦頻拭劍，入洛且吟詩。明發從王事，披星何敢辭。」後書「阻雨韓堮，丹崖題」。

閻古古

有人録舊時王孫來往書牘爲一帙，閻古古爲題詩其上云：「鐵鎖金臺一夢場，朱門碧草兩茫茫。東風吹散梁園客，獨有枚皋哭孝王。」

遊長安城南十首

新城阮亭王先生奉使關中，有《遊城南》詩十首。其一《曲江》：「賜沐逢修禊，宜春歲歲遊。傳呼夾城仗，早御望仙樓。捧劍金人曲，淩波彩鷁舟。新蒲將弱柳，蕭瑟至今愁。」其二《慈恩寺》：「昨日櫻桃宴，今朝雁塔行。紅綾新賜餅，淡墨舊題名。柳汁年年緑，桑田歲歲更。殘僧卒劫後，相對話無生。」其三《薦福寺》：「院從唐代建，人以寂音傳。水鳥皆聞法，雲山不離禪。花邊停浴鼓，竹外起茶煙。即此忘言説，虛空借坐眠。」其四《韋曲》：「皇子陂邊路，風光韋曲多。曾隣天尺五，最□第三坡。芳草新年色，桑條舊日歌。傷春更懷古，容易醉顔酡。」其五《杜曲》：「春衣杜陵宿，窈窕一川花。舊是岐公宅，人傳故相家。名園三品石，貴主五雲車。今日穠花歇，棠梨噪暮鴉。」其六《牛頭寺》：「牛頭鐘梵罷，露坐俯樊川。明月生秦嶺，清光滿稻田。微風喧吠蛤，野燒起山煙。歸卧禪燈寂，心空古佛前。」其七《少陵原工部祠堂》：「少陵原下路，髣髴浣花村。猶似開元日，終南對國門。秦川空望眼，湘水與招魂。忽見桃花落，紅英糝緑罇。」其八《樊川桃花》：「三月樊川路，紅桃散綺霞。終南送青黛，潏水碧穿沙。草色裙腰合，渠流燕尾叉。銷魂過杜曲，一樹最夭斜。」其九《鄭莊》：「杜陵客西蜀，常憶鄭川州。望古尋遺蹟，逢人問故侯。有才三絶擅，無恙八川流。相望韓莊近，同悲貉一丘。」其十《秦愍王墓》：「陳王門鷄道，今日望陵園。石馬前朝賜，銅人漢代原。幽蘭悲帝子，芳草怨王孫。猶有藍田燕，年年入墓門。」

雁字詩

劉石生《雁字》詩二首，其一：「何處流音過塞壕，憑空一一託風騷。排雲朋翅依秋律，八卦臣儀莫遠皋。萬里啣蘆釵脚冷，長林帶雨漏痕高。年來已罷揮□興，輸却雕蟲任羽毛。」其二：「歷盡瀟湘與洞庭，鴻文無範自垂硎。方□畫笏留奇筴，已覺凭闌失墜星。賓至無家成水注，歸來有路按山經。最憐南北風塵裏，不爽春秋獨健翎。」石生名漢客，中部人。湘客之弟也。

青村隱者投詩

錢宗伯，先朝宿老，詩文披豁，一空前後作者。而晚節自放，遂爾頹然，然其言決不可廢也。順治初，偶遊雲間，畫船蕭鼓，流連累月。一時紳士山人，以詩文投謁，日無寧晷，晏樂之盛，近今所無。有客書片紙，從蓬窻隙中入，自稱「青村隱者」。錢得詩，失聲一慟，即解纜而歸。詩曰：「畫舫清江載酒行，山川滿目不勝情。漢宮一閉千官散，無復尚書舊履聲。」盛唐諸公不能過也。

碩揆上人

釋碩揆，南海人，字石濂。賦《金陵懷古》：「白門久不是吴宫，無主花飛滿地紅。十廟神鴉啼戰血，三山野草出長虹。人歸夕照荒林外，馬立春陰戍鼓中。未雪六朝亡國恨，至今風雨哭江東。」

佛手柑

狼山王學臣《詠佛手柑》：「寶樹何年淨土栽，尚留一掌在塵埃。不能灑水輕持鉢，□可聞香略近腮。月下乍疑招佛印，風前猶似拜如來。請□衣上黄金□，都是禪機莫浪猜。」

唐人科遇句

唐人及第後遇舊題名處，即加□字，故詩曰：「曾題名處添□字，送出城人乞舊詩。」姚合及第後詩云：「新銜添一字，舊友讓前途。」蓋以韋肇及第，偶於慈恩寺雁塔題名，後人效之，遂成故事。神龍以來，杏園宴後於慈恩寺塔下題名，同年中推善書者紀之。他時有將相則朱書之，其重類如此。

晉公題名

裴晉公赴敵淮西，題名華岳廟之闕門。大順中，户部侍郎司空圖以一絶紀之，曰：「岳前大隊赴淮西，從此中原息戰鼙。石闕莫教苔蘚上，分明認取晉公題。」

李頻

唐李頻《秋宿慈恩寺遂上人院》詩：「滿閣終南色，清秋獨倚欄。風雨斜漢動，葉下曲江寒。帝里求名老，空門見性難。吾阿無一事，不似在長安。」蓋言上書金門，半生奔走，日銷月磨，不覺冉冉老矣。此時即欲祝髮事佛，一入空門，而蹉跎頓折，神志俱喪，亦必不能爲出世事。所云「賺得頭白，虚度此生」也。

盧校書妻

盧校書妻崔氏，暮年所娶，結褵之後爲詩曰：「不怨盧郎年紀大，不怨盧郎官職卑。自恨妾身生較晚，不及盧郎年少時。」妙於立言，亦是至性所在。

梅花九首

高太史《詠梅》九首，其一：「瓊姿只合在瑶臺，誰向江南處處栽？雪滿山中高士卧，月明林下美人來。寒依疏影蕭蕭竹，春掩殘香漠漠苔。自去□郎無好詠，東風愁殺幾回開。」其二：「縞袂相逢半是仙，平生水竹有深緣。將□尚密微經雨，似暗邊明遠在煙。薄暝山家松樹下，嫩寒江店杏花前。秦人若解當時種，不引漁郎入洞天。」其三：「翠羽驚飛別樹頭，冷香狼籍倩誰收？騎驢客醉風吹帽，放鶴人歸雪滿舟。澹月微雲皆似夢，空山流水獨成愁。幾看孤影低徊處，只道花神夜出遊。」其四：「淡淡霜華濕粉痕，誰施綃帳護香温？詩隨十里尋春夢，愁在三更掛月邨。飛去只憂雲作伴，銷來肯信玉爲魂。一罇欲訪羅浮客，落葉空山正掩門。」其五：「雲霧爲屏雪作宫，塵埃無路可能通。春風未動枝先覺，夜月初來樹欲空。翠袖佳人依竹下，白衣宰相住山中。寂寥此地君休怨，回首名園盡棘叢。」其六：「夢斷揚州閣掩塵，幽期猶自屬詩人。立殘孤影長過夜，看到餘芳不是春。雲暖空山裁玉遍，月寒深浦泣珠頻。掀蓬圖裏當時見，錯愛斜横却未真。」其七：「獨開無那只依依，肯爲愁多減玉輝。簾外鐘來初月上，燈前角斷忽霜飛。行人水驛春全早，啼鳥山塘晚半稀。愧我素衣今已化，相逢遠自洛陽歸。」其八：「最愛寒多最得陽，仙遊長在白雲鄉。春愁落寞天應老，夜色朦朧月亦香。楚客不吟江流寂，吴王□醉苑臺荒。枝頭誰見花驚處，嫋嫋微風簌簌香。」其九：「斷魂只有月明知，無限春愁在一枝。不共人言唯獨笑，忽疑君到正相思。歌殘别院燒燈夜，妝罷深宫覽鏡時。舊夢已隨流水遠，山窗聊復伴題詩。」

馬嵬詩

唐鄭畋爲鳳翔從事，題馬嵬詩：「玄宗回馬楊妃死，雲雨雖亡日月新。終是聖朝天子事，景陽宫井又何人？」當時以爲有宰輔之器。

題漢高詩

宋張安道文定公布衣日，題沛縣高祖廟曰：「縱酒疏狂不治生，中陽有土不歸耕。偶因亂世成功業，更向翁前與仲争。」又題歌風臺曰：「落魄劉郎作帝歸，樽前感慨《大風》詩。淮陽反接英彭族，更欲多求猛士爲。」亦自雄傑，不可一世，將相非偶也。

張窈窕

唐女郎張窈窕《寄故人》詩：「澹澹春風花落時，不堪愁望更相思。無金可買《長門賦》，有恨空吟團扇詩。」最爲雅令。

青主先生黄冠詩

傅徵君青主詩：「貧道初方外，興亡著意拚。入山真是淺，孤□獨□攀。却憶神仙術，如無君父關。留侯自黄老，終始未忘韓。」先生國變後託跡黄冠者數十年，高尚孤踪，爲近今逸民第一。詩學墨眇，其餘事矣。

下馬陵

董仲舒墓在長安城内，俗呼爲「下馬陵」。馬光禄理有石刻斷句：「三尺孤墳禁苑頭，王侯至此下驊騮。兒童爲問緣何事？千載真儒在此丘。」晉雲中郭傳芳，字九芝，《集飲》詩四首，其一：「天涯歲暮古闉丘，騷客呼群藉勝遊。渭水可憐春到樹，江梅無奈雁回秋。他鄉作主浮雲醉，四海同文彩筆愁。廟屋何人祠董相，風簷臘月坐懸鈎。」其二：「帝州書社起良夫，杯土巍巍見正儒。兩漢浮名空太傅，三才大業老江都。淚添西狩麒麟苑，火散先秦鹿馬圖。絶代風流唯俎豆，肯將氣象托操觚。」其三：「把酒高天視聖賢，畫梁名姓總依然。山雲落落猶封户，歲柏森森自種田。下馬陵前思武帝，採蓮舟畔憶神仙。多情更有猪肝令，東道何曾遂執鞭？」其四：「關柝稱臣事未同，詞壇作賦效揚雄。

逢迎幸有終南在，離別何當冀北空。黄綬絲綸加大邑，紫薇花草戀東風。傷心屈指年華日，萬里相思一夜中。」郭後仕至達州刺史。又有錢塘趙曙一詞：「逶迤城西問遺踪，漢武曾經駐蹕。翡翠坡前連萬雉，一片秋雲凝碧。蛩響階除，烏啼林表，愁絶江東客。低徊今古，滿襟幽思，空逐追。□□間世醇儒，膠西偃蹇，豈足抒胸臆。對此松楸聲謖謖，依約下帷時。《繁露》千言，天人兩字，百代崇賢哲。臨風憑吊，緬思如見顔色。」

吴日千公横雲寺

華亭吴日千先生名騏，雲間高尚士也。《遊横雲山寺》云：「白石蒼苔曲徑分，梵宫金碧桂夕曛。山腰一片鴻濛氣，猶是堯封舊白雲。」

成都四首

郭九芝匡廬先生《成都城南》四首，其一：「雍州孤使耽奇遊，萬里橋頭苦上樓。城郭銷沉才子氣，煙花零落錦官秋。月明三國清江恨，雪黯西山玉壘愁。可惜費禕醮餞後，徒將吴越論同舟。」其二：「昭烈園陵□草堙，漢家皇帝眼中□。經綸未勝中原敵，歷數先榮大節臣。北地嗣王真萬古，西川後主只終身。拳心拜起沾襟哭，却恨江東玩故人。」其三：「浣花溪岸貝風香，敗石傾陰杜草瑩。稷契無功天地棄，巢由多難鬼神强。詩排三峽中江下，氣併西方太白長。此日若臨嚴僕射，英雄獨有論襄陽。」其四：「青羊臺觀注餘馨，老子神靈舊講經。萬里平蕪鋪戰血，千年夜氣集流螢。浮槎羞遇支機石，問字徒過載酒亭。遥望暮雲歸白帝，愁鵑極樹鎖煙汀。」

駟馬橋

郭九芝傳芳《題成都駟馬橋》：「擅得才名摇至尊，傾城何況卓王孫。奇書索盡惟《封禪》，總是琴心犢鼻褌。」

汾陽萊國

新城王先生阮亭《謁郭忠武王華州遺祠》云：「便橋蕃部擁風雷，單騎纔臨鐵騎摧。回紇萬人齊下拜，傳呼天上令公來。」《謁寇忠愍公祠》云：「《柘枝》舞罷蠟成堆，千束吴綾夜宴開。不是魏天詩句好，誰知無地起樓臺？」

武陵賜詩

崇禎先帝賜閣臣楊嗣昌督師詩石刻，在今長安學宫後，御書也：「鹽梅今暫作干城，上將威嚴細柳營。一埽寇氛從此静，還期教養遂民生。」

蘇門三賢詩

阮亭先生《蘇門三賢》詩，有叙。其一爲《張于度》，叙曰：「蘇門孫徵君曰：『于度爲鹿伯順高弟，從余五十年，未嘗或離。左、魏之難，履虎尾，涉春冰，烈士之名滿天下。卒歸老蘇門，高蹈遠隱。志士不忘溝壑，其庶幾乎？』于度名果中，容城人。葬夏峰北原。」詩云：「明運昔中圮，奄豎奸大位。衣冠虚南牙，政柄歸北寺。誰寔鈎黨魁？岳岳左與魏。一朝檻車徵，牢戶事陰秘。傷哉史弼言，荼甘乃如薺。容城有布衣，發憤亡鯁避。要鑕理太尉，舉幡訟司隸。貫械渤海生，赤幘夏門吏。桑海四十年，往事如夢寐。骨歸蘇門山，名在顧厨次。」其一爲《理寒石》，叙曰：「本李姓也，名󰁽和，西華人。耻與逆闖同姓，改曰理。孫徵君與西華友人之書稱爲魯連後一人。」詩云：「魯連蹈東海，其志耻帝秦。龔生夭天年，詎知有美新。陶公懷晉室，聊存頭上巾。嗟哉均㟁流，乃愧青巖甄。西華理寒石，爲儒甘賤貧。事毋蓬藋中，歸潔恐辱身。梟鏡交蹄跡，神州日沉淪。靈氛久上天，呼號竟無因。感激變姓名，下士良苦辛。何人傳節義，誦言聊一陳。」其一爲《餓夫》，叙曰：「彭姓，字了凡，蠡城人。遭闖亂，棄諸生，客饒陽，爲鄉塾師。已而從孫徵君於蘇門，或授之粟，不受，竟坐死嘯臺之旁。徵君題其藏曰『餓夫墓』。」詩：「黔敖呼餓人，不受嗟來食。使之當大事，必讓千乘國。靈輒餓翳桑，倒戟一何力。簞食不忘報，竟脱宫甲逼。蘇門有餓夫，風節夙所植。生餓蘇門下，死葬蘇門側。嘯臺高峨峨，百泉流湜湜。清風一相映，泉石起寒色。遐哉首陽薇，千古長太息。」三賢徵君，此詩可稱三絶。

屈翁山布衣

吴天章歸河中，屈大鈞送之云：「昔年登太華，遥望薰風臺。一片蒼梧恨，茫茫烟水來。君今蒲坂去，門對首陽開。更上夷齊墓，松間埽緑苔。」翁山，南海人，布衣。

渡　渭

翁山《渡渭》詩：「渭源從鳥鼠，東走向黄河。勢到潼關大，高流沃野多。雙橋象牛斗，七水雁煙波。往日皇威正，呼韓緩轡過。」

武功李徵君聖年

武功李聖年先生大春，博學鴻詞。《入都病起偶述》十二首，其一：「石室新開詔，黄金舊築臺。一枝猶偃蹇，雙闕屢徘徊。雪晃龍池樹，雲涵鳳閣苔。諸公乘勝日，坐詠亦悠哉。」其二：「廷尉門前雀，司徒樹上鴉。門凝仙掌露，樹遶御溝花。瑇瑁開金埒，珊瑚飾寶車。孤笻難再拜，空自羨繁華。」其三：「晨鷄纔報罷，凍樹復啼烏。客寓終南久，墳留塞北孤。天邊鵰自起，沙際□相呼。亦欲鞭老馬，難追萬里途。」其四：「雨雪逢多病，開山入暮愁。□□曾十上，華髮久盈頭。慚愧分官米，支離忝貴遊。故園有梅柳，春色慎淹留。」其五：「二陸初遊洛，鄒枚并在梁。一時皆妙選，千載擅文場。衰白羞先達，空疏逐後行。愁同上林雁，結隊趁餘鱷。」其六：「黄圖應四瑞，寶籙奠三辰。氣協簫韶曲，風清閶闔塵。車書無異俗，海嶽有徵人。勿使從宣室，徒傳問鬼神。」其七：「兼濟終難致，幽棲事亦非。聲名隨所尚，風土獨多違。病起黐囊藥，寒深换旅衣。僧關常晝掩，過客自愁稀。」其八：「經旬厭伏枕，强起望邊岑。雪影飛花聚，霜痕亂草侵。夕陽留老樹，暮雀近空林。爲憶餐芝叟，山居歲月深。」其九：「戚里笙竽滿，王門文史過。三冬誇足用，一諾矢無他。白玉邀山靄，黄金擲海波。倏然成老醜，今古一長歌。」其十：「佛殿蒼烟杳，經樓紫霧平。聞鐘隨散步，行樂暢幽情。偶憶開元寺，還瞻北斗城。吾家臨渭水，夢落棹歌聲。」十一：「家世原榆塞，平生慣朔風。龍文盤駿馬，虎帳輓雕弓。

父建洮河節，兄傳泗水功。百年滄海夢，萬里白頭翁。」十二：「自昔饒奇賞，青門富大賢。六經開曉日，三史若流泉。侍坐春風底，回頭暮雪天。梅花香客徑，晚節幾人全？」又《送廖邵鎬出塞》云：「北風吹大雪，疲馬著羊裘。送爾關山道，難聞隴水流。家貧能好客，出塞更多愁。莫使玉門外，空傳定遠侯。」

伏虎寺偈

蔣虎臣超遊四川眉山伏虎寺，臨終詩：「翛然猿鶴自相親，老衲無端墮業塵。妄向鑊湯求避熱，那從大海去翻身。功名傀儡場中物，妻子骷髏隊裏人。唯有君親無報答，生生世世祝能仁。」

女郎

順德旅舍題壁，李太史子德先生親見之，字極風雅。詩二首，其一：「晴霜如雨望中迷，窄袖蠻靴顧影非。夢到高堂應欲訝，十年征戰木蘭歸。」其二：「一別揚州淚尚紅，梅花館閣又東風。昨宵廿四橋邊月，應逐雲頭問曉鴻。」旁書云：「鞍馬連霄，途無完夢，睡香未穩，哀鴻在天，四顧蒼茫，研霜成句。廣陵十七歲女郎題于順德旅次。」

衛輝壁

衛輝題壁斷句，其一：「風動寒江羯鼓催，降旗飄颭鳳城開。將軍戰死君王繫，薄命紅顔馬上來。」其二：「廣陌紅塵暗鬢鴉，朔風吹面落鉛華。可憐夜月箜篌引，幾處穹廬伴暮笳。」其三失遺。其四：「盈盈十五破瓜時，已作明妃别故帷。誰散千金齊孟德，鑲黄旗下贖文姬。」「秦淮女子宋蕙湘。」

故宫人

清風驛壁，前朝宫人廣陵葉氏題：「馬足飛塵到鬢邊，臨妝羞整舊花鈿。回頭漫憶宫中事，衰柳空垂鎖暮煙。」

愛玉

義塘橋壁詩：「霧鬟風鬟亂曉妝，澹雲孤月影微茫。自憐薄命同秋草，戎馬鞍頭困海棠。」後書云：「妾不幸幼失雙親，爲薄倖所欺，嫁成陽武弁。終日戎馬征衣，不勝風塵之苦。又聞大娘狼毒。

此一歸去，尚不知作何究竟也。因書一絶于壁，望知音者共憐之。常山薄命愛玉題。」

宋娟清風店題壁

曹太史子固美人，遭亂不偶，題詩清風店云：「妾本虎林女也，所逢不淑，載罹干戈。臘月甚寒，携之北上，終日坐破車中哼哼，骨節欲脱，塞草玄風，塵沙滿目，北馬悲鳴，凄其欲絶。屢欲自經，而念妾本名家，流落至此。昔與魏里曹郎訂終身約，子固才士，必不棄予。死之無名，何如忍以相待。是以終夜涕泣，寢食俱廢。比復念此，乃又强食。然心慘裂，固非昭君馬上、蔡琰車中所能髣髴者。今從將士閲省録，喜曹郎已登鄉薦，旦夕車中至此，恐不知妾尚存，遂爾捐棄。故乘晦竊書此詩，令知薄命人猶然西湖月下心也。當妾與曹郎盟時，六橋月下，十里湖山，澄波淼然，萬籟蕭寂。妾吹簫，忽悲泣，曹郎舉酒灑天曰：『勿憂，吾當貯汝以金屋。』妾改容謝曰：『無媒妁何？』先是，曹郎嘗懷一扇，妾甚愛其詩。詩爲桐山方生玄成者作，有曰『蒼壁倚千尋，空江自古今。浪翻丹樹合，廟枕碧流深』句，妾甚愛其壯凉高逸。是時曹郎出此扇，曰：『汝甚佳此人詩，此人吾好友，海内名士，即以爲媒妁，可乎？』妾拜受至今，瀕死不去衹中。又聞此人亦登鄉薦，倘曹郎不及見此，或桐山生寓目焉，幸語我子固，云妾尚存，亦不負當日以眉長公待先生意也。丙戌冬西湖宋娟淚書。」「妾命如朔風，飄然振落葉。不入郎羅幃，乃逐塵沙陌。妾本良家兒，流落平康劫。十三工秦筝，十五好筆墨。罇前柔歌聲，淚濕江州褶。人謂妾顔好，妾謂多生孽。武林遇曹郎，心知不徒悦。忽爾天地崩，遂令山川别。一爲俗子羈，再爲干戈紲。哼哼大車中，塵土滿鬢髻。塞馬嘶寒風，玄冰真慘裂。婀娜一羊裘，酸肌冷如鐵。晝難强笑歡，夜則潛哽咽。孰謂文姬哀，文姬猶近闕。孰謂明妃怨，猶得封馬鬣。而我薄命人，終當染燐血。所不即就死，心爲曹郎結。曹郎爾多情，豈忘西湖月？曹郎爾多智，豈不諒我節？曹郎爾任俠，忍妾委虎穴？曹郎爾廣交，交豈無豪傑？媒妁扇上詩，顛沛未嘗撤。忍死以相待，悲酸難再説。又聞桐山生，風流當世傑。既與曹郎善，何不一救妾？」此詩先舅荆山公如都，過訪其地，手録以歸，云書之枕畔者，字如指大，雅麗特絶。後野鶴丁公聞，爲作傳奇，名《西湖扇》，即此事也。曹公爾堪、方公玄成俱壬辰進士。方後以今上聖諱更名孝標。

左文信公夢仙人詩

蘿石先生左文信公《宿大棗夢仙人》：「我本海上人，夙與安期親。秦亦有大棗，昔日餐霞賓。飄然凌山頂，紫氣颸車輪。仙人粲其齒，笑我仙無因。我因自許曰，靈氣貯我身。一心苦不染，車馬徒駪駪。不爲區區者，頭上烏紗巾。北躡禹門上，南眺華山峋。願得如瓜棗，遍啖此下民。丹砂擲如粒，以救租之貧。群山羅海上，掘藥招吾真。」令秦時作。

漢太史公墓詩

墓在韓城縣南二十里，枕梁山，面黄河，氣勢甚雄奇，所謂「司馬氏入少梁，少梁更名夏陽，其先世皆葬高門」者是也。墓去高門十餘里，今名司馬坡。虬柏横空，浩浩茫茫。石刻如林，而苦無善者。每恨少陵、崆峒皆其里人，而竟不得一唱，以壯幽靈。豈少梁地僻，當時諸公車轍從未一至耶？若白水之見詠于工部，抑又何幸乃爾！唯葉司空龍潭先生夢熊一首，可稱擅場，云：「大河東□勢茫然，司馬殘碑紀漢年。狐史是非懸日月，龍門踪跡已浮煙。玉書神護空遺穴，石室雲藏有剩編。國士漂零同感慨，一杯和淚滴重泉。」葉，廣東歸善人，以御史謫郃陽丞。後以平西夏功，進南大司空。

韓城北寺

葉夢熊《圓覺寺》二首，其一：「川合山迴地，高臺瑞色重。中原憑禹鑿，北屋有韓封。花影依層塔，煙霏入晚松。吏情渾欲澹，坐聽翠微鐘。」其二：「憑虚依佛日，悟偈落天花。心遠宜驂鶴，緣輕可服霞。世情歸萬劫，變幻托三車。檻外看寥廓，春風吹柳斜。」

寒山

「重巖我卜居，鳥道絶人跡。庭際何所有？白雲抱幽石。住茲凡幾年，屢見春冬易。寄語鐘鼎家，虛名定何益？」又：「可笑寒山道，而無車馬蹤。聯溪難記曲，疊嶂不知重。泣露千般草，吟風一樣松。此時迷徑處，形問影何從？」又：「城中蛾眉女，珠珮何珊珊。鸚鵡花前弄，琵琶月下彈。長歌三日響，短舞萬人看。未必長如此，芙蓉不耐寒。」又：「妾家邯鄲住，歌聲亦抑揚。賴我安隱處，此曲舊來長。既醉莫言歸，流連日未央。兒家寢宿處，繡被滿銀牀。」又：「登陟寒山道，寒山路不窮。溪長石磊磊，澗闊草濛濛。苔滑非關雨，松鳴不假風。誰能超世累，共坐白雲中？」又：「璨璨盧家女，舊來名莫愁。貪乘摘花馬，樂榜採蓮舟。膝坐緑熊席，身披青鳳裘。哀傷百年内，不免歸山丘。」又：「董郎年少時，出入帝京裏。衫作嫩鵝黄，容儀畫相似。常騎白雪馬，拂拂紅塵起。觀此滿路傍，箇是誰家子？」又：「嘗聞漢武帝，爰及秦始皇。俱好神仙術，延年竟不長。金臺既摧折，沙丘遂滅亡。茂陵與驪岳，今日草茫茫。」朱子曰：「偶誦寒山數詩，其一云『城中蛾眉女』云云，如此類煞有好處，詩人未易到此。」

杜樊川詩薛能詩

杜牧之《赤壁懷古》：「折戟沉沙鐵未消，自將磨洗認前朝。東風不與周郎便，銅雀春深鎖二喬。」言其倖勝也。翻案之言，足爲魏武生色。若薛能詩：「山屐經過滿徑蹤，隔溪遥見夕陽舂。當時諸葛成何事？只合終身作卧龍。」則輕詆先賢，歸于肆妄，若不知有人世事者。謂之有識，可乎？蓋自詩人以來，吊武侯者多矣，唯工部諸什，足稱卧龍千秋知己。其雄健高朴，固不必言，而忠憤鬱激，幽凉凄惋，直覺古人相去不遠，亦緣少陵稷、契自許，忠君愛國，一篇之中，三致意焉。故其見于詩歌，諸如「祠堂」、《古柏》諸篇，磊砢慷慨，有不可一世之概，豈齷齪詞人所能夢其脛趾者？不然，則魏、晉之受禪篡國，當名成事；而諸葛□偏安一隅，武功文德，且相去天淵矣。然乎？否耶？

以上共七十一則，飛浮山人太乙氏録，梁山二十四峰下居易草堂。辛巳六月六日。

未定之本，重九河山氏。

西河詩話

西河詩話提要

《西河詩話》八卷，據康熙間刊《西河合集》本點校。撰者毛奇齡（一六二三——一七一三）原名甡，字大可，號西河，浙江蕭山人。康熙十八年舉博學鴻詞科，授檢討，充明史館纂修官。二十四年稱疾歸，遂不復出。一生著述繁富，卒後門生輩彙爲《西河合集》四百餘卷。此書編刊甚草率，卷三兩處有闕文；各卷中偶留有年月日期，如卷二一則署「乙丑二月五日」、卷三一則署「甲子六月日」、卷四一則署「乙丑三月日」、卷五一則署「乙巳十月記事」、卷六一則署「九月日」等，舛錯失序如此。而以卷八記康熙四十年與朱彝尊同游西湖事爲最晚，書當成於此後不久。毛氏性疏狂，論詩揚唐抑宋，多出己意，不免失據。然精於韵學，故與詩學亦自不隔，論詩樂關繫等尤有可聽，與王士禛、趙執信等專研古詩聲調者又自不同。又以經歷廣泛，曾任職史館，其筆亦擅狀物記事，上自宮闈秘閣，下及市俗名物之牽於詩者，隨所聞見，信筆書來，頗存明末清初壇坫之狀貌。此書罕獲流傳，道光後流行之一卷本，僅二十四則，實不足當之。

目録

序

同里莫春園曰：先生晚年不喜譚詩填詞，曲子無論已。以故四方學士大夫暨都人士暨門下諸子，凡請業者，謝勿與稱。然而樂先生與人之寬，而怪其用意之嚴者，則既有日矣。雖然，夫何嚴哉？不言之言，言有在也，經學、史學是也；不言之言，言固在也，詩話、詞話是也。學者知此，思過半矣，胡必敝先生之舌爲？乃若《連廂》，一詞曲子耳，於詩爲派别，於詞爲支流，元人以之决科，明人以之調笑，而先生則固非漫然作者，以端風俗，以正人心，興觀群怨，獨非詩意也哉！

西河詩話卷一

蕭山毛奇齡字僧開，一字于一稿

康熙十四年四月十八日，富陽江口地名陸山者，居民夜見墜二星如雷，入地三尺。縣令出視，發掘得二石，各重四斤有餘，則儼然金也。時傳解督撫衙門以下及昂邦、梅勒等，各鐫取如干。予友徐隱居涵之，適爲陳梅勒幣請在坐，亦饋一兩。同人見者皆賦詩，唯張邇可詩有云：「紫囊羅片石，青眼對兼金。」最爲切實。隱居嘗云：「落星爲金，甲兵林林。」時適有甌、閩之變。蓋落星不同，有爲石、爲金、爲鐵、爲粟麥、爲飛蟲者。

海鹽吴磊齋太常未第時，夢一隱者來謁，口誦文文山「山河破碎風飄絮，身世浮沈雨打萍」之句。詢其名，曰：「我劉宗周也。」時磊齋尚未知公名，心記之。及壬戌既第，適劉公以儀曹郎知貢舉，見之訝然。又二十年，磊齋與公皆後先赴召，每相見京邸，甚親。及癸未，公以都掌院見放，磊齋始流涕，使友道所夢於公，公亦訝然。次年，磊齋由吏曹擢太常，殉國死，慨然曰：「吾不可負劉公。」公後作《甲申慟哭記》，凡十人，以磊齋爲首。其詩有云：「何人後死骨先寒，二十年前夢底酸。」又云：「分付後來如夢者，男兒事業盡多般。」皆謂此也。

吴博士《崇禎宫詞》有云：「夜半昭儀賜鳳凰，昭陽前殿奏《霓裳》。自言阿母親傳授，不比新聲出教坊。」按：其事以田禮妃好鼓琴，上嘗賜小雷琴令彈。忽一日詢云：「何師得之？」妃以母授對。既而妃請召母至，伺上見幸時，無意間令母彈《廣陵散》曲。上聞之，頗憶其語，大悦，賞賚最厚。禮妃本秦産，母多技，幼嘗教妃。妃恐上見疑，故令母入宫，一實其語。「鳳凰」，飛燕琴名，見梁元帝《纂要》。

沈佺期有《遥同杜審言過嶺》詩。「遥同」，遥和也。近解唐詩者，皆謂沈與杜前後過嶺，曰「遥同」。因曲爲解説，詩意盡晦。不知古詩題俱作「和」解，如謝朓《同謝諮議銅雀臺》詩、盧照隣《同紀明府孤雁》、王維《同崔傅答賢弟》、崔泰之《同日知光禄弟冬日述懷》類皆是。又孟郊有《奉同朝賢送新羅使》，注作「同韵」。而張説有《遥同蔡起居偃松篇》，必非前後同偃松者。世之説詩家貴有學，概爲此耳。

宛陵施尚白爲山東提督學使，修李滄溟祠及墓，夜夢五丈夫者見過，各與之揖。其第四者紗帽，面垂黄帕子，揖且謝。至第五，則第三者曰：「此家姪也。」竟不知爲何人。次日修墓五，設祭於滄溟墓前，見五封秩然。守者遍指之曰：「此滄溟祖、父、兄也。其第四者，滄溟也。第五，李駒也。」駒，滄溟子。始悟稱「家姪」者，即滄溟兄耳。後長洲汪户部記其事，與此互異，且有傳滄溟謝尚白刻其詩，以爲詩人習氣未除，尤屬不合。乙卯六月，遇尚白於朱明寺中，爲語此事，且云有詩記之。此不載。

陳何寄《子夜歌》二章，蓋憶予作也。其序云：「外人以避讎未歸，檢黄皆令《子夜歌》，用其詞。」則是貸皆令作者。其詞云：「一去已十載，九夏隔千山。雙珥依然在，如何不得環？」又云：「白露收荷葉，清明種藕枝。君行方歲暮，那有見蓮時。」舊體「蓮」本隱「憐」，今借隱「連」，然亦可隱「憐」，以予曾自呼「阿憐翁」故也。何，予婦，無字。

陳何貸皆令作《春懷》詩云：「胡蜂尋舊樹，燕子補新巢。只有清江路，春來漸漸遥。」

萊陽姜仲子有家藏脂粉箱，宣德年宫中物也。磁質，花文曼體，而覆承兩窪，子母隔膜周通，間以小竇，而竇唇掩的，啓之窈然。予與莆田余懷、宜興陳維崧各有詩記之，名《宣德窑脂粉箱歌》。仲了爲合刻一板，而豐南吴刺史綺又爲之跋。其跋語有云：「姜子既獨珍之什襲，三君乃競美以篇章。物兼華實以咸工，詞備抑揚而盡變。」又云：「揮毫三嘆，多才子之能名；濡簡數言，待後賢之論世。」予至今猶愧其言。

予過西昌蕭孟昉於長干佛寺，適句容張芳、餘杭吴山濤在坐。主人出漚藍菜説餅，坐中共作説漚藍餅詩。第「漚藍」無考，或作「吴藍」，或作「甌藍」，俱無所據。其菜味苦，而滌淘之，香鮮異常。唯秣陵高坐寺中産此物，他處不産。或云：高坐上人從西方得此種；又云：明初黔國征南時，取之西洋嶼中；又云：海中有漚藍國獻此，不知孰是。

《瀨中集》七律有《贈徐徵君》詩，中云：「關西學術推夫子，天下英雄只使君。」注云：「徽之講學而善兵法。」「徽之」者，徵君字也。禾中徐重威，於乙卯浙闈第二場號舍假寐，見司命持一書至，詢之，曰：「兵家言也。」再拜請受，曰：「此中頗謐，受之西陵徐徵君可矣。」歸告其父，父與徽之弟涵之曾講學姜侍御坐中，以爲徵君必其人。第涵之精象緯之學，未聞善兵法。後過俞右吉許，見此詩，始大悟，渡江執摯。詩之貴覈實如此。此重威與予語。

予游海上，主朱周望司李家，讀其曾王父邦憲公《江南感事詩》。其序云：「幕府征兵，廣西瓦氏者，擕二孫應命有司，以犬蛇供軍中。」蓋明世廟間征倭時所作也。和之者皆江南鉅公，合百餘首爲一卷。司理屬予和，予以事頗久，且客病無暇，遂蹉跎去。然讀其原倡詩，次首有云：「帳前豎子金刀薄，閫外將軍寶髻斜。田父誅茅因縛犬，乞兒眠草爲尋蛇。」則是以一女二豎應援，而第取犬蛇以作軍儲，亦怪事也。時張伯起、文徵仲父子和詩頗佳，然終以限韻，不及原倡。邦憲有詩集行世。

上海張吴曼有《集唐梅花詩》數百首。按：唐人詠梅花不及二三十首，而集句反多，必其不僅取材於詠梅詩者。予嘗評近代集詩家，謂泗上施助教、太倉顧湄，一博一精，與吴曼而三。後見沈天庸尊人貞居先生《梅花集唐詩》，始知先吴曼而起者，先生也。先生寄居梅花源，繞屋藝梅約數千畝，幾與蘇之鄧尉、杭之安樂相埒。觀其集句有云：「地疑明月夜，山似白雲朝。」則其梅之多與集句之勝，不俱可想見耶！或曰：先生懷大端，不侵塵事。甲申以後，竟全身殉節。此蘇子瞻所謂「玉雪爲骨」者，宜其與梅花相契如此。

天庸子有《離垢園雜詠》詩，其門下分題索和，比之藍田别業諸什。予嘗題其二，一《蕭閒堂》，曰：「築室愛蕭散，置之花源間。借問東鄰叟，何時可自閑？」一《畫溪》，曰：「層岡映修陂，蒼蒨有如畫。蘸筆緑水中，放眼白雲外。」餘尚有十六名，其最著稱者，爲紺雪樓、海棠徑、水木清華之室、藻影軒、桐蔭木叉庵、二仲廬、春雲渡。

甬東錢子聖月嘗以其尊人《永錫録》示予。予爲題其篇曰：「孝子救親岸，即犴也。詣闕苦不早。短綆繫若華，踟躕坐將老。」後遇聖月於滬上僧舍，詢其實，始知孝子真難爲也。孝子父臨江君初爲儀部時，值神廟以選妃事，刺其隱，恚甚，書君名屏間。既以不附江陵相，出守臨江。會江陵修憾於吉安，故御史劉臺陷之死。而其羅織成獄者，王開府也。至是江陵死，御史江君白臺冤，下命行勘，委君及瑞州守究其事。適新開府曹君爲王開府導地，冀以倖全，而君持不詘，竟坐王戍。曹大怒，乃取他事劾君酷，嚴旨提問。擬奪職，不可；擬杖，不可；擬遣戍，不可；擬辟，可之。復賜御筆判狀曰：「即決。」於是舉朝大震。是時翰林文似韓首訟君冤，而九卿及臺省以下，皆互疏切争。及政府申公文定亦具密揭，然後得更「秋後」字，然而危矣。其後申公陰檄江省，令是年勿決囚，而漸以甾眚嘆溢，使此地連停秋決者若干年。曁積久相忘，而後逡巡陰附之獄籍，然猶未敢明布也。至若孝子初生之時，即君罹獄之歲。歷歲若干，始受書獄中；又若干，始就試；又若干，始登鄉薦、登第，然猶未敢訟冤。至神廟升遐，而後號呼詣闕下，猶且不敢訟，言不宜死，即宜死，願以身代。如是者有年，而後出獄，曁出獄數年而後死。然則孝子之用心，如是其疢且久也。當君死時，距出獄不滿三歲，孝子哀痛幾殉之。倪文正有慰孝子書一篇，久傳人間。若出獄事，則同時何武莪、吴海日、李芳瓊、沈青嶼、姜燕及諸君，皆陰爲之謀。天下事可爲而得爲者易，不可爲而必爲者難，孝子則所爲爲其難者。臨江君名若賡，孝子名敬忠，即聖月祖若父也。其先數世，自侍郎副使君下曁孝子，俱以進士起家。後臨江君孫肅樂，亦以進士爲刑部郎，殉國難，有名。

天童曉公爲平陽弘覺師法嗣。順治中，曾住大内萬善殿，後遇予吴下。予有詩云：「道上逢師俱在客，座中念佛是何人？可憐不識東山路，花落花開幾度春。」公詩云：「煙開别路沙頭柳，月照多情江上人。太白一燈遲雪後，莫教相望過殘春。」蓋公時招予入山，故云也。若予則信手拈此。漸聞杼山云：公初以念「佛是誰」得悟，似予素知其事者。詩句之神合乃爾。

吴鍾巒進士，崇禎末爲廣西按察使，甲申以後，遁至舟山中。夜起自念，潰然驚曰：「吾同窗馬素修、門下生李仲達俱已殉節，吾年垂八十，倘一旦疾病身死，將何以見數君地下？」急呼僕取火，視己面，曰：「吾不病否？」僕曰：「不也。」乃伸紙作數詩，且爲札召同行者飲於寓。飲畢别去，遂燔寓中，薪後山而竄身其中。其一詩有云：「只因老友相從急，故遺臨行火浣衣。」聞者流涕。鍾巒字巒稺，毘陵人。

秣陵周雪客飲席有陳道人在坐，請爲幻術，取萁稈及荄，吹之出火，引扇邀月棲壁，一切射藏發覆，揭之如睹，且能使握松相博，彼我互易。時客有謂五金不能易者，雪客取金二，令紀伯紫、方邵村分握之，道人呼曰：「過！」忽伯紫手中覺金從虎口拔去，而邵村食指隙内有物納入，及開掌而彼金已移此矣。後道人避席，席中各書紙鬮，雜和之令射。道人至，手揄其鬮，各認取分還，然後亦書紙，與鬮並發，悉吻合。唯至姜定庵鬮，咨嗟曰：「此三字難射，當是一鱗蟲名否？」定庵私喜，以爲必失，蓋其中本「花龕」二字也。及書發，曰：「花合龍。」其巧如此。時有詩記之，見《蘿村集》。

王玉映有乞予作序一詩，最佳，在《留篋集》中。又一首乞予選定其詩者，落句云：「慎持千載筆，切勿恕雲鬟。」亦最佳。然集中不知何故，竟無此詩。

蔡子伯作《送王彦》詩五首，彦即予也。初予出遊時，子伯送予，座右書「王彦方」名。子伯指之曰：「今請名彥，字士方。他日天涯相問訊者，王士方也。」故予詩亦有「東吴舊知予，故呼我王彥」句。第子伯諸詩雖云送予，皆事後追憶爲之。每首中各有所指。首章「地主真高誼，深堂結弟昆」，指吴江顧茂倫而言。是時入吴，主茂倫去，蓋茂倫真賓石也。第四首「黄河葦一渡，白幘淚千行」者，則以南士曾渡河尋予，故云然。皆是實事，然皆屬事後。辛亥十月讀子伯集，因拭淚書此。

蕭孟昉飲予白鷺洲，又飲予章江舟中，意氣慷慨，旁若無人。後飲予秣陵，時孟昉嫁女於范觀察幕，颿檣艛艫，蔽江而下。又值江右賊起，家鄉不可居，挈室徙避，蒼頭婦女，千百餘人，俱僦居譙。因飲次，持觴釂予，曰：「君尚乏嗣，而旁無捲衣，何也？吾侍人施緑白少好未字者，猶滿行帟，請過譙出觀，任擇爲當夕，可乎？」予笑辭之。次日，倩吴明府岱觀致情，必得予首肯，而吕子紘績、羅子弘載適同寓，互起慫恿。惟姜京兆曰：「予與西河交二十年，使西河此時需此，吾豈不能貽巾箱之寵，而必待孟昉？顧西河每辭之，必其情有不可道者在也。」於是乃止。孟昉爲太常公嗣，人嘗以「四君」呼之。予此事雖不就，然安可忘也。後予還句容，謝以札，且爲詩曰：「西昌蕭公子，攜姝贈落托。傴僂相讓間，笑倒瓦棺閣。」孟昉得詩大喜。「瓦棺」即昇元，相傳爲梁朝舊址。時孟昉又飲予其地，故有此句。

始寧徐大司馬舉義幡時，予甫丁年，游司馬軍門，其次君仲山兄事予如家人。然及予出遊，仲山每招予以詩，語甚哀。暨中道潛歸，匿其家，喜甚。其内人商夫人、女昭華，皆閨秀也，仲山倡「爲讀西河新句好」詩，令和之。商夫人詩云：「芙蓉露下小池秋，金鴨煙消宿雨收。爲讀西河新句好，都梁艾蒳滿妝樓。」又云：「彩筆翩翩映玉臺，頻將繡帙向風開。可憐杜甫驚人句，不數陳留曠世才。」昭華詩云：「臙脂花落覆紅蠶，獸頸初垂火自含。爲讀西河新句好，渾如秋月照澄潭。」又云：「少小愁觀白日詞，廬中人去竟何之。不知擊絮溪邊女，曾讀西河瀨上詩。」夫人名旉徽，會稽商太傅女，與女兄祁中丞夫人、女姪雲衣皆能詩。其既命昭華師予，時雲間張錫懌有詩云：「弟子如蘇蕙，先生類馬融。」予邑任辰旦詩云：「誰知詠絮堂前女，猶是扶風帳裏人。」張遠詩云：「甲門傾國富文華，曾向毛萇授五車。」皆指其事。餘見予《傳是齋受業記》。

徐昭華請予試題，予爲示其二：一《擬劉孝標妹贈夫詩》，一《賦得拈花如自生》，即沈滿願《詠步摇》句也。其《擬詩》云：「流蘇錦帳夜生寒，愁看殘月上闌干。漏聲應有盡，雙泪何時乾？」又云：「芙蓉花發滿池紅，黛煙香散度簾櫳。畫眉人去遠，腸斷春風中。」其《賦得》詩云：「明珠照翠鈿，美玉映紅妝。步移摇彩色，風回散寶光。蛛絲髻上繞，蝶影鬢邊翔。誰道金玉色，皆疑桃李香。」

昭華又請試，會昭華畫蝶工甚，遂命題《畫蝶》五絕，限東韻。昭華立成，云：「蛺蝶翻飛去，翩韆彩筆中。雖然圖畫裏，渾似覓花叢。」誦之，一座驚嘆。予喜爲和詩云：『滕王有遺譜，描之深閨中。羞殺東園蝶，翾翾滿緑叢。』蓋言羞時輩也。時予又爲二絕書傳是齋，志忻幸之意，一云：「四十年來老自驚，新收門下女康成。不知書面縑花好，試看階前帶草生。」又云：「深堂樺燭照銜卮，隔幔吟成畫蝶詩。不是小鬟頻乞試，那知閨閣有陳思。」其云「小鬟」，則指奴子將命者。後張遠首和《畫蝶》詩韻，一時傳和，竟至盈卷。予另有四首，不和韻，亦録卷末。

朱彞藩嘗言：「杜詩有『江鳴夜雨懸』句，是言見月之後，忽風起雨至，故加『夜』字，與下『晨』字相應。蓋『懸』者，垂也。自陋者解『懸』爲『收』，遂至王少保詩有『雨懸初見天邊月，雲隙全開江上山』句，可爲失笑。」予謂前人誤處，每不止此，如杜詩有「霜黄碧梧白鶴棲」，「霜黄」不斷，言碧梧以霜見黄耳。李北地用其語曰：「野寺霜黄鎖碧梧。」不成天壤之間有黄霜耶？

昭華未師予時，予别有《觀昭華畫幛》詩曰：「吾郡閨房秀，昭華迥出塵。書傳王逸少，畫類管夫人。紫水和泥染，青山帶露皴。蝶衣聯繡褶，花片滴朱唇。閣上煙雲曉，階前草木春。只愁頻對鏡，圖作洛川神。」此詩頗傳人間。後昭華畫真有追管夫人處，詩之實事求是如此。

西河詩話卷二

蕭山毛奇齡字春莊，行十九稿

蠻中有「不闌帶」，「不闌」者，「班」也。此以反切語爲帶名者。蠻女用以束髻，班班然。又有「不乃羹」，以牛羊糞臟略攞水中，即作羹饗客，穢臭不可近，主客争食。每食，先以鼻引其汁，食竟，摩腹跳舞。胡副使《南中録事詩》有云：「艷裹逋蘭帶，飢餐撥奈羹。」「撥奈」即「不乃」，「攞」也。皆反切語。

圜公住龍興時，刻《湘谿集》詩，每首必請教予，始付刻。及刻就，而詩頗類予，人遂謂予僞爲之。及住京師隆恩寺，應和碩安親王之請。上幸玉泉行在，召見，賜齋，使作詩。援筆立呈，不加點綴，然後知其果善詩也。其召見詩曰：「甘泉曙色映蓬萊，瑶草琪花滿岫開。檀海欲隨龍藏現，經函先附象王來。遥瞻輦路迴仙仗，近見恒河繞帝臺。不用六時拈誦畢，炷香長祝萬年杯。」賜齋詩曰：「玉節金盤出上方，伊蒲不似舊時嘗。紅樓空道人間隔，白飯還留帝座傍。香鉢開時龍卧起，天花供處鳥銜翔。摩騰待詔東都地，説法親沾内苑香。」二詩雖無異人事，然在釋氏則侔作也。又有賜櫻桃詩，不傳全首，其頷二句曰：「鶯鳥含需薦寢後，龍門吃在奉恩初。」上句用《鬼谷子》語。下句人多不解，後見元人張伯雨《贈龍門恩公》詩：「恩公昔住太平日，林下相迎壞色袍。行到龍門無脚力，右肩偏袒吃櫻桃。」更知公不獨善詩，兼博觀。圜公字蛤庵，平陽國師付授弟子，人或稱蛤公。古稱公皆以名，惟《世説》稱林公以字，猶古稱夫人皆以婦姓，惟《世説》稱王夫人以夫姓，此皆非例，不足法。乙丑二月五日。

《水調歌》五疊是五首，《伊州》三疊是三首，非一首而唱三遍也。觀白樂天《聽水調歌》詩，有「五言一遍最殷勤」句，注云：「第五疊乃五言調，調韵最切。」則以前四首皆七字四句，後一首獨五字四句，故云然。今所傳唐樂府可驗也。信此，則《陽關三疊》，當時必有續王維一首而作三首者。後人以「腸斷陽關第四聲」句，謂是上三句疊唱，下一句單唱，可笑之甚。其所云「第四聲」者，以第四句獨調苦耳。且一疊即一遍，如《霓裳曲》散序六遍、破十二遍類。近代琴曲有《陽關三疊》，竟以一字一句疊作唱聲，如「渭城渭城」、「朝雨朝雨」，陋之陋矣。

康熙廿八年正月九日，皇上南巡觀河，將至浙，忽於十六日，浙江小亹夜分有神魚長百丈，隨潮而上，兩岸溢涌，所至沙坳皆漲，漁舟驚起。屏息間，見如山者冉冉漯去，時黑霧中如曙，能辨物，既去而暝。至二十一日丑時，餘姚縣鄔山居民吴天保家黄牛産一麟，火光穴地，鳴聲如風琴，不乳，然不解何食，獻之州縣。至會稽東郭門，有群婦狎玩之，怒視而斃。予於廿五日見之。會城自督撫諸牙以下，老少奔相觀。牛首，眉有虬紋，雙瞳露處皆碧色，唇紅，下齒正方，兩牙隱頷間。自背脇以下至膊，青鱗如鯉然，甲毛片片，張翕以漸而殺。喉下至腹，薄紅色，蚝斷，脛毛亦然，然不紅。鹿蹄，深碧有光，尾柢猶帶細鱗，末拖叢毛。真神物也。時督撫以斃故，匿不以聞。嗟乎！麒麟、鳳凰，豈檻笯中物哉？生即爲瑞，何論存活？未見景星嘗在天也。况所生之時，正值南巡之會。餘姚即姚水，一名舜水，相傳舜所巡地，與夏禹苗山相近，則此麟之生，其爲四靈之應審矣。予爲《迎鑾曲》十章，其八章曰：「神魚泳中江，麒麟産旁郡。」九章曰：「况兹姚氏鄉，舜禹所巡地。」此是實事。又予父墓在鳳凰山南，先數月，有甘露降草木，皆通明如散花然。每草頭葉底，皆有露寸許下垂，日出而斂。此皆聖人御世之瑞。憶予於壬戌春宿館中，夢登一閣，有同館官曰：「黄河清，聖人生。」予應之曰：「聖人既生，海波復清。」逮明，而臺灣之捷至。然則上天之瑞應，豈偶然耶？

周司農作《閩小記》，謂江瑶柱肉不堪嚥，只雙柱甚美。所謂雙柱，如蛤中雙丁，小即名丁，大故名柱。其言鑿鑿。及予入閩，食海物甚夥，等其品，則西施舌第一，香螺次之，獨以未食江瑶柱爲憾。濱行，莊阯五明府特購其枯者侑酒，且乞記以詩。予食之，果不堪嚥。明府云：「鮮美而枯惡，故然也。」但其形則絶與司農所言大異，本亦蛤屬，而竟體如巨柱，長二寸許，圍寸許，圜如截管，直無附節，焉所得肉柱之别？且其中更奇，剖噉時，如元禮破柱，儼有物隱踞其中，渾腦鋭喙，兩翅脇抱，如卵之甫化者。羽痕蓑蓑，班黑色，而融膩洽一，不辨毛物。時盎中十許個，每個皆具此，即《月令》所云「雀入大水爲蛤」者。豈司農所見别一物，而誤其名與？抑此物原有兩種耶？姑記此，以俟知者。

唐樂人歌《桂華曲》，亦法曲之一，其詞係白樂天所作。樂天每有詩云：「《桂華》詞意苦丁寧。」謂其曲韵怨切，動能感人。初不知其詞如何，及考其詞，甚俚鄙。如云：「月中幸有閒田地，何不中央種兩株。」是底語？先子嘗論樂，謂此詩本詠吴城桂三首之一，前二首但傷名材多棄地耳，此一首則有風朝廷應用賢意。觀此，則「月中」二句正是佳語，且恍然悟風人之旨，即唐樂府猶然，今人昧此矣。樂天《聽唱桂華曲》落句云：「此是世間腸斷曲，莫教不得意人聽。」按：樂天時爲蘇州守，所云「不得意人」，正自指外調不見用，故云然。然則先子所論，概可據耳。

白樂天《竹枝詞》云：「江畔何人唱《竹枝》，前聲斷咽後聲遲。怪來調苦緣詞苦，此是通州司馬詩。」樂天善歌，每識歌法，觀第二句，則長年唱和之法盡之矣。其以調與詞分二端，亦屬歌法。所謂善歌者，須得詩中意耳。樂天又有《問楊瓊》詩云：「古人唱歌兼唱情。」即此意。

古舞法盡亡，每觀勾欄扮西子舞，初以袖舞，即胡旋也；繼以手舞，如法僧歛口，雙手並舉，捒擢而翻捧，儼蓮花然。初甚怪之，即遍詢老成通儒，亦不之解。及乙丑分校會闈，開榜謝恩後，禮部賜宴，教坊奏伎者，一歌頭執大板，穿團花衣，右立五僮登場。舞首戴歛口蓮瓣帽，身被纓絡，踞五方位武，而以次轉變，方圜橫直，儼演教者然。各以手舞，凡合掌、垂手、膜拜、趺坐，各以掌指詘伸上下，作止均等。歌頭及五僮齊聲唱北調曲，笙笛箏纂雜逐者散立堂下。既久，則五僮雙手翻捧，與勾欄同。始知優伶手舞，原本番樂，故與歛口一類。此必金元樂部，在明初相沿，至今不變，故有此也。時同考李編修丹壑有記事詩，一名《容臺公讌詩》，見《丹壑集》。或曰：佛曲、佛舞，在隋唐已有之，不始金元。如李唐樂府有《普光佛曲》、《日光明佛曲》等八曲入婆陀調，《釋迦文佛曲》、《妙花佛曲》等九曲入乞食調，《大妙至極曲》、《解曲》入越調，《摩尼佛曲》入雙調，《蘇蜜七俱佛曲》、《日光騰佛曲》入商調，《邪勒佛曲》入徵調，《婆羅樹佛曲》等四曲入羽調，《遷星佛曲》入般涉調，《提梵》入移風調。凡梵音釋步，如《三界舞》、《五方舞》、《八功德舞》類，皆入樂録，在坐部伎中，原不止金元《演蝶》諸曲舞已也。

今吴門佛寺猶能作梵樂，每唱佛曲，以笙笛逐之，名清樂，即其遺意。

康熙二十六年三月十五日，予寓福州開元寺，申刻，雨雹如錢大，平面而盎背，每面圓坳二分許，中作互判，恍所繪太極圖者。互判之中，兩兩異色，半小黄，半白，白亦小減於雹色。雖畫師烘染，無如此分明者。雹大小不一，而圓坳之大小隨之，其最細如黍粟者，則每面具一小凹而已。次日，高固齋兆、陳越山日浴、許月溪遇、藍公漪漣、鄭宫坊前輩開極、家明府鳴岐，集陳紫巖孝廉所，皆言之鑿鑿，與予所親見無異。固齋諸公各有《雨雹詩》紀其事。

福州開元寺在城中小山上，而寺包於山，所謂「三山見，三山藏」者，此一藏山也。其山名芝山，又名欏山，相傳以本山欏本爲寺。因山有怪，鑄鐵佛鎮之，又名鐵佛殿。殿後香積有大石礶，長二丈，横二尺强，高三尺，勒以字云：「僧有餘等十人回何宅法事錢七貫，蕨山弟子倪先與室王四娘舍五貫，勸緣僧以慈舍二貫，霖化二貫，同造石礶及棧尾澗末，安厨下作緣。大觀二年五月日題。」按：「大觀」，宋徽宗年號，此亦五六百年舊物，且題字亦甚古。其所云「回法事錢」者，正《西廂》所云「回施」者也。「勸緣僧」，即募緣僧也。「化」者，抄化也。特不知「棧尾澗」是何物。或曰：「棧即筧，可承水者，間以石爲之。因承水之末，故曰尾水。」然不可考矣。時見者多題詩，壁間有五絶頗佳，曰：「蓮礶銷紅字，苔錢洗碧流。不虞香積下，尚有石綱留。」然惜無姓字。

予在閩食欏支，值五月將晦，以急歸不能待，連日購食，終不愜意。土人謂候早故味劣，又謂遠佳故近惡，予不謂然。夫時近夏仲，不爲先候，猶是外府所致，殼紅肪白，如卵如晶，衣掀肌見，爪到液流之際，不爲失稔。而吞納一過，津澀氣腥，大不如人言所云，則直謂之曰不大佳可耳。時同食者，諸暨駱士遴、予門楊卧，皆謂予言然，各紀以詩。張杉嘗云：「白楊梅味佳於欐支。」予未食欐支時，嘗問杉其味。杉曰：「子第食楊梅差似，但比白楊梅小減耳。」予謂寧食楊梅，勿食欐支。楊梅出予邑最佳，唐鄭公虔云：「越州宵山有白熟楊梅。」「宵山」者，「蕭山」之誤。

徐中允華隱寄潘檢討札云：「昨一僧叩門，語閽者，云春莊曾有親子，薙染鍾山，未知其尊公。予假特書寄問。此言甚爲可怪。稔果有之，亦非嘗喜事。俟其再來，當詢之。足下便間，或作札寄春莊，考訂此事，有形響否？」檢討寄札來，予答之云：「僕向惟一婦，生男一女三，親視其死，此外别無外婦寄生，及婢妾攜身他遣之事，何從有此？且乙丙兵戈，原有散失事，然此時方初婚也。嗣後未經流播，縱有子，亦安有溷跡僧徒，喪家咫尺，遲久遲久不還鄉認父之理？」然而舊冬有人從山東來，亦云有年少闍黎，住持東昌城外，謂爲僕兒，見鄉人流涕。又云落髮東甌，汎海至此。其言與此小異。此必僧徒無賴，借此誆人作乞食計者。第以僕貧老，十年冰銜，了無暖氣之人，尚藉端如此，況侯王富貴，易爲人傅會者。予向有詩云：「九海龍難蟄，三塗鬼易藏。遜朝隆準客，多半是王郎。」非虚語也。予與檢討已歸里，而中允尚住史館修國史，每怪初明靖難時多造稗官，謂建文帝未亡，且有僞爲沙門出狩、老佛還宫諸録，倘一時失檢，誤入《明史》，千秋冤謾，關繫匪淺，故復記此。

琉球中山王遣使入貢，於還京時，護送官福建侯官縣五縣寨巡檢胡奉至杭州，爲使者買絲布什器，兼覓毛初晴《論釋西廂記》及《瀨中集》詩於書林，不得。有言予寓杭州鹽橋，遂訪予。予答之，見使者通姓氏，正使爲耳目官魏命，副使爲正議大夫曾丞都。其譯字官蔡鏴則談議風生，儼然一吳門人。盛言其國多書籍，有五經四書鏤板，并子史諸集，即近代名人詩文，新舊俱備，其搜初晴詩有以也。且道汪春坊舟次册使時，文采風雅，至今國人皆思之，爲勒石中山王府前。其從人十許，中有少年，黝髮被頰，皙白似幼婦，遠立而睇。予曰：「閨中有渡海者乎？」曰：「無有。」即回指其人曰：「此牡也。」蓋逆知予所詢在此人矣。其敏如此。又曰：「中山婦渡海不利，即中國婦亦無渡海至中山者。」

康熙壬戌元旦，侍班先候午門外，高麗使見予手所温張銅薰器，以爲奇，嗾其群來觀。予意欲與之，一朝士沮之曰：「不可，朝臣豈宜與外國使通贈遺者。」予遂止。次日，其使遇於途，終就予索之去。當使就予時，歷詢朝臣知名者，兼能道同官徐菊莊詞。予戲問其國女士多知書，果否？曰：「然。豈惟女士，曾就一妓，見其洗妝漱頰脂於水，水帶紅色，令賦之，應聲曰：『疏雨秋兼漏日飛，回潮晚帶斜陽落。』豈非佳詩？」

李閣學夫子宅每翻韵牌作詩，值雪霽集飲，洵手拈一版，偏值「雪」字，已作「翠嶂雲俱合，平橋雪未乾」句。會丹壑詩早成，坐客驚視，皆閣筆。獨强予成之，且謂予「雪」字當禁，請改「路」字，則「路」字居然轉勝多矣。予凡集牌詩多不存，此詩尚存，感其事也。丹壑爲夫子大令，名孚青，年十六成進士，與予同入館。每下筆，多驚人句。王弇州作《三述》，謂有明一代，十六成進士者，惟王庶子一人，則丹壑可知耳。

丁卯客福州，飲方氏水亭，時大雨，即席分韻牌限七律詩。予前四云：「別院罇前水榭通，雙鳧唼藻近簾櫳。筵前忽見驚濤白，樹杪争翻洗露紅。」適同席者鄭幾庭先輩、高固齋，在坐間並讀予所爲《曼殊别誌》，甚感。固齋因吟云：「豐臺人在翻新句，小調應名《洗露紅》。」遂作《洗露紅》詞弔之。幾庭復取「洗露紅」三字作酒政，以三六翻底成牌者飲，亦一佳話。

予入郡赴蘭亭集，有於集次取李白詩比南士，即張杉。南士艴然不之荅。其人既去，座客謂南士：「李、杜猶不足比耶？」南士曰：「君自誤稱耳。李安足與杜齒？杜之籓籬，李未能窺及，況壺奥乎？數語出元稹杜詩序。若言杜，則吾豈敢？不惟吾不敢，唐以後至今，堆垛若吾輩千萬人，皆不敢也。李與杜相去何許，而君稱李、杜，誤矣。天下有兩寃稱，詩人稱李、杜，才人稱瑜、亮，甚有抑瑜而揚亮者，寃乎！」因朗吟曰：「我生若在開元日，争許人稱李翰林。」時聞者皆咋舌去。越數日，兩耳藉藉聞哨南士者踵至，且有摭所吟二句揶揄南士者。按：此二句係許昌薛尚書《寄符郎中》詩中句也。薛乂有《論詩》一章云：「李白終無取，陶潛固不刊。」故鄭谷《讀薛尚書集》亦有云：「李白欺前輩，陶潛仰後塵。」然則白之詩，其不爲唐人所肯久矣。南士嘗云：「白詩原有佳處，但勝於任華、馬異一流，而公然與子美齊名，且關舉其價在曹、劉、鮑、謝之間，豈有此理？」蓋當時吾郡早有效白詩以詬杜者，南士此言有爲耳。

《異苑》載：東陽錙道德家，元嘉四年，觔竹林忽生連理，野人驚爲祟而伐之。唐段公路過夏口，有獻合歡筍於韋尚書者，自一本分爲兩歧，長二尺餘，以爲瑞，尚書命公路爲七言詩歌之。夫同一異形之物，而一以爲災，一以爲瑞，物之遭逢，其有幸不幸，一至於此。予出都時，舟泊黄河口，見人家竹林且有兩連理者。此幸不復以甾棄，可雪元嘉四年之耻。然無詩，因賦七言詩投其家。時楊卧在舟中，同賦詩。卧曰：「以元嘉事與韋尚書較，得升沉之數；以今事與元嘉事較，則識循環之理。」其言良然。

櫟下嘗云：「仙遊唐梅臣爲諸暨令，既去，書『浣紗』二字付陳太學。持歸，勒之石上。好事者謬傳爲王右軍書，山陰王季重争之爲褚河南所臨，而土人即堅持謂右軍原有此二字，而唐宋間人拓襲之者。於是爲詩以記之藉藉。梅臣聞之，大笑曰：『諸暨人好誣，獨一死西施，而移之蕭山；一活縣官親筆，而坐諸古人。此訟堂刁誣之故習也。』一時傳之，以爲笑話。」予謂暨固善誣，官亦失入。西子移死讀作「屍」事，尚需平反。按：西子本蕭山人，見《越絶書》。今時本《越絶書》是後漢袁康、吴平所爲，甚不足據；此《越絶書》是當時舊本，既亡而散見於諸書注者。范曄《後漢書・郡國志》云：「《越絶書》曰：蕭山，西子之所出。」此係舊本《越絶》原文，而又史書引之入《郡國志》，則《越絶》一史，《後漢》又一史，兩重信史，其大足取信明矣。故今蕭山有苧蘿村，村有苧蘿山，山前有紅粉石、西施廟，居人即祠施廟中，以爲土穀神。此歷歷可據者。若諸暨誤認，則始於唐人小乘所稱《圖經》、《十道記》，而成於明之《浣紗》曲子。夫稗官傳奇，不可亂國史，唐後人不可與同時之人、及漢魏六朝人争聞辨見。此等紀載，正如唐縣官僞書二字，而世人必争以爲右軍者。信此，則暨人方誣奪他人死而移之本邑，讞詞失入也。

閩中曹能始，在明末以詩人稱。有《得家信》詩：「驟驚函半損，幸露語平安。」時在平遠臺，飲次道此，各以爲佳。獨一客謂：「『露』字不如『剩』字之當。大抵『平安』注函外，損餘曰『剩』，若内露，不必巧值此字矣。」及予歸寓，寓客五六人夜坐飲，爲述其語，衆復稱佳。中一客又曰：「不然。兩語不必接。『露』不屬『損』，『剩』便拙鑿。」説詩之各有意見如此。

胡笳，胡人所吹蘆管也。陸舍人詩有云：「酒酣據地彈胡笳，番人聽之淚似麻。」每疑「彈」字是「吹」字之誤。後從沙固山許觀所蓄伎童，有彈胡笳者，其器類琵琶而小，盎其腹如瓠，張以牛皮，斡作龍首，銜重絃二，用棕十許條，作弓提之。另一器類角，長三尺，木身，而銅其脣。當著銅處作一曲，可斜拄於地上。穴三竅，吹之者以口接銅脣，若右顧者，乃以右手把其頸，而調左指以司竅之開閉。兩器一彈一吹，皆名胡笳，以其聲之均似笳也。二童並坐地，吹者不唱，而彈者唱。唱時故爲番人聲，含餬餛函，多喉鼻之音，與二器聲相攙和，胡盧無辨，如蠮螉入管不得出，如蜂甍於房，如嬰兒埋口向甕頭語，如牛鳴窌中，如馳圜，如翻壺哱於水，彷佛群胡哭泣訴告，斷續悲哀，聽者多迸淚。始知舍人詩有爲也。是器不知所自始，予詢諸伎童及其教頭，皆不曉。

予請十旬假，同官餞予於沙河門外，皆有詩。獨朱竹垞賦長律二十四韵，中有云：「曉雨千門散，新泉五牐聞。花光晴淡沲，峰翠遠氤氳。祖席移帆影，回塘蹙水紋。語多兼往事，觴罷判斜曛。」此即事也。至「語多兼往事」起一句，遂有云「午爨柯亭竹，秋眠蕙帳蚊」，則敘予鄉游時事；「失路棲淮浦，逃名憶汝墳」，則敘予出走時事；「易穿東郭履，難免《北山文》」，則敘予應召時事；「香奩詞悵悵，錦瑟淚紛紛」，則敘予亡妾時事；「爲折章臺柳，翻辭祕省芸」，則敘予歸來時事。此皆貽贈之最親切者。自非竹垞，焉能知我若是？予嘗品竹垞長律，可凌駕元、白，即此可驗。其全詩見本集。

元微之有《春遊》詩，其詩有「鏡水波猶冷，稽峰雪尚殘」句，此微之觀察浙東時所作也。舊有刻石本，係白樂天所書，宋錢穆父填其石於越州蓬萊閣下者，今亡矣。同館朱竹垞謂曾見孫北海宅有宋拓石刻，係樂天書致微之者，且有一札，上有「寄元八相公」數字，則是樂天所作詩，非微之也。其説甚辨。但予細閲是詩，當時樂天守杭州，曾未至越，不應寫越景作詩，且詩中並無寓越州意。又近刻元集，儼載其詩，而宋毛晃增《禮部韻》以是詩有「欲從心懶慢，轉恐興闌散」，「散」字宜補入「寒」韻，因引其詩，亦云是微之詩。且穆父所刻石，亦但稱樂天書，不稱樂天作。竹垞所見，恐亦是元詩，而樂天爲書之，即以所致札附其後，未可知也。按：微之是詩是五字長律，其中用「散」字，以去聲作平讀，是古人三聲用法，然不可施之於律，而微之往往有之。予作《通韻》，知微之以三聲作律韻甚夥。如《痁卧聞幕中諸公征樂會飲三十韻》詩「灰」韻中有「三省詎行怪」句，《遣春》詩「寒」韻中有「聲名老更判」句，《臺中鞫獄憶開元舊事》詩「删」韻中有「安能懼謗訕」句，《送侍御之嶺南》詩「咸」韻中有「洞照失明鑒」句。則明明係微之用韻舊習，與樂天無涉。予《通韻》中亦具載其説。而予郡使君方謀重勒此詩於郡亭，恐重有所惑，因復識此。又元微之行九，元八爲元宗簡侍御，非是。

西河詩話卷三

蕭山毛奇齡字春莊，又字于一稿

曹侍郎使陽和時，與客早飯，有言關廂外爲集頗盛，遣門客倪生往視。歸，詢之，云：「無可衒物，只一建窑大士像甚佳，其龕製亦雅，惜指壞其一，非全瓻也。」侍郎云：「房中人正需此作禮供具，盍估之。」遂出錢一緡，鬻以示妾。妾翦墨紗幃龕門，晨夕作禮，甚虔且密。及踰年，將去陽和，侍郎慮馱負累墜，謀送之僧舍。妾不可，決計請行。因開幃捧其像出，裹以綿，仍置龕間。視之，則五指完具，並無壞，家人大駴以報。侍郎不信，且疑當時或未壞。回憶間，適朱檢討竹垞至。竹垞當時見其事，與質記，並言壞一指無異。時有誦雲門《千指頌》以相答者，曰：「乃知千手指，只作無指觀。」此竹垞在京師飲次爲予言。甲子六月日。

王給事黄湄招集祝侍御山莊，同集者，徐學士、施侍讀、曹春坊、顏考功、陳檢討、汪主事，皆一時名士。即席賦五律二首，用「山」、「莊」二字作韵。予詩落句「相逢王給事，錯認輞川莊」，人謬稱之。既其稿已不存。給事亡後，其家人出所書扇，於報國寺易磁斗。得此詩，如復見給事，爲之墮淚。舊時投贈扇皆用金，近年尚素，屏勿用，然非金則投爨久矣。是詩存毁不足關，然亦有數乃爾。

予娶曼殊，京師多贈詩，曼殊手書之成帙。及死，或竊之去，則手書誤之也。曾記同館袁編修杜少四詩中一云：「薄飲梨花春，微弄蘭香豆。不逢燕趙姿，但誇東南秀。」京師酤酒，最下名「梨花春」。

予日酤八錢，佐以荳，此實録也。後張學士圃翁見曼殊狀鏄，弔以詩，次章亦云：「典衣酤酒不知貧，一盞梨花相對春。」正指其事。但是事頗秘，且狀鏄亦未之及，在杜少或以游數見知，學士甫還朝，從龍眠里閭來，何以得此？

陳檢討孺人死後，其房中人陶三自南至，以予與檢討親厚，願一見曼殊。曼殊往，陶三爲不食累日，曰：「南中無此人也。」時元夕後三日，曼殊作五字詩贈陶三云：「元夕逾三日，天花傍一枝。二更纔上月，翻恨見來遲。」以十八日月下相別，故云。陶三乞檢討代爲答詩，甚佳，今不存矣。曼殊死前一日，似豫知期至者，遍憶諸舊事，語絮絮。忽語及陶三，泣曰：「陳太史亡後，恐其人不能無恙在也。吾甚思之。」及死後，予遇檢討仲弟於李少宰師席上，詢之，愀然曰：「陶三故義興王氏家人，王氏以籍没，名連陶三。州縣官捕逮，按名點解，計留之不得，今已在旗作官奴矣。」或曰：「似隸内務各局，如浣衣者。」此甚可感事，惜不令曼殊早聞之。然曼殊真有神，即瀕死，猶預若知識乃爾。楊卧有《續張夫人拜新月詞》吊曼殊云：「拜新月，拜月在前墀。死魄將回後，殘眉未掃時。拜新月，拜月妝臺畔。斜梳攏未完，破鏡窺將半。東歸陶三亦拜月，一拜一回轉嗚咽。昔年拜月在長安，如今拜月蘭陵間。碧山學士歸何處，安得相攜守夜闌。」

曼殊作《無子自嘆》詩，有「夭桃何事不開花」句，「春到園林草盡芽，夭桃何事不開花？曉來對鏡臨妝坐，羞見朝陽上碧紗。」流傳人間。其後吴寶崖贈詩有云：「夭桃莫怪遲遲放，應爲人間有曼殊。」任黄門挽詩亦云：「一自夭桃新詠罷，奄然不復念關關。」其云「夭桃」，用本詩也。祇「關關」世多不解。是時曼殊好誦《毛詩》，每日誦三葉，後以卧病罷誦，故云。然亦曼殊狀鏄所未及者。

京師安定門西有祝家園，關左祝御史別業也，春來京朝官休沐多詣其地。梁尚書夫子曾制《桂枝香》散曲，開句云：「賞心樂事，祝家園裏。」曼殊本能唱《桂枝香》調，及得尚書詞，喜甚，嘗爲詩曰：「揩草銜虚檻，亭榴接斷垣。酒闌擕錦瑟，請唱祝家園。」當時贈詩，如周春坊「酒闌一唱祝家園」，王光禄「含顰一唱《祝家詞》」，馮簡討〔一〕

【校】

〔一〕下文闕，各本同。

員外郎，遷中書舍人，歷官皆不屬禮部，何有乎春卿？遂相傳爲疑案。不知此皆不識制題之故也。考本題是《和左司張員外自洛使入京中路先赴長安逢立春日贈韋侍御諸公》，則其贈秋憲者，張也，非孫也；和春卿者，孫也，非張也。秋憲屬韋，則張唱入之，春卿屬張，則孫來和之，必於孫身索春卿，便無此人矣。觀開句「忽睹雲間數雁迴」，謂自洛使入京也；「更逢山上一花開」，謂逢立春日也。若頷比河邊之迎指此地，林下之待指長安。落句則又長安謁相一故事耳。蓋此本張題，但加「和」字，故詩八句皆賦張，其自賦只「和歌」二字，詩法如此。〔一〕

【校】

〔一〕此則原與上一則連，中似有闕，各本同。今分開，故冒頭闕字。

康熙辛酉瀛臺賜宴時，京師夏蘭最少，先列玉梗千朵，貯大缸，置幔房下。諸臣渡紅橋，即許觀憩於是。賜汎舟、賜宴、賜紵絲表裏、賜蓮、賜藕，當時賦詩紀恩者甚多，且所賦不一，獨不及蘭。惟同官高阮懷詩有「王者疏猶採，郎官近未含」句，間一及之，且微寓自諷意。陳迦陵每稱是詩最有風旨，信然。握蘭含香，見尚書郎事。

施侍讀在湖西，嘗與客論韻，謂「佳人」是「皆人」，「館娃」是「館歪」，不待吴人誤讀爲「家人」、爲「館媧」，而舉世皆誤讀，殊不可解。予時在坐，謂世未嘗誤，作韻者自誤耳。旁一客曰：「然則沈約非耶？」予不答而罷。後還餘姚，聽學究訓蒙童，造端乎「夫」、「缶」，予甚惡之，然故無可如何。及予作《通韻》，以「佳」讀「嘉」，入麻部；「婦」讀「父」，入遇部，人爭非之。予曰：「此宋人最紕繆處，不可不大聲疾呼，以振醒人夢寐者，此一節也。」大凡世人共呼者，皆正音。世共呼「佳」爲「嘉」、「娃」爲「媧」、「母」爲「姥」、「婦」爲「父」，則此是正音；其間呼「皆」、呼「歪」、呼「畝」、呼「缶」者，旁音耳。宋人爲韻，反必删正音而取旁音，真是怪事。如謂古無是音，則杜甫詩「既雨晴亦佳」、宋之問詩「獻作吴王娃」，皆在麻部；而《七發》「外有傅父，内有保母」、《焦仲卿妻》「貧賤有此女，不堪吏人婦」，此何爲也？又如「興衰」之「衰」，其讀「腮」是正音，讀「綏」是旁音，反必删灰部而存支部；「八卦」之「卦」，其讀「誤」是正音，讀「怪」是旁音，反必删禡部而存卦音怪部。然而賀知章詩「鄉音無改鬢毛衰，笑問客從何處來」、温庭筠詩「卜得山上卦，歸來桑棗下」，何嘗只讀「綏」與「怪」也？宋人每事可疑，只一韻，而使人字字無正音，此亦悖誕之極。而人不猛起警省，使宋後人爲詩者，積有明三百年文人墨士千千萬萬老老大大皆受其欺誤，曾無一詩敢以卦韵入禡部，衰韵入灰部，佳韵入麻部，婦韵入遇部，亦可醜也。若今韵非沈《韵》，是宋南渡後所作，見予《古今通韵》卷首。

京師宴中有爬竿戲，即古尋撞戲也。其製用二僮衣花裲襠、紅袴褶，緣竿而上，顛倒翔舞。最奇者，但以臍拄竿，而張其手足，若鷹翔然；或以手揞竿，而離其踵趾，若猿緣然，如此而已。曾於昌平州送殯，見二婦爲之。初以爲異，及讀王建《尋橦歌》，有「身輕足捷勝男子」語，則原是女倡舞，非僮舞也。但其詩云：「重梳短鬟下金鈿，紅帽青巾各一邊。」則似用女倡數人，各梳矮髻卸飾，或以紅帽、或以青巾裹髮，分作兩行，而後緣竿而上，故云「繞竿四面争先緣」。又云：「上下蹁躚皆着襪。」則此數人者，以手緣竿，以跗着竿，歷歷可見。但初間謂尋橦、戴竿本二舞名，及讀其詩竟，則似是一舞。有云：「大竿百夫擎不起，飄飄半在青雲裏。纖腰女兒不動容，戴行直舞一曲終。」則以一女倡戴竿，而數女倡環舞竿上，戴者仍行走自若，所謂「戴行不動容」是也，則神極矣。江北有擎梯戲，以一婦仰卧，翹雙足上指，而植兩梯柱於兩足底間，使一女僮者緣梯而舞，是其遺意。然卧與行，勞逸迥異，此須擇健婦多力者習其技然後可。但其詩又云：「散時滿面生顔色，行步依然無氣力。」雖善形容，然恐非無力所能習也。

曾見賣解者於淮、泗間，其妓甚少弱，足甚纖而罄控若飛。詢其力，曰：「力在肐膊及足跗間，他無有也。然兩體習久，則亦不知其力矣。」予嘗有《戲馬》小賦寫其事，然無詩。惟金八公子在五曾作一長歌，又過於疏嗲，其中雜及諸戲名目，較之唐人《霓裳》、《柘枝》諸歌，相去便遠。賣解妓自云：「舜子投井易，秦王立碑難。」其云「投井」，則倒植鞍間，以足跗上指，所謂「力在肐膊」是也；至「立碑」，則直立鞍上，無所倚藉，雖足跗亦不能爲之力矣，所爲難也。其戲皆有套數，先持帖乞揀，初問所揀，如道傍拾芥、鐙裏藏身等，俱已駴觀。最後揀百步趕串，妓俯而踟蹰少選，忽鞭馬令飛，而從尾後越數武躍之，跨於鞍中。雖多力善走男子，亦何能爲？祇古人舞飾，皆用錦韡、繡帽、綵帶、銀衫，而賣解者但於袴褶上加一壞色裙子而已。予凡五見其技，不能製一詩，即在五詩亦不存。或曰：「趕串」當是「趕鷊」。《廣韻》：「躍而上馬曰鷊。」

龍眠張學士以山水爲性情，雖日供奉御前，而丘壑之志未忘，故自稱曰圃翁。嘗以乞假歸，出所賜水衡錢購園居之，名賜金園。姚舍人爲之圖畫。予不揣，從高學士、勵編修二供奉後，鱗次題寫，慚無佳語。及讀學士自著《吾廬詩》及《卜居詩》、《山居雜詩》，矯矯塵表。如「放屐從泥滑，欹冠礙樹低」、「鳥語殘朝睡，雞聲雜午春」、「籬根喧野雀，花影聚文魚」、「林光經雨變，山色過溪深」、「梧桐半窗葉，菡萏一池花」、「秋潭明鏡徹，霜樹錦屏張」，皆五字妙地；「桐葉陰中藏白板，梅花疏處見青山」、「松竹許酬三徑願，溪山不負十年心」、「帶樹蔦蘿千種緑，倚松烏柏一枝紅」、「愛對嶺雲吟竟日，爲臨潭水坐移時」、「寒暖陰晴俱不著，最宜人是養花天」、「春深切莫辜游賞，花事山容日不同」，此七字妙地。不信學士處金閨，能抒寫幽景若是。

康熙二十年，曾用臺臣疏，命詞臣改太常所奏樂章。時同館皆謂字句間必先協律吕，方能入樂，遂各輟筆。予獨謂製詞是製詞，合樂是合樂，兩不相謀；製詞者詞臣之事，合樂者太常之事，勿越俎也。同館曰：「有説乎？」予曰：「有。曾記唐李賀作《申胡子觱篥歌》，賀但作詩，原不曉可入何調。

及朔客吹之，則然後曰入《善平弄》。劉禹錫造《竹枝詞》，只作詩。及入樂，則然後曰其調中黄鐘之羽。當其作詩時，何嘗逆計曰：若字入若律，若句入若調哉？唯魏杜夔擬《鹿鳴》、《騶虞》四詩，而以『於赫巍巍』四章代之。漢《鐃歌》一十八曲，魏晉以後，皆有擬歌。此似先有調法，而後入以詞。然作詞者仍不顧宫調，而隨事攄頌，以俟樂人之考訂，諸詩可按也。故疏勒有鹽曲，名《小天》、《疏勒鹽》，後魏通西域得之。隋唐備燕樂，行《昔昔鹽》、《一臺鹽》諸名，而薛道衡以五字排句易株離語詞，其調安在？即煬帝平林邑，獲扶南工人匏絃，以天竺樂轉寫其聲，今王維集中有《扶南曲》歌詞，未聞其語句中孰爲天竺，孰爲林邑也。是先有調法者，尚任情填詞，曾不顧忌，何况無調？」予向有樂章配音樂一議，惜掌院學士未之上，故其説不傳。後予作《樂録》，亦未論及此，然其義自較然者。

南中有華嚴洞，在靈川西南二十里，高數仞，清泉縈繞。相傳時時見桃花片，闊寸許，從洞中流出。石壁上有仙人題詩云：「巖前流水無人渡，洞口碧桃花正開。東望蓬萊三萬里，等閑歸去等閑來。」此仙詩之極可誦者。或曰：第二句一作「洞口桃花獨自開」。此俗人欲牽偶首句作對仗耳，然仙意盡矣。華嚴洞亦名花巖洞。

阿錢曼殊小字病中，嘗夢奶奶喚之去。「奶奶」者，北人呼觀音通稱也。北人每發願舍身，以他兒代之，有替僧替〔一〕

【校】

〔一〕下文闕，各本同。

家詩至此，三、四云：「羞將短髮還吹帽，笑倩傍人爲正冠。」不覺失笑。母問何笑，曰：「自羞髮短，央人看冠，豈不可笑？」然則詩之以意趣而竟生景象，古云説詩解頤，豈誣也！若落句「明年此日知誰健，醉把茱萸仔細看」，則張南士云：「當與萬楚《五日觀伎》『誰道五絲能續命，却令今日死君家』比觀。一見續命縷而翻欲死，一見茱萸囊而惟恐不生，就景造情，一何神也！」此真精於論詩之言。〔一〕

【校】

〔一〕此則原與上則連，中似有闕，各本同。今分開，故冒頭闕字。

張説爲姚元崇所軋，貶相州刺史，再貶岳州；而以蘇頲薦召還，爲幽州都督。今唐詩有《幽州新歲作》，起云：「去歲荆南梅似雪，今年薊北雪如梅。」正指其事也。然使他人爲此，則組織時事，横加感慨，何啻刺刺？而此承之云：「共知人事何嘗定，且喜年華去復來。」祇「人事何嘗定」五字稍見微意，而他皆不然。且即五字，亦極和平藴藉，有錐角乎？家仲氏嘗曰：「唐人詩尚含蓄，有《三百》遺意，今不講矣。」

沈石田有《盒子辭》，其序云：「南京舊院有色業俱優者，或二十、三十姓，結爲手帕姊妹。每上節，以春檠巧具殽核相賽，名『盒子會』。凡得奇品爲勝，輸者罰酒酌勝者。中有所私，亦來挾金助會。厭厭夜飲，彌月而止。席間設燈張樂，各出其技能。賦此以識京師樂事也。」其詞云：「平樂燈宵鬧如沸，燈火烘春笑聲内。盒奩來往鬬芳鄰，手帕綢繆通姊妹。東家西家百絡盛，妝殺飣核春滿檠。豹胎間挾鰉冰脆，烏攬分攙椰玉生。不論多同較奇有，品裹輸無倒陪酒。呈絲逞竹會心歡，哀鈔禪金走情友。閧堂一月自春風，酒香人語百花中。一般桃李三千户，亦有愁人隔墻住。」其詞極，襲宋元間一種，然較近習稍俊，且舊京遺事亦可感。後高詹事有《和盒子辭》，謝時臣有《盒子會圖并詩》，兹不載。

唐釋處默《聖果寺》詩：「到江吴地盡，隔岸越山多。」本是佳句，以寺在吴山南曲，俯江面越，故實録也。或謂：「錢唐非吴地，其山亦不宜稱吴山，此謬語何足傳誦？」予初亦疑之。按《國語》：句踐之地，南至於句無，北至於禦兒。杜注謂禦兒即嘉興縣之禦兒鄉，則錢唐非吴地，在前此固然。然考《左傳》哀十七年，越子伐吴之時，《國語》載大夫種倡謀，謂：「吴師方還黄池，其邊鄙之兵必不能至，即至，亦必不能戰，我將踐其地，用禦兒臨之。」夫以禦兒而稱曰「其地」，則直吴地矣。且前此伍員自殺，《國語》謂吴王取其屍，盛以鴟夷，而投之於江。此江不著所在，而作《吴越春秋》者，直謂錢唐之潮皆伍胥爲之，則此江即錢唐江矣。又且《吴越春秋》及酈元《水經注》，皆云子胥死而浮屍於江，吴人憐之，立祠於江上，名曰胥山。胥山即吴山也。則此時錢唐、吴山皆屬吴地，而且竟稱其人爲吴人。意者夫椒之敗越王，保棲會稽時，吴已盡有越地，即行成以後，句踐還越，亦只仍保江東，而江以西地皆吴有之。故吴得浮胥於江，而名胥江；祠胥於山，而名胥山。雖王充《論衡》極辨子胥之浮江不知何江，然猶曰「餘暨以南屬越，錢唐以北屬吴，錢唐之江，兩國界也」。則禦兒爲越地者，前此之越；而錢唐爲吴地，胥山爲吴山，杭民爲吴人者，則春秋之吴也。是以東漢將錢唐改入吴郡，而晉代因之，即唐末錢鏐守杭州，名曰吳國，以曾并江東，更名吳越國。則自春秋以至郡國，古名今名皆得稱吳。而以吳地爲謬語，豈通人論乎？

杭州錢塘湖中，有一堤穿於湖心。作志者初稱「白堤」，後稱「白公堤」，謂白樂天爲刺史時所築。及讀樂天《杭州春望》詩，有云：「誰開湖寺西南路，草緑裙腰一道斜。」則並非白築。未有己所開堤，而反曰「誰開」者。且詩下自注云：「孤山寺路在湖洲中，草緑時望如裙腰。」是必前有此堤，而故注以證己詩，其非初開可知也。是以張祜詩云：「樓臺映碧岑，一逕入湖心。」其詩不知何時作，但樂天出刺杭州在長慶末，而陸魯望每推祜爲元和詩人，則此堤非長慶後始築，斷可知者。嘗考此堤名「白沙堤」。樂天《錢塘湖春行》有云：「最愛湖東行不足，緑楊陰裏白沙堤。」則意此堤本名「白沙」，或有時去「沙」字，單稱「白堤」；而不幸「白」字恰與樂天姓合，遂誤稱「白公」。觀有時去「白」字，單稱「沙堤」，如樂天又有詩云：「十里沙堤明月中。」是一「沙」一「白」，遂多誤稱，而不知白堤不得稱「白公堤」，猶沙堤不得稱「宰相堤」也。杭志極荒唐，至錢塘湖諸志，則尤荒唐之至者，此第一節耳。

遂安鶴舫，予弟行，而文譽相埒。嘗從山中寄予集唐一首，極佳，以予垂老住杭，方注《易》也。其詩曰：「懶於街裏踏塵埃韓愈，林下從留石上苔秦係。賢者是兄愚者弟杜甫，早朝纔落晚潮來韋莊。門閑多有投文客朱慶餘，山翠遥添獻壽杯李適。講《易》自傳新注義張籍，懸知獨有子雲才王維。」

唐李昌符有《詠鐵馬鞭》詩，其序云：「長慶二年，義成軍節度使曹華進獻。且曰得之汴水，有字刻『貞觀四年尉遲敬德』諸字。時戎昱亦共詠此題。」則一馬鞭而已。第其鞭製倣竹節爲之，亦名節鞭。元積有《野節鞭》詩，而高適《馬鞭》詩直云：「龍竹養根凡幾年，一節一目皆天然。」則鞭本用竹，而以鐵像之，總只驅馬物，並非兵仗。小説家造言尉遲用鐵節鞭行陣，而陋者遂摭其物入軍械中，真笑話矣。《説文》：「鞭，驅也。一名馬箠。」古以皮以竹，故常以朴人。如云：「皮鞭治民，蒲鞭示辱。」《虞書》曰：「鞭作官刑。」是也。是以敵人易與，不必戈甲，輒曰：「吾鞭箠使之。」正言無事軍械，猶《孟子》言制挺撻甲兵耳。而反以之當甲兵，可乎？

韓偓詩：「窗裏日光飛野馬，案頭筠管長蒲盧。」上句謂窗隙日影中多見飛塵，人猶易解；至次句則案頭竹管豈長蘆葦耶？便相顧錯愕。按《中庸》：「夫政也者，蒲盧也。」舊注「蒲盧」是蜾蠃名。《爾雅》云：「即細腰蜂也。」蜾蠃取螟蛉納書案筆管間，以泥封之，閱數日而化爲蜾蠃。其以之證政舉者，正以言民化之易也。是以《家語》曰：「天道敏生，人道敏政，地道敏樹。夫政也者，蒲盧也，待化而成。」其著「待化而成」四字，明明解「敏政」之譬。此夫子自言之，且自注之者。自宋人作《章句》者改「盧」爲「蘆」，以蒲葦當之，則不惟《中庸》、《家語》、《爾雅》、《毛詩》俱不能解，即韓冬郎一七字句亦無解處矣。嗟乎！讀經讀詩，皆不可無學如此。

山陰金子闇於宛委山下，就其先大父太常公别業種梅植竹，鑿石引泉於其中，遂爲城南一大勝境。每春時，主人飲客，客亦有載酒至者。予嘗與吴伯憩、羅弘載過飲，酒酣，各賦詩。予謝不敏，伯憩口吟曰：「名園日暖燕初飛，宛委山前鎖翠微。只有和風憐醉客，故吹花氣上春衣。」弘載繼之曰：「黄鳥初啼春晝長，數聲欸乃過横塘。望秦山上桃花雨，散作東風十里香。」

少時作《越郡詩選》，末載商夫人詩，即祁中丞夫人也。或以稱「商」非之，予時作書答極悉。暨予居京師，晉江林郎中索爲范貞姑詩。其狀有「姑貧，依兄食」語，予賦《烏栖篇》，中云：「撤饌長依庚約兄，寒房只坐張玄妹。」但就狀賦之，實不知其兄爲何人。次日鄭吏部山公過謝，則其兄也。且當時稱范貞姑，並不識貞姑鄭姓。予曰：「何不稱鄭貞姑？」或曰：「貞姑守范節，自當稱范以表之。」予曰：「不然。古節烈皆署婦姓，《唐史》金節婦、《宋史》楊烈婦是也。及不得婦姓，而始繫以夫，《漢史》王霸妻、樂羊子妻是也。如云節烈者當表夫姓，則後漢桓嫠爲沛國劉長卿守節，世未嘗稱劉嫠也；唐斷臂李節婦，實虢州司户王凝妻也，其不稱王節婦，何耶？」

西河詩話卷四

蕭山毛奇齡字初晴，又名甡稿

上幸喜峰口，有過黄土崖、大石磯御製二詩，扈從高侍講江村依韵奉和。予在史館時，竊記其一。其黄土崖御製詩曰：「紫塞雙崖出，丹梯百尺懸。草香遮細路，樹老卧晴煙。地爲時巡到，山當隘口偏。何年留石室，駐馬望層巔。」侍講奉和曰：「黄崖天外削，碧樹半空懸。徑絶遲歸鳥，山空聚午煙。北來千嶂密，西去一關偏。萬乘披襟處，風迴百尺巔。」其氣象崇埤，體魄鉅細，迥乎可見。且聞是夕諭侍講曰：「是地皆前朝戍所，斥堠相望，我太祖、太宗創業宏遠，夷夏一統，致蒙古四十八部皆爲臣僕。每過此地，令朕輒念丕顯。」侍講拜曰：「暨訖之年，不忘締造社稷，蒼生之福也。」始知皇上宵旰，即在遊豫歌詠時，猶時廑先烈如此。

山陰徐伯調嘗與錢牧齋宗伯論文，宗伯謂學秦漢者每多剽賊，自不如學大家之當。伯調曰：「不然。剽賊無定，在富家可剽，貧家亦可剽也。必如韓退之、樊宗師，自爲一家，方可却近代剽賊之病。」既曰：「學大家矣，學大家與學秦漢何異？竊見今爲大家文者，滿紙皆爬羅搇擋諸宋人惡字，苦剽窮竊，猶恐不得當。是同一剽賊，剽乞兒米，不如剽富家珠也。」時宗伯耳聾，主客皆以筆。伯調答竟，宗伯執筆向粉版，將下字而踟躕不果。座客朱長孺係宗伯好友，笑曰：「先生見山陰人便詘伏。」傍一人問故，長孺曰：「陸務觀、徐文長，皆山陰人也。」一笑而罷。宗伯素稱宋人詩當學務觀，適刻《列朝詩集》成，又極推文長，故其言如此。「剽賊」，見韓愈《樊宗師墓銘》：「惟古於詞必己出，降而不能乃剽賊。」

杜甫《短歌行贈王司直》詩，人皆能誦之，然皆不得其解。然不知何以不解亦稱好，此真不可解者。如云：「王郎拔劍斫地歌莫哀。」此「莫哀」，謂是甫莫王郎乎？抑郎莫甫乎？又云：「我能拔爾厄塞磊落之奇才。」若我甫，則無理；爾甫，即又非體。至末句「青眼高歌」、「眼中之人」，則益惘然矣。後在湖西講次，遇善歌詩客云：「此詩十句作兩截歌法，上截歌慷慨，下截歌悲遜。上郎下甫，意思瞭然。」逮夜歸，飲施愚山使君署堂，舉似愚山。愚山稱快久之，且爲注曰：「『歌莫哀』者，歌曰甫莫哀也。『拔爾』，拔甫也。『豫章翻風白日動，鯨魚跋浪滄溟開』，發奮在此也。『且脱劍佩休徘徊』，且住此勿躊躇也。此甫代郎言也。當是時，郎欲攜甫行也。故甫曰：『西得諸侯棹錦水。』業已隨郎作西川行矣。『欲向何門趿朱履』，更欲從誰也。『仲宣樓頭春色深，青眼高歌望吾子』，旅寄之久，所望青眼者，惟子爾。『眼中之人吾老矣』，况子青眼之中之人，即吾也，而已老矣，尚何他求耶？蓋決計從子也。此甫自言也。」

康熙辛酉，王師收滇、黔，群臣獻頌甚夥。同官徐華隱獨倣舊作《鐃歌鼓吹曲》，自《聖人出》至《文德舞》止，凡一十四章，每章因事立名，與繆襲、韋昭、何承天輩相表裏。特其中有《海波平》一題，爲驅海寇鄭錦作，中云：「金門廈門波不揚，曈曈日出窮扶桑」。但及二門而不及臺灣，以其時彭湖尚未破也。今則冞入東溟矣。版圖四擴，臣及海外，千古僅事，當作《收彭湖》、《畫海外》諸題以補之。乙丑三月日。

俞是堂《百家名詩》，天啓間有續選者。曾見山東徐登瀛一詩，其頷句云：「結客暫回梁父轍，求仙不上垂兒山。」人不識「垂兒」所出。後予入都，相傳舊西内有大光明殿，亦名圜殿，是明世宗煉真處。今與西苑間隔，雖尚留宮監看視，而人得進觀。因入西華門，遥見圜頂嵬然，金光明色，即圜殿也。前有假山巃嵸，名兔兒山，集良石堆垛成洞壑，遍插峰嶂。頂構敞亭，而加以重犀，即世宗焚籙瞻斗之地。則意「兔兒」者，「垂兒」之誤。其云「不上」，正刺世宗求仙事也。登瀛字仙侶，號海上客，以徐市自居。其作是語，非無爲者。若山前有旋磨臺，如盤帶圜繞，由庳而高，逐步漸登，恍履平埒。舊時高盡處，猶蕉心中凸，聳以重臺，今亦亡矣。老宮監住此者云：「客、魏時，宮人忤意者，安置此地，死相枕籍，洞中骨髮穢積。」此又在《勺中志》之外者。第締構過整，洞必雙穿，峰不單峙，則宮殿規製，與外稍殊耳。又塞北有吐兒山，在黑山東北，遼主避暑之地。「垂」、「吐」、「兔」俱無定字。

朝鮮破新羅，擬爲《黄昌郎》、《會蘇》二曲。按「黄昌郎」，本新羅國王名，八歲爲王，破百濟，當時曾作歌以誇其勝，故有是名。若「會蘇」，則新羅國王以七月望日敕王女帥六部女子會績於廣庭，至八月望日課其工，負者設酒，相與歌舞，謂之「嘉俳」。有一女起舞，爲《會蘇之歌》。「會蘇」名始此，然其義則不可曉。

辛酉三月晦日，夜夢隨同館諸公集瀛洲亭，酒二巡，令各賦詩。予信手書四句：「日度花罅易，春留丹禁難。老知筋力憊，閑得性情安。」至醒猶記之。逮明，館隸傳帖子，上親簡講官，引見乾清門。予憶夢中語，知必不得直，向本衙門司務官注疾歸邸，蓋是時陪同館引見已八次矣，花罅數正合。若難留丹禁，則春色定無分耳。時數之先見如是。

同官年卑者，首推李丹壑世兄，入館五年，裁得二十，然真是才士。偶秋節翦新袍成，予邀之同直起居注，適櫊前乾鵲噪，予戲曰：「絮鵲早催忙入館。」丹壑臨著袍，應聲答云：「臂鷹秋遣窄裁衣。」予驟聞之，不覺折腰曰：「才子，才子！」是時秋風起，丹壑極羡諸旂人臂鷹出城，故云。第其句如許頓挫，能不待安排而出之，真咄咄怪事。

臨清倪天章云：「張燕公《㴩湖山寺》詩落句有誤。『若使巢由同此意，不將蘿薜易簪纓』，不成巢、由，不終隱耶？」時在黄大宗飲次，同席者馬西樵、蔡子構、樂六舞等數人，各不能答。西樵令將前六句誦一過，即曰：「得之矣。」子構曰：「何也？」西樵曰：「不曰『禪室從來雲外賞，香臺豈是世中情』乎？」子構終不解。及飲散，天章、子構與予同舟歸，以問予。予曰：「西樵善説詩意，謂即此山寺已屬物外，能得此意，何必蘿薜，雖簪纓亦可。故曰不以彼易此也。此游山寺而生道心之時也。」後見唐詩選本，忽有改「若使」爲「惟有」者，意索然矣。唐詩近古，猶時見風人遺旨處，正在此。恐後人不知，展轉改篡，故復識之。

沈詹事《古意》詩，沈繹堂詹事嘗書予扇，題曰：「家詹事詩，沈比部康臣見而攘之，曰：『此吾家物也。』翫視良久，忽曰：『落句吾不解，向何以讀過不覺？「誰謂含愁獨不見，更教明月照流黄」，何以「謂」之？「謂」字莫是「爲」字之誤？言誰爲之含愁者，而君不見也。』後康臣見徐仲山語此，仲山曰：『何哉，君之説詩者！詩有結、有拓、有掉，「誰謂」者，掉辭，徑下至末，言誰料其至此也。』座皆頤解。」

始知古人文字，每遇難解處，正是佳處，慎勿輕改。惟宋儒易改前人文字，至有埋没原本處，此文字之阨，不可不戒。「獨不見」，樂府題名。

亡兄大千爲仁和廣文，嘗曰：「仁和祇一學者，猶是新安人。」謂姚際恒也。予嘗作《何氏存心堂藏書序》，以示兄，兄曰：「何氏藏書有幾，不過如姚立方腹篋已耳。」立方，際恒字。及予歸田後，作《大學證文》，偶言「小學」是寫字之學，並非《少儀》「幼學」之謂。不知朱子何據，竟目爲童學，且裒然造成一書，果是何説？立方應聲答：「朱所據者，《白虎通》也。然《白虎通》所記，正指字學，誠不知朱子何故襲此二字。」因略舉唐宋後稱「小學」者數處，皆歷歷不謬。坐客相顧皆茫然，則度越時賢遠矣。第是時兄已死，予述兄語示立方，立方即贈予長律二十韵，中有云：「城隈山鳥白，亭卜水花紅。李固追隨日，侯芭涕淚中。深懷因令弟，縈慕等蒙童。」其情詞篤實，始知亡兄非輕許人者。仁和學宫在城西之隈，宫右有荷池，池上有亭，名琢玉亭，爲坐客談讌之所。「城隈」二句以此。

海内藏書家，舊在吴門，推常熟錢宗伯家，今則玉峰徐氏甲海内矣。其搜書之勤，過於漢人。遇有裨經學者，即一字一句，並爲收弆。不惟能藏，兼能讀，日集門生諸子輩，討《詩》講《禮》。凡諸經中根柢枝葉，窮闡無剩，不潔潔守四五佔畢，然且對揚聖明，廣闢書庫，自漢唐以後，經學到此始一明矣。健庵學士嘗爲予作《通韵序》，有云：「天子右文，超越前古，不遺小學，俾廣其傳。」時不解「小學」二字，皆以爲薄視其書，即同館學人，尚有擬議以興者。豈知「小學」者，字書之學，學士安可及也。時予謝以詩，末云：「盧生本受通儒學，不料重傳保氏書。」正用盧植授生徒六書降小學事，答其語耳。

予同年尤悔庵在史館時，鬮《明史》雜題，得《外國傳》，因於修史之隙，私作《外國竹枝詞》一百首以遺興。中一云：「鬱金香散佛頭開，國寶長傳照世杯。」注：「古闍賓國有杯，朗徹可照。」然不知杯是何物所製。後讀高侍讀《塞北小鈔》，曾於養心殿觀塞外所獻夜光木盤，黑夜通明，有光如螢火，凝然迫之，可以燭物，投諸水中，則水光澄徹，倍覺燦爛。意照世杯即夜光木爲之。蓋塞外多此木，積歲浥雨，則黴汎生光，如腐草化爲螢是也。若其名「照世」，又云「能照世事」，則不可解，恐是傳之者故神其說耳。

《外國詞》又云：「却怪天公没分曉，半年雨落半年晴。」注：「柯枝每歲二三月下陣頭雨，至八月半方晴，故其土人爲諺，原有『半年雨落半年晴』之句。此用其語也。」又勿斯里國百年不一雨，有天江水可灌田。《外國詞》云：「天江水到自澆田。」其天候不同如此。

天啓初，沅客尚邦貢行估廣西，入大洞三寨，通寨女老卜沙甚昵，不忍別，遂訂爲夫婦去。會江右有岑姓郎火過寨，見卜沙，欲奪之爲配，不肯。郎火者，土頭目名也。舊例：土官死無子，許土婦襲職，行土官事。土婦恐絶襲，兼爲他土司所奪，即又娶一婦，死則重使所娶婦襲之。時三寨掌印者爲女土官角鹽，無子，正謀娶婦爲傳印地。詢及卜沙，卜沙乃忻然從之，謂可以絶他擾也。既而尚君謀補廣西按察司經歷，訪卜沙所在，聞已爲三寨土官婦，大恨，即誣以他事，提土官至省。則此土官者，仍是土婦，卜沙土婦婦耳。乃始釋憾，而陰遣人娶卜沙，踐前約焉。尚君原有詩曰：「作客留三寨，尋春到北沙。穠苞和露吐，思煞洞田花。」其詞雖穢褻，然佳詩也。崇禎初，角鹽死，無襲，即其寨亦併於波羅里，然里中人尚有能語其事者。

遼后梳妝臺址，在太液池東小山上，一名瓊花島，即今白塔寺址是也。南有石樑，曰積翠，曰堆雲，行人度梁即見之。嘗讀元時《金臺集》，爲葛邏禄迺賢所作，中有《妝臺詩》甚佳：「廢苑鶯花盡，荒臺燕麥生。韶華如逝水，粉黛憶傾城。野菊金鈿小，秋潭玉鏡清。誰憐舊時月，曾嚮日邊明。」自注云：「妝臺在昭明觀後，金章宗嘗與李妃夜坐，上曰：『二人土上坐』，妃應聲曰：『一月日邊明。』故云。」則知是臺本遼時后妃遊憩之所，不止蕭太后也。若李空同《秋懷》詩「苑西遼後洗妝樓」，徒以叶調之故，易「梳妝」爲「洗妝」，易「臺」爲「樓」，遂致土人文士争名是非，且有誤指橋南諸閣爲「洗妝樓」者。文筆之不可輕下乃爾。

南中猺人所織錦，有「簇蝶」、「花藥」、「蛇濡」、「龍油」諸名。舊詩「惆悵金泥簇蝶裙」，「簇蝶」即此物。其云「金泥」者，以「花藥」與「簇蝶」二錦皆用熟金泥其地，故云。若「蛇濡」，則刷以蛇膏；「龍油」，則刷以龍膏。「蛇濡」可辟霧，「龍油」可泅水。「蛇濡」緑色，「龍油」紅色。周給事《使安南》詩有「春波紅汎蟄龍膏」句，可驗。

舊制館規，不隨例朝參，不推直；今則逢五隨朝，掄次入直。每直館，紙窗土坑，觀諸筆帖式，雜坐翻清，晝長院静，别是一境。當湖沈客子作《燕京春詠》五十首，中二首有相似處，爲略篡數字書壁，每見之，輒爲一笑。「曉直將歸數八甎，但逢三五去朝天。東堂新有承恩事，大例關支月進錢。」「暖牖新鋪小炕牀，乳茶紅映玉壺光。日長院裏無宣唤，翻得清書又幾行。」

《燕京春詠》有云：「春店烹泉開錦棚，日斜宫樹散啼鶯。朝來慢點黄柑露，馬上新茶已入京。」故事：茶綱入京，各衙門獻新茶。今尚循故事，每值清明節，競以小錫缾貯茶數兩，外貼紅印簽，曰「馬上新茶」。時尚御皮衣，啜之，曰：「江南春色至矣。」客子諸詠皆實事，是王建《宫詞》體，故善述時事爾爾。

京師萬柳堂在崇文門外，平疇曼衍，布以萬柳，㙔坡疏沼，堛堁潆洿。此本益都夫子創置之，爲朝士游憩地。每歲逢上巳，夫子必率門下士修禊其中，飲酒賦詩，竟日而散。壬戌上巳，陪侍者三十二人。夫子唱二詩，其首章第六句曰：「水荇風約故浛留。」似有所寄。及閱和詩，每遇是韵，輒沉吟良久，如徐春坊健庵「盡日行吟步屧留」、施侍講尚白「回溪時有斷雲留」、陸編修義山「落花香倩蝶須留」、方編修渭仁「煙宿寒山翠欲留」、徐檢討華隱「小雨泥看屐印留」、高檢討阮懷「羽觴汎汎去還留」、汪主事蛟門「輕陰時爲落花留」、林中書玉巖「檻拂垂楊叫栗留」類，最後卒潘檢討稼堂「東山身爲草堂留」，夫子拍案而起，稱爲第一。蓋是年七月，夫子將致政，故先以「留」字探意，及得是語，便犁然有當也。

益都論詩，最尚六義，故即倡和間，其爲比爲賦，皆有歸著，非苟然者。

高忠憲講學東林時，有執《木瓜》詩問難者，謂：「『投我以木瓜，報之以瓊琚』，其中並無『男女』字，何以知爲淫奔？」坐皆嘿然。唯蕭山來風季曰：「即有『男女』字，亦何必淫奔？張平子《四愁詩》曰：『美人贈我金錯刀，何以報之英瓊瑶。』明明有『美人』字，然不爲淫奔，未爲不可也。」言未既，即有咈然而興者曰：「『美人』固通稱，若『彼狡童兮』，得不目爲淫奔否？」曰：「亦何必淫奔？子不讀箕子

《麥秀歌》乎？『麥秀蔪蔪兮，禾黍油油兮，彼狡童兮，不與我好兮。』夫箕子所指者，受辛也；受辛，君也，而狡童。誰曰狡童淫者也？」忠憲遽起長揖曰：「先生言是也。」又曰：「不虞今日得聞此通儒之言。」後劉蕺山先生講學鄉里，間亦問及此。蕺山先生宛言曰：「宋人不善説《詩》，失風人之旨，信然；則《合歡》、《定情》、《同聲》諸歌，明明道男女褻褻之情，而實則爲懷友作，何也？」或曰：宋臨江有黎以常，號元中子，曾著《經論》，解《風》詩大旨最善。此在吕東萊、歐陽永叔、蘇子由、嚴華谷四家之外，惜其書不多見。

陸辛齋云：「《將仲子》詩賢於《死麕》，『無踰』、『無折』較峻於『無感』、『無使』。『使』已近褻，『感』則迫體矣。『踰』與『折』，拒之在遠，至『踰里』，則遠之尤遠。徒以《死麕》在《召南》，《仲子》在《鄭》，遂顛倒寃抑。不聞《何彼穠矣》，本春秋時詩耶？」張毅文亦云：「『舒而脱脱』，姑緩之語，不如『父母之言』二語，婉而實峻。」後在曹侍郎許，見南宋范必允《詩序》，有云：「文人之相輕也，始則忮之，繼則苛之，吹毛索瘢，惟恐其一語之善，一詞之當，曲爲擠抑，至於無餘，無餘而後已。夫《鄭》詩未嘗淫也，聲淫耳。既目爲淫，則必拗曲揉枉，以實己之説。使《鄭》詩之不淫者，亦必使其淫而後快；鄭人之不淫者，亦必使其淫而後快。文人相輕，何以異是？且有始則譽之，既復毁之。太守初入官，輒爲矜風俗之淳，誇州宅之美；而偶一見惡，即曰：懷鏄之俗耳」云云。始知前人亦早有爲是言者。

格詩多起伏，不能通體比興。若律則通首比意極多，隋唐五、七律絶皆是也。若《三百》，惟《雅》、《頌》無通比之事，《風》詩多有之。即《氓》詩一篇，君臣朋友，始進不正，皆可爲比。第以逐節分注比興，謬矣。識此者，可與論詩、論格律。陳仲醇曰：「《九歌》通體皆比。」又曰：「沈佺期《古意》亦比詩。」

上御瀛臺時，定在暑節。每趁早涼入西苑門，大柳星稀，高槐露流，於宫墻緣岸間冒昧徐行，菰蒲四面，水禽啁哳，與江南水鄉無異。暨渡版橋，則荷香襲衣，牐流滴耳，宛在夢中聽箏築聲。然後復循内苑墻，入小紅門，豁然大湖，有紅版長橋，横跨水面，橋夾朱欄，欄外雜列魚罾。凡朝官渡橋者，俱許抽罾捉魚，得即攜歸。於是迤邐達瀛臺門。李侍講石臺曾有詩云：「紅橋循蟻渡，緑綬貫魚歸。」正指是也。惟賜宴時，則詔從牐口北上直西浮道通梁，中有層亭，兩面帳房，如號舍排列。上命登舟，汎太液池，即從過船亭，登舟挽繂，芰荷十里，望如番錦，北海五龍，金色遥矞，則别一境地矣。時予有詩紀其事，合得四首；後和同官陳迦陵，復得一首，俱未愜意。然與宴諸臣皆有詩。

遵化温泉在州北福泉山下，明萬曆間始甃石爲池，而覆以房，然物色者鮮。惟武宗時，有宫妃王氏曾題以詩，自刻小石留壁間。世祖章皇帝嘗以坐湯故，敕建宫其旁，更以白玉石甃池，擴而新之。會今皇帝以仁孝皇后、孝昭皇后山陵之役，扈從諸臣，皆敕賜往觀，兼令賦詩應製，刻石其上。何山靈顯晦，其前後迥别，一至是也。人之遭逢視之矣。時應制者，大學士明珠、李霨，尚書梁清標、吴正治、魏象樞、王熙，左都御史徐元文，侍郎李天馥、杜臻，學士張英，侍講高士奇等，凡二十二人。其詩製不拘一格，且有爲賦爲頌者。

西河詩話卷五

蕭山毛奇齡字春遲，又名甡稿

今上嘗出塞駐蹕烏蘭布爾哈酥，有以道傍紫花獻者，不得其名，然蓓蕾蕤纚可愛。詢之土人，曰：「此長十八也。」按：高侍講《松亭行紀》載元葛邏禄迺賢《塞上曲》云：「雙鬟小女玉娟娟，自卷氈簾出帳前。忽見一枝長十八，折來簪在帽簷邊。」則知其名舊矣。第女飾無帽，不審「簪在」者自簪耶？抑簪人也？姑記此俟解者。一云：蕃女原著帽，如胡旋女著花帽，可驗。

益都師相嘗率同館官集萬柳堂，大言宋詩之弊，謂開國全盛，自有氣象，頓驁此佻涼鄙弇之習，無論詩格有升降，即國運盛殺，於此係之，不可不飭也。因莊誦皇上《元旦》并《遠望西山積雪》二詩，以示法。《元旦》詩曰：「廣庭揚九奏，玉帛麗朝光。恭己臨四表，垂衣馭八荒。」《望雪》詩曰：「積雪西山秀，仙峰玉樹林。凍雲添曙色，寒日澹遥岑。」時侍講施閏章、春坊徐乾學、檢討陳維崧輩皆俯首聽命，且曰近來風氣日正，漸鮮時弊。今歸田有年，距向讌集時已踰十稔，而里中後進反有起而襲其弊者，何也？試誦御製詩，崇閎博大，何許氣象！即其中對仗高警，一起衰鄙，此真前辟千古，後開萬祀者。生今之世，不以是爲法，而奚法矣？又其時座中有言方盉山論詩，以近人絶句今無對仗爲非是，時同館某曰：「何必對仗？」予舉御制詩示之，嘿然。

御製《夜半》詩：「覽書銀燭短，觀象玉衡長。夜半無窮意，□□在萬方。」《鄭州河即事》：「藻密行船澀，灣多轉楫頻。帆檣迴遠岸，煙火近通津。」此從史館竊記者，恐有訛字，俟御制集頒示改正。

康熙壬戌元夕前一日，上饗群臣於乾清宮，作《昇平嘉宴詩》，人各一句，七字同韵，仿柏梁體製。上首唱曰：「麗日和風被萬方。」以次及滿大學士勒德洪、明珠，皆拜辭不能，上連代二句曰：「卿雲爛熳彌紫閶。一堂喜起歌明良。」且戲曰：「二卿當各釂一觴，以酬朕勞。」二臣果捧觴叩首謝。君臣相悦，千古僅有。次日頒序。予小臣，無賜本，謹竊録於此。御製序：「朕於宣政聽覽之餘，講貫經義，歷觀史册，於《書》見元首股肱，賡颺喜起之盛，於《詩》見《鹿鳴》、《天保》諸篇，未嘗不慕古之君臣一德一心，相悦若斯之隆也。今際海内晏安，兵革偃息，首春令序，九陌燈煇，豐穰有徵，吾民咸樂。思與諸臣欣時式燕，爰於乾清宮廣集簪裾，肆筵授几。斯時也，蟾光鼇炬，焜燿堂簾；綵柎瓊葩，雜羅樽俎。許笑言之勿禁，寬儀法之不糾。復令次登文陛，渥以金罍，咸俾有三爵油油之色焉。《易》曰：『上下交而志同。』《傳》曰：『享以訓恭儉，晏以示慈惠。』則今日之兕觥旨酒，豈徒以飲食燕樂云爾哉？顧瞻諸臣，或位居諧弼，或職任卿尹，或典文翰，或同獻納，宜共成篇什，以紹《雅》、《頌》之音。朕發端首倡，效柏梁體，班聯遞賡，用昭昇平盛事，冀垂不朽云。康熙二十一年正月十四日。」

御製《塞上宴諸蕃》詩云：「龍沙張宴塞雲收，帳外連營散酒籌。萬里車書皆屬國，一時劍佩列通侯。天高大漠圍青嶂，日午微風動綵斿。聲教無私疆域遠，省方隨處示懷柔。」是時幸達希喀布齊爾口，所宴者爲喀爾沁、廓爾沁諸部落。設大黄幄，上中坐，皇長子及温郡王左右侍，諸蕃率所屬列坐幄左，内大臣列坐幄右，張几設饌。蒙古數千人列幄外，各賜酒一金叵羅、乳茶一大瓠。於是賜諸蕃袍帽、鞾襪、袋帶、弓矢、鞍轡、緞帛、銀布有差。時高侍講扈從，有和詩。見侍講《扈從集》。

登封測景臺在太室南小山上，亦名没影臺，以短至日午時無影故也。又有觀星臺，在臺南，下有量天尺，琢石卧地，作尺測景。此是舊蹟。若汝寧亦有無影臺，則以天中之名誤之。相傳是一優婆夷塔，而土人强指之爲臺。此不足問者。第觀星臺傍有文王、文母廟，如時世所供托生公姥，塑百兒環壁間，爲土人祈嗣處。曾遊少室還，夜宿山家，見碓磑埋地，有字，是壞碑改造者。摩視之，彷彿有「百子王」字，且有詩句，存「祈年羞雉汁，禱嗣驗《螽斯》」十餘字。詢之，知「百子王」者，係土人呼文王之稱。其云「祈年」，則不止禱嗣，以文王有九齡事，故獻雉羹以祈之，《楚詞》云「彭鏗斟雉」是也。里俗事雖鄙褻，然亦椎樸多古意。乙巳十月，重過河，憶其事，旅舍書此。

石淙河，在平坡一望中，忽深溝峭壁，流泉淙然，因名石淙。相傳武后游時，以沈、宋詩勒壁間。予尋之不得，以是時水漲，未能越溪石蹤蹟故也。祇臨流石臺，處處隨勢衺狹，不大寬折，而幔柱穴、楯穴、花杆穴，宛宛石上。其巖際一帶，横排鋈竅，越寸而孔，如列星點點，相傳爲帳殿刺椽之跡，則對之未免生艷思矣。予不能紀勝，祇得七古一首，又不能暢析所見，且亦非佳句。見《瀨中集》。

詩以雅見難，若裸私布蕺，則狂夫能之矣；亦以涵藴見難，若反唇戛膊，則市牙能之矣；又以不著厓際見難，若搬楦頭、翻鍋底，則獃兒能之矣。然則爲宋詩者，亦何難、何能、何才技，而以此詩人，吾不解也。故曰：爲臺閣不能，且爲堂皇，慎勿爲草野，况藩溷乎？嘗在金觀察許，與汪蛟門舍人論宋詩。舍人舉東坡詩「春江水暖鴨先知，正是河豚欲上時」，不遠勝唐人乎？予曰：「此正效唐人而未能者。『花間覓路鳥先知』，唐人句也。『覓路』在人，『先知』在鳥，以鳥習花間故也。此『先』，先人也。

若鴨則先誰乎？水中之物，皆知冷暖，必先以鴨，妄矣。且細繹二語，誰勝誰負？若第以『鴨』字、『河豚』字爲不數見，不經人道過，遂矜爲過人事，則江鰍、土鼈皆物色矣。」時一善歌者在坐，觀察顧曰：「詩貴可歌詠，若『河豚』句，似不便詠吟。試倩善歌者歌之，能脱嗓否？」各笑而罷。

曼殊住墳園，晚春花落，雙扉晝關。比鄰刺梅園老尼過之，讀壁間所懸詩軸，吟嘆良久，因曰：「讀此詩，倍覺此地淒寂，此何人詩耶？」曼殊曰：「舊懸此庭，不知誰作。」因流涕。後於摩訶庵中道之，有識者曰：「此《蕉林集》詩也。」蕉林爲真定司農所居地。其詩爲《春郊即事》十首之二，詩極耐吟味，然不謂其能感人至此。既而向老尼道之，遂從司農公乞一本去。老尼知書，係明季宫婢，當時所稱菜户者，崇禎甲申後出爲尼。詩曰：「河外人家郭外村，金鞭玉勒走王孫。墅橋東畔迢迢路，芳草斜陽晝閉門。」「畫樓高處故侯家，誰種青門五色瓜。春滿園林人不見，東風吹落海棠花。」此係寫本，與本集稍異數字。

江寧倪檢討有《塔毫》詩，是觀報恩塔放光所作。或謂：「前朝造報恩時，覓西域舍利，藏其下以厭之，故有光。」或曰：「不然。凡塔皆能放光，不必舍利，亦不必報恩。」但報恩放光，一月數見，且見亦屢異。曾聽櫟下老人云：「夏月晚飯後納涼棚下，家人報報恩放光，急出視，則與往所見不同。每層闌甃處，無論啓閉，必有光一道，拔甃門出。其光青紅色，凡若干道，如雨後虹，萬條圍攢，下狹而上廣，比之蓮花之仰開者。每光末各有小蓮座，坐如來其中，大是駭人。又一日雷雨後，從石子岡歸，人家矮牆闕處，聚男婦指觀。伍伯詢問之，云『報恩放光』。然後注視，見墨雲横堆，割下甚齊，輪頂戴圓光，如晶毬，與塑像佛頭圓光正同。光所指，當黑雲割處，或將白光插黑堆中，半劃水規，如上弦之月；或以白光翳雲表，恍懸鏡璧帶間。烏漆板面，有圜鏡鬣缺，一吞一吐。如是累刻。此二次皆見之最異者。」始知神物叵測如此。

萬曆甲午，成都李長春宗伯冢子雲卿從鄉試還，私念己文可首解，暗頤拆間，忽一道士逆馬行，叱曰：「毋得意，今年解頭某甲耳，勿妄想也。」雲卿驚，遽令僕持之，且曰：「然則我名在何所？」曰：「不遇庚子與丁未，焉能有名？」雲卿遽下馬，將揮以肱。道士笑曰：「不識會稽陶與齡，而辱之乎？」忽不見。歸以語宗伯，宗伯憫然久之，曰：「是吾門生陶德望也。是君物故久，爾得毋着魅耶？」及榜發，言果驗；至庚子、丁未，雲卿果有名，又驗。於是語其弟周望京師。周望爲作傳，名《仙遊傳》。周望名望齡，時爲編修，即德望同母弟也。天啓六年，姑孰李一公爲四川觀察使，聞父老言，奇之。會德望子嶼曲爲江西副使，與一公舊同寅，乃爲立碑於遇仙橋側。且有詩，其略曰：「我聞八百里鑑湖，天水煙靄粘菰蒲。華陽道侶多精廬，中有一人仙之臞。隱几手弄明月珠，一笑偶到三川隅。馬首數語開靈符，仙影遽失雲模糊。峨嵋古雪侵肌膚，先生儻在其來乎。」其云「仙之臞」者，《周望傳》云：「兄隨父任，生京師長安街，小名長安。體羸甚，脇間溝深隱指，胸骨粘背。」李宗伯主文南都時，以國子舉鄉試，出宗伯門下。其生平但刻苦儉約，未嘗有息機養和事。始知世自有仙，今之求真者，並誤耳。

南中有相思子，即紅豆，一苞兩實，古詩所謂「紅豆最相思」是也。若建寧相思鳥，則雄雌二小鳥，朱唇緅羽，間以綵翠，碎語唧唧，同籔而居。假開樊放其一，初亦忻然颺去，既即復來，稍或鍵閉，則啄鍵求入，萬不爽一。舊傳放雄而留雌則然，若放雌則否，因競云女之無良，與男之蚩蚩，小物可驗。及閩中林偉親買二鳥，驗其然否，則雄雌並然。然後知從前之言皆輕薄無賴，厚誣閩中，非實録也。家明府文山有《相思鳥》詩四章，其一云：「頃刻離還合，無分雄與雌。散抛紅豆子，何處不相思？」此真能解嘲者。「頃刻」、「無分」，對仗甚巧。「何處」一作「若個」，亦佳。

京師宣武門西竹林寺傍，有酒家名頂泉居，其酒名薊酒。嘗騎馬詣益都相公第，必造飲。同官張毅文嘗於冬日遣人挈榼往酤，飲同館諸公，且爲詩曰：「竹林寺畔頂泉居，井澤香甘新醡餘。豈是三辰酬草制，那能千日夢華胥。野梅欲破偏宜雪，市味難兼幸有魚。縱飲莫隨燈促去，免教元結笑何如。」其云「元結笑」者，以元次山詩「有時逢惡客，還家亦少酣」，注「古人以飲不盡歡爲惡客」，故云。若「燈促去」，則未之解。詢之，曰：「不見前除已燃燈乎？」各笑而散。蓋長安宴會，方小徹長班，即燃提燈滿前除以促之，此亦宴會中一煞風景事。

唐人詩有「酒盡君莫沽，壺乾我當發。城市多囂塵，還山弄明月」，相傳是木客所作。故蘇子瞻詩有云：「山中木客解吟詩。」第不知木客是何等。或云木客怪物，又云是猺獠之類，形貌較人差小，衣飾亦異，且工於作器，自稱秦時造阿房工匠，採木不返。嘉靖末，有傳木客《細雨》詩者，中云：「劍鈴初滴，長門燈更深。」似亦佳句。大抵猺獠中亦偶有善詩者，木客其一耳。

白樂天工聲吕，故詩中每寓歌格舞法。如《霓裳羽衣》舞曲，此世人所最難嚮象者，樂天有《答微之霓裳羽衣譜歌》一首，彷彿有舞法存乎其中。如云：「我昔元和侍憲皇，曾陪内宴宴昭陽。」謂陪憲宗皇帝内宴，在昭陽殿也。又云：「舞時寒食春風天，玉鈎欄下香案前。」謂舞時及舞地也。又云：

「案前舞者顔如玉，不著人家俗衣服。」謂換衣也。然舞者祇一人。又云：「虹裳霞帔步摇冠，鈿瓔累累佩珊珊。」謂著舞衣畢也。「虹」與「霓」同，「虹裳」即「霓裳」，蓋青紅相間如虹然，霞只紅色。不言「羽衣」者，羽，白色，在所略耳。於是上覆瓔珞，下繫環珮。又云：「娉婷若不勝羅綺，顧聽樂懸行復止。」謂舞者入鈎欄時，先有唱舞曲者，將合樂，而舞人且視且聽，行而復止，若不勝羅綺然。然未舞也。又云：「磬簫箏笛遞相攙，擊擫彈吹聲邐迤。」謂爾時和者，爲編磬、單簫、竪箏、横笛四器。以法曲初作，衆樂未齊，唯金石絲竹，次第如此。又云：「散序六奏未動衣，陽臺宿雲慵不飛。」謂將舞，曲歌至六首，皆散序無拍，故不舞。蓋舞必有節，與曲中拍序相應。「六奏」一作「六么」，「么」亦遍也，六遍即六首。又云：「中序擘騞初入拍，秋竹竿折春冰裂。」謂中序有拍擘騞，拍聲如折竹裂冰然。蓋舞曲有散序，有拍序，此拍序也。或曰：拍者，句拍，一句一拍。拍序者，序拍以次按拍。又云：「飄然轉旋迴雪輕，嫣如縱逸游龍驚。」謂於是忽然而舞，旋如迴雪，縱若驚龍。「旋」，去聲。此驟聞拍而忽起舞者。又云：「小垂手後柳無力，斜曳裾時雲欲生。」謂横直上下舞之，初態如此，然猶未放也。又云：「煙蛾斂略不勝態，風袖低昂如有情。」謂面端寄意，衣中見情。又云：「上元點鬟招萼緑，王母揮袂别飛瓊。」謂舞至放時，或點鬟，或揮袂，皆有故事。又云：「繁音急節十二遍，跳珠撼玉何鏗錚。」謂舞曲至趨了時，煩音促節。凡歌十二首，共十二遍，其聲如跳珠，如撼玉，鏗鏗錚錚，舞亦如之。又云：「翔鸞舞了却收翅，唳鶴曲終長引聲。」謂歌了舞亦了，舞者如翔鸞已收翅矣，而歌者尚如唳鶴聲未已也。凡曲將畢，皆止如槁木，惟《霓裳》之末，長引一聲而後止。又云：「由來能事皆有主，楊氏創聲君造譜。」謂《霓裳羽衣曲》本開元中西涼節度使楊敬述所進，當時所稱《婆羅門曲》是也。「君造譜」者，指微之也。惜微之譜歌，原唱不傳，不得其詳。然即此一詩，亦大概可見乃爾。

予兩觀趵突泉，一在乙巳，一在丙寅，皆辨明驅羸，急觀便行。當再觀時，則陂上重屋，方增修轉麗。前蔽石亭，御書「激湍」二字於石。南堂兩楹，皆以次排懸群臣所書字，焜煌動色。大抵清陂千頃中斜點三穴，拔涌噴薄，晶珠四撒，如白花三朵，蓬蓬然。於曉煙中觀之，霏微濕瀑，淙淙有聲。第兩次急觀，皆不能有詩。後在舟中，讀胡少參《谷園集》，有《過趵突泉》詩：「歷下名泉稱趵突，浪花奔湧雪花開。何知十六年前客，今日看泉恰又來。」爲之悵然。少參爲山陰少保公哲嗣，其詩盛爲當時所稱。吴門汪編修即少保門下士，生平襲錢宗伯説，以宋詩爲宗，其序少參詩，尚曰：「詩莫盛於唐，唐莫盛於開元、天寶之際，杜子美、李太白、王摩詰，其尤學者所師承也。胡了之詩，其殆宗太白、摩詰，而得其正者與？」則少參可知矣。

喬春坊主文廣西，云七星巖有觀音洞，洞中石形作觀音像，儼然巾盂浄瓶，竹林鸚鵡，如人間所繪者。豈劫灰以前預有觀音，而後西域生觀音以應之？抑亦佛教入中國之後，山川重爲塼埴，如溷沌再造，而始有此也？山陰吕紫郊游補陀，祈現真相，遂於潮音洞從暗中諦視。忽黑隙光明，見大士金身，高二尺，蓮坐如刻塑像。次日，於梵音洞又乞現相，則見巖坐一壽星，皤髮朱履，手執卷軸。此是化身所示，然不知天間壽星原有是相，抑隨世俗所見爲改裝者？春坊有《七星巖紀游》詩，紫郊詩見《補陀游記》。時同游補陀者，皆能道其事。

西山有景皇帝墳，傾圮不堪，人呼廢墳。今上偶見之，愴然爲置守陵尉，與諸陵等。又有魏監假墳，相傳鏤陳香爲刑餘，葬此。崇碑高桓，巋然林麓間。人多不平，每題詩痛詬之。合肥李少宰夫子所刻《重遊西山詩》，有《廢陵》題，極頌景皇帝之枉，凡二百字，落句衹將魏墳一掉作結，而風旨躍然。其詩略云：「復辟亦天意，群小冒奇功。彌留竟不起，謚戾良非公。窀穸荒山麓，大禮靳樹封。悠悠二百年，壞道餘喬松。碣螭卧冷日，石馬嘶悲風。我皇行見之，積潎愴宸衷。置守禁樵採，魄毅仍幽宫。傍陵三十户，户户野花紅。逼隧寒潭静，繚垣芳草空。獨有侍人冢，相對還蘢嵸。」

淮北無桂，京師尤甚。曾從花嫗買盆桂，以爲絶奇。後見合肥李夫子《遊西山》詩，有云：「老桂花宫路，幽香接水天。」又云：「重來却喜逢秋晚，又見山中落桂花。」則西山有桂明矣。予索米十載，不能一至西山，每讀西山遊詩，輒有意留戀，然無如李師之佳者。其在五字，如「僻徑松肪緑，清溪石子斑」、「緑蕪官道遠，紅甃女墻低」類；其在七字，如「數灣錦石蘿陰紫，一路香林柹葉丹」、「危磴雲中盤積翠，懸巖天半落空青」類。

康熙乙丑元夕，上於南海子大放燈火，使臣民縱觀，仿大酺之意。先於行殿外治場里許，周植杙木，而絡以紅繩。中建四棚，懸火箱其中。旁樹八杆，即八旗也，旗人認志色分駐。而當前四緑旗，則漢人所駐之地。一切官民老穉男婦，皆許進觀。初設鹵簿，及駕奉兩宫從永定門赴行殿，諸王群臣次第至，賜官厨肴饌，人酒三甌，能飲者不計。於是徹仗張燈，出宫人五十人，虹裳霓衣，覆以雜彩，人擔兩燈，各踞方位，高低盤舞，若星芒撒天，珠光爚海，真異觀也。既則火發於箭，以五爲耦，耦具五花，掄昇遞進，乃舉巨礮三，火線層層，由下而上。其四箱套數，若珠簾焰塔，葡萄蜂蝶，雷車電鞭，川奔軸裂，不一而足。又既則九石之燈，藏小燈萬，一聲迸散，忽萬燈齊明，流蘇葩瑶，紛綸四垂。箱中鼓吹並起，鞶鞉籥箕，次第作響，火械所及，節奏隨之，霹靂數聲，煙飛雲散。最後一箱，有四小兒，從火中相搏墮地，砲聲連發。別有四兒，衣花裲襠，杖鼓拍板，作秧歌小隊，穿星戴焰，破箱而出。翕倏變幻，難以舉似。然後徐闢廣場，有所謂「萬國樂春臺」者，象四征九伐、萬國咸賓之狀，紛綸揮霍，極盡震炫而後已。次日校獵，上親御弓矢，九發皆中。於是詔進百戲，都盧、尋橦，拍張、觳觝，畢陳於前。時群臣從觀者皆有詩，喬侍讀石林《賜觀煙火歌》有云：「須臾飛輪忽下射，百尺倒掛珠簾櫳。纔看朱塔矗巖粵，旋見白浪翻艨艟。華燈萬點互明滅，錦屏六曲相玲瓏。」又云：「頃之四垣赫照燭，炎官火傘張蒼穹。伏如卧鼓守堅壁，屹若列甲乘高墉。霞車轟翻暗壓陣，星箭蝟集宵舉烽。重圍遥聽屋瓦震，百戰仰受雲梯攻。丹猊絳旃助神怪，雲興霧合遮冥蒙。」可謂極善摩畫。然於當日所見，猶若未盡。後見張編修卣臣四律詩，有「寒風忽散靈和柳，陸地驚開太華蓮」、「隔影罘罳飛燕雀，憑虛簫鼓盪樓船」諸句，則於旱地蓮船、煙檣鐃吹諸景，庶一及之。獨徐春坊勝力作記，名《紅門花火記》，備載詳析，一覽了了。文見本集。

唐人有放榜後和韵詩，皆逐韵捱和者，但其中獨多「蓮峰」字，不可解。如張道符「蓮峰對處朱輪貴」、崔軒「共仰蓮峰聽雪唱」、丁稜「蓮峰太守别知音」，其他王起《和周侍郎見寄》詩，亦有「蓮峰之下欲徵黄」句。或當時鏁院中原有是物，或臚唱時適有蓮峰在殿陛傍，皆未可知。然不知當時現前景物，何以便用作故事乃爾？且唐時故事亦不載。

予入鏁院領十八房考，思效梅聖俞嘉祐故事，陪歐陽主文作《禮部唱和詩》，而不可得。一則時促，彼時絶不通人者五十日，今裁廿日耳。一則監視嚴，彼時群處燕坐，嘲談笑謔，都無所禁；今則主文同考環坐把筆，且監史在傍，一起一居，皆須檢點。一則秤量密，彼時財取任意，古文今文，抹紅勒白，致有拈軋茁剌刷爲笑樂者；今則彈絣糾墨，搜瑜索纇，左勘右核，房皇不暇，即緘箱將退，尚有持燭重開展者。以是鏁院日久，不得一詩。既見王編修濣灦七律八首，甚工整，在賜宴時則有「幣頒錯繡裁雲碧，花賜敲金插帽紅」句，在閲卷時則有「圍棘空庭人語寂，垂簾清晝析聲傳」句，皆當時實事。至若「紫泥密下瞻天筆，黄紙新刊列御題」句，則以是年一二場皆皇上親命題，到院黄封御筆，尤所罕覯，故云。予雖和四詩，實愧續尾。惟臨發榜前三日夜歸房後，與李丹壑世兄、張卣臣編修東西連舍，每至丙漏，重續燭，墻頭過酒，厨人設櫝食，家僮授籌，敲壁歌呼以爲樂，因復得唱和詩數首。但二君被酒輒才如湧泉，予稍醉反口噤不能語，每思及，至今愧之。

楚中楊耻庵赴湖西講席，極嘆近代倫常之缺，兄弟尤甚。宋學以前，尚有摯性篤行如陽道州兄弟者，今絶響矣。時施少參遵宋學，謂道州固可感，然以兄弟不忍分，巋然三丈夫子，各絶婚娶，其於兄弟即得矣，如夫婦與父子何？耻庵曰：「不覿前聖已事乎？夷、齊相讓，不顧孤竹；泰、仲逃吴，安問家室？蓋時中者，隨時之所值，而中名焉。使必絜量以取中，宋後所以絶篤行也。」因吟元監察《陽城驛》詩以示意。又曰：「道州何許大節，所居夏邑，邑人無苟偷者；出爲諫議，能壞麻叩延英殿門極諫；裴延齡爲相，至貶道州，則國子諸生合裹糧追隨貶所，不忍訣去。其道州居官，一意撫字，不聽唐宗取道州民爲侏儒，史册皎然。然於兄弟間，復友悌如此。即韓退之理學人，作《諍臣論》，目爲有道之士，亦並不以其不娶爲非義。然則前賢之大異宋學，遠矣。」今按《陽城驛》詩，係當時重城之爲人，因改陽城驛爲避賢驛，不忍犯其名，而爲詩以頌之者也。其詩有曰：「陽公歿已久，感我涕淚流。昔公孝父母，行與曾閔儔。既孤善兄弟，兄弟和且柔。一夕不相見，各懷三歲憂。遂誓不婚娶，没齒同衾裯。妹夫死他縣，遺骨無人收。公令季弟往，公與仲弟留。相别竟不得，三人同遠遊。」

益都夫子致政日，甫還里，即作札招予。恨不肖塵俗，兼約曼殊病起後同赴益都，遂致乖違。然夫子至情，何可忘也！札云：「僕在京時，早知足下爲一條冰所苦。計明年當有典試一差，或可藉此出游，稍抒鬱積。然過此以往，升沈難料，人生貴適志耳，足下請自量，可能捐棄俗累，與不佞同處此僻壤否？雖敝地樸鄙，大非貴郡山水人物可絜比，然入山惟恐不深，苟能自決，豈必擇地而蹈耶？有屋可居，有書可讀，有酒可飲，有田可耕，伴侶煙霞，棲遲歲月，淵明所謂『既耕亦已種，時還讀我書』也。足下亦有意焉否乎？雖驟爲此言，近於招隱，然與足下肺腑相見，殊非他人所解，故特布此區區耳。二詩并及。『山水彈琴地，煙霞結伴居。韓康鄰藥市，焦隱得蝸廬。伐木知春永，通泉辨劫餘。惠然能命駕，花外望來車。』『讀書真樂在，知子性情存。靖節移南宅，王臣忿北門。論文須友益，採藥得花源。於此期晨夕，悠然見道根。』」此夫子壬戌見寄者。越三年，予始告歸，且僅於歸時裁得一過覲益都，然又不能留，今則墮落轉深矣。千秋之期，至死有負，因記此以志餘憾。

西河詩話卷六

蕭山毛奇齡字春遲，又大可稿

張南士仿王建《宮詞》百首，有云：「墻邊漿婦漱花綺，廊下酒家銜酪紅。」注云：「漿家房在皇城外，即浣衣局也。御酒坊後墻有街曰『長連』，又一街曰『短連』，總曰『廊下家』。答應、長隨多住此賣酒，京師稱『廊下内酒家』。」相傳武宗曾遣宮人雜扮壚婦，親貰酒歇宿，即此。

崇禎末，莊烈皇帝以兵餉匱乏，有言武清侯第藏禁物者，帝勒令輸餉。武清者，神廟慈聖李太后外戚家也。時李國瑞以輸餉不足致病死，帝子悼靈王居啓祥宮，太后憑之，言：「我九蓮菩薩，帝待我家薄，我將與王俱去此。」王遂病。帝親詣英華殿祠九蓮菩薩，不效。按：英華殿本宮中作法事地，中供石番佛。殿前菩提樹二株，結念珠子。詞臣張士範有《菩提子》詩，其序云：「大内西北隅英華殿前，有菩提二樹，九蓮菩薩慈聖皇祖母手植也。高二丈，枝幹婆娑，下垂著地，儼佛接引然。盛夏開花，作黄金色，鼻觀芬霏，不知所至。顧花不造子，而葉背雙雙，綴若明珠。秋深葉下，則飃颺永巷。却葉受子，而念珠出焉。其顆較南産略小，而色黄且潤，分瓣之線，界作白絲，名曰多寶珠。當神廟時，以聖母上賓，奉慈容於樹東北别殿。每朔望令節，親詣瞻覲，必巡雙樹，當杯棬之慕。因上尊號曰『九蓮菩薩』云。某日禪友以珠見施，因備述其事。臣士範謹作小偈，以代頌言。」其詞用七字句，凡三十二句，仿初唐長句體。兹不載。

予避人淮陰，值沈舍人公車過淮，揮淚別去。次年舍人中禮部試，招予入都，而予已渡梁園，入少室，南尋巴山。舍人寄四詩，猶記其三：「西河才子漢鄒枚，曾吊梁王上吹臺。借問巴山南去雁，何年得入薊州來？」則指招予事也。又云：「過關不是學梁鴻，亡命人爭效孔融。多少悲歌經瀨上，毛甡軼事滿江東。」則以是時人爭舍予，且有爲予梓《瀨中集》者，故云。若末章「九日淮城悵別筵，舳艫西送雁橫天。濁河浪捲臨歧淚，濕盡征衫已四年。」則直賦當時相別意境，其補「九日」字，則摭實也。舍人與揚州汪主事齊名，時稱「汪沈」。然沈實勝汪，即此三詩，亦大概可見矣。

施少參在湖西時，人感其清，指臨江城外清江爲「使君江」。予嘗過湖西，及去，少參餞予於使君江上，贈予二詩。其次云：「清江千曲路漫漫，五月江流帶雨寒。此去湘湖歸臥穩，幾時重過使君灘？」予賦答二詩，其次云：「五月榴花照地丹，離筵重聽五絃彈。使君江上多情水，還載孤舟下信安。」少參得詩，咨嗟嚄唶，執手不得別。臨揮袂，復展二詩，諷一過，嘆曰：「只數語便情深至此，固知感人處原不多也。」向使辭歸客直作謝主語，主能感否？後予歸，遇南士，舉似之。南士云：「少參語真深情之言。」

閨秀朱趙璧《憶夫祁六戍塞》詩有云：「曼華不落雁書稀。」考《盛京風土記》：「盛京饒桃、柳、梨、杏、芍藥、雞冠菊、蜀葵、蓼、茉莉蕃、雞冠。」「曼華」，即茉莉番名。《占候》云：「紫茉莉因風吹落，雁皆南飛。」

康熙辛酉冬大雪，陪益都夫子游善果寺歸。燈下夫子取陳檢討《雪》詩長句，與予同和其韻，作即事詩。使一人唱韵，一人給寫，信口占叶，不計停刻。時王二舍人、胡大文學在旁知狀，凡四十二句，片刻各就。次日王舍人亦依韵和之，以紀其事，有云：「昨日看雪飯僧寺，蘭湯浴起漱茗芽。歸來師弟相倡和，行間字裹飛春葩。縱横落紙擲健筆，蒼松虬舞枝槎枒。强韵險澀人苦押，入手渾脱點不加。圓如黄鸝舌底滑，疾若雷旻飢鷹拏。長吟不落銀燭燼，半月只掛西窗紗。」諸句皆是實事。後予歸里門，思力頓絶。嘗寄益都夫子札子云：「某向侍夫子時，比日五十刻，能作詩千句，文一萬贏字。今相距十年，比日作一詩，必三輟筆；爲雜文一篇，作十日怔悸不止，可爲隱痛。」

《東湖雜記》云：「明制：直房内官與司房宫人，俱有伉儷，稍紊，即以淫失治之。在馬房監官，訊拷極嚴。」崇禎中，有給事興龍宫宫人，本籍河間。初曾就内教書學堂讀《千字文》，稍識字。後以好道乞居象乙宫，與其所偶者割卧具去。值中元節夜，就番經廠看法事歸，過大高圓殿，有老宫艷其色，誘至石查傍逼淫之，致訟。時内庭有詩云：「只合龍宫食菜薹，誤從鶴廠看經迴。洞中枉作丹砂轉，石上還翻白浪來。」凡宫人伉儷，謂之「對食」，又謂之「菜户」；若强作伉儷者，稱「白浪子」，故云。「龍宫」，興龍宫也。

桐城何令遠文集甚富，兼工集唐詩作律贈人，然不載入集。曾於辛酉春寄予二詩，是集唐者，其一曰：「意氣曾傾四國豪呂温，文章一代掩《風》《騷》劉滄。不須虎觀含雞舌崔日用，更立螭頭運兔毫許渾。劍佩有聲宫漏静楊巨源，曉山初霽雪峰高羅隱。何時最是思君處元稹，鸞鵠分階翊彩旄耿湋。」其二曰：「暇日登樓列石渠劉禹錫，鎖窗還詠碧蟾蜍吴融。看封諫草歸鸞掖李商隱，静對鉛黄校玉書李遠。内史通宵承紫誥蘇頲，名儒待詔滿公車王維。少微夜夜當仙掌方干，明日東封待直廬韋莊。」

雲間張也倩以集唐二律代陸校書贈南士，時南士不善校書，而强爲之贈，原屬無謂。其首篇有「題詩朝憶復暮憶陸龜蒙，行樂十分無一分高聯」二語，甚佳。若次篇開句云：「獨倚欄杆悵望中羅隱，美人千里思何窮李群玉。」已屬湊句。至第七句「分明更想殘宵夢吳商浩」，遺其落句。時徐西崖過南士，視之，捉筆書其後云：「心有靈犀一點通李商隱。」一座大噱。

康熙乙丑科，予與錢唐馮禮部紫燦同邸居，兩人適共分中外簾。及撤棘，對酒邸舍。禮部云第二場「洗」號東盈五號壁，有二詩甚佳，其一云：「朱旗夜瞭九成臺，葭火當樓曉角哀。分饍局前催飯去，至公堂上送題來。」其二云：「魚鑰深深鎖棘籬，麻衣如雪淚如絲。不虞萬里歸來日，還見三條燭盡時。」是必係塞外赦回，或西南初開，辛苦從賊中來者。惜不署姓氏，其得失皆不可考。九月日。

蕭山張宣綸茂才，十五歲以科考第一赴浙試，其號舍左壁有詩云：「明遠樓頭漏未終，棘墻官燭照來紅。最憐此夜麻衣客，病在西場號舍中。」讀之大驚。是年中副榜，榜未發，病死。詢之，則是號爲前一科上虞徐生所居，生中式，而以病先死，是詩其所題也。事數之偶合如此。

先教諭兄嘗言，城南苧蘿村有西施廟最神。廟前紅粉石，相傳是浣沙處。同邑屠生過之，題詩廟壁曰：「紅粉溪邊石，年年漾落花。五湖煙水闊，何處浣春紗？」時學使按部試紹興，夜夢一美婦盛服，自稱「我施也。生年微薄，不幸入吴，然並未有浮五湖事。蕭山屠生輒妄言，請黜之」。及唱名至生，詢之。生詘伏，且爲誦前詩悔過。學使咨嗟曰：「詩固佳，顧妄言，奈何？」使詣廟謝罪，而自爲一文，遺縣官馳祀之，榜其庭曰：「溪石比潔。」蓋反《孟子》「蒙不潔」一語也。王文叔言居生名璋；學使者，福建黄鳴俊，即後撫於浙而興師勤王者。未知是否。

京師祈雨，有誦《塞外祈雨》詩者云：「龍女攜雲出，雷鞭擊浪游。晴天張雨傘，炎日覆旃裘。」相傳奉天俗，官府步禱，則凡路兩傍士女，倚墻潑水，不顧官府，以爲得雨之兆，故禱者必旃裘雨傘以障水。初聞不信，及詢之奉天京兆，良然。時從天壇歸，微雨，高遺山口號有「喜看寶扇連雲拽，只少旃裘戴雨歸」，此即轉用其語作俳調者。

嘉興譚開子《觀宮戲》詩是五字長律，久爲世傳誦。第其中有「亭亭軒上鶴，躍躍水邊鷗」，與「回思桃葉渡，人在木蘭舟」諸句，多似水嬉。按：宮戲所始，本名水傀儡戲，其製用偶人立板上，浮大石池，水面用屏障其下，而以機運之。其賦近水嬉，有以也。若詩中比偶有刻畫處，如「乍疑屏裏見，應許掌中留」、「亦自垂長袖，如聞轉細喉」、「整襟頻顧影，按指解迴頭」、「每見牽衣泣，誰教掩面羞」、「擎來飛燕小，舞罷《柘枝》柔」類。

明玉熙宮承應有《御前王留子》雜劇。「王留」見元曲，是善撒科，所云打牙諢匹者。或曰天啓六年，有鐘鼓司僉書王進朝，綽號王瘤子，善抹臉詼諧，如舊時優伶然。嘗在御前打匹魏監，以爲笑樂。「留子」即「瘤子」。福建曹能始有《贈王瘤子》詩。

山西五臺山下大溪有虎，能傷人。上於康熙二十二年二月幸五臺還，適虎伏溪傍灌莽間，上援弓射之，立斃。山西巡撫穆爾賽、按察使庫爾康謂此虎爲民害甚久，幸皇上除之。因立石道傍，請題其溪爲「射虎川」。按：江村《扈從録》載，皇上射虎不一，曾在樺皮山射三虎，皇太子九歲亦射一虎。始知史稱李廣射虎事，矜張滿札，真卑卑也。後於達希喀布齊爾口及烏蘭布爾哈蘇及西爾哈河校獵，連射四虎。既晚，至帳殿，侍衛報，夜分有虎竊營間驪馬去，至前山林下，食尚未半，上親往射殪之。江村作《射虎行》記其事。其詞云：「皇輿蕩蕩界蒙古，玉輦時巡歷兹土。迴岡巨壑叢棘多，陰森林木不知午。千騎萬乘排空來，夜張行殿山之隖。月上忽聞群馬驚，傳道山前出猛虎。曉看一馬果摧折，血肉淋漓去兩股。龍鑣飛控陟層崖，禁林衛士挾弓弩。搜巖剔藪無幾時，一箭横胸洞肺腑。遠人手額復戰栗，跽言此虎爲患苦。道傍白日每捕人，傷殘行旅莫可數。幸兹惡劣得剪除，當代君王果神武。從來射虎多耳聞，何似臣今得目睹。因嘆蠢頑本不靈，貪饕無厭乃自取。不然長林茂草間，餐眠何畏施網罟。殺人安人王者心，即此推之澤應普。」

按《東巡扈從雜紀詩》有云：「曠野春深日馭遲，獵場近遠奏先知。」注：「校獵時，先遣侍衛看定獵場，前一夕書緑頭籤奏明。」「凌晨清蹕齊分隊，薄暮安營各認旗。」注：「我朝行圍講武，使其習熟弓馬，諳諫隊伍。每獵則以隨駕軍密布四圍，旗色八部，各以章京主之，分左右翼，馳山谷間，逾高降深，名曰圍場。惟視藍旗所向，以爲分合。有斷續不整者，即以軍法治之。章京服色亦隨本旗，惟御前侍衛及内大臣得穿黄褶子。行圍之法，以鑲黄旗大纛居中，聖駕在纛前，按轡徐行。兩翼門纛相遇則立而不動，以俟後隊漸次逼近，謂之合圍。及圍蹙，則狐兔麋鹿竄足圍間。惟皇上及皇太子得隨意縱射，若親王、大臣、近侍，非受旨不敢發矢。但獸有突圍者，則扈從諸人許捕之。」「飛鞚金銜馳狗監，離絛繡帽脱鷹師。」注：「凡圍中鷹犬，各專官主之。犬以朱纓金環飾其項，牽者繫絏於足，見獸則出蹤縱之。鷹以繡花錦帽蒙其目，擎者綰絛於手，見禽乃却帽放之。」「新翻艷譜《天鵝曲》，偏向回中靜夜吹。」注：「旌門鐃吹，多奏《海青捉天鵝曲》。」

舊宫中用撒扇，合竹骨二十餘，粘以藍紗，撒大片箔金，而以木柄承之，可收可放。自司禮掌印至管事牌子，皆得於夏月取用。明宣廟有御製六字詩：「湘浦煙霞交翠，剡溪花雨生香。掃却人間炎暑，招回天上清涼。」即賦此物。

杜詩：「子規夜啼山竹裂，王母晝下雲旗翻。」此「王母」即《穆天子傳》、《山海經》所稱「西王母」也。或謂「王母」亦鳥名，産南方，青色，尾長，有錢如孔雀，猺人採其尾織成錦文爲「王母裘」。此必好事之人，因杜詩此句而故名其鳥，以取異者。杜詩注多無稽語，正坐此等。予邑張邇可作《杜詩會萃》，一闢前此之謬。此書出，詩説爲一正矣。

福建鼓山在福州城外，饒有風景，游者必有詩。予以不及游，每與土人道鼓山詩句。相傳寺牆有林世壁題詩甚佳。世壁本龔大司成女夫，是日召宴賓客，分韻題詩。世壁詩先成，衆遂閣筆。今其長律多韵，中猶有「眼中滄海小，衣上白雲多」諸句，膾炙人口。其後徐舉人惟和讀之，書其後曰：「閑尋老衲叩禪堂，墨蹟淋漓滿上方。一自題詩人去後，白雲滄海兩茫茫。」「白雲」、「滄海」，正用世壁語也。一客述其事，一客笑曰：「題詩人固佳，評詩者尤佳。」近有一仕宦客，按部到此，題七律曰：『烏喙銜鼓鎮山門。』又一曰：『我來皋比擁雙騶。』一輕薄少年續書曰：『烏喙音灰能鎮寺，虎皮音被可持騶。請毁三尋壁，遮君半面羞。』」大噱而罷。

上南巡至浙，浙人士争爲恭迎聖駕詞、南巡頌諸詩。予邑何毅庵，名之杰，前朝老名士，年七十矣，感聖恩之深，亦賦《南巡詞》，於稠人迎駕之際上之。時獻賦頌者，大江以南，日以千計。暨上還宫，特稱之杰詞，諭督臣王隲取本人年貌、住止、履歷回話。是何睿鑒之神，直於千百人中，獨拔此名士，暗中摸索，豪系不爽如是也。其詩凡十章，每章六句，曰「聖德巍巍」、曰「聖功皡皡」等。海寧查太史昇爲之跋云：「聖鑒所及，固足慰毅庵生平稽古之力，然非草茅至誠，實有感動，亦焉能相孚若此？」此真名言。

順治乙酉，東江軍劃守。時維揚劉生善掛筆卜，其法用重桌於屋簷間，交竿繳筆，而蔽以帷。有少婦出咒，久之，疊人所卜紙三五十番横桌間。既而摇筆，少婦以紅竿挑帷，令仰觀。俟筆定，却竿升梯捧紙下，墨瀋淋漓，數十番頃刻皆滿。其所書詩句不限長短，而所卜人姓氏則句中有之。時户部吴南朗、寧紹台分守于瀛長合卜一紙，其詩曰：「天風颼颼海濤急，一夕且至滄瀛洲。長沙南畔不可到，此際朗吟毋暗投。」「瀛長」、「南朗」則兩人字也。然其義不可解。次年，大兵下浙東，南朗求跳身長沙，依何騰蛟不得，蹈海投鄭賊死；瀛長歸里，忽以海艘闌入内地，金沙南岸率投名多誤，而瀛長以杜門免。此方士狡儈之最可據者。

甬東葉天樂有《宫詞》四首，皆明季遺事，同郡陳鄰仙嘗刻之，不得其解。其一曰：「春風冉冉入乾清，武庫芒銷太乙兵。西水橋邊冰未泮，北花河畔草先生。鐸針枝個頒公府，抹布刀兒賜御營。不道朝回無一事，公卿倚醉只聽鶯。」按：西内太液池、玉河橋下，長至冰合，競作木牀，牽渡冰上如飛，謂之「拖牀」。世廟晚年，以修真多居西内。嘉靖壬寅正月十六日，皇太子自宫中往覲，以拖牀渡，閣臣夏言詩云「胡牀穩坐渡層冰」是也。「鐸針」，插宫帽中者，其製用珍珠、珊瑚、金銀方勝等應時作彩，如元宵作花燈、中秋作桂兔類。第單插一枝居帽中，若枝個則兩傍對插矣。又有挑杖，以應時所製珍珠等，使鐏端下垂如旒蘇然。世廟時，間以三物賜輔臣。萬曆初，内閣張居正嘗服所賜以爲榮。「抹布刀兒」，即直房内官腰條牌繐中懸掛，侍候所稱「一把連」者。其二曰：「寶和六店裕軍儲，炰鳳烹龍日所須。金字牌傳内史座，銀苗盤出大官厨。綵棚花賞三三月，錦炭寒銷《九九圖》。盡説太平方有象，衣冠前殿習山呼。」按：「寶和六店」，宫中儲材物處，一寶和，二和遠，三順寧，四福德，五福吉，六寶延。武宗嘗扮商估，與六店貿易，争忿喧詬，既罷，就宿廊下，即此。六月伏日，宫中進銀苗菜，即新藕秧也。冬至後，貼司馬監刷印《九九銷寒詩圖》。每九詩四句，皆俚語，如鼓子詞類。其三曰：「荷蘂潭香捧御盃，每朝祝聖響於雷。節宜蝙蝠穿花至，人向琉璃祭水回。金殿編龍錢作串，玉關走馬彩成堆。豈知萬歲山頭鹿，一望宫中盡日哀。」按：萬壽節宫帽鐸針上有「洪福齊天」諸彩，所謂「洪福齊天」者，先製「齊天」字，以紅色蝙蝠綴兩傍是也。其四曰：「菩提珠樹九蓮堂，繼作堆紗佛面光。柏子賜名秋露白，菊花宣號御袍黄。鬭雞局散春風杳，迎兔筵開夜月涼。愁裏不堪思往事，華胥一夢最荒唐。」按：「九蓮」事别見。

嘗集姚江朱氏園，有同席客，係甬上少年，盛稱禾中爲宋詩者。是時方入門，即指其地曰：「假如即事詩，鮮有能道見前者，其人能之。『緑草當門長似柴，中間留得一條街』，不依然此境乎？唐人籠統，焉能有此？」予笑睨之。須臾少年去，座客並起，問適何以不答？予曰：「此何足答也。生平凡即境，偶有感發，每欲道一語，必不得，唐人無不有。曾在牛首寺夜坐，見暗禽孤飛，同游白孟新吟李洞詩曰：『竹裏橋鳴知馬過，塔中燈露見鴻飛。』予豁然有省。既而游山東，宿茌平關廂，遠燈明昧，譙鼓斷續，不能作詩。及見錢起《宿新里館》詩有『度燭螢時滅』語，嚴維《宿荆溪》詩有『寒更出縣樓』語。即先廣文兄移新居時，外垣花竹不能統買，予時正作詩贈兄，甫沉吟間，記唐人《移居》有『全無竹可侵行徑，一半花猶屬別人』句，閣筆而罷。是世上見前凡人意所欲道者，唐人何一不道過？高遺山嘗謂過從宴會，並無佳詩，以酬應多也。予謂唐人即不然，如宴會詩，其在小集，則有『竹徑春來掃，蘭罇夜不收』句，花間宿席，石上遺甌，宛在目前；其在高宴，則有『金勒控迎詞客去，紅氈鋪待舞人來』句，櫪廄横槽，勾欄設毯，恍然當日。至若里居往來，庭階蕭寂，則『冷巷閉門無客到，暖簷移榻向陽眠』句最爲可思；園林疏曠，几闔悠然，則『白練鳥飛深竹裏，朱絃琴在亂書中』句極可想見。至於『蟬曳殘聲過別枝』、『開户暗蟲猶打窗』、『風簾斷處落殘珠』、『山雨欲來風滿樓』，其當前妙句，膾炙人口者，隨舉有之，不能悉也。且善賦草者，非『一團茅草亂蓬蓬』之謂也。據如所云，即使見前寫出，亦俚鄙可厭。人自無學，不見唐詩耳。唐詩如此境甚多，釋無可詩『纖草連門留徑細，高樓出樹見山多』，韋莊《題某秀才山居》『草色似袍連徑合，白雲如鳥傍簷飛』。彼只一句，而其言已盡。若韋詩，只『連徑合』三字，尚有餘閑，以青袍作秀才一顧，此詩中三昧也。若只『草長如柴』、『一團茅草』，誦之污人口，寫之蔑人筆，何苦爲此？」自無學者謂唐詩籠統，不知唐詩最刻畫，曾讀唐人試詩否？當光化戊午年，長安省試，其題是「春草碧色」。時中式進士爲殷文珪、王叡等，皆用題「春」字作韵，其詩有「嫩葉舒煙際，輕陰接水濱」、「金塘明夕照，輦路惹芳塵」諸句。鄭子真見之，以爲未盡其義，因別作一詩，中有「窗紗横映砌，袍袖半遮茵。天借新晴色，雲饒落日春。嵐光垂處合，眉黛看時嚬。」何刻畫也！

同年陸義山寓會城陳子襄宅，予過之。時吴寶崖、孫嘯夫在坐，謂近學宋詩者皆以唐詩爲籠統，不若宋人寫情事暢快，真不可解。適子襄宅屏聯書「文章舊價留鸞掖，桃李新陰在鯉庭」句，予即顧之曰：「此唐楊汝士詩也，亦知是詩所由賦乎？當寶曆中，楊嗣復領貢舉，值其父於陵僕射自東洛入覲。嗣復率門生迎父潼關，開宴於新昌里第。時元、白俱在坐，請即席賦詩。及汝士詩成，元、白見之皆失色。當時所謂『壓倒元、白』是也。夫只此二句，不過一修飾唐律，何便使元、白折服，傳爲話柄？正以當時情事紆曲難道，且欲於聲律中概括簡盡，則此二句未易矣。假令是題倩學宋者再賦之，丈人在堂，賓客在牖，門生兒子，前拜後拜，當不知作幾許惡態。而謂唐人慣籠統，不識何等！」

萊陽姜埰於崇禎十一年抗疏，予詔獄幾死。既而拜杖，謫戍宣州。會國破，宣州不可居，暫居吴門，自號宣州老兵，署吴門所居曰敬亭山房，且命畫《荷戈圖》以見志。嘗曰：「吾宣州軍也，死必埋我於敬亭之麓。」康熙癸丑以病死，孝子安節、實節遵遺命，扶柩葬宣州之敬亭山。遠近吊者皆賦詩，此千古事也。予在都門，見所刻輓弔詩累千百，合爲一册，且忝附數絶句於内，以爲幸。及還里，客有論詩者，挾其本以來。予謂：「此等詩不問工拙，不當以此論佳惡。然必欲論之，則恐輓弔賢節，易生感慨。汎汎作『採蕨』、『投羅』、『招魂』、『記墓』諸語，固屬膚薄；即進之『血肉濺衣』、『齒髮埋地』，與『漢市朱衣』、『周臣碧血』，似極激切，而仍是浮淺。何也？以與譴責未還、命葬戍所一情節終不似也。但情節實難，徒以『吴市要離』、『宣城謝脁』作對仗，則又今之學宋者所訾爲唐詩者耳。」因取其本，率讀一過，嘆曰：「唐詩！唐詩！」又曰：「今豈無唐詩者乎！」客去，略記所見者於左。涇陽李屺瞻：「嚴譴凛遵革代後，遺骸歸葬戍屯中。」江陰李膚公：「九死尚餘攀檻志，百年長作荷戈人。」天台朱君正：「漫言禿節終須返，豈意黄冠竟不歸。」崑山徐健庵：「此日忠魂縈戍所，當年直節映朝班。」蘇州葉平仲：「變姓久同吴市卒，荷戈終作敬亭人。」無錫周亦庵：「舊草盡焚聊當哭，故山雖在敢言歸。」

唐詩刻畫，如李商隱《和韋潘先輩七月十二日》詩：「桂含爽氣三秋首，蓂吐中旬二葉新。」其賦七月十二日，便鏤琢至此。先兄曰：「初唐九日詩有『絳葉從朝飛著夜，黄花開日未成旬』，其鏤琢倍於韋詩，且賦九日只一句。」

西河詩話卷七

蕭山毛奇齡字初晴，又晚晴稿

杜詩：「出門流水住。」「住」字不甚可解。南昌王于一嘗誦其友喻宣仲《金牛寺》詩云：「誰言流水去，常在寺門前。」蕭伯玉聞之曰：「此即杜詩『住』字解也。」伯玉官太常，爲孟昉國學尊人。喻名應夔，有詩名。

杜詩：「江鳴夜雨懸。」或問蔡子伯：「『懸』者，雨止乎？抑雨下耶？」曰：「雨下何以見之？」曰：「蔡中郎《霖雨賦》『懸長雨之霖霖』、温飛卿《咸陽值雨》詩『咸陽橋上雨如懸』是也。然則何以曰『江鳴』？」曰：「雨懸則江鳴，若雨止，則江喑矣。元微之《雨聲》詩：『雨打荷心喑復鳴。』」

崇禎十五年，李自成再圍開封，巡撫高名衡遣子入京師告急。時延儒在政府，兵部堂上官乘夜就政府呼救，延儒不答。久之，曰：「河南破壞久矣，救亦何益？姑棄之耳。」城遂爲灌河所陷。時舉人閻爾枚有詩云：「不聞公子趨還魏，偏學條侯卧棄梁。」延儒大恨，閻亦坐此受累，然其句則可謂切於使事矣。

沛縣閻爾枚，前朝舉人，以詩名。其詩止長七律，即律亦止於中四取勝，即中四亦惟使事處佳，故世多以「點鬼簿」誚之。嘗下濟南獄，有云：「不信孫登規叔夜，甘爲孟博抗皋陶。」其後龔尚書爲力出於難，其謝詩有云：「破家自可容張儉，無禮終當責晏嬰。」一時和者坌集，但終苦「嬰」韵。會尚書請召諸客，酒間仍請古古續「嬰」字，古古應聲曰：「祁大夫鳴羊舌肸，季將軍感夏侯嬰。」尚書撲按叫絶，且云：「『詩有別才，非關學也』，嚴滄浪豈通人之言哉！」

予入館後多紀事詩，今無一存者。嘗憶康熙甲子元旦陪宴太和殿，有詩，時漢官各賜漢饌，大異常制；人日厚載門陳百戲，有詩；元夕後一日，南海子觀宮人燈舞，有詩；瀛臺引見，許各官罾魚，喜得朱鬣小魚二尾，有詩；閩海蕩平，紀事有詩；朝班見暹羅、流球、高麗、安南諸國使入賀，有詩；册立皇貴妃侍班，即事有詩；上諭修史官各協同撰纂，毋執己見，命閣臣到史館披宣，感頌有詩；祈穀南郊迎駕，歸過施侍讀故邸，同高檢討感賦有詩。

康熙十八年，京師地震，公私廬舍俱毁，命諸官開報各衙門坍廠，量加修葺。惟翰林院久壞，其倒塌者勿論，即巋然存者，亦木瓦圮裂，不可收拾。上特命他衙門補鏝，裁令完具，獨翰林院專程修復。於次年閏月，發水衡錢如干緡犒工。二十年某日落成。予時入編檢廳，焕然舊觀。諸翰林官皆有詩紀頌，予亦作長律二十韵，有專刻本。

姜京兆寄《盛京遺事》四十九詩，予一一和之。《篤恭殿》，不設象魏、階陛、重屋，殿前即大路，殿後民居。《大内旁三官廟》，宫在篤恭殿西，其官門之右，爲三官廟。《二陵》，太祖福陵爲東陵，太宗昭陵爲北陵。《四白塔》，喇嘛相地法，四面各建白塔一，云一統之象。《長白山》，《北史》有《長白山歌》，爲來護兒作。今委之荆榛，荒莽蔽天。康熙十八年，遣使七人，隨山刊木，得至其地。適當糧竭，忽有白虎七，奔林出，獲以濟饑，亦異事也。「長白山前古戰場，陽精不見委龍荒。」《御花園》，大祭必以山楂作粽，色紅，味微酸。《東珠》，出烏剌河。《活虎》，獵犬能蹈虎尾，虎怒，躑躅數次，氣頓衰，即以絲繩細縛而歸，納諸檻中進京。《海東青》，《轉藏法輪佛》，俗名公佛、母佛，大歡樂演亦名歡喜佛。《祈雨》，百官步禱時，路兩旁士女倚墻潑水，不避百官，俗以爲得雨之兆，不禁。《人參》，近山參俱供内用，禁不敢犯。結伴北行七八千里外，始得數莖。若二三千里内，則杳無根株矣。《桃柳杏梨芍藥鷄冠菊蜀葵蓼》，《番鷄冠》，《番茉莉》紫茉莉，番名曼華。因風吹落，雁皆南飛。《喇嘛》皆僧。《千山》上列九百九十峰，故名千山，地近高句驪。《松塔》，俗名松蔀爲松塔，以其層數多，相隔尺許，如檐蓋也。《謝魚》，《檻熊》，《老虎神》，端公、端婆，醉舞傞傞，所以祀祖先也。更有持鎗執矢，狂舞一堂，名「老虎神」。《魚皮韃子》，男女衣服、屋壁俱用魚皮，其衣之紉處，亦用細魚條刺花成彩。女工之巧，過於紗縠。《鷹打呼骨倫》，「鷹打呼」，漢言「番狗子」也。「骨倫」，漢言「國」也。其地駕車耕田，俱用狗力，故名狗國。《渾河刳木舟》，《北鎮》，醫巫閭分鎮。《定遠都指揮使》，《梅花橋》，《太子河》，謂燕丹也。《張憲使墓》，憲使，陝西人。《左萊陽著書宅》，《剩禪師講堂》，《廣寧》，管幼安穿榻地。《澄海樓》，《遼太祖墓》，在廣寧木葉山，今望祭。《唐壘》，廣寧東三十里，唐文皇征高句驪駐師處。《榆關》，《榆河》，《盤山》，《秦城遺址》，即長城。《杏山城》，《筆架山》，《十三山》，五代史胡嶠《北行記》：十三山下去幽燕二千里。《首山温泉》，《大凌河》，《急水河》，《歡喜嶺》，《漫水河》，《覺花島》，《東海頭》。右共得和詩四十九首。

左掖門東朝房閲廷試卷和顧侍讀，有六韵律一詩。

康熙十九年六月二十七日，上駐蹕瀛臺，命侍衛頭領票色、對視三等侍衛二哥捧御書一軸，特賜大學士李蔚、馮溥，奉上諭：「朕萬幾餘暇，留心經史，時取古人墨蹟臨摹。雖好慕不衰，實未窺其堂奥。歲月既深，偶成卷軸。卿等佐理勤勞，朝夕問對。因思古之君臣，美惡皆可相勸，故以平日所書者賜卿。方將勉所未逮，非謂書法已工也。」時高陽相公恭紀詩曰：「寶軸初瞻御墨鮮，鸞翔鳳翥繞雲煙。尊同羲畫垂千古，焕若堯文下九天。揮翰偶因幾務暇，結繩直契典謨前。登牀飛白何須羨，綸閣叨陪雨露偏。」予有和詩。

初、盛唐多殿閣詩，在中、晚亦未嘗無有，此正高文典册也。近學宋詩者，率以爲板重而却之。予入館後，上特御試保和殿，嚴加甄別。時同館錢編修以宋詩體十二韵抑置乙卷，則已顯有成效矣。唐人最重二應體，一應試，一應制也。人縱不屑作官樣文字，然亦何可不一曉其體，而漫然應之。

少陵《至日遣興奉寄北省舊閣老》詩，通體用追憶語，故雖「麒麟不動」、「孔雀徐開」，極其鋪排，而前後點清，純以蹠實爲蹈虚之法，起句所云「憶昨逍遥」、「去年今日」皆是也。特少陵生平最不善作殿閣詩，凡退朝諸作，如「户外昭容」、「天門日射」等，皆以偏側拈起，失渾破之法。蓋唐人應制多用七律，一如應試六韵，極重起句，必如題而起，名爲破題。而少陵不耐，遂致軼步。故其《和賈至早朝》一詩，世謂遠遜於王、岑二作。雖少陵身分從不以此定優劣，然其説則不可不曉耳。

杜詩《送李八祕書赴杜相公幕》落句云：「南極一星朝北斗，五雲多處是三台。」世第以祝贈浮詞忽之。考《漢・天文志》，南極星在益州分野，觜參之傍；而三台三公，又在北斗傍。時杜鴻漸以平章事領山、劍副元帥還朝，而李祕書適受其幕辟，從益州來赴，故起云：「青簾白舫益州來。」則此二句正結其從益州北赴之意，謂以益州南星而朝北斗；而去者爲杜氏三公，在北斗傍也。此原是賦事，並非頌詞。世以祝贈目之，誤矣。二句分對，又「南」「北」、「三」「五」自爲折對，律法之變又如此。

詩最忌卑薾。揚子雲以雄詞爲賦，然其自言，猶曰「雕蟲小技，壯夫不爲」。蓋文有士氣，有丈夫氣。舊人論詩極忌庸俗，以其無士氣也；且又惡纖弱，以其無丈夫氣也。故凡言格、言律、言氣、言調，當以氣爲主。李白無律，然氣足張之；使無氣，則格律與調俱不可問矣。向學宋詩者，椎陋惡劣，下者類田叟，上者類市儈，醜象已極，然尚有氣也。近一變而爲元詩，爲初明詩，力務修飾，爭採諸瑣細隱祕語字，裝綴行間，如吴下清客，門巷竹扉蕭蕭；又如貨郎兒攤，多盛讀承盤骨董，小有把美；又如勾欄子弟，用膠清刷鬢，蹋砑光襪，以自爲美好，士氣盡矣。此豈丈夫所爲者？嗟乎！初不意累變至此！

劉長卿與錢起齊名，錢不及劉遠甚，而劉似甘之。觀劉自言曰：「李嘉祐、郎士元豈得與我齊名耶？」以當時原有「劉郎錢李」之稱，而劉辭郎、李而獨不及錢，則其甘之可知也。若白居易與劉禹錫齊名，又與元稹齊名，當時有《劉白集》，又有元、白《長慶集》，而白並不辭，世亦疑之。予謂夢得與樂天原可肩併，元則卑劣抑下矣。白豈不自知，而甘與頡頏？蓋其時丁開、寶全盛之後，貞元諸君皆怯於舊法，思降爲通俗之習，而樂天創之，微之、夢得並起而效之。故樂天第喜其德鄰之廣，而不事較量。然猶自言曰：「每被老元偷格律，苦教短李伏歌行。」則亦若有不甘於並名者。夫既創斯體，已置身升降之際，使能者爲之，不過舍謟就疏，舍方就圜，舍官樣而就家常；而自不能者效之，則卑格貧相，小家數、駔儈氣無所不至。幸樂天才高，縱卑貧小巧，而意能發攄，力能搏捖，才與氣能充斥布濩，而所在周給，「老元」、「短李」，又何能爲？白所自言，固審耳。

杜詩《閣夜》作：「五更鼓角聲悲壯，三峽星河影動摇。」此在夜起時常有此境，然並鮮道及；亦以寫境須高筆，假以卑詞出之，雖境甚明了，而誦之索然。是以劉、白、張、王諸集必無此句，非不遇此境也。張南士嘗言：「田父語農事，必非《豳風》；估人道廢居事，定非《食貨志》。」真是名言。

唐人有「苦竹園南椒塢邊」一詩，是李商隱賦《野菊》者，諸選本俱列入初唐，謂是孫逖《詠樓前海石榴》作。或以問予，予判是李詩，以詩中有「寒雁」、「霜裁」諸字，是菊不是榴也。或曰：「否。海榴即白石榴也。詩凡言霜皆是白，『霜裁』是以白裁者，非霜時也。若其云『已悲節物同寒雁』，謂榴本節物，而同寒雁之失時，以夏節無雁也。若菊則寒雁秋來，正乘時之物，何悲之有？」其説甚辨。但「寒雁」對句是「忍委芳心與暮蟬」七字，吾不知「芳心」何指？榴與菊必無芳心，人之芳心又必不能委與暮蟬。夫第詠物而及芳心，已爲俗情；三、四不著本物，而「寒雁」、「暮蟬」雜亂錯出，已爲劣調；且又加之以不得通之詞意，孫博州初唐高手，雖汙下，不至此矣。或曰：「孫本是『忍使芳枝集暮蟬』，爲李本所改，則孫本無據。」此必後人厭「芳心」之惡，而改之如此。不然，李雖不才，亦未有竊孫詩而改其句者。若誤入李集，則誤已耳，改而入之，何爲耶？

張南士嘗言，生平不喜觀李商隱詩。舊謂商隱堆垛輳砌，號「獺祭魚」，此病猶小。其最不足處，是半明半暗，近通近塞，迷悶不得決。蓋其人質本庸下，而又襲元長之習，原無佳詩，乃復襞積故事以鏝補之，不特調卑氣僿，無言外之意，前人所云乏神味者；而即其句中求其意之通，調之浹，使人信口了了，亦不可得。他不足論，第舉其集中最推、今人選本所最賞如《錦瑟》一詩，承句云：「一絃一柱思華年。」已口赧矣。乃落句云：「此情可待成追憶，只是當時已惘然。」是底言？此可稱通人語乎？

王維《出塞》作，直是八句見成好詞，雖千椎萬鍊，然實無斧煅之跡。前人謂神、景律如鏤金斲石，一往著力；開、寶以後，便如冶金削石條條矣。斯爲識詩之言。

劉夢得集有《柳州峒氓》題，其詩曰：「郡城南下接通津，異服殊音不可親。青箬裹鹽歸峒客，綠荷包飯趁虚人。嶺南稱市爲「虚」，或作「墟」，誤。鵝毛禦臘縫山罽，鷄骨占年拜水神。愁向公庭問重譯，欲投章甫作文身。」予向在汝南蔣亭與張南士觀此詩而疑之，夢得不曾到柳州。按劉集，劉初貶連州刺史，又降朗州司馬；及召還，而再貶播州，則值柳子厚出貶柳州之際。柳憐劉之遠，因請云：「願以柳易播。」然未嘗易也。其時卒用裴晉公之請，改播爲連。而其後又徙夔、和，又徙蘇。雖歷爲刺史，而終不及柳。則其所云「柳州峒氓」，當是柳子厚之詩，而誤入劉集者。今子厚集亦並載其詩，然而終未得刊正也。或謂劉德柳，且故交也，焉知不至柳？則不然。劉所歷貶處，無非蠻部，他蠻可親，而獨不能親柳蠻，已無理矣。且劉縱至柳，亦客柳，非主柳也。客柳不得稱「郡城」。况落句明云「愁向公庭問重譯」，正惟子厚主柳爲柳侯，在聽事通譯，故稱「公庭」，此本州刺史稱例也，劉何「公庭」耶？又况柳憤流滯，不欲生還，故有投冠文身之語，言與柳相終始也。藉使劉暫客柳，而即欲毀體解髮，一殉其地，則病狂矣。此詩甚不佳，且亦細事，然書載訛謬，真有千古不得白者，所賴善讀書人一省視耳。

嘗在讌席，客問韓愈何里人，予以河南人答之。「然則昌黎伯非與？」曰：「此宋後崇祀封號，非爵里也。」「然而何以其自稱亦曰『昌黎韓愈』耶？」曰：「此則予所不解也。」言未既，有譁於他坐者，曰：「退之昌黎人，誰不知之？今永平昌黎韓公祠在焉，而曰『河南人』耶？不解耶？」予微聞其言，然不與之辨而罷。次日通國譊譊，且有執「河南人」三字來私難者。予謂六經不能解，只文人一里居茫然不知，亦未爲失學。即欲根株之，有何難事？而實有不然者。按：愈傳在唐史原有兩地，其在《舊書》曰「昌黎人」，此據李翺《行狀》而署之者也；《新書》改曰「鄧州南陽人」，此據皇甫湜《神道碑》與李白作愈父仲卿碑而改之者也。然皆未是者。愈《祭十二郎》文有曰：「從嫂婦葬河陽。」又曰：「吾往河陽省墳墓。」其作《女拏壙銘》又曰：「歸骨於河南之河陽韓氏墓而葬之。」則退之實河内之河陽人也。其曰「河陽」者，水北曰陽，在大河之北，晉地也，即《春秋》所云「天王狩於河陽」者也。然而愈自稱「河南之河陽」者，以河陽在唐改爲孟州，至顯慶中，且以孟、懷二州隸河南郡，而於是懷州、河陽並隸河南。今懷慶一府通屬河南省，而孟津一縣且專屬之河南一府，以孟津即孟州，本河陽地也。故在宋人改《唐書》者，若果以昌黎爲非，亦宜改曰「懷州南陽人」，而不宜改曰「鄧州南陽」。何也？漢河内郡有河陽，又有南陽，即《春秋》所云「晉啓南陽」者，與河陽相接。愈之先世嘗居之，故《神道碑》云「上世嘗居南陽」，李白《韓仲卿碑》亦曰「仲卿南陽人」，此河内南陽也。若鄧州南陽，則光武興兵之鄉，周地也。周曾封鄧侯於此，故唐稱鄧州，又稱南陽郡，此别一南陽。而乃以懷州南陽改之作鄧州南陽，是誤認杜子夏爲卜子夏也。至於昌黎，則實非退之里居。舊儒强解，有謂河内有安昌故城，與黎陽相接，亦名昌黎，此臆度之言。予嘗與徐仲山論次，謂昌黎在遼西郡。《漢志》「交黎」，應劭謂即今昌黎，則其縣在漢時已有之。意者退之先世，自弓高侯後，有仕北魏爲常山太守及征南將軍者，曾居昌黎，而世襲稱之。此如杜甫居襄陽，而自稱「杜陵野老」正同。然此足據耶？故曰「不解也」。或曰：「孟津隸河南，孟縣隸河北，皆河陽也。何以知退之所居在北不在南？」曰：「張籍祭退之詩云：『舊塋孟津北。』則北也。詩亦可據也。」

閻潛丘有《弔張曼殊》詩，其序云：「舊《越絶書》云：『蕭山，西子之所出。』劉昭引其語，注於《後漢・郡國志》『餘暨縣』下，俗傳諸暨人，誤也。」其詞云：「錢塘蘇小不足論，君有鄉親傾國人。得來越客千絲網，歸去湖波一片塵。誰知轉眼幾千載，再現豐臺花裏身。君爲尋花過臺畔，嫣然一笑花皆顰。」讀此，則世有固争施爲諸暨産者，亦可已矣。詳見予《蕭山縣誌刊誤》一卷。

劉文房有《送耿拾遺歸上都》詩，中四句：「窮海别離無限路，隔河征戰幾歸人。長安萬里傳雙淚，建德千峰寄一身。」初讀之，似塞外送歸京者，疑與「窮海」句不合，且不知建德所在，未審其謂耿，抑自謂耶？及考唐史，知劉以轉運判官貶播州尉，移睦州司馬，建德屬睦州，其所謂「千峰寄一身」者，蓋自賦一句也。然則「隔河征戰」，非是實賦，不過借言還歸之難，慰耿且自解耳。以唐律對仗上虚下實，且當三、四承接本題之際，而第四一句汎作興語，上反實而下反虚，則律法雖嚴，然猶有自爲詄蕩如此矣。但紀事無考，此必長安遭吐蕃之亂，代宗幸蜀時，故有此語，舊失注耳。

唐人七字詩，每句必四字一住，此不易之法。古無七字句，其造爲七字，原始於《三百篇》有助字之詩，而合兩句爲一句者。如《關雎》「參差荇菜，左右流之」、「窈窕淑女，寤寐求之」，去「之」字而通讀之，即七字也。《楚詞》亦然，《招魂》「涉江採菱，發陽阿些」、「美人既醉，朱顔酡些」，「些」字不韵而

「阿」、「酡」韵，便是七字。則七字所始，其在第四字原是句，不但是讀，豈不可住？故漢武《柏梁詩》始創七字，首曰「日月星辰昭四時」，次曰「驂駕駟馬從梁來」，皆以四字住，可驗也。唐人造七字律，並同此法。如杜審言《大酺》「毘陵震澤」、「伐鼓撞鐘」，沈佺期《古意》「盧家少婦」、「九月寒砧」皆然。即虚字轉合，如王維「纔是寢園」、「非關御苑」，句紐連屬；如杜甫「且看欲盡」、「莫厭傷多」，雖直下不斷，而仍亦可斷。自元和以後，競作變調，白傅稱變之尤者，然其七字句猶是舊法。即狡儈如「就荷葉上包魚鮓」、「榮先生老何妨樂」，仍不能變。惟有「聲早雞先知夜短」、「大屋檐多裝雁齒」，則直以「聲早」一住，「大屋檐」一住，則「先知」、「多裝」自不能以「先」、「多」跕足。以爲大巧，然此成何語？以爲此佳詩乎？白傅生平道佳處並不在此，且其七字句亦偶以此爲萬中一見。而近爲乞兒詩者，必以此矜能，甚至五字、六字亦必破其二字之住，而住在三字，真可笑也。

孟浩然《春情》詩落句：「更道明朝不當作，相期共鬭管絃來。」「不當作」三字何解？嘗以問南士，南士曰：「此日樂已極，明日期再樂，似乎不情，故下此三字，猶北人云『先道個不該』也。」信然，則襄陽亦恢諧一都管矣。然假使白傅輩竟以「不該」字直入之，則又索然耳。

中元節，越城多作盂蘭盆會。時石庭弘公寓香城寺，寺北樓正當蕺山，即故越王采蕺地也。舊有兼山亭，今累累特荒冢耳。石庭與既白、鐵夫兩和尚及童子輩夜坐，見諸祀孤者吹螺擊鈸，繞山脚至山頂，盤紆而上，每三丈許，燒紙錢一堆，凡百十堆。須臾火燼，梵樂從前山遠去，里許而絶。𡙁一堆，忽死灰熛發，初看有火如毬，色正赤，根淺碧，迴旋而起，散爲千萬火，淡緑微紺，宛若攢星。時山樹城堞，俱皦然復見，灼灼然，中有縞衣者約數百輩，圍火迫視，若撿括其中之所有，甚有搶攘顛仆、卧不能起者。刻餘，復分一火毬，移至次堆，其捷如飛。以次而下，凡百十堆，無不如是，真怪事也。次日過予，話其事，且出三公聯句示予。石庭詩云：「野火青熒明復滅，照見衣冠縞如雪。婆娑形影倚西風，偃蹇鬚眉對秋月。」鐵夫詩云：「微光未散紛争挐，餘燼猶存互糾結。孤墳寂寂卧麒麟，腐草翻翻宿蝴蝶。」既白詩云：「我乍覯之摇精魂，及久視焉辨毛髮。梵歌杳杳鐘鼓沉，夜色蒼茫泣幽咽。」

明詩與唐詩絶遠，惟何大復稍得劉文房體貌，而餘皆不及。若嘉、隆七子，則第倣盛唐影響，近所謂「得其郛廓」者，其於唐人刻劃沈摯、循題即事之法，全然不曉，而目爲唐詩，冤矣。近以惡明詩而併惡及唐，識者謂惡丑及頊，惡陽虎而及孔子。予謂孔、陽，丑、頊原是相似，故可比擬，明何與於唐，而以此擬之？

杜甫《小寒食舟中作》「船如天上」、「花似霧中」，「娟娟戲蝶」、「片片輕鷗」，極其閒適；忽望及長安，驀然生愁，故結云「愁看極北是長安」，此即事生感也。然人第知前七句皆即事，惟此句撥轉，而不知此句之上，先有「雲白山青萬餘里」七字，説得世界開擴盡情，而後接是句，則目極神傷，通體生動，言相望如許地也。劉文房《送李録事歸襄陽》結云：「漢水楚雲千萬里，天涯此别恨無窮。」意亦如此，但劉下句太説煞，便相去遠耳。

孟浩然《除夜》詩：「漸看春逼芙蓉枕，頓覺寒銷竹葉盃。」此寫除夜最親切語。近作宋詩者，謂「春逼枕來」、「寒銷盃裏」，其意已了，何必著「芙蓉」、「竹葉」諸字？不知此正詞例也。《周南·卷耳》

詩「我姑酌彼金罍」、「我姑酌彼兕觥」，酌則已耳，何故有諸物，豈采卷時備金角酒器耶？

康熙乙亥秋日，在蓮居赴齋，時楊侍郎、顧舍人、吴徵君、洪監州皆在坐。客有言曾見予《通韻》雕本，惜讎對不確，極多誤字，且亦有所見非原本而誤引者。如冬、青二韻相通，引常建《第三峰》詩「螢」、「鐘」二韻作證；庚、侵兩界相通，亦引常建《閑居》詩「林」、「聲」二韻作證。及見原本常建集，則「螢」是「螢」字，形近致誤；「聲」是「深」字，聲近致誤。予曰：「固然。見本偶誤多有，此等不可不察，當即更之。但『螢』、『深』二句，曾記及否？」曰：「記及。《第三峰》詩曰：『山暝學棲鳥，月來隨暗螢。尋空静餘響，嫋嫋雲溪鐘。』《閒居》詩曰：『青苔常滿路，流水復入林。遠與朝市隔，近聞雞犬深。』」予大笑曰：「然則非我誤，子誤矣。『螢』有明暗，『螢』無明暗也。『聲』可聞，『深』不可聞也。夫『螢』者，蟋蟀也。天下有明蟋蟀、暗蟋蟀乎？且何者爲『深雞犬』？何者爲『淺雞犬』？」一座皆大笑。予因愀然與洪監州言，天下無學人多，又復效宋人習氣，好武斷倔强。本自不明白，而略聽講韻，便强解事，謂「侵」韻閉口，「青」韻獨用，必不當與他韻合，遂陰爲改刻，反争作原本；而或見「螢」、「螢」二字筆畫相近，便吠聲而起，如是衆矣。此古文遭阸之時，吾黨有學人當以爲戒，不當以爲惑也。予向聞汪舟次觀察謂杜甫詩「夜投石壕村，有吏夜捉人。老翁踰墻走，老婦出門看」，「看」不是韻，然四句無韻，又非體。錢牧齋家藏杜集宋板，原本是「守」字，「村」與「人」韻，「守」與「走」韻，何等明快。予嘗嘆宋人無學，又强解事，致工部佳句改刻將千年，幾致蔑没。幸《毛詩》猶存「生甫及申」、「維周之翰」、「四國于蕃」，剛是真、元、寒三韻相合，可取證也。若朱子改《九辨》，則至今冤枉。「竊美申包之盛氣兮，恐時世之不固。何時俗之工巧兮，滅規矩而改鑿？」以「固」、「鑿」不合，改「固」作「同」，與上文合。不知此即《生民》詩「授几有緝御」、「洗爵奠斝」，漢《廉范歌》「來何暮」、「民安作」，《離騷》「爾何懷乎故宇」、「孰云察予之美惡」，同一協也。乃公然改之，亦何法以處此？

西河詩話卷八

蕭山毛奇齡字初晴，又大可稿

予有《錢湖記事詩》五題，凡十首。

舟中望寶石塔

康熙四十年三月，予同朱竹垞諸子過湖上，作三日遊。第一日舟中問寶叔塔故蹟，嫌舊志不實。一謂僧寶所建塔，「所」、「叔」形誤；一謂錢王俶入覲，民建塔保之，呼「保俶」，「俶」、「叔」聲誤。然皆無據之言。考是塔甚古，《郡國志》云：「寶石山上有七層寶塔，王僧孺稱其巧絶人工。」則其來舊矣。且是塔以山得名，「寶叔」者，「寶石」之誤。蓋山本多石，有巾石、甑石、落星石、纜船石，舊名山足曰「石塔頭」是也。今湖多增勝，而是塔久壞，誰其修之？詩曰：

金沙聚坡陀，文甃壓瑪瑙。望去皆有情，觀者慢言巧。

古寺開神境，諸方仰上岑。清天湖面似，插破一蒲針。

過錢王祠觀表忠觀碑兼入祠右廢寺

是日有言《表忠觀碑》在錢王祠者，因過觀之。考表忠觀在龍山之麓，觀毀，遷其碑來祠，然碑皆露立，且有仆者。及觀畢，欲憇祠右一廢寺，不得入。按：是地當湧金門外，爲錢王故苑，苑曾産靈芝，因捨苑宅作靈芝寺。南渡後，建祠寺傍。新進士放榜訖，每題名於寺，而開宴焉，真勝地也。今祠止三楹，坐錢氏三世五王，而寺已頽然不可問矣。詩曰：

舊苑留壞牆，荒碑卧行路。欲採雲母芝，草長不知處。

日落移舟晚，春明啓宴遲。誰憐臨水宅，猶是曲江池。王所居名臨水里。

西馬塍看花

次日，竹垞赴李都運席未至，因登岸，從溜水頭迤北有西馬塍，在昭慶寺左，與湖墅東馬塍相對。相傳五代時東、西馬氏種花之所，舊志謂錢王馬坰，非也。吴越故城圈東馬塍入北關内，焉得有坰？且塍者，畦稜之名，第可藝植，牧獸非其事矣。今人家屋傍尚有花，第無藝花者。詩曰：

溜水橋邊路，迢迢獨自行。西塍花自好，何必問東塍。

閉門誰家園，不見有花樹。但見賣花翁，收花入籃去。

第四橋尋水仙王祠

水仙王祠者，伍胥祠也。胥死，屍浮於江，吴人謂爲水仙。至唐乾寧年，封胥爲吴安王，因有「水仙吴王」之稱。立祠第四橋，俗以其爲水神也。而祠於堤，稱龍王塘。舊塑樂天、東坡像陪祀王傍，不可解。豈王來湖中，倩兩太守作主人耶？考蘇詩有云：「不然配食水仙王，一盞寒泉薦秋菊。」則配水仙王者，係蘇志，然白不爾也。嗣後不知何時，又穿薦菊井於祠，以實其配食之意。明嘉靖間祠毀，遷祀白堤望湖亭傍，然仍名龍王塘。今第四橋無此祠，而望湖亭傍又適在遷毁之際。第三日雨後過二堤，覓王祠不得，酹酒賦此。詩曰：

龍宫有人王，曾祀兩塘側。神巫將招茅，太守請配食。秋菊井旋廢，春蘭花不生。每聽《小海唱》，愁上望湖亭。《晉書·夏統傳》有《小海唱》，祀伍胥之曲也。

泊舟回峰塔訪小南屏山石壁書蹟

南屏山前回峰，以山勢回抱得名。吴越王妃建塔其上，本名「回峰塔」，俗作「雷峰」，以「回」、「雷」聲近致誤。而淳祐、咸淳舊志造一雷姓者當之，可笑甚矣。宋有道士徐立之，築室塔傍，世稱回峰先生，此明可驗者。是日日將西，久坐望塔。及訪小南屏，觀石壁所書《家人》卦、《學記》、《中庸》，摩挲延佇，而日已銜岫矣。石壁録司馬温公書，此是舊蹟。《宋史》高宗諭大臣，已明道及此書。而作《武林遺事》者，反辨謂唐人所作八分，非是。詩曰：

南屏有回峰，曲抱當寺門。王妃建黄塔，俗號黄皮墩。「黄皮」，「王妃」之訛。志云：「地植黄皮。」誤。
迤邐屏山西，石壁看垂露。坐對索靖碑，不覺日西去。
天台桃花洞，亦稱桃源，嘯隱和尚奕是受平陽付剪，曾行脚是山，屢至其地。詢之，云：「洞在溪奧處，有小口入。甫入，便峰巒窈窕，滿山皆桃花，不植自茂，且喜無雜樹。每行數里，以爲境盡矣，忽迴旋得路，便得復入。如是三十餘里，至山盡處，見大洞在天半，爲猿狖所居，不可登。」則亦異矣。時奕公有詩：「流霞深鎖洞門偏，洞口桃花紅欲然。入路總愁丹壁截，緣崖如傍玉衡旋。溪流不斷千年水，山氣長如二月天。最愛村童樵唱去，還梳丫髻學神仙。」

康熙甲子，皇上征厄魯特還，念浙閩總督臣郭世隆督閩勞苦，特頒北征方略，并御製《凱旋詩》一首，手書摺扇，其背敕畫苑繪《邊關候望圖》，以賜之。夫甫經振旅，而遠念勞臣，不忘我東南如此。御製詩曰：「戰馬初閑甲士歡，揮戈早已破樓蘭。彌天星斗銷兵氣，照徹邊山五月寒。」

兒子會試歸，予同年祭酒王東川貽書云：「嶺表楊生進沈《韵》原本，皇上出君所進《古今通韵》一書，令政府參對，以驗其是否。」其言如此，然不得其詳。值内史汪宸瞻以艱歸見過，則身親其事者，云楊所進名《韵譜》，有八套，每套四册，共三十二册，則非沈《韵》矣。沈《韵》止一卷，焉得有此？時皇上向閣臣問：「數年前，翰林官毛奇齡所進《通韵》，今何在？」閣臣不能對。以是年宣付史館，收其書入閣中，既而取入藏皇史宬，閣臣不知也。上踟躕間曰：「記得在皇史宬。」命索之，果然。是日在政府大堂，開視卷首所進表，是康熙二十四年三月三日，計今開視是三十年三月三日，詘指已六年矣。皇上萬幾，能記憶，固神聖莫測，然適值上巳日，不前不後，亦一異事也。特宸瞻親受命取書捧進，而次日即太夫人訃至，狼倉出都，此後不相聞矣。後晤魏使君蒼石於西湖舟中，使君從内史起家，與宸瞻曾共此事，重道及云：「皇上以楊生進韵，與《通韵》不合，斥其書去。」且云：「皇史宬是藏寶籙、玉牒、祖宗誥制等册，比之内院秘書與乾清南書房，尤爲祕密，非皇上所親覽緘重之書，不得濫入。此真金匱石室藏書之府也。其室垣壁俱以石甃，而實金龍蟠櫃於其中，用章京四名、披甲二十人看守。其章京還齒之尊者爲之，以是差無事安逸，不藉膂力，令高年居此，但食奉以示休養。番名『馬法』。『馬法』者，虞老也。」予在史館七年，不能一入皇史宬，聞其言憬然。又云：「其地在東華門内史館之南。」

前朝皇史宬原有藏韵書之櫃，然往爲諸王攜出，散失在外。至天啓末，止有《洪武正韵》、《韵府群玉》、《經史海篇直音》、《玉篇》、《廣韵》、《詩韵釋義》諸部，他無有矣。今諸書無闕，然不盡藏皇史宬。此内閣學士陸義山爲予言者。又云：「前朝内府《廣韵》，注云：計二本，凡一百二十五葉。」則與今所傳本無異。近東海家藏書，有舊板《廣韵》，計六本，凡六百餘葉，以爲奇秘。乃内府如此，翻恐多注本是後人增入與否，然不可考矣。

杜甫《奉送蜀州柏二别駕將中丞命赴江陵起居衛尚書太夫人因示從弟行軍司馬位》題，其詩曰：「中丞問俗畫熊頻，愛弟傳書彩鷁新。遷轉五州防禦使，起居八座太夫人。楚宫臘送荆門水，白帝雲偷碧海春。與報惠連詩不惜，知吾班鬢總如銀。」按：唐律純以酬應見伎倆，如此長題，則尤費刓劃，而世多誤解。因題中有「别駕」、「中丞」、「衛太夫人」、「杜位」四人，而詩中有「中丞」、「愛弟」、「防禦」、「衛太夫人」、「惠連」五人；題中有「蜀州」、「江陵」二地，而詩中有「楚宫」、「荆州」、「白帝」、「碧海」四地，未解分屬。且「行軍司馬位」即杜位，甫從弟也，「愛弟」、「惠連」似皆指位。又「白帝」、「荆門」顯分楚、蜀，而「楚宫」、「碧海」並不知所指。遂至詩與題轇轕，不得清楚。不知「柏二别駕」者即中丞之弟，所云「愛弟」者指别駕，至結「惠連」始指位，兩弟非一人也。「五州防禦使」即中丞，以中丞初爲夔州都督，既而遷夔、峽、忠、歸、萬五州都防禦使，題祇出「中丞」，詩并出「防禦使」，實一人，非兩人也。若其地，則中丞、别駕皆在蜀，而衛太夫人與杜位則皆在江陵者。故中丞自蜀遣愛弟起居衛太夫人於江陵，而甫從送之，因得示位。此長題次第，前後井井。而舊解紛出，有謂五州隸荆南節度使，有謂杜位是柏中丞官屬行軍司馬，有謂柏與衛是中表親戚，任意卜度。而五、六「雲輪」竟誤至「雲偷」，以字形訛改。而自唐迄今，並無一人刊正之者。夫「楚宫」即蜀州，杜有詩云：「楚王宫北正黄昏，白帝城西過雨痕。」「楚宫」與「白帝」並在一地，可驗也。若「碧海」，則荆門連海，所云江漢朝宗於海者，原指荆州江陵言，即不然，亦以鴻濛碧海，借衛太夫人仙居之意以指江陵。故其云楚宫傍臘而送水於荆門，白帝借雲而輸春於碧海，皆實賦從蜀州出使，以奉候江陵爲言。曰「送」、曰「輸」，正使、候意也，「偷」則無理矣。解詩非難事，然一不得解，即本詩訛改而亦無曉者。然則解亦豈易耶？

白樂天《贈龍華寺主家小尼》詩結句：「應似仙人子，花宫未嫁時。」自注云：「郭代公愛姬薛氏，幼嘗爲尼，小名仙人子。」此是以本朝故實用入詩句，故注之。後見類書有「愛姬爲尼」一條，注云：「郭代公愛姬爲尼，名仙人子。樂天嘗贈以詩。」竊甚怪之。樂天安能與代公周旋耶？及見本集，則以此注注題下，不注詩下，遂疑此注是題中之注，遂以仙人子爲即龍華小尼，故曰「樂天曾贈詩」，誤矣。且代公愛姬是初爲尼而後爲姬者，故曰「花宫未嫁時」，謂此小尼可以比未嫁代公時之仙人子耳。若云「愛姬爲尼」，則先姬後尼矣，小尼安得作姬過耶？

予避人時過竇家漬，有紅字李店賣不托，食客下驢就之。傍一賣漿婦連目予，至食竟，予怪問故。曰：「小郎不記耶？妾保定伯家婢也。郎過西陵軍時，妾嘗捧饋焉。其忘之乎？」言訖，潸然淚垂。予解闕勞之，并書一詩去。其詩曰：「錦帳雙鬟貌似花，河陽軍散各天涯。可憐紅字三家店，不賣青門五色瓜。」蓋借此婦之失身，傷保定也。及予詩傳人間，揚州宗定九有和詩，而人争續之，然皆與予意相差殊矣。保定名有倫，本北平毛氏，予兄行。順治乙酉，江東三郡括民徒抗王師。保定與武寧侯王君，原以備倭軍海濱，至是移其軍西陵，名西陵軍，故予嘗過之。及王師渡江，西陵軍潰，武寧不絀死，保定出降，兵遂散。婦所依賣漿，不知如何人云。

或疑杜甫《曲江》詩：「一片花飛減却春，風飄萬點正愁人。」此即元和、長慶之所祖。張南士力辨之，謂元、長小家數，正與此反。此不特具大家氣象，即金閨華闥，亦借生色。不讀元詞乎？「落紅成陣，風飄萬點正愁人。」每讀及，倍覺其艷。誰謂傖父解效此也？

王建詩：「山頭鹿下長鷲犬，水面魚行不畏人。」予亦謂其句似樂天。及觀他本，是「不怕人」，便恥内於口。始知一字雅俗，關係全詩，不可不慎也。「畏人」見建陽坊刻中晚詩選本。

在京時，於四屏園送吴郎中歸里，同館高檢討舉杯誦張謂詩：「不飲郎中桑落酒，教人無奈別離何。」吴便流涕。按：此詩是張正言《別韋郎中》落句。當時別其人，即以其人官銜摭入句裏。此如樂府之呼「都護」，徹入耳際，況今昔恰合，宛類拈贈，宜其聞之感動如此。

王維詩：「種松皆作老龍鱗。」或云原本是「皆老作龍鱗」，「老」在松不在鱗，以爲極得。初亦信之，後觀唐試士詩題，是《謝真人還舊山》，而范傳正試卷中有「種松鱗未老」，正同摩詰此句。然「老」在鱗不在松，未嘗不是也。近改前人文，動云原本，此亦學古之不可不一察者。

宋人謂拗律始於杜甫，如「霜黄碧梧白鶴棲」類，皆稱「杜陵調」，可驗也。然其時獨孤及有「沙禽相呼曙色分」詩，八句皆拗，先杜陵行世。而唐人試律有《落日山照曜》題，張正言試卷是仄律六韻，而全用拗調作對句者。固知唐自有拗律，不必始杜陵也。

李白《鸚鵡洲》詩：「鸚鵡來過吴江水，江上洲傳鸚鵡名。鸚鵡西飛隴山去，芳洲之樹何青青。」初讀甚惡之。此豈俊人所爲？既而讀沈佺期《龍池篇》、崔顥《黄鶴樓》，皆是此調，始知此本一律法，特白更拙耳。然向使白無五、六句，則白亦必不自留此詩。其五、六云：「煙開蘭葉香風暖，岸夾桃花錦浪生。」固是俊句。蓋唐四韵律全在五、六，到此必抖擻更作裁練，故如此詄體而行事。司勳、供奉並於五、六作莊語，則他可知矣。或謂沈、崔二詩是律，李「青」字出韵，不必是律。則不然。《通韵例》曰：唐人限韵，但遵功令，然一往潰逸，如腐檻之制猿，浮琭之障水，三十韵中，其出者多矣。况唐韵與今韵不同，庚部原有「青」字，青部原有「清」字，宋《禮部韵》兩删去耳。

予邑有江相公祠，即江令宅。原係梁時江總避臺城之亂，寓居蕭山，及去，捨其宅爲寺，而祠總寺左，故名。其稱「相公」、稱「令」者，以總在陳爲尚書令，且爲相故也。邑志誤傳此寺爲江淹之宅，則淹不至越，不曾爲令、爲相公，且不曾捨寺。已作刊誤，辨之甚詳。然人或又謂淹既非令，則前人有《江令宅》詩，何以指淹？予茫然不能答。及揀唐詩，則並無以「江令」指文通者。如劉禹錫《江令宅》詩：

「南朝詞臣北朝客，歸來惟見秦淮碧。」李商隱詩：「滿宮學士皆顔色，江令當年又費才。」羅隱詩：「鑾殘象管夜深時，曾賦陳宮第一詩。」皆實指總持，非文通事。惟許渾《游江令舊宅》詩「身没南朝宅已荒，邑人猶賞舊風光」，則二江可通。然落句云：「閑愁此地更西望，潮浸臺城春草長。」則仍是總持。以臺城陷時，總持避吾地，文通時已卒，未嘗遇臺城之變也。且是詩似即賦吾地之宅，觀其只點臺城，單指避亂一節言，且曰「西望」，則臺城在西，又非江寧牛屯里所捨舊宅，詞句瞭然。予惑於舊誌，曾賦《江令宅》二詩，皆指江淹，且行世已久，不能卒改，即改亦何益？始知作詩無學識，則舉筆有誤，況其他乎？

萊陽姜仲子見予於閶門，初未識也，歡然道契闊。既而踧踖，反離立不自安。予問故，曰：「家舊有東坡像，久在心目，今見似而誤以爲舊識也。」坐人皆屬目，咸以爲坡像如是。予不應。後僦居錢唐，姚季方每曰：「先生像類坡。」且出家藏米芾所畫《著屐圖》比觀。予亦不應。嘗曰：「吾百不及坡，然亦何必附坡？」當洛、蜀分門時，身自外理學，而又不能實見理學之是非，於先聖授受間有所取正，但妄傳《書》、《易》二經。其在《易傳》，徒趁夸情廓義，全不識三聖作《易》之用心，斯亦已矣！至作《書傳》，則一概杜撰，如傅説遜荒、周公留後、武王誥康叔、召公辭太保，皆自造故事，而且誤解帝舜宗堯，極詆康王易服，全無考據，自造典制以爲解，而禮事並亡。予避人時，方作《尚書廣聽録》，以闢其非是，而反欲附之，謬矣！後有方士以乩筆繪予像，且題曰：「莫問弧南星有無，長春寶樹正扶蘇。因君舊是瀛洲倡，故遣仙官繪此圖。康熙三十一年十月一日，成都雲道人題。」時又有以「蘇」韵爲隱寄字者。予爲和題曰：「丑父頊公貌類無，誰言馬頰似胡蘇。莫將今日扶乩畫，又認他人《著屐圖》。」

予郡金煜，字子藏，爲太常卿楚畹公孫。一目有重瞳子。其母弟馬君，挾嶺表一扶乩客來，見煜，驚曰：「此南唐李後主後身也。」初不信，既而閱陸游《南唐書》，則後主亦名煜，亦一目有重瞳子。太常笑曰：「焉見此客不經讀《南唐書》耶？」後子藏以二十中順治戊戌進士，授郯城縣知縣，康熙庚戌罷官，甲戌死。考後主於南唐建隆三年壬戌即位，至開寶七年甲戌而國亡身殞。史所稱宋師下江南，削開寶年號而降，稱「甲戌」是也。如是則亦奇矣。後其子埴作哭父詩一十二首，其一曰：「天生吾父有奇因，襁褓時曾遇異人。爲指終生官禄相，南唐後主是前身。」二曰：「目開一覽世全空，爍爍金生阿堵中。莫道驚人嗚太早，最驚人處是重瞳。」此實録也。

老友徐仲山以七夕死。予自哭子喪明後，不能作哭詩，故舊時哭友詩三百零首、祭友文百零首，一夕焚去，以爲學識未達，多此啾唧。今集中並無哭友題并祭文一門部，可驗也。適徐昭華以禁日哭父，擬《木蘭詞》寄予。予讀之，不覺泪下。然仍不能作哭詩，即以此存集中，當哭仲山作。時汪東川司城在坐，曰：「聲調哀苦，體致愴惻。有女如此，即以當木蘭，何過焉？」其詩曰：「戚戚復戚戚，天孫罷機織。只道天邊歡會期，不道人間别離日。人間别離真可憐，天邊歡會知何年？悽悽登我堂，不聞烏鵲喧，但聞老母痛哭聲連連。愀愀入我房，不見瓜菓陳，但見蛛絲蟲網相勾牽。前年當此日，天河正瀰瀰。分將五色縷，聯作百年卮。去年當此日，天柱方傾頹。桂陽城北乘羊去，緱氏山頭跨鶴歸。況復今年當此日，百歲堂前喪靈匹。欲曬麻衣兩淚懸，但啓書樓寸腸磔。天河有時挽，天星有時轉。惟有乘槎一去人，萬古千秋不復返。穿針徒望眼，不使淚眼親。九華空照地，不照下泉人。黄姑此夕依然度，惟有嚴親不知處。木蘭空自夜停機，願代爺行竟無路。戚戚復戚戚，作此《七夕詞》。欲知此日中心苦，視此河流無盡期。」

昭華多哭父詩，嘗有《登青未閣檢父遺帙》七律，中四句：「青蒽出瓦根俱豁，碧柳當窗影漸疏。捲榻已無新注帖，開箱惟有舊藏書。」又一首後四句：「山長似向空欄斷，月隙還隨小槅圓。有女愧無班氏筆，遺書萬卷續何年？」

予寓大善寺，吴尼御符，爲天童曉公付法，以掃塔過謁。予謂女僧不當與酬酢，遣門人徐昭華報之。瀕行，尼出搨扇乞詩。不得已，書一律云：「不信纔觀世，幡然去普陀。傳衣真是錦，翦髮尚如螺。貝葉箱中簿，蓮花水面多。阿潘方學道，相待洛橋波。」次日，越中女士合餞於國門，見摺扇，齊聲索昭華和詩，蓋借此相難也。昭華連和二首，其一：「前身本靈照，開口即彌陀。乞食施山鳥，裝香在海螺。鄉程雲外近，別思晚來多。試看千江月，徐徐出緑波。」其二：「幾欲還慈室，無緣款跋陀。毫分眉際彩，掌合指頭螺。贈拂留獅尾，翻經度貝多。龍宫有神女，何處不淩波。」

又《送尼》詩：「芙蓉曲岸散紅霞，送客江邊疏柳斜。蘭槳行時飛化雨，錦茵鋪處布金沙。乘杯欲度吴閶水，拂麈曾開鑑曲花。一自水田相顧去，何年重把緑袈裟？」此等純似唐詩，若落句，則非白傅不能矣。予門工詩者，推盛唐、王錫，然俱不及昭華，以稍解唐人法外意也。舊所寄政詩，嘗受仲山意，輒留稿另作一帙，今散漫不能矣。因録數詩於此，爲亡友中郎存一綫云。

高郵孫孝廉無燀，其尊人吏部公，以鄉官爲當事齕齧，瘐死於獄。孝廉內人潘，係都憲公女孫，曾刺血寫經以懺救之。及潘年五十，孝廉亦避讎歸里。錢唐錢石城進士，其內人林以寧，吏部公同年女也，爲潘作駢啓，徵詩及越。予爲致昭華，并索其母太君仲商夫人，並應以詩。昭華覆書云：「自老父亡後，家間筆研盡棄，老母并所存詩稿亦付爐火。傳是齋頭，非復舊時光景矣。伏讀尊諭，并林夫人所撰啓，詢之加采婿駱加采，知孫先生家事如此可感。老母已有誓不作一字，門不敢違命，且感寫經事，勉作一首，知荒疏已久，必得都講改篡後始發去也。門不作古詩約七八年，苦無長句對仗，故作此體以藏拙，惟慈諒之。」予既傷時事，復痛老友徐仲山先我而逝，其家人朝暮便不無今昔之感，因并録其書於此。昭華詩云：「高郵湖水清且漣，湖傍有第高巑岏。榴花日出照錦幱，夫人五十饒朱顏。考之氏族華以繁，黄門之後典午還。世居淮服控海瀾，先人嘗著獬豸冠。通家有子孫巨源，以之作配年又年。自從少小却珮環，鹿車長挽鮑與桓。公車門下雖升賢，仍如韋素心所便。祇惜中道遭家艱，勁刃剸尾及孔鸞。夫子賣餅安丘間，還鄉元節足盡跰。祇今日霽浮雲騫，健持門户晚境安。覆巢卵縠猶瓦全，秋風吹翮生羽翰。群從羯末女令嫺，皆言絳帳繇文宣。獨憐銓部留狴犴，《度人經》寫百十番。螺椀刺血和淚丸，寫入貝葉翻紅蓮。予母自小愁不年，曾書三部《華嚴》箋。一藏佛腹一塔鑄，其一送置天台間。商夫人寫經事，見《徐仲山墓誌》。夫人爲此更可憐，聞之涕下如瀾汍。今來設帨事足傳，顧家閨秀文如椽。深慚學步非敢然，稱觴願祝天綿綿。」

又代詩云：「緑鬢稱觴日，朱門設帨秋。家聲弘甓社，母德著秦郵。下牖專先祀，中厨主庶羞。

身乘龍矯矯，夫聽鹿呦呦。鑑影涵天遠，珠光逐水流。伍胥行瀨上，道藴出江州。茹藿因蒙難，潛形爲避讎。庭除迴鸑鷟，世事等蜉蝣。錦織同書授，金經帶血流。當年雲作幛，此日海添籌。有婿如徐悱，諸兒盡仲謀。鍚盤和露進，忝酒帶霜芻。山木抽叢桂，園花長石榴。彩雲迴合處，疑汎廣陵舟。」

天台石梁，其瀑從天半而垂，下注絶澗。遊者每言百丈外便衣濺若雨花，稍近，一似有風從澗底升者。然極難摩畫，惟嘯隱奕是一詩頗得其概：「遠訪名山踏翠叢，石梁百尺鎖長空。瀑花飛作入林雨，潭水翻爲倒壑風。方廣僧歸松徑月，曇花鳥下食臺鐘。此來應有三生約，須信閻浮路不通。」方廣寺、曇花亭，皆石梁近境。

立夏前一日，杭郡諸名士集東城葯園，作送春詩。其時橐筆數十人，多有佳句，惟末坐錢杲年最少，獨集唐二首，其一，三、四用王建、杜甫句：「每度暗來還暗去，暫時相賞莫相違。」其二，五、六用翁綬、白居易句：「百年莫惜千回醉，一歲惟殘半日春。」各相顧嘆絶。

（王培軍、楊焄點校）

西河詩話（一卷本）

西河詩話(一卷本)提要

《西河詩話》一卷,據道光十三年刊《昭代叢書》丙集本點校。按,此一卷本係摘録八卷本中康熙帝玄燁之事跡而成,初由張潮輯入《昭代叢書》,後各家翻刻,如宣統三年文瑞樓刊《西河詩話詞話》合刻石印本、民國間上海開明書店刊《西河詩詞話》鉛印本等,多據此一卷本,八卷原本反爲所掩。

西河詩話

蕭山毛奇齡大可著　歙縣張潮山來漸進也同輯

康熙二十八年正月九日，皇上南巡觀河。將至浙，忽於十六日，浙江小亹夜分有神魚，長百丈，隨潮而上，兩岸溢涌，所至沙坳皆漲，漁舟驚起。屏息間，見如山者冉冉渫去。時黑霧中如曙，能辨物，既去而暝。至二十一日丑時，餘姚縣鄔山居民吴天保家黄牛産一麟，火光穴地，鳴聲如風琴。不乳，然不解何食。獻之州縣。至會稽東郭門，有群婦狎翫之，怒視而斃。予于廿五日見之。會城自督撫諸牙以下，老少奔相觀。牛首，眉有虬紋，雙瞳露處皆碧色。脣紅，下齒正方，兩牙隱頷間。自背脅以下至膊，青鱗如鯉然，甲毛片片，張翕以漸而殺。喉下至腹薄紅色，蚳斷，脛毛亦然，然不紅。鹿蹄，深碧有光，尾柢猶帶細鱗，末拖叢毛，真神物也。時督撫以斃故，匿不以聞。嗟乎！麒麟、鳳凰，豈檻筴中物哉！生即爲瑞，何論存活？未見景星常在天也。况所生之時，正值南巡之會。餘姚即姚水，一名舜水。相傳舜所巡地，與夏禹苗山相近。則此麟之生，其爲四靈之應，審矣。予爲《迎鑾曲》十章，其八章曰：「神魚泳中江，麒麟産旁郡。」九章曰：「况兹姚氏鄉，舜禹所巡地。」此是實事。又予父墓在鳳凰山南，先數月有甘露降，草木皆通明如散花然。每草頭葉底，皆有露寸許下垂，日出而歛。此皆聖人御世之瑞。憶予于壬戌春，宿館中，夢登一閣，有同館官曰：「黄河清，聖人生。」予應之曰：「聖人既生，海波復清。」逮明而臺灣之捷至。然則上天之瑞應，豈偶然耶？

圜公住龍興時，刻《湘谿集》詩，每首必請教予始付刻。及刻就，而詩頗類予，人遂謂予僞爲之。及住京師隆恩寺，應和碩安親王之請。上幸玉泉行在，召見，賜齋，使作詩。援筆立呈，不加點綴，然後知其果善詩也。其《召見詩》曰：「甘泉曙色映蓬萊，瑶草琪花滿岫開。檀海欲隨龍藏現，經函先附象王來。遥瞻輦路迴仙仗，近見恒河繞帝臺。不用六時拈誦畢，炷香長祝萬年栖。」《賜齋詩》曰：「玉筯金盤出上方，伊蒲不似舊時嘗。紅樓空道人間隔，白飯還留帝座傍。香鉢開時龍卧起，天花供處鳥銜翔。摩騰待詔東都地，説法親沾内苑香。」二詩雖無異人事，然在釋氏則佳作也。又有《賜櫻桃詩》，不傳全首，其頷二句曰：「鶯鳥含需薦寢後，龍門喫在奉恩初。」上句用《鬼谷子》語，下句人多不解。後見元人張伯雨《贈龍門恩公詩》：「恩公昔住太平日，林下相迎壞色袍。行到龍門無脚力，右肩偏袒喫櫻桃。」更知公不獨善詩，兼博觀。

古舞法盡亡。每觀勾欄扮西子舞，初以袖舞，即胡旋也。繼以手舞，如法僧餤口，雙手並舉，揀擢而翻捧，儼蓮花然。初甚怪之。即遍詢老成通儒，亦不之解。及乙丑分校會闈，開榜謝恩後，禮部賜宴，教坊奏伎者，一歌頭執大板，穿團花衣，右立五僮登場舞首。戴餤口蓮瓣帽，身被纓絡，踞五方位武，而以次轉變，方圜横直，儼演教者然。各以手舞，凡合掌、垂手、膜拜、趺坐，各以掌指詘伸上下，作止均等。歌頭及五僮齊聲唱北調曲，笙、笛、箏、纂，雜逐者散立堂下。既久，則五僮雙手翻捧，與勾欄同。始知優伶手舞，原本番樂，故與餤口一類。此必金元樂部，在明初相沿，至今不變，故有此也。時同考李編修丹壑有記事詩，一名《容臺公讌詩》，見《丹壑集》。或曰：佛曲、佛舞在隋唐已有之，不始金元。如李唐樂府有《普光佛曲》、《日光明佛曲》等八曲入婆陀調，《釋迦文佛曲》、《妙花佛曲》等九曲入乞食調，《大妙至極曲》、《解曲》入越調，《摩尼佛曲》入雙調，《蘇密七俱佛曲》、《日光騰佛曲》入商調，《邪勒佛曲》入徵調，《婆羅樹佛曲》等四曲入羽調，《遷星佛曲》入般涉調，《提梵》入移風調。凡梵音釋步，如《三界舞》、《五方舞》、《八功德舞》，類皆入樂，録在坐部伎中，原不止金元《演蝶》諸曲舞已也。今吴門佛寺猶能作梵樂，每唱佛曲，以笙笛逐之，名清樂，即其遺意。

琉球中山王遣使入貢，於還京時，護送官福建侯官縣五縣寨巡檢胡奉至杭州，爲使者買絲布什器，兼覓毛初晴《論釋西廂記》及《瀨中集》詩于書林不得。有言予寓杭州鹽橋，遂訪予。予答之。兒使者通姓氏，正使爲耳目官魏俞，副使爲正議大夫曾丞都。其譯字官蔡鑨則談議風生，儼然一吴門人。盛言其國多書籍，有五經四書鏤板，并子史諸集，即近代名人詩文，新舊俱備，其搜初晴詩有以也。且道汪春坊舟次册使時，文采風雅，至今國人皆思之，爲勒石中山王府前。其從人十許，中有少年，黝髮被頰，皙白似幼婦，遠立而睇。予曰：「閨中有渡海者乎？」曰：「無有。」即回指其人曰：「此牡也。」蓋逆知予所詢在此人矣。其敏如此。又曰：「中山婦渡海不利，即中國婦亦無渡海至中山者。」

康熙壬戌元旦，侍班先候午門外。高麗使見予手所温張銅薰器，以爲奇，嗾其群來觀。予意欲與之。一朝士沮之曰：「不可。朝臣豈宜與外國使通贈遺者。」予遂止。次日，其使遇干途，終就予索之去。當使就予時，歷詢朝臣知名者，兼能道同官徐菊莊詞。予戲問其國女士多知書，果否？曰：「然。

豈惟女士。曾就一妓，見其洗妝潄頰脂于水，水帶紅色。令賦之。應聲曰：『疏雨秋兼漏日飛，回潮晚帶斜陽落。』豈非佳詩？」

陳檢討孺人死後，其房中人陶三自南至。以予與檢討親厚，願一見曼殊。曼殊往，陶三爲不食累日，曰：「南中無此人也。」時元夕後三日，曼殊作五字詩贈陶三云：「元夕逾三日，天花傍一枝。二更纔上月，翻恨見來遲。」以十八日月下相別，故云。陶三乞檢討代爲答詩，甚佳，今不存矣。曼殊死前一日，似豫知期至者，遍憶諸舊事，語絮絮。忽語及陶三，泣曰：「陳太史亡後，恐其人不能無恙在也，吾甚思之。」及死後，予遇檢討仲弟于李少宰師席上，詢之，愀然曰：「陶三故義興王氏家人。王氏以籍没，名連陶三。州縣官捕逮，按名點解，計留之不得，今已在旗作官奴矣。」或曰：「似隸内務各局，如浣衣者。」此甚可感事，惜不令曼殊早聞之。然曼殊真有神，即瀕死，猶預若知識乃爾。楊卧有《續張夫人拜新月詞》弔曼殊云：「拜新月，拜月在前墀。死魄將回後，殘眉未掃時。拜新月，拜月妝臺畔。斜梳攏未完，破鏡窺將半。東歸陶三亦拜月，一拜一回轉嗚咽。昔年拜月在長安，如今拜月蘭陵間。碧山學士歸何處，安得相攜守夜闌。」

康熙辛酉，瀛臺賜宴時，京師夏蘭最少。先列玉梗千朵，貯大缸，置幔房下。諸臣渡紅橋，即許觀憩于是。賜泛舟，賜宴，賜紵絲表裏，賜蓮，賜藕。當時賦詩紀恩者甚多，且所賦不一，獨不及蘭。惟同官高阮懷詩有「王者疏猶採，郎官近未含」句，間一及之，且微寓自諷意。陳迦陵每稱是詩最有風旨，信然。握蘭含香，見尚書郎事。

上幸喜峰口，有過黄土崖、大石磯御製二詩。扈從高侍講江村依韵奉和。予在史館時，竊記其一。

其黄土崖御製詩曰：「紫塞雙崖出，丹梯百尺懸。草香遮細路，樹老卧晴烟。地爲時巡到，山當隘口偏。何年留石室，駐馬望層巔。」侍講奉和曰：「黄崖天外削，碧樹半空懸。徑絶遲歸鳥，山空聚午烟。北來千嶂密，西去一關偏。萬乘披襟處，風迴百尺巔。」其氣象崇卑、體魄鉅細，迥乎可見。且聞是夕論侍講曰：「是地皆前朝戍所，斥堠相望，我太祖、太宗創業宏遠，夷夏一統，致蒙古四十八部皆爲臣僕。每過此地，令朕輒念丕顯。」侍講拜曰：「曁訖之年，不忘締造，社稷蒼生之福也。」益知皇上宵旰，即在遊豫歌詠時，猶時廑先烈如此。

康熙辛酉，王師收滇、黔，群臣獻頌甚夥。同官徐華隱獨倣舊作《鐃歌鼓吹曲》，自《聖人出》至《文德舞》止，凡一十四章。每章因事立名，與繆襲、韋昭、何承天輩相表裏。特其中有《海波平》一題，爲驅海寇鄭錦作。中云：「金門厦門波不揚，曈曈日出窮扶桑。」但及二門，而不及臺灣，以其時澎湖尚未破也。今則罙入東溟矣。版圖四擴，臣及海外，千古僅事。當作「收澎湖」、「晝海外」諸題以補之。乙丑三月日。

予同年尤悔庵在史館時，鬮《明史》雜題，得《外國傳》。因于修史之隙，私作《外國竹枝詞》一百首，以遣興。中一云：「鬱金香散佛頭開，國寶長傳照世桮。」注：「古罽賓國有桮，明徹可照。」然不知桮是何物所製。後讀高侍讀《塞北小抄》，曾于養心殿觀塞外所獻夜光木盤，黑夜通明，有光如螢火。凝然迫之，可以燭物，投諸水中，則水光澄徹，倍覺燦爛。意「照世桮」即夜光木爲之。蓋塞外多此木，積歲浥雨，則黴泛生光，如腐草化爲螢是也。若其名「照世」，又云「能照世事」，則不可解，恐是傳之者故神其説耳。

舊制館規，不隨例朝參，不捱直；今則逢五隨朝，掄次入直。每直館，紙牕土炕，觀諸筆帖式，雜坐翻清，晝長院静，别是一境。當湖沈客子作《燕京春詠》五十首，中二首有相似處，爲略篡數字書壁。每見之，輒爲一笑。「曉直將歸數八甎，但逢三五去朝天。東堂新有承恩事，大例關支月進錢。」「暖牖新鋪小炕牀，乳茶紅映玉壺光。日長院裏無宣唤，翻得清書又幾行。」

《燕京春詠》有云：「春店烹泉開錦棚，日斜宫樹散啼鶯。朝來慢點黄柑露，馬上新茶已到京。」故事：茶綱入京，各衙門獻新茶。今尚循故事，每值清明節，競以小錫缾貯茶數兩，外貼紅印籤，曰「馬上新茶」。時尚御皮衣，啜之曰：「江南春色至矣。」客子諸詠皆實事，是王建《宫詞》體，故善述時事爾爾。

上御瀛臺時，定在暑節。每趁早凉入西苑門，大柳星稀，高槐露流。干宫牆緣岸間冒昧徐行，菰蒲四面，水禽啁哳，與江南水鄉無異。暨渡版橋，則荷香襲衣，牐流滴耳，宛在夢中聽箏筑聲。然後復循内苑牆，入小紅門，豁然大湖，有紅版長橋横跨水面，橋夾朱欄，欄外雜列魚罾。凡朝官渡橋者，俱許抽罾捉魚，得即攜歸。于是迤邐達瀛臺門。李侍講石臺曾有詩云：「紅橋循蟻渡，緑綬貫魚歸。」正指是也。惟賜宴時，則詔從牐口北上，直西浮道通粱，中有層亭，兩面帳房，如號舍排列。上命登舟，泛太液池，即從過船亭，登舟挽縴，芰荷十里，望如番錦，北海五龍，金色遥裔，則别一境地矣。時予有詩紀其事，合得四首；後和同官陳迦陵，復得一首，俱未愜意。然與宴諸臣皆有詩。

遵化温泉在州北福泉山下，明萬曆間始甃石爲池，而覆以房，然物色者鮮。惟武宗時，有宫妃王氏曾題以詩，自刻小石留壁間。世祖章皇帝嘗以坐湯故，敕建宫其旁，更以白玉石甃池，擴而新之。會今皇帝以仁孝皇后、孝昭皇后山陵之役，扈從諸臣皆敕賜往觀，兼令賦詩應制，刻石其上。何山靈顯晦，其前後迥别，一至是也。人之遭逢視之矣。時應制者，大學士明珠、李霨，尚書梁清標、吴正治、魏象樞、王熙，左都御史徐元文，侍郎李天馥、杜臻，學士張英，侍講高士奇等，凡二十二人。其詩制不拘一格，且有爲賦爲頌者。

今上嘗出塞駐蹕烏欄布爾哈酥，有以道傍紫花獻者，不得其名，然蓓蕾葳蕤可愛。詢之土人，曰：「此長十八也。」按高侍講《松亭行紀》載元葛邏禄迺賢《塞上曲》云：「雙鬟小女玉娟娟，自捲氈簾出帳前。忽見一枝長十八，折來簪在帽簷邊。」則知其名舊矣。第女飾無帽，不審「簪在」者自簪耶？抑簪人也？姑記此俟解者。一云蕃女原著帽，如胡旋女著花帽可驗。

益都師相嘗率同館官集萬柳堂，大言宋詩之弊。謂開國全盛，自有氣象，頓驁此佻凉鄙弇之習，無論詩格有升降，即國運盛衰，于此係之，不可不飭也。因莊誦皇上《元旦》并《遠望西山積雪》二詩以示法。《元旦》詩曰：「廣庭揚九奏，玉帛麗朝光。恭己臨四表，垂衣馭八荒。」《望雪》詩曰：「積雪西山秀，仙峰玉樹林。凍雲添曙色，寒日澹遥岑。」時侍講施閏章、春坊徐乾學、檢討陳維崧輩皆俯首聽命，且曰：「近來風氣日正，漸鮮時弊。」今歸田有年，距向讌集時，已踰十稔，而里中後進反有起而襲其弊者，何也？試誦御製詩崇閎博大，何許氣象！即其中對仗高警，一起衰鄙，此真前辟千古，後開萬裸者。生今之世，不以是爲法，而奚法矣？又其時座中有言方螽山論詩，以近人絶句全無對仗爲非。是時同館某曰：「何必對仗？」予舉御製詩示之，默然。

御製《夜半》詩：「覽書銀燭短，觀象玉衡長。夜半無窮意，□□在萬方。」《鄭州河即事》：「藻密行船澀，灣多轉楫頻。帆檣迴遠岸，烟火近通津。」此從史館竊記者，恐有訛字，俟御製集頒示訂正。

康熙壬戌元夕前一日，上饗群臣于乾清宮，作《昇平嘉宴詩》。人各一句，七字同韵，仿《柏梁》體製。上首唱曰：「麗日和風被萬方。」以次及滿大學士勒德洪、明珠，皆拜辭不能。上連代二句曰：「卿雲爛漫彌紫閶。一堂喜起歌明良。」且戲曰：「二卿當各酬一觴，以酧朕勞。」二臣果捧觴叩首謝。君臣相悦，千古僅有。次日頒序。予小臣，無賜本，謹竊録于此。御製序：「朕於宣政聽覽之餘，講貫經義，歷觀史册，於《書》見『元首股肱、賡颺喜起』之盛，於《詩》見《鹿鳴》、《天保》諸篇，未嘗不慕古之君臣，一德一心，相悦若斯之隆也。今際海内晏安，兵革偃息，首春令序，九陌燈煇，豐穰有徵，吾民咸樂。思與諸臣欣時式燕，爰于乾清宫廣集簪裾，肆筵授几。斯時也，蟾光奄炬，焜燿堂簾；綵樹瓊葩，雜羅樽俎。許笑言之勿禁，寬儀法之不糾。復令次登文陛，渥以金罍，咸俾有三爵油油之色焉。《易》曰：『上下交而志同。』《傳》曰：『享以訓恭儉，宴以示慈惠。』則今日之兕觥旨酒，豈徒以飲食燕樂云爾哉！顧瞻諸臣，或位居諧弼，或職任卿尹，或典文翰，或司獻納，宜共成篇什，以紹《雅》《頌》之音。朕發端首倡，傚《柏梁》體，班聯遞賡，用昭昇平盛事，冀垂不朽云。康熙二十一年正月十四日。」

御製《塞上宴諸蕃》詩云：「龍沙張宴塞雲收，帳外連營散酒籌。萬里車書皆屬國，一時劍佩列通侯。天高大漠圍青嶂，日午微風動綵斿。聲教無私疆域遠，省方隨處示懷柔。」是時幸達希喀布齊爾口，所宴者爲喀爾沁、廓爾沁諸部落。設大黄幄，上中坐，皇長子及温郡王左右侍，諸蕃率所屬列坐幄左，内大臣列坐幄右，張几設饌。蒙古數千人列幄外，各賜酒一金叵羅，乳茶一大瓠。于是賜諸蕃袍帽、鞾襪、袋帶、弓矢、鞍轡、緞帛、銀布有差。時高侍講扈從，有和詩。見侍講《扈從集》。

康熙乙丑元夕，上于南海子大放燈火，使臣民縱觀，仿大酺之意。先于行殿外治場里許，周植杙木，而絡以紅繩，中建四棚，懸火箱其中，旁樹八杆，即八旗也。旗人認志色分駐，而當前四緑旗則漢人所駐之地。一切官民，老穉男婦，皆許進觀。初設鹵簿，及駕奉兩宫從永定門赴行殿，諸王群臣次第至，賜官厨肴饌，人酒三甌，能飲者不計。于是徹仗張燈，出宫人五十人，虹裳霓衣，覆以雜綵，人擔兩燈，各踞方位，高低盤舞，若星芒撒天，珠光爚海，真異觀也。既則火發于筩，以五爲耦，耦具五花，掄升遞進。乃舉巨礮三，火線層層，由下而上。其四箱套數，若珠簾焰塔，葡萄蜂蝶，雷車電鞭，川奔軸裂，不一而足。又既則九石之燈，藏小燈萬。一聲迸散，忽萬燈齊明，流蘇葩瑶，紛綸四垂。箱中鼓吹竝起，簫鞉籥簾，次第作響。火械所及，節奏隨之，霹靂數聲，烟飛雲散。最後一箱有四小兒，從火中相搏墮地，礮聲連發，别有四兒衣花裲襠，杖鼓拍板，作秧歌小隊，穿星戴焰，破箱而出。翕倏變幻，難以舉似。然後徐闢廣場，有所謂「萬國樂春臺」者，象四征九伐、萬國咸賓之狀，紛綸揮霍，極盡震炫而後已。次日校獵，上親御弓矢，九發皆中。于是詔進百戲，都盧、尋橦、拍張、觳觝，畢陳于前。時群臣從觀者皆有詩。喬侍讀石林《賜觀烟火歌》有云：「須臾飛輪忽下射，百尺倒掛珠簾櫳。纔看朱塔轟巖嶨，旋見白浪翻艨艟。華燈萬點互明滅，錦屏六曲相玲瓏。」又云：「頃之四垣赫照燭，炎官火傘張蒼穹。伏如卧鼓守堅壁，屹若列甲乘高墉。霞車轟翻暗壓陣，星箭蝟集宵舉烽。重圍遥聽屋瓦震，百戰仰受雲梯攻。丹蕤絳旂助神怪，雲興霧合遮冥濛。」可謂極善摩畫。然于當日所見，猶若未盡。後見張編修卣臣四律詩，有「寒風忽散靈和柳，陸地驚開太華蓮。隔影罘罳飛燕雀，憑虚簫鼓蕩樓船」諸句，則于旱地、蓮船、烟檣、鐃吹諸景，庶一及之。獨徐春坊勝力作記，名《紅門花火記》，備載詳析，一覽了了。文見本集。

予入鏁院領十八房考，思效梅聖俞嘉祐故事，陪歐陽主文作《禮部唱和詩》，而不可得。一則時促，彼時絶不通人者五十日，今裁廿日耳。一則監視嚴，彼時群處燕坐，嘲談笑謔，都無所禁，今則主文同考，環坐把筆，且監史在旁，一起一居，皆須檢點。一則秤量密，彼則財取任意，古文今文，抹紅勒白，致有拈軋茁刺刷爲笑樂者；今則彈絣糾墨，搜瑜索纇，左勘右核，房皇不暇，即緘箱將退，尚有持燭重開展者。以是鏁院日久，不得一詩。既見王編修澼澼七律八首，甚工整。在賜宴時，則有「幣頒錯繡裁雲碧，花賜敲金插帽紅」句；在閲卷時，則有「圍棘空庭人語寂，垂簾清晝柝聲傳」句，皆當時實事。至若「紫泥密下瞻天筆，黄紙新刊列御題」句，則以是年一、二場皆皇上親命題，到院黄封御筆，尤所罕覯，故云。予雖和四詩，實愧續尾。惟臨發榜前三日夜歸房後，與李丹壑世兄、張卣臣編修東西連舍，每至丙漏，重續燭，牆頭過酒，厨人設櫃食，家僮授籌，敲壁歌呼以爲樂，因復得唱和詩數首。但二君被酒輒才如湧泉，予稍醉反口噤不能語。每思及，至今媿之。

山西五臺山下大溪有虎能傷人，上于康熙二十二年二月幸五臺還，適虎伏溪傍灌莽間，上援弓射之，立甃。山西巡撫穆爾賽、按察使庫爾康謂此虎爲民害甚久，幸皇上除之。因立石道傍，請題其溪爲「射虎川」。按江村《扈從録》載皇上射虎不一，曾在樺皮山射三虎，皇太子九歲，亦躲一虎。始知史稱李廣射虎事，矜張滿札，真卑卑也。後于達希喀布齊爾口及烏蘭布爾哈蘇及西爾哈河較獵，連射四虎。既晚至帳殿，侍衛報，夜分有虎竊營間驪馬去，至前山林下，食尚未半，上親往射殪之。江村作《射虎行》記其事。其詞云：「皇輿蕩蕩界蒙古，玉輦時巡歷茲土。迴岡巨壑叢棘多，陰森林木不知午。千騎萬乘排空來，夜張行殿山之隝。月上忽聞群馬驚，傳道山前出猛虎。曉看一馬果摧折，血肉淋漓去兩股。龍鑣飛控陟層崖，禁林衛士挾弓弩。搜巖剔藪無幾時，一箭橫胸洞肺腑。遠人手額復戰栗，踞言此虎爲患苦。道傍白日每捕人，傷殘行旅莫可數。幸茲惡劣得剪除，當代君王果神武。從來射虎多耳聞，何似臣今得目睹。因嘆蠢頑本不靈，貪饕無厭乃自取。不然長林茂草間，餐眠何畏施網罟。殺人安人王者心，即此推之澤應普。」

按《東巡扈從雜紀詩》有云：「曠野春深日馭遲，獵場近遠奏先知。」注：「校獵時，先遣侍衛看定獵場，前一夕書緑頭籤奏明。」「淩晨清蹕齊分隊，薄暮安營各認旗。」注：「我朝行圍講武，使其習熟弓馬，諳練隊伍。每獵則以隨駕軍密布四圍，旗色八部，各以章京主之。分左右翼，馳山谷間，逾高降深，名曰圍場。惟視藍旗所向，以爲分合。有斷續不整者，即以軍法治之。章京服色亦隨本旗，惟御前侍衛及内大臣得穿黄褶子。行圍之法，以鑲黄旗大纛居中，聖駕在纛前，按轡徐行。兩翼門纛相遇，則立而不動，以俟後隊漸次逼近，謂之合圍。及圍蹙，則狐兔麋鹿竄足圍間，惟皇上及皇太子得隨意縱射，若親王、大臣、近侍，非受旨不敢發矢。但獸有突圍者，則扈從諸人許捕之。」「飛鞚金銜馳狗監，離條繡帽脱鷹師。」注：「凡圍中鷹犬，各專官主之。犬以朱纓金環飾其項，牽者縶絏于足，見獸則出蹬縱之。鷹以繡花錦帽蒙其目，擎者綰絛于手，見禽乃却帽放之。」「新翻艷譜《天鵝曲》，偏向回中靜夜吹。」注：「旌門鐃吹，多奏《海青捉天鵝曲》。」

上南巡至浙，浙人士争爲恭迎聖駕詞、南巡頌諸詩。予邑何毅庵，名之杰，前朝老名士，年七十矣，感聖恩之深，亦賦《南巡詞》，於稠人迎駕之際上之。時獻賦頌者，大江以南，日以千計。暨上還宫，特稱之杰詞，諭督臣王隙取本人年貌、住止、履歷回話。是何睿鑒之神，直于千百人中獨拔此名士，暗中摸索，毫絲不爽如是也。其詩凡十章，每章六句。曰「聖德巍巍」、曰「聖功皞皞」等。海寧查太史昇爲之跋云：「聖鑒所及，固足慰毅庵生平稽古之力；然非草茅至誠，實有感動，亦焉能相孚若此？」此真名言。

詩義固説

詩義固説提要

《詩義固説》二卷，據康熙間刻《叢碧山房集》本點校。撰者龐塏（一六四〇—一七〇八），字霽公，號雪崖。直隸任丘人。康熙十四年舉人，十八年登博學鴻詞科，授檢討。歷任内閣中書舍人、工部都水司主事、户部廣西司郎中，三十七年出知福建建寧府，未幾告歸。有《叢碧山房集》。《清史稿》卷八四八有傳。此書論詩，作者自揭其旨爲不説「篇中之詞」，而專求「言中之志」，且强調「如是則爲詩，不如是即非詩」，誠爲「固説」。觀其論歷代詩，惟取漢、魏以上，晉以下即視爲徒騖文詞，即盛唐、陶、杜亦不免此病，太白更無論矣。又於「賦比興」倡「賦主」之説，不取鍾嶸《詩品》以來尊比興之通論，比興乃淪爲「興起所賦」、「比其所賦」，復《毛詩》初始之序也。故作詩主庸常無奇，能説眼前日用、人情天理便是好詩。是皆篤於儒家詩觀。然亦不廢以禪説詩，取釋家「萬事引歸自己」等語，以通於儒家詩觀。其論甚高，亦質實，與山左田雯、趙執信及同邑後勁邊連寶等同一聲氣，而與王漁洋及江南宗晚唐、宗宋元之時風立異。此書郭紹虞《清詩話續編》本多出末尾「書漢魏詩乘編後」二則，乃取自龐氏《雜著》卷三《題跋》，惟原有四則，《續編》取二遺二，未爲全耳。

詩義固説上

任丘龐塏雪崖著

古今人之論詩者多矣，大要稱説於篇中之詞，而未深求於言中之志，所謂從流下而忘反者也。試觀《三百篇》以暨漢、魏，其所爲詩，内達其性情之欲言，而外循乎淺深條理之節，字字有法，言言皆道，所以諷詠而不厭也。余每與同人論詩，耑主此説，以爲如是則爲詩，不如是即非詩，故曰「固説」。説雖固哉，而畔道離經，從知免矣。

古詩三千，聖人删爲三百，尊之爲經。經者，常也，一常而不可變也。後此遂流而爲《騷》，爲漢、魏五言，爲唐人近體。其雜體曰歌，曰行，曰吟，曰曲，曰謠，曰詠，曰嘆，曰辭。其體雖變，而道未常變也。故欲學爲詩者，不可不讀《三百篇》也。其體雖分《風》、《雅》、《頌》，而其感於心而形於言，由淺入深，藉賓形主，不過如夫子所云「辭達而已矣」，寧有他哉！至其詞句藴藉，美刺昭然，所謂温柔敦厚而不愚者也。

詩有道焉：性情禮義，詩之體也；始終條理，詩之用也。無體不立，無用不行，相爲表裏，如四時成歲，五官成形，乃天人之常也。苟春行秋令，目居眉上，即爲天變人妖矣。爲詩而始終條理失倫，用之既乖，體將安託？故成章以達淺深次序之法，不可不講也。

喜怒哀樂，隨心所感，心有邪正，則言有是非。合於禮義者，爲得性情之正，於詩爲正《風》、正《雅》；不合禮義者，即非性情之正，於詩爲變《風》、變《雅》。聖人存正以爲法，存變以爲戒。變雖非禮義之正，而聞者知戒，亦所以要之以正也。故舉全《詩》而蔽之，曰「思無邪」。《風》、《雅》、《頌》其體不同，用於鄉爲《風》，用於朝爲《雅》，用於廟爲《頌》，不待用意而體自別。即如人説話，對妻子是一樣，對父母是一樣，對君公大人是一樣，致詞各別，而體於是乎分矣。「本之二《南》以求其端，參之列國以盡其變，正之以《雅》以大其規，和之以《頌》以要其止」，朱子以爲「學《詩》之大旨」，究非作詩之本義也。作詩本意在「詩言志」内，「辭達而已矣」内，方見得詩本性情。前賢言不及此，所以近人只在言語詞句上用工夫，遂流於膚闊而不真切也。

漢、魏詩質直如説話，而字隨字折，句隨句轉，一意順行以成篇，純是《三百篇》家法，觀「青青河畔草」、「翩翩堂前燕」、「高臺多悲風」諸作可見。晉詩不取達意，而徒騖文詞，堆砌排比，雖多奚爲？陶公獨爲近古，然較漢、魏氣稍疏，味稍薄，句意間有不完，押韵間有不穩者，然於聖人「辭達」之旨未遠，故足尚也。

初、盛唐近體詩昌明博大，盛世之音，然稍覺文勝，故學之易入膚闊。五言亦和平有法，但申説太盡，無言外意。子美近體真朴，得漢、魏之遺；五言古别爲一家，佳者可入漢、魏，惟好牽時事入詩，遂有參錯不成章者，不必論也。太白五言純學《選》體，覺詞多意少，讀之易厭。故李獻吉謂「唐無古詩」，其語近是。而已所爲古詩，直是勦襲剽剥，求似皮毛間耳。至於究詩人之本義，唐人之所以異於古者，獻吉烏足知！

七言古一涉鋪叙，便平衍無氣勢。要須一氣開闔，雖旁引及他事别景，而一一與本意暗相關會。

如黄河之水，三伏三見，而皆知一脉流轉；如雲中之龍，見一爪一鬣，皆知全身俱在。此體當推少陵第一，如《曹將軍畫馬》、《王郎短歌》諸作，雖太白斂手，高、岑讓步，然時有硬插别事入詩，與本意不相關，遂至散漫不成章，讀者不可不審。

詩有題，所以標明本意，使讀者知其爲此事而作也。古人立一題於此，因意標題，以詞達意。後人讀之，雖世代懸隔，以意逆志，皆可知其所感，詩依題行故也。若詩不依題，前言不顧後語，南轅轉赴北轍〔一〕，非病則狂，聽者奚取？自宋以還，詩家每每墮此，不省古人用意所在，而藉口云寄慨在無倫次處。嗚呼！無倫次可以爲詩耶？

【校勘記】

〔一〕「北轍」，原誤作「北轅」。

題目既定，句以成篇，字以成句，五字、七字必令意全句中，不可增減，而後謂之完足。近見有句於此，亦可卜度其意之所在，而覺句中少數字而不顯切。又有三五字已盡本意，而强增一二字以趁韵脚，牽率矯强，百醜具見。何以爲詩？作者須於一句之中首尾自相呼應，一篇之中前後句相呼應，相生相續以成章，然後無背於古而可以傳也。

天地之道，一闢一翕；詩文之道，一開一合。章法次序已定，開合段落猶須匀稱。少則節促，多則脉緩，促與緩皆傷氣，不能盡淋漓激楚之致。觀古歌行妙處，一句趕一句，如高山轉石，欲住不能，以抵歸宿之處乃佳。其法亦無一定，惟斟酌得中爲主。其開處有事物與本意相通者，不妨層層開去，只要收處斷得住，一二句掉合本題，自然錯綜離奇，聳人心目。

自有天地以來百千萬年矣，四時百物，方名人語，經沿襲之餘，皆故也。今人刻意求新於字句間，字句間安得有新哉？所謂新，在人心發動處及時中内，人心起滅不停，時景遷流不住，言當前之心，寫當前之景，則前後際自已不同，況人得而同之耶？不同於人則新也。若在字句上求新，一人出之以爲創，衆人用之則成套，何新之有哉？《三百篇》能言當下之心，寫當前之景，於無字中生字，無句中生句，所以千古長新也。韓退之云：「唯陳言之務去，戛戛乎其難哉！」退之之文，不過一洗六朝習句，直陳胸中耳，何字是古人不曾用過的？流傳至今，只覺其新，不覺其故，可以悟已。

古人論樂，以絲不如竹，竹不如肉，曰漸近自然。唯詩亦然，用字須活，選言須雅。詩成讀之，如天生現成有此一首詩供吾抄出者，則合乎自然矣，烏得不佳！

梁武帝同王筠《和太子懺悔》詩押韵，晚唐效之。嚴滄浪以爲和韵始於元、白，非也。和韵最害詩。古人唱酬不次韵，後人乃以此鬭工，往復有八九和者。叠出既多，遂至牽率鄙俚不成語。原欲見長，反以出醜，而不自知也。

漢五言詩去《三百篇》最近，以直抒胸懷，一意始終，而字圓句穩，相生相續成章。如一人之身，五體分明而氣血周行無間，不事點染而文彩自生也。後人不知大意，專以粉飾字句爲詩，故舛錯支離，愈求工而愈無詩矣。風雲月露行而性情禮義隱，可嘆也！至七言詩通首者絶少，其散見於雜言者，雖一句二句，不可不熟玩而吟詠之，以其用字峭緊，爲句渾成，矯矯有氣也。若作七言古不學漢人練句，雖湊泊成章，非選輭則板滯矣。唐以來惟杜老得此法。

漢詩《柏梁詩》宜全讀。諸如「雲光開曙月低河，萬歲爲樂豈云多」、「青荷晝掩葉夜舒，唯日不足樂有餘。青絲流管歌《玉凫》，千年萬歲嘉難踰」、「欲往從之梁父艱」、「何以報之英瓊瑤」、「天不可階仙夫稀」、「殷殷鐘石羽籥鳴，河龍獻鯉純犧牲。百末旨酒布蘭生，泰尊柘漿析朝酲」、「山出黄雀亦有羅，雀以高飛奈雀何」、「江有香草目以蘭，黄鵠高飛離哉翻」、「氍毹毾㲪五木香，迷迭艾蒳及都梁」、「鳴吐啣福翔殿側」、「游行去去如雲除，敝車羸馬爲自儲」、「後園鑿井銀作牀，金瓶素綆汲寒漿」、「少年窈窕何能賢，揚聲悲歌音絶天」、「飯我豆食羹芋魁」、「何當穫者婦與姑，丈夫何在西擊胡」、「河間姹女工數錢，以錢爲室金爲堂，石上慊慊春黄粱」、「家在長安身在蜀，何惜馬蹄歸不數。羊肉千斤酒百斛，令君馬肥麥與粟」，魏詩「見西王母謁東君」、「柱杖桂枝佩秋蘭」、「誰能懷憂獨不嘆，展詩清歌聊自歡」、「白日晼晼忽西傾，霜露慘悽塗階庭。秋草捲葉摧枝莖，翩翩飛蓬長獨征，有似游子不安寧」、「被我羽衣乘飛龍」、「東上蓬萊採靈芝，靈芝採之可服食」，皆宜常誦口頭，以爲練句之法，自然出語不同。

漢詩出語自然，朴妙無可議，惟《録别詩》「以遺心藴蒸」，「藴蒸」二字板滯。魏詩徐偉長「人靡不有初，想君能終之」，率。《雜詩》「固然比目魚」，俗。阮元瑜《琴歌》「女爲愛者玩」，不現成。郭遐周《贈嵇康》詩「離别自古有，人非比目魚」，淺率。阮嗣宗《詠懷》詩「明察自照妍，日月不常融」，「妍」字、「融」字俱不穩；「世有此聾聵」，率；「何必萬里畿」，「畿」字不現成；「去來味道真」，腐；「人情自逼遒」,「遒」字亦不現成;「去來歸羨游」,不完渾。

晉詩張景陽「黑蜧躍重淵,商羊舞野遲。飛廉應南箕,豐隆迎屏翳」,生堆强砌。劉越石「何其不夢周」、「遺愛常在去」,歇後可笑;「暮宿丹水山」,不雅;「本是崑山璆」,不現成;龍泉曰「龍淵」,天曰「圓象」,地曰「方儀」,粉飾可厭。陶公,漢、魏後一人,若「鬼神茫昧然」、「曲肱豈傷沖」、「芳菊開林耀」、「我來淹已彌」,皆不渾成,習氣未除耳。昔人論詩,多標古人佳句。已經標出,吾不更贅。今但指古人疵處,使人知所避耳,非敢刻於古人也。宋、齊以下競尚靡靡,累句猶多,吾不瑕指之矣。

説行行重行行

《古詩十九首》「行行重行行」,非泛用起手也,五字包括終篇。蓋本詩人「聊以行國」來,先有「與君生別離」一段在胸中,留之不得,舍之不忍,行而又行,不能自已,故下即云云,皆述行行時意興也。末意以相思老人,歲月不居,勿以我爲念,當於前途努力加餐耳。無可奈何,强以相慰,情詞可感。

説蘇武別李陵詩

蘇武別李陵詩第二首,「黄鵠一遠別」四句興而比,下二句比而賦,言羽翼當乖,何以遺懷?唯歌可喻，故云「幸有絃歌曲，可以喻中懷」也。此言「歌」而未及歌也。歌辭甚多，宜唱何曲？故云「請爲《游子吟》」。《游子吟》亦分別之詞，其詞既泠泠然悲，比之以絲竹，更有餘哀也。聽此歌至激烈處，引動己懷，故愴然悽然，欲盡展此曲，而念吾友之不得歸，傷心淚下，不能雙飛俱遠也。原是淺深次第相生，何常重複？滄浪未解此，而曰「古詩政不以此論」，致後來學者以雜亂之詞託古人自解。嗚呼！古人豈有無倫次詩文耶？

說曹子建吁嗟篇

陳思王《吁嗟篇》，詠飛蓬也。《選詩拾遺》直作《飛蓬篇》。其首句點明「蓬」字，二、四虛點「飛」字；下接「無休閒」，入「東西」、「南北」，從橫處說；「雲間」、「沉泉」，從直處說；當東反西，忽亡復存，從不定處說；「八澤」、「五山」，從廣遠處說。無一閒字，無一閒句，章法次序，一絲不亂，真《三百篇》之遺也。又妙在「回風」、「驚飇」二句，不然，方東西南北横行，何以上下也？已沉泉已，何由忽東西存亡也？不乃脱支節乎？「無恒處」繳「無休閒」，「根荄連」繳「本根逝」，周旋回互，其妙如此。若讀此詩而猶不解作詩之法，所謂舉一隅不能反三隅者，不足與言詩已。今人作詩不點題，一病也；轉遞不相關切，二病也；語無次第，駢拇枝指，湊泊取足，三病也。縱有一二佳句，猶人五體不備，一官雖成，何取乎？故當急以此藥之。

説陳琳飲馬長城窟〔一〕

孔璋〔二〕《飲馬長城窟》，前半叙邊地之苦，慮其妻不能自全，故作書令嫁；後半是妻報書邊地，「君今出語一何鄙」數句，報書中語也，「結髮行事君」二句，乃自明本意，末云「明知邊地苦，賤妾何由久自全」，所以教「便嫁莫留住」耶？總是舉來書中語作答，其不肯嫁之意在言外，從「鄙」字内看出，以意逆之，自知其妙。

【校勘記】

〔一〕「馬」，原脱漏。

〔二〕「璋」，原誤作「章」。

説杜摯毌丘儉贈答詩

杜摯《贈毌丘儉》詩，以懷才不見用爲病，欲求儉提拔。儉答詩，言當静以待時，不足爲病；若慄動敗行，病則不治。朋友相規，古風可仰。註「體無纖疾」四句云：「疑有錯互。」見未到耳。語語對針，未嘗錯互也。

説陶淵明詠貧士詩

陶公《詠貧士》詩，引榮叟、原生起，「弊襟不掩肘」至末俱單用原生，榮叟竟無着落，亦是疏略處，作者當知。

詩義固説下

任丘龐塏雪崖著

季弟璽性不喜與人事，日把一編，寒暑無間。制藝之暇，輒從事於詩。時有所問，因問而答，隨筆記録，得十餘則。論不出於一時，故無前後次序。與前説有複出者，亦俱存之。同志者或因端發悟，庶幾見風人之本義云爾。

聖賢立言以明道。詩者，立言之一體。《小序》曰詩「發乎性情，止乎禮義」者，吾性之固有，由性而有情，由性而有詞。夫子曰：「辭達而已矣。」作詩之道，盡於此矣。風人開其宗，《離騷》、漢、魏守其緒，未之或易也。晉人去魏不遠，乃不以達意爲詩，而以修詞爲詩，意不中出，而詞由外來，詩遂亡。其亡而不亡者，有陶公以正其歸也。下此又以纖麗失之。至唐變爲近體，沈、宋、王、孟、高、岑諸公，昌明博大，自是盛世之音，未免文勝於質，故當以子美爲宗子也。下逮宋、元，漸迷漸失，遂流入於粗淺鄙俚而不可救。有明代起，王、李争於氣格，其失也膚闊〔一〕；鍾、譚矯以幽澹，其失也淺弱。總相争於皮毛之外，大似退之裘葛之喻，非中論也。子欲學詩，試即性情禮義之旨，求之《風》、《騷》，求之漢、魏，求之陶、杜，其體雖變，而道實有合焉。其合之爲是，則不合者之爲非也。是非既明，則趨舍正而可以無背於風人矣。

射有的則決拾有準，軍有旗則步伐不亂。賦詩命題，即射之的、軍之旗也。近日詩家亦知立題，而莫解詮題，濫填景物，生插故事，章法次第，漫不講焉。譬若箭發不指的，軍行不視旗，其不爲節制家所誚者幾希矣！

練句要歸自然，或五言，或七言，必令極圓極穩，讀者上口，自覺矯矯有氣。若一字不圓，便鬆散無力。

近體詩，今人往往有出句無對句，或青黄紫緑，外雖分偶，而意實合掌。其病在詩非一氣串下，若一氣串下，則出之與對，淺深不同，安得合掌耶？

詩有興、比、賦。賦者，意之所託，主也；意有觸而起曰興，借喻而明曰比，賓也。主、賓分位須明，若貪發題外而忽本意，則犯强客壓主之病；若濫引題外事而略本意，則有喧客奪主之病；若正意既行，忽入古人，忽插古事，則有暴客驚主之病。故余謂詩以賦爲主。興者，興起其所賦也；比者，比其所賦也。興、比須與賦意相關，方無駁雜凌躐之病，而成章以達也。

盛唐絶句，聲調悠揚，和平神聽，是其長處。然寫情景處，往往落禪家合頭語蹊逕，故學者易於膚闊。至「一片冰心在玉壺」、「只今惟有鷓鴣飛」之類，猶當避忌。杜子美絶句乃是真性情所發，得風人

【校勘記】

〔一〕「其」，原脱漏，據文意補。

之旨。後人不知他妙處，何可言詩？

韓退之《南山》詩如爛磚碎瓦，堆壘成丘耳，無生氣，無情致，無色澤。宋人乃舉以敵杜老《北征》詩，可怪之甚。若以退之此詩爲詩，則退之文將不可爲文，有是理耶？知退之之文之佳，則知《南山》詩之不佳矣。

宋人學杜者頗多，而所領會不過是「老妻畫紙爲棋局」、「黄鳥時兼白鳥飛」、「林熱鳥開口」、「梅熟許同朱老喫」、「一花一草吾友於」之類，以爲寫真，遂入粗俚惡道。而杜之妙處，絶不在此。中庸外無奇，作詩者指事陳詞，能將日用眼前、人情天理説得出，便是奇詩。李長吉、盧仝輩故爲險僻，欺世取名，所謂「索隱行怪，後世有述」者，有識之士不爲也。

嚴滄浪以禪説詩，有未盡處，余舉而補之。禪者云：「從門入者，不是家珍，須自己胸中流出，然後照天照地。」詩用故事字眼，皆「從門入」者也；能抒寫性情，是「胸中流出」者也。

禪者云：「萬事引歸自己。」近時題詠詩，多就軸上册頭，描模着語，於己毫無關涉，此詩作他何用？必須寫入自己，乃有情也。

禪者云：「打成一片。」詩有賓有主，有景有情，須如四肢百骸，連合具體。若泛填濫寫，牛頭馬身，參錯支離，成得甚物？亦須「打成一片」乃得。

禪者云：「佛法事事現成。」唯詩亦然。作一詩，題前題後，題内題外，原有現成情景在，只要追尋得到，情景自出耳。

禪者云：「莫將父母生身鼻孔扭捏。」作詩任真而出，自有妙境。若一作穿鑿，失自然之旨，極其成就，不過野狐外道，風力所轉耳。

禪者云：「生路漸熟，熟路漸生。」勦拉字眼，塗抹煙雲，詩家熟路也；由志敷言，即言見志，生路也。學者一意爲言志之詩，不屑爲修詞之詩，初時亦覺難入，追琢既久，自覺有階可升，勦拉塗抹之途荒，而抒意言志之途熟，便可到家矣。

節録古人論詩

梁劉勰云：「大舜云：『詩言志，歌詠言。』聖謨所悉，義已明矣。是以在心爲志，發言爲詩，舒文載實，其在兹乎！詩者，持也，持人性情。《三百》之蔽，義歸無邪。持之爲訓，有符焉爾。」其論最正，即卜子「發乎性情，止乎禮義」之謂也。

又曰：「八體屢遷，八體：一典雅，二遠奥，三精約，四顯附，五繁縟，六壯麗，七新奇，八輕靡。功以學成，才力居中，肇自血氣。氣以實志，志以定言，吐納英華，莫非情性。」數語宜玩，所謂性情真，爲其能達意也。今人見一二語稍切實者曰性情語，殆未解此矣。

又曰：「情者，文之經；辭者，理之緯。經正而後緯成，理定而後辭暢，此立文之本原也。昔詩人篇什，爲情而造文；辭人賦頌，爲文而造情。爲情者要約而寫真，爲文者淫麗而繁亂。而後之作者，採濫忽真，遠棄風雅」云云，正中今日學者之病。

又云：「自近代以來，文貴形似。窺情風景之上，鑽貌草木之中。吟詠所發，夫惟深遠，體切爲妙，功在密持。故巧言切狀，如印之印泥，不加雕飾，而曲寫毫芥。故能瞻言而見貌，印字而知時。」其説得半。詠物必推子美，乃爲當家，以其取義在不即不離之間，而寄託深遠也。此是子美勝於古人處。

文中子云：「謝靈運，小人哉！其文傲，君子則謹。沈休文，小人哉！其文冶，君子則典。鮑照、江淹，古之狷者也，其文激以怨。吴筠、孔珪，古之狂者也，其文怪以怒。謝莊、王融，古之纖人也，其文碎。徐陵、庾信，古之夸人也，其文誕。孝綽兄弟，古之鄙人也，其文淫。湘東王兄弟，貪人也，其文繁。謝朓，淺人也，其文捷。江總，詭人也，其文虛。皆古之不利人也。顔延之、王儉、任昉有君子之心焉，其文約以則。」最可玩。言之邪正，心術關焉。故觀其詩，可以知其人。

徐禎卿云：「情者，心之精也。情無定位，觸感而興，既動於中，必形於聲。故喜則爲笑啞，憂則爲吁歔，怒則爲叱咤。然引而成音，氣實爲佐；引音成詞，文實與功。蓋因情以發氣，因氣以成聲，因聲而繪詞，因詞而定韵，此詩之源也。然情實眑渺，必因思以窮其奥；氣有粗弱，必因力以奪其偏；詞雖妥帖，必因才以致其極；才易飄揚，必因質以禦其侈，此詩之流也。」語亦在半離半合之間。

又曰：「由質開文，古詩所以擅巧；由文求質，晉格所以爲衰。」此語却是。

寒廳詩話

寒廳詩話提要

《寒廳詩話》一卷，據道光二十八年刊《秀野草堂詩集》本點校。撰者顧嗣立（一六六五——一七二二），字俠君，號閭邱，江南長洲人。康熙五十一年進士，由庶吉士改補中書舍人。有《秀野草堂詩集》。此卷首有康熙四十三年甲申自序一篇，時四十歲之中年也。顧氏深於詩者，其秀野草堂四方名士觴詠無虚日，所選《元詩選》蔚爲大觀，時已刊出一、二集。此卷仿宋人《彦周詩話》之例，記二十年學詩交游經歷，有王士禛、宋犖等，前輩則頗録二馮語。又與吴下名士如俞瑒、文點、金侃、惠周惕、張大受、徐昂發等爲近，頗録諸人詩及論詩語。而《元詩選》所收，即泰半得自金侃藏本。此篇乃曾孫達尊發自舊篋，原稿爲二卷。而玄孫元凱道光二十八年刻《秀野草堂詩集》六十六卷，《詩話》已合爲一卷，載於末卷，此勢之然也。

寒廳詩話自序

許彦周云：「詩話者，辨句法，備古今，紀盛德，録異事，正訛誤也。若含譏諷，著過惡，誚紕謬，皆所不取。」余少孤失學，年二十始學詩。上自漢、魏、六朝、唐、宋、金、元、明以迄於今，詩家源流支派，略能言之。嘗浪游南北，徧訪名儒故老。閒居小圃，輒與當代名流往還，側聞前輩長者之緒論。詩盟酒社，裒益不少，荏苒二十年矣！學業無成，篝燈夜坐，追憶平時見聞所得，援筆識之，題曰《寒廳詩話》，其義竊取諸彦周云。時康熙甲申九月，顧嗣立題於秀野園。

寒廳詩話

長洲顧嗣立俠君

宋中丞西陂先生犖曰：「李于鱗《唐詩選》，境隘而詞膚，大類已陳之芻狗；鍾、譚《詩歸》，尖新詭僻，又似鬼窟中作活計，皆無足取。近日王阮亭《十種唐詩選》與《唐賢三昧集》，原本司空表聖、嚴滄浪緒論，所謂『言有盡而意無窮』、『妙在酸鹹之外』者，以此力挽尊宋祧唐之習，良於風雅有裨。至於杜之海涵地負、韓之鼇擲鯨呿，尚有所未逮。」持論極當。然王、李、鍾、譚之謬，後人紛紛辨正，未若虞山馮定遠先生班之論最爲痛快，曰：「王、李、李、何之論詩，如貴冑子弟，倚恃門閥，傲忽自大，時時不會人情；鍾、譚如屠沽家兒，時有慧黠，異乎雅流。」恐王、李諸公再生，亦當赧服。

紫陽方虛谷回《桐江集》論宋詩源流甚詳，略曰：「宋剗五代舊習，詩有白體、崑體、晚唐體。白體如李文正昉、徐常侍昆仲鉉、鍇、王元之禹偁、王漢謀□□；崑體則有楊億、劉筠《西崑集》傳世，二宋郊、祁、張乖崖詠、錢僖公惟演、丁崖州謂皆是；晚唐體則九僧劍南希晝、金華保暹、南越文兆、天台行肇、沃洲簡長、青城惟鳳、淮南惠崇、江東宇昭、峨嵋懷古最逼真，寇萊公準、魯三交、林和靖逋、魏仲先父子野、閒、潘逍遥閬、趙清獻忭之徒，凡數十家，深涵茂育，氣極勢盛。歐陽公修出焉，一變爲李太白、韓昌黎之詩，蘇子美舜欽二難相爲頡頏，梅舜俞堯臣則唐體之出類者也，晚唐於是退舍。蘇長公軾踵歐陽公而起。王半山安石備衆體，精絶句，五言或三謝。獨黃雙井庭堅專尚少陵，秦觀、晁補之莫窺其藩。張文潛耒自然有唐風，别成一宗，惟吕居仁本中克肖。陳後山師道棄所學學雙井，黄致廣大，陳極精微，天下詩人北面矣。立爲江西派之説者，銓取或不盡然。陳簡齋與義、曾文清幾爲渡江之巨擘。乾、淳以來，尤、范、楊、陸、蕭，尤袤，字延之，號遂初，無錫人。范成大，字至能，號石湖，吴郡人。楊萬里，字廷秀，號誠齋，吉水人。陸游，字務觀，號放翁，山陰人。蕭德藻，字東夫，號千巖，三山人。誠齋盛稱其詩，謂尤、蕭、范、陸。虚谷詩曰：「尤蕭范陸楊，復振乾淳聲。」其尤也。高古清勁，盡埽餘子，又有一朱文公熹。嘉定而降，稍厭江西。永嘉四靈、趙師秀，字紫芝。翁卷，字續古，一字靈舒。徐照，字道暉。徐璣，字文淵，一字致中。卷字靈舒，故亦以照爲靈暉，幾爲靈淵，師爲靈秀云。九僧晚唐體，日淺日下。然尚有餘杭二趙，復爲上饒二泉，趙蕃，字昌父，號章泉。韓淲，字仲正，號澗泉。典刑未泯。今學詩者不於三千年間上溯下沿，窮探邃索，而徒追逐近世六七十年間之所偏，非區區所敢知也。」虚谷之論宋詩詳矣，然其大旨則祖江西而祧晚唐。善乎定遠先生之論曰：「西崑之流敝，使人厭讀麗詞。西江以麤勁反之，流敝至不成文章矣。四靈以清苦爲詩，一洗黄、陳之惡氣象、狺面目，然間架太狹，學問太淺，更不如黄、陳有力也。」馮己蒼先生舒曰：「方公《律髓》一書，於大段未十分明白，只曉得江西一派，惡知見，且不知杜，又何知杜所從來，又何論庾、鮑而上至漢、魏乎？獨於今世不論章法，不知起結，如竟陵、空同諸派，彼善於此耳。」

元詩承宋、金之季，西北倡自元遺山好問，而郝陵川經、劉静修因之徒繼之，至中統、至元而大盛。然麤豪之習，時所不免。東南倡自趙松雪孟頫，而袁清容桷、鄧善之文原、貢雲林奎輩從而和之，時際承平，盡洗宋、金餘習，而詩學爲之一變。延祐、天曆之間，風氣日開，赫然鳴其治平者，有虞、楊、范、揭，虞集，字伯生，號道園，蜀郡人。楊載，字仲宏，浦城人。范梈，字亨父，一字德機，清江人。揭傒斯，字曼碩，富州人。時稱虞、楊、范、揭，又稱范、虞、趙、楊、揭，趙謂孟頫。一以唐爲宗，而趨於雅，推一代之極盛，時又稱虞、揭、馬祖常、宋本褧。繼而起者，世惟稱陳旅、李孝光、二張翥、憲，而新喻傅汝礪若金、宛陵貢泰甫師泰、廬陵張光弼昱皆其流派也。若夫揣鍊六朝，以入唐律，化尋常之言爲警策，則有晉陵宋子虛无、廣陵成原常廷珪、東陽陳居采樵，標奇競秀，各自名家。間有奇才天授，開闔變怪，駭人視聽，莫可測度者，則貫酸齋小雲石海涯、馮海粟子振、陳剛中孚，繼則薩天錫都剌，而後楊廉夫維楨。廉夫當元末兵戈擾攘，與吾家玉山主人瑛領袖文壇，振興風雅於東南。柯敬仲九思、倪元鎮瓚、郭羲仲翼、郯九成韶輩更倡迭和，淞、泖之間，流風餘韵，至今未墜。廉夫古樂府上法漢、魏，而出入於少陵、二李。門下數百人，入其室者惟張思廉憲一人而已。明初袁海叟凱、楊眉庵基爲開國詞臣領袖，亦俱出自鐵崖門。而議者謂「鐵體靡靡」，妄肆譏彈，未可與論元詩也。

元時蒙古、色目子弟盡爲横經，涵養既深，異材輩出。貫酸齋、馬石田祖常開綺麗清新之派，而薩經歷都剌大暢其風，清而不佻，麗而不縟，於虞、楊、范、揭之外别開生面。於是雅正卿琥、馬易之葛邏禄迺賢、達兼善泰不華、余廷心闕諸公並逞詞華，新聲豔體，競傳才子，異代所無也。

俞犀月瑒曰：「少陵五言古詩，《發秦州》、《鳳凰臺》、《發同谷縣》至《成都府》各十二首，争奇競秀，極沉鬱頓挫之致，各首變化，絶無蹊徑雷同，極得畫家濃淡相間之法。」

又曰：「少陵詠物多用比、興、賦。興者，因物感人也；比者，以物喻人也；賦者，直賦其物也。

集中如《鸚鵡》、《瀏鶒》、《花鴨》、《麂》、《猿》、《蒹葭》、《苦竹》，全是比體；《病馬》、《促織》，是興體；《螢火》、《白小》，則直是賦體矣。」

老杜《畫鷹》詩：「何當擊凡鳥，毛血灑平蕪！」犀月曰：「二句若説真鷹，何足爲奇？惟以寫畫鷹，便見生色。」

犀月謂：「少陵《前》、《後出塞》二題，可以略見唐世兵制。《前出塞》以府兵言，《後出塞》以召募言也。」此論前人所未發。

老杜《論詩絶句》：「或看翡翠蘭苕上，未掣鯨魚碧海中。」犀月曰：「此詞家、大家之分也。」

作詩用故實，以不露痕迹爲高，昔人所謂「使事如不使」也。盛庶齋如梓謂：「杜詩『荒庭垂橘柚，古壁畫龍蛇』，皆寓禹事，於題《禹廟》最切。『青青竹筍迎船出，白白江魚入饌來』，皆養親事，於題中『扶侍』字最切。」余謂：「劉賓客詩：『樓中飲興同明月，江上詩情爲晚霞』，一用庾亮，一用謝朓，讀之使人不覺，亦是此法。」阮亭先生云：「往年董御史玉虬文驥外遷隴右道，留别余輩詩云：『逐臣西北去，河水東南流。』初謂常語，後讀《北史》魏孝武帝西奔宇文泰，循河西行，流涕謂梁禦曰：『此水東流，而朕西上。』乃悟董語本此，深嘆其用古之妙。」

杜詩《秋興八首》，《瀛奎律髓》止選「聞道長安似弈棋」一首。歷觀選家，自南宋以來，萬曆以上，皆獨選此首，殊不可解。

己蒼先生嘗誦孟襄陽詩「不才明主棄，多病故人疏」，云：「一生失意之詩，千古得意之句。」

四明周屺公斯盛曰：「太白《峨眉山月歌》，四句中連用『峨眉』、『平羌』、『清溪』、『三峽』、『渝州』五地名，絶無痕迹，豈非仙才？無他，氣盛故也。」

韓昌黎詩句句有來歷，而能務去陳言者，全在於反用。如《醉贈張祕書》詩，本用嵇紹鶴立鷄群語，偏云「張籍學古淡，軒鶴避鷄群」；《縣齋有懷》詩，本用向平婚嫁畢事，偏云「如今便可爾，何用畢婚嫁」；《送文暢》詩，本用老杜「每愁夜中自足蝎」句，偏云「照壁喜見蝎」；《薦士》詩，本用《漢書》「强弩之末不能入魯縞」語，偏云「强箭射魯縞」；《嶽廟》詩，本用謝靈運「猿鳴誠知曙」句，偏云「猿鳴鐘動不知曙」，此等不可枚舉。學詩者解得此祕，則臭腐化爲神奇矣。

犀月謂昌黎詩「將軍欲以巧伏人，盤馬彎弓惜不發」，此中機括，仿佛見作文用筆之妙。又善用反襯法，如《鄭群贈簟》「攜來當晝不得卧，卻願天日恒炎曦」是也；又善用深一步法，如《病鴟》「計校生平事，殺卻理亦宜。亮無責報心，固以聽所爲」是也。昌黎以文爲詩，自開生面，宋蘇氏所由取法也。

《藝苑雌黄》曰：「古詩押韵，或有語顛倒而理無害者，如退之以『參差』爲『差參』，以『玲瓏』爲『瓏玲』是也。」《漢皋詩話》云：「韓愈、孟郊輩故有『湖江』、『白紅』、『慨慷』之句，後人亦難仿效。」德清胡朏明渭曰：「《漢書·揚雄傳·甘泉賦》：『和氏瓏玲。』與『清』、『傾』、『嶒』、『嬰』、『成』爲韵。《文選》左思《雜詩》：『歲暮常慨慷。』與『霜』、『明』、『光』、『翔』、『堂』爲韵。是『玲瓏』、『慷慨』，前古已有顛倒押韵者，非創自韓公也。」

詩家點染法，有以物色襯地名者，如鄭都官「雨昏青草湖邊過，花落黄陵廟裏啼」是也；有以地名襯物色者，如韋端己「落星樓上吹殘角，偃月營中挂夕暉」是也。

秀水李竹嬾日華曰：「李嘉祐詩『水田飛白鷺，夏木囀黄鸝』，王摩詰但加『漠漠』、『陰陰』四字，而氣象闢生；江爲詩『竹影横斜水清淺，桂香浮動月黄昏』，林君復改二字爲『疏影』、『暗香』以詠梅，遂成千古絶調，二説所謂點鐵成金也。若寇萊公化韋蘇州『野渡無人舟自横』句爲『野水無人渡，孤舟盡日横』，已屬無味；而王半山改王文海『鳥鳴山更幽』句爲『一鳥不鳴山更幽』，直是死句矣。學詩者宜善會之。」褚逢椿云：「王荆公嘗語山谷云：『古稱「鳥鳴山更幽」，我謂不若「不鳴山更幽」。』」

阮亭先生謂林君復詩「陰沈畫軸林間寺，零亂棋枰湖上田」，寫景最工。程孟陽燧有句曰：「古寺正如昏壁畫，層湖都作水田衣。」本林而工又過之。嘗作絶句曰：「陂塘點點鳥犍出，夏木陰陰白鳥飛。也似江南好風景，水田一帶學僧衣。」蓋用孟陽句也。

章碣《焚書坑》詩：「竹帛煙銷帝業虚，關河空鎖祖龍居。坑灰未冷山東亂，劉項原來不讀書。」陳剛中《博浪沙》詩：「一擊車中膽氣豪，祖龍社稷已驚摇。如何十二金人外，猶有民間鐵未消？」同一意也，而不覺其蹈襲，可悟脱换之妙。

黄月屋庚《江村即事》二絶句，其一曰：「極目江天一望賒，寒煙漠漠日西斜。十分春色無人管，半屬蘆花半蓼花。」其二曰：「江村暝色漸淒迷，數點殘鴉雜雁飛。雁宿蘆花鴉宿樹，各分一半夕陽歸。」屺公曰：「兩詩意同，而各有其趣。」

宋子虚《老將》詩：「殺氣銷磨暗鐵衣，夜看太白劍無輝。舊時麾下誰相問？半去封侯半不歸。」

屺公曰：「末句妙在下三字。」

屺公謂：「陸魯望《築城詞》有云：『城高功亦高，爾命何足惜？』直得好。高青丘則云：『大家舉杵莫放手，城高不用官軍守。』卻比此婉得好。」

古人有一字之師，昔人謂如光弼臨軍，旗幟不易，一號令之，而百倍精采。張橘軒□詩：「半篙流水夜來雨，一樹早梅何處春？」元遺山曰：「佳則佳矣，而有未安。既曰『一樹』，烏得爲『何處』？不如改『一樹』爲『幾點』，便覺飛動。」又虞道園嘗以詩詣趙松雪，有「山連閣道晨留輦，野散周廬夜屬櫜」之句。趙曰：「美則美矣，若改『山』爲『天』，『野』爲『星』，則尤美。」又薩天錫詩：「地濕厭聞天竺雨，月明來聽景陽鐘。」道園見之曰：「詩信佳矣，但有一字不穩。『聞』與『聽』字義同，盍改『聞』作『看』？唐人『林下老僧來看雨』，又有所出矣。」古人論詩，一字不苟如此。

己蒼先生有言：「我嘗謂世人詩集中如有擬《鐃歌》、和江淹《雜擬》及東坡尖叉韵，此人必不知詩。悠悠此世，解我語者畢竟無幾人！」又曰：「詩有擬不得者，江文通《雜體》是也；有和不得者，尖叉是也，知此者可與言詩。」

葉石林舉東坡「獨看紅蕖傾白墮」，「白墮」人名，此正如吴下饌鵝設客云：「請共過食右軍。」阮亭先生曰：「此例正多，如山谷詩『春網薦琴高』，『琴高』亦人名。皆自曹瞞『惟有杜康』作俑。」己蒼先生嘗曰：「若『琴高』可作『鯉魚』字用，則『蘇武』可替『羊』，『許由』可替『牛』，『孟浩然』可替『驢』，又不止『右軍』、『曹公』之爲『鵝』、爲『梅』矣。山谷再生，我亦面誚！」讀之不覺失笑。

阮亭先生曰：「余嘗見一江南士人擬古樂府，有『妃來呼豨豨知之』之句。蓋樂府『妃呼豨』皆聲而無字，今誤以『妃』爲『女』，『呼』爲『唤』，『豨』爲『豕』，湊泊成句，是何文理？」因於《論詩絶句》著其説曰：「草堂樂府擅驚奇，老杜哀時託興微。元白張王皆古意，不曾辛苦學妃豨。」先生此論，深中嘉、隆七子剿襲古樂府之病。

康熙戊辰五月四日，憶與家兄漢魚嗣皋、迂客嗣協招集吴下名士金亦陶侃、俞犀月、惠元龍周惕、徐大臨昂發、張日容大受泛舟閶門，縱觀競渡。時紅粧掩映，綺羅燭天。日容得句云：「隔船可許分明見，五尺珠簾煙雨封。」舉座稱善。大臨戲謂曰：「子近視，故詩云爾；余所見則不然也。」因賦詩云：「群群翠鬢鬭雙鴉，畫槳相銜壓浪斜。莫道分明看未得，湘簾如霧不藏花。」余調停其間，爲賦詩云：「風吹咳唾弄雛鶯，掠鬢凭肩箇箇情。十里城濠鋪鏡面，珠簾浸入總分明。」

賈長江嘗於歲除取一歲中所作詩，以酒脯祭之，曰：「勞我精神，以此補之。」余仿其意，每歲除取架上手自校勘諸書，陳列秀野草堂，清香樺燭，酒脯具設，再拜而祝之，因作《祭書行》云云。時亦陶、犀月、大臨、日容並屬和。

韓閣學慕廬先生菼，甲戌以前，閒居寒碧，寄情詩酒，月有飲會。俞犀月、葉桐初藩、徐大臨、鮑孝一開、家昆季，皆把臂入林。孝一以酒自豪，而與余飲輒負，心頗不甘。及閣學被召，孝一送之廣陵舟中，酒半，戲作大言，因出扇索題。閣學有「聞道虎頭三舍避，羡君兩築受降城」之句，卻寄嘲余。後與孝一遇酒場，主人曰：「今日兩君旗鼓相當，盍一決雌雄？」因取巨觥，各置於前，觀者如堵。余勉傾其三，孝一纔進其二，即頹然醉而逃席矣，舉坐大笑。余歸作四絶戲之，末云：「羨君兩築受降城，廣武誰成豎子名？幾悞醉鄉韓學士，平吳功例欠分明。」後緘寄都中，韓閤學發函，爲之大噱。

韓君望先生治與楊明遠炤、俞犀月有吳中三詩人之目。君望隱於陽山，嘗手選明詩三十卷，名曰《詩存》。因自定其藁一卷，曰《寄庵詩存》。中有《龍母祠》一篇，極爲朱竹垞先生彝尊所賞。詩曰：「龍雖靈，鱗甲之屬非人形。何爲人母産龍子？或言子産母即死。或云龍去母尚存，敝衣白食行荒村。鄉人惡之父母擯，龍子思親來省覲。龍入母懷母乃驚，母翻因此喪厥生。豈非人龍本殊類，母亦不能通子意。子愛母，母不知。母既逝，子乃悲。龍一怒，忽然平地爲深池。役風霆，走蛟螭。築高墳，葬母尸。或言母非死，母神從龍赴淵水。貝闕珠宫奉母居，龍子龍孫盡歡喜。神奇怳惚不可推，惟見羊山塢裏巍然祠。祠前一古柏，滑澤無皴皮。龍來目如炬，蜿蜒柏上如藤垂。前此數十年，父老猶見之。世間萬事無不有，所以史策傳信兼傳疑。但願神龍有神禱輒應，五風十雨無愆期。高原下隰多稼穡，受龍之施報龍德，子母千年長血食。」達按：况鍾集：龍母姓繆氏，及笄未嫁，夢與龍叟交。彌月産一塊，棄水中。女歸而塊中一兒出，來乞母乳，因收養之。及長，游湘、湖間，遂居焉。爲之降興雲雨，歲歸省母。自後每亢旱，祈禱即應，立祠祀之。

君望先生工於詠物，其《鐵馬》詩云：「急響中宵發，淩空鐵騎行。不知風信至，頓使旅魂驚。當世正多事，吾儕方苦兵。那堪檐宇下，又作戰場聲。」格調直追老杜。

大臨《乙未亭集》多詠物之作，如《詠柳》詩曰：「爲有春風怨玉簫，江南是處拂長條。多愁人嫁娉婷市，送遠車迴宛轉橋。月影半沈烟冪冪，鶯聲不斷雨瀟瀟。可憐張緒才名減，贏得風流似舞腰。」其二曰：「惹霧籠烟障碧紗，可憐長是占年華。渡頭帆過千株亂，樓角風來一面斜。葉爲多情曾似眼，絮緣無賴不成花。差池到得清秋後，莫道錢唐勝館娃。」其三曰：「誰製新聲贈别離，東風摇蕩緑煙絲。銅駝陌上經秋折，玄武湖邊盡日垂。歌輒奈何愁不見，樹猶如此悔相思。德華舊曲傳囉嗊，試唱儂家《楊柳枝》。」丰神飄逸，千古絶調，即《樊南》、《金荃》，無以過之。他如《菊屏》云：「日斜影障烏藤几，雨濕香消白雁天。」《玉簪》云：「玉燕倒銜鬟髻髻，粉鸞新琢步摇花。」《虞美人》云：「露浥明粧垓下淚，風欹嬌靨帳中人。」《石榴》云：「寶氣網收滄海樹，生枝猩染玉屏風。」《燕》云：「細温舊語穿紗幕，小蹴輕波漾鏡花。」又：「當風斜挽穿花尾，衝雨遥呼哺子聲。」皆佳句也。

大臨近體，余最愛其《揚州》四律。其一曰：「木鶩沈處錦颿斜，隋氏離宫接暮霞。辱井有魂翻玉樹，仙都無夢餉金蛇。裙繅禹穴千年蘚，鏡湧迷樓萬朵花。莫向吴宫臺上望，江南江北總無家。」其二曰：「十載揚州好夢賒，文章杜牧占繁華。偶來秋水芙蓉幕，愁看春風荳蔻花。帳底離情微注淚，眼中密意小回車。只應司馬村頭冢，把與雷塘香土遮。」其三曰：「四鎮功名嘆忽淪，延和高閣醮仙真。思驂鶴轡收風實，細舞霓裳蹋月輪。院裏吹簫秦駙馬，階前説劍聶夫人。可憐鵷子翻城後，玄女兵符不救身。」其四曰：「欄檻層層俯薜蘿，文章太守昔經過。花争幕下紅妝豔，山借江南翠黛多。酒拍玉船添畫燭，香籠繡毯試鑾韉。春風楊柳垂垂緑，腸斷蘇公一曲歌。」

周屺公過余秀野草堂，有人以扇求書平生最得意之作。屺公援筆題云：「遇留亦不意，五世一生心。竟抱夷齊恨，難同園綺吟。椎銷秦鹿氣，歌變楚猴音。事了身從退，神仙疑至今。」蓋《證山集》中《登子房山》詩也。達按：屺公一字證山。

證山最喜王半山詠史絕句，以爲多用翻案法，深得玉溪生筆意。如《范增》詩云：「中原秦鹿待新羈，力戰紛紛此一時。有道弔民天即助，不知何用牧羊兒？」千古別具隻眼。證山嘗有《亞父》詩云：「龍文五采事堪疑，憤懣君王只自爲。一箇王孫猶不識，不知何計可稱奇？」此意亦無人說到。又《雍齒墓》詩云：「他人偶語汝封侯，空斬丁公一箇頭。富貴由來關骨相，不妨爲德亦爲讎。」《李斯》詩云：「古今都付劫灰餘，牽犬東門禍已儲。偏是銘山文字好，不知平日讀何書？」此等議論應不讓半山也。

唐考功東江孫華《門神》詩云：「文武衣冠色正殷，居然鵠立似朝班。將軍本自名當户，丞相於今亦抱關。闌外未聞持玉鑰，檐頭惟見倚銅鐶。迎新送故君休嘆，免受推排旦暮間。」頷聯膾炙人口，由考功熟於史學，故對仗精切如此。

黄岡杜于皇濬晚號茶村老人。少時《詠蘇東坡》詩：「堂堂復堂堂，子瞻出峨眉。早讀《范滂傳》，晚和淵明詩。」合肥龔端毅公鼎孳酒間嘗擊節誦之，以爲二十字說盡東坡一生，真不可及。褚逢椿云：「此合肥有感於己，故賞之。」

成都費此度密《朝天峽》詩云：「一過朝天峽，巴山斷入秦。大江流漢水，孤艇接殘春。暮色愁過客，風光惑榜人。明年在何處？杯酒慰艱辛！」阮亭先生偶於友人几上見詩一卷，取視之，讀至『大江」一聯，擊節嘆賞，詢之，乃此度作也。賦詩贈之云：「成都跛道士，萬里下峨岷。虎口身曾拔，蠶叢句有神。大江流漢水，孤艇接殘春。十字須千古，何爲失此人。」遂與定交。

阮亭先生絶句有末句直用古人成句者，如《題鄒衣白畫》云：「雲嵐半幅落人間，衣白山人去不回。卻憶題詩東澗老，夕陽粉本出關山。」《題小長蘆圖》云：「一蓑一笠日相隨，不似官人似釣師。七字愛吟楊處士，亂堆漁舍晚晴時。」亦一體也。

竹垞先生嘗謂：「國初有無名氏《九日題雨花臺》詩：『風雨蕭蕭户未開，忽聞鄰叟負薪回。自言今歲登高便，曾上鍾山絶頂來。』無限感慨，卻含蓄不露。」

諸暨陳章侯洪綬，國初隱者，工詩畫。嘗有《贈走解女子》詩曰：「桃花馬上董飛仙，自擘生綃乞畫蓮。好事日多還記得，庚申三月岳墳前。」竹垞先生極喜誦之。先考功令山陰時，章侯曾以詩贈曰：「道士莊前喫菱芰，白公隄畔繫船樓。老人安穩三年醉，多謝山陰顧邑侯。」筆意超絶。

竹垞先生過晉水祠觀唐太宗碑，偶集杜子美「文章千古事，社稷一戎衣」之句。上谷陳祺公上年、富平李孔德因篤見而擊賞，因寓書定交。

麻城劉百年淑頤善集唐，贈商丘宋西陂先生云：「曾入甘泉侍武皇李郢，暫隨紅旆佐藩方韋莊。長承密旨歸家少王建，出使星軺滿路光錢起。謀略久參花府盛韋渠平，風流三接令公香李頎。共言東閣招賢地孫逖，肯爲詩篇問楚狂周賀。」使事最切，而無組織之痕。至若《郊行》云：「聞鐘投野寺李端，看竹到貧家王維。」《過毛丹儀郊居》云：「四鄰因野竹楊顔，一室向青山耿湋。」《寄周示素》云：「萬事無成空過日戎昱，百年多病獨登臺杜甫。」《晴霽即事》云：「蒲生岸脚青刀利韋莊，雲鎖峰頭玉葉寒劉兼。」《贈歌妓》云：「絃絃掩抑聲聲思白居易，字字清新句句奇韋莊。」皆巧妙句也。

梁谿朱贊皇襄《無題集韵》詩三十首，座主慈谿姜先生宸英極喜之，謂如「新水亂侵青草路，好風輕透白莎衣」、「千樹梨花百壺酒，一莊水竹數房書」、「夢中魂魄猶言是，懷裏琅玕今在無」、「湘妃舊竹痕猶淺，阿母蟠桃香未齊」、「誰知春色朝朝好，剛爲浮名事事乖」、「檻前柳色分張緑，雨裏梨花寂寞開」、「一彈流水一彈月，半入江風半入雲」、「孔雀鈿寒窺沼見，狻猊香煖傍簾聞」、「流水帶花穿巷陌，歸雲擁樹失山邨」、「滿砌荆花鋪紫毯，點溪荷葉疊青錢」、「酒醒虚閣秋簾捲，月滿寒江夜笛高」、「海棠花底三年客，蟋蟀聲中一點燈」，此在全首或未爲佳句，殘縑舊帙，一經其心杼而新之，有起有承，有轉有闔，莫不氣凌雲漢，思入杳冥，此贊皇詩法也。吾師之言，極中肯綮。他如「也知京洛多佳麗，未信河梁是别離」、「花落玄宗回蜀道，雨昏張載勒銘山」、「蜀箋都有三千幅，錦瑟無端五十絃」、「近侍即今難浪迹，苦吟殊未補風騷」、「欲就麻姑買滄海，曾隨織女渡天河」、「顧我有懷同大夢，學仙難得是長生」、「明月自來還自去，行雲歸北又歸南」之句，皆流麗而工穩。孔毅父、王介甫輩，不得獨以此擅場矣。

余丙子歲始識姜先生於京邸，謂曰：「昔年徐司寇乾學語余，早間聽俠君談詩，旁若無人，殊可畏也。」因贈余詩云：「年前憶得南州話，劇飲論詩實怕人。今日逢君湖海氣，老夫情味轉相親。」余於司寇交最後，詩場酒座，時蒙獎許。每讀吾師絶句，感舊懷賢，不勝悽惋。

丙子春，寓宣武門外三忠祠，小屋數間，蕭疏可愛，因顔之曰「小秀野」。時海寧查德尹嗣瑮、嘉善柯南陔煜、桐城劉北固輝祖、方靈皋苞、江浦劉大山巖、泰州宮友鹿鴻歷、武進錢亮功名世、徐學人永寧、嘉定張漢瞻雲章、常熟蔣揚孫廷錫、大興王崑繩源、方共樞辰俱集京師，乃舉逢十之集，率以賦詩飲酒爲樂，倩禹鴻臚尚基之鼎繪《小秀野圖》。余自題四絶句，和者百餘人。余詩有云：「繞牆新插翠芭蕉，根護薔薇粉欲消。試聽雨聲催葉響，秋來無限可憐宵。」是科無一人受知者，德尹曰：「此首殆詩讖也。」

達按：《小秀野圖》今歸杏樓水部。

商丘中丞撫吴，一日乘晚舟泊虎丘，獨坐千人石上翫月，至二鼓，嘯詠而歸，絶句四章，傳於都下。余寄公詩有「韵事人傳乘月出，好官自喜得詩多」之句，中丞公每對客輒誦之。

余《山陰集》中，如《謁禹陵》、《南鎮吼山》、《峽山行》諸長篇，王新城先生極加擊賞，退語人曰：「近代以來，無此作也。」

壬午春游閩、粵，往還四月，得詩百餘首，名《噉荔集》。又倩人作《噉荔圖》，自題十絶，有「攢劍山光沸鼎水，此行只爲荔枝來」之句。竹垞先生序其前云：「其材也博，其志也專。如絃在桐，拊之而益永；如金在冶，約之而彌堅。」

余「秀野草堂」四字，鄭谷口簠所書漢隸，爲己巳筆也。癸未過嘐城，行見人家破屋下有婁子柔堅書「秀野園」三大字，筆力遒勁。喜其與草堂名相符也，購歸，顔之小圃。因賦詩曰：「到處常於秀野宜，練川三字見風姿。地留名筆添佳話，天爲人間助好詩。倔強全行抉石勢，净圓想見畫沙時。呼童拂拭攜歸去，將向閭丘費酒巵。」其二曰：「當時鄭簠隸兼蝌，試比婁堅定若何？花竹媿難齊獨樂，白蘇喜得各東坡。買書何愧黄金散？對客徒憐白髮多。一十七年詩酒債，好傳軼事倩搜羅。」達按：鄭字汝器，上元人，以八分擅名，竹垞謂古今第一。

一武林友人持小照索題，初不設色布景，題詠者陳腐滿紙。余戲題曰：「山光水影白模糊，獨擁春風入此圖。不是畫師慵著筆，料無好景勝西湖。」見者絶倒。達按：《大小雅堂集》題爲《家受谷同年小照》。

施氏，吴之洞庭山人。歸於吴，年二十四而夫逝，姑强之改適，不從。以三世四喪未舉而族無可嗣，不敢遽死。越四載，乃立族子爲嗣。姑復密謀奪志，氏知之，作絶命詞一首，以綿絲自縊死。其《哭夫》詩曰：「君去修文上玉樓，吾今苟活總堪羞。太湖萬頃漣漪水，不抵霜閨血淚流。」讀之令人酸鼻。余題其遺詩後曰：「絶命詞終山鬼呼，可憐薄命遇嚴姑。四年血淚知多少，盡逐西風入太湖。」達按：《郡志》：施名婉貞，年二十適金灣吴翰。章匠門《書屋集》有《施烈婦哀詞》。

文與也點、金亦陶皆名家子，善書畫，以詩名，時號「文金」。與也隱居竹隖。亦陶居吴城霜林巷，無子，性好鈔書，元人文集，鈔至百種。余《元詩選》所收，半其藏本也。癸未、甲申間相繼而殁，余俱有詩哭之。《哭與也》曰：「老去詩篇無俗韻，閒來書畫得家風。」《哭亦陶》曰：「自是林逋不再娶，非同伯道嘆無兒。」

「愛客嘗儲千日酒，讀書曾破萬黄金」，余甲申歲四十生日自述詩也。泰州繆湘芷沅最愛此二語，以爲秀野先生實録。達按：繆，江蘇泰州人，康熙己丑進士一甲第三名，官至刑部侍郎，國史有傳。

先太史著述繁富，其見於世者，韓昌黎、温飛卿、蘇東坡詩集注及《元詩選》、《閭丘辯囿》、《閭丘詩集》流傳最廣。此外又有《唐詩述》、《宋詩删》、《金詩補》、《今詩定》暨《春樹閒鈔》、《吴下舊聞》、《舟車雜志》、《讀書紀纂》、《給札閒鈔》、《河西日記》、《秀野園文集》、《紅柑白蒲亭詩集》十餘種，或散軼無存，或毁棄篋笥。今春偶理舊簏，得《寒廳詩話》二卷，首尾完全，中有一二磨滅，因爲補綴，俾無脱落，珍諸篋中。以視《漁洋詩話》、《漫堂説詩》諸帙，正未知何如也？再，注中引褚逢椿語，係長洲秀才詩人也，與余最契，故録之。曾孫達尊謹識。

論陶

論陶提要

《論陶》一卷，據康熙四十四年刊《陶詩彙注》本點校。撰者吴菘，字綺園，號匡廬，安徽歙縣人。與其侄吴瞻泰各有遊山詩《白華集》、《四明集》及《黄山唱和詩》等，顧俠君合編爲《娑羅草堂詩》。按此篇乃吴菘之評陶語，吴瞻泰輯《陶詩彙注》，取以附後。大抵主淵明非隱逸詩人，首則總説雖云不必牽合易代之事，然《歲暮和張常侍》、《詠貧士》等皆以易代説之；又屢言「有託而逃」爲「此公一生學問」，《桃花源》「嬴氏亂天紀，賢者避其世」二語可盡其一生等，皆此意。又頗以章法説者，而亦能落實於詩旨。此篇是清人評陶之稍早者，説甚平實，故不爲後世所廢也。

論陶

蚪溪吴菘綺園

淵明非隱逸流也，其忠君愛國，憂愁感憤，不能自已。間發於詩，而詞句温厚和平，不激不隨，深得《三百篇》遺意。或觸目興懷，或因時致慨，或寓言，或正寫，或全首寄託，或片言感發，其一段無可如何心事，第託之飲酒、學仙，躬耕，聊以自遣耳。若以《飲酒》詩便作飲酒讀，《讀山海經》詩便作《山海經》讀，田舍詩便作田舍翁讀，所謂「作詩必此詩，便知非詩人」矣。然此第言其命意大概，若必沾沾以某句爲指某人，某首爲指某事，支離穿鑿，失之又遠。況當桓靈寶以後，迄劉寄奴受禪，幾廿年，雖國是日非，而玉步未改，隱憂寄意，時時有之，豈可遽牽合易代事耶！

《停雲》、《時運》、《榮木》三篇，人指爲悲憤之作，雖箕子以「狡童」喻君，夷叔以「黄農」致慨，安在懷「良朋」，懷「黄唐」，有以異哉？但前二篇神閒氣静，頗自怡悦，絶無悲憤之意。即曰「憾」、曰「慨」，亦不過思友春遊，即事興懷耳。如指爲求同心，商匡扶，殊屬枝節。脂車策驥，正欲勉力依道耳，敦善耳。「孰敢不至」正與「業不增舊」對照，亦不必牽合時事也。

《勸農》六章，節節相生。第三章言虞夏商周，熙熙之世，士女皆農；第四章言叔季即賢達，亦隱於農，矧衆庶而可遊手乎；第五章正言勸農；第六章反言勸農，章法好絶。

《歸鳥》，言志也。「矰繳奚施」，具見逸然高蹈，明哲保身，一生出處學問。

《形贈影》首四句，言天地山川，長存不改；草木常物，故爾榮悴；人爲最靈，胡爲亦同草木，而不能如天地山川乎？「草木」與「人」對照，「得常理」與「最靈知」對照，「兹」字指天地山川。「適見在世中」以下，形極陳其苦也。「我無騰化術，必爾不復疑」，形以不能長存，翻怨到影，想頭奇絶。結言既不能騰化，不如飲酒，乃無聊之極思。

《影答形》首四句，言我豈不願騰化以遊崑華，但存生不能，衛生又拙，兹道遂絶耳，正自引咎。「與子相遇來」以下，影極陳其苦也。「立善有遺愛，胡爲不自竭」，影又以身後名翻責到形，謂生雖不能存，名尚可久傳也。故末答其飲酒不足取，句句相對。

《神釋》首四句，神自謂也。「與君雖異物」四句，言與形、影相依，故爲兩釋。「三皇大聖人」六句，言騰化不能，立善無益，作總釋。「日醉或能忘」四句，抑揚其詞，作分釋。「甚念傷吾生」，結住形、影。「正宜委運去」，出己意，起下。「縱浪大化中」四句，正寫己意也。

《連雨獨飲》所云「運生會歸盡」，致慨甚深，故無端欲學仙，無端獨飲酒，皆無聊之極思，托興於此。

《與殷晉安别》深情厚道，絶無譏諷意。「良才不隱世」，并不以殷之出爲卑；「江湖多賤貧」，亦不以己之處爲高，各行其志，正應「語默自殊勢」句，真所謂「肆志無汙隆」也。

《贈羊長史》「紫芝」、「深谷」、「駟馬」、「貧賤」四句，皆採四皓歌中語，「清謡」正指此歌也。「結心曲」謂此歌實獲我心也，乃人乖運疏，異代興懷，意何能舒哉！蓋公此時尚未隱，思以綺、甪自況耳。

《歲暮和張常侍》，「歲暮」二字便有意，因時起興，易代之悲，不言自喻矣。前後皆極悲憤，而中以闕酒爲不樂，以化遷爲靡慮，正以掩其悲憤之跡。

《阻風規林》「計日望舊居」，寫盡客子情態。前四句皆志喜，後皆嘆也。路曲景限，江山又險，已爲可嘆；乃風又負我，水又窮我，遠則高莽緜邈，近則夏木蔽虧，百里非遥，瞻望弗及，與前計日殊相左矣，能不永嘆？

《懷古田舍》二首，氣脉相連。起句「在昔聞南畝，當年竟未踐」，曰「在昔」，曰「當年」，便是懷古矣；「聞南畝」，便伏荷篠、沮、溺一流人；「竟未踐」，便伏孔、顔之徒，言有此兩種人也。二句係二首冒子。「屢空」句緊承「未踐」。「春興」以下承首句意自序，而引植杖古田舍翁以自況，作一頓。結語「即理愧通識，所保詎乃淺」，乃一開一闔，若曰顔、孔之徒乃通識者，若以荷篠、沮、溺對之，即使此理有愧，然而耕鑿中所保豈淺哉？故次首緊接「先師」、「憂道」，所謂通識者，我愧不能逮。「瞻望」以下，皆言耕鑿所保也。

《西田穫稻》、《下潠田舍穫》二首，以沮、溺、荷篠自況，曰「田家豈不苦」，曰「四體誠乃疲」，曰「不言春作苦」，足知公非田舍翁也。明哲保身，有託而逃，「庶無異患干」耳，此公一生學問也。

《飲酒》廿首，起曰「日夕歡相持」，結曰「君當恕醉人」，遥作章法。而中或言酒，或不言飲酒，謂之首首言飲酒可，謂之非言飲酒亦可。自序云「辭無詮次」，不過醉後述懷，偶得輒題耳，不得太執著也。如必以《飲酒》爲專言飲酒，則《述酒》亦止謂之述酒乎？開口便引「召生」、「東陵」以自況，明明説「代謝」，詎云飲酒乎哉！

第二首「積善云有報，夷叔在西山」作一開，言天道若不可問。「善惡苟不應」二句作一闔，又深於自信。故結言固窮百世可傳，夷叔即在西山，亦復何礙，天之報施，正不爽也，翻用太史公意。

第五首「採菊東籬下，悠然見南山」，以「見」字爲妙，改一「望」字，神氣索然，固已。但王厚之云白樂天「時傾一尊酒，坐望東南山」，謂爲流俗之失，此却不然。如淵明採菊之次，原無意於山，乃忽見山，所以爲妙。若對山飲酒，何不可云「望」，而必云「見」耶？且如若言，勦説雷同，有何妙處？

第六首「行止千萬端」，「行止」即出處也。「誰知非與是」，人不能審出處耳。「是非苟相形，雷同共譽毁」，不知是非，徒隨聲附和，共毁譽耳。「三季多此事」，言三季以來皆如此，此事即不知是非、雷同毁譽之事，此等皆咄咄可怪之俗人，若達士如黄、綺輩，定不爾也。

第九首「深感父老言」以下，「紆轡誠可學」作一開，「違已詎非迷」作一闔，「且共歡此飲」再一開，「吾駕不可回」再一闔，抑揚盡致。

《述酒》起六句乃感時物之變，託以起興，《三百篇》多此法。「重離」不過言日，謂日行南陸耳。乃曰以「黎」爲「離」，故訛其字以相亂；又曰「離」，午也，重黎典午再造也，語太穿鑿。「諸梁董師旅」八句，「諸梁」，沈諸梁；「芊勝」，白公也；「山陽」，漢獻帝廢爲山陽公；「安樂」，劉後主廢爲安樂公也。「諸梁」二句，謂楚惠王之變，賴賢臣而誅亂賊也；「山陽」四句，謂漢及蜀竟至滅亡也；「平王」二句，謂平王東遷尚存，而傷東晉之没也，引古證今，語雖隱而意甚明。「王子愛清吹」四句，謂王子、朱公棄國家而學仙，得以永存也。故總結云「天容自永固，彭殤非等倫」，言學仙如王子、朱公，天容自永固如彭，若山陽、安樂遭簒弑如殤，彭與殤豈等倫哉？由是言之，帝王不如學仙。學仙之説，有「生生世世不願生帝王家」意，皆極悲憤之詞。其間不可解處，或當日有所指，或用隱僻事，不必强爲之解，會其大意可耳。據愚見，覺章法、文氣俱可貫穿。

《有會而作》，觀其序意，蓋託言無歲以致慨，非真爲長饑也，故題曰「有會而作」。

《擬古》第七首「日暮天無雲，春風扇微和」二句，因時起興；「雲間月」、「葉中花」，即物起興，借美人以立言，又比體也。

第八首，忠君報國之念隱然發露，絶非隱逸忘世者。蓋少時撫劍行遊邊塞，無非欲訪西山之義士、易水之劍客。此我所欲相知者，而不可得見，唯見伯牙、莊周兩墳。伯牙因鍾子死而絶絃，莊周因惠子死而深瞑，悲無知己也。今夷、齊、荆軻之徒既難再得，是無知己矣。吾雖遊行，何所求哉？「此士」即指夷、齊、荆軻也。「伯牙」、「莊周」爲知己作喻。「吾行欲何求」正應「撫劍行遊」，起結相呼應，上下一氣。後《詠荆軻》一首寫得異樣出色，結云「其人雖已歿，千古有餘情」，淵明志趣，從可知矣。

第九首「種桑長江邊」，乃託物以興山河改耳。維章謂恭帝立是三年，不能防劉，終以受制，太執著。

《雜詩》第二首「白日淪西河，素月出東嶺」，因時起嘆，「日月擲人去」正應此。「擲人去」正西方淪而東已出之意，所以「悲悽」「終曉」也。

《詠貧士》，第一首寫明正意。第二首極寫饑寒，結言何以致此，未免有愠，作一開；賴有前賢，以慰吾懷，作一闔。又以古賢起下諸人。末首結句作一大結，與第二首結句對照，「邈哉前修」，「賴古多此賢」也；「誰云固窮難」，足以「慰吾懷」矣。七首一氣。

「萬族各有託」八句，首以「萬族」喻世人有託，以「孤雲」喻己無依；次以「衆鳥」喻世人巧捷，以「出林翮」喻己守拙，再開再闔，抑揚盡致。然後正寫四句，究竟仍是喻言，蓋正意在易代無君，故無所依而甘守拙，乃託詞知音不存，何其渾厚。「已矣何所悲」，正深於悲也。若曰知音既不存，「已矣」無復望矣，何以悲爲哉？

《讀山海經》首章「俯仰終宇宙」，乃上下古今爲十三章，眼目人能具此胸懷，具此眼光，方許讀《山海經》，方許讀《讀山海經》詩。

第一首初寫良辰，次寫好友，以陪起異書。試想處此景界，其樂何如？結出一「樂」字，是一首眼目。

自第二首至第八首，皆言仙事，欲求出塵，遂我避世。正悲憤無聊之極，非真欲學仙也。第六首「神景一登天，何幽不見燭」，「見晛曰消」四字堪爲此注脚。夔震謂「良辰詎可待」二語，顯然易代之悲，信然。吾於此二語亦云。蓋「神景一登天」，猶有冀也；「良辰詎可待」，無復望也，二首正可參看。

第十一首「巨猾肆威暴」二句，言駆、鼓貳負之履惡。「窫窳」二句，悲窫窳、祖江之長枯。故接云爲惡者天鑒不遠，窫窳、祖江固長枯矣，而駆、鼓亦化爲異物，豈足恃哉！正深嘆巨猾之徒惡而終受誅夷，其垂戒深矣。

第十二首，「鵃鵝見」則「國有放士」，此經語也。因讀此，忽憶懷王時得無此鳥數見乎？設想奇絶。鵃鵝見則迷而放士，青丘鳥見則不惑，正兩相對照。結言此乃本迷者耳，若君子亦何待於鳥哉？又翻進一層。

第十三首從十二首生出，重華乃千古不惑之君子，故能用才去讒；姜公反是，遂至饑渴無及，以終上章之意。案此數首皆寓篡弒之事。

《桃花源》「嬴氏亂天紀，賢者避其世」，與結語對照。淵明生平，盡此二語矣。

《讀史述九章》言君臣朋友之間出處用舍之道，無限低徊感慨，悉以自況，非漫然詠史者。張長公詩中凡再見，此復極意詠嘆，正自寫照。

醉鄉安在，大都有託而逃；變《雅》已來，詎是無因而作。矧靖節之徵士，實貞志之大賢。波素雲青，序識維摩之慕；椒芳璿美，誄傳特進之褒。略見高懷，猶存玄賞。自隱逸之宗立，品目乃覺拘墟；迨甲子之議興，箋疏益加穿鑿。瑟同膠柱，椎愧斲輪。蓋論世誠貴知人，而説詩最嫌害志。綺園先生，詞堪續《楚》，筆可注《莊》。濠梁秋水之篇，會心既遠；美人香草之喻，託興原工。偶於望古之餘，示我讀陶之旨。義歸《繫》表，故善《易》者不言；象出圜中，信可名者非道。獨得無絃之趣，何須甚解之求。當與百代之曉人，思按彌深而言恢彌廣；豈獨南村之知己，疑析其義而文賞其奇已哉！同里瞻廬程元愈跋。

陶詩彙注・詩話

陶詩彙注・詩話提要

《陶詩彙注・詩話》不分卷，據康熙四十四年程氏刊《陶詩彙注》本點校。輯者吴瞻泰（一六五七—一七三五），字東巖，江南歙縣人。諸生。曾赴鄉試十五次不遇。有《杜詩提要》等。《陶詩彙注》編成於康熙四十四年乙酉，彙採宋明諸家陶集之注。卷末附詩話七十餘則，乃彙輯蕭統序以來諸家論陶之語，甚是賅備。所録皆標出處，然並不按時序，大抵前半言其旨趣，中則專談恥事二姓與否，後半多從前後諸家流變論其承傳，體例稱善。惟止於明季黄文焕《陶詩析義》、顧炎武《日知録》，未及入清也。後咸豐、同治間許印芳即據以補輯至乾隆時之沈德潛、紀昀。此類評人彙編詩話數量較少，難在外編自成一類，姑置於此。下倣此。

陶詩彙注・詩話

吴瞻泰輯

蕭德施統曰：淵明文章不群，詞采精拔，跌宕昭彰，獨超衆類，抑揚爽朗，莫之與京。横素波而傍流，干青雲而直上。語時事則指而可想，論懷抱則曠而且真。加以貞志不休，安道苦節，不以躬耕爲耻，不以無才爲病。自非大賢篤志，與道污隆，孰能如此乎？《陶集》原序。

鍾仲偉嶸曰：陶潛詩，其源出於應璩，又協左思風力。文體省静，殆無長語，篤意真古，辭興婉愜。每觀其文，想其人德。世嘆其質直，至如「歡言酌春酒」、「日暮天無雲」，風華清靡，豈直爲田家語耶？古今隱逸詩人之宗也。《詩品》。

陽子烈休之曰：陶潛之文，辭采雖未優，而往往有奇絶異語，放逸之致，棲托仍高。《序録》。

葉少藴夢得曰：《詩品》論淵明，以爲出於應璩。此語不知其所據。應璩詩不多見，惟《文選》載其《百一詩》一篇，所謂「下流不可處，君子慎厥初」者，與陶詩了不相類。五臣注引《文章録》云：「曹爽用事，多違法度。璩作此詩，以刺在位，意若百分有補於一者。」淵明正以脱略世故、超然物外爲意，顧區區在位者何足概其心哉！且此老何曾有意欲以詩自名，而追取一人而模放之？此乃當時文士與世進取競進而争長者所爲，何期此老之淺，蓋嶸之陋也。《石林詩話》。

僧思悦曰：梁鍾記室嶸評先生之詩爲「古今隱逸詩人之宗」，今觀其風致孤邁，蹈厲淳深，又非晉宋間作者所能造也。《陶集書後》。

《蘭莊詩話》曰：鍾嶸品陶潛詩「文體省靜，殆無長語，篤意真古，辭真婉愜，古今隱逸詩人之宗也」，可謂知言矣，而寘之中品。其上品十一人，如王粲、阮籍輩，顧右於潛耶？論者稱嶸洞悉玄理，曲臻雅致，標揚極界，以示法程，自唐而上，莫及也。吾獨惑於處潛焉。

林尹復逋曰：陶淵明無功德及人，而名節與功臣義士等，何耶？蓋顏子以退爲進，甯武子愚不可及之徒歟？

蘇子瞻軾曰：古之詩人，有擬古之作矣，未有追和古人者也，追和古人則始於東坡。吾於詩人無所甚好，獨好淵明之詩。淵明作詩不多，然其詩質而實綺，癯而實腴，自曹、劉、鮑、謝、李、杜諸人，皆莫及也。吾前後和其詩凡百有九篇，至其得意，自謂不甚愧淵明。然吾之於淵明，豈獨好其詩也哉！如其爲人，實有感焉。淵明臨終疏告儼等：「吾少而窮苦，每以家弊，東西游走。性剛才拙，與物多忤。自量爲己，必貽俗患。僶俛辭世，使汝等幼而飢寒。」淵明此語，蓋實録也。吾真有其病而不蚤自知，半世出仕，以犯大患，此所以深愧淵明，欲晚節師範其萬一也。《東坡詩話》，下同。

又曰：孔文舉云：「坐上客常滿，樽中酒不空，吾無事矣。」此語甚得酒中趣。及見淵明云：「偶有佳酒，無夕不傾。顧影獨盡，悠然復醉。」便覺文舉多事矣。

又曰：所貴於枯淡者，謂外枯而中膏，似淡而實美，淵明、子厚之流是也。若中邊皆枯，亦何足道？佛言譬如食蜜，中邊皆甜，人食五味，知其甘苦皆是；能分別其中邊者，百無一也。

范元實温曰：東坡《和貧士》詩：「夷齊耻周粟，高歌誦虞軒。禄産彼何人，能致綺與園。古來辟世士，死灰或餘烟。末路益可羞，朱墨手自研。淵明初亦仕，絃歌本誠言。不樂乃徑歸，視世嗟獨賢。」此言夷、齊自信其去，雖武王不能挽之使留；四皓自信其進，雖産、禄之聘亦爲之出。蓋古人無心於功名，信道而進退，故其名之傳如死灰之餘烟也。後世君子既不能以道進退，又不能忘世俗之毁譽，多作文以自名其出處，故曰「朱墨手自研」。若「淵明初亦仕，絃歌本誠言」，蓋無心於名，雖晉末亦仕，合於綺、園之出，其去也亦不待以微罪行。「不樂乃徑歸」，合於夷、齊之去，其進退蓋相似。使其易地，未必不追蹤二子也。東坡作文工於命意，必超然獨立於衆人之上，非如昔人稱淵明以退爲高耳。《潛溪詩眼》。

劉後村克莊曰：士之生世，鮮不以榮辱得喪撓敗其天真者。淵明一生，惟在彭澤八十餘日涉世故，餘皆高枕北窗之日。無榮惡乎辱？無得惡乎喪？此其所以爲絶唱而寡和也。二蘇公則不然，方其得意也，爲執政侍從；及其失意也，至下獄過嶺；晚更憂患，於是始有和陶之作。二公雖惓惓於淵明，未知淵明果恁可否？《後村詩話》。

朱文公曰：淵明詩所以爲高，正在不待安排，胸中自然流出。東坡乃篇篇句句依韵而和之，雖其高才似不費力，然已失其自然之趣矣。《朱子文集》。

黄魯直庭堅曰：東坡在潁州時，因歐陽叔弼讀《元載傳》，嘆淵明之絶識，遂作詩云：「淵明求縣令，本緣食不足。束帶向督郵，小屈未爲辱。翻然賦《歸去》，豈不念窮獨？重以五斗米，折腰營口腹。

云何元相國，萬鍾不滿欲。胡椒銖兩多，安用八百斛？以此殺其身，何翅抵鵲玉。往者不可悔，吾其反自燭。」淵明隱約栗里、柴桑之間，或飯不足也。顔延之送錢二十萬，即日送酒家。與蓄積不知紀極，至藏胡椒八百斛者，相去遠近，豈直睢陽蘇合彈與蜣蜋糞丸比哉！

又曰：寧律不諧而不使句弱，寧用字不工不使語俗，此庾開府之所長也，然有意於爲詩也。至於淵明，則所謂不煩繩削而自合者。雖然，巧於斧斤者多疑其拙，窘於檢括者輒病其放。孔子曰：「甯武子其知可及也，其愚不可及也。」淵明之拙與放，豈可爲不知者道哉！道人曰：「如我按指，海印發光。汝暫舉心，塵勞先起。」説者曰：「若以法眼觀，無俗不真；若以世眼觀，無真不俗。」淵明之詩，要當與一丘一壑者共之耳。

又曰：「正賴古人書」、「正爾不能得」、「正宜委運去」，皆當時語。而或者改作「上賴古人書」、「止爾不能得」，甚失語法。

又曰：血氣方剛時讀此詩，如嚼枯木。及綿歷世事，知決定無所用智。

又云：謝康樂、庾義城之詩，爐錘之功不遺餘力，然未能窺彭澤數仞之墻者，二子有意於俗人贊毁其工拙，淵明直寄焉。持是以論淵明，亦可以知其關鍵也。

又曰：退之於詩，本無解處，以才高而好耳。淵明不爲詩，寫其胸中之妙耳。無韓之才與陶之妙而學其詩，終樂天耳。

陳無己師道曰：鮑照之詩華而不弱，淵明之詩切於事情，但不文耳。《後山詩話》。

都玄敬穆曰：陳後山謂陶淵明之詩切於事情，但不文耳。此意非也。如《歸園田居》云：「曖曖遠人村，依依墟里煙。狗吠深巷中，鷄鳴桑樹巔。」東坡謂如大匠運斤，無斧鑿痕。如《飲酒》其一云：「衰榮無定在，彼此更共之。」山谷謂類西漢文字。如《飲酒》其五云：「結廬在人境，而無車馬喧。問君何能爾？心遠地自偏。」王荆公謂詩人以來無此四句。又如《桃花源記》云：「不知有漢，無論魏晉。」唐子西謂造語簡妙；復曰晉人工造語，而淵明其尤也。後山非無識者，其論陶詩，特見之偶偏，故異於蘇、黄諸公耳。《南濠詩話》。

韓子蒼駒曰：以淵明傳及詩考之，自庚子歲始作鎮軍參軍，由參軍爲彭澤，遂棄官歸，是歲乙丑，凡爲吏者六歲，故曰：「疇昔居上京，六載去還歸。」然淵明乙巳尚爲建威參軍，十一月去彭澤，而曰「家貧，耕植不足自給」，何也？傳言淵明以郡遣督郵至，即日解印綬去。而淵明自敘，以程氏妹喪去奔武昌。余觀此士既以違己交病，又愧役於口腹，意不欲仕久矣。及因妹喪即去，蓋其孝友如此。世人但以不屈於州縣吏爲高，故以因督郵而去，此士識時委命，其意固有在矣，豈一督郵能爲之去就哉？躬耕乞食且猶不恥，而恥屈於督郵，必不然矣。

又曰：《田園》六首，末篇乃序行役，與前五首不類。今俗本取江淹「種苗在東皋」爲末篇，東坡亦因其誤和之。陳述古本止有五首。予以爲皆非也。當如張相國本，題爲《雜詩》六首。江淹擬詩亦頗似之，但《擬淵明》詩「開徑望三益」，此一句爲不類。故人張子西向予如此説，余亦以爲不然。淹之比淵明情致，徒效其語，乃取《歸去來》句以充入之，固應不類。予觀古今詩人，唯韋蘇州得其清閒，尚不得其枯澹；柳州獨得之，但憾其少遒耳。柳州詩不多，體亦備衆家，唯效陶詩是其性所好，獨不可及也。

《遯齋閒覽》曰：《文選》有文通《擬古詩》三十首，如《擬休上人閨情》詩云：「日暮碧雲合，佳人殊未來。」今人遂用爲休上人詩故事。又《擬陶淵明歸田園》詩云：「種禾在東皋，苗生滿阡陌。」今亦在《陶淵明集》中，皆誤也。

洪景盧邁曰：陶淵明《歸園田居》六詩，其末一篇乃江文通《雜體》三十篇之一，明言「斆陶徵君田居」。蓋陶之三章云：「種豆南山下，草盛豆苗稀。晨興理荒穢，帶月荷鋤歸。」故文通云：「雖有荷鋤倦，濁酒聊自適。」正擬其意也。今陶集誤編入，東坡据而和之，未深考耳。《容齋隨筆》。

郎仁寶瑛曰：陶詩《歸田》第六首末篇，人以謂江淹者，韓子蒼辯其江淹《雜擬》，似陶詩耳。但「開徑望三益」，江淹不類。予以爲此句固不類，而前説種苗後結桑麻，陶公亦不如此雜。且江詩通篇一字不差，豈江竊陶者耶？竊之則諸篇之擬何如？《問來使》一篇，東澗以爲晚唐人因太白《感秋》詩而僞爲之，殊不知乃宋蘇子美所作，好事者混入陶集中，巨眼者自能辨之。《七修類稿》。

嚴儀卿羽曰：《西清詩話》載晁文元家所藏陶詩有《問來使》一篇，云「爾從山中來」云云。予謂此篇誠佳，然其體製氣象與淵明不類，得非太白逸詩，後人謾取以入陶集耳？《滄浪詩話》。

許彦周顗曰：「春水滿四澤，夏雲多奇峰。秋日揚明輝，冬嶺秀孤松。」此顧長康詩，誤入彭澤集中。《許彦周詩話》。

又曰：陶彭澤詩，顏、謝、潘、陸皆不及者，以其平昔所行之事賦之於詩，無一點愧辭，所以能爾。同上。

《遯齋閒覽》曰：六一居士推重淵明《歸去來》，以爲江左高文，當世莫及。涪翁云：「顏、謝之詩，可謂不遺鑪錘之功矣，然淵明之墻數仞而不能窺也。」東坡晚年尤喜淵明詩，在儋耳遂盡和其詩。荆公在金陵，作詩多用淵明詩中事，至有四韵詩全使淵明事者，曰：「先生歲晚事田園，魯叟遺書廢討論。問訊桑麻憐已長，按行松菊喜猶存。農人調笑追尋壑，稚子歡呼出候門。遥謝載醪祛惑者，吾今欲辨已忘言。」

劉後村曰：四言自曹氏父子、王仲宣、陸士衡後，唯陶公最高，《停雲》、《榮木》等篇，殆突過建安矣。《後村詩話》。

王復齋厚之曰：淵明詩：「雖留身後名，生前亦枯槁。死者何所知，稱心固爲好。」是不慕身後名也。及《擬古》乃云：「生有高世名，既没傳無窮。」是欲名彰也。二意相反。如張季鷹云：「與我身後名，不如生前一杯酒。」與陶前詩相類。《復齋漫録》。

又曰：《文選》五臣注云：「淵明詩，晉所作者皆題年號，入宋所作但題甲子而已。意者耻事二姓，故以異之。」思悦考淵明之詩，有以題甲子者，始庚子，距丙辰，凡十七年間，只九首耳，皆晉安帝時所作也。中有《乙巳歲三月爲建威參軍使都經錢溪作》，此年秋乃爲彭澤令，在官八十餘日，即解印綬，賦《歸去來兮辭》。後一十六年庚申，晉禪宋，恭帝元熙二年也。蕭德施作傳曰：「自宋高祖王業漸隆，公不復肯仕。」於淵明之出處得其實矣。寧容晉未禪宋以前，輒恥事二姓，而所作詩但題甲子，以自取異哉？矧詩中又無標晉年號者，其所題甲子，蓋偶記一事耳。余觀《南史》傳亦云：「所著文章皆題其年月，義熙以前明書晉氏年號，自永初以來唯云甲子而已。」乃知《南史》之失有自來。《復齋漫録》。

嚴□□有翼曰：秦少游言：「宋初受命，陶潛自以祖侃晉世宰輔，恥復屈身投劾，而歸耕於潯陽。其所著書，自義熙以前題晉年號，永初以後但題甲子而已。」魯直詩亦有「甲子不數義熙前」之句。此説蓋出《五臣文選注》，是知少游尚惑於五臣《文選》，其他可知。《藝苑雌黄》。

郎仁寶瑛曰：五臣注《文選》以淵明詩晉所作者皆題年號，入宋但題甲子，意謂恥事二姓，故以異之。後世因仍其説，雖少游、魯直，亦以爲然也。治平中，虎丘僧思悦編陶之詩，辨其不然，謂：「淵明之詩有題甲子者，始庚子，距丙辰，凡十七年，詩一十二首，皆安帝時作也；至恭帝元熙二年庚申始禪宋，夫自庚子至庚申，計二十年，豈有晉未禪宋之前二十年内，輒恥事二姓，而所作即題甲子以自異哉？矧詩中又無標晉年號者，所題甲子，但記一時事耳。」其説出而舊疑釋矣。後蔡采之《碧湖雜記》又云：「元興二年，桓玄篡位；繼而劉裕秉政，至元熙二年始受禪。前此名雖爲晉，實則非也。故恭帝曰：『桓玄之時，晉已無天下，重爲劉公所延。今日之事，本所甘心。』計時逆推，正二十年也。蓋淵明逆知末流必至革代，故所題云云。」以予論之，若唐若宋，天下危而復安，常有之也，豈可逆料二十年後事耶？故唐韓偓之詩亦紀甲子耳，後因全忠篡唐，人遂以爲有淵明之志。蔡説謬矣。惜思悦尚辨未至，若曰：二十年間，陶詩豈止十二首耶？且未革之時逆知，即題甲子，而永初、元嘉之作如《贈長沙族祖》、《王撫軍座中送客》者，反不題甲子，何耶？至於《述酒》篇内「豫章抗高門，重華固靈墳。流淚抱中嘆，平生去舊京」，正指宋迫恭帝之義，又何不題甲子耶？蓋偶爾題之，後人偶爾類之，豈陶公之意耶？因復辨之，以足思悦之義。《七修類稿》。

吴正傳師道曰：乾道五年，林栗守州時所刊第三卷首有此序。思悦者，不知何人，但其所言甚當，而有未盡。且《宋書》、《南史》皆云：「自宋高祖王業漸隆，不復肯仕，所著文章皆題年月，義熙以前明書晉氏年月，自永初以來唯云甲子而已。」蓋自沈約、李延壽皆然，李善因之，不獨五臣誤也。今考淵明文，唯《祭程氏妹文》書「義熙三年」，《祭從弟敬遠》則書「歲在辛亥」，《自祭文》則曰「歲惟丁卯」，丁卯在宋元嘉四年，辛亥亦在安帝時，則所謂「一時偶記」者，信得之矣。《正傳詩話》。

何燕泉孟春曰：《艇齋詩話》有云：「思悦者，虎丘寺僧，治平中曾編淵明集。」吴蓋未考於此。艇齋記曾季貍語，亦以思悦此序信而有徵。按《碧湖雜記》：「元興五年，桓玄篡位，晉氏不絶如綫，得劉裕而始平，改元義熙，自此天下大權盡歸於裕。淵明賦《歸去來兮》，實義熙元年也。至十四年，劉公爲相國，恭帝即位，改元元熙，至二十年庚申禪宋。觀恭帝之言曰：『桓氏之時，晉氏已無天下，重爲劉公所延，將二十載，今日之事，本所甘心。』詳味此語，劉氏自庚子得政，至庚申革命，凡二十年。淵明自庚子以後題甲子者，蓋逆知其末流必至於此，忠之至，義之盡也。思悦殆不足以知之。」《困學紀聞》：「《左傳》引《商書》曰：『沉潛剛克，高明柔克。』《洪範》言惟十有三祀，箕子不忘商也，故謂之《商書》。陶淵明於義熙後但書甲子，亦箕子之志也。陳咸用漢臘亦然。」《陶集注》。

梅禹金鼎祚曰：自前説一出，而陶詩或目曰感憤，或託曰譏諷，并其閒遠恬澹之旨索然矣。靖節恥事異姓誠有之，然何必於詩題甲子示意也。《詩乘》。

朱文公曰：晉宋人物雖曰尚清高，然這邊一面清談，那邊一面招權納貨。淵明真能不要，此所以高於晉宋人物。

又曰：作詩須從陶、柳門中來乃佳，不如是，無以發蕭散冲澹之趣，不免於局促塵埃，無由到古人佳處。

又曰：陶淵明詩平淡出於自然，後人學他平淡，便相去遠矣。某後生見人做得詩好，鋭意要學，遂將淵明詩平仄用字一一依他做，到一月後便解自做，不要他本子，方得作詩之法。

又曰：韋蘇州詩直是自在，其氣象近道；陶却是有力，但詩健而意閒。隱者多是帶性負氣之人爲之，陶欲有爲而不能者也，又好名；韋則自在。

又曰：陶元亮自以晉世宰輔子孫，恥復屈身後代，自劉裕篡奪勢成，遂不復仕。雖其功名事業不少概見，而其高情逸想播於聲詩者，後世能言之士，皆自以爲莫能及也。蓋古之君子，其於天命民彝、君臣父子、大倫大法之所在，惓惓如此，是以大者既立，而後節概之高，語言之妙，乃有可得而言者。

陸子静九淵曰：李白、杜甫、陶淵明皆有志於吾道。

又曰：詩自黄初而降，日以漸薄，惟彭澤一源來自天稷，與衆殊趣而淡薄平夷，玩嗜者少。

楊中立時曰：淵明詩所不可及者，冲澹深粹出於自然。若曾用力學，然後知淵明詩非著力所能成也。《龜山語録》。

敖器之陶孫曰：陶彭澤詩如絳雲在霄，舒卷自如。

真西山德秀曰：淵明之作，宜自爲一編，以附於《三百篇》、《楚詞》之後，爲詩之根本準則。

又曰：予聞近世之評詩者，淵明之辭甚高，而其指則出於莊、老；康節之辭若卑，而其指則原於六經。以予觀之，淵明之學正自經術中來，故形之於詩，有不可掩。《榮木》之憂，逝水之嘆也；《貧士》之詠，簞瓢之樂也；《飲酒》末章有曰「羲農去我久，舉世少復真。汲汲魯中叟，彌縫使其淳」，淵明之智及此，豈玄虚之士可望耶？雖其遺榮辱，一得喪，真有曠達之風，觀其詩辭，亦悲涼感慨，非無意世事者。或者徒知義熙以後不著年號，爲耻事二姓之驗，而不知其惓惓王室，蓋有乃祖長沙公之心，獨以力不得爲，故肥遯以自絶。食薇飲水之言，銜木填海之喻，至深痛切，顧讀者弗之察耳。淵明之志若是，又豈毁彝倫而外名教者所可同日語乎？

《白石詩説》曰：淵明天資既高，趣詣又遠，故其詩散而莊，澹而腴，斷不容作邯鄲步也。

胡苕溪仔曰：東坡云：「孔子不取微生高，孟子不取於陵仲子，惡其不情也。淵明欲仕則仕，不以求之爲嫌；欲隱則隱，不以去之爲高；飢則扣門而食，飽則鷄黍以迎客，古今賢之，貴其真也。」余嘗三復斯言，可謂至論。而《冷齋夜話》輒竄易其語，雜以漢高帝之事，決非東坡議論也。《苕溪漁隱叢話》。

蔡約之條曰：淵明詩，唐人絶無知其奥者，惟韋蘇州、白樂天嘗有效其體之作，而樂天去之亦自遠甚。元和後風俗頓衰，不特不知淵明而已。然薛能、鄭谷乃能自言師淵明，能詩云：「李白終無敵，陶公固不刊。」谷詩云：「愛日滿堦看古集，只應陶集是吾師。」《蔡寬夫詩話》。

又曰：柳子厚之貶，其憂悲憔悴之嘆發於詩者，特爲酸楚，卒以憤死，未爲達理。白樂天似能脱屣軒冕，然榮辱得失之際錙銖較量，而自矜其達，亦力勝之耳。淵明當憂則憂，當喜則喜，忽然憂樂兩忘，則隨寓皆適，未嘗有擇於其間，所謂超世遺物者。

又曰：淵明意趣真古，清澹之宗。詩家視淵明，猶孔明視伯夷也。《西清詩話》。

羅端良願曰：淵明嘗有詩云：「羲農去我久，滿世少復真。汲汲魯中叟，彌縫使其淳。」嗚呼！自頃諸人祖莊生餘論，皆言淳漓樸散，翳周、孔禮訓使然。孰知魯叟爲此，將以淳之邪？蓋淵明之志及此，則其處已審矣。《鄂州小集》。

釋覺範惠洪曰：東坡嘗云：「淵明詩，初視若散緩，熟視有奇趣。如曰：『日暮巾柴車，路暗光已夕。歸人望煙火，稚子候簷隙。』又曰：『採菊東籬下，悠然見南山。』又曰：『靄靄遠人村，依依墟里煙。犬吠深巷中，鷄鳴桑樹巔。』大率才高意遠，則所寓得其妙，遂能如此。如大匠運斤，無斧鑿痕。不知者疲精力，至死不悟。如曰：『一千里色中秋月，十萬軍聲半夜潮。』又曰：『蝴蝶夢中家萬里，子規枝上月三更。』又曰：『深秋簾幕千家雨，落日樓臺一笛風。』皆寒乞相，一覽便盡。初如秀整，熟視無神氣，以其字露也。」東坡作對則不然，如曰「山中老宿依然在，架上《楞嚴》已不看」之類，更無齟齬之態。細味之，對偶親的而字不露也，此真得淵明之遺意耳。《冷齋夜話》。

黃常明徹曰：淵明心乎忠愛，非謂枯槁。其所以感嘆時世推遷者，蓋傷時人之急於聲利也，非謂亂離；其所以愁憤於干戈盜賊者，蓋以王室元元爲懷也，俗士何以識之！《碧溪詩話》。

魏鶴山了翁曰：世之辨證陶氏者曰：前後名字之互變也；死生歲月之不同也；彭澤退休之年，史與集所載之各異也。然是所當考，而非其要也。其稱美陶公者曰：榮利不足以易其守也，聲味不足以累其真也，文辭不足以溺其志也。然是亦近之，而其所以悠然自得之趣，則未之深識也。風雅以降，詩人之辭樂而不淫，哀而不傷，以物觀物而不牽於物，吟咏性情而不累於情，孰有能如公者乎？有謝康樂之忠，而勇退過之；有阮嗣宗之達，而不至於放；有元次山之漫，而不著其迹，此豈小小進退所能窺其際耶？先儒所謂經道之餘，因閒觀時，因静照物，因時起志，因物寓言，因志發詠，因言成詩，因詠成聲，因詩成音者，陶公有焉。

嚴儀卿曰：漢魏古詩氣象混沌，難以句摘。晉以後方有佳句，如淵明「采菊東籬下，悠然見南山」，謝靈運「池塘生春草」之類。謝所以不及陶者，康樂之詩精工，淵明之詩質而自然耳。《滄浪詩話》。

湯東澗漢曰：陶公詩精深高妙，測之愈遠，不可漫觀也。不事異代之節，與子房五世相韓之義同。既不爲狙擊震動之舉，又時無漢祖者可托以行其志，故必每寄情於首陽、易水之間。又以《荆軻》繼《二疏》、《三良》而發詠，所謂「拊己有深懷，履運增慨然」者，亦可以深悲其志也已。平生危行言孫，至《述酒》一篇，始直吐忠憤，然猶亂以廋詞。千載之下，讀者不省爲何話。是此翁所深致意者，迄不得白於後世，尤可以使人增欷而累嘆也。余竊見其旨，因加箋釋，以表暴其心事，及他篇有可以發明者，並著之。詩中言本志少，説固窮多。夫惟忍於飢寒之苦，而後能存節義之閑，西山之所以有餓夫也。世士貪榮祿，事豪侈，而高談名義，自方於古人，余未之信也。《陶詩注》。

葛常之立方曰：陶潛、謝朓詩皆平澹有思致，非後來詩人怵心劌目雕琢者所爲也，老杜云「陶謝不枝梧，風騷共推激。紫燕自超詣，翠駮誰剪剔」是也。大抵欲造平淡，當自組麗中來，落其紛華，然後可造平淡之境，如此則陶、謝不足道矣。今之人多作拙易詩，而自以爲平淡，識者未嘗不絶倒也。梅聖俞《和晏相》詩云：「因令適性情，稍欲到平淡。苦詞未圓熟，刺口劌菱芡。」言到平淡處甚難也。李白云：「清水出芙蓉，天然去彫餙。」平淡而到天然處則善矣。《韵語陽秋》。

又曰：東坡拈出淵明談理之語有三：「采菊東籬下，悠然見南山」；「笑傲東軒下，聊復得此生」；「客養千金軀，臨化消其寶」，皆以爲知道。同上。

都玄敬穆曰：淵明不止於知道，其妙處亦不止是。如云「縱浪大化中，不喜亦不懼。應盡便須盡，無復獨多慮」；「望雲慚高鳥，臨水愧游魚。真想初在襟，誰謂形迹拘」；「朝與仁義生，夕死復何求」；「及時當勉勵，歲月不待人」；「前途當幾許，未知止泊處。古人惜寸陰，念此使人懼」，蓋真有得於道者，非尋常人能蹈其軌轍也。

張□□表臣曰：東坡稱：「陶靖節詩云：『平疇交遠風，良苗亦懷新。』非古之耦耕植杖者，不能識此語之妙也。」僕居中陶，稼穡是力。夏秋之交，稍旱得雨，雨餘徐步，清風獵獵，禾黍競秀，濯塵埃而泛新綠，乃悟淵明之句善體物也。《珊瑚鉤詩話》。

休齋曰：人之爲詩，要有野意。《語》曰：「質勝文則野。」蓋詩非文不腴，非質不枯，能始腴而終枯，無中邊之殊，意味自長。風人以來得野意者，淵明而已。

陳□□善曰：文章以氣爲主。氣韻不足，雖有詞藻，要非佳作也。乍讀淵明詩，頗似枯澹，久又有味。東坡晚年酷好之，謂李、杜不及也。此無他，韵而已。又曰：山谷嘗云：「白樂天、柳子厚俱效淵明作詩，而惟子厚詩爲近。」然以予觀之，子厚語近而氣不近，樂天學近而語不近；子厚氣悽愴，樂天語散緩，各得其一，要於淵明詩未能盡似也。東坡亦嘗和陶詩百餘篇，自謂不甚愧淵明。然坡詩語亦微傷巧，不若陶語體合自然也。要知陶淵明詩，須觀江文通《雜體》詩中擬淵明作者，方是逼真。

又曰：余每論詩，以陶淵明、韓、杜諸公皆爲韵勝。一日見林倅於徑山，夜話及此。林倅曰：「詩有格有韵，故自不同。如淵明詩，是其格高；謝靈運『池塘春草』之句，乃其韵勝也。格高似梅花，韵勝似海棠花。」予聽之，瞿然若有悟。《捫蝨新語》。

楊廷秀萬里《讀淵明詩》有句云：故文了無改，乃似未見寶。貌同覺神異，舊玩出新妙。

《竹林詩評》曰：陶潛之作，如清瀾白鳥，長林麋鹿，雖弗嬰籠絡，可與其潔。而隱顯未齊，厭欣猶滯，直適乎此而不能忘隘乎彼者耶？

陳伯敷繹曾曰：淵明心存忠義，身處閑逸，情真、景真、意真、事真，幾於《十九首》矣。至其工夫精密而天然無斧鑿痕，又有出於《十九首》之表者。盛唐諸家風韵皆出此。《文章歐冶》。

宋景濂濂曰：陶元亮天分之高，其先雖出於太冲、景陽，究其所自得，直超建安而上之。高情遠韵，殆有太羹克鉶，不假鹽醯，而至味自存者也。《潛溪集》。

王常宗彝曰：陶淵明臨流則賦詩，見山則忘言，殆不可謂見山不賦詩，臨流不忘言；又不可謂見山必忘言，臨流必賦詩。蓋其胸中似與天地同流，其見山臨流，皆其偶然；賦詩忘言，亦其適然。故當時人見其然，淵明亦自言其然。然而爲淵明者亦不知其所以然而然也，又何以知其然哉？蓋得諸其胸中而已。《王常宗集》。

李賓之東陽曰：陶詩質厚近古，愈讀而愈見其妙。韋應物稍失之平易，柳子厚則過於精刻。世稱「陶韋」，又稱「韋柳」，特概言之。惟謂學陶者須自韋、柳而入，乃爲正耳。《懷麓堂詩話》。

趙鈍叟維寰曰：淵明大節自足不朽，要以興會所到，悠然得句，意不在詩，亦如琴不必絃，書不甚解云耳。必以爲字字句句皆關君父，又烏知陶詩不墜經生刻畫苦海乎？

楊用修慎曰：《晉書》云：「陶淵明讀書不求甚解。」此語俗世之見，後世不曉也。余思其故，自兩漢來，訓詁盛行，説五經之文至於二三萬言。陶心知厭之，故超然真見，獨契古初，而晚廢訓詁。俗士不達，便謂其「不求甚解」矣。又是時周續之與學士祖企、謝景夷從刺史檀韶聘，講禮城北，加以讐校，所住公廨近於馬肆。淵明示以詩云：「周生述孔業，祖謝響然臻。馬隊非講肆，校書亦以勤。」蓋不屑之也。觀其詩云：「先師遺訓，今豈云墜。」又曰：「詩書敦夙好。」又云：「游好在六經。」又云：「泛覽《周王傳》，流觀《山海圖》。」其著《聖賢群輔録》、《三孝傳贊》，考索無遺，又跋之云：「書傳所載，故老所傳，盡於此矣。」豈世之鹵莽不到心者耶？予嘗言人不可不學，但不可爲講師溺訓詁，見《淵明傳》，語深有契耳。《升菴詩話》。

郎仁寶瑛曰：真西山論陶詩，「《榮木》之憂，逝川之嘆也；《貧士》之詠，簞瓢之樂也」，以公之學在經術中來。予又以公經術自性理中來。夫以《飲酒》第五首第一句「結廬在人境」，似靜中有動；第二句「而無車馬喧」，似動中有靜；三、四句「問君何能爾，心遠地自偏」，即心境混融處也；五句「採菊東籬下」，是潛心求一；六句「悠然見南山」，是得一之徵矣；七、八句「山氣日夕佳，飛鳥相與還」，乃至和充溢，表裏盎然；九句「此中有真意」，所立卓爾；十句「欲辨已忘言」，正末由也已。可見陶公心次渾然，無少渣滓，所以吐詞即理，默契道體，高出詩人有自哉！《七修類稿》。

又曰：「有如此江」，蓋言如此江水，流而不返也；「將無同」，謂不同也；「將是」乃晉人發語也，如淵明詩「將非遐齡具」是矣。同上。

《雪浪日記》曰：爲詩欲詞格清美，當看鮑照、謝靈運；欲渾成而有正始以來風氣，當看淵明。

王元美世貞曰：淵明托旨冲澹，其造語有極工者，乃大入思來琢之，使無痕迹耳。後人苦一切深沉，取其形似，謂爲自然，謬以千里。《藝苑巵言》。

陸平泉樹聲曰：陶淵明《飲酒》、《田園》諸作，見者若疑其爲閑淡絶物，散誕自居也，而不知其雅操堅持，苦心獨復處。觀其詩曰：「悽悽失群鳥，日暮猶獨飛。徘徊無定止，夜夜聲轉悲。厲響思清遠，去來何依依。」又云：「勁風無榮木，此蔭獨不衰。託身已得所，千載真相違。」其特立惕厲若此。至其會意忘言處，心境廓然，此正獨復從道處，亦所謂憂世、樂天並行不悖。《長水日抄》。

鄭□□厚曰：淵明如逸鶴任風，閒鷗忘海。《藝圃折衷》。

焦弱侯竑曰：微衷雅抱，觸而成言。或因拙以得工，或發奇而似易。譬之嶺玉淵珠，光彩自露，先生不知也。其與華疏采會、無關胸臆者異矣。《陶集序》。

江進之盈科曰：陶淵明超然塵外，獨闢一家。蓋人非六朝之人，故詩亦非六朝之詩。《雪濤詩評》。

張爾岐潔生曰：淵明談理之詩，如「苟得非所欽」、「過足非所欽」，此兩句直是造道大關鍵；至云「且極今朝樂，明日非所求」，又「耕織稱其用，過此奚所須」，皆達觀死生榮辱之外，非後儒所能窺測。某嘗細觀淵明一生，恰會著孔、顏當日樂處。《陶詩注》。

又曰：淵明無之非寄，凡穫稻、飲酒、乞食、讀書，皆寄耳，詩又寄之寄也，何必銖銖兩兩，與餘人較工拙、論喜憎哉？同上。

顧寧人炎武曰：末世人情彌巧，文而不慚，固有朝賦《采薇》之篇而夕有捧檄之喜者，苟以其言取之，則車載魯連，斗量王蠋矣。曰：是不然。世有知言者出焉，則其人之真僞，即其意辨之，而卒莫能逃也。《黍離》之大夫，始而「摇摇」，中而「如噎」，既而「如醉」，無可奈何而付之「蒼天」者，真也；汨羅之宗臣，言之重，辭之複，心煩意亂，而其辭不能以次者，真也；栗里之徵士，淡然若忘於世，而感憤之懷有時不能自止，而微見其情者，真也；其汲汲於自表暴而爲之言者，僞也。《日知録》。

黄維章文焕曰：古今尊陶，統歸平淡。以平淡概陶，陶不得見也。析之以鍊字鍊章，字字奇奥，分合隱現，險峭多端，斯陶之手眼出矣。鍾嶸品陶，徒曰「隱逸之宗」，以「隱逸」蔽陶，陶又不得見也。析之以憂時念亂，思扶晉衰，思抗晉禪，經濟熱腸，語藏本末，湧若海立，屹若劍飛，斯陶之心膽出矣。若夫理學標宗，聖賢自任，重華孔子，耿耿不忘，六籍無親，悠悠生嘆，漢魏諸詩，誰及此解，斯則靖節之品位，竟當俎豆於孔廡之間，彌朽而彌高者也。開此三例，懸之萬年，佳詠本原，方免埋没。否則摩詰、韋、孟群附陶派，誰察其霄壤者？《陶詩析義》。